Marion Hammes

Tage wie aus blauer Seide

Ein Roman in Geschichten

CONTE *roman*

In Gedenken an meinen Vater, dem ich Anregungen und Briefe, das Gedicht »Mein Leben« und die Geschichte »Hale-Bopp« verdanke.

Für Norbert

Bibliografische Information der Deutschen Nationalbibliothek
Die Deutsche Nationalbibliothek verzeichnet diese Publikation in der Deutschen Nationalbibliografie; detaillierte bibliografische Daten sind im Internet über http://dnb.d-nb.de abrufbar.

ISBN 978-3-941657-37-3

Am Ludwigsberg 80-84
66113 Saarbrücken
Tel: (06 81) 41 6 24-28
Fax: (06 81) 41 6 24-44
E-Mail: info@conte-verlag.de
Verlagsinformationen im Internet unter www.conte-verlag.de

Lektorat: Marion Kleer
Umschlag und Satz: Markus Dawo
Druck und Bindung: PRISMA Verlagsdruckerei GmbH, Saarbrücken

In jedem steckt ein Bild
dessen, was er werden soll.
Solang er das nicht ist,
ist nicht sein Friede voll.

Aus: ANGELUS SILESIUS Der Cherubinische Wandersmann

Eingeengt von Fühlen und Gedanken
bleibt in dich ein großer Strom gelegt,
seine Melodie ist ohne Schranken,
trauerlos und leicht und selbstbewegt.

Aus: GOTTFRIED BENN Eingeengt

Jeder Mensch erfindet sich früher oder später
eine Geschichte, die er für sein Leben hält, …
oder eine ganze Reihe von Geschichten

Aus: MAX FRISCH Mein Name sei Gantenbein

Auf dem Katapult

Es gibt keine Zufälle. Plötzlich war er da, der schwarze Faden, an dem sich ein schwarzer Fleck seitlich des Brillenrandes abseilte, ein lästiges Spinnchen, das sie wegwischen wollte, bis sie bemerkte, dass sich ihr Auge trübte. Als der Fleck in rötlichen Schlieren zerlief, als diese sich schließlich zu einem undurchdringlichen rötlichen Film zusammenschlossen wie eine ledrige Haut, die ihr die Sicht versperrte, geriet sie in Panik. Sie sah nichts mehr, ihr Blutdruck tobte, alles war entgleist.

Es gibt keinen Zufall. Seit Wochen und Monaten hatte sie alle Warnungen ihres Körpers niedergekämpft, hatte sich taub und blind gestellt für die Zeichen von Schwäche und Erschöpfung, und nun befand sie sich im freien Fall, und ihr Körper hatte die Reißleine gezogen.

In den folgenden Wochen in der Klinik erfuhr sie die Langeweile, die ewige Zeit, die Öde der Krankenhausflure, die alle Ausblicke versperrten, und die schreckliche Enttäuschung über die eigene Haltlosigkeit. Sie hatte immer mit der Überzeugung gelebt, dass sie innerlich gewappnet sei, wenn sie einmal reduziert würde, eingekreist, an die Wand gedrückt. Ihre Fluchtwege hießen Musik, Bücher, Träume, innere Geschichten. Doch eine Gegenwehr nach der anderen wurde ihr aus der Hand geschlagen, auch die letzte, das Gebet. Dieses nicht völlig, aber es war nur ein Gestammel, so wie alles formlos zu werden begann. In der gedehnten Zeit wurde sie schwer wie ein Stein, der jeden erdrückt.

Dankbar registrierte sie, dass sie allein im Zimmer lag mitten in einem ausladenden Ahorn, der zwei Drittel des Fensters einnahm, dahinter die Stimmung des Tages: Wolkenschleier, schwimmendes Blau, geballte Wolkenwülste, konturloses Grau. Manchmal erwachte der Baum und bog sich in rauschenden Tänzen oder reckte sich in heftigen himmelwärts strebenden Fluchtbewegungen. Ab und zu verklärte er sich und ließ sommerliches Licht in seinen Schatten sickern.

Erst zwei Wochen war es her, dass sie mit einer Abordnung der Albert-Schweitzer-Schule und einer Gruppe von Schülerinnen und Schülern Vorgespräche für ein Umweltprojekt geführt hatte.

Seit sie als Diplomgeografin in die Abteilung Landschaftsschutz im Umweltministerium gewechselt war, förderte sie die Einbindung von jungen Leuten in die Sanierungsarbeit von gefährdeten Ökotopen, Messungen von Luft- und Wasserqualität und Bestandsaufnahme von Umweltschäden. Mit dem Albert-Schweitzer-Gymnasium hatte sie zum ersten Mal eine ganze Schule für eine Bachpatenschaft gewinnen können. Achtundzwanzig Schülerinnen und Schüler aus verschiedenen Altersstufen umfasste die Arbeitsgruppe, die in dem Klassensaal vor ihr saß, um die konkreten Aufgaben zu besprechen.

Durch ihre Träume geisterten, wie eine Stummfilmszene, die letzten Bilder vor ihrem Abtransport im Krankenwagen: Die Gesichter der jungen Leute, für die sie eben noch die souveräne Expertin gewesen war und die nun in einigem Abstand vor ihr standen, starrend, wie versteinert angesichts ihres Zusammenbruchs und ihrer Hilflosigkeit, und sie sah sich selbst, wie sie, unfähig zu reagieren, auf dem Podest vor dem Notarzt und den Rettungssanitätern hockte.

Nach der zweiten Operation begann sie wieder zu sehen, unvollkommen zwar, aber voller Hoffnung auf eine Zukunft, die die Vergangenheit wiederholt.

Noch war der Ozean nicht ausgeweint, aber inmitten der Formlosigkeit wurde festes Land erkennbar. Eine verlorene Insel nur, nicht klar umrissen, amphibisch noch, aber doch zukünftiges Festland.

Sie trieb in einem Freiraum. Der Traum vom Aussteigen, vom schwerelosen Leben, vom Neuanfang, den Beruf aufgeben … Der Gedanke gärte in ihr.

Botschaften aus ihrem alten Leben übersandeten wie Wanderdünen ihre momentane Freiheit.

»Hallo Marlene, ich habe dein Ressort vertretungsweise für einige Zeit übernommen. Mach dir keine Sorgen!« »Dein Projekt ist nicht abgesagt, nur verschoben, hat der Kleinmeier beschlossen.« »Liebste Marlene, was machen deine Augen? Wir vermissen dich so sehr.« Sie begann das Telefon zu fürchten.

Noch schlimmer war es, als ihre Arbeitswelt in ihr Wohnzimmer eindrang und ihr Abteilungschef, Herr Manuel, sie mit einem herbstlichen

Blumenstrauß in der Hand besuchte. Er schwang sich sogar zu einer kleinen Rede auf: »Ihr Engagement über jedes Maß hinaus … Schonen Sie sich, damit sie bald … Ihr außergewöhnlicher Einsatz … Wir vermissen …« Ach, dachte sie, unwiederholbar! Schöner kann eine Grabrede nicht sein. Doch deutete sie die Worte auch als Appell, und sie verstrickte sich in Rechtfertigungsverworrenheiten.

Als der Vertrauensarzt, ein junger Allgemeinmediziner, sie unvermittelt fragte: »Na, wie sehen sie denn so?«, fühlte sie sich in schuldbewusster Erklärungsnot, fast wie ein Schüler, der mutwillig die Schule schwänzt.

Über all dem vergaß sie, dass sie selbst einen Verlust erlitten hatte. Sie hatte einen großen Teil ihres Sehvermögens eingebüßt.

Bei einem ihrer Besuche redete sich ihre Kollegin Birgit in Begeisterung über eine ältere Kollegin, die schon seit Jahren in Rente war: »… schon Ende sechzig, aber diese unverwüstliche Energie! Im Dezember startet sie ihre Südamerikareise, dafür lernt sie schon seit zwei Jahren Spanisch. Auf ihr Buch bin ich heute schon gespannt. Und was sie alles noch so nebenbei tut! Wusstest du, dass sie Klavier spielt? Neulich hat sie den Theo Kerner, du weißt doch, den Tenor aus Bischmisheim, bei einem Benefizkonzert für UNICEF begleitet, phantastisch. Und daneben noch Haus und Garten, ich sage dir: Picobello! Und sie hält sich fit; dreimal die Woche joggt sie rund um den Schwarzenberg. …« Ja, das war der gesellschaftliche Mainstream, dem man nicht entkommen konnte!

An dieser Stelle spürte Marlene, wie die Leistungsfalle zuschnappte und sie zu einem Nichts schrumpfte.

Reiß dich zusammen, dachte sie an anderen Tagen. Sie war ja erst Ende fünfzig! Noch war sie nicht zu alt, um noch einmal richtig aktiv zu werden.

Kurz nach Weihnachten fasste Marlene einen Entschluss. Sie wollte ihr altes Leben zurückerobern und alles tun, um preußisch gewissenhaft ihren Beruf wieder aufzunehmen. Schluss mit aller Larmoyanz!

Doch als sie nach Monaten der Rekonvaleszenz die fünf Eingangsstufen zum Umweltministerium hinaufging, als sie nach dem ersten Teammeeting ihre Mails und Termine checkte, fühlte sie, wie der Tragebogen des Jochs, an dem die gefüllten Eimer hingen, sich wieder auf ihre Schultern senkte und dass die Last zu schwer war. Sich wieder das Letzte abzuverlangen, um vital, diszipliniert, mitreißend, kreativ und innovativ zu planen, zu organisieren und zu kontrollieren, andere zu überzeugen und vor allem termingerecht zu funktionieren, wie sollte sie das bewältigen?

Blumen standen auf ihrem Schreibtisch. »Marlene, wir freuen uns ja so sehr … « »Was hat dir denn eigentlich gefehlt?« »Geht es dir wieder gut?« Freundliche Gesichter, liebe Worte auch aus anderen Abteilungen. Ja, sie war zurückgekehrt in die Erwartung der anderen, und doch fühlte sie sich wie hinter einer Glaswand.

Der erste Arbeitstag war ein voller Erfolg, sie war wie berauscht. Am Abend versagten die Augen. Die Berufsarbeit, die sie geliebt hatte und in der sie sich verlieren konnte, wurde ihr Feind.

In der zweiten Woche hatte der Alltag Marlene wieder fest im Griff, die Routine fraß den erkämpften Schwung auf. Ihre Energie wurde von der Anstrengung, sehen zu wollen, verzehrt, vor allem von ihrem Bemühen, die anderen nicht merken zu lassen, wie wenig sie erkennen konnte. In den Wochen danach reduzierte sie ihr Leben auf die Arbeitszeit.

An irgendeinem Tag erkannte sie, dass sie nicht mehr die Kraft hatte zu verbergen, dass sie nicht mehr die war, die alle erwarteten vorzufinden, und sie begann zu ahnen, dass sie arbeitsunfähig war.

Ihr ganzes bisheriges Leben lang, fast sechs Jahrzehnte, war sie getragen, vorwärts gespült und getrieben worden auf Signal geregelten Gleisen, in nicht umkehrbaren Windströmungen, und dieses Leben, das sie geführt hatte, war sie selbst, so hatte sie geglaubt.

Als der Augenarzt ihr nach einer Untersuchung als Fazit, fast wie nebenbei, den Satz mitgab: »Sagen Sie ihrem Chef, dass sie nicht mehr zur Verfügung stehen!«, wusste Marlene nicht, ob das die Erlösung oder ihre Verurteilung sein würde. Aber sie spürte, wie sie aus der Zeit fiel.

Sie sah sich selbst wie einen Kranführer, der sein halbes Leben mit der Verantwortung verbracht hatte, hoch über den Dächern die Stahlschiene zu steuern, unter sich die unermessliche, ewig unfertige Baustelle, und nun streikte die Elektronik endgültig. Ihre unvollendete Aufgabe war beendet. Sie befand sich im schwindelnden Abstieg auf der Notleiter und wusste, wenn ihre Füße den Boden berührten, wäre sie gesichtslos, anonym, ohne Gegenwart und nur bekleidet mit dem fremden Mantel ihres vergangenen Lebens. Sie war in die Freiheit gestürzt.

Weg in die Vergangenheit

Liebe Anne,

Freundin von Herzen, das Gespräch mit Dir hat mir weitergeholfen. Ich danke Dir, dass Du keine weisen Trostsprüche über den Lauf der Dinge oder Ratschläge über mir ausgeschüttet hast.

Die Freiheit, in die ich hineinkatapultiert worden bin, erweist sich als eine Loslösung aus allen bisherigen beruflichen Verpflichtungen, aber ich sehe keinen Spielraum für etwas Neues. Ich bin aus allem herausgeschleudert worden und weiß nicht, wie es weitergeht, noch wer ich bin in diesem neuen Spiel. Die Brücken in die Zukunft ragen wie sehnsüchtige Bauruinen zu einem unbekannten Ufer.

Die letzte Diagnose hat sich erhärtet. Noch kann ich es nicht aussprechen, aber schreiben kann ich es, denn Schreiben gibt mir die notwendige Distanz: Ich werde blind. Es kann noch Jahre dauern, aber es ist mit den jetzigen medizinischen Möglichkeiten nicht abwendbar. Die Einschränkungen werden mir täglich bewusster.

Anne, sag mir, was wird aus einem, wenn alles abgestreift wird, was wesentlich war, wenn das Leben in Stücke fällt? Findet man zurück in eine Kontinuität der Person oder erfindet man sich neu, ohne Wurzeln? Kann man so weiterleben?

Mein einziger Bezugspunkt ist die Vergangenheit. Und zu der gehörst Du wesentlich dazu. Du bist einer der ganz wenigen Menschen, die mich von Anfang an, seit dem ersten Schultag kennen. Ich kann nicht weitergehen, ohne mit dem Vergangenen abgeschlossen zu haben. Aber ich stecke fest, weil ich das Gefühl habe, ganz weit von mir entfernt zu sein.

Wir haben oft über die innere Bilderwelt gesprochen, die uns mit der Vergangenheit verbindet bis in unsere Träume und Albträume hinein. Jetzt klammere ich mich an diese Bilder, die ich gesammelt habe, buntes Herbstlaub, auch schmerzliche Bilder, die gegen meinen Willen haften, und solche, die aus irgendwelchen Tiefen auftauchen, ohne dass ich um ihr Vorhandensein wusste. Diesen Bildern will ich nachspüren.

Ich frage mich, wie die Generationen vor mir ihr Leben gelebt und bewältigt haben, mit welchen Lebensstrategien sie überlebt haben, nicht irgendwelche Fremde, sondern meine Familie; auch die Vorfahren, von denen ich nur die Erinnerungssplitter aufbewahre durch diejenigen, die mit ihnen gelebt haben. In ihren Biographien will ich recherchieren, wie diese Menschen, in deren Reihe ich stehe, mit den Zeitbedingungen, mit Veränderungen, Ereignissen und Katastrophen fertig geworden sind.

Ihr Lebensentwurf und das, was davon übrig geblieben ist, sind für mich existentiell wichtig geworden. Vielleicht gibt es ja in jedem Leben so etwas wie eine selbst definierte Sinnlinie oder ein im Nachhinein gesponnenes Fadengitter – ähnlich dem Gradnetz der Erde. Ich möchte die Grundfarbe entdecken, die in den Lebensmustern dieser Menschen hervortritt, vielleicht den Grundakkord hören, der alle Teile eines Schicksals mit einem Griff umspannt. Möglich, dass dieser Grundakkord in der Seele haftet als Schlussakkord in Moll, als tragendes Thema in Dur oder als disharmonischer schmerzlicher Klang, je nach dem. Vielleicht entscheidet das letztlich darüber, ob man sein Leben für verpfuscht oder für erfüllt hält, sich vom Unglück verfolgt betrachtet oder vom Glück gesegnet oder von Gott behütet glaubt.

Aber ich bin mir bewusst, dass ich damit eine nachträgliche Beleuchtung fremder Leben vornehme und Ereignissen aus der Vergangenheit ein eigenes Gewicht und neuen Stellenwert gebe.

Trotzdem will ich in fremde Spiegel schauen und mich fragen und nach der Kontinuität in mir selbst suchen.

Anne, ich bin so dankbar, dass es Dich gibt! Ich umarme Dich von Herzen.

Marlene

Der Auswanderer

In fast jeder Familie gibt es Verwandte, von denen so viele Geschichten erzählt werden, dass sie fast lebendiger erscheinen als diejenigen, die man selbst miterlebt hat. Heinrich Hellenbrecht, der Vater von Marlenes Vater Frenne, gehörte eindeutig nicht dazu.

Dass er ihr Großvater war so wie der Opa Simon, der Vater ihrer Mutter, war Marlene eigentlich nie bewusst. Da er bereits während des Zweiten Weltkriegs gestorben war, hatte Marlene keine eigene Erinnerung an ihn.

Als sie nach ihm zu fragen begann, war seine Frau Marie-Jose schon verstorben, ebenso seine Tochter Véronique. Die Überlebenden, seine Kinder Frenne, Florence und Mugje, konnten ihn zwar so in etwa beschreiben, manchmal entschlüpfte ihnen auch eine eigene Meinung, aber im Übrigen blieb dieser so nahe Verwandte irgendwie konturlos.

Schon mit siebzehn, als ihr Leben wie ein bunt aufgefächerter Plan vor ihr lag, faszinierte Marlene die Tatsache, dass er ausgewandert war und versucht hatte, seinem Leben mit dieser riskanten Entscheidung eine Richtung zu geben. Nun war sie fast sechzig und an der Grenze einer Lebensphase angelangt, die noch ohne jede Kontur war. Aber das Schicksal ihres Großvaters berührte sie wie damals. Heinrich, der Auswanderer. Es war Zeit, ihn der Vergessenheit zu entreißen.

Er muss ein Fremdling in seiner Familie gewesen sein. Heinrich Hellenbrecht, genannt Henz, ältester Sohn und zukünftiger Erbe eines gut gehenden Droschkenunternehmens in der aufstrebenden Stadt Wiesbaden, hatte Angst vor Pferden.

Wenn er im Stall zwischen den schweißigen Pferdeleibern stand, die es nach den stundenlangen Fahrten durch die Stadt abzureiben und zu striegeln galt, wenn die gewaltigen Tiere schnaubend die Köpfe hochrissen oder ihn beim Ausmisten an die Stallwand drängten, nahm ihm der

Gedanke an die Zukunft den Atem. Natürlich musste er, noch ehe er mit der Schule fertig war, lernen, eine Droschke zu lenken. Das war seine Pflicht, und pflichtbewusst war er. Selbst sein kleiner Bruder Karl, elf Jahre jünger als er und ein verwöhnter Nachkömmling, wurde mit den schweren Gäulen mit Leichtigkeit fertig und ließ ihn das spüren. Henz beneidete Caroline, seine jüngere Schwester, von der nichts anderes erwartet wurde, als sich gut bürgerlich zu verheiraten.

Er hasste die polternden Vorträge seines Vaters Johann, der mit der Geschichte vom Aufstieg des Fuhrunternehmens prahlte: »Mit neunzehn habe ich mit nur einem leichten Wagen und zwei Pferden angefangen. Nun sieh mich an! Junge, die Zeichen der Zeit erkennen! All die reichen Pensionäre, die hierher gezogen sind! Dann die Kurgäste, diese Geldsäcke! Die wollen kutschiert werden!« Und dann die allzu oft von ihm selbst nachgespielte Geschichte, wie er, Johann, total betrunken – «besoffen« sagte er – quer durch die Stadt mit der Droschke nach Hause gefunden hatte. »Die Viecher haben Verstand. Die finden immer wieder heim!«

Die Schwarzweißaufnahme über dem Sofa, eine echte Rarität, zeigte seinen Vater, wie er, genau wie Henz von kleiner Gestalt, in würdiger Kutscheruniform, mit Zylinder bekleidet, dem Kaiser den Schlag aufhielt. »Hauderer, Fuhrunternehmer, das ist ein ehrbarer Beruf! Ich habe den Kaiser gefahren! Davon werden noch deine Enkel reden!« Und damit sollte Johann Recht behalten.

Katharina, die Stille, die selten ihre Meinung äußerte, seine Mutter Katharina wusste Bescheid, dass Heinrich las, in jeder freien Minute, alles, was verfügbar war, dass der Lehrer ihm Bücher lieh, dass er in seiner Buchwelt überlebte. Erst als sie darauf hinwies, dass Henz ja auch das Kaufmännische lernen würde, was dem Geschäft später einmal von Nutzen sein könnte, erlaubte ihm der Vater, eine Ausbildung als Buchhändler in der angesehenen Buch- und Kunsthandlung Moritz und Münzel in der Wilhelmstraße zu machen.

Doch dann 1898, Heinrich war eben einundzwanzig geworden, ging es dem Vater gesundheitlich schlecht und der Druck wuchs, dass er, der älteste Sohn, doch endlich in das Droschkengeschäft eintreten solle. »In deinem Alter hatte ich Boden unter den Füßen! Mich nach 'ner Frau umgesehen! Und vier Gäule haben im Stall gestanden. Geschuftet hab' ich, zwölf Stunden am Tag Droschke gefahren.« Heinrich konnte diese

Tiraden immer seltener aushalten, auch wenn er nur stumm Widerstand leistete. Dem Sohn war klar, wofür der Vater blind war: Das Droschkenunternehmen würde in naher Zukunft zum Auslaufmodell werden; es war nur noch eine Frage der Zeit.

Vielleicht war das der Auslöser, vielleicht auch die Bildbände von fernen Ländern, die täglichen Zeitungsberichte über die Kolonien, vielleicht der Stich vom Antwerpener Hafen, der über dem Schreibtisch seines Chefs hing in der Wiesbadener Buchhandlung O. Forst, wo er mittlerweile arbeitete. Als Heinrich von der Stelle in der Librairie O. Forst am Antwerpener Standort erfuhr, bewarb er sich. Zum ersten Mal in seinem Leben ging der auf Sicherheit und auf ein ordentliches Leben bedachte Heinrich ein Risiko ein und wanderte aus. Nein, keine kurze Reise, es war ein Entschluss.

Als er am Hafen von Antwerpen stand, etwas abseits des Kais, wo die lärmende Menschenmenge zu dem Überseedampfer strömte, als er den strengen, etwas fischigen Meergeruch einatmete und der Wind seine graue Anzugjacke plötzlich auseinander riss, fühlte er, dass er angekommen war. Zunächst jedenfalls. In dieser Stadt, die historische Pracht, soliden Reichtum und pulsierendes Leben vereinte, waren alle weiteren Optionen offen: Südamerika, die USA oder Südeuropa. Er beschloss, zunächst zu bleiben.

In der Librairie Forst – Deutsche Buchhandlung und English Bookseller Exportation – am Place de Meir fand er eine Anstellung, am Oude Koornmarkt mietete er ein Zimmer. Seine Französischkenntnisse aus der Abendschule, die er fernwehvoll und heimlich wie ein leidenschaftlicher Liebhaber besucht hatte, waren ihm nun von Vorteil.

1905 war Heinrich immer noch in Antwerpen. Gewissenhaft, fleißig, ein zuverlässiger Angestellter, verbindlich im Umgang mit der Kundschaft, dieses Zeugnis sicherte seine Beförderung. Aber noch war er seinem Schicksal nicht begegnet.

Als er an einem Sonntag auf den Platz vor der Kathedrale Onze-Lieve-Vrouw kam, erkannte er die Frau wieder, die er in letzter Zeit fast täglich am Oude Koornmarkt gesehen und die sich ihm eingeprägt hatte, ohne dass er sich dessen bewusst war. Sie war klein, von zierlicher Gestalt, aber von unnachahmlich aufrechter Haltung, die sie größer erscheinen ließ, der vornehmen Kleidung nach eine Dame, aber von ansteckender Lebendigkeit, die ihn bezauberte. Ihre Hände in den schwarzen Spitzenhandschuhen unterstrichen ihre Worte, ihr spitzbübisches Lächeln, das dazwischen aufblitzte, ließ die strenge, würdevolle Miene ihrer Begleiterin für Augenblicke weicher erscheinen. Unter dem etwas schräg sitzenden, Tüll umwogten Hutrand über der modischen Außenrolle ihres aufgesteckten Haars ringelten sich einige widerspenstige Strähnchen. Ihre Augen waren dunkel wie tiefbrauner Bernstein, und als sie den sie anstarrenden Mann entdeckte, traf ihn diese Mischung aus herausforderndem Spott und abweisendem Stolz mitten ins Herz. Heinrich neigte den Kopf und grüßte sie leise. Sein Flämisch war korrekt, aber sein Akzent verriet ihn noch immer als Ausländer. »Mijnheer!« Ihre kurze Erwiderung verwirrte ihn so, dass er sich mit dem Strom der anderen in die Kathedrale treiben ließ.

Von Wiesbaden her war er die steinerne, bilderlose Kargheit seiner protestantischen Pfarrkirche gewöhnt, die er an den Festtagen des Jahres aufsuchte. Hier überwältigte ihn der zum Himmel aufstrebende gotische Raum, in dessen Dämmerlicht zwischen den unzähligen Säulen an den Nebenaltären in den Seitenschiffen Lichtinseln erstrahlten und dunkel farbige Gemälde, goldene Tabernakel und weiße Marmorstatuen aus dem Dunkel hoben. Das farbige Schauspiel am Hochaltar, in gleißendes Licht getaucht, zeitweilig von Weihrauchwolken umhüllt, befremdete und faszinierte ihn zugleich. Dann entdeckte er sie wieder, als Betende, ganz versunken, in hingebender Frömmigkeit. Und als alle niederknieten, kniete auch er – vor ihr.

Es war nicht schwer herauszufinden, dass sie in dem Weißwarengeschäft am Oude Koornmarkt arbeitete. Heinrich wagte sich dorthin. Noch als er die Ladentür schloss, wünschte er sich weit weg, denn er wusste kaum, wohin er schauen sollte. Überall war Damenwäsche ausgestellt, ja Mieder lagen auf dem Thekentisch, es war genierlich. Und mittendrin, an der Kasse stand sie, im höflichen Kundengespräch.

Als sie sich ihm schließlich zuwandte, verhaspelte er sich vor Aufregung, brachte dann aber doch seine wohl einstudierten flämischen Sätze an: »Geehrte Frau, mein Name ist Heinrich Hellenbrecht. Ich bewundere Sie sehr und möchte Sie gern wiedersehen.« »Sie kommen aus Deutschland? Ihr Akzent!«, sie lächelte, und dann sagte sie ganz unkompliziert ohne unnötige Schlenker: »Ja, ich habe Sie am Sonntag vor dem Gottesdienst gesehen. Ich heiße Marie-Jose Mondier.« Sie wandte sich zu der Frau um, die hinter sie getreten war. »Maman, darf ich Ihnen

Heinrich Hellenbrecht vorstellen? Herr Hellenbrecht: Meine Mutter Mevrouw Mondier.« »Ich stamme aus Wiesbaden und arbeite seit sechs Jahren in Ihrer wunderschönen Stadt«, erklärte Heinrich in seinem besten Flämisch, nachdem er Mevrouw Mondier mit einer tiefen Verbeugung begrüßt hatte. Ihr distinguiertes Auftreten, ihre dunkle Kleidung mit dem breiten, weißen Spitzenkragen, das aufgesteckte blonde Haar, das in einer untadeligen Rolle ihr Gesicht umgab, eine gewisse Steifheit in Haltung und Mimik, vor allem aber dass die eigene Tochter sie in der dritten Person angeredet hatte, flößten ihm tiefen Respekt ein.

Marie-Jose durfte er die junge Frau nennen, nachdem sie sich in Gegenwart ihres etwas jüngeren Bruders Lucas mehrmals im Café am Stadhuis getroffen hatten. Marie-Jose war seine Liebe. So einfach war das. Er, der eher spröde, zurückhaltende Hesse, fühlte sich in ihrer Gegenwart wie beflügelt, als habe die Leichtigkeit des Lebens ihn gestreift. Alle Einzelheiten aus ihrem Leben interessierten ihn, er sammelte sie wie Puzzleteile, um die Fremdheit zwischen ihnen immer mehr zu verringern.

Sie war schon fünfundzwanzig und lebte noch bei ihren Eltern in Berchem, einem Vorort von Antwerpen. Sie hatte eine gute Schulbildung und sprach fließend Französisch. Vier Jahre hatte sie am Konservatorium Klavier studiert; ihr Bruder Luc ließ einfließen, wie begabt sie sei. Aber den Grund, warum sie mit ihrem musikalischen Talent nicht in die Öffentlichkeit trat, sollte er nie erfahren. Marie-Jose arbeitete im Geschäft ihrer Mutter und nähte zusammen mit ihrer Mutter und zwei weiteren Angestellten maßgefertigte Mieder für eine wohlhabende Kundschaft und Kadettenuniformen für die jungen Marinesoldaten vom Schulschiff.

Schon aus den ersten Gesprächen hörte er heraus, wie tief religiös sie war. Ihre Gläubigkeit, ihr Gottvertrauen waren ihre Lebensgrundlage und gaben ihr diese besondere Sicherheit, die er so bewunderte. Aber er begann auch zu ahnen, dass Probleme auf ihn zukommen könnten.

Auf die Einladung in Marie-Joses Elternhaus bereitete er sich sorgfältig vor. Er wollte nichts dem Zufall überlassen. Sein Aussehen war tadellos: Sein gelocktes blondes Haar war frisch geschnitten, nur waren zu seinem Kummer die schütteren Stellen jetzt besser zu erkennen. Er trug seinen dunklen Zweireiher mit Nadelstreifen, den er stets zu Festlichkeiten und offiziellen Anlässen getragen hatte. Und für Mevrouw Mondier hatte er ein prächtiges Blumenbukett aus weißen Rosen und tief blauen Iris binden lassen, für Marie-Jose, seine zarte Angebetete, aber ein Sträußlein in Rosé.

Mit jeder Bahnstation stieg seine Aufregung. Sein sonst straff organisiertes Gefühlsleben war in Aufruhr. Die Haustür wurde geöffnet. Mevrouw reichte ihm wohlwollend lächelnd die Hand.

Doch ehe er sie ergreifen konnte, ehe er ihr seine wunderbar passenden Sätze der Wertschätzung aufsagen konnte, ertönte ein schriller Schrei, dann folgte ein schreckliches Gepolter die Treppe hinab, von spitzen Entsetzenslauten überlagert. »Marie-Jose!«, rief er zu Tode erschrocken und stürzte ohne zu überlegen zu dem Fuß der Treppe im Hintergrund des Korridors. Doch nicht seine zarte Liebste, die er hier verletzt anzutreffen fürchtete, sondern ein einfacher Zinkeimer lag vor seinen Füßen. Marie-Jose und ihre Brüder aber eilten lachend die Treppe hinunter, um sein bestürztes Gesicht zu genießen. »Manchmal kann sie ein Teufel sein«, murmelte Mijnheer Mondier mitfühlend, als er sah, wie blass um die Nase der Kavalier seiner Tochter geworden war. Das offizielle Begrüßungs- und Vorstellungsprogramm erübrigte sich. »Zuerst trinken wir beide ein Glas auf den Schreck.« Nicolas Mondier war Heinrich sehr sympathisch.

Nach wenigen Monaten bereits hielt Henz um Marie-Joses Hand an. Doch sie lehnte ab. Was für eine kapriziöse, unberechenbare Frau! Dann stellte sie ihre Bedingung, denn seine protestantische Konfession war ein großes Problem für sie. »Ich habe mit meinem Beichtvater gesprochen, Henz, wenn du zum Katholizismus konvertierst, ehe wir verheiratet sind, können wir ganz regulär kirchlich heiraten und eine katholische Ehe führen.« In Heinrichs Vorstellungswelt spielte Gott eine nebelhafte Rolle, bis dahin. Werte wie Rechtschaffenheit, Hilfsbereitschaft, Anständigkeit, ja, damit konnte er etwas anfangen, danach lebte er. Aber Religion! Und nun sollte er gar vier Monate Katechismusunterricht bekommen von Marie-Joses Pfarrer in Berchem höchstpersönlich, der sie schon getauft und zur Kommunion geführt hatte. Heinrich sah Marie-Jose an und wusste, dass er um nichts auf der Welt auf diese Frau verzichten konnte.

Zwei Tage vor der Hochzeit im Februar 1906 wurde Heinrich katholisch getauft – im Taufschein stand Henricus –, und Marie-Jose gab mit der Eheschließung ihre belgische Staatsangehörigkeit auf, was wesentlich weitreichendere Folgen haben sollte.

Fast genau einundzwanzig Jahre später, am 10. Februar 1927 musste er, Heinrich Hellenbrecht, Belgien für immer verlassen. Henz fühlte das gleichmäßige Holpern über die Schienen, dieses rhythmische Rütteln. Der Zug trug ihn ins Saarland, wo er dabei war, eine neue Existenz für seine Familie aufzubauen. Die belgische Regierung hatte ihn als Deutschen und als Feind Belgiens ausgewiesen. Denn im Ersten Weltkrieg war er seiner Einberufung gefolgt und war auf der Seite der Deutschen als Soldat eingesetzt worden. Deutsche Soldaten waren in Belgien als Besatzer von unerbittlicher Härte, als Belagerer von furchtbarer Grausamkeit aufgetreten.

Das flache, grüne Land unter dem weiten, grau verhangenen Himmel glitt an ihm vorbei: Flandern, seine zweite Heimat. Doch schwerer als jeder persönliche Abschiedsschmerz drückte ihn die Verantwortung, die er durch seine Staatsangehörigkeit seiner Familie aufgebürdet hatte. Er dachte an seine fast erwachsenen Töchter Florence und Véronique, zwanzig und neunzehn Jahre alt, die es wohl am schwersten treffen würde. Die Freundinnen und Freunde verlassen, den Arbeitsplatz in dem Büro in Oude God, in ein Land übersiedeln, das sie als Feindesland betrachteten, und das ohne deutsche Sprachkenntnisse, es würde schwer für sie werden. Er versuchte die anklagenden Blicke von Florence, Véroniques haltloses Schluchzen und die großen traurigen Augen von Frenne, seinem dreizehnjährigen Sohn, zu vergessen.

Hätte er ihnen seine Muttersprache vermitteln müssen in einer Situation, in der es für jeden Flamen eine Schande war, mit einem *Boche* zu verkehren? Dass das Saarland seit 1919 unter der Verwaltung des Völkerbundes stand, ja sogar eine eigene Nationalität hatte – in seinem neuen Reisepass stand ›Saarländer, eingewandert aus Preußen‹ – war für seine Kinder kein Trost.

Frenne, nach Jozefs Tod sein einziger Sohn, musste nun schon wieder die Schule wechseln. Vor etwa einem halben Jahr war Marie-Jose ins Aartsbisschoppelijk Sint-Stanislas Instituut bestellt worden, wo ihr Sohn die Quarta besuchte.

Sie hatte es gleich geahnt. Nein, sie nahm den angebotenen Platz nicht an. Steif aufgerichtet – oh, wie liebte er sie für ihre stolze Haltung! – hatte sie die gewundenen Sätze des Schulleiters der katholischen Privatschule angehört. Die unbezweifelbar ordentlichen, wenn auch nicht überragenden Leistungen von Frenne wurden anerkannt, ja seine besonderen

Leistungen im Fach Flämisch lobend hervorgehoben. Doch müsse er leider den Beschwerden der anderen Eltern Rechnung tragen, die nicht wollten, dass ihr Sohn mit einem Deutschen dieselbe Klasse besuchte; schließlich sei das Lycée auf das Schulgeld angewiesen. Nun war es gesagt. »Ich persönlich habe wirklich keine Vorbehalte ihrer Familie …«

»Bitte stellen Sie das Abgangszeugnis aus«, unterbrach ihn Marie-Jose Hellenbrecht.

»Mijnheer!« Grußlos hatte seine Frau das Sprechzimmer verlassen und Frenne sofort an einem der staatlichen Gymnasien angemeldet. Diese Stärke, was mag sie das gekostet haben!

In letzter Zeit hatten die Prügeleien und die Beschimpfungen als *Boche* auf dem Schulweg zugenommen. Die Kinder spielten die Kriege der Erwachsenen. Sein kleiner, schmaler Frenne. Wenn er doch nicht solch ein Träumer wäre!

Heinrich wusste noch nicht, wie er ihm mitteilen sollte, dass er ab sofort die erste Klasse der Volksschule in Burbach, einem Saarbrücker Stadtteil, wo sie wohnen sollten, besuchen müsse. »So ganz ohne Sprachkenntnisse kann ich Ihren Sohn leider nicht in die achte Klasse aufnehmen«, hatte ihm der Rektor klar gemacht. An ein Gymnasium war schon gar nicht zu denken. »Mit acht Schuljahren endet für ihren Sohn ohnehin die Schulpflicht.« Aber irgendwie musste der Junge doch Deutsch lernen!

Nur an Marie-Jose mochte Henz nicht denken. Sein Herz tat ihm weh. Sein Versprechen, immer für sie zu sorgen und sie zu beschützen, hatte er nicht halten können, und nicht nur dieses Mal.

In seiner Aktentasche lag der Umschlag mit den Durchschriften der Bittgesuche, die für ihn bereits im Jahr 1921 an die belgische Regierung gerichtet worden waren, als es nach dem schrecklichen Ersten Weltkrieg, dem *Grande Guerre*, um seine Rückkehr nach Antwerpen ging. Er klammerte sich an diese Briefe, die ihn rechtfertigten, seinen guten Ruf retteten.

Fast vier Jahre hatte man ihm nach Kriegsende die Einreise verweigert. Marie-Jose war mit dem vierjährigen Frenne und den drei Großen zu ihm nach Wiesbaden in die Steinstraße gezogen. Doch als Antoinette-Marie, seine Schwiegermutter, sie besuchte, sagte sie: »Es ist nicht gut für die Kinder, wenn sie aus der Schule und aus allem herausgerissen werden.« Daher waren Florence, Véronique und Jozef – ach sein schwieriger Jos! – mit der Großmutter nach Antwerpen zurückgekehrt.

Schon bald nach ihrem Wiedersehen in Wiesbaden war Marie-Jose dann wieder schwanger geworden, und 1919, als keiner von ihnen gewusst hatte, wie es weitergehen sollte, war ihr jüngstes Mädelchen auf die Welt gekommen, auf den Namen Marie-Jose getauft, aber Mugje genannt, weil sie so unglaublich winzig und zart gewesen war, dass man noch zu der Zweijährigen sagte: »Pass auf, sonst holen dich die Raben!«, Mugje, sein leichtherziger, fröhlicher Liebling, würde sich wohl am besten in der neuen Umgebung zurechtfinden.

Marie-Jose aber, seine Frau, die nach Kriegsende 1918 als Deutsche aus Belgien ausgewiesen worden war, Marie-Jose hatte damals in den zwei Jahren in Wiesbaden unendlich gelitten, unter ihrem Heimweh, ihrer Sprachlosigkeit, unter den abschätzenden Blicken der Deutschen, auch seitens seiner Verwandten, das muss gesagt werden! Die warmherzige Caroline, seine Schwester, und ihr Mann waren die einzigen, bei denen sich Marie-Jose wohl gefühlt hatte, und Caro hatte ihr auch beigestanden während der Geburt. Trotzdem, Marie-Jose hatte sich fremd gefühlt; sie mochte diese Deutschen nicht. Auch wenn es ihm sehr schwer gefallen war, sie gehen zu lassen, hatte er sie nicht zurückgehalten, als sie im August 1920 endlich nach Antwerpen zurückkehren durfte, nur sie und die drei Kinder.

Er, Heinrich, musste in Wiesbaden bleiben. Seine Heimatstadt war ihm in den zwanzig Jahren fremd geworden, erschien ihm, verglichen mit der pulsierenden Hafen- und Industriestadt Antwerpen, provinziell und beziehungslos. Nach dem Tod seiner Mutter, die bereits vier Jahre nach seiner Auswanderung gestorben war und die er bis heute in zärtlichster Erinnerung hielt, war er nur noch selten zu einem Besuch zurückgekehrt. Er war kein großer Briefeschreiber, auch wenn er oft an seine Schwester Caroline gedacht und sich einen engeren Kontakt gewünscht hatte. Der Vater war ihm immer schon fremd gewesen. Und der Kleine, sein kleiner Bruder Karl, war 1916 bei Herrmannstadt in Österreich ›für Kaiser und Vaterland‹ gefallen. Dieser Tod hatte ihn mehr in Schuldgefühle als in Trauer gestürzt.

In Antwerpen hatten Marie-Jose und ihre Familie alle Hebel in Bewegung gesetzt, um ihm die Aufenthaltserlaubnis in Belgien zu erkämpfen. Ein Leumundszeugnis des Bürgermeisters von Mortsel, eine hoch anerkennende, fast herzliche Bestätigung seines alten Chefs aus der Grande Librairie, dass er von integrem, ehrenwertem Charakter sei und sich stets bemüht habe, zum Vorteil Belgiens seinen Dienst zu leisten, hatten vorgelegen.

In seiner Bittschrift an den *Directeur Général de la Sureté Publique et des Prisons* im Justizministerium versuchte sein Schwiegervater Nicolas Mondier den ganzen Einfluss seiner jetzigen Stellung und seiner siebenundfünfzigjährigen Tätigkeit bei der Schifffahrtsbehörde geltend zu machen. Er wies darauf hin, dass sein Schwiegersohn immer ein guter, verantwortungsvoller Familienvater gewesen sei, dessen Frau und Kinder jetzt bei ihrem Bruder lebten, dass er von untadeligem Charakter sei, nie Hass oder Ressentiments genährt und sich stets integer gegenüber seiner Wahlheimat verhalten habe und dass nur »von seinem Willen und Einfluss unabhängige Umstände« ihn gezwungen hätten, sich aus Belgien zu entfernen.

Seine Nachbarn aus der Deurnestraat in der Bloemelei in Mortsel beschrieben ihn als liebenswerten, hilfsbereiten und angenehmen Mann, der seine belgische Familie liebte und dafür gesorgt habe, dass seine Kinder, die in Belgien geboren waren, als Belgier aufwuchsen und erzogen wurden.

Am meisten hatte der Brief der zwei Familien aus Berchem ihn berührt, die seine Tätigkeit während des Krieges ansprachen. Er hatte sich aus der Gefechtslinie zurückziehen wollen. Nie hätte er es sich verziehen, wenn er auf einen Menschen, gleich welcher Nationalität, hätte schießen müssen. Er schaffte es, im Schreibdienst beschäftigt zu werden, wobei seine Fremdsprachenkenntnisse wichtig waren. So wurde er als Zensor für das Internierungslager Meschede mit der Aufgabe eingesetzt, die Briefe der belgischen Gefangenen zu zensieren.

Leumundszeugnisse aus Antwerpen bestätigten ihm nun, dass er den Familien der Gefangenen direkte Nachricht habe zukommen lassen, dass er mündliche Botschaften der Gefangenen weitergegeben, dass er unzensierte Briefe weitergeleitet und dass er sein Brot den Gefangenen gegeben habe, »obwohl er selbst nicht viel gehabt hat«, dass er dies alles unter Inkaufnahme eines persönlichen Risikos getan habe, Aktionen »die ihn in einen Gefahr bringenden Zustand bringen konnten.«

Die Bittschriften aus längst vergangenen Tagen führte er nun mit sich wie einen persönlichen Schutzschild, der ihn davor bewahren sollte, an sich selbst irre zu werden.

Als dann am 1. Juni 1922 sein Sohn Jozef innerhalb von Stunden an einer unerkannten Blindarmentzündung in einem Internat in Bouchout starb, durfte er einreisen und bleiben. Woher der plötzliche Sinneswandel kam, blieb unbekannt. Hätte Marie-Jose sich so um ihren Sohn kümmern können, wie er es gebraucht hätte, und hätte er in den sechs Jahren, in denen er, Heinrich, abwesend war, einen Vater gehabt, wäre vielleicht alles anders gekommen. So aber war Jos immer schwieriger geworden, die Großeltern kamen nicht mehr mit ihm zurecht, und schließlich schien keine andere Möglichkeit zu bestehen, als ihn in ein Internat zu geben.

Er selbst hatte ihn sechs Jahre nicht gesehen, aber er würde sich ewig schuldig fühlen. Am meisten seiner Frau gegenüber. Marie-Jose war wie vernichtet.

Er hatte ihre Verzweiflung nach dem Tod der kleinen Franzisca 1913 erlebt, die nach einem halben Jahr im Frühjahr 1914 an einem plötzlichen Fieber gestorben war. Er hatte ihre Trauer miterlebt, als die Zwillinge 1911 nach wenigen Stunden verstarben. Er hatte seine Frau im Arm gehalten, als ihr viertes Kind 1910 nach nur sechs Wochen von einer Infektionskrankheit ausgelöscht wurde. Ihr Glaube, ihr Vertrauen, dass Gott ihr Schicksal lenke, dass Er geben und nehmen dürfe, wie Er wollte, blieb ungebrochen.

Aber als Jozef starb, starb ein Teil von ihr mit. Sie hatten ihren Sohn beerdigt unter Marie-Joses Mädchennamen Mondier – ein deutscher Name wäre undenkbar gewesen in jenen Tagen. Als er Marie-Jose am Grab stehen sah, wusste er, dass die Leichtigkeit des Lebens für immer von ihr gewichen war. Und nur selten hatte sie sich seitdem noch ans Klavier gesetzt, obwohl doch die Musik ihre Befreiung, ihre Lebensfreude gewesen war.

Er konnte seinen Gedanken nicht länger ausweichen. Fünf Jahre nach Jozefs Tod war er endgültig aus Belgien ausgewiesen worden. Das Erschrecken, die Trauer in Marie-Joses Augen, als er ihr mitteilte, dass seine Ausweisung und damit die Auswanderung seiner Familie nun unausweichlich feststünde, wich einer stillen Annahme, als habe sie seit langem mit nichts anderem gerechnet. Er hatte sie nicht bewahren können vor dem Abschied von ihrer Heimat, ihrer Familie, mit der sie so innig verflochten war, vor dem Absturz ins Unbekannte, dem Neuanfang im ungeliebten Deutschland, auch wenn das Saarland zurzeit nicht deutsch war. Sie waren mit ihren fünfzig und achtundvierzig Jahren nicht mehr so optimistisch jung, um einen Neubeginn leicht zu nehmen.

Nun, da er die ganze Last seiner Verantwortung ausgeleuchtet hatte, konnte er sich für einen Augenblick seinem eigenen Verlust widmen, dieser Zäsur, die ihn von allem trennte, was er als junger Mann erhofft und angestrebt hatte. Auf seinen früheren Beruf in der Buchhandlung hatte er schon nach Kriegsende verzichten müssen, damals in Wiesbaden, wo er zuerst im Passamt des Magistrats von Wiesbaden und ab 1919 als Büroleiter in der *Sous-Intendance* des 30. Corps der *Armée Francaise Du Rhin* gearbeitet hatte, und in den letzten fünf Jahren, in denen er Chefbuchhalter in der *Société Métallurgique De La Vesdre* in Brüssel gewesen war. Das Leben war so, man musste sich anpassen. Immerhin hatte er die tägliche Bahnfahrt von Antwerpen zu seinem Arbeitsplatz für seine Lektüre nutzen können.

Viel schlimmer wog der Verlust seiner wenigen Freunde und des Rückhalts in der weit verzweigten Familie Mondier, in der er eine familiäre Geborgenheit fand, die er so nie erfahren hatte. Er sah sich mit all den anderen, dem jovialen Nicolas, seinem Schwiegervater, mit Antoinette-Marie, seiner würdevollen Schwiegermutter, deren Güte er so sehr vermissen würde, mit seinen Schwägern und deren Frauen und vor allem mit Marie-Jose, immer wieder mit Marie-Jose an Sommersonntagnachmittagen in der weiß umgitterten Laube im hinteren Garten sitzen, während die Kinder aus den drei Familien lärmend im Garten spielten. All die Ausflüge, Picknicks, dieser Hauch von Luxus, den man sich ab und zu gönnte, die Kultur, die so selbstverständlich das Leben prägte, die ausgelassenen Feste, diese ganze fröhliche Lebensgestaltung war in all den Jahren ein Gegengewicht zu seiner nüchternen Ernsthaftigkeit gewesen.

Er ging zurück in die Vorkriegsjahre, diese glückliche Zeit seiner Ehe, in der seine drei Ältesten unbeschwert aufwachsen konnten, auch wenn der frühe Tod der Kleinen, die nicht leben durften, immer wieder den Himmel verdüstert hatte.

Abends, wenn er nach Hause kam, oder Sonntagnachmittags war das Haus von Musik erfüllt. Auch wenn er eigentlich keinen Sinn für Musik hatte, liebte er doch das Klavierspiel seiner Frau, die Lebensfreude, die Innigkeit, die Frömmigkeit, die sie hier ausdrückte, vor allem aber ihren Gesang.

Das plötzliche Rütteln des Zugs, ließ ihn aufschrecken, ein heftiger Schmerz schoss durch seinen Arm, zog über seinen Rücken, bohrte sich in sein Herz. Als er aufblickte, sah er die Häuser zu beiden Seiten der Dudweiler Straße in Saarbrücken, erkannte mit tiefer Verwirrung, dass er in einer Straßenbahn saß und nicht in einem Zug, dass er auf dem Weg zu seinem Büro war, dass man das Kriegsjahr 1942 schrieb und nicht das Jahr 1927 und dass er aus der Zeit gefallen war.

Die unerträgliche Gegenwart überfiel ihn, der Krieg, nun schon der zweite Weltkrieg, den er erlebte, der Schmerz, die Last der Verantwortung.

Nein, in Heinrichs Aktentasche befanden sich nicht die Leumundszeugnisse seiner Nachbarn und Freunde aus Antwerpen, sondern das Kündigungsschreiben der Firma Rosier, für die er nach seiner Übersiedlung ins Saarland eine Niederlassung mit Vertrieb und Lager aufgebaut hatte. Aber nun gehörte das Saarland seit 1935 wieder zu Deutschland – zum Deutschen Reich! –, und jetzt im Krieg waren Rohstoffe zur Herstellung von Nebensächlichkeiten, wie Parfümartikel, knapp geworden. Kurz und gut, man wollte die Filiale schließen.

»Wir werden uns selbstverständlich bemühen, für Sie, sehr geehrter Herr Hellenbrecht, dessen Arbeit immer unsere höchste Anerkennung gefunden hat, eine andere Beschäftigung zu finden.« Doch etwas Konkretes konnte man ihm nicht in Aussicht stellen. Und in fünf Monaten würde er fünfundsechzig werden.

Aber viel mehr beunruhigte ihn seit Tagen, dass er sich krank fühlte, sehr krank. Und was sollte aus Marie-Jose werden, wenn ihm etwas zustieß. Fast unversorgt würde er sie zurücklassen. Die Witwenrente würde sehr bescheiden sein.

Die diffusen Schmerzen, die ihn peinigten und die sein Hausarzt zunächst als Rheuma diagnostiziert hatte, hatten sich nach eingehenden Untersuchungen bei einem Spezialisten als Symptome ernstzunehmender Herzprobleme herausgestellt. Er hatte ihm nicht nur neue Medikamente verordnet, sondern ihm auch in Aussicht gestellt, dass er ihn für drei bis vier Wochen krankschreiben und ihn mit Spritzen behandeln würde, sollten die Beschwerden nicht besser werden.

Seiner Familie, Marie-Jose und Mugje, der einzigen Tochter, die noch bei ihnen wohnte, hatte er all dies verschwiegen. Wenn er seine Frau schon nicht beschützen konnte, wollte er sie wenigstens nicht beunruhigen.

So war Heinrich auch heute an diesem kalten Märztag zu der Niederlassung gefahren, damit alles in Ordnung wäre, falls man in der Zeit seiner möglichen Abwesenheit die Filiale schließen würde. Auf dem kurzen Weg von der Haltestelle zur Försterstraße musste er sich mehrmals an eine Hauswand lehnen, mit zusammengepressten Lippen, um nicht laut zu stöhnen vor Schmerz. Wenn er es bis zum Büro schaffte, würde er als erstes einen Brief an Frenne, seinen Sohn, schreiben, der in Afrika stationiert war, irgendwo bei Tunis oder in Libyen. Er musste ihm seine Sorgen mitteilen und die Verantwortung weitergeben. Frenne würde sich wundern, dass dieses Mal nicht die Mutter schrieb.

»Lieber Franz! Nun sollst Du endlich einen Brief von Deinem alten und kranken Vater erhalten.«

Ja, Heinrich fühlte sich alt über seine Jahre hinaus. Zuerst die üblichen Sätze schreiben von erhaltenen Briefen und anzukündigenden Päckchen. Nicht mit der Tür ins Haus fallen. Aber er musste ihm doch andeuten, dass er hier, in Saarbrücken, dringend gebraucht wurde.

»Hast du dich nicht geirrt, als Du in Deinem letzten Brief als Urlaubstermin 1943 angegeben hast? Sicher kannst Du es doch einrichten, schon in diesem Frühjahr für einige Zeit nach Hause zu kommen.«

Versteh mich richtig, mein Junge, dachte Heinrich, dieses eine Mal! Er hatte nie eine sehr enge Verbindung zu seinem Sohn gehabt, der Gedichte schrieb und davon träumte, Schauspieler zu werden. Seine ganze väterliche Autorität hatte er eingesetzt, um den damals Fünfzehnjährigen in einen bürgerlichen Broterwerb zu bringen. Sicher war es keine glückliche Situation, dass der Vater und die ältere Schwester bei seiner Ausbildung zum Kaufmann seine ersten Chefs waren.

Mit siebzehn hatte Frenne es durchgesetzt, dass er den Rest seiner Lehrzeit in der Kölner Zentrale absolvieren durfte; er hatte den Führerschein gemacht und sich mit achtzehn als Werksvertreter einsetzen lassen. Man stelle sich vor, dieser ungefestigte Mensch allein unterwegs in Frankreich, Süddeutschland und Österreich! Ja, er hatte sich entzogen, und er, der Vater, hatte manchmal schmerzlich gespürt, mit welch kühler Höflichkeit er ihm begegnete und wie überschäumend herzlich er Marie-Jose gegenüber war. Er musste ihm die jetzige wirtschaftliche Lage klar machen. Versteh mich richtig, mein Junge, dieses eine Mal!

»Nun zu der Sache mit Rosier. Du weißt ja schon, dass die Niederlassung mit Ende des Monats aufgelöst wird. Die Firma hat mir geschrieben, dass leider für mich keine andere Stelle besteht, doch noch bin ich nicht gekündigt.«

All die vagen Aussichten auf Arbeit, all die Aussagen der Firma mussten niedergeschrieben werden. Zeit gewinnen, bevor das Persönliche kommen sollte.

»Nun meine Krankheit: Seit Wochen fühle ich Stiche in Rücken und Brust.«

Nach dieser Einleitung war es leichter, in die Einzelheiten zu gehen.

»Die fast unerträglichen Schmerzen traten schließlich auch im Büro und zuhause auf.«

Nun noch die Einzelheiten der Behandlung, dann sein eigentliches Anliegen: Die Versorgung der Mutter. Er muss den Ernst der Situation begreifen, der Junge.

»Lieber Franz.
Das alles ist gar nicht so sonderbar oder erstaunlich. Man hat die Fünfundsechzig beinahe erreicht und hiermit vielleicht auch das Letzte. Wenn man bedenkt, dass man schon fünfzig Jahre arbeitet, so ist es klar, dass das Herz das Seine getan hat. Aber beim Schlimmsten sind wir als Auslandsdeutsche schlecht dran mit der Pension, denn ich habe nur wenige Jahre geklebt.«

Für ein paar Takte setzte sein Herz aus, so dass ihm schwarz vor Augen wurde. Aber noch einen persönlichen Gedanken wollte er seinem Jungen mitgeben.

»Ich sah aber alles schon so kommen und ich füge mich in das Schicksal, wie ihr es auch tun müsst. Ich sage oft: Ist es denn so schlimm, wenn man nicht mehr da ist als alter, verbrauchter Mensch, wo so viel junges Blut sein Leben lassen muss.

Ich wünsche Dir alles Gute, auch von Deiner lieben Mutti die besten Grüße.

Dein Vater«

Zehn Tage später, am Morgen des 25. März 1942, erlitt Heinrich einen Herzinfarkt. Solange Mugje im Haus war, hatte er versucht, seine Schmerzen zu verbergen. Er spürte, dass diese Herzattacke ernster war als alle bisherigen. Zu gerne würde er nachgeben, einfach nachgeben, dem Schmerz, der Erschöpfung, der Dunkelheit, die immer wieder auf ihn zukam. Aber Marie-Jose war noch nicht aus der Frühmesse zurück. Sie sollte ihn nicht so finden. Die Uhrzeiger verschwammen vor seinen Augen. Er hörte, wie Mugje die Haustür öffnete und mit jemandem sprach. Marie-Joses Stimme. Sie kam. Er wartete. Als sie eintrat, starb er.

Gedankensplitter – Marlenes Brief an Heinrich

Über Wochen habe ich Deinem Leben nachgespürt. Ist es daher verwunderlich, dass Du in meinem Traum auftauchst? Oder war ich es, die Dich mitgenommen hat in die bizarre Zwischenwelt? Beim Aufwachen konnte ich mich noch an jedes Detail erinnern, als sei dies kein Traum gewesen, sondern vielmehr eine Vision oder eine Botschaft. Lächle nicht so skeptisch, Urahn der kargen Nüchternheit.

Ich sehe Dich, meinen Großvater Heinrich, vor mir, wie Du in einer Menschenmenge vorwärts geschoben wirst, eingepresst zwischen andere. Oder wurdest Du nicht vielmehr geführt, vielleicht sogar von irgendeiner Obrigkeit abgeführt? Dann, wie in einer Fotomontage, wurde Dein Kopf in einer schnellen Abfolge ausgetauscht mit dem Foto meiner Großmutter, meines Vaters, meiner Tanten, meiner Mutter, während die Gestalt immer gleich blieb, und schließlich wurde mein eigenes Gesicht einmontiert, auch ich eine Geschobene in der Menge.

Das Allerseltsamste aber ist, dass diese Vorstellung, in das Schicksal einer Generationenkette eingebunden zu sein, mir tröstlich erscheint, eine *Condition humaine*, eine Einschränkung der Verantwortung für individuelles Glück.

Die eigentliche Aufgabe besteht darin, zu leben, zu überleben, anständig zu bleiben, mit dem in den Weg Geworfenen fertig zu werden.

Die Flamin

»Erzähl, Omi!« »Ihre Papa war noch ein ganz kleins Kindje. Mit einem Wagen mit Paarde sind wir nach s'Hertogenbosch geflüchtet.«

Die zehnjährige Marlene hörte der alten Frau zu. Sie kannte die Geschichte, auch all die anderen Geschichten aus Antwerpen, diesem verlorenen Paradies, und konnte doch nie genug davon bekommen.

Sie fand es nicht seltsam, dass ihre achtzigjährige Großmutter Marie-Jose Hellenbrecht ihre Enkelin siezte und den Kaufmann um die Ecke, Herrn Gerling, duzte. Marlene liebte das mit Flämisch durchsetzte kantige Deutsch mit den harten K- und T-Lauten und dem gerollten R, auch wenn sie manches Wort nicht verstand. Denn in den letzten Jahren verfiel Marie-Jose Hellenbrecht immer mehr zurück in ihre Muttersprache.

Für Marlene war die Mutter ihres Vaters Frenne keine Oma zum Anfassen. Diese kleine Frau, die gerade mal so groß wie ihre Enkelin war, diese aufrechte kleine Gestalt nötigte ihr, obwohl sie es zu der Zeit nicht hätte benennen können, einen tiefen Respekt ab. Die alten, müden Augen unter den faltig hängenden Lidern waren von seltsam dunkler Farblosigkeit. Marie-Joses rundes Gesicht verzog sich in tausend kleine Fältchen, ihr Mund lächelte, wenn sie zu Marlene sagte: »Lievdje.« Aber nie erreichte das Lächeln ihre Augen.

Im Gegensatz zu Marlenes anderer Oma Sophie, die farbige Kleider trug und dezent nach der Mode ging, war diese Großmutter immer schwarz und schlicht gekleidet. Selbst die schwarze Kittelschürze, die sie beim Kochen trug, hatte nur ein zartes Muster von weißen Blümchen. An Festtagen hellte sie ihre Kleidung mit einer geschlungenen weißen Spitzenkrawatte auf, und an ihren Ohren baumelten filigrane Ohrringe, die fast unmerklich wie in einer sanften Brise erzitterten, wenn sie sprach.

Das ganz Besondere aber war eine kleine Brosche, die den Kragen ihrer Bluse am Hals schloss oder die Knopfleiste ihres Kleides, ein goldgefasstes, von kleinen Steinchen umrahmtes, farbiges Emaille-Bildchen, an dessen unterem Rand fünf Zähnchen hingen, Milchzähnchen ihrer fünf Kinder, auch von Jozef, der schon, wie Marlene wusste, mit dreizehn gestorben war. Dieses Schmuckstück hatte für das Kind nichts Makabres, sondern verlieh der alten Frau etwas Ur-Mütterliches, als trüge sie ihre Vergangenheit mit sich.

»Wer ist die schöne Frau auf dem Bild?«, fragte Marlene, obwohl sie die Antwort kannte. Vor dem schwarzen Hintergrund wirkte das junge Gesicht blass und zart. Der breitrandige, türkisfarbene Hut, der auf der einen Seite mit weißen Federn besetzt war, und die Perlenkette, die über dem roten viereckigen Kragen mit dem weißen Spitzeneinsatz lag, ließen sie apart und irgendwie kostbar erscheinen. »Das ist Maman, mijn moeder.« Für Marlene war es jedes Mal wieder unfassbar, dass diese Abbildung mit der Fotografie einer weißhaarigen, gebrechlichen, alten Frau identisch sein sollte, die ihr als *Bonneke*, als Großmutter ihres Vaters und Mutter ihrer Großmutter, gezeigt worden war. Wenn man eine gute Stunde erwischte, nahm Marie-Jose die Brosche ab und zeigte der Enkelin die auf der Rückseite eingravierte Inschrift. »Lies, Lievdje!«, sagte sie dann. Und Marlene durfte die Gravur entziffern: A. Mondier Van der Velde, Antwerpen 1883. »Van der Velde war ihr Mädchenname. Die Brosche war ein Geschenk von mijn vader Nicolas Mondier naar anleiding van de geboorte van Phil.« Philipp war der jüngste Bruder der Großmutter, vier Jahr jünger als sie.

Marlene vermied, so gut es ging, die Bezeichnung Omi, nicht weil sie die alte Frau nicht geliebt hätte, sondern weil ihr das Wort für sie unpassend erschien. In späteren Jahren erst konnte Marlene das in Worte fassen, was sie damals empfand: Marie-Jose Hellenbrecht war das, was von einem Menschen übrig bleibt, der, zusammengestaucht, geschlagen, um alles gebracht, nur noch aufrechte Würde ist, der verfestigte Kern ihrer Persönlichkeit.

Niemand fand es erstaunlich, dass sie ihren Kindern Florence, Véronique, Frenne und Mugje, die doch selbst schon die Mitte des Lebens erreicht oder überschritten hatten, moralische Vorhaltungen machte und sich in ihr Leben einmischte, wenn sie es für nötig erachtete. Marlenes Vater wurde lächelnd wieder zum kleinen Jungen, wenn seine Mutter sagte: »Frenne! Handen aus de Tasch!«

Marie-Joses Autorität in der Familie war selbstverständlich, und in gewisser Weise wurde ihr sogar Verehrung in allerzärtlichster Form entgegengebracht. Vielleicht nicht von Florence, der ältesten Tochter, in deren Haus in der Celsiusstraße Marie-Jose Hellenbrecht seit einigen Jahren lebte.

Florence hatte nach ihrer Scheidung von Ludwig 1954 dieses kleine Reihenhaus in dem vom Krieg stark beschädigten Mittelstandsviertel aus den dreißiger Jahren gekauft und vor zwei Jahren ihrer Mutter und ihrer Schwester Vérone angeboten, bei ihr einzuziehen und die enge Wohnung in Brebach in der Hüttenstraße aufzugeben. Aber zwischen Florence und ihrer Mutter war ein Riss, das spürte auch Marlene.

Große Aufregung herrschte in dem Haus in der Celsiusstraße in Saarbrücken an jenem Dienstagmorgen im Frühling 1959, an dem die alte Frau verschwunden war. Florence telefonierte überall herum, sie blieb unauffindbar. Schließlich verständigte sie sogar die Polizei, denn die Mutter war herzkrank und hatte die letzten Tage das Bett nicht verlassen können. Gegen zehn Uhr traf dann Marie-Jose Hellenbrecht total erschöpft wieder zu Hause ein. Sie sei in der Frühmesse gewesen, das hätte man sich doch denken können. Schließlich sei sie drei Tage nicht mehr in der Kirche gewesen. Marlene sah den weiten Weg, den steilen Anstieg an der Steig vor sich und staunte über die zähe Willenskraft ihrer gebrechlichen Großmutter.

Die Achtzigjährige aber sah sich in diesem Moment einem gewaltigen Donnerwetter ausgesetzt, das über sie hereinbrach und in dem strikten Verbot endete, das Haus ja nicht noch einmal zu verlassen, solange sie so krank sei. Florences ganze Angst brach sich auf diese Weise Bahn und gipfelte in dem Satz: »Ausgerechnet in die Kirche musstest du gehen!« An der Stelle gewann Marie-Jose aber wieder Oberwasser. Gerade ihre älteste Tochter Florence, die Abtrünnige, die der Kirche Fernstehende, durfte ihr nicht so kommen. Der Riss zwischen den beiden Frauen vertiefte sich.

Als Marlene die Großmutter ein paar Tage nach ihrer Eskapade besuchte, war sie wieder wohlauf und saß in ihrem bequemen, dick gepolsterten Sessel am Küchenfenster. Doch wie so oft in letzter Zeit fühlte das Mädchen, wie ihre Großmutter sich innerlich entfernte, wie sie in eine andere Welt abtauchte und Bilder sah, von denen sie nie sprach.

Marie-Joses Blick schweifte über den kleinen Garten. Ihre Tochter Véronique hatte ein neues Blumenbeet angelegt und das meiste Unkraut beseitigt. Dennoch sah das kleine, von Büschen umgebene Wiesenstück etwas struppig aus, eben nicht so adrett. Aber Vérone musste ja im Büro, bei der Behörde, arbeiten und führte zudem den Haushalt. Da blieb nicht viel Zeit.

Seit sie in der Celsiusstraße wohnten, bestand diese Arbeitsteilung: Vérone war für die meisten Arbeiten in Haus und Garten zuständig, und Florence ging Tag und Nacht, sieben Tage die Woche ihrem Beruf nach, verbunkerte sich in ihrem Büro, das sie sich im Wohnzimmer eingerichtet hatte, arbeitswütig bis zur Erschöpfung, ohne Pause. Sie kannte weder Sonn- noch Feiertag.

Frenne, der mit seiner Familie in derselben Straße wohnte, hatte sie immer wieder entschuldigt: »Sie muss Geld verdienen. Das Haus muss noch abbezahlt werden, und die Selbstständigkeit ist eine riskante Sache. Da muss man erst einen Kundenstamm aufbauen. Du musst das verstehen, sie tut das auch für euch! Ihr könnt dort umsonst wohnen, und sie unterstützt dich.« Aber sie, Marie-Jose, wusste es besser. Für Florence gab es nichts anderes als Beruf und Geld, Geld und Beruf. Sie ging in keine Kirche und lebte ohne Gott!

Marie-Jose schaute zu dem verwilderten Trümmergrundstück, das an den Garten angrenzte, und suchte in den Ruinen des Nachbarhauses die einsame, fast zwei Meter hohe, rote Backsteinmauer zwischen Goldruten und Weißdorn, die sich wie ein magisches Relikt am Trümmerrand parallel zur Grundstücksgrenze hinzog.

Sofort hörte sie wieder die entsetzte Stimme ihrer Mutter: »Marie-Josephine, descends, descends vite, dadelijk et viens ici!«

Oh Gott, wenn ihre Mutter sie mit vollem Namen und auf Französisch zu sich rief, war höchste Alarmstufe angesagt. Eben noch hatte sie sich in der ängstlichen Bewunderung ihrer beiden jüngeren Brüder Lucas und Philipp gesonnt und war in ihrem weißen Kleidchen, das ihr bis zu den Waden reichte, auf Zehenspitzen über die schmale hohe Mauer an der Grundstücksgrenze getrippelt, hatte Kusshändchen geworfen, einen imaginären Sonnenschirm hervorgeholt, ihn ausbalanciert, um dann plötzlich mit wild rudernden Armen ihr Publikum in Angst und Schrecken zu versetzen, und gleich darauf war sie mit zurückgeworfenem Köpfchen übermütig lachend wie ein kleiner Teufel hin und her gesprungen. Nun hatte Maman sie erwischt, und ihre Brüder hatten sich unter dem Gebüsch des Flieders unsichtbar gemacht.

Wo aber war die Leiter? Wie konnte sie umfallen? Todesmutig sprang Marie-Jose die zwei Meter in die Tiefe, keine Kleinigkeit für eine Sechsjährige, landete auf Händen und Knien – jetzt hatte sie auch noch Grasflecken auf dem Kleid! – und lief tapfer ihrer Bestrafung entgegen. Wahrscheinlich wieder einmal kein Nachtisch!

Ihre verehrungswürdige Mutter Antoinette-Marie, die das Schöne und die feinen Formen liebte, stand dem Temperament ihrer Tochter manchmal recht hilflos gegenüber. Ach, das betrübte Marie-Jose sehr – bis sie wieder etwas anderes ausheckte. Vielleicht gerade deshalb war sie der Liebling ihres Vaters Nicolas, dessen schwarzes, festes Haar und dunkle Augen sie geerbt hatte. »Spring-in't-veld« oder »Wildzang« nannte er sie.

Nur am Klavier bewies sie eine unendliche Ausdauer und Geduld. Maman hatte sie schon mit vier Jahren ans Klavier gesetzt. Zwei dicke Kissen mussten untergelegt werden, damit sie die richtige Haltung einnehmen konnte. Schon bald konnte sie mit Maman zusammen alle Kinderlieder *à quatre mains* spielen, aber auch schon kleine Tänze und Etüden.

Ja, wenn Marie-Jose an ihr Elternhaus in Berchem bei Antwerpen dachte, sah sie die Sonne durch die langen Spitzenstores Sternchen auf die dunklen Teppiche werfen, sah die steile Holztreppe mit den gedrechselten Geländerpfosten, die zu den Schlafzimmern im ersten Stock führte, auf dieser Treppe hatte sie einmal ihren späteren Mann Henz furchtbar erschreckt, und sie sah den kleinen parkartigen Garten mit den hohen Eschen und Pappeln hinter dem Haus und die rote Backsteinmauer im Hintergrund.

Blumenduft, Klaviermusik, ewige Sonne, die sanfte Stimme von Grand-maman, die genau wie Maman aus den Niederlanden stammte. Maman, die dem Mädchen Anweisungen gab. Maman, die so wunderschön singen konnte, dass all das, was in dem Kind Marie-Jose brodelte und brauste, ganz still wurde, und Papas feste, dunkle Stimme, wenn er am Abend Geschichten erzählte, fast immer von Schiffen und dem weiten Meer, denn Nicolas Mondier arbeitete bei der Schifffahrtsbehörde. Das alles war das Paradies von Berchem.

Wenn Marie-Jose nun durch die acht Jahrzehnte zurückwanderte und ihre Gedanken über Bitterkeiten und Schmerzen hinweg gleiten ließ, verharrte sie oft in diesen frühesten Jahren der Sorglosigkeit, aber auch in der Zeit ihrer Jugend, als das Leben sich wie ein farbenreicher Teppich mit überraschenden Mustern vor ihr ausbreitete und es ganz ihr überlassen schien, auf welche Ornamente und Farbinseln sie ihren Fuß setzen würde. Liebevoll förderten die Eltern ihre leidenschaftliche Liebe und ihr Talent zur Musik. Ja, mit sechzehn erhielt sie sogar Klavier und Gesangsunterricht am Konservatorium. Aber dass diese künstlerische Betätigung nicht ihr Lebensinhalt sein würde und dass man von ihr erwartete, dass sie Schneidern lernte und in dem Wäschegeschäft am Kornmarkt ihrer Mutter in der Näherei und im Verkauf zur Hand ging, akzeptierte sie.

Jedoch in der Wahl eines Ehemannes ließen ihr die Eltern freie Hand, zumindest was das Ablehnen von Anträgen anbelangte. Sie musste damals sehr selbstbewusst gewesen sein, sagte sie sich heute. Denn als Frau mit fünfundzwanzig Jahren noch nicht verlobt zu sein, war für die Jahrhundertwende eher unüblich, und diese Tatsache beunruhigte besonders ihre Maman sehr. Marie-Jose nahm im Nachhinein an, dass ihr das freie, sorglose und beschützte Leben im Haus ihrer Eltern und das abwechslungsreiche und in mancher Beziehung unabhängige Dasein als berufstätige Frau so sehr zugesagt hatte, dass sie ganz getrost auf die große Liebe warten konnte. Auch musste sie wohl ihrem Charme und ihrem unbestreitbar guten Aussehen vertraut haben.

Und dann begegnete sie Henz. Nein, eigentlich war es so, dass sie ihn fast täglich rein zufällig sah, wenn sie den Oude Koornmarkt entlangging, wo sich das Geschäft ihrer Mutter befand. Oder besser, sie merkte allmählich, um welche Zeit sie ihm begegnen konnte. Natürlich spürte sie, dass sie ihm gefiel, aber er sprach sie nicht an. Sie hatte fast schon die Hoffnung aufgegeben, als er sie an jenem blauseidigen Himmelfahrtstag auf dem Handschoenmarkt vor der Kathedrale zum ersten Mal grüßte. Und dabei dieser Blick! Selten hatte sie in einem Gottesdienst so flehentlich um etwas gebetet wie an diesem Festtag. Dass er sich bereits am nächsten Tag in die Höhle des Löwen getraut und sie im Geschäft aufgesucht hatte, erstaunte sie bis heute.

Marie-Jose fand seinen deutschen Akzent reizend, ebenso seine etwas steife Schüchternheit, die sie zu übermütigen Streichen herausforderte. Seine Augen unter der hohen Stirn, eine richtige deutsche Denkerstirn, hatte sie gedacht, waren glasklar, ernst und offen, und sahen ihr mitten ins Herz. Seine Bereitschaft, alles für sie zu tun, rührte sie. Noch heute fühlt sie sein weiches, blondes Haar unter ihren Händen und das Bedürfnis ihm nahe zu sein. Trotz all seiner nüchternen Geradheit, seiner

Vorstellung von einem geordneten Leben, ja seiner Starrheit, hatte er gerade sie gebraucht, die wirbelnde Linien in sein Leben brachte und laut sang, wo er nur verhalten lächelte. Ihr Beschützer, den sie beschützte.

Die ersten neun Jahre ihrer Ehe, bevor der Krieg ausbrach, waren fast wie eine Fortsetzung ihrer unbeschwerten Jugend. Eine gute Zeit, auch wenn mit den vier Kindern neue Pflichten und Verantwortlichkeiten auf sie zukamen. Und Verlusterfahrungen, denn vier Kinder, die sie in diesen Jahren gebar, wurden nicht älter als ein halbes Jahr. Aber daran wollte sie nicht denken. Nicht jetzt.

Marie-Jose hatte es nie als etwas Besonderes angesehen, dass Heinrich aus Deutschland stammte. In ihrer Familie hatten sich schon einige Nationalitäten vermischt. Von mütterlicher Seite gab es viele Niederländer, die van der Velde, aber auch die Lafranconis, die ursprünglich aus Spanien oder aus Italien gekommen sein sollen. Die Eltern von Nicolas Mondier stammten aus Antwerpen, seine Mutter war eine van Dael, doch seine Vorfahren väterlicherseits waren irgendwann aus Frankreich eingewandert. Und alle fühlten sich als Angehörige dieser erst 1830 proklamierten jungen Nation Belgien, auch wenn man zu bestimmten Gelegenheiten mit großer Innigkeit die flandrische Hymne sang.

Auch Heinrich Hellenbrecht hatte sich integriert, war eingebunden in die weit verzweigte Familie und den Freundeskreis seiner Frau, sprach mit seinen Kindern Flämisch und an seiner Arbeitsstelle in der Buchhandlung O. Forst Flämisch, Französisch oder auch ein paar Brocken Englisch, wenn es erforderlich war.

Dass sie, die Flamin und ihre Kinder, durch die Heirat als Deutsche galten, war für Marie-Jose eine bedeutungslose Formalität, bis zum 2. August 1914, als die deutsche Generalität zur Umsetzung des Schlieffen-Plans Belgien ein unannehmbares Ultimatum setzte, und damit der Krieg ausbrach, der erste Teil des *Grande Guerre*, wie er später genannt wurde.

Die Neutralität Belgiens war eine wichtige Garantie für die Sicherheit des kleinen Landes inmitten der konkurrierenden europäischen Großmächte, die sich 1830 verpflichtet hatten, für diese Neutralität einzustehen. Mit einem Federstrich wurde dieser Garantievertrag von den Deutschen gebrochen, um über Belgien in Nordfrankreich einfallen zu können. Mit dem Widerstand dieser kleinen, im Machtpoker der Großen zu vernachlässigenden Nation, die ohnehin im Inneren durch ideologisierte Sprach- und Machtkonflikte zwischen Wallonen und Flamen zerstritten war, hatte die deutsche Armee nicht gerechnet.

Aus Angst vor nationalen Freischärlern, so genannten *Franc-Tireurs*, vielleicht auch aus Wut über den unerwarteten Widerstand der Belgier, gingen die deutschen Soldaten mit unvorstellbarer Härte und Brutalität gegen die Zivilbevölkerung vor. Mehrere tausend belgische Zivilisten kamen bereits in diesen Augustwochen ums Leben. In der belgischen Bevölkerung wuchs ein wütender, begeisterter Patriotismus. Aber da alle Demonstrationen des Widerstands von den Besatzern strengstens verfolgt wurden, erklangen Lieder der Freiheit und nationale Hymnen nur noch in den Kirchen. Die Zugehörigkeit zur katholischen Kirche wurde zum Symbol des Widerstands.

Heinrich Hellenbrecht gehörte als Deutscher zu den Feinden und wurde daher am 2. August 1914 ausgewiesen. Etwa zur gleichen Zeit erhielt er den Einberufungsbefehl zur deutschen Armee. Aber auch sein Pflichtbewusstsein ließ ihm keine andere Wahl.

Wäre er bei seiner Familie in Antwerpen geblieben, wäre er spätestens in den ersten Kriegswochen als Verräter und Feind erschossen worden, damals als die deutsche Armee die Städte und Ortschaften Andenne, Dinant, Tamines, Loewen, Aarschot, Rossignol überfiel, Ypern auslöschte, Häuser und Kunstdenkmäler brandschatzte und die Bevölkerung mit Terror überzog, und schließlich Lüttich, Namur, und am 20. August Brüssel eroberte.

Marie-Jose und Henz mussten Abschied nehmen, eine Trennung für ungewisse Zeit. Als sie am Bahnhof von Antwerpen standen, die letzten Augenblicke der Nähe suchten, voll Sorge um das Schicksal des Anderen, voll Angst vor dem getrennten Leben, wusste Marie-Jose, dass dieser Krieg, dass die unterschiedlichen Perspektiven in der Folgezeit sich wie ein Keil in ihre Ehe drängen würden.

Sie war hochschwanger mit ihrem vierten Kind. Nur eineinhalb Jahre her war es, seit sie ihre kleine Franzisca begraben hatten, die nur sechs Monate alt geworden war. Trotz der Erwartung, bald wieder ein Kind im Arm zu halten, trotz der Freude über die drei Großen, war dieser Schmerz noch frisch und brennend.

Anfang September 1914 brachte Marie-Jose Hellenbrecht ihren zweiten Sohn Frenne zur Welt. Darüber hätte sie nicht mehr zu sagen gewusst als über die sechs Geburten davor. »C'est la vie«, pflegte sie zu sagen.

In den ersten Oktobertagen, noch ehe die deutschen Truppen Antwerpen erreicht hatten, packte Marie-Jose das Notwendigste zusammen, um ihre Heimatstadt Antwerpen zusammen mit den Kindern zu verlassen. Ihr Vater hatte einen Pritschenwagen organisiert und zwei Pferde, eine Meisterleistung in dieser unruhigen Zeit, in der alle Dinge von militärischem Wert requiriert wurden und so viele auf der Flucht waren.

In letzter Minute, so dass keine Zeit mehr zur Diskussion blieb, gab Marie-Joses Mutter, Antoinette-Marie, ihren Entschluss bekannt, Tochter und Enkelkinder zu begleiten. Ein Freund der Familie, Gerard Steenwinckel, würde das Gefährt nach s'Hertogenbosch zur Familie van der Velde, Verwandten der Mutter, geleiten und den leeren Wagen wieder zurückbringen.

»Florence, du passt auf Véronique auf. Lass sie nicht von der Hand, wenn wir absteigen müssen. Jozef, du bleibst immer bei Grand-maman, egal, was passiert.«

Marie-Jose organisierte alles generalstabsmäßig. Die Reaktion der Kinder, die mit ihren sieben, sechs und fünf Jahren verunsichert, ängstlich, aber auch neugierig den Aufbruch verfolgten, nahm sie nicht wahr.

Lediglich Florence ahnte wohl die Tragweite der Reise, und sie spürte die ihr aufgetragene Verantwortung.

Das Baby lag in Marie-Joses Arm, als sei es ein Teil von ihr, während sie räumte, überprüfte und Abschied nahm. »Maman, es wird eine lange unbequeme Fahrt. Sie müssen sich schonen, setzen Sie sich schon mal da vorn hin!« Marie-Joses Mutter war mit ihren sechzig Jahren noch nicht alt, aber die Aufregungen der letzten Wochen hatten sie sehr mitgenommen.

Marie-Jose hätte später nicht mehr sagen können, wie lange die Fahrt gedauert hatte. In ihr blieb nur der Eindruck tiefer Erschöpfung zurück, in der sich die unzähligen Kilometer auf schlammigen Nebenwegen, zu Fuß hinter dem Wagen, in einem stetig fallenden Nieselregen, die Verspannung angstvoller Wachsamkeit und der Schmerz in ihrem Arm, mit dem sie das Bündelchen an sich presste, das schrie und schrie und schrie, sammelten.

Der Krieg veränderte vieles. Nach ihrer Rückkehr nach Antwerpen lernte Marie-Jose, die Familie alleine durchzubringen. Mittlerweile waren ihre Eltern in das Doppelhaus in der Bloemelei in Mortsel bei Antwerpen gezogen, das Marie-Jose und ihr Bruder Lucas mit ihren

Familien gemeinsam bewohnten; und je länger der Krieg in Belgien wütete, umso mehr waren die Eltern in die Rolle der Schutzbedürftigen geglitten, denen Marie-Jose Trost spenden musste. Dennoch, so behauptete Marie-Jose später, hätte sie es ohne deren Hilfe nicht geschafft.

Das Kriegsende wurde für Marie-Jose zum Schock. Sie, die Deutsche, musste in Angst vor den Ressentiments ihrer belgischen Landsleute leben. Sie musste Antwerpen verlassen.

Als Flamin verstand sie zutiefst den Abscheu, die Wut auf die besiegten Besatzer. Sie verfolgte wie ihre anderen Landsleute den Prozess in Leipzig und erhoffte sich eine Bestrafung der Kriegsverbrecher. Aber nun war sie zur Feindin und damit heimatlos geworden.

Mit ihren vier Kindern reiste sie nach Deutschland in die Heimatstadt ihres Mannes. Während der wenigen Besuche in Wiesbaden in den Jahren vor dem Ersten Weltkrieg hatte Marie-Jose einen ganz angenehmen Eindruck von den Deutschen gewonnen, doch das lag eher an Heinrichs Verwandten. Aber nun, im November 1918, in der nationalistisch aufgeheizten Atmosphäre nach dem verlorenen Krieg, spürte sie die Feindseligkeit der Wiesbadener in der von den Franzosen besetzten Stadt, die kalten, neugierig starrenden Blicke, die sie trafen wie Nadelstiche, wenn sie den Busfahrschein löste und »een Biljet voor funfzick« sagte.

Vier Jahre der Trennung durch den Krieg lagen hinter Marie-Jose und Heinrich, vier weitere belastende Jahre, in denen ihrem Mann die Einreise nach Belgien verweigert wurde, lagen vor ihnen.

Nach dem *Grande Guerre* hatte sich Heinrich Hellenbrecht verändert. Existenzsorgen und die Ausweisung aus der als so selbstverständlich wahrgenommenen zweiten Heimat, die Unzuverlässigkeit des Lebens und die Erfahrung, dass man trotz aller Rechtschaffenheit nicht immer auf der Seite des moralischen Rechts stehen konnte, hatten den zuvor Nachdenklichen grüblerisch gemacht. Dass er ab 1916 im Internierungslager von Meschede die Briefe der Deportierten aus seiner Wahlheimat Belgien zensieren musste, hatte sein Rechtsgefühl tief getroffen. All seine Anstrengungen, ein anständiger Mensch zu bleiben, gegen jede Dienstvorschrift Hilfe zu leisten, persönliche Begegnungen dazu zu nutzen, Angehörige in Belgien zu verständigen, seine Bemühungen, die Zensur großzügig zu handhaben, all das war zu wenig. Er stand auf der falschen Seite des Stacheldrahts. Marie-Jose konnte ihm besser verzeihen als er sich selbst.

Seine Genauigkeit trug immer häufiger Züge von Pedanterie, als wolle er sich inneren Halt durch äußere Regeln verschaffen. Für Marie-Jose aber galt der uneingeschränkte Entschluss, ihre Ehe aufrecht zu erhalten, und es gelang ihr sogar auf humorvolle Weise, ihm das Leben erträglicher erscheinen zu lassen.

Ein Jahr nach der Übersiedlung nach Wiesbaden wurde Marie-Jose schwanger. Ihre Mutter Antoinette-Marie besuchte sie und nahm die drei älteren Kinder Florence, Véronique und Jozef mit nach Antwerpen. Die Sorge um die in der Obhut der Großeltern und der Familie ihres Bruders zurückgelassenen Kinder bedrückte Marie-Jose, aber es war die beste Lösung für die schulpflichtigen Kinder. Im Oktober kam in der Steinstraße ihr jüngstes Kind zur Welt. Es sollte nach ihr benannt werden. Aber vom ersten Augenblick an blieb der liebevolle Spitzname Mugje, was soviel bedeutet wie kleinwinzige Mücke, an dem kleinen Wesen hängen. Das einzige nach dem Ersten Weltkrieg und dazu noch in Deutschland geborene Kind sollte diesen flämischen Namen bis ins hohe Alter behalten

Dennoch, trotz ihrer unverbrüchlichen Solidarität mit Heinrich, blieb sie keinen Tag länger in Deutschland, als sie – vor allem auf die Initiative ihres Vaters hin – nach zweijährigem Exil 1920 nach Antwerpen zurückkehren durfte, während ihr Mann weiterhin in Wiesbaden bleiben musste. Die Familie wieder zu vereinen, auch wenn der Vater noch fehlte, die kleine Mugje mit ihren älteren Geschwistern zusammenzubringen, alle Kinder wieder am Tisch zu versammeln, auch am Leben ihrer drei Großen wieder Anteil zu nehmen und ihre Eltern wieder zu sehen, das war die Erfüllung ihres einzigen Wunsches, den sie in den zwei Jahren der Trennung gehegt hatte.

Doch Jozef, mittlerweile elf Jahre alt, dem der Vater am meisten gefehlt hatte all die Jahre, war schwierig geworden. Er war aufsässig, kam nach der Schule nicht pünktlich nach Hause und trieb sich mit älteren Jungen herum, die offensichtlich keinen guten Einfluss auf ihn hatten. Seine Leistungen in der Schule waren so schlecht, dass er das Schuljahr würde wiederholen müssen. Marie-Jose konnte das Rad nicht zurückdrehen. Ihre Abwesenheit hatte ihm, trotz der zärtlichen Zuwendung der Großeltern, geschadet. Sie fühlte, wie er ihr entglitt und dass ihr Einfluss nicht stark genug war, um ihn zu halten. Noch zögerte sie, hielt Rücksprache mit ihrem Mann, beriet sich mit ihrem Bruder Phil. An dem Tag, an dem sie Jozef im Internat Sint Jesu in Bouchout anmeldete, hatte sie zum ersten Mal das Gefühl, ihn zu verlieren. Seine Tränen, seine Schwüre brachen ihr das Herz, aber sie hielt es für das Beste für ihr Kind, wenn es in eine strenge Ordnung käme.

Zwei Jahre dauerte der Papierkrieg um Heinrichs Rückkehr. All die Petitionen von Nachbarn, Freunden und Familie, dem Bürgermeister, dem Pastor und dem Arbeitgeber, das Leumundszeugnis der Angehörigen von Deportierten, denen Henz in Meschede Gutes getan hatte, hatten angesichts der Erbitterung und des Hasses auf die Deutschen, die so viel Leid über die belgische Bevölkerung gebracht hatten, nichts bewirken können.

Und dann kam die Nachricht aus Bouchout: »Ihrem Sohn Jozef geht es sehr schlecht.« Seine Zeit wurde in Stunden gemessen. Als Marie-Jose eintraf, lag er im Sterben. Eine unerkannt gebliebene Blinddarmentzündung, vielleicht auch ein Blinddarmdurchbruch. Sie hielt ihn im Arm, doch sie würde ihn verlieren.

Was ist das Leben des Menschen? Ein Hauch, der für eine kleine Zeit erscheint und dann verschwindet. Die Sätze durchdrangen, verletzten, retteten sie schließlich vor dem Verrücktwerden in der Verrückung der Welt um sie herum.

In diesen dunkelsten Stunden ihres Lebens im Sommer 1922, als sie am Sterbebett ihres dreizehnjährigen Sohnes Jozef saß und alle Erinnerungen an die vier Kleinen, die sie geboren hatte und nach so kurzer Zeit wieder hergeben musste, aufbrachen, als sie darauf wartete, dass man ihren Mann nach Belgien einreisen ließ, an jenem strahlend blauen Junitag, als sie die Worte des Pfarrers an Jozefs Grab hörte: »Von der Erde bist du genommen, zur Erde sollst du zurückkehren«, damals wäre sie fast zerbrochen.

Für Jozefs Sterbebildchen hatte sie die Worte des Hl. Augustinus gewählt: *Nicht Fürsorge noch Gebete konnten seine Krankheit heilen. Gott hat das Opfer von uns gefordert: Sein heiliger Name sei gepriesen. Er vermischt oft mit Bitterkeiten das Glück dieser Erde, auf dass wir uns dem Himmel zuwenden sollen, wo das Wohlsein niemals endet.* Und den Text aus dem Buch Hiob hinzugefügt: *Er empfing, sich Gottes Willen unterwerfend, alles, was über ihn kam, und keine einzige Klage ist über seine Lippen gekommen.* Ihr unendlicher Schmerz mündete in die verzweifelt beschworene Hoffnung auf Gott, der ihr den Schmerz auferlegt hatte.

Einen Tag nach Jozefs Tod erhielt Heinrich Hellenbrecht die Aufenthaltsgenehmigung und durfte nach Belgien einreisen. Sein Sohn wurde unter dem Namen Mondier beerdigt. Es war nicht günstig einen deutschen Namen auf den Grabstein zu setzen.

Die Stimme ihrer Tochter Florence drang in den Schmerz von Marie-Joses Leben und rief sie wieder in die Gegenwart zurück. »Mama, du hast hier schon wieder zwei Tabletts mit Petersilie stehen. Du hast doch schon massenhaft getrocknete Petersilie im Schrank.« »Davon verstehst du nichts. Du kochst ja nie«, gab Marie-Jose zurück. »An jedes Essen machst du Petersilie oder Rosinen. Es schmeckt einfach nicht«, beharrte Florence. »Heute koche ich«, beschwichtigte Vérone, die gerade von der Arbeit gekommen war.

Die gleichmäßigen Alltagsgeräusche von Geschirrklappern und siedenden Töpfen, die leisen Stimmen ihrer Töchter, die die Vorkommnisse des Tages miteinander besprachen, und das Chanson, dieses alte Lied von der Liebe, das aus dem kleinen Kofferradio drang:

Parlez-moi d'amour, / redites-moi des choses tendres, /
Votre beau discours, / mon coeur n'est pas las de l'entendre.

All dies schuf einen Kokon der Geborgenheit um Marie-Jose. Sie glitt aus der Gegenwart in die bittersüßen Jahre nach Jozefs Tod bis zur endgültigen Ausweisung aus Belgien.

Zwischen den Schmerzpunkten ihres Lebens kehrte in den Jahren 1922 bis 1927 wieder Normalität im Haus in Mortsel ein. Vor allem in der Erinnerung war diese Zeitspanne für die ganze Familie Hellenbrecht die Zeit des Paradieses.

Zwar war Marie-Joses Klavierspiel selten geworden, auch hörte man sie nicht mehr singen. Zwar hatte Henz seine alte Arbeitsstelle verloren und musste jetzt jeden Tag zur Arbeit nach Brüssel fahren; zwar verlor Marie-Jose ihren Vater, der im Jahr 1924 an einer Herzerkrankung starb; doch waren es im Rückblick glückliche Jahre.

In der anderen Hälfte des Doppelhauses in Mortsel wohnte Lucas, Marie-Joses Bruder, mit seiner Frau Henriette und seinem Sohn Jan. Seit auch die Großeltern bei ihrer Tochter Marie-Jose eingezogen waren, lebten die Kinder in einem großen Familienclan, der oft noch erweitert wurde, wenn Phil, Marie-Joses ältester Bruder, mit seiner Familie zu Besuch kam, oder die Lafranconis, Verwandte von Grand-maman. Der Clan bescherte ihnen Schutz, Sicherheit und Liebe von allen Seiten, vor allem aber Cousins und Cousinen, mit denen es sich, je nach Alter, herrlich spielen oder reden ließ.

Die familiäre Verbundenheit erlebten die Kinder vor allem während der zahlreichen Familienfeste. Schon ein einfacher Sonntagnachmittagskaffee konnte einen festlichen Charakter haben, wenn sich alle in ihren eleganten Sonntagskleidern um den langen Esstisch drängten oder sich in der Laube im hinteren Garten versammelten. Die temperamentvoll und gestenreich geführten Unterhaltungen, die oft von schallendem Gelächter unterbrochen wurden, waren selbst für die Jüngsten interessant; auch wenn sie die witzigen Anspielungen und Wortspiele nicht immer verstanden.

Das Fest, das die Kinder, aber auch die Erwachsenen fast ebenso sehr liebten wie Weihnachten, war Fastnacht. Jeder Einzelne in der Verwandtschaft setzte alles daran, um sich mittels Schminke, Perücke, Brille, Hut, und Schleier möglichst unkenntlich zu präsentieren. Dabei kam es nicht etwa auf besondere Schönheit an. Im Gegenteil! Das größte Gelächter erntete derjenige, der wahren Mut zur Hässlichkeit zeigte. Schwarze Augenringe, eine dicke künstliche Warze, eine schlabberige, viel zu weite Hose, wild abstehende Haare oder eine alte Schlafmütze konnten die vertrauten Respektspersonen für eine Nacht in eine monströse, ausgelassene, wirbelnde Gesellschaft verwandeln. Jemand spielte Klavier, in allen Räumen wurde getanzt und keines der Kinder wurde ins Bett geschickt. Schließlich war Fastnacht.

Auch sie, Marie-Jose, feierte mit. Man stirbt nicht mit den Toten, höchstens ein Teil in uns, und man verrät sie nicht, wenn man weiterlebt. *Ich setze dir ein Mal aus purem Schweigen.* Marie-Jose hat diese Zeile aus dem Gedicht von Mascha Kaleko, das die Dichterin nach dem Tod ihres Sohnes geschrieben hat, nicht gekannt. Aber so war es.

Für die große Anzahl von Personen, die hier lebten, war das Haus trotz der vielen Zimmer etwas eng. Aber der weitläufige, zu fast jeder Jahreszeit von Blumen überbordende Garten mit dem kleinen Rosenrondell direkt hinter der Terrasse, den Johannisbeerbüschen und Gemüsebeeten, mit den Spalierobstreihen vor der hinteren Gartenmauer und mit den verschlungenen Wegen, die von hohen Bäumen überschattet wurden, war wie ein zweites Wohnzimmer oder ein Spielzimmer riesigen Ausmaßes.

Wenn Marie-Jose ihrem Sohn Frenne zusah, wie er und seine Cousins Frans und Jan die arme Katze, die sie unbedingt dressieren wollten, durch den Garten jagten oder mit Indianergebrüll aus den Büschen hervorbrachen, immer gefolgt von der kleinen Mugje, die es den Großen gleichtun wollte, fühlte sich Marie-Jose zurückversetzt in das Gartenreich ihrer Kindheit.

In dem Augenblick des Glücks sind wir uns nur selten bewusst, dass das, was wir gerade erleben, der Inbegriff alles Erreichbaren ist. Doch als Marie-Jose Frennes Erstkommunion im Mai 1926 vorbereitete, wusste sie, dass dies eines der letzten, vielleicht das letzte große, unbeschwerte Familienereignis in Antwerpen sein würde. Noch war die Ausweisung nicht erfolgt, aber die Stimmung gegen die Deutschen, besonders gegen diejenigen, die aktiv auf deutscher Seite im Weltkrieg im Einsatz waren, eskalierte zusehends. Marie-Jose wollte an diesem Festtag noch einmal die ganze Familie um sich versammeln und für Frenne und die anderen Kinder einen glückseligen Festtag gestalten; einen Moment, in dem das Glück so vollkommen scheint, wie es nur im Wissen um die Unbeständigkeit empfunden werden kann.

Zusammen mit Véronique entwarf sie ein Programm, das sie in ihrer schönsten Schrift für jeden Gast auf zart grüne Karten mit einem schmalen Schmuckrand schrieb, in deren rechten oberen Ecke ein Kleeblatt abgebildet war, von dem ein Tropfen perlte. Zum Auftakt ein festlich-schwungvolles Klavierstück *à quatre mains*: *Coup de vents*, dann die Gratulation für den Jungen: »Compliment van den dag«, ein fröhliches Lied, ein besinnliches *Gelegenheidsgedicht* über die Bedeutung der Ersten Heiligen Kommunion; weitere musikalische Darbietungen sollten folgen, dazwischen der Höhepunkt, vor allem für die Kinder: Ein Glücksspiel.

Nach dem Festgottesdienst wurde das Kommunionskind, ernst und blass in seinem Matrosenanzug, vom Fotografen im Bild festgehalten. Und nach dem Kaffee saßen sie alle in der Laube zusammen und stießen auf Frenne, auf die Familie, auf das große Glück, beieinander zu sein, an. Dass Onkel Luc beim Glücksspiel den silbernen Kamm gewann, Kommunionskind Frenne das Büchlein *Die Stunde der Weisheit* und Cousine Griet den Fußball, rief großes Gelächter hervor. Nach einer wilden Hin-und-her-Tauscherei waren alle Beteiligten zufrieden. Vor allem ging niemand leer aus.

Es war ein strahlender Tag wie aus blauer Seide, und bis heute gehörte er zu ihren kostbarsten Erinnerungen.

Anfang Januar schließlich traf das Schreiben des belgischen Innenministeriums ein. Die Aufenthaltsgenehmigung von Heinrich Hellenbrecht, Nationalität: Deutsch, lief am 7. Februar 1927 ab. Damit verlor auch seine Familie ihre Aufenthaltsberechtigung. Das Damoklesschwert, unter dem sie gelebt hatten all die Jahre, war gefallen.

Henz, so erfuhr Marie-Jose erst jetzt, hatte schon vor Monaten Erkundigungen eingezogen und Stellenanzeigen im Deutschen Reich studiert. Eine deutsche Firma für Parfümerieartikel, die aber zurzeit unter französischer Leitung stand, suchte einen Mitarbeiter. Im Saarland sollte eine Zweigstelle, eine so genannte Niederlassung mit Büro, Vertrieb und Lager aufgebaut werden. Französischkenntnisse unabdingbar. Für diesen Posten brachte Henz alle Voraussetzungen mit. Auch schien das dem Völkerbund unterstellte Saarland der richtige Zufluchtsort für seine flämische Familie zu sein; war es doch kein feindliches Ausland, sondern eine Region, in der auch Französisch gesprochen wurde.

Marie-Jose las das Schreiben der belgischen Regierung – und war seltsam erleichtert, so wie man nach langer, schwerer Krankheit am Ende unerträglichen Mitleidens den Tod eines lieben Menschen als momentane Erleichterung empfindet. Nach den letzten Monaten angstvoller Ungewissheit war eine Entscheidung gefallen. Doch schon nach wenigen Stunden wich diese anfängliche Entspannung der Erkenntnis, dass sie es nicht ertrug. Sie ertrug es nicht, Belgien zu verlassen, ihre hilfsbedürftige Mutter zurückzulassen, ihren Kindern mitzuteilen, dass sie ihre Heimat verlören.

Ihr Mann war bereits abgereist, zusammen mit Florence, um alles für die Übersiedlung seiner Familie vorzubereiten. Planvoller, vernünftiger Henz. Indem er sich in der Realität einrichtete, machte er diese für sich erträglich.

Aber Marie-Jose konnte nicht Abschied nehmen. »Wir müssen für einige Monate Antwerpen verlassen und ziehen zu Papa ins Saarland. Dort hat er eine neue Stelle, wo er ganz gut verdient. Aber bis spätestens im Mai sollte eigentlich alles geklärt sein. Dann kehren wir zurück. Ich habe eine Eingabe beim Ministerium gemacht.«

Die Kinder blickten sie voller Zweifel an. Die Worte des Vaters hatten anders geklungen, endgültig. »Auswandern«, hat er gesagt, und »wir sind ausgewiesen.« Dennoch packten sie auf Anweisung der Mutter nur Winterkleidung und persönliche Dinge ein, aber nicht zu viele, denn die Zahl der Gepäckstücke war begrenzt.

Marie-Jose managte, plante, organisierte, die Abmeldung von der Schule, die Kündigung des Zeitschriftenabonnements, die Abmeldung von der Kirchengemeinde, den Kauf der Fahrkarte und die Gepäckreservierung, und ließ ihre Seele ins Koma sinken. Nur so konnte sie die letzte zärtliche Umarmung ihrer Mutter ertragen, und Frennes verstörtes Gesicht, seine Tränen während der achtstündigen Fahrt, und Mugjes bohrende Fragen: »Wann kommen wir wieder heim?« Und Véroniques verzweifelte Tapferkeit, wenn sie immer wieder verstohlen in ihrer Tasche kramte, um das zerknitterte Blatt hervorzuholen mit den Zeilen von dem, an dem ihr Herz hing.

Die Ankunft war ein Schock. Die Firma hatte Heinrich Hellenbrecht ein Haus im Saarbrücker Stadtteil Burbach zur Verfügung gestellt. Der brandige Geruch des Hüttenwerks, der Ruß, der durch alle Ritzen drang, der tiefe Graben der Bahngeleise, der den Stadtteil spaltete, die gleichförmigen schwarzen Arbeiterhäuser, das waren für Marie-Jose die ersten Eindrücke von ihrem neuen Aufenthaltsort. Zwar boten die zwei Etagen über den Büros und dem Lager, die ihnen als Wohnung zur Verfügung gestellt wurden, ausreichend Platz, aber Marie-Jose war nicht bereit, sie als neues Zuhause zu akzeptieren.

Nein, im Saarland sprach man nicht französisch, wie Henz angenommen hatte, allenfalls die Besatzer, und die waren verhasst. Man war deutscher als deutsch, um so die Zugehörigkeit zu Deutschland oder noch mehr die Ablehnung der feindlichen Franzosen zu demonstrieren. Im Widerspruch dazu pflegte man daneben eine separatistische Eigenbrötelei und trug mit gewissem Stolz im Pass die Nationalitätsbezeichnung ›Saarländer‹. Dorthin also hatte es die Familie aus Flandern verschlagen.

Die Engstirnigkeit der Mitmenschen war groß. »Dreckige Belgier!«, hörte die achtjährige Mugje die Nachbarin sagen. Der Kaufmann Breyer sprach extra laut mit Marie-Jose, als wäre sie schwerhörig. Dabei hatte sie alles sehr gut verstanden, auch seinen verächtlich verzogenen Mund und den spöttischen Augenaufschlag seiner Frau.

Aber anders als damals 1918 in Wiesbaden kümmerte sie kein neugieriger Blick mehr, wenn sie ihre Kinder in der Sedanstraße vom Fenster aus zum Mittagessen rief: »Mugje, Frenne, binnen eten!« Der damals dreizehnjährige Frenne, der wesentlich schneller Deutsch lernte als sie, wollte die Peinlichkeit vermeiden, in der Straßenbahn als Fremder aufzufallen, und das Ticket für beide lösen. Aber Marie-Jose bestand darauf, dies selbst zu tun. Wenn sich nun bei dem Wort *seckzick* alle Köpfe umdrehten, schaute sie selbstbewusst-herausfordernd zurück. Niemand konnte mehr ihren Stolz erschüttern.

Frenne, eben noch Gymnasiast in der achten Klasse, musste nun mit kleinen sechs oder sieben Jahre alten Volksschülern in einer Klasse sitzen und sich ihre Witzeleien über seine Aussprache und seine flämischen Sätze anhören, die er in seiner Hilflosigkeit von sich gab. Aber im Endeffekt waren die kleinen Kerle gutmütig, brachten ihm so manche Wörter in ihrem breiten Burbacher Dialekt bei, über die sein Vater gar nicht glücklich war und die er flugs korrigierte, und akzeptierten den großen freundlichen Jungen, von dem der Lehrer ihnen erzählte, dass er keineswegs sitzen geblieben sei. Eine andere Möglichkeit Deutsch zu lernen gab es nicht.

Schon im April stieg das Thermometer auf einundzwanzig Grad. Alle schwitzten in ihren Wintersachen. »Komm, wir fahren heim«, jammerte Mugje. Der unschuldige Satz brachte Marie-Jose zur Besinnung. Es gab kein vorläufiges Auswandern. Henz und Florence gingen jeden Tag in das eine Etage tiefer liegende Büro, verdienten den Lebensunterhalt für alle, und sie hatte geglaubt, sich ausklinken zu können, weil sie die Endgültigkeit nicht ertrug. Am selben Tag noch schrieb Marie-Jose an ihre Mutter Antoinette-Marie:

»Meine beste, liebste Maman,
leider muss ich Ihnen zumuten, die lange Bahnfahrt hierher nach Saarbrücken zu machen. Bitte packen Sie alle restlichen Kleidungsstücke ein, vor allem die der Kinder. Philipp soll einen Lastwagen organisieren, der einen Teil unserer Möbel und des Hausrats hierher bringen soll. Alles bekommen wir nicht unter. Ich lege Ihnen eine genaue Liste bei. Wir leben noch immer in einem Provisorium, und die Dinge, die ich mitgenommen habe, reichen nicht mehr aus, denn wir werden nicht mehr zurückkehren.«

Das war der entscheidende Satz. Mit ihm kam das Heimweh, unendlich, nie endend.

Im Dezember 1927 feierte Marie-Jose Hellenbrecht ihren neunundvierzigsten Geburtstag in der neuen Wohnung, die nun durch die vertrauten Dinge aus der Heimat zu ihrem Zuhause geworden war. Nur daran, dass sie, wie Henz etwas genervt und bissig anmerkte, alle Nase lang die Möbel umstellte –oft mit Hilfe der Kinder – und er sich ständig an neue Arrangements im Wohnzimmer gewöhnen musste, wurde spürbar, dass sie immer noch auf der Suche nach einem lebbaren Zustand war. Mit dem Schürzenbändel vermaß Marie-Jose die Breite des Möbelstücks und den ihm zugewiesenen Platz. Doch konnte es passieren, dass die Schweiß treibende Umstellaktion rückgängig gemacht werden musste, weil sie den Türrahmen übersehen oder das Schürzenband beim Messen eine Falte geworfen hatte.

»Mit der Schürze gemessen« blieb für Jahrzehnte ein geflügeltes Wort in der Familie für alle Ungenauigkeiten des Lebens. Diese Eigenheit lebte Marie-Jose auch in allen Wohnungen aus, die sie künftig noch beziehen sollte, und nur ihre nachlassende Kraft im Alter bewahrte sie davor, dass sie mit dieser Marotte, wie Florence es nannte, mit ihrer Ältesten in Konflikt geriet.

In der Schwester von Pastor Bossmann, dem Pfarrer von Burbach, hatte Marie-Jose damals eine erste Freundin gefunden. Durch sie erhielt sie auch die Adresse von Oberstudienrat Schöneberger, der bereit war, Frenne in Deutsch, Geschichte und Erdkunde zu unterrichten. Wenigstens ein bisschen Allgemeinbildung sollte der Junge bekommen, auch wenn sie sich die Privatstunden eigentlich nicht leisten konnte. Ein Jahr später meldete Marie-Jose ihre jüngste Tochter in einem kirchlichen Gymnasium an, der St. Anna-Schule. Mugje, die kleine Lebenskünstlerin, fügte sich problemlos ein, gewann schnell Freundinnen und nahm mit heiterer Gelassenheit die hundert rot angestrichenen Rechtschreibfehler hin. Sie las nur den letzten Satz des Lehrerkommentars: »Im Übrigen ein sehr phantasievoller Aufsatz und sprachlich recht schön gestaltet, wenn man von den vielen Fehlern absieht.« Sie begannen sich einzuleben.

Mit einem Seufzer wandte sich die alte Frau von den Bildern ihres Lebens ab, die so tief in sie eingesunken waren, dass sie ihr manchmal gegenwärtiger erschienenen als das Hier und Jetzt. Florence deckte den Tisch. Das Essen war fertig. Vérones Lächeln schien ihr zu sagen: »Ma, ich weiß, wo du warst.«

An dieses Lächeln dachte Marie-Jose, als sie am nächsten Tag von ihrem Morgenspaziergang zurückkehrte, und es führte sie, als sie sich erschöpft auf ihrem Sessel in der Küche niederließ, zurück in alte Zeiten.

Vérone und sie teilten sich, ehe ihre Tochter eine Anstellung gefunden hatte, in der ersten Zeit in der Sedanstraße im rußigsten Stadtteil Saarbrückens, die Hausarbeit. »Mütterchen«, so hatte Marie-Jose schon in Belgien oft zu ihr gesagt, wenn sie ihren kleinen Bruder Frenne als Trost für eine schlechte Note mit einem Pudding überraschte oder für Florence Eier mit Schinken briet, weil diese keinen Fisch mochte.

Vérone war ihre Stütze, als sie 1927 im Saarland als Fremde Fuß zu fassen suchten. Bei ihr konnte sie sich aussprechen, als Henz immer schweigsamer und verschlossener wurde und alle beruflichen Probleme mit sich selber ausmachte.

Mit Vérone hatte sie sich oft wortlos verständigen können. Als es Ende der Zwanzigerjahre immer schwerer wurde, etwas Ordentliches auf den Tisch zu bringen, saß die Familie sonntags beim Mittagessen, die vier Kinder, sie und Henz, und aßen nach einem einfachen Kartoffeln-und-Rübchen-Gericht den Nachtisch, Götterspeise, die Vérone aus Nichts gezaubert hatte. Da hob ihr Mann auf einmal den Kopf, sein Löffel schwebte über dem Dessert, und er fragte mit verwunderter Stimme: »Marie-Jose, hatten wir heute keine Suppe?« Ein kurzer verschmitzter Blick zu Vérone, dann versicherten ihm beide Frauen völlig überzeugend: »Aber Henz, natürlich hatten wir Suppe!« »Pa, du hast doch deine Suppe längst gegessen.« Anschließend hielten sie mit strengen Blicken die anderen in Schach, die begonnen hatten, haltlos zu kichern.

Das, was anfangs so einschneidend erschien, dieses Leben in einem fremden Land, wurde, je länger es dauerte, zu einer nicht mehr zu hinterfragenden Normalität. Die Heimat in Belgien wurde zur verklärten Erinnerung und rückte trotz aller Briefe aus Antwerpen und Versicherungen inniger Verbundenheit an den Rand der zu bewältigenden Realität.

Zudem verlor Marie-Jose durch den Tod ihrer Mutter Antoinette-Marie das Zentrum der verlassenen Heimat. Die Trennung von den Enkelkindern, vor allem aber von ihrer Tochter, das tägliche Vermissen rieb die alte Frau auf und schwächte ihre ohnehin zarte Gesundheit. Im März 1928 versagte ihr Herz.

Dass die eigenen Lebenspläne sich nicht oder nur bruchstückhaft erfüllen, oder so ganz anders, als man es sich vorgestellt hatte, so ins Undenkbare verkehrt, muss man verkraften, dachte Marie-Jose. Der Mensch besitzt eine immense Kraft, seine Vorstellung von Glück der Realität anzupassen.

Aber zu erleben, wie sich durch äußere Umstände alle Hoffnungen, alle Pläne und Wünsche zerschlagen, die man für seine Kinder gehegt hat, ist unerträglich, fürchtet man doch um ihr Lebensglück. Nach dem *Grande Guerre* hatte die Zukunftsangst alle Entscheidungen mitbestimmt, die Marie-Jose und vor allem Henz für Ausbildung und Berufswahl der Kinder getroffen hatten. Weder Florence noch Véronique hatten das lernen dürfen, was sie wollten. Auch Frennes Schriftsteller- und Schauspielerträume erstickten in der nüchternen Routine der kaufmännischen Berufsschule und später im Büroalltag.

Obwohl Florence immer alle Pflichten erfüllte und Marie-Jose sich um sie die wenigsten Sorgen machen musste, stand die dreizehn Monate jüngere Vérone ihrem Herzen näher. »Pass auf die Kleinen auf!«, sagte Marie-Jose zu Florence, und sie konnte sicher sein, dass die nur um wenige Jahre jüngeren Geschwister gut verwahrt waren. Denn Florence nahm alles genau, aber sie nahm auch alles schwer und grübelte über Vergangenem.

Nur wenn Florence mit ihren Freundinnen zusammen war, konnte Marie-Jose erleben, wie die Ernsthaftigkeit abfiel, wie ihre Tochter lachte, kicherte und eine Lebensfreude zeigte, die sonst oft wie verschüttet schien.

Alle anderen Geschwister waren mehr dem Phantasievollen, Phantastischen und Künstlerischen zugeneigt. Frenne schrieb Gedichte. Die kleine Mugje hatte eine wunderschöne Stimme und wollte schon ganz früh Klavier spielen. Véronique spielte ebenfalls mit virtuoser Leichtigkeit Klavier, auch liebte sie es, die Chansonnetten der Zwanzigerjahre nachzuahmen, und konnte mit ihren Parodien die ganze Familie zum Lachen bringen. Manchmal, an einem verregneten Sonntag verkleideten sich die Kinder und spielten kleine Theaterstücke, die sich Frenne ausgedacht hatte. Florence genoss solche Darbietungen, aber sie beteiligte sich nicht.

Sie war sehr sprachbegabt, und ihre Schulnoten waren hervorragend. Nur widerwillig fügte sie sich in die Berufswahl, die Henz für sie getroffen hatte. Eine kaufmännische Lehre war etwas Solides, das war auch Marie-Joses Ansicht, damals 1922, als Florence partout Abitur machen und später Lehrerin werden wollte. Alles war viel zu ungewiss geworden, man musste gerüstet sein, das Leben, ganz gleich wie die Situation war, zu bestehen. Da hatten Träume keinen Platz.

Nein, Marie-Jose hatte nicht immer so gedacht, aber dazwischen lagen der Krieg und Jozefs Tod. Nach der Übersiedlung ins Saarland war es überaus nützlich, dass Florence nun Henz zur Seite stehen und einen großen Teil der Arbeit in der neu eröffneten Filiale der Firma Rosier übernehmen konnte.

Aber seit ihre Tochter Belgien verlassen hatte, schien ihre Ernsthaftigkeit sich zu verhärten. Diese junge Frau hatte mit ihren oft scharfen Anweisungen, ihrer Sachkenntnis und ihren hohen Anforderungen bereits eine Autorität, die selbst ihren Vater Henz beeindruckte und Frenne, der mit fünfzehn als Lehrling ebenfalls in die Firma eingetreten war, einschüchterte.

Vielleicht hatte ja sie als Älteste, die bei der Übersiedlung immerhin schon einundzwanzig war, unter dem Abschied von den Freunden und Freundinnen, von ihrer unbeschwerten Jugend in den wenigen Nachkriegsjahren am meisten gelitten. Marie-Jose konnte in späteren Jahren immer wieder beobachten, wie Florence aufblühte, wie sie gleichsam zu strahlen begann, wenn sie zu Besuch in Antwerpen waren. Erst damals entdeckte Marie-Jose, dass ihre Tochter eine Schönheit war.

Hinzu kamen neue Sorgen. Véronique und Florence, beide schon über dreißig, hatten noch keinen festen Partner gefunden. Und Frenne führte weiterhin sein unstetes, unruhiges Leben als Reisender und Dekorateur für die Kölner Firma Rosier. Von seiner spontanen, überstürzten Verlobung in Stuttgart erfuhr sie erst, als das Mädchen diese nach drei Monaten wieder auflöste. Sie wusste nichts, gar nichts von ihrem charmanten, attraktiven, scheinbar so offenherzigen Sohn mit dem gewinnenden Sunny-Boy-Lächeln, für den alle heiratsfähigen, jungen Mädchen aus ihrem Bekanntenkreis schwärmten und den die Freundinnen von Mugje, unreife Backfische noch, anhimmelten, wenn er gerade mal da war.

Trotz allem waren die Jahre vor dem Zweiten Weltkrieg im Rückblick keine unglückliche Zeit. Marie-Jose und Henz führten ein offenes, geselliges Haus. Sie hatten Freunde gewonnen, sie hatten einen großen Bekanntenkreis. Junge Leute kamen ins Haus, Freunde und Freundinnen der Kinder, die mittlerweile erwachsen waren, und auch mit deren Familien kam man in Kontakt.

Bei der Einwanderung ins Saarland bekamen alle in der Familie Hellenbrecht saarländische Pässe, waren Saarländer, eine Übergangsnationalität, die gut zu ihrer Situation passte. Doch nach der Saarabstimmung 1935, diesem überwältigenden Votum für eine Zugehörigkeit zum Deutschen Reich, wurden sie mit einem Mal wieder Deutsche. Marie-Jose war zwar keine politisch denkende Frau, aber aus Briefen ihrer Brüder war sie gewarnt »vor diesen verbrecherischen Nazibanden.« Auch Henz betrachtete »diesen Pöbel«, wie er sagte, mit Verachtung, aber er hielt sich zurück, übte stumme Kritik.

Dass diese Nazigesellschaft gottlos und ohne jeden Skrupel war, erfuhr Marie-Jose Hellenbrecht an dem Apriltag, als drei junge Kerle in brauner Uniform in der Sedanstraße die Treppe hinauf polterten, sich vor ihr, die erschrocken die Tür geöffnet hatte, aufbauten und einer mit schneidend- quäkender Stimme einstudierte Sätze losließ: »Wo ist ihr Sohn Franz Hellenbrecht? Er muss zum Verhör auf die Wache.« Auf die Frage, was ihm denn vorgeworfen werde, bekam sie die Antwort, er sei Mitglied in der verbotenen katholischen Jugendorganisation Sturmschar. Zum ersten Mal war Marie-Jose froh darüber, dass Frenne seit nunmehr vier Jahren ständig beruflich im Außendienst für die Parfümeriefirma unterwegs war und manchmal monatelang nicht nach Hause kam, oder kommen konnte. Mit einem gewissen Triumphgefühl erklärte Marie-Jose Frennes Abwesenheit.

»Hausdurchsuchung!«, schnarrte darauf der mit der quäkenden Stimme und vernichtete Marie-Joses kurzen Anflug von Überlegenheit. Die drei drängten in dem schmalen Flur an ihr vorbei.

»Dieses Pack!«, dachte Marie-Jose voll ohnmächtiger Wut. »Genauso haben sie damals Belgien überrannt, und jetzt brechen sie hier ein.«

»Sein Zimmer!«, befahl einer der drei, die sie wegen ihres gleichen seitlich anrasierten Haarschnitts und der gleichen Uniformen in der Aufregung kaum auseinander halten konnte. Ihrer Stimme nicht mehr mächtig, zeigte sie stumm auf das Zimmer am Ende des Flurs. Bücher polterten zu Boden, Schubladen knirschten, Schranktüren wurden aufgerissen, Holz splitterte, etwas Schweres fiel gegen die Wand. Marie-Jose stand aufrecht mitten im Flur, unfähig sich zu bewegen. Die drei stürmten aus dem Zimmer, überrannten sie fast. »Wir kommen wieder!«, drohten sie. »Heil Hitler.« Die Haustür schlug zu.

»Das ist die Zukunft«, dachte Marie-Jose, am ganzen Leib zitternd, während sie sich am Treppengeländer festhielt. Langsam ging sie die Treppe hinunter. Dann fiel ihr ein, dass Henz an diesem Tag gar nicht im

Haus war. Aber sie war nicht allein. Die Angst begleitete sie auf dem Weg zurück in die Wohnung.

Das Leben breitete sich wie ein ruhiger, dunkler Seespiegel aus, nur leicht beunruhigt vom Windgekräusel. Doch Marie-Jose wusste, seit jenem Tag im April, dass die Seeschlange in der Tiefe lauerte.

Frennes Freunde aus der Sturmschar wurden verhaftet, einige wieder freigelassen, andere blieben verschollen. Einer von ihnen war gefoltert worden. Vor der Kirche standen am Sonntag braun uniformierte Männer von der SS und notierten sich die Namen derer, die den Gottesdienst besuchten, oder gaben sich den einschüchternden Anschein, alles genau zu registrieren. Im Nachbarhaus verschwand über Nacht eine junge, jüdische Familie mit drei kleinen Kindern. Es war lebensnotwendig, deutsch zu sein und arisch, das besonders. Bis in die dritte Generation musste diese Rassereinheit nachgewiesen werden, in einem so genannten Ahnenpass. Gerade für sie als »Auslandsdeutsche«, wie Henz das nannte, die ihre Wurzeln in verschiedenen Ländern hatten, war es wichtig, eine einwandfreie Ahnentafel zu erstellen. Aber sie hatten große Probleme, alle Dokumente ordnungsgemäß zu beschaffen. Es war erniedrigend. Marie-Jose wusste nicht, was schwerer war, ihre Wut oder ihre Angst zu bekämpfen.

Im August 1939 tauchte das Seeungeheuer auf und peitschte den Seespiegel. Die Welt verzerrte sich zu einem abstrusen Albtraum, aus dem es kein Erwachen gab, sondern nur die Realität von Trennung und Gewalt und Tod, Entbehrung und Verlust und Leid.

Hitler und seine Gefolgsleute rissen das Deutsche Reich in die schuldhafte Verstrickung eines Zweiten Weltkriegs und setzten die Welt in Brand.

Innerhalb eines Jahres wurde Marie-Joses Familie auseinander gerissen.

Zum zweiten Mal zerschlug sich Frennes Lebensplan. Hatte er es sich 1938 in den Kopf gesetzt, sein Glück in Übersee zu suchen – nach Argentinien wollte er auswandern, nach Buenos Aires, und dort für die Kölner Firma eine erste Zweigstelle auf dem südamerikanischen Kontinent aufbauen – musste er jetzt als deutscher Soldat Frankreich erobern. Seine überstürzte Verlobung mit Irmi, einer Kellnerin aus Köln, war für Marie-Jose nur ein Zeichen dafür, wie haltlos er sich fühlen musste. 1941 wurde er nach Nordafrika abkommandiert und in der Wüstenoffensive von General Rommel eingesetzt.

Zur gleichen Zeit wurde Florence im Rahmen des Arbeitsdienstes des Deutschen Reiches mit ihrer Firma, für die sie damals arbeitete, als Sekretärin nach Danzig geschickt.

Véronique wurde im selben Jahr von der Wehrmacht dienstverpflichtet und musste ihre Fremdsprachenkenntnisse einsetzen, um im Brieflesezentrum von Frankfurt Briefe von Kriegsgefangenen, aber auch von deutschen Soldaten, zu zensieren, wie Henz im *Grande Guerre.* »Vérone«, hatte Marie-Jose zu ihr gesagt, »denk an die armen Menschen, die hier im feindlichen Ausland sind. Denk an ihre Mütter, die Angst um sie haben, und an ihre Frauen!« »Ich mache das schon richtig, Ma«, hatte Vérone geantwortet, »kein Mensch versteht hier Französisch, da kann ich überlesen, was ich will.«

Und Marie-Jose hatte gewusst, dass ihre Tochter, genau wie sie, an Frenne in Afrika dachte, auf dessen Fronturlaub sie sehnsüchtig wartete.

Da die Firma Rosier ihre Geschäftsräume in die Försterstraße verlegt hatte, und die Wohnung in der Sedanstraße für die auf drei Personen geschrumpfte Familie zu groß geworden war, bezogen Marie-Jose und Heinrich zusammen mit Mugje eine Wohnung in der Hohenzollernstraße. Allerdings war auch die jüngste Tochter nur noch selten zu Hause, da sie in Saarlouis im Schwesternheim der Klinik wohnte.

Für Mugje hatte Marie-Jose sich eingesetzt, dass sie, die so begabt war, nach dem Einjährigen 1937 das Konservatorium besuchen, und Gesang und Klavier studieren durfte. Doch Heinrichs Ängste, dass die Tochter mit diesen brotlosen Künsten ihr Leben nicht in den Griff bekommen könnte, waren stärker. Bereits nach einem Jahr legte er seiner Jüngsten nahe, eine Ausbildung als Krankenschwester zu absolvieren. Und Mugje gehorchte schweren Herzens.

Für Marie-Jose war durch den Krieg die Bastion Familie, die einzige Kontinuität in ihrem Leben, zerschlagen. Die Leere wurde gefüllt von der Angst, der Angst um Frenne, der Angst bei Bombenangriffen auf Frankfurt und später auch auf Danzig und schließlich der Angst um das eigene Überleben, denn auch Saarbrücken war Ziel der alliierten Luftangriffe.

Hinzu kam der ihr nur zu vertraute Konflikt, dass sie als Deutsche, wie schon im Ersten Weltkrieg, zu den Feinden Belgiens gehörte. Von den Brüdern erfuhr sie, dass ihre Söhne bei der Marine stationiert und jederzeit einsatzbereit seien. Lucas' besorgte Frage nach Frenne, dem deutschen Soldaten wider Willen, brachte Marie-Jose den ganzen Widersinn ihrer Situation ins Bewusstsein.

In diesen ersten drei Kriegsjahren des Zweiten Weltkriegs waren Marie-Jose und Henz so ausschließlich aufeinander geworfen wie kaum in einer Phase ihres Lebens bisher. Sie hielten sich aneinander fest, und doch hatte jeder von ihnen eine andere Quelle der Kraft. Marie-Jose fand sie in den Kontakten zu den Kindern, den Briefen, den sporadischen Freuden des Herzens, wenn sie nach Hause kommen konnten, und in der hoffnungsvollen Demut, mit der sie alles Geschick aus Gottes Hand entgegennahm. Henz aber trug das Korsett der Pflicht, der Verantwortung und Fürsorge, vor allem für Marie-Jose. Das hielt ihn aufrecht und gab seinem Leben Sinn. Doch das, was ihn antrieb, rieb ihn auch auf.

Marie-Jose sah die Zeichen des Alters und die Mattigkeit des Kummers an ihrem Partner neben sich deutlicher als an sich selbst. Aber sie vermied es allzu oft in diesen Spiegel eigener Befindlichkeit zu schauen. Es galt Lebensmittel aufzutreiben; rechtzeitig, wenn die Sirenen heulten, den Bunker zu erreichen; im Chaos des Krieges eine Normalität des Alltäglichen aufrechtzuerhalten.

Es war im Kriegsjahr 1942. Als Marie-Jose an jenem Märztag von der Jakobskirche nach Hause ging, genoss sie die kühle Luft des frühen Morgens, die Schattenmuster unter den kahlen Platanen und streichelte im Vorbeigehen die ersten gelben Forsythienspitzen. Ein früher Frühling. An der Haustür erwischte sie gerade noch Mugje, die zum Dienst aufbrach. Ein Kuss, ein liebevolles Drücken, verständnisinnig, dann die schnellen Schritte der Tochter auf der Treppe und dann ein seltsamer Laut, ihr Name. Als sie die Wohnzimmertür öffnete, lag er am Boden. Nur einmal noch sah Henz sie an. Dann verließ er sie.

Marie-Jose riss das Fenster auf, rief ihre Tochter zurück und schickte sie zum Arzt. Doch sie wusste schon, dass nichts mehr half. Die wächserne Blässe, die bläulichen Lippen, die einsinkenden Augen machten ihn fremd. Schwerfällig kniete sie sich neben ihn, umfasste seine Schultern, drückte ihr Gesicht an seines und hielt seine kalten Hände, die er auf die Brust gepresst hielt. Zu spät für die Liebe. Zu spät.

Ach, wie sehr hatte sie damals die Trauer über Henz' plötzlichen Tod gequält und das Schuldgefühl! Denn in all den Monaten davor hatte sie sich immer wieder gerne beruhigen lassen, wenn er so schlecht aussah und sich an die Brust fasste. Nichts hatte sie gewusst von seiner schweren

Herzerkrankung, von der der Arzt ihr berichtete. Und nichts von der Kündigung der Firma Rosier und den Sorgen, die ihn bedrückt hatten.

Ihr Bruder Phil bot ihr in seinem Kondolenzschreiben zum Tod von Henz so überaus herzlich an, nach Antwerpen zurückzukehren. Aber ihre Heimat war längst nicht mehr an Orte gebunden, sondern da, wo die Menschen lebten, die sie liebte. Auch wollte sie für ihre Töchter und ihren Sohn das Zuhause, das Mal, aufrechterhalten, zu dem alle zurückkehren konnten.

Wie hatte ihr eine Verwandte etwas taktlos anlässlich von Heinrichs Tod geschrieben? »Bei uns geht alles seinen Gang in unserem geordneten Haushalt, wie ja auch du einen hattest.« Ja, daran gemessen, war alles, was nach der Auswanderung ins Saarland folgte, ärmlicher gewesen, karger. Aber seltsamerweise hatte sie sich damit gut arrangieren können. Nicht aber mit der Einsamkeit.

Henz fehlte ihr mehr, als sie es zuvor hätte ahnen können.

Zu Marie-Joses großem Kummer heiratete Véronique im April 1942, nur vier Wochen nach Heinrichs Beerdigung, den Protestanten Dieter Eggers, den sie bereits 1941 in Frankfurt auf der Brieflesestelle kennen gelernt hatte. Eine standesamtliche Hochzeit! Er war fünfzehn Jahre älter als ihre Tochter, und auch Henz war gegen diese Verbindung gewesen. Bis zuletzt hatte sie, Marie Jose, sich dagegen gewehrt. Vergeblich. Denn Véronique liebte ihn wirklich von Herzen, diesen Heimatlosen, der die halbe Welt bereist und viele Jahre in Shanghai gearbeitet hatte. Und es war ja Krieg. Man wusste nicht, ob man den nächsten Tag noch überlebte. Und Vérone war damals schon vierunddreißig. Dennoch, Marie-Jose war sehr unglücklich darüber.

Als dann im Juli 1942 die Flächenbombardierungen Saarbrückens einsetzten, und die Bevölkerung nach und nach evakuiert wurde, erhielt Marie-Jose ein Telegramm aus Frankfurt von ihrem Schwiegersohn: »Komm sobald Du kannst. Erwarten Dich in den nächsten Tagen. Willkommen bei uns in unserer Wohnung!«

Ja, Dieter hatte sich sehr großzügig ihr gegenüber gezeigt. Die beiden holten sie am Hauptbahnhof in Frankfurt ab. »Du wirst ihn lieben!«, hatte Vérone ihr zugeflüstert als sie sie in die Arme schloss. »Du kannst auf der Couch im Wohnzimmer schlafen«, sagte Dieter. Das Zusammenleben mit ihr in der engen Wohnung war gewiss nicht immer einfach für die beiden gewesen. Aber sie ersparten ihr damit, bei fremden Leuten unterkommen zu müssen. Auch als Marie-Jose die Nachricht aus Afrika erhielt, war sie froh, nicht allein zu sein.

Im April 1943 kam ein Brief aus Sfax in Tunesien an. Frennes Kompaniechef Trottenheim schrieb an Marie-Jose:

»Sehr geehrte Frau Hellenbrecht!
Ich habe heute die Aufgabe, Ihnen die schriftliche Nachricht zu geben, dass ihr Sohn Franz Hellenbrecht am 9. April in englische Gefangenschaft geraten ist. Ihr Sohn, der nun schon längere Zeit mein Kompanietruppführer war, war mir selbst sehr lieb geworden.

Am 9. April '43 hatten wir nun ein hartes Gefecht und mussten der feindlichen Übermacht weichen. Mehrere Kameraden wurden verwundet und konnten nicht mehr mitgenommen werden. Da meldete Ihr Sohn sich freiwillig, bei diesen Kameraden zu bleiben. Schweren Herzens gab ich dies zu. Seine letzten Worte, als ich mich von ihm verabschiedete, waren: ›Herr Oberleutnant, grüßen Sie meine Mutter, wenn Sie durchkommen‹, dabei standen ihm die Tränen in den Augen.

Liebe Frau Hellenbrecht, ich habe Ihren Sohn in dieser Stunde noch mehr schätzen gelernt als zuvor. Möge es Ihnen ein Trost sein, dass es für Sie ein Wiedersehen gibt, wenn auch Zeit darüber vergehen mag, während doch bei vielen, vielen dies nie mehr der Fall sein kann.«

Ein Jahr war seit seinem letzten Heimaturlaub vergangen, und nun würde sie ihn auf unbestimmte Zeit nicht oder vielleicht nie mehr wieder sehen. Ihr fremder Junge, der damals nach der Ausweisung aus Belgien wie entwurzelt schien und der sich so früh selbstständig gemacht hatte, wegstrebte, ja auswandern wollte, saß nun an diesem Kriegsschauplatz in Libyen in einem Gefangenlager fest. Nein, der Brief hatte für Marie-Jose nichts Tröstliches. Auch nicht das Heldenhafte seiner Handlungsweise.

Drei Monate galt Frenne als vermisst. Keine Nachricht über Tod oder Leben. Kein Wort von ihm. Irgendwo in der Wüste verschollen. Erst im Juli erhielt Marie-Jose über das Rote Kreuz Nachricht, dass ihr Sohn Kriegsgefangener der Engländer war. Sein erster Brief klang so niedergeschlagen, so hoffnungslos, dass sie glaubte, als Mutter aktiv werden zu müssen.

All die Jahre hatte sie den Kontakt zu Mugjes Freundin Edith gehalten. Sie informierte sie über die Gefangennahme, teilte ihr ihre Sorgen mit. »Schreiben Sie ihm doch einmal, das wird ihn freuen«, drängte sie in jedem ihrer Briefe.

Ein Jahr, nachdem Henz gestorben war und unmittelbar nachdem sie die Nachricht erhalten hatte, dass Frenne in Afrika als vermisst galt, reiste Marie-Jose im Mai 1943 quer durch das zerbombte Deutsche Reich, um ihre Tochter Florence in Danzig zu besuchen. In dieser Auflösung des Krieges hatte sie eine solche Sehnsucht gepackt, die verbliebenen Kinder zu sehen und sich zu vergewissern, dass es ihnen gut ging.

Damals war Marie-Jose zum ersten Mal Florences Veränderung aufgefallen. Auf die primitive Barackenlandschaft inmitten einer Schlammwüste und auf die teils chaotischen oder unsauberen Unterkünfte war sie nicht gefasst. Aber mit Bewunderung hatte sie festgestellt, wie ihre Älteste, die Penible, Akkurate, sich ohne Klage arrangiert hatte. Ihre Baracke unterschied sich von allen anderen. Sie war absolut sauber, alles war aufgeräumt und in Ordnung gehalten und wohnlich, soweit das mit dem Verfügbaren zu machen war. Ja, Florence hatte Disziplin, ganz gleich wie die Umstände um sie herum waren. Sie war eine starke Frau, hatte Marie-Jose gedacht. Aber man muss auch starke Beine haben, wenn man nicht umgeworfen werden will.

Sie waren durch Danzig gebummelt, als herrsche noch tiefster Friede. Die alten Patrizierhäuser ließen sie sehnsüchtig an Antwerpen denken. Damals konnte sie sich die Veränderung ihrer Tochter, diese Ausstrahlung, dieses mitreißende Lachen nicht erklären.

Als Florence im April 1945 nach ihrer Flucht aus Danzig im Saarland eintraf, war von dieser neuen Lebensfreude, die Marie-Jose während ihres damaligen Besuchs an ihrer Tochter wahrgenommen hatte, zunächst nichts zu spüren. Mit dick geschwollenen Beinen und wunden Füßen, total erschöpft und abgezehrt, lag Florence bei ihr auf dem Sofa in der Hüttenstraße in Brebach, wo Marie-Jose mittlerweile untergekommen war, und ihre Tochter berichtete von der Bombardierung Danzigs vor dem Einmarsch der Russen, von der Flucht in letzter Minute aus der umzingelten Stadt über die Ostsee nach Kopenhagen, und dem langen gefahrvollen Weg, zu Fuß zwischen allen Fronten quer durch Deutschland.

Als Florence ihr dann die Fotos aus Danzig zeigte, wurde ihr klar, dass ihre Tochter ihr damals das Wichtigste verheimlicht hatte: Sie hatte sich verliebt.

Diese kleinen Schwarz-Weiß-Bildchen zeigten Szenen, die den Krieg nicht ahnen ließen: Spaziergänge mit Freunden, Badefreuden am Meer, Stadtbummel durch Danzig, eine feucht-fröhliche Runde vor der Barackensiedlung, ja sogar ein Maskenkostümfest zusammen mit französischen Kriegsgefangenen – und auf allen Bildern war auch Florence zu sehen, eine junge, lebensfrohe, attraktive Frau, die den melancholisch-ernsten oder strengen Gesichtsausdruck, der ihr eigen war, ganz abgelegt hatte.

Florence erzählte zwar ihren Schwestern Vérone und Mugje von der katastrophalen Unterbringung in Zimmern mit schimmligen Wänden und stockfleckigen Decken, von denen des Nachts Kakerlaken in die Betten fielen. Sie erzählte von den Schlammfluten, in die sich das Gelände der Holzfirma nach einem Regentag verwandelt hatte. Aber sie tat es mit innerer Belustigung und Ironie, ja, Marie-Jose glaubte sogar so etwas wie Wehmut in den Schilderungen ihrer Tochter zu erkennen.

Und dann fiel der Name: »Schau, Mama, das ist Lutz, Ludwig Keller!« Das Foto zeigte einen jungen Mann mit bereits deutlich zurückweichendem Haaransatz und etwas verlebten Zügen, so als hätte er alles schon einmal erlebt.

Die Mutter erfuhr, dass er als Schreiner für dieselbe Firma Dressel in Danzig tätig war, in der Florence als Sekretärin gearbeitet hatte; ein guter, tüchtiger Handwerker sei er, ein richtig guter Kamerad, der ihr auf der Flucht geholfen habe. Sie hätten eine gute Zeit zusammen in Danzig gehabt, und sie wollten zusammenbleiben.

»Was heißt hier zusammenbleiben?«, fragte Marie-Jose. »Nun eben zusammenleben«, erwiderte Florence. »Schau Mama, wir können noch nicht heiraten. Seine Frau stellt sich quer, obwohl die Ehe schon lange nicht mehr richtig funktioniert. Immerhin war er fast vier Jahre von zu Hause weg, und seine Besuche bei ihr endeten jedes Mal im Streit. Aber er hat mir versprochen, sich scheiden zu lassen.«

»Er ist verheiratet«, beharrte Marie-Jose. »Das ist doch eine vor Gott geschlossene Gemeinschaft.« Dann kam ihr der ungeheuerliche Gedanke: »Seid ihr schon länger zusammen? Etwa die ganze Zeit über, die du in Danzig warst?«

»Seit drei Jahren. Und ganz gleich, was du sagst, ich werde ihn heiraten, sobald es möglich ist«, antwortete Florence ruhig. »Du lebst in Sünde, Kind. Und du bist im Begriff dich von der Kirche zu trennen. Du wirst exkommuniziert!« »Ach, Mama! Die Zeiten haben sich geändert. Das ist das Stück Glück, das mir zusteht. Soll mein Leben nur aus Trennung und Verzicht bestehen? Nein, alles lasse ich mir nicht zerschlagen. Ich habe genug im Leben zurückstecken müssen!« Dabei war Florence geblieben.

Marie-Jose hatte gebetet für dieses verstockte Kind, das im Ehebruch lebte. Und dann noch mit einem Protestanten! Sie versuchte all ihren Einfluss geltend zu machen, bei jeder Gelegenheit. Vergeblich. Florence zog sich zurück. Nur von Mugje und Véronique erfuhr sie noch, wie es ihr ging.

»Sie ist glücklich, Mama. Lass sie doch leben, wie sie will!«, sagte Mugje. »In Güdingen werden sie demnächst eine Möbelfabrik eröffnen. Florence übernimmt das Geschäftliche und er die Produktion«, teilte ihr Vérone mit.

Aber das war bereits zwei Jahre später, und noch immer war keine Scheidung erfolgt. Erst 1950 heirateten Florence und Ludwig, da war ihre Tochter bereits vierundvierzig Jahre alt. Es gab kein Familienfest, nur eine offizielle Mitteilung des Brautpaars: »Wir haben uns vermählt.« Doch es ruhte kein Segen auf der Verbindung.

In späteren Jahren bemühte sich Marie-Jose, Florence wieder näher zu kommen, ja sie versuchte, ihren Mann Ludwig Keller kennen zu lernen. Nein, sie fand ihn nicht unangenehm. Aber da war es schon zu spät. Marie-Jose fiel auf, dass Florence nun wieder häufiger in die Hüttenstraße zu Besuch kam. Sie war hektisch, aufbrausend, hatte an allem etwas zu kritisieren. Sie war unglücklich.

Als Florence schließlich herausfand, dass ihr Mann ein Verhältnis mit seiner Sekretärin hatte, war es ein Schock für sie. Ludwigs Geliebte war schwanger. Florence wusste, dass Lutz sich immer Kinder gewünscht hatte, und sie war zu alt dafür. 1954 erfolgte die Scheidung.

Florence ging mit der ganzen Bitterkeit einer betrogenen Frau gegen ihren Exmann vor. Sie konnte nicht die an ihn verschwendeten Jahre zurückfordern, aber das Gehalt, das sie nie bekommen hatte, und ihren Anteil an der Firma. Nachdem Ludwig Florence ausbezahlt hatte, war er bankrott.

Jedem in der Familie, auch Marie-Jose, ging dieser Rigorismus zu weit. »Hart«, sagten die einen, »gefühllos«, die anderen.

Das Schlimmste aber war, dass Florence nicht in den Schoß der Kirche zurückkehrte, sondern sich endgültig abwandte. Und das war Marie-Joses Herzeleid, die Sorge, die ihr das Herz abdrückte: Florences Seelenheil. Darüber wollte sie, wie so oft, mit Sophie, der Schwiegermutter von Frenne, sprechen. Morgen Nachmittag wollte sie zu ihr hinübergehen. Den kurzen Weg, die paar Häuser weit bis zu Sophies Haus würde sie schon schaffen.

Ja, die katholische Kirche und ihre tiefe Gottesgläubigkeit waren Marie-Jose Hellenbrechts Halt und einzige Kontinuität in den nun fast acht Jahrzehnten ihres bewegten Lebens.

In der Kathedrale Onze-Lieve-Vrouw in Antwerpen hatte sie erlebt, wie die Menschen in der Besatzungs- und Kriegszeit im *Grande Guerre* auflebten, Mut und Selbstbewusstsein schöpften aus dem Glauben, aber auch aus dem Rückhalt als Nation, den sie in ihrer Religion fanden. Ihr Gottesglaube hatte sie gerettet, als sie an der Trauer um ihr Kind zu zerbrechen drohte.

In der Burbacher Kirche Herz-Jesu hatte sie ein Stück Heimat wieder gefunden. Wenn sie während des Gottesdienstes die Augen schloss, konnte sie in den lateinischen Gesängen, in den vertrauten Gebeten und Anrufungen und immer gleichen Messriten heimkehren in ihre alte Pfarrkirche in Oude God oder in die Kathedrale Onze-Lieve-Vrouw von Antwerpen, damals nach ihrer Ausweisung aus Belgien 1927, als ihr das Herz brechen wollte in diesem fremden, abweisenden Land.

Ihre Religion war ein Teil ihrer selbst. Darum hatte sie vor ihrer Hochzeit trotz aller Verliebtheit, darauf bestanden, dass Heinrich zum katholischen Glauben konvertierte. Nie hätte sie mit einem Andersgläubigen die Ehe eingehen und damit gegen die heiligen Regeln der Kirche verstoßen können.

Wenn Marie-Jose über ihre eigene Ehe nachdachte, über Henz, ihren Gefährten, den sie aus Liebe geheiratet hatte, der ihr trotz aller Nähe in vielem fremd geblieben war und der dennoch – und daran würde sie immer festhalten – der Richtige, der für sie Bestimmte war, wenn Marie-Jose über ihre Ehe nachdachte, war sie dankbar für die gemeinsamen Jahre. Nein, die schmerzlichen Konsequenzen dieser Verbindung hatten sie nicht ins Wanken gebracht.

Zu keiner Zeit hätte sie eine Scheidung erwogen. Und sie hätte ihre Beziehung nicht auf einem Unrecht aufgebaut, und Henz hatte immer zu ihr gestanden. Genau wie ihre Tochter hatte sie als junge Frau nach Glück gestrebt, aber innerhalb eines Kodex von religiösen Werten und sozialen Normen, in die alles Individuelle eingebettet war. Und schon damals fühlte sie bei aller ihr eigenen Lebensfreude die Relativität dieses Lebens, das in Gottes Hand lag.

Diese schmerzliche Gottergebenheit und Frömmigkeit hatten sie nun ganz durchdrungen, sie gefestigt und hart gemacht gegenüber den Feinden des Glaubens, oder solchen, die sie dafür hielt. Aber Florence war nicht ihr Feind. Sie war ihre Tochter, und sie betete innig für ihre Bekehrung.

In den Nachkriegsjahren hatte Marie-Jose in den jungen Familien von Mugje und Frenne die gottgewollte Normalität des Lebens wieder gefunden. Ja, Gott hatte ihr ihren Sohn zurückgegeben. Zwei Jahre nach Kriegsende war er aus der Gefangenschaft heimgekehrt.

Wenn Marie-Jose Hellenbrecht mit fast achtzig Jahren die Fotografien betrachtete, die sie bei ihren Besuchen in Belgien in der Zeit nach dem Zweiten Weltkrieg zeigen, kurze Ausflüge in die Vergangenheit, konnte sie es nicht fassen, dass sie selbst diese kleine, gealterte Frau war mit dem schwarzen Pillbox-Hut, an dessen Rand ein schmaler Schleier befestigt war, die mit wehmütigem Blick zu den fremd-vertrauten Gebäuden der Avenue Meir empor schaute. Nichts erinnerte mehr an die attraktive, energische, junge Frau mit schmal geschnürter Taille und modischer Hut-Kreation aus Tüll, Federn und Seidenblumen. All das war lange her.

»Mama, setz dich zu mir, ich muss dir etwas Wichtiges sagen.« Véroniques Stimme, der zitternde, unstete Ton ließ sie aufhorchen, ließ sie erschauern. Die Gegenwart holte sie ein. Vérone trug noch das graue Kostüm und die rosa Bluse. Sonst zog sie sich immer sofort um, wenn sie von der Arbeit kam. »Mama, es fällt mir sehr schwer, es dir zu sagen. Morgen gehe ich ins Krankenhaus. Ich habe Krebs, Brustkrebs. Ich muss operiert werden. Ich weiß nicht, was wird.«

In einem schwindelnden Treppenaufgang unmittelbar neben dem Glockenstuhl begann die große Glocke zu schlagen. Ihre Schwingungen erschütterten die Erde, ihr erzener Klang machte Marie-Jose taub und blind, ihre Schläge trafen ihr Herz.

Das Leben hatte sie gelehrt, dass dieses schmerzvolle Dasein nicht alles sein konnte, dass die Unvollkommenheit dieser Erde in ein Jenseits – Marie-Jose sagte Himmel dazu – münden müsse, in dem es ein glückliches Wiedersehen gab. Aber diesmal fiel sie in Trostlosigkeit.

Vérones letztes Jahr, das Leid eines Jahres, Feste, die immer die letzten waren, Gespräche, nach denen man immer hoffte, sich wieder zu sehen. In dem kleinen Garten hinter dem Haus, in dem Frennes Familie wohnte, saß man an langen Sommerabenden unter dem Kirschbaum zusammen, wenn der blaue Tag verblich. Die Klinikaufenthalte in Heidelberg wurden länger.

Als Florence ihrer Mutter die Todesnachricht überbrachte, brach Marie-Jose in die Worte aus: »Ich habe meinen besten Freund verloren! Bist du nun zufrieden, Gott?«

Marlene, mittlerweile zwölf Jahre alt, erlauschte hier und da, verborgen in der Biegung der Treppe sitzend, schmerzvolle Details aus diesem letzten Lebensjahr ihrer Tante Véronique; Dinge, die sie in ihrer Schrecklichkeit kaum ertrug. Tiefes Mitleid mit ihrem Vater erfüllte sie, wenn sie seine traurigen Augen sah, mehr noch aber mit ihrer Großmutter Marie-Jose.

Doch an ihr konnte sie keine Traurigkeit erkennen. Seit dem Tag der Beerdigung war sie etwas kleiner geworden, so schien es Marlene. Auch trug man ihr auf, die Omi nach ihrem Besuch immer nach Hause zu begleiten, obwohl es doch nur eine kurze Strecke bis zu dem Haus von Tante Florence war. Manchmal erzählte Marie-Jose ihr dann von früher oder gab ihr den Rat, nie von Gott abzulassen. Marlene verstand nicht alles, was sie sagte, denn sie sprach nur noch Flämisch. Auch gab ihr die Großmutter manchmal einen Kuss auf die Stirn, »een kussje«, oder legte ihr die Hand aufs Haar, eine ungewohnt weiche Geste, fast segnend. Nie vergaß sie nun ihr und Verena beim Weggehen ein Kreuzchen auf die Stirn zu zeichnen, etwas, das ihre Großmutter bisher nur getan hatte, wenn man sich für längere Zeit verabschiedete.

Marie-Jose hatte sich auf den Weg gemacht, die Welt zu verlassen.

Brief an Anne

Liebe Anne,

danke für die Fotos von Deiner Familie. Ich habe mich so sehr gefreut, Deine Lieben wieder zu sehen, vor allem Deine Mutter und natürlich Dich, Dich vor allen anderen. Dein Gesicht ist Heimat für mich, ertragbare Nähe, Zeitverleugnung und Zeitverlauf. Meine alte, ewig junge Freundin.

Die Zeit läuft mir davon. Ich habe den Eindruck, als ob das Bild jeden Tag etwas dunkler würde oder das wahrnehmbare Licht abnähme. Aber es ist ja November, eine ohnehin lichtlose Zeit. Die gestrige Untersuchung hat bestätigt, dass der Sehnerv betroffen ist. Mir ist klar, dass man Federn lassen muss, wenn man älter wird. Aber man kann nicht darüber verhandeln, welche Feder man verliert, und gerade die, die gerupft wird, ist diejenige, die man am wenigsten missen will.

Wenn ich die Leben derjenigen an mir vorbeiziehen lasse, die mir vorangegangen sind, schmilzt mein Anspruch, ungeschoren davonzukommen, dahin. Es kann keine Erwartung geben. Du kennst das Gedicht *Bitte* von Hilde Domin?

Der Wunsch nach der Landschaft / diesseits der Tränengrenze / taugt nicht.

Es taugt die Bitte ... dass noch die Blätter der Rose am Boden / eine leuchtende Krone bilden.

Jedes Leben ist ein Entwurf. Lange halten wir an der Illusion fest, dass es unser Entwurf ist, an dessen Umsetzung wir so eifrig arbeiten, bis nach und nach in jedem Lebensalter so viele Steine in den Weg rollen, dass wir variieren, improvisieren, reduzieren müssen. Und dann die große Entdeckung: Mit jeder Erfahrung, jedem Verlust und jedem Herzeleid wird es klarer, dass wir die Entworfenen sind, die sich ihrem Urbild nähern.

Liebe Anne, ich hoffe, dass Du die letzten Wochen Deiner Berufszeit heil überstehst, kenne ich Dich doch gut genug, um zu wissen, dass Du

Dich bis zum letzten Schultag für das Ganze verantwortlich fühlst und nicht nur für die begrenzte Aufgabe, die Dir zugeteilt ist. Und dass Du, selbst in der letzten Minute, nichts halb oder halbherzig tun kannst.

In Gedanken bei Dir. Ich umarme Dich.

Marlene

Plädoyer in eigener Sache

Die Nacht scheint endlos. Viermal bereits hat Marie-Jose sie aus dem Zimmer gewiesen. Mit welchen Worten! Mit welch kaltem Ton! »Du nicht! Geh, du Gottlose, du Antichrist, ich will dich nicht sehen!« Die letzten Worte schreit sie mit der restlichen verbliebenen Kraft. Noch in ihrer Sterbestunde lässt sie ihre Älteste ihre Ablehnung spüren.

Die alte Frau kämpft um jeden Atemzug. Florence beobachtet sie durch den Türspalt, möchte ihre Hand streicheln, ihr sagen: »Mama, ich bin bei dir.« Ihr den Schweiß abwischen, ihre Lippen befeuchten, ja, sogar mit ihr beten.

Nun liegt Marie-Jose allein in diesem Krankenzimmer. Ihre Hände wischen fahrig über die Bettdecke. Mit weit geöffneten Augen starrt sie in die schattige Ecke des Zimmers, wo der Schein des Nachtlichts nicht hinreicht. »Vérone!«, ruft die Sterbende klagend.

Doch Véronique ist tot, seit einem Jahr bereits. Die Schwester, die Florence, am nächsten war, die immer den Ausgleich gefunden hat zwischen der irrationalen Unversöhnlichkeit der Mutter und ihr, der kühlen Tochter, die ihre Liebe nur durch Taten auszudrücken weiß.

Ewigkeiten dauert dieses Sterben. Doch Marie-Jose martert sich mit dem sinnlosen Warten auf die Kinder, die nicht kommen werden. Frenne und Mugje sind mit ihren Familien verreist. Es ist August, Urlaubszeit, und Florence ist die Einzige, die der Mutter beistehen könnte.

Florence lässt sich lautlos an der Wand zu Boden gleiten. Mit angezogenen Knien, sich selbst umschlingend, kauert sie wie ein Embryo ohne Eigenleben, ja ohne Lebensrecht vor der Tür des Sterbezimmers und atmet stoßweise im Rhythmus der Klagen, Gebete, Schreie der sich dem Sterben Verweigernden. »Moeder«, denkt sie, »Moeder, Vérone wird nicht kommen. Gott erlöse sie! Erweise dich als barmherziger als die, die an dich glauben!«

Seit Minuten dringt nun kein Laut mehr aus dem Zimmer. Florence richtet sich auf und schleicht auf Zehenspitzen ans Bett und schaut auf die kleine Gestalt, deren Umrisse sich kaum unter der Decke abzeichnen. Die alles beherrschenden Augen sind geschlossen; das Gesicht, das ihr das liebste war, ist eingesunken, verfallen, hat die Unpersönlichkeit des Todes angenommen. Noch hebt der schwache Atem ab und zu die Decke, aber man muss schon den Blick der verzweifelt Wartenden haben, um die Bewegung zu ahnen.

Ganz sacht umfasst Florence die Hand der Mutter und mit brüchiger Stimme beginnt sie: »Onze Vader, die in den hemelen zijt ...« Die Züge der Sterbenden entspannen sich. »Maar verlos ons van de Boze.« »Amen«, sagt Marie-Jose. Ein letztes Mal öffnet sie die Augen. Sieht sie die Tochter, die sich über sie gebeugt hat, oder sieht sie das, was für sie realer war als alle Wirklichkeit?

Sie lächelt blicklos in Florences Tränen.

In dieser Nacht ohne Atem, in diesem Raum, der die Schreie der letzten Stunden gespeichert hat, hier am Bett der Toten beginnt sich Florence zu retten. Sie muss vieles richtig stellen, von dem sie aber weiß, dass ihre Version zu spät kommt.

Schon als Kind war in ihr ein Ernst, eine kompromisslose Geschlossenheit, die sie von den Geschwistern unterschied. »Florence schaut Löcher in die Zukunft«, sagte ihre Mutter Marie-Jose, wenn sie nachdenklich und still in der Ecke saß. Aber sie grübelte nicht sinnlos im Trüben, nein, sie wollte den Dingen auf den Grund gehen. Und wenn sie die logischen Verknüpfungen gefunden hatte, war sie glücklich. Kein lautes, lachendes Glück, sondern eine wunderbare Klarheit, die die Dinge schwerelos werden lässt. In der Harmonie der sprachlichen Korrektheit, später in der jeder Überprüfung standhaltenden Berechnung von Soll und Haben, Gewinn und Verlust, Kapital und Steuern, fand Florence diese Befriedigung.

Seit ihr Vater durch die Ereignisse des Ersten Weltkriegs abwesend war, hatten sich die Gewichte in der Familie verschoben. Auch er war nüchtern, praktisch, amusisch, aber im Denken glasklar und unbestechlich, ebenso in seinen moralischen Einschätzungen, genau wie sie selbst. Florence fehlte die phantasievolle Kreativität der übrigen Familienmitglieder, deren Darbietung sie jedoch bewundernd aus vollem Herzen genoss.

Andererseits spürte sie bereits als Achtjährige, wie sehr ihre Mutter in der Kriegssituation Unterstützung brauchte. Denn da war der kleine Jozef, nur drei Jahre jünger als sie, der sich mit leichtem Sinn über alle Regeln hinwegsetzte, und natürlich das unmittelbar bei Kriegsbeginn geborene hilflose Baby Frenne. Véronique aber, ihre geliebte Vérone, nur ein Jahr jünger als sie, war ihre Vertraute, ihre beste Freundin, die Einzige, der sie ihre schonungslosen Einsichten mitzuteilen wagte. Eigenartigerweise war sie nie eifersüchtig auf diese Schwester gewesen. Auf alle anderen Geschwister schon, aber nie auf sie, die von Anfang an die Liebe der Mutter auf sich zog und später diejenige war, mit der Ma alles besprach und teilte.

Heute verstand sie es besser als damals, dass sie, die Erstgeborene, das süße Baby auf dem Eisbärfell, sehr schnell groß werden, laufen, helfen, vernünftig sein musste, denn das nur zwölf Monate später geborene Mädchen war zart und brauchte alle Fürsorge.

Schon früh liebte es Florence, Verantwortung zu tragen, denn die Pflicht gab ihr eine Rolle, ja, eine Identität, die von ungleich größerer Bedeutung war als ihr kleines Ich. Auch erhob sie sich dadurch ein klein wenig über die anderen und konnte bestimmen, was gemacht wurde.

Doch alle tadellosen Leistungen in der Schule und alle Hilfsdienste zu Hause konnten nicht das sorglos-fröhliche Lächeln auf das Gesicht der Mutter zaubern, das ein Lied von Véronique oder später Frennes dramatische Deklamation einer Ballade hervorriefen.

Als sie, die zwölfjährige, vernünftige Älteste, zusammen mit Véronique und Jozef in Antwerpen bei den Großeltern zurückbleiben musste, während ihre Mutter mit Frenne für zwei Jahre in Wiesbaden beim Vater blieb, fühlte sie sich zum ersten Mal betrogen und zu Unrecht zurückgesetzt. Das neue in Wiesbaden geborene Baby, die ach so süße Mugje, machte die Situation auch nicht besser.

Florence sah der Rückkehr des Vaters nach Belgien in den zwanziger Jahren nach dem Ersten Weltkrieg mit gemischten Gefühlen entgegen. Sie war sechzehn und alt genug, um sich ein Bild von der politischen Situation in ihrem Land zu machen. Aus tiefem Herzen hasste sie die Deutschen, die ihre Heimatstadt bombardiert, die Festung geschleift, die Bevölkerung terrorisiert und ihre Familie auseinander gerissen hatten. Aber durch den Vater war sie, die patriotische Flamin, auch ein bisschen deutsch, unleugbar und unerträglich. Dass er im Krieg auf Seiten der

Deutschen tätig war, dass er – für sie damals unverständlich – Belgien und seine Familie verlassen hatte, machte ihn dem jungen Mädchen, das nach Eindeutigkeit strebte, suspekt und fremd.

Und dieser Mann, der acht Jahre lang nur eine ferne Instanz gewesen war, für den man einmal im Jahr mit allen Geschwistern zum Fotografen ging, um ihm einen Eindruck von seiner Familie in Flandern zu vermitteln, dieser Fremde bestimmte kurz nach seiner Rückkehr nach Antwerpen, dass sie das Gymnasium mit der mittleren Reife verlassen, zur Handelsschule wechseln und Bürokauffrau lernen müsse. Ihr Traum, Sprachen zu studieren, Lehrerin zu werden, zerrann unbemerkt, denn die Trauer um ihren Bruder Jozef und die beruflichen Probleme des Vaters, in Belgien wieder Fuß zu fassen, beherrschten zu der Zeit das Familienleben. Eine Begründung für diese Entscheidung über ihr Leben bekam sie nicht. Und Auflehnung war zwecklos.

Nur Vérone teilte Florence ihre aufrührerischen Gedanken mit und Irma, ihrer Freundin, die zu ihr hielt, selbst nachdem sie das Gymnasium verlassen hatte.

Auch als die Familie aus Belgien ausgewiesen wurde, entschied ihr Vater über ihren Kopf hinweg, dass sie als seine Sekretärin in Saarbrücken arbeiten und ihn beim Aufbau der Filiale unterstützen werde. Sie war zwanzig, ein Jahr vor der Volljährigkeit, von jeder Selbstbestimmung aber Lichtjahre entfernt. Als sie im Zug saß, der sie endgültig nach Saarbrücken bringen sollte – ihr Vater war schon seit zwei Wochen dort – war sie allein und konnte endlich ihren Tränen nachgeben, die ihr seit drei Wochen wie ein dicker Kloß im Hals die Luft abgeschnürt hatten. Aber alle anderen waren so trostbedürftig gewesen, vor allem Vérone, und Ma schien die ganze Organisation der Übersiedlung völlig zu überfordern.

Irma, Muriel und Griet hatten sie zur Bahn begleitet, und als der Zug anfuhr, hatte sie noch Niclas Boeykens gesehen. Er war zu spät gekommen, wie immer, und hatte ihr mit einem bunten Blumensträußchen nachgewunken. Sein Gesicht konnte sie da schon nicht mehr erkennen, weil es so verschwommen war, ebenso wie die Gesichter ihrer Freundinnen, die Türme von Antwerpen und all die anderen Städte und Landschaften entlang der Bahnlinie.

Florence begann, in Saarbrücken zu arbeiten. Sie merkte bald, dass sie sehr viel schneller Vorgänge überblickte und Entscheidungen traf, ja, dass sie organisierter an die Dinge heranging als ihr Vater. Er begann, sie um Rat zu fragen und setzte ihre Ideen und Vorschläge um. Er verließ sich auf sie. Sie sah Anerkennung in seinen Augen, Respekt. Da stürzte sie sich zum ersten Mal in die Arbeit, als wolle sie das Meer in einem Tag durchschwimmen. Immer schon hatte sie ihre Pflicht erfüllt, nichts liegen lassen, Termine stets eingehalten. Aber das war nichts gegen das, was sie jetzt leistete. »Florence arbeitet.« »Florence ist für die Firma unentbehrlich.« »Die Firma hat mir zu unserem guten Umsatz gratuliert und zu meiner fähigen Mitarbeiterin.« Florence wuchs in ihre neue Rolle hinein, sie war diese Rolle, sie arbeitete immer perfekter.

Als dann nach zwei Jahren ihr Bruder Frenne als kaufmännischer Lehrling in der Filiale zu arbeiten begann und der Vater ihn ihr zuwies, um ihn anzulernen, empfand sie das wie eine Beförderung. Aber sie spürte auch etwas Neues: Macht. Sie hörte, wie ihr Tonfall an Autorität zunahm. Doch wenn sie die Verunsicherung in den Augen ihres Bruders sah, schämte sie sich.

Florence lebte an ihrem Arbeitsplatz und in der Familie und in den kurzen Zeiten, wenn sie nach Hause nach Belgien fuhr. Sie mied die Deutschen.

Nur höchst selten kam sie mit der fremden Umgebung hier im Saarland in Kontakt, meistens auf Geschäftsbasis. Und da hatte sie alles im Griff. Fast alles. Sie spürte sofort den abschätzigen Blick des Drogisten, mit dem sie gerade verhandelte, wenn ihr Akzent oder ein ungebräuchliches deutsches Wort sie als Fremde verriet. Schlimmer noch war es in der Straßenbahn oder beim Einkauf in der Stadt. Diese Spießbürger, die ihre eigene Sprache nur in ungepflegtester Weise von sich gaben, dieses breite Burbacher Platt sprachen, das ihren Ohren wehtat, wollten sich ihr, die mittlerweile drei Sprachen beherrschte, überlegen fühlen, ja, auf sie herabsehen. Sie, Florence, würde es ihnen zeigen. Sie würde sich nicht darauf beschränken, im Selbststudium und in der Konversation mit ihrem Vater Deutsch zu lernen. Von der Pike auf würde sie die deutsche Grammatik in Privatstunden lernen, koste es, was es wolle, und dann diesen saarländischen Dialekt in bestem Hochdeutsch platt walzen.

Und noch etwas nahm Florence konsequent in Angriff: Sie änderte ihren Vornamen. Sie wollte die Verballhornung, die falsche Aussprache, die Abkürzungen, die sich die Deutschen hier ausdachten, nicht länger hinnehmen. Ab sofort war sie für alle, auch für ihre Familie Nic. Sie bediente sich dabei ihres zweiten männlichen Vornamens Nicolas, der nach alter Tradition der ihres Paten und in diesem Fall der ihres Großvaters war. Nur ihre Mutter ließ sich nicht darauf ein und nannte sie bis zum Schluss weiterhin Florence. Und natürlich in Belgien behielt sie ihren alten Namen bei.

Véronique hatte gleich in den ersten Monaten im Saarland ihren Namen geändert. Sie erfand sich neu und nannte sich Lil, indem sie ihren dritten Vornamen Liliane abkürzte. Lil, nicht Lili, das wäre doch allzu gefällig gewesen. Auch in diesem Fall ignorierte die Mutter Marie-Jose die Umbenennung. Und der Vater blieb ebenfalls bei Véronique.

Irgendwann kam der Durchbruch, irgendwann begann sich Nic-Florence mit der neuen Umgebung zu versöhnen. Vielleicht trugen die Freundinnen dazu bei, die Véronique mitbrachte, oder die Freunde aus der Sturmschar, die zu Frenne kamen, oder die Familien, die Ma in der Kirchengemeinde kennen gelernt hatte, und die sie zu sich einluden. Florence merkte wieder, dass sie jung war und dass sie Freunde gewinnen konnte, wenn sie es nur wollte. Doch sie hatte sich in den letzten Jahren eine solche Distanziertheit zugelegt, die es nur wenigen erlaubte, näher zu kommen. Und viele trauten sich nicht, auch wenn sie lächelte; denn, ihr selbst unbewusst, war sie über ihre Jahre hinaus Respekt gebietend.

Nur ihre Freunde und Verwandten in Antwerpen konnten keine Veränderung feststellen. Bei ihnen war Florence offen und vertraulich und fand zu ihrer Fröhlichkeit zurück.

Florence war vierunddreißig, als ihr Leben gewaltsam durch die politische Situation und erneut ohne ihre Zustimmung radikal verändert wurde. Mittlerweile arbeitete sie bereits seit fünf Jahren in der Holzfirma Dressler. Im Juni 1941 verfügte das Kriegsministerium des Deutschen Reiches, dass Florence Hellenbrecht im Rahmen des Arbeitsdienstes die Aufgabe zugewiesen wurde, für diese kriegswichtige Firma, die ihren Hauptstandort verlegt hatte, in Danzig als Sekretärin zu arbeiten. Obwohl Florence die Hitlerdiktatur aus tiefster Seele verabscheute, konnte sie sich nicht widersetzen, ohne sich und ihre Familie zu gefährden. Besonders schwer aber wurde ihr die Abreise, weil sie sah, wie hinfällig ihre Eltern inzwischen geworden waren, richtig alte Leute. Vor allem aber schien ihr Vater das Geschäft nicht mehr allein führen zu können.

Mit Véronique, die mittlerweile in Frankfurt wohnte, feierte sie ausführlich den Abschied. Denn wusste man, ob man sich in diesen Zeiten wiedersehen würde? Mit ihren Essensmarken und dank Véroniques guter

Beziehung zum Hausmeister des Frankfurter Brieflesezentrums, wo sie arbeitete, hatten sie sich Brot, Käse und Rotwein organisiert. Nun saßen sie auf dem winzigen, umgitterten Balkon, der gerade Platz für ein Tablett und zwei Stühle bot, hoch über der Hauffstraße. In jener Juninacht hielt die Großstadt den Atem an. Die leisen Stimmen der beiden Frauen schwebten über dem unbeleuchteten Straßenschacht in den gläsernen Himmel, der sich den Verdunkelungsvorschriften widersetzte.

»Nic, er ist so wundervoll, ich wünschte, du würdest das auch erleben.«

»Ich freue mich so für dich, Lilchen. Ich dachte schon, dass für uns alte Mädels alles zu spät sei.«

»Auch wenn die Zeit nicht danach ist, ich habe das Gefühl, das Leben beginnt erst. Glaub' daran, Nic!«

»Wie ist er denn so, außer wundervoll und wundervoll?«

»Nic, du alte Skeptikerin, aber du kannst mir sagen, was du willst. Ich bin einfach glückglückglücklich.«

»Na toll. Aber erzähl' mir von ihm. Ein Mann, der dich hinreißt, macht mich neugierig.«

»Ich hab' ihn auf der Arbeit kennen gelernt. Er hat eine ganz sanfte Stimme und spricht immer ganz leise. Das ist mir als erstes aufgefallen. Und er hat liebe Augen, ein wenig traurig auch. Ich glaube, er hat viel erlebt. Er hat zwanzig Jahre im Ausland gelebt, in China, in Shanghai unter anderem. Und jetzt ist er zurückgekehrt nach Deutschland. Ich glaube, er ist nicht ganz gesund. Er hat so eine Bemerkung gemacht über sein Herz.«

»Das hast du bestimmt verwechselt, Lilchen. Er hat bestimmt gesagt, wenn er dich sieht, setzt sein Herz aus.«

»Nic, mach' keine Witze darüber. Ich bin echt besorgt. Und dann ... Er wirkt so heimatlos. Du weißt, was ich meine?«

»O Lil!« »Im Übrigen: Er sieht nicht besonders aus, ich meine für Außenstehende. Und er ist fünfzehn Jahre älter als ich. Aber keineswegs alt. Und mit ihm kann man über alles reden.«

»Du machst mich eifersüchtig, Lil! Aber im Ernst, ich wünsche dir von Herzen, von Herzen ...«

»Sag nichts, Nic, man darf es nicht aussprechen.«

Am nächsten Morgen in aller Frühe machte sich Florence auf den Weg nach Danzig. Zum ersten Mal in ihrem Leben entfernte sie sich auf unbestimmte Zeit mehr als tausend Kilometer weit von ihrer Familie. Und als sie nach drei Tagen in der unwirtlichen Barackensiedlung ihr Zimmer bezog, überkam sie ein völlig unpassendes Gefühl von Freiheit.

Die Holzverarbeitungsfabrik bestand aus vielen provisorisch konstruierten, festen Holzhäusern, Hütten, Verschlägen und Unterständen zwischen Lagerstellen für Stämme, Balken und Bretter, die sich über ein riesiges, ebenes, unbefestigtes Gelände in der Weichselmündung verteilten, durchzogen von Geleisen für den betriebsinternen Transport und einem Wegenetz, das sich bei jedem Regen in eine Schlammwüste verwandelte. Morgens galt es dann zunächst den schmalen Matschstreifen zwischen den Wasserlachen zu treffen und, bis zu den Knöcheln im Morast versinkend, zur nächsten Schlamminsel zu balancieren bis zur Verwaltungsbaracke, wo Florence ihren Arbeitsplatz hatte. Und es regnete häufig und ausgiebig. Das Hauptdepot der Stämme befand sich in einem abgegrenzten Lagerbecken am Rand der Weichsel, von Pontons und schwankenden Stegen durchzogen. Dort wurde das geflößte Holz hingeschwemmt.

Florence wusste, dass hier Baracken produziert wurden, die im Osten gebraucht wurden. Den Gedanken, wozu diese Baracken dienten, verdrängte sie, wie die meisten, die hier arbeiteten.

Florence teilte ihre Unterkunft mit Bäbi, die eigentlich Bärbel hieß und aus Mannheim stammte. Dieses Einraumquartier wies gerade einmal das notwendigste Mobiliar auf, wobei der schmale Tisch mit der kleinen Lampe schon als Luxus gelten konnte. Für Stühle war kein Platz. Die sanitären Anlagen befanden sich in einer Baracke in unmittelbarer Nachbarschaft, was von großem Vorteil war, denn nachts war das Gelände zwar bewacht, aber unbeleuchtet. Gleich in der ersten Nacht riss Florence laut schreiend Bäbi aus dem Schlaf. Etwas hatte ihr ins Gesicht gefasst, nein es war in ihr Gesicht gefallen. Florence wischte es weg, doch es kamen weitere. »Kakerlaken!«, sagte Bäbi lakonisch, »nachts lassen sie sich aus den Deckenritzen fallen.« Es war ekelhaft. Als es zwei Tage später zu regnen begann, wurden die Wände klamm, die Kleider, die Papiere. Nichts trocknete mehr. In den Ecken der Wohnbaracke bildete sich Schimmel. »Der war schon vorher da. Du hast ihn nur nicht gesehen«, sagte Bäbi gleichmütig.

Bäbi war ein Glücksfall. Ihr großzügiges Lächeln, das ihre Augen zu dunklen Halbmonden verengte, konnte sehr schnell in schallendes

Gelächter übergehen, aber auch warmherziges Verständnis ausdrücken. »Lass dich nicht vom Ernst des Lebens erschlagen«, war ihre Devise.

Das Leben in diesem Barackenlager war einerseits bestimmt von militärischem Lagerdrill und Überwachung, und andererseits von sich ständig ändernden, alle Regeln zerschlagenden Provisorien, die täglich neue Unannehmlichkeiten, aber auch etwas sorglos Jugendherbergsartiges zur Folge hatten.

Bäbi tänzelte mit nachtwandlerischer Sicherheit durch diese Mischung von Regeln und Chaos. In ihrer Gesellschaft lernte Florence die Freuden der Spontaneität und Improvisation kennen. Bäbi arbeitete in der Buchhaltung und unterhielt beste Beziehungen zur Kantine. So kamen Picknicks zustande, am hellen Wochentag auf dem Schreibtisch im Büro, mit frisch gebackenem Kuchen und Resten vom Vorabend, ergänzt durch irgendwie abgezweigte Würstchenvorräte, und das alles zu dem unvermeidlichen dünnen Kaffeeersatz, der mit einem Schluck Wodka angereichert wurde. Bald kannte Florence die Angestellten aus der Buchhaltung, der Verwaltung und der Kantine und fühlte sich in dieser zusammengewürfelten Gesellschaft wohl.

Bäbi machte Florence mit Oliva bekannt. Oliva war ungefähr so alt wie Bäbi, so um die dreißig Jahre. Sie war in Danzig geboren, galt aber nicht als Polin, sondern als Deutsche, was sie nicht hinderte, ihr ohnehin akzentreiches Deutsch durch polnische Wendungen zu bereichern. Auch sie arbeitete in der Firma Dressler und war mit einem der Mechaniker, die für die Holzmaschinen zuständig waren, verlobt.

Oliva führte ihre Freundinnen voller Stolz durch ihre Heimatstadt. Als Florence vor dem Neptunbrunnen mit der hoch aufgereckten Bronzefigur am Langen Markt stand und vor den Zunfthäusern mit den geschwungenen oder getreppten Giebeln, später das alte Zeughaus mit seinen steinernen Verzierungen und die vielen Türme sah, die das Stadtbild beherrschten, fühlte sie sich zu Hause. »Hier habe ich ein Stück von Europa gefunden«, schrieb sie an ihre Schwester Véronique. »In Danzig habe ich kein Heimweh nach Antwerpen, obwohl es so ganz anders ist mit seinen dunklen Backsteinfassaden und dem mächtigen Turmklotz der Marienkirche.« Oliva nahm Florence die Bezeichnung für den würdigen Backsteinturm übel, mit allem anderen war sie einverstanden und setzte schwungvoll ein paar Grüße unter den Brief.

Ab und zu zeigte sich doch ein Hauch von Sommer mit einem blassblauen Himmel über der Ostsee. Dann gingen die drei Freundinnen an den Strand von Zoppot, planschten mit geschürzten Kleidern in den auslaufenden Wellen oder lagen in dem feinen, weißen Sand, von dem Bäbi immer behauptete, er stamme aus der Bäckerei. Ihr braunes Haar wehte ihr ins Gesicht und verdeckte ihre Grübchen. Florence kaufte sich einen absolut schicken Badeanzug, schulterfrei, und ihre erste Hose, so eng wie möglich und mit Bundfalten.

In diesem Sommer 1941 drängte Florence den Krieg beiseite und fühlte sich zum ersten Mal in ihrem Leben unbeschwert.

Beim Faschingsfest im Winter 1942 tanzte sie mit Lutz, der als Schreiner in der Firma arbeitete und ebenfalls aus dem Saarland stammte. Gerhard, Olivas Verlobter, und Hannes, Bäbis derzeitiger Freund, – »Er steht ganz oben auf der Liste!« – hatten ihn mitgebracht. Es war ein gelungenes Kostümfest, zu dem sie verbotenerweise die französischen Kriegsgefangenen Jacques und Jean-Pierre eingeladen hatten. Beide waren ein bisschen in Florence verliebt, die so gut Französisch sprach, aber auch in Oliva und in Bäbi, versteht sich.

Und während Jean-Pierre unter dem Gelächter der anderen pantomimisch mit Händen und Füßen zu erklären versuchte, was ein *Coup de foudre* ist, schlug bei Florence der Blitz ein. Sie verliebte sich unwiderruflich, himmelhoch und einmalig in Ludwig Keller.

»15. Februar 1942
Liebe Lil, wie kann mir das passieren? Ich bin doch sonst so vernünftig! Immer habe ich den Kopf geschüttelt über Liebespaare, die nicht voneinander lassen können. Und nun ich! Wenn wir Hand in Hand gehen, möchte ich, dass er mir den Arm um die Schulter legt, tut er das, möchte ich, dass er mich umarmt, und in der Umarmung möchte ich, dass er mich küsst. Und er liebt mich, einfach so. Ich muss gar nichts dafür tun. Er ist so zärtlich, Lil. Ich hätte nie gedacht, dass ich einen solchen Mann finde.«

»29. März 1942
Liebe Lil, soeben habe ich Mas Brief aus Saarbrücken erhalten, in dem sie mir schreibt, dass Pa plötzlich verstorben ist. Ach Lil. Natürlich bin ich traurig, sehr sogar. Ich kann es mir gar nicht vorstellen, dass ich ihn nicht wiedersehen soll. Aber ich merke auch, wie weit ich von allem weg bin. Am meisten tut mir Mama Leid, die nun mit allem alleine fertig

werden muss. Sobald ich hier weg kann, werde ich nach Hause fahren. Erzähle ihr nichts von Ludwig. Es würde sie nur beunruhigen.«

»12. April 1942
Liebe Lil, wie gut, dass wenigstens Du und Dieter zur Beerdigung kommen konntet und dass Ihr Mama nach Frankfurt geholt habt. Auch dass Ihr nun endlich geheiratet habt, finde ich gut. Vorerst sende ich Dir und Dieter auf diesem Weg meine herzlichsten Glückwünsche. Sei glücklich, liebes Lilchen, Du verdienst alles Glück der Welt. Aber bevor ich mich auf den Weg zu Euch mache, muss ich Dir noch etwas mitteilen, denn ich weiß nicht, ob wir viel Gelegenheit haben werden, alleine miteinander zu sprechen. Ich wünschte mir so sehr einen Abend mit Dir wie vor meiner Abreise. Lil, ich bin total verwirrt. Stell Dir vor, Lutz ist verheiratet. Und nun fährt er mit mir nach Frankfurt und von dort nach Saarbrücken zu seiner Frau. Was soll ich davon halten? Er sagt, sie seien sich fremd geworden. Aber warum besucht er sie dann? Meine große Liebe ist nur ein Verhältnis. Sag bloß Mama nichts davon.«

»30. April 1942
Liebe Lil, das Herz tut mir weh, wenn ich an die Tage in Frankfurt denke, und besonders an Ma. In ihrem schwarzen Zeug sah sie so zerbrechlich und so alt aus. Sie ist so traurig. Pass gut auf sie auf. Ich vermisse Euch alle.

Wir leben hier wie auf einer Insel, abgeschnitten von der Welt, und führen mitten im Krieg ein so normales Leben, dass es ganz unwirklich ist. Stell Dir vor, wir halten ein Schwein und haben es Emma getauft. Oliva ist ein kleiner Hund zugelaufen, der nun auch noch zu uns gehört. Mein Fall ist er nicht, aber er ist drollig. Wir hören von den Bombardierungen der Städte im Westen. Du weißt, dass ich Dir nichts dazu schreiben kann.

Ludwig und ich sind zusammen. Er will mich heiraten. Aber natürlich kann er seine Frau nicht in der jetzigen Situation um die Scheidung bitten. Das müssen wir verschieben, auf die Zeit, wenn wir ins Saarland zurückkehren.«

Am 12. Juli 1942 wurden die ersten Luftangriffe auf Danzig geflogen. Die »Perle der Ostsee«, wie Oliva ihre geliebte Stadt nannte, wurde bombardiert, wies die ersten Trümmerfelder auf, ausgebombte Häuser, sinnlos in den Himmel ragende, Brand geschwärzte Mauern. Es begann ein Leben im Ausnahmezustand, unterbrochen von Phasen der Ruhe und einer Normalität, in der man nur mühsam die angstvolle Wachsamkeit, das panische Erschrecken bei jedem Fluglärm verdrängte. Das Geheul der Sirenen brannte sich in die Nerven ein, alarmierte den Selbsterhaltungstrieb – und die Angst, die furchtbare Angst. Die Zahl der Toten wurde immer größer, so groß, dass man sich keine Vorstellung mehr davon machen konnte und man abstumpfte gegen die monströsen Bombardierungsgeschichten und den Anblick des Leids.

Doch als Oliva sich nach dem Angriff in den Morgenstunden des 25. Juni 1943 nicht meldete, als feststand, dass das Mietshaus, in dem Olivas Mutter und Großmutter lebten, getroffen worden war, als man die Verschütteten fand und dieser namenlose Tod ein Gesicht hatte, gehörte man auf einmal selbst zu den trauernden Betroffenen.

Die Erfahrung, dass das Leben brüchiger war als die Sandburgen, die sie in Stunden des Übermuts am Strand gebaut hatten, prägte sich ein, zugleich aber auch der Wunsch, diesem Leben noch etwas abzuringen, zum ersten Mal ohne moralische Bedenken, die gestern noch so fest hafteten wie eine zweite Haut.

Florence und Lutz liebten sich, verbargen es nicht mehr vor den anderen, waren ein Paar. Die immer kleiner werdenden Essensrationen hatten Ludwigs Gesicht scharfkantig werden lassen. Seine Nase war schmaler, seine Augen oft dunkel umrandet. Die Weichheit des Kinns und der Wangenpartie war verschwunden. All das verlieh ihm einen Ausdruck von jugendlicher Verwegenheit, er wirkte entschlossener, härter. Sie verbrachten so viel Zeit wie möglich miteinander.

Im Winter 1944/45 wurde Danzig zum Zufluchtsort, zur trügerischen Arche für die Flüchtlingsströme aus allen umliegenden Regionen und für die Soldaten auf der Flucht vor der vorwärts drängenden Roten Armee. Die überfüllte Stadt konnte die Massen kaum verkraften. Viele Häuser lagen in Trümmern. Die Lebensmitteltransporte kamen nicht mehr durch. In diesem bitter kalten Winter hausten viele in Provisorien, hatten viele keine geschützte Unterkunft mehr, und Heizmittel waren kaum noch vorhanden.

Not und Bedrohung trieben die Menschen dazu, weiterzuflüchten. Doch durch den Vorstoß der Russen bis zum Frischen Haff war der

Fluchtweg nach Westen abgeschnitten. Flüchtlingstrecks, die über das vereiste Haff zogen, wurden bombardiert. Auch war das Eis brüchig und viele Wagen brachen ein.

Danzig war Falle und Hoffnungstor zugleich. Die Stadt wurde zum Fluchthafen auf dem Weg über die Ostsee nach Westen. Die Verzweiflung, die die Menschen auf die schon überfüllten Schiffe trieb, ließ sie auch nicht durch den Untergang der Wilhelm Gustloff am 30. Januar und anderer beschossener Flüchtlingsschiffe zurückweichen. Es gab nur diesen Weg nach Kopenhagen, in die von den Deutschen eingenommene Stadt im besetzten Dänemark.

Ab dem 9. März wurde die Lage durch Bombardierungen der britischen Luftflotte immer unhaltbarer. Das Aufheulen der Sirenen trieb die Menschen in die Keller. Tiefflieger beschossen die Flüchtenden. Die Stadt fiel in Trümmer. Es gab unzählige Tote, ungezählte Verschüttete nach jedem Angriff. Und noch immer waren Florence und Ludwig in Danzig.

Auch jetzt nach so vielen Jahren hätte Florence nicht sagen können, warum sie damals erst in allerletzter Minute an Ostern 1945 mit einem der letzten Flüchtlingsschiffe nach Kopenhagen geflohen war. Ab Mitte März entstanden durch die schweren Luftangriffe Großbrände, die Teile der Stadt tagelang in ein Flammenmeer verwandelten und das Firmengelände, das flussabwärts lag, vom Hinterland abriegelte. Aber auch hier fielen Bomben.

Entgegen jeder Anordnung, die Produktion in diesem Chaos aufrecht zu erhalten, waren Bäbi und viele ihrer Arbeitskollegen bereits im Februar geflohen. Ihre Wege trennten sich. Sie sollten sich nicht wieder sehen.

Als Florence in den frühen Morgenstunden des 31. März, geschoben und gequetscht, eingezwängt in die Massen verzweifelter Menschen, mit dem Schiff den Hafen verließ, wusste sie, dass Danzig, das brennende und das altehrwürdige, heile, für alle Zeit für sie die Chiffre sein würde für größtes Grauen und größtes Glück.

Nach ihrer Rückkehr aus Danzig begann für Florence ein Zustand, den sie fast schon vergessen hatte: Die Normalität. Es schien ihr, als ob sich die Nachkriegszeit gebärdete wie eine gerade von schwerer Krankheit Genesene, die alles vermied, an die Zeit ihres Krankenlagers erinnert zu werden, ja sogar die ehemaligen Leidensgenossen an den Rand drängte, um mit befremdendem Jubel zu verkünden, dass sie überlebt hatte. Ein Energieschub ging durch die Bevölkerung. Nach Jahren des Ausnahmezustands konnte man sich wieder privaten Plänen widmen. Man organisierte, reparierte, schuftete und schuf einen neuen auf Zukunft gerichteten Alltag.

Florence aber sah sich schmerzlich damit konfrontiert, dass ihr geliebter Lutz zu dem Gewohnten zurückkehrte, also zu seiner Ehefrau, ihr aber immer wieder versicherte, wie sehr er sie liebe und dass er bald, ja bald einen Schlussstrich ziehen werde. Sie waren kein Paar mehr, nicht in der Öffentlichkeit, und Florence verbrachte viele Abende allein in ihrer Burbacher Wohnung, die sie gemietet hatte.

Florence erstickte ihren Seelenschmerz in Arbeit. Véronique war verheiratet. Ihre jüngste Schwester Mugje heiratete und erwartete ein Kind. Den Gedanken an Kinder hatte Florence bisher verdrängt. Aber nun war sie fast vierzig und sich bewusst, dass das, was sich bisher im Spektrum der Möglichkeiten befunden hatte, vorbei war. Hinzu kam, dass sie mit ansehen musste, wie Lutz bedauernd in jeden Kinderwagen guckte und selbstmitleidig zu registrieren begann, dass er leider keine Kinder habe.

Der Winter 1946/47 war eisig, und in den Städten herrschten Hunger und Mangel. Im Januar 1947 fand Florence bei ihrer Heimkehr am Abend einen Brief aus Frankfurt vor. Véronique schrieb:

»Liebe Nic,
Dieter ist tot. Wie soll ich weiterleben? Soeben waren zwei Polizisten bei mir und haben mir mitgeteilt, dass er auf der Eschersheimer Landstraße zusammengebrochen ist. Er wollte offensichtlich die leere Stoßkarre wieder zurückbringen, die er im Hafen ausgeliehen hatte. Ich mache mir solche Vorwürfe. Ich wusste doch, dass er ein schwaches Herz hat, und ließ ihn trotzdem allein zu dem Schiff gehen, um die Kohlenlieferung abzuholen, die uns Onkel Luc aus Antwerpen organisiert hat. Aber gerade heute musste ich länger arbeiten.

Ach Nic, wenn Du doch hier wärst! Ich bekomme das Bild nicht aus dem Kopf, wie er diese verdammte Kohlenkarre quer durch die Stadt geschoben und die Kohlen in den Keller und in den dritten Stock geschleppt hat. ›Das ist sowieso keine Arbeit für eine Frau‹, hat er heute Morgen noch gesagt. ›Wenn du heute Abend heimkommst, ist das Zimmer schön warm.‹ Und jetzt ist er tot. Ich kann es nicht fassen.

Deine Lil«

Der Brief durchdrang Florences Einsamkeit und ließ sie den eigenen Kummer vergessen. Aber in der Folgezeit verstärkte das Leid der Schwester, die nun wieder nach Saarbrücken zurückgekehrt war, Florences eigene Verdüsterung. Obwohl sie sich immer noch mit Lutz traf, sah sie keine Zukunft.

Doch dann ging die Sonne auf: 1948 wurde auf einem Gelände in Güdingen eine ehemalige Holzfabrik angeboten. Florence erkannte die Chance, die sich hier für Ludwig und sie bot. Hier sollte ihre gemeinsame Möbelfabrik entstehen. Sie wusste, dass es Lutz' großer Traum war, wieder als Möbelschreiner zu arbeiten, und der Gedanke, selbst Modelle zu entwerfen und in großem Stil zu produzieren, hatte natürlich etwas Verlockendes.

Er aber hatte tausend Bedenken: Das Risiko, das Geld, die Instandsetzung, die viele Arbeit. Florences Energie musste für sie beide reichen. Sie entwarf einen Finanzierungsplan, organisierte die Aufräumarbeiten und die Umgestaltung zur Fabrikhalle, versprach ihm, alle Büroarbeiten und geschäftlichen Probleme, auch den Materialbezug und die Auslieferung von ihm fernzuhalten, und erlangte so seine Zustimmung. Florence war nun in die Rolle der Starken, ja der Überlegenen geschlüpft, eine Rolle, die ihr so vertraut war, dass sie es gar nicht wahrnahm, wie Lutz sich immer mehr auf sie verließ, auf ihre Entscheidungen baute und sich anlehnte. Florence war in ihrem Element der erfolgreichen Arbeit. Zumindest tagsüber war sie nun wieder mit Lutz zusammen, und sie hatten eine gemeinsame berufliche Zukunft.

Für ihren privaten Schmerz jedoch gab es keine Klagemauer. Véronique war seit Dieters Tod in tiefe Trauer versunken. Mugje war mit ihrem zweiten Kind schwanger. Ihr Bruder Frenne, der 1947 aus der Gefangenschaft heimgekehrt war, hatte sich inzwischen verheiratet. Und bei ihrer Mutter Marie-Jose konnte sie sich schon gar nicht aussprechen. Sie hatte Florences Lebensweise sofort verurteilt, als diese von ihrer Beziehung zu Ludwig erzählt hatte. Die moralische Außenseitersituation innerhalb der Familie machte Florence unglücklicher, als sie es sich selbst eingestand.

Die Möbelfabrik florierte. Frenne arbeitete als Vertreter und reiste durch die Möbelgeschäfte in Lothringen und im Saargebiet, wie das unter französischer Verwaltung stehende Ländchen nun hieß, und brachte volle Auftragsbücher nach Güdingen. Florence machte Terminpläne und trieb Ludwig an, die Liefertermine einzuhalten. Inzwischen beschäftigten sie drei weitere Schreiner, zwei Lehrlinge und fünfzehn ungelernte Arbeiter. »Man expandierte«, wie Florence stolz zu sagen pflegte. Natürlich verzichtete sie selbst auf ein festes Gehalt, entnahm der gemeinsamen Firmenkasse nur das Notwendigste und sorgte dafür, dass der Gewinn in der Firma angelegt wurde.

Was auch immer den Umschwung gebracht haben mochte, konnte Florence nicht sagen. Aber im Herbst 1949 wurde Ludwigs Ehe geschieden, an Weihnachten machte er ihr einen Heiratsantrag und im Januar heirateten sie. Natürlich nur standesamtlich. Auf feinen Büttenkarten, die vor allem an die Kunden und die Lieferanten gerichtet waren, wurde das Ereignis öffentlich gemacht.

Florence war nun die Frau eines Fabrikanten und neben dem neuen Status des Verheiratetseins, war ihr diese Bezeichnung nicht wenig wert. Doch am meisten freute es sie, dass sie in der Familie nun wieder eine akzeptierte Stellung hatte. Allerdings ließ ihre Mutter es sie immer wieder spüren, dass Ludwigs Scheidung und die fehlende kirchliche Trauung ein Makel blieben.

In diesen Nachkriegsjahren wurde der Grundstein gelegt für Florences Image als ehrgeizige, souveräne, erfolgreiche Geschäftsfrau, die über jedes Maß hinaus arbeitete, ja in ihrer Sachbezogenheit alles und alle um sich herum vergaß. Einerseits genoss Florence dieses Ansehen, andererseits verpflichtete es sie zu weiteren Leistungen und versah ihr Bild mit einem Zug von Härte, den sie hasste. Sie hasste ihn, weil sie spürte, dass sie diese Härte an den Tag legen musste, denn ohne ihr Machtwort lief alles in der Firma aus dem Ruder.

Wenn sie am Abend zusammen auf der Couch saßen, sie und Lutz, gab es Augenblicke, die Florence in ihrer Innigkeit an Danzig erinnerten. Häufiger aber waren die Zeiten, in denen sie total erschöpft aneinanderlehnten oder aber Florence ihrem Mann, der sie anschwieg, Vorhaltungen machte.

Wie hatte es dazu kommen können? Florence fühlte, wie ungerecht die Lasten im Alltag und in der Firma verteilt waren, und je mehr sie von sich selbst forderte und je erschöpfter sie selbst war, desto mehr kritisierte sie Ludwigs Lethargie, seine mangelnde Entschlussfreudigkeit oder die Leichtfertigkeit, mit der er Geld ausgab.

Es kam vor, dass er später als sie aus der Firma kam, eine Umkehrung der Verhältnisse, die sie eigentlich hätte stutzig machen müssen. Es kam vor, dass sie alleine zu ihrer Familie zu Besuch ging, sogar am ersten Weihnachtstag. Und es kam vor, dass er ohne sie verreiste; »eine kleine Geschäftsreise, nur eine Übernachtung.« Florence fühlte den Druck auf ihrer Brust, sie konnte sich nicht belügen. Aber sie hoffte, es ginge vorüber. Ab und zu kam er nachts nicht nach Hause. Wenn sie ihn am nächsten Tag in der Firma fragte, in die Enge trieb, verzweifelt und schrill wurde, erkannte sie sein verlegenes, Ausflüchte suchendes Lächeln wieder aus den Tagen, als sie, Florence, ihn wegen der Scheidung bedrängt hatte.

Sie sah zu, wie er mit charmanten Komplimenten ihre Schreibkraft, das hübsche Fräulein Heidemarie Mühlburg, zum Lächeln verführte. Sie sah zu, wie er sich mehrmals täglich im Büro aufhielt, sich dicht zu dem jungen Ding herunterbeugte, über ein Papier, das es zu lesen galt, ja ihr die Hand auf die Schulter legte. Sie sah zu, wie die junge Heidemarie drei-, viermal am Tag vom Arbeitsplatz aufstand und für längere Zeit verschwunden blieb. Und sie, Florence, konnte es niemandem sagen. Ihr Stolz ließ es nicht zu.

An dem Tag, an dem er endlich den Mund aufmachte, wollte sie nicht mehr weiterleben. Er kam zu ihr an den Schreibtisch, als handele es sich um ein Problem in der Firma. Da stand er in seinem grauen Schreinerkittel, stützte sich mit beiden Händen auf und beugte sich vor, als wolle er ihr etwas Liebes sagen. Aber er blickte an ihr vorbei auf den Kalender, der hinter ihr hing. Dann schaute er unter sich. »Versteh bitte, sie ist schwanger. Ich kann sie nicht hängen lassen. Bitte sieh das ein. Zwischen uns ist es doch sowieso nur noch geschäftlich. Ich bitte dich, mach keine Probleme. Wir lassen uns scheiden und bleiben einfach gute Freunde.«

Florence stand auf. Sie war fast so groß wie er. »Geh mir aus den Augen mit deinen Lügen. Ich will dich nicht wieder sehen.«

Florence kannte die Version ihrer Scheidungsgeschichte, die man sich in ihrer Familie erzählte, und sie litt darunter. Sie hatte die Liebe ihres Lebens verloren, das Vertrauen, ihre Existenzgrundlage, Jahre ihres Lebens, vielleicht die Chance, Kinder zu haben, hätte er sich früher zu ihr bekannt. Aber sie fand kein Mitleid. Vielleicht noch von Véronique. Aber ihr Trost bewies ihr nur, dass sie sie nicht verstand: »Schau, du hast es doch schon die ganze Zeit vermutet. Und so unverschämt, direkt vor deinen Augen! Dieser Dreckskerl, der hat dich doch gar nicht verdient.

Lass ihn laufen. Der hat dich doch bloß ausgenutzt. Ohne ihn geht es dir besser!« Nein, das war es nicht, was sie hören wollte. Trotz allem liebte sie ihn, mit seiner Schwäche liebte sie ihn, und sie hätte ihm verzeihen können. Aber das Kind änderte alles. Und dass er sie nicht mehr liebte.

So gerne hätte sie den Kopf in den Schoß ihrer Mutter gelegt. Aber sie hätte ihr Erstaunen darüber nicht ertragen. Und sie sah in ihren Augen, dass für sie eine gewisse Gerechtigkeit in dieser Geschichte waltete. Sie, Florence, hatte eine Ehe zerstört, nun traf es sie in gleicher Weise. Für ihre jüngeren Geschwister Frenne und Mugje war sie so lange schon die Respekt gebietende, große Schwester, die alles richtig machte, dass sie die Niederlage ihres Lebens bei ihnen nicht beweinen konnte.

Trost kam von ganz unerwarteter Seite. Edith, Frennes Frau, bat sie, die gerade Geschiedene, die Patin ihres zweiten Kindes Verena zu werden. Zum ersten Mal trug ihr jemand in der Familie die Patenschaft an. Als Edith ihr das winzige Wesen in den Arm legte, fielen ihre Tränen in das schlafende Gesichtchen.

Vielleicht hätte diese Taufe sie ja mit der Kirche versöhnen können, die sie all die Jahre zurückgewiesen und ausgeschlossen hatte. In Burbach ging sie zu dem Pfarrer von St. Barbara, um ihr Herz zu erleichtern und ihm ihre Mitarbeit in der Pfarrei anzubieten. Schließlich hatte sie vor dem Krieg jahrelang unentgeltlich im Pfarrbüro ausgeholfen. Er hörte sich ihr Schicksal an und fällte sein persönliches Urteil. Sie, die Geschiedene, die sich zuvor in eine Ehe gedrängt hätte, könne nicht mit der Vergebung der Kirche rechnen. Auch weiterhin sei sie von den Sakramenten ausgeschlossen. Von dieser Niederlage durfte nur Véronique etwas wissen. Florences Angst, dass ihre Mutter ähnlich reagieren könnte wie der Vertreter der Kirche, ließ sie den Vorfall verschweigen.

Florence betrat die Kirche nur noch an kirchlichen Familienfesten und nahm das Erstaunen in den Augen ihrer kleinen Nichten und ihres Neffen kühl und gelassen hin, wenn sie beim Gang zur Kommunionbank über sie hinwegklettern mussten, weil Tante Florence an ihrem Platz blieb.

Florence lernte in den Monaten nach der Trennung von Ludwig allein zu leben, ohne Rat oder Hilfe von irgendeiner Seite. Allein ihr Zorn und ihr Gerechtigkeitsgefühl halfen ihr zu überleben.

Sie entschloss sich, eine zweijährige Ausbildung bei der Handelskammer zu machen, um als Helferin in Steuersachen und später vielleicht als

Steuerberaterin tätig zu sein. Herr Friedhoff, ein Finanzbeamter, der den Kurs Steuerrecht übernehmen sollte, nahm ihre Anmeldung auf. »Sie sind sich ganz sicher, dass sie das durchhalten?«, fragte er. Als Florence kühl bejahte, ohne sich weiter zu erklären, wies er sie auf die immensen Kosten und ihren Verdienstausfall hin. »Ich weiß«, antwortete Florence kurz. »Weiß ihr Mann überhaupt, was Sie da vorhaben?« In den Fünfzigerjahren des letzten Jahrhunderts sicher ein berechtigter Einwand. Herr Friedhoff hätte die Frau mit den kühlen, grauen Augen und der untadeligen, distanzierten Erscheinung, die so unanfechtbar sicher wirkte, mit seiner letzten Frage gerne aus dem Konzept gebracht: »Welche Chancen rechnen Sie sich denn noch aus, Frau Keller?« Er verkniff sich den Hinweis auf ihr Alter, aber Florence verstand ihn auch so und ließ ihn auflaufen.

Ja, Florence hatte das Geld für diese Ausbildung und noch einige Tausend Franken darüber hinaus, die sie als Sicherheit für ihren Eintritt in den neuen Beruf zurücklegte. Nein, sie hatte Keller, wie sie ihn jetzt nur noch nannte, bei der Scheidung nicht über den Tisch gezogen. Ihr gehörte die Hälfte der Firma, die ohne sie gar nicht existiert hätte, und sie hatte Anspruch auf eine Gehaltsrückzahlung für die letzten zwei Jahre. Keller, ihr geschiedener Mann, war so dankbar für den reibungslosen Ablauf der ihm sehr unangenehmen Angelegenheit, dass er ihr alles zugestand. Im Grunde hielt er ihre Forderungen für berechtigt. Außerdem verzichtete Florence auf Unterhalt. Für zwei Exfrauen hätte er nun wirklich nicht zahlen können.

Aber seinem Exschwager Frenne gegenüber stellte er das natürlich etwas anders dar, vor allem als er merkte, dass sich die Firma nicht mehr halten ließ und er ihm kündigen musste. Es war so einfach, seine Geschäftspartnerin und Exfrau für den Bankrott verantwortlich zu machen. Florence wollte sich nicht rächen, sie nahm nur keine Rücksicht mehr. Sie musste ihre Zukunft sichern, solange noch Geld da war. Um die diesbezüglichen Kommentare in der Familie zu überhören, hätte sich Florence schon taub stellen müssen. Sie schwieg und stürzte sich in ihr neues Projekt.

Es handelte sich um einen Weiterbildungskurs, an dem neun Männer im Alter zwischen fünfundzwanzig und zweiunddreißig teilnahmen. Frauen in Florences Alter hatten Familie, heranwachsende oder erwachsene Kinder, eventuell schon Enkelkinder. Unverheiratete Frauen in Florences Alter waren in untergeordneten Positionen tätig, als Putzfrauen,

Verkäuferinnen, unentbehrliche Sekretärinnen oder Sprechstundenhilfen. Keinesfalls drängten sie sich in die Männerwelt und versuchten einen Männerberuf zu erlernen. Wie sollte man so einer Frau begegnen?

Florence versuchte die Unannehmlichkeiten zu übersehen, die Verunsicherung der jüngeren Männer, ihre spöttisch-arroganten Blicke, ihre herausfordernde Überlegenheit und ihre Zurückweisung, wenn sie – ganz sachbezogen – Kontakt aufnehmen wollte.

Sie wusste, dass sie jede Klausur bestehen musste, wenn möglich besser als die anderen. Aber das Lernen fiel ihr schwer, vor allem das reine Auswendiglernen von Fakten. Sie merkte, dass die Jüngeren schneller und leichter lernten und schneller Erfolg hatten, obwohl einige, wie sie laut tönend angaben, nur das Mindeste gearbeitet hatten.

Aber Florence hatte ihnen etwas voraus: Die absolute Disziplin, alles ihrem Ziel unterzuordnen, nicht zuletzt sich selbst, ihre Müdigkeit, ihr Bedürfnis nach Ablenkung und Unterhaltung und Kontakt, ihre mutlose Schwere und ihre Zweifel. Florence war nicht mehr ansprechbar.

Sie hatte keine Zeit, die Wirkung ihres Verhaltens zu registrieren, ja, mit der Zeit schien ihr der Rhythmus der Arbeit erstrebenswerter als jedes Leben außerhalb. Es gab kaum etwas in den Kursen, das sie nicht interessierte, am meisten Wirtschaftsmathematik. Als sie die ersten anerkennenden Blicke erntete, als sie merkte, dass sie für Reuter, den Star des Kurses, zur Konkurrenz wurde, als die Kursleiter sie zu respektieren begannen, fühlte sich Florence wie berauscht. Sie ging auf in der Rolle der kühl-distanzierten Geschäftsfrau und machte alle Krisen mit sich selbst aus.

Die Fahrstunden, die sie in dieser Zeit nahm, stellten ihr Selbstbewusstsein und ihr Bedürfnis nach Kontrolle und Sicherheit auf eine harte Probe. Sobald sie in das Auto ihres Fahrlehrers Hoffmann stieg, war sie verzagt und zauderte bei jeder Entscheidung. Seine ruppige Kritik und seine zynischen Bemerkungen über Frauen am Steuer machten sie noch unsicherer und verletzten sie oft sehr, vor allem wenn sie erschöpft war. Aber nach vielen Fahrstunden, deren hohe Zahl in der gesamten Verwandtschaft belächelt wurde, selbst von der Schwägerin, die selbst keinen Führerschein besaß, gehörte Florence zu den wenigen Frauen in den Fünfzigerjahren, die Auto fahren konnten.

Im Herbst 1957 bestand sie die Prüfung zur Helferin in Steuersachen als beste Kursteilnehmerin und zahlte mit dem Rest des Geldes, das ihr verblieben war, ein Eckhaus in der Celsiusstraße an, derselben Straße, in der auch ihr Bruder wohnte. Ihren Plan, den sie schon nach dem Tod ihres Vaters gefasst hatte, nämlich die Mutter finanziell abzusichern, konnte sie nun verwirklichen. Die winzige Rente der Mutter hatte noch nie gereicht. Nun konnte sie mietfrei bei ihr wohnen und brauchte sich um ihren Lebensunterhalt keine Sorgen mehr zu machen. Das Allerschönste für Florence war, dass auch Véronique bei ihr einzog.

Florence kaufte sich ein *Cremeschnittchen*, wie das Kleinwagenmodell von Renault genannt wurde, und fuhr langsam und vorsichtig, aber voller Stolz, zu ihren ersten Kunden.

Das Risiko, das Florence auf sich genommen hatte, ließ sie anfangs nachts nicht schlafen. Doch bald erwarb sie sich in Geschäftskreisen den Ruf, zuverlässig und kompetent zu sein. Schon bei ihren ersten Kunden merkte sie, dass hinter den Zahlen Familiengeschichten standen. Als Steuerberaterin wurde sie zur Beraterin in allen Finanzangelegenheiten, in Geschäfts- und sogar Familienproblemen.

Die neue, ungewohnte Hausgemeinschaft verlangte Florence oft mehr Toleranz ab, als sie geben konnte. Die mit dem Alter immer stärker hervortretenden Eigenheiten ihrer Mutter, ihre Sturheit, mit der sie auf allem beharrte, brachten Florence auf. Die Penible musste es nun hinnehmen, dass der Küchenboden klebte, weil Marie-Jose ›Schweinekuchen‹ gebacken hatte, eine Spezialität der armen Zeit. Trockenes Brot und Brötchen wurden in Milch aufgeweicht und mit einem Ei, Zucker, Zimt und vielen Rosinen zu einem Teig vermischt. Niemand wollte den Kuchen essen, außer den Enkelinnen vielleicht, aber er musste einmal in der Woche gebacken werden. Ihre Haushaltsführung war in mancher Hinsicht noch auf eine Großfamilie angelegt.

Marie-Joses Sehkraft ließ immer mehr nach, so dass sie die getrockneten Petersilienkrümel, die von den in der Küche aufgestellten Tabletts rutschten, nicht mehr sehen konnte.

Trotz eines Herzanfalls, der Florence und Véronique eine ganze Nacht auf Trab gehalten hatte, bestand Marie-Jose am nächsten Tag darauf, alleine einkaufen zu gehen, und schleppte die schwere Einkaufstasche nach Hause. Obwohl Vérone abends immer kochte, ließ es sich Marie-Jose nicht nehmen, mittags kleine Gerichte zuzubereiten, die seltsame Gewürzmischungen enthielten, vor allem Zimt und Petersilie.

Marie-Jose interessierte sich immer noch für das politische Geschehen, und oft schallten die Nachrichten oder Reden der Politiker in voller Lautstärke durch die Wohnung, so dass Florence ärgerlich aus dem Arbeitszimmer stürzte, in dem sie gerade mit einem Kunden die Bilanzen durchging.

Aber manchmal überfiel Florence eine seltsame Rührung, wenn sie sah, dass ihre Mutter fast in den Radiokasten kroch, um ja kein Wort zu verpassen, vor allem wenn Adenauer im Radio sprach, der einzige deutsche Politiker, dem Marie-Jose Hellenbrecht je vertraut hatte, oder wenn gar die Ansprache des Papstes im Rundfunk übertragen wurde und er seinen Segen *Urbi et Orbi* spendete. Florence wusste, dass diese beiden Instanzen für die alte Frau unanfechtbar waren, denn sie vertraten in ihren Augen den Katholizismus im weltlichen und im religiösen Bereich.

Dennoch, für Florence, deren Leben nach rationalen Prinzipien ablief, war die Mutter wie ein unkontrollierbares Kind, das ihr Leben durcheinander brachte. Véronique war der gute Geist des Hauses, der Florence abschirmte, wenn sie arbeiten musste, zwischen ihr und der Mutter vermittelte und ein gemütliches Zuhause schuf. Florence konnte Marie-Jose ihre Lebensführung nicht erklären, ihr nicht sagen: Ich muss auch sonntags arbeiten. Wir brauchen das Geld, das ich verdiene, weil wir sonst das Haus nicht halten können.

Auch für die übrigen Geschwister, die in ihr Familienleben eingebunden waren, war Florences Leben unverständlich. Dass man nicht zu jeder Zeit zu ihr zu Besuch kommen konnte, obwohl sie doch zu Hause war, dass sie auch abends arbeitete, sogar am Wochenende, verlieh ihr den Nimbus der Unerreichbarkeit.

Da sie die Steuererklärungen ihrer Geschwister machte, hatte sie natürlich Einblick in die finanziellen Verhältnisse. Vernünftig wie sie war, warnte sie vor unnötigen Ausgaben oder regte Sparmaßnahmen an. Auch war sie so großzügig, einen Geldbetrag vorzuschießen, wenn Frennes Firmen, für die er tätig war, wieder einmal die Provisionszahlung hinauszögerten. Allerdings war sie auch immer bereit, einen Ratschlag hinsichtlich des geliehenen Geldes zu geben. Edith hatte ihr deswegen einmal vorgehalten, sie mische sich ein.

Florence war die Einzige in der Familie, die ein Haus besaß und es nun nach einigen Jahren zu einem gewissen Wohlstand gebracht hatte, ja sich so manches Schmuckstück und exklusive Kleidung leisten konnte.

Daher hielt man sie für reicher, als sie war. In wenigen Jahren war Florence in ihrer Familie zu einer Instanz geworden, die man respektierte, bewunderte, vielleicht in manchem beneidete, aber die man – und das war ihr irgendwie bewusst – auch sehr kritisch sah.

Da sie selten mit Kindern in Kontakt kam und auch dann bewusst eine Annäherung vermied, sagte man ihr nach, sie sei kühl. Ihr Bruder hatte den Ausspruch geprägt: »Wenn Nic Kinder hätte, stünden sie alle mit dem Popo nach hinten im Aktenschrank und würden einmal in der Woche abgestaubt.« Sie wusste nicht, ob sie diese Äußerung, über die alle zustimmend lachten, auch so lustig finden sollte. Nur die kleine Verena, ihr Patenkind, ließ sie näher an sich heran und brachte ihr eine unbeholfene Herzlichkeit entgegen, die die anderen in Verwunderung versetzte.

Es gab nur wenige, denen Florence ihre andere Seite zeigte, der Familie ihrer Großnichte Geraldine in Antwerpen, ihrer Jugendfreundin Irma oder Katrin, die sie damals in Güdingen in der Firma kennen gelernt hatte und mit der sie auch nach dem Ehe-Desaster befreundet blieb. Auch Laura gehörte zu ihren Freundinnen, ihre Cousine aus Wiesbaden, die Tochter von Tante Caroline. Manchmal dachte Florence: Ja, diese Frauen hätten ein anderes Bild von ihr vermittelt. Und Véronique, die all das einzuordnen verstand, was den anderen unverständlich war, und bei der sich alle Seiten ihres Wesens zu einem Ganzen fügten. Aber Véronique war vor einem Jahr gestorben.

Florence schaut auf die wächsernen Hände ihrer Mutter Marie-Jose, um die sie den Rosenkranz geschlungen hat. Die Krankenschwester hat ihr geholfen, den schmalen Körper zu waschen und zu kleiden, und danach die Räumung des Zimmers noch ein wenig hinausgezögert, um Florence mit der Toten allein zu lassen. »Adieu, Mama, meine Heimat, meine Liebe. Ich weiß, dass wir uns wieder sehen.«

Du wirst genau wie Tante Nic!

Vierzehn war sie, aufbrausend, und sie konnte ihre Mutter mit Worten niedertrommeln, mit Argumenten auftrumpfen. Nein, sie fühlte sich nicht gut dabei. Wenn die Mutter sie angelächelt oder sie in den Arm genommen hätte, wäre sie von ihrem Zorn erlöst worden. Aber so! Die Mutter liebte sie nicht, schrie sie an, wollte sie nicht verstehen.

Gut, dann wollte Marlene eben mit dem Kopf durch die Wand. Aber die Mutter hatte noch ein Ass im Ärmel. Allzu oft hatte sie es eingesetzt, und doch traf der Satz Marlene jedes Mal. Er machte sie trotzig und verbiestert, aber sie zog sich auch zurück. Der Streit war beendet.

Der Satz nagte an ihr, an dem neuen Pflänzchen Ich, das anders war als alle um sie herum. Und nun stülpte man ein Gefäß darüber, eine fertige Form, so dass das Pflänzchen nicht größer werden konnte. Am schlimmsten aber war, dass diese Form in den Augen der Anderen unschön war und verbogen.

»Du wirst genau wie Tante Nic!«

Marlene konnte ihre Tante nicht einordnen, obwohl sie sie, seit diese auch in der Celsiusstraße wohnte, mehrmals in der Woche sah. Tante Nic war anders als ihre Mutter, anders als die Mütter ihrer Freundinnen und die Nachbarinnen in der Straße. Tante Nic war eine Dame, dessen war sich Marlene sicher.

Sie war stets perfekt gekleidet, trug dezente, äußerst geschmackvolle Kostüme oder Kleider, die ebenso wie die schmale Weißgold-Armbanduhr oder die Perlenkette, die extravagante Weißgold-Brosche mit der Naturperle oder der unauffällige Brillantring wertvoll, aber nie protzig wirkten. Ihre schmalen Hände waren gepflegt, aber die Nägel waren nicht lackiert. Sie gehörte eindeutig zu den Erwachsenen, und sie war der Inbegriff guten Benehmens. Dass ihr hellbraunes Haar immer in gleicher Weise gut und modisch frisiert war, beeindruckte Marlene sehr, denn der weibliche Teil ihrer Familie musste sich mit dünnem Haar plagen, das sich selten und nur für kurze Zeit in eine perfekte Frisur zwingen ließ. Erst später entdeckte Marlene, dass Tante Nic eine Perücke trug, weil ihr extrem feines und dünnes Haar sich kaum noch frisieren ließ.

Tante Nic führte nur Erwachsenengespräche, die Marlene mit zunehmendem Alter immer interessanter fand. Aber mit Kindern, auch heranwachsenden, konnte ihre Tante allem Anschein nach nichts anfangen. Und mit ihr, Marlene, hatte sie, so lange sie sich zurückerinnern konnte, selten gesprochen, noch seltener gelächelt und ihr sehr selten etwas mitgebracht. Über das Alter, in dem kleine Geschenke von Bedeutung sind, fühlte sich Marlene mit ihren zwölf Jahren zwar erhaben, aber es wurmte sie doch sehr, dass ihre jüngere Schwester Verena fast immer etwas von ihrer Patin geschenkt bekam, am Geburtstag und an Weihnachten sogar richtig große Sachen, und sie selbst leer ausging. Nicht dass sie neidisch war, aber sie fühlte sich in diesen Augenblicken wie Luft und musste sich erst wieder innerlich zusammensetzen. Doch der Zweifel blieb, ob sie es überhaupt verdiente, in der Weise beachtet zu werden.

Ihre Tante Mugje, die jüngste Schwester ihres Vaters, war ganz anders. Zwar betonte sie immer, dass Marlene ihr allerliebstes Patenkind sei, aber sie drückte und beschenkte Verena genauso herzlich wie Marlene. Wenn Tante Mugje zu Besuch kam, wurde immer viel gelacht, sie konnte richtig mitspielen, und sie sang gerne. Ihre Geschichten waren fast so gut wie die von Marlenes Vater Frenne.

Bei Tante Mugje zu Hause war alles ganz anders als in Marlenes Elternhaus. Ihr Mann, Onkel Thomas, der in der Verwaltung der Halberger Hütte arbeitete, war ein Gelehrter, der langsam und mit Bedacht sprach und in Marlenes Augen über fast alles Bescheid wusste. Ein großer Teil der Dreizimmerwohnung, auch die Diele, war zugestellt mit Glasvitrinen, in denen es funkelte und glitzerte: Bergkristall, brauner und lila Amethyst, Bernstein, Topas, Rosenquarz und goldener Pyrit, unscheinbare Drusen, die ihr kristallines Innenleben preisgaben. In anderen Vitrinen lagerten schwere Schieferplatten und andere Gesteine, aus denen das Relief seltsamer Tiere hervorsprang, Fossilien, wie Onkel Thomas erklärte, die er selbst herauspräpariert hatte. Sandrosen aus der Wüste waren da zu finden und bizarre Muscheln von fernen Stränden, deren glänzend rosa oder perlmuttfarbene Öffnung Marlene an ihr Ohr pressen durfte, um das Meer rauschen zu hören. Die meisten Stücke hatte er selbst gefunden.

Er konnte wundersame Geschichten erzählen von Schnecken, Fledermäusen und Insekten, die vor vielen Millionen Jahren gelebt hatten, von versteinerten Farnwäldern und Steinbrüchen in Lothringen, in denen er manche seiner Schätze entdeckt hatte. Marlene verehrte ihren groß gewachsenen, schwarzhaarigen Onkel, der ihr mit der ausgeprägten gallischen Nase, dem asketisch schmalen Gesicht und den tief liegenden, dunklen Augen höchst gut aussehend und interessanter als alle anderen Verwandten erschien.

An jeder freien Wandfläche hingen Kästen mit aufgespießten Käfern, die sie mit Grausen und Mitleid erfüllten, und prächtig schillernden Schmetterlingen, die sie andächtig bewunderte, während sie sich zugleich vor ihren pelzigen, dicken Körpern etwas ekelte. Onkel Thomas war ein Sammler. Obwohl seine dicken Briefmarkenalben Marlene langweilten, versuchte sie das zu verbergen, denn sie fühlte sich wie eine Erwachsene behandelt, wenn ihr Onkel seine Vorträge hielt.

Die Kinder Susanna und Gerhard waren ein weiterer Grund, warum Marlene so gerne zu Tante Mugje zu Besuch kam. Sie bewunderte heimlich die um zwei Jahre ältere Cousine mit dem blauschwarzen Haar und den dunklen Augen, denn sie war so viel schöner und dünner als sie und jedes Kleidungsstück sah an ihr topmodisch aus. Ihr Cousin war die ganze Kindheit hindurch der einzige Junge, mit dem Marlene richtig gut reden konnte. Nur wenn seine Freunde Gernot und Walter dabei waren, wurden die Spiele so wild, dass sich Marlene lieber zu Tante Mugje flüchtete.

Tante Mugje war für Marlene der Inbegriff dieses Paradieses. Um sie herum lösten sich alle starren Regeln in Luft auf. Da durfte man viel später ins Bett gehen als zu Hause. Einmal durfte Marlene sogar einen Film im Fernsehen schauen, von dem sie ahnte, dass ihre Mutter ihn ihr verboten hätte: Orpheus, eine sehr erotische Liebesgeschichte. Tante Mugje sagte niemals: »Von der Torte bekommst du Bauchweh.« Ihre Kuchen waren phantasievoll verziert mit silbernen und bunten Liebesperlchen und Buttercremetürmchen. Überhaupt kochte sie sehr experimentierfreudig. Auch wenn es Marlene nicht immer so schmeckte wie zu Hause, beeindruckte sie die Leichtigkeit, mit der hier ohne jede Aufregung etwas gezaubert wurde.

Tante Mugje war außerdem die Herrin eines kleinen Tierparks. Auf dem winzigen Balkon krochen schwerfällig zwei Schildkröten herum.

In einem Vogelkäfig über dem Kühlschrank hüpfte ein rot-bunter Distelfink hin und her, der den Kopf schief legte und in den süßesten Tönen zu pfeifen begann, wenn Tante Mugje schmeichelte: »Pepi, Pepi, sag mal was!« Im Badezimmer gab es ein Aquarium und für einige Zeit ein Terrarium mit weißen Mäusen. Einmal sollte es an Heiligabend einen Karpfen zu essen geben oder einen Hecht, jedenfalls einen größeren Fisch. Als Marlene am zweiten Weihnachtstag zu Besuch kam, schwamm er nicht ganz glücklich in der Badewanne, aber er hatte das Fest überlebt und wurde in der Saar ausgesetzt. Ein andres Mal rettete Tante Mugje einen fetten Igel, der im Spätherbst beim ersten Frosteinbruch noch unterwegs war und brachte ihn in ihrer Einkaufstasche nach Hause. Am nächsten Tag, als sie ihn zu irgendeiner Tierschutzstation bringen wollte, drängten sich drei blinde Igelkinder neben ihm. Nach zwei Tagen Igelglück fand Tante Mugje, dass die Tierchen zu viel Arbeit machten und gab sie ab.

In der Diele, eingezwängt zwischen zwei Glasvitrinen, stand ein französisches Klavier. Tante Mugje konnte jede Melodie, die man ihr nannte, darauf spielen, nein sie ließ das Instrument singen, ließ es vibrieren, in warmen Akkorden schwingen. Und sie erlaubte Marlene, ihre Einfingerliedchen darauf zu klimpern.

Tante Mugje verfügte auch über eine große Vorstellungs- und Überzeugungskraft, dass alle Geschichten gut ausgingen. An dem Tag, als sie mit über einer Stunde Verspätung im Hallenbad eintraf, wo sie sich mit ihrer damals zehnjährigen Nichte verabredet hatte, war sie fest davon überzeugt, dass sich Marlenes Eltern keine Sorgen machen würden, wenn diese ein wenig später nach Hause käme. Marlene hatte ein überaus schlechtes Gewissen, als sie mit ihrer Tante ins Bad ging, aber ihre Fröhlichkeit war so ansteckend, dass das Kind darüber hinwegkam. Als die Badezeit zu Ende war, war es bereits dunkel geworden. Marlene war schon in Richtung nach Hause vorausgeeilt, als das Auto ihres Vaters am Bordstein anhielt. Erleichtert wollte sie einsteigen, da empfing sie die erste Ohrfeige ihres Lebens. Ehe sie auch nur einen Ton sagen konnte, klatschte der Handrücken ihres Vaters gegen ihren Wangenknochen. Angesichts dieser Ungerechtigkeit schwieg Marlene verbissen und ging, ebenfalls schweigend und über alle Lamentos ihrer Mutter hinwegsehend ohne Abendessen ins Bett.

Doch nicht lange danach stand ihr Vater am Fußende ihres Bettes.

Seine Schwester Mugje hatte ihm am Telefon alles erzählt, und er entschuldigte sich zutiefst zerknirscht bei seiner Tochter: »Bitte versteh, ich hatte solche Angst um dich.« Und er versprach, dass so etwas nie mehr vorkommen sollte.

Tante Nic war ganz anders als Tante Mugje. In ihrer Eigentumswohnung, die sie nach dem Tod ihrer Mutter Marie-Jose bezog, gab es keinen überflüssigen Kram. »Staubfänger« sagte Tante Nic dazu. Auch Grünpflanzen hatten bei ihr keine Chance. Marlene gefielen die geraden Möbel mit dem warmen Nussbaumfurnier, die schnörkellosen, hellen Sitzmöbel, die harmonischen Farben. Durch die auf das Wesentliche beschränkte Möblierung wirkten die Räume großzügig und hell. Aber nur selten hatte Marlene Gelegenheit, sich hier umzusehen, denn unangekündigte Störungen waren bei Tante Nic undenkbar. Wenn Marlene nachmittags mit ihrem Rad durch Saarbrücken streifte, war sie manchmal in Versuchung, bei ihr zu klingeln, aber ihre Eltern hatten ihr recht früh schon klar gemacht, dass Tante Nic sehr viel arbeite, daher wagte sie es nicht.

Zweimal im Jahr lud Tante Nic ihre Geschwister mit ihren Familien ein. Diese Feste, fand Marlene, waren immer sehr gelungen. Alle sprühten vor guter Laune und interessanten Geschichten. Der Tisch war festlich gedeckt, und was Tante Nic auftischte, war vom Feinsten. Allerdings gab es nie warmes Essen, denn es hieß, dass sie nicht kochen könne.

Marlene aber hatte eine ferne Erinnerung, dass Verena und sie einmal ohne die Eltern bei Tante Nic in ihre Burbacher Wohnung eingeladen waren. Ihre Tante hatte Bohnengemüse, Pommes frites und Schnitzel serviert, also ein richtig tolles Essen, wenn man von den Bohnen absah. Und die Pommes durfte man, wie in Flandern, mit den Fingern essen. Marlene konnte sich zuerst nur schwer dazu überwinden und wandte ein: »Was würde die Mutti dazu sagen?« Aber ihre damals fünfjährige Schwester hatte damit keine Probleme: »Wir sagen nix!« Tante Nic fand den Ausspruch herrlich und wollte sich ausschütten vor Lachen. Zum Nachtisch gab es Eis, mitten im Winter! Marlene genoss das sehr, obwohl sie nicht sicher war, ob sie in der kalten Jahreszeit so etwas essen durfte.

Marlene wusste nicht mehr genau, zu welcher Zeit die Drohung, dass sie werden würde wie Tante Nic, zum ersten Mal ausgesprochen wurde. Aber mit vierzehn begann sie darüber nachzudenken.

Den Bemerkungen ihrer Eltern entnahm sie, dass Nic durch die Steuererklärung Einblick in die Bilanzen und ihnen in einem finanziellen Engpass Geld geliehen hatte. Marlenes Mutter Edith wagte nun nicht, ihr neues Kleid anzuziehen, wenn die Schwägerin zu Besuch kam, aus Angst, diese könnte glauben, sie würde Geld verschwenden. Oder vielleicht sogar fragen, was es gekostet habe. Hatte sie nicht erst kürzlich nach dem Preis gefragt, als sie ihre neuen Winterschuhe getragen hatte, die sie so dringend benötigt hatte? »Sie bildet sich ein, sie könnte jedem sagen, was er zu tun habe. Sie ist arrogant und schaut auf jeden herunter.«

Dass Frenne, Marlenes Vater, mehr Gemeinsamkeiten mit der phantasievollen Mugje hatte und es liebte, mit ihr auf Familienfesten in improvisierten Theaterstückchen aufzutreten, während er Nic für prosaisch und nüchtern hielt, blieb Marlene nicht verborgen. Auch die Geschichten aus der Vergangenheit, für die sich Marlene nun zunehmend interessierte, fielen nicht immer zugunsten von Tante Nic aus. Ehrgeizig, arbeitswütig und dominant sei sie, kein Wunder dass es Ludwig nicht mit ihr ausgehalten habe! Und sie habe ihm übel mitgespielt nach der Scheidung. In den Bankrott habe sie ihn getrieben mit ihren Forderungen.

Aus eigener Beobachtung konnte Marlene ihrer Tante eine gewisse Großzügigkeit nicht absprechen. Sie schenkte ihrem Bruder Frenne den riesigen Schreibtisch, den sie nicht mehr brauchte und der aussah wie neu, und ihre Rechenmaschine, als sie selbst eine komplexere benötigte. Auch wusste sie, dass die Omi eine sehr kleine Rente gehabt hatte, von der sie kaum leben konnte. Fünf Jahre hatte sie bei Tante Nic gewohnt. Auch hatte sie, die doch eigentlich nie Zeit hatte, sich über zwei Jahre allein um ihre Mutter gekümmert, nachdem Tante Lil so schwer erkrankt und schließlich gestorben war.

Zu einem anderen Zeitpunkt erlauschte Marlene den Satz: »Nic ist die Einzige in der Familie, die durch und durch ehrlich ist. Auf sie kann man sich hundert Prozent verlassen.« Vorangegangen war eine Einladung, die Tante Mugje einfach vergessen hatte.

»Edith, es tut mir ja so leid, dass du vergeblich auf mich gewartet hast«, sagte Mugje, als Edith sie anrief. »Aber als ich mit dem Auto schon am Geronplatz war, kam es plötzlich an einer Straßenbaustelle zu einem Menschenauflauf. Da ist was passiert, dachte ich, vielleicht kann ich ja helfen. Ein italienischer Gastarbeiter war gerade in die drei Meter tiefe Baugrube gefallen. Nun lag er dort unten am Boden und stöhnte herzzerreißend. Ich schnappte mir die Leiter, die daneben lag und kletterte zu ihm runter. Doch wirklich! War der froh, als ich sein Bein untersuchte und einen ersten Verband anlegte. Nein, natürlich bin ich kein Arzt, aber immerhin vom Fach. Es hat den jungen Mann sehr beruhigt, dass ich mich um ihn gekümmert habe. Als dann der Krankenwagen kam, bin ich einfach mitgefahren. Ich konnte den armen Kerl doch nicht allein lassen. Und was soll ich dir sagen, Edith, im Evangelischen Krankenhaus habe ich im Sekretariat der Notfallaufnahme Meta, du erinnerst dich, Meta Bommer wieder getroffen, nach so vielen Jahren. Also das war ein Zufall! Meta hat dann früher Schluss gemacht und wir haben stundenlang im Paul-Marien-Eck von den alten Zeiten geredet. Dazwischen wollte ich dich immer wieder anrufen. Aber immer wenn ich aufstand, telefonierte gerade ein anderer. Da dachte ich: Sie wird das schon verstehen. Du verstehst das doch Edith?«

Dank solch wunderbarer Geschichten konnte Mugje begründen, weswegen sie weder kommen noch absagen konnte. Mit Nics Zuverlässigkeit und Integrität konnte Edith jedoch leichter umgehen.

Überhaupt nahm Nic in der Familie eine besondere Rolle ein. Sie gehörte zu niemandem und gehörte doch dazu. Alle respektierten sie und suchten ihren Rat und ihre Hilfe. Aber alle hatten auch etwas an ihr auszusetzen.

Marlene begann, je älter sie wurde, sich innerlich immer mehr auf die Seite ihrer Tante Nic zu stellen. Am Anfang geschah dies aus Trotz. Später begann sie Tante Nic mit Hochachtung zu betrachten. Was sie so ganz alleine geschafft hatte, vor allem die Ausbildung zur Helferin in Steuersachen und die Aufbaukurse zur Steuerberaterin, imponierte Marlene sehr. Auch ihr selbstbewusstes Auftreten gefiel ihr.

Wenn sie den Geschichten über ihre Steuerkundschaft zuhörte, lernte sie Nic von einer ganz anderen Seite kennen. Sie schilderte zwar die Schwächen ihrer Kunden, ihr Unvermögen, die Bilanzen richtig zu führen, ihre Desorganisation, aber ins Komische überspitzt und zugleich voller Anteilnahme an ihrem Leben. Marlene entdeckte, dass ihre Tante Humor hatte. Und auch ein Stück Selbstironie.

Die Kartengrüße, die sie aus ihren Urlauben in Hinterzarten, in Antwerpen und in Baden-Baden verschickte, wiesen anstelle eines hohlen Textes über Wetter, Essen und Wohlbefinden lediglich ein großes, schwungvolles T. N. auf. Die Empfänger dieser Botschaften fanden das

»mal wieder typisch Tante Nic« – Marlene übersetzte: Kurz angebunden und unromantisch – oder sie lachten darüber.

Es waren wohl die dominanten und rationalen Züge, der Hang, sich nicht von Emotionen hinreißen zu lassen und die Dinge nüchtern zu analysieren, aber auch die Versenkung in die Arbeit ohne Rücksicht auf die Umgebung, die zu dem vernichtenden Urteil »Du wirst genau wie Tante Nic« führten, so sah es Marlene. Sie selbst fand diese Eigenschaften nicht wirklich negativ. Ihre Mutter aber nannte ein solches Verhalten rücksichtslos, rechthaberisch und arrogant.

Tante Nic lud von Zeit zu Zeit Verwandte aus Flandern ein, besonders die Familie ihrer Großnichte Geraldine mit ihren fünf Kindern. »Sie bezahlt sogar ihre Unterkunft!« »Ich glaube, sie bezahlt ihnen den ganzen Urlaub in Deutschland«, hörte Marlene sagen. Ja, zu Geraldine schien Nic eine ganz besondere Beziehung zu haben. Einmal sagte sie: »Geraldine ist für mich der Inbegriff von Mütterlichkeit.« Auch Nic war oft zu Besuch in Flandern und hielt den Kontakt zu Marie-Joses Familie, besonders zu den Kindern ihrer beiden Onkel Philipp und Lucas. Auf einem Foto stand sie wie eine Sippenmutter, zumindest aber wie eine liebevolle Oma, inmitten von Geraldines Familie, mit ausgebreiteten Armen, ein wenig vorgeneigt, die beiden Jüngsten umfassend. Auch die Freundschaft zu Irma hielt über all die Jahre, und ihre Freundin besuchte sie ebenfalls einige Male in Saarbrücken. Marlene hatte den Eindruck, dass Nic von allen Geschwistern am tiefsten in Belgien verwurzelt war. Und je älter sie wurde, desto enger gestaltete sie diese Verbindung.

Auch zu ihrer Cousine in Wiesbaden, der Tochter von Heinrichs einziger Schwester Caro, hielt sie den Kontakt aufrecht. Diese Cousine, Laura, sollte später noch eine Rolle spielen, als sich der Kreis schloss …

An einem Weihnachtsfest, genauer am zweiten Feiertag, als Marlene achtzehn war und gerade ihr Studium begonnen hatte, sollte sich ihre eigene Beziehung zu Tante Nic ändern. Wieder einmal war Tantentag. Tante Lydia und Tante Klothilde genossen ihr alljährliches Weihnachtsritual im Kreis von Ediths Familie. »Ich halte das nicht mehr aus«, flüsterte Marlene ihrer Mutter zu. »Diese Ansichten von Lydias Mann und dieses sentimentale Gesumms … Ich möchte gern verschwinden.« Edith, die es so liebte, ihre Familie um sich zu haben, und dann noch an einem solchen Festtag, war tieftraurig darüber. Aber erstaunlicherweise versuchte sie nicht, ihre Tochter zurückzuhalten. »Ruf' mal bei Tante Nic an,

Marlene. Kann sein, dass sie alleine ist und sich über deinen Besuch freut.« Davon war Marlene nicht so überzeugt. Doch Tante Nic war sofort bereit, ihr Asyl zu gewähren, vor allem als sie den Grund erfuhr.

An diesem Abend wurde die förmliche Tantenbezeichnung abgeschafft. Es war, als hätten sie einträchtig und jahrelang in stillem Einverständnis geschwiegen, um jetzt im Gespräch wie selbstverständlich Übereinstimmungen festzustellen. Alle Kühle, alle Fremdheit war verschwunden. Nic bewirtete ihre Nichte wie einen ganz besonderen Gast. Sie interessierte sich für Marlenes erste Schritte an der Universität, ihre Freunde, ihre Ansichten. Sie erzählte von sich selbst. Von Danzig. Von Antwerpen. Von ihrer Arbeit. Beim Abschied sagte sie: »Komm wieder, wenn du magst!« Und Nic meinte immer, was sie sagte.

In den folgenden Jahren konnte Marlene beobachten, wie Nic sich auf das Alter vorbereitete. Kurz vor jenem Weihnachtsfest war ihre Tante einundsechzig geworden, was wirklich nicht sehr alt war, und sie sah sehr viel jünger aus. Damals, Ende der Sechzigerjahre des zwanzigsten Jahrhunderts, gab es noch nicht die Bezeichnung die jungen Alten. Aber Nic hätte der Prototyp sein können.

Nic hing ihr Herz nicht an bestimmte Orte und nicht an Dinge. Ohne jede Sentimentalität hatte sie das Haus in der Celsiusstraße nach dem Tod der Mutter verkauft, weil es für eine Person zu groß war.

Die große Eigentumswohnung am Nussberg gab sie ebenfalls offensichtlich leichten Herzens auf und suchte sich eine etwas kleinere, aber komfortabel ausgestattete Wohnung an der Hohen Wacht mit einem überwältigenden Blick auf Saarbrücken. Die Nähe zu ihrer Schwester Mugje, die eine Straße weiter ein Haus hatte, war der eine Grund für den Umzug. Noch wichtiger aber schien es Nic zu sein, dass sich im angrenzenden Viertel das neue Seniorenheim Am Spicherer Berg befand. Sie wollte an dem Ort heimisch werden, wo sie ihren Lebensabend zu verbringen gedachte. Mit fünfundsechzig verkaufte sie ihre Steuerberaterpraxis und war ab sofort Privatfrau.

In dem Seniorenheim ließ sie sich auf die Warteliste für ein Zwei-Zimmer-Appartement mit Küche, Bad und Balkon setzen und wenige Jahre, nachdem sie ihre Berufstätigkeit beendet hatte, zog sie als jüngste Bewohnerin in das exklusive Altenwohnstift. Sie schaffte ihr Auto ab, ersparte sich alle Zitterpartien im zunehmenden Stadtverkehr und benutzte ab sofort den Bus oder leistete sich ein Taxi. Eine Zeit lang behielt sie ihre Wohnung noch und vermietete sie, dann trennte sie sich endgültig davon und legte das Geld so an, dass sie davon, und von ihrer Rente, gut leben konnte.

Nics Appartement erinnerte in nichts an einen Altenwohnsitz. Zwei ihrer Lieblingssessel, einen runden, höhenverstellbaren Tisch, ein Sideboard, ein Bücherregal und ein paar Kleinmöbel nahm sie aus der Wohnung mit. Als Ergänzung kaufte sie sich einen kleinen Kirschbaumsekretär und ließ sich im Biedermeierstil zwei Kirschbaumsessel anfertigen, die vom Entwurf bis zur Stoffauswahl genau ihren Vorstellungen entsprachen. Kleine echte Teppiche, versetzt aufgehängte, schaukastenartige, offene Bücherregale und einige Bilder, die sie durch alle Wohnungen begleitet hatten, setzten wohnliche Akzente, ebenso die verschiedenen kleinen Lederlampen und die Wandleuchte.

Wenn Marlene Nic im Seniorenstift besuchte, führte ihre Tante sie herum und zeigte ihr mit Stolz die Gemeinschaftseinrichtungen. In der Cafeteria lud sie sie zu Kaffee und Kuchen ein und äußerte sich sehr zufrieden über die Tatsache, dass sie nun nicht mehr zu kochen brauche. Ihr Essen nahm sie stets im Zimmer ein.

Jahrzehnte später lernte Marlene andere Altenwohnheime kennen. Die Bewohner waren durchweg hinfällig und gebrechlich und konnten sich nicht mehr selbst vorstehen. Sie waren am Ende ihres Weges angekommen, und das Altenheim war ein Ort des Verfalls, das Abstellgleis der Immobilen, von dem sie nicht mehr selbstständig wegkamen.

Die Bekanntschaften, die Nic im Spicherer Berg Haus schloss, gehörten einer ganz anderen Kategorie an: Der pensionierte Oberstudienrat Berning mit Ehefrau, ein ehemaliger Anglistik-Professor, die verwitwete, ehemalige Inhaberin einer Saarbrücker Parfümerie; gebildete Leute, die zu diesem Zeitpunkt vielleicht schon kränklich oder in ihrer Beweglichkeit eingeschränkt, aber fern jeder geistigen Demenz waren. Die weniger Glücklichen und Hinfälligen wurden erwähnt, gegrüßt, aber Nic mied einen näheren Kontakt.

Mit der gleichen Energie, mit der Nic ihr Berufsleben organisiert hatte, managte sie nun ihren Rentneralltag. Sie nahm an allen Vorträgen und Veranstaltungen des Hauses teil. Geschichtliche Themen oder Informationen über ferne Länder interessierten sie so sehr, dass sie sich Literatur darüber besorgte. An der Volkshochschule belegte sie einen Englischkurs und reiste, sobald sie sich verständigen konnte, nach London.

Befreit von der Last der Steuerakten anderer, entdeckte sie ihre Liebe zu Farben. Die Verwandtschaft kam aus dem Staunen nicht heraus: Nic besuchte einen Aquarellkurs und begann außerdem kleine Tischdecken mit Stofffarbe zu bemalen. Sie konnte ausgedehnte Reisen machen, und sie hatte Zeit, die Freundschaften, die sie in Belgien und in Wiesbaden über die Jahre aufgebaut hatte, noch intensiver zu pflegen. Vor allem aber bemühte sie sich um einen engen Kontakt zu ihrem Bruder Frenne und zu Mugje, der einzigen Schwester, die ihr geblieben war. Es war, als ob sie nach Jahrzehnten der Arbeit die Tür ihres Arbeitszimmers geöffnet hätte, um allen zu verkünden: Feierabend.

Seit Nic ihre Arbeit hinter sich gelassen hatte, gab sie auch die vorgegebene Struktur ihres Tages, die sich von selbst mit Arbeit füllenden Stunden und die Bedeutsamkeit ihrer Rolle auf, und so sehr sie sich oft nach freier Zeit und Ungebundenheit gesehnt hatte, drang nun etwas mit Macht an die Oberfläche, was sie in den letzten zwanzig Jahren seit ihrer Scheidung hinter den Wänden von Pflicht, Leistung und Erfolg verborgen hatte: Die Angst vor der Einsamkeit und die Angst vor Krankheit und Tod.

Es war für Nic kein Problem, ihre Tage sinnvoll zu füllen; aber sie hatte nun, zum ersten Mal in ihrem Leben, Zeit sich selbst zu beobachten und körperliche und seelische Regungen wahrzunehmen. Einen gewissen Hang zur Überbewertung von Krankheitssymptomen – ihr Bruder nannte das Hypochondrie – wurde Nic immer schon nachgesagt. Aber nun entwickelte sie ein gut durchdachtes Programm, um dem Unwohlsein, möglichen Schmerzen oder Auffälligkeiten nachzugehen. Nic entwickelte sich zur voll informierten Patientin, ließ jedes Leiden in der entsprechenden Facharztpraxis untersuchen, überprüfte dann die Diagnosen oder Therapien in anderen Facharztpraxen, während ihre Ängstlichkeit vor Krankheiten zunahm. Hinzu kam, dass ihr Herz ihr zunehmend Probleme bereitete.

Zum ersten Mal versuchte sich Nic, die Autarke, Starke, anzulehnen, sie suchte Hilfe bei Mugje, der gelernten Krankenschwester und Arzthelferin, wenn nächtliche Angstattacken und Herzanfälle sie heimsuchten. Mit dem Rollenwechsel ihrer großen Schwester von der kompetenten, rationalen Finanzberaterin und Helferin in allen Lebenslagen, die immer wusste, wo es lang ging, zur jammernden Hilfsbedürftigen, die das Alleinsein nicht verkraftete, kamen die viel jüngeren Geschwister Mugje und Frenne nur schwer zurecht. Nicht die Hilfeleistung war das Problem, sondern die Umkehrung der gewohnten Rollenverteilung.

Für Marlene blieb Nic auch in ihren letzten Lebensjahren eine wichtige Gesprächspartnerin, deren schonungslose Ehrlichkeit und Rationalität sie schätzte und die sie, vor allem seit ihre Mutter Edith gestorben war, oft besuchte.

Wenige Wochen nach ihrem achtzigsten Geburtstag, den sie schon nicht mehr feiern konnte, starb Nic vor dem Weihnachtsfest 1986 im Seniorenstift Am Spicherer Berg. Die letzten Wochen vor ihrem Tod verbrachte sie auf der Pflegestation.

Wenn alte Menschen sterben, die aus der Sicht der Jüngeren doch ein schönes Alter erreicht haben, und wenn diese Alten dann noch allein stehend ohne Kinder und Partner versterben, prägt sich das Ereignis in den meisten Fällen nicht so nachhaltig ein.

Nic aber war in den Wochen nach ihrem Tod präsenter für ihre Familie, als sie es in ihren letzten Lebenswochen gewesen war.

Es erwies sich nach ihrem Tod, dass sie nicht nur ihr Leben selbstständig gelebt hatte, ohne andere zu belasten, sondern dass sie auch für die Zeit danach ihren Verwandten alle Arbeit und Entscheidung abgenommen hatte. Die Wahl des Beerdigungsinstituts, des Sarges und die Sargausstattung, Größe und Text der Todesanzeige in der Zeitung und der Entwurf der Benachrichtigungs- und Dankkarten samt Adressenlisten waren in einem Dossier hinterlegt. Nic verfügte außerdem, dass sie ein Sterbeamt in St. Mauritius wolle, dass eine Spende an die Pfarrei gehen solle, dass die Verwandten anschließend auf ihre Kosten – der Betrag war ebenfalls hinterlegt – in einem bestimmten Restaurant gut essen gehen sollten und dass sie anonym auf dem Alten St. Johanner Friedhof beigesetzt werden wolle. In ihrem Testament verfügte sie, dass ihre beiden Geschwister je zur Hälfte das verbliebene Vermögen – es war nicht unerheblich – erbten. Abschließend wünschte sie sich, dass die Familie zusammenhalten möge und dass sie sich einmal im Jahr in einem Restaurant treffen und auf ihre Kosten essen und trinken sollte – dafür standen einige tausend DM zur Verfügung.

Die düstere Prognose »Du wirst genau wie Tante Nic« hat schon lange ihren Schrecken verloren. Es gibt unachtsam dahin gesprochene Sätze, die zum Programm werden können. »Ich will es versuchen«, sagte Marlene.

Brief an Florence

Florence, mit Deinem eigentlichen Namen will ich Dich anreden. Florence, Vogel mit beschnittenen Flügeln, Lastenträgerin. Könnte ich malen, würde ich Dich als Wasserträgerin abbilden, irgendwo in einem afrikanischen Dorf in der Dornstrauchsavanne, an einem unwirtlichen Ort, an dem Du für das Überleben sorgst. Deine Haltung aufrecht und stolz, Dein Gang sicher und leicht, ohne sichtbar werden zu lassen, wie schwer das Tongefäß ist, das Du auf dem Kopf balancierst, Dein Gesicht verborgen im Schatten, den der Krug wirft. Weißt Du, dass Wasser durch die feinen Risse rinnt? Du weißt es. Aber Du gehst zum Brunnen, immer wieder. Ich fühle mich Dir mehr verwandt als allen anderen. Meine Lasten liegen hinter mir, nun trage ich mich selbst.

Dir, Florence, will ich von einer Begegnung erzählen, die nun schon ein paar Wochen zurückliegt. Ich hatte mich im Drogeriemarkt an der Kasse eingereiht. Vor mir ein junges Paar, so Ende zwanzig. Er ein Patrick Swayze-Typ, hüftenge Hose, Rippenpoloshirt, gegeltes, stachelig gebürstetes Haar, schmal und jungenhaft mit einem mehr als deutlichen Dreitagebart. Sie mit streng gestyltem, aufgestecktem schwarzem Haar, betontem Augen-Make-up, schwarzer körperbetonter Kleidung und sparsamem Goldschmuck, mit unruhigen Augen ab und zu nach den Kindern spähend oder ihren Partner auffordernd musternd: He, tu was!

Wäre nicht dieser Blick gewesen, man hätte glatt vergessen können, dass die zwei Kinder, ein Mädchen von schätzungsweise drei und ein Junge von sechs Jahren, zu diesem Pärchen gehörten. Die Kinder plapperten, kauderwelschten, kreischten, schubsten und prügelten sich, ohne dass einer der beiden sich zum Eingreifen genötigt sah. Ich sprach das Mädchen an, dessen pinkfarbenes Stirnband ihm über die Augen zu rutschen drohte und das schluchzend nach seinem Kieselstein suchte, der auf den Boden gefallen war oder den sein Bruder ihm weggenommen hatte; das war nicht ersichtlich. Es versuchte sich mir vertrauensvoll verständlich zu machen, aber ihm fehlten die Worte. So kommunizierten wir mit Gesten und Lächeln, derweil der Junge den Buggy eroberte, was neues Geschrei seiner Schwester hervorrief. Ein genervt klingendes, gedehntes »Patrick!« von Seiten des Vaters änderte nichts an der Situation. Ich hockte mich zu der blonden Kleinen und versuchte sie von dem Streitobjekt abzulenken. Dann war ich an der Kasse an der Reihe und verdrängte den Vorfall.

Dieses kleine Mädchen traf ich ein paar Tage später an einem verregneten Herbsttag in unserer Wohnstraße wieder, seltsam gemustert mit grünen Leggins und rosa Röckchen, darüber ein Anorak, der für die Jahreszeit viel zu dünn war. Ganz allein lief es auf dem Spielplatz herum. Ehe ich die Kleine fragen konnte, ertönte ein scharfes: »Paula!« Wir musterten uns, die junge Mutter, noch viel jünger als ich gedacht hatte, erst zweiundzwanzig Jahre alt, und ich, für sie schon uralt und völlig aus der Mode und ohne Berechtigung, mit ihrem Kind zu sprechen. Ich dachte an den älteren Bruder von Paula, rechnete und sah ein Stück Lebensgeschichte vor mir. Die Barriere zwischen uns fiel.

Ihre ausschweifende Erklärung, warum Paula an einem dunklen Novembernachmittag im Regen allein unterwegs war, warf Schatten auf mein geordnetes Leben. Nadine, Paulas Mutter, arbeitet in einer Reinigung und hat oft Kopfschmerzen von den chemischen Dämpfen. Sie fühlt sich zerrissen zwischen ihren Anstrengungen, ihren derzeitigen Partner Marco, in den sie heiß verliebt ist, zu halten, und ihrer Arbeit sowie den Bedürfnissen ihrer Kinder nachzukommen. Marco ist nicht der Vater der beiden Kinder, hält sich aus jeder Verpflichtung heraus und tritt nur als Vater auf, wenn die Kinder ihn nerven.

Vor ein paar Wochen erst ist sie mit ihren zwei Kindern und ihrem Lebensgefährten in das Mietshaus neben dem Spielplatz eingezogen. Wir sind also quasi Nachbarn.

Und so kommt es, dass die kleine Paula an zwei Nachmittagen in der Woche unser Erwachsenenwohnzimmer in ein lebendiges Spielchaos verwandelt und ich mit ihr spiele, spreche und kuschele, Bilderbücher betrachte, lache und ihr vorlese. Mehr nicht. Kein ausgefeilter Plan. Paulas Wortschatz wird größer, und ihre Aussprache ist deutlicher geworden, aber sie wird wohl zusätzlich Logopädie brauchen.

Sein Leben in die Hand nehmen, das habe ich von Dir gelernt, Florence.

Sophie

Die farbigsten Bilder ihrer Kindheit waren für Marlene mit der Person ihrer Großmutter Sophie verbunden. Von niemandem fühlte sie sich so geliebt wie von ihr. »Ich drück' dich an mein Herz, bis du v'reckst«, konnte sie sagen. Marlene liebte diesen derben Spruch. In einem Anfall von überschwänglicher Zärtlichkeit drückte die Großmutter Marlene dann an sich und gab ihr laut schmatzende Küsschen auf den Hals, bis das Kind vor lauter Lachen fast keine Luft mehr bekam.

Die Oma, Ediths Mutter, nahm sie auf den Schoß und erzählte ihr die ersten Märchen. Immer wieder: *Aschenputtel, Rotkäppchen, Hänsel und Gretel.* Am Abend faltete sie ihr die Hände und lehrte sie beten. Stolz führte sie ihr Enkelkind vor und ließ es Verse aufsagen, über deren Sinn man streiten kann, die aber Marlene damals wunderbar fand, weil alle Erwachsenen darüber lachten: »Eins, zwei, drei, vier, auf dem Klavier steht ein Glas Bier, wer daraus trinkt, der stinkt.« oder »Le boeuf – der Ochs', la vache – die Kuh, ferme la porte – die Türe zu.« Oder »Eijeijei Mathilde, heit Owend gebbds Gefillde. Un wenn de nägschde Zahld-aach kommt, do fresse mer wie die Wilde.«

Die Großmutter verscheuchte eine von Marlenes vielen Ängsten und verwandelte sie in ein Spiel. Immer wenn der Staubsauger aufheulte, verkroch sich Marlene in die hinterste Ecke. Geschah es aber doch, dass die Düse ihrem Fuß zu nah kam und das gefährliche Untier sie zu verschlucken drohte, begann sie laut zu schreien und kletterte in ihrer Panik auf Stühle und Tisch. Da kein beruhigender Satz ihren Verstand erreichte, ging Sophie auf die Vorstellung ihrer Enkelin ein. Sie behandelte den braunen Kobold-Staubsauger wie ein lebendiges Tier. »Komm«, sagte sie, »jetzt sollst du etwas zu fressen kriegen.« Marlene aber wies sie an, ein Zeitungsblatt in winzige Schnipsel zu zerreißen. »Heute hat er furchtbaren Hunger. Hör nur, wie er jault. Von dem bisschen Staub wird er nicht satt. Du musst ihn füttern.« Immer näher traute sich Marlene an das laute Ungetüm heran und beobachtete mit Vergnügen und tief befriedigt, wie der Staubsauger ein Papierstückchen nach dem anderen fraß. »Du darfst ihm nicht so große Fetzen hinwerfen, sonst verschluckt er sich«, mahnte die Oma. Und Marlene bemühte sich ihre Ungeduld zu zügeln, riss winzige Papierteilchen ab und streute sie quer durch das ganze Wohnzimmer vor den Sauger. Und eines Tages wagte sie doch tatsächlich, selbst die Stange zu halten und mit Sophies Hilfe das Saugtier über den Teppich spazieren zu führen.

An der Hand der Großmutter ging Marlene den weiten Weg bis zum Jägersfreuder Friedhof, wo der Uropa, die Uroma und später auch der Opa Simon Jakobs lagen. Nie war dieser Weg zu lang. Die Großmutter erzählte Marlene Geschichten von früher, aus ihrer Kindheit, von der Zeit in der Schillerschule, von der Kriegszeit und immer wieder von Rudolf, ihrem gefallenen Sohn, an dessen Andenken ein Hinweis auf dem Grabstein ihres Mannes erinnerte.

Manchmal fuhren sie mit der Straßenbahn zurück, ein kleines rüttelndes, schüttelndes Abenteuer, vor allem wenn man keinen Platz auf den Holzbänken fand und dicht an die Haltestange gepresst die Balance halten musste. Der Mann mit der eindrucksvollen Schirmmütze in dem Kassenhäuschen schaute jedes Mal missbilligend und streng auf das Kind hinab – so erschien es Marlene.

Mit Oma Sophie verbrachte Marlene oft die Sommerferienwochen in der Pfalz und im Schwarzwald. Sie konnte sich nicht erinnern, sich je mit ihr gelangweilt zu haben. Die Großmutter war gut zu Fuß und wanderte auf alle Felsenburgen von Dahn, ging auch mit Marlene ins Freibad und fuhr mit ihr mit dem roten Bähnchen nach Pirmasens, eine Sensation für das Kind, da der Vater aus beruflichen Gründen ein Auto hatte und es bis dahin noch nicht mit dem Zug gefahren war.

Das war die Oma der Kindheit. Doch gerade diese Großmutter weihte sie in die Schmerzen und die Orientierungslosigkeit des Erwachsenenlebens ein und bescherte ihr die ersten ernsten Konflikte.

Marlene half Oma Sophie gerne beim Abstauben ihres Zimmers. Da standen zwei Kristalldosen mit Knöpfen, Schmuckstücken und Haarspangen. Da gab es das große, in dunklen Farben gehaltene Bild von Jesus, der über das Meer wandelte und dem versinkenden Petrus die rettende Hand hinstreckte, während jener sein gläubig-angstvolles Gesicht der Lichtgestalt über ihm zuwandte; und daneben lag das Ruderboot mit den wilden, bärtigen Gesellen, die aber alle einen staunend-kindlichen Gesichtsausdruck hatten. »Das sind die Jünger Jesu«, erklärte die Großmutter. Überhaupt konnte sie die Bibelgeschichten so anschaulich erzählen, dass man abwechselnd staunte, litt oder voller Zufriedenheit Gottes Gerechtigkeit bewunderte.

Das andere Bild, das immer wieder zu Geschichten Anlass gab, war ein großes, gerahmtes Foto, das Familienbild. Diese Fotographie zeigte die Familie Jakobs: Den Vater Simon in nachdenklicher Patriarchenpose – er stützte das Kinn auf seine Faust, aber der locker angewinkelte Arm verriet, dass es nur eine um Bedeutung ringende Haltung war, weiterhin seine Frau Sophie, deren Schönheit Marlene insgeheim immer in der Großmutter wieder finden wollte, und die Kinder Edith und Rudolf. »Rudolf war damals neunzehn, er hatte gerade das Abitur gemacht, als Externer.« Ein tiefer Seufzer folgte. Eine Erklärung für das sonderbare Wort gab es nicht, und Marlene spürte die Schranke, die sie vom Weiterfragen zurückhielt. »Und wie alt war die Mutti?«, fragte Marlene. »Edith war zwei Jahre jünger als Rudolf.« Mehr erfuhr Marlene über ihre Mutter Edith nicht, obwohl sie das schüchtern lächelnde, junge Gesicht und die schmale Gestalt in dem geblümten Sommerkleid neugierig und auch immer ein wenig traurig machte. Sie hätte nicht zu sagen gewusst, warum das so war.

War man aber bei diesem Foto angelangt, reichte Oma Sophie ihrer Enkelin gleich noch ein anderes in einem dunklen Rähmchen. Während der junge Mann auf dem Familienbild etwas trotzig und selbstbewusst in die Kamera blickte und mit seinen dunklen Augen und seinem dichten, schwarzen Haar fast so schön war wie der Jesus auf dem anderen Bild, verlieh ihm die Soldatenuniform, vor allem die Mütze, etwas Fremdes, Düsteres, und seine unter den Schlupflidern verhangen blickenden Augen drückten einen erschreckenden Ernst aus. Manchmal gab Marlene dem Soldaten Rudolf einen Kuss, denn sie wusste, wie sehr das die Oma freute.

Sie erzählte gerne von ihrem Sohn, auch wenn es sie immer traurig machte, denn Rudolf war im Zweiten Weltkrieg gefallen. Nur dreiundzwanzig Jahre alt war er geworden. Die Großmutter kramte in der unteren Schublade der dunklen Eichenkommode und holte einen Schuhkarton mit Briefen hervor. Ganz still wurde Marlene, wenn sie ihr dann aus den letzten Briefen ihres Sohnes aus Russland vorlas. Wenn Marlene dann noch das Eiserne Kreuz in Händen hielt, dieses unscheinbare, dunkle Ding, das man Rudolf ›für besondere Tapferkeit im Kampf für das Vaterland‹ verliehen hatte, fühlte sie sich wie durch Magie mit dieser fernen Welt des Krieges verbunden. Auf ihre heile Kinderwelt fiel ein dunkler Schatten der Traurigkeit, und sie ahnte, dass es Unabwendbares gab, das nie mehr gut würde.

Aber Großmutter Sophie vertraute Marlene auch Geheimnisse an, die mit ihrer unmittelbaren Gegenwart, mit ihrem eigenen Leben zu tun hatten. Sie war neun Jahre alt, als sie erfuhr, dass sie arm waren, genauer, dass ihre Eltern arm waren. Doch die Großmutter hatte ja eine gute Rente und konnte helfend einspringen, wenn das Geld nicht reichte. Im Bett malte sich Marlene aus, wie das sein würde, wenn sie nicht mehr genug zu essen hätten, und die Oma erschien ihr dann wie eine Retterin, fast wie auf dem Bild mit dem ertrinkenden Petrus.

Je älter Marlene wurde, desto mehr spürte sie in den anvertrauten Geschichten über die Finanzsituation ihrer Familie, dass der Vater irgendwie daran schuld sein sollte. »Fleißig ist er ja, da kann man nichts sagen.« Und doch verdiente er nicht so regelmäßig und so viel, dass die Familie finanziell sichergestellt war. Das Haus der Großmutter, in dem sie alle umsonst wohnten, trug dagegen zu ihrer aller Sicherheit bei. Da diese Hinweise aber für den Vater nicht günstig ausfielen, begann sich Marlene immer mehr von ihrer zuvor so heißgeliebten Großmutter abzuwenden und mit wütender Aufmüpfigkeit ihren Vater zu verteidigen, denn für Marlene war er ganz ungebrochen Held und Vorbild.

Mit dreizehn entdeckte Marlene, dass sie es nur schwer ertrug, abhängig zu sein. In ihrem Freiheitsdrang rechnete sie mit der Großmutter hart ab, wenn diese die finanziellen Vorteile herausstellte, die die Familie durch sie, Sophie, hatte, oder wenn sie gar auf Geschenke hinwies, die sie ihren Enkelkindern großherzig gemacht hatte. »Von dir will ich gar nichts!« Dieser Satz gehörte noch zu den liebevollsten, die Marlene in der Zeit für Sophie übrig hatte. Nein, sie wollte sich nicht korrumpieren lassen.

Als Marlene merkte, dass sie zwischen zwei Übermüttern stand, und sowohl ihre Mutter Edith, als auch die Großmutter sie zu erziehen versuchten, wehrte sie sich heftig gegen die Übermacht der Erwachsenen. Mit geschärfter Aufmerksamkeit nahm sie die Spannungen zwischen den beiden Frauen wahr, ergriff klar Partei und stellte sich auf die Seite der Mutter. Manchmal schwang sie sich regelrecht zu ihrer Beschützerin auf, vor allem, wenn sie Anzeichen wahrzunehmen glaubte, dass die Großmutter ihrer Tochter Edith ein selbstbestimmtes Leben vorenthalte.

Einen Beweis dafür sah Marlene in der sich jährlich wiederholenden Begebenheit, wenn vor Weihnachten alle Schränke ausgewaschen und mit neuem Schrankpapier ausgelegt wurden. Dabei nutzte Edith die Gelegenheit die unpraktische Anordnung des Essgeschirrs zu ändern und stellte die flachen Essteller nach vorne, ebenso die Kompottschalen. Am nächsten Tag stand alles wieder auf dem alten Platz. Stillschweigend hatte Sophie die alte Ordnung wieder hergestellt.

Edith war wütend. Ihre Mutter konterte: »In meinem Haus…« Nun wurde Edith laut, hilflos laut. Dann konnte es geschehen, dass Marlene sich einmischte und der Großmutter entgegenschleuderte: »Du bist eine Despotin. Du unterdrückst die Mutti. Das ist ungerecht!« Nach einer solchen Attacke zog Sophie sich in ihr Zimmer zurück, hielt ihre Hand an ihr Herz und stöhnte. Oder es konnte geschehen, dass sich beide Übermütter gleichermaßen auf das Kind stürzten und es maßregelten.

Dennoch begegnete die Großmutter Marlene mit nie nachlassender Herzlichkeit, in die sich höchstens ab und zu eine Spur Enttäuschung mischte. Großzügig überschüttete sie Marlene und Verena mit Geschenken, die diese oft erst sehr viel später wahrnahmen. So sammelte sie eine komplette Wäscheaussteuer für ihre Enkelinnen an, Bettwäsche aus festem, feinen Leinen oder glänzender Baumwolle mit Stickereien oder Spitzenbordüren und Stapel von Handtüchern. Aber bei allem Dank fehlte es Marlene an echter Dankbarkeit.

Erst als sich die Rollen umzukehren begannen, als Marlenes Mutter früh an Krebs erkrankte, und die Großmutter hilflos zu werden begann und trostbedürftig, wandte sich ihr Marlene mit neuer Liebe zu.

Auch Marlenes erste Schwangerschaft kurz nach dem Tod der Mutter trug zu dieser Annäherung bei. Auf dem Adventsbasar von Sankt Sebastian kaufte die zukünftige Ur-Oma voller Vorfreude einen riesigen, handgenähten Teddybären, und sie bezahlte die Wickelkommode für das kleine Wesen, das im Januar zur Welt kommen würde. Doch sollte es nie das Licht erblicken, und Sophie musste noch zwei weitere Jahre auf das Glück, Ur-Oma zu werden, warten. Ehe die Demenz sie von aller Welt abschnitt, waren Marlenes Kinder eine neue, lichtvolle Kontinuität.

Nun war die Großmutter schon fünfundzwanzig Jahre tot und auf dem Friedhof in Jägersfreude beerdigt. Aber mit zunehmendem Alter entfernte sich Marlene nicht von den längst Verstorbenen, sondern fühlte sich ihnen in neuer Weise nahe. Sie hörte Sophies herzliches Lachen als sei es gestern gewesen, und jetzt erst konnte sie ihr für ihre Großzügigkeit von Herzen dankbar sein, vor allem für das Fahrrad damals und für die Schlittschuhe.

Nur manchmal noch rechtete und diskutierte sie mit ihr und warf ihr vor ... Ach, was soll's! Alle Geschichten über das Leben anderer sind gefiltert, verzerrt, gemildert und immer unvollständig. Was soll's!

Über die Unerzählbarkeit des Lebens

Liebe Anne,

ich gebe Dir Recht: Man soll Erinnerungen misstrauen. Wir sagen: Es war so, weil die Betonung von Sätzen, eine Wortfolge, sich wie ein Mantra eingeprägt hat oder eine vor Jahrzehnten gespeicherte Szene, ein Blick uns ein Leben lang in Bann hält.

Doch unsere Wahrnehmung tropfte damals schon durch einen Filter. Die Jahre und unsere Vergesslichkeit haben die Erinnerung rund geschliffen wie eine Sandsteinfigur, die der Witterung ausgesetzt war, und eigenartigerweise besteht unser Leben im Rückblick aus einem sehr begrenzten Geschichtensammelsurium.

Warum aber kreisen die Erinnerungen an ein langes Menschenleben um so wenige Ereignisse? Warum ankern sie hartnäckig in einer Handvoll Bilder und Geschichten, deren objektive Bedeutsamkeit von außen und vielleicht von einem selbst nicht durchschaut werden kann?

Wenn wir eine Lebensgeschichte erzählen, unsere oder die von anderen, stolpern wir blind von Geschichte zu Geschichte und erst im Nachhinein konstruieren wir einen Zusammenhang.

Wenn alte Menschen die Vergangenheit beschwören, in ihrem Glanz, in ihrer wehmütigen Verlorenheit, in Leid und Trauer, fächert sie sich nicht auf in Hunderte von Details und Szenen, sondern wie von selbst steigen diese wenigen Bilder auf und umspinnen die Alten mit den Geschichten, die an ihnen haften. Manche erzählen sie wie unter Zwang immer und immer wieder, und auch wenn man sie unterbricht, müssen sie sie in unausweichlicher Konsequenz zu Ende bringen. Nur widerwillig gehen sie auf Zwischenfragen der Kinder, der Enkel ein. Und dann kehren sie seufzend zu der eigenen magischen Geschichte zurück.

Eine solche Geschichte ist die Erzählung meiner Tante Mugje vom Lebensretter: »Als Susanna erst ein paar Monate alt war, bekam sie eine schlimme Durchfallerkrankung. Es war die Zeit nach dem Krieg, 1947. Es gab keine Heilnahrung, keine Haferflocken, keinen Reis. Jeden Tag wurde das Kind elender und dünner. Auch im Krankenhaus konnten sie nichts mehr für es tun. Aber da kam mein Bruder Frenne aus der Gefangenschaft heim und brachte einen Sack Reis mit. Durch den Reisschleim wurde Susanna wieder gesund. Er hat ihr das Leben gerettet.«

Aber oft berühren diese Geschichten nicht die gewichtigen Marksteine, Geburten, Hochzeiten, Gefahren und Todesfälle, sondern sind eher nebensächliche Anekdoten, die immer mit den gleichen Worten wiedergegeben werden.

Margrit, meine Schwiegermutter, deren Mann im Januar 1944 an der Ostfront gefallen war, erzählte oft die Geschichte von den Unterhosen, die ihr jedes Mal einfiel, wenn sie sich an die kurze unbeschwerte Zeit ihrer Ehe erinnerte, bevor der Krieg ausbrach: »Der Stephan, mein Mann, war sehr penibel. Eines Tages hatte er ein wichtiges Vorstellungsgespräch auf der Behörde. Als er sich anzog, stellte er fest, dass er keine gebügelte Unterhose mehr im Schrank hatte. Da hat er geschimpft und mich angeschrieen. Aber es war keine Zeit mehr, etwas zu bügeln. Also musste er eine ungebügelte anziehen. Am Abend kam er strahlend heim. ›Ich hab' die Stelle‹, sagte er. ›Und haben sie was dazu gesagt, dass du ungebügelte Unterhosen anhattest?‹, fragte ich ihn. Da hat er die Schultern gezuckt und gelacht.«

Man kann den Verlauf eines Lebens nicht wie einen fortlaufenden Film erzählen, eher wie einen der alten Acht-Millimeter-Filme, die ständig hängen blieben oder rissen und so oft geflickt waren, dass irgendwann ganze Filmsequenzen fehlten. Oder wie ein altes Fotoalbum, das viele kahle Stellen aufweist, weil Bilder entnommen wurden oder herausgefallen sind.

Liebste Anne, ich lege Dir Fotografien aus unserer Schulzeit bei, die ich in meiner Fotokiste gefunden habe. Du kannst sie behalten. Ich habe Kopien gemacht. Vielleicht helfen sie Deiner Mutter nach dem Schlaganfall dabei, ihre Erinnerungen wieder zu finden. Sobald ich kann, werde ich sie besuchen. Sag ihr, dass ich an sie denke. Ich hoffe, sie hat nicht vergessen, wer ich bin.

Was für eine schwere Zeit für Dich! Lass Dich ganz lieb umarmen.

Marlene

Was bleibt?

»Der uns durch sein heiliges Blut … Der uns durch sein heiliges Blut …« Die Worte fließen beim Lesen des Textes mechanisch aus ihrem Mund in endloser Verkettung. Die alte Frau lauscht ihrer Stimme nach, dem festen, monotonen Klang; aber sie findet kein Bild des Begreifens.

Wahllos mischt Sophie die vor ihr auf dem runden Tisch liegenden Fotografien und die Todesanzeigen, die man ihr mit bedeutungsvollen Worten hingelegt hat »Oma, Frau Auler, die so alt ist wie du, weißt du, die Nachbarin aus der Eichendorfstraße!« »Erna Harmsdorfer aus Stuttgart hat geschrieben, dass ihr Mann … du erinnerst dich, Oma, der Toni, der Freimaurer, der immer so lustig und charmant war …!«

Und dann die alten Totenzettel, diese oft mit einem Heiligenbild oder einem Gebet versehenen Erinnerungen an längst Verstorbene. Im Sterbeamt wurden sie ausgeteilt. Machte man das heute auch noch so?

Doch dieser klare Gedanke wird hinweg gespült von dem überwältigenden Gefühl beim Anblick des Fotos, das sie mit unsicherer Hand herausgegriffen hat aus dem aufgefächerten Sammelsurium: Das kleine Schwarzweißbild ihrer Mutter. Brennendes Heimweh steigt in ihr auf, überschwemmt sie, löscht das Zeitgefüge. »Mama«, ruft sie in kindlich klagendem Ton, immer wieder, immer wieder, »Mama.« Da ist nichts, kein Echo, sie ist allein.

Allein in dem Raum, von dem man ihr immer wieder versicherte, es sei ihr Zimmer, in ihrem Haus in der Celsiusstraße, mit ihren Möbeln: Dem dunklen Kleiderschrank mit den abgerundeten Kanten und dem Schnitzornament, dem Waschtisch mit den breiten Schubladen, die immer klemmten, dem hohen Nachttisch mit der Glasplatte, unter der ein Plauener Spitzendeckchen liegt. Aber sie will sie nicht erkennen, die dunklen Wächter ihrer Ehenächte.

Danach hatte sie immer lange wach gelegen. Da war die Hoffnung auf

Nähe, ihr Körper hatte gesungen – aber er ... Wie Fremde hatten sie und ihr Mann Simon gelebt. Damals war etwas in ihr erkaltet. Jakobs, denkt sie, das war sein Name, auch ihr Name. Nie denkt sie: Simon. »Huhu«, hatte er am Treppenabsatz gerufen, laut und ungeduldig, zornig oft; ja, er war ein jähzorniger Mann. Huhu, nie Sophie, nie hatte er sie mit Namen gerufen.

Der ziehende Schmerz in ihrem Rücken, sie kennt ihn schon, er dringt in ihre Gedankenkreise, spült sie in die Gegenwart. Sie muss zwischen den Kissen, die sie seitlich stützen, einen neuen Platz finden in dem breiten Sessel, dem grünen Sessel, wo sie immer sitzt, jeden Tag, jeden Tag, vor dem Fenster an dem runden Tisch mit den Rätselbildern, die sie hin und her schiebt zu immer neuen Mustern.

Sie besinnt sich auf das fleckige Foto in ihrer Hand, das eine kleine alte Frau mit einem gütigen runden Gesicht zeigt. Sie hatte immer ihr Haar in einem Knoten getragen. »Mama«, murmelt sie und küsst das Bild.

Ihre Mutter würde sie gleich abholen, mit nach Hause nehmen in das kleine Eisenbahnerhaus Auf Vogelsborn an der Gerlinger Landstraße. Der Vater hatte es billig mieten können nach so vielen Jahren bei der Bahn.

Doch seit ihr Schwesterchen mit sechs Monaten gestorben ist an Hirnhautentzündung, dieses süße Dingelchen, das sie so lieb gehabt hatte, warten sie oft auf die Mutter vergeblich. Sie hatte sich die Augen ausgeweint, von der Wiege wegzerren mussten sie sie. Gestern Abend haben sie allein gegessen, ohne die Mutter. Der Vater war vor Sorge ganz grau. Es war schon dunkel, als er sie gefunden hat, auf dem Friedhof am Kindergrab in dieser Kälte. Die Mutter geht so oft dorthin und vergisst ganz die anderen beiden, sie selbst und Hans, ihren zwei Jahre jüngeren Bruder. Es schmerzt, es schmerzt. »Mama«, ruft sie klagend.

Sie spürt, wie die Müdigkeit sie übermannt. Immer wird sie so schnell müde. Ihr Kopf sinkt nach hinten in das Kissen. Sie sind fürsorglich, meine Enkelin Verena und ihr Mann, das Kissen ist so weich. Das denkt sie ganz klar. Dann nichts mehr.

Und dann ist auf einmal Gustel bei ihr, die Jugendfreundin aus der Wirtschaft nebenan. Die Traumbilder wehen vorüber, farbige Glücksmomente der Vergangenheit. Die hübsche Gustel mit dem dicken braunen Haar, die in der Wirtschaft zum Tanz aufgespielt hat; Walzer und

Polka und all die Volkslieder. Sie haben zusammen gesungen. Du hast eine schöne Altstimme, Sophie, hat Gustel oft gesagt. In ruhigen Stunden hat sie sich selbst das Klavierspielen beigebracht; die Begleitung zu allen Liedern ergab sich ganz von allein. Sie kann das einfach!

Immer ist etwas los in der Wirtschaft. Dorthin flieht sie aus dem stillen Elternhaus. Dort kann sie frei und lustig sein. Und wenn getanzt wird, steht sie nie am Rand. Da bekommt sie viele Komplimente, weil sie aussehe wie eine Zigeunerin mit ihrer gebräunten Haut, ihren brennenden schwarzen Augen und dem dunklen Haar, das sich aus den Flechten kringelt, und weil sie so gut im Walzertakt drehe, auch links herum. Ein fröhliches Lachen steigt in ihr auf.

Doch dann zieht ein schwarzer Schatten alles ins Dunkel. Gustel – nein! Sie will aufwachen, schreckt hoch, ihre Hände stemmen sich gegen den Tisch, als wolle sie etwas wegschieben.

Ach wegschieben …! Sie fühlt den Schmerz, noch ehe sie das Bild vor sich sieht, nun ganz wach und klar: Gustels Beerdigung. Im Kindbett beim ersten Kindchen ist sie gestorben und mit ihr die unbeschwerte Lebensfreude ihrer Jugend, die Leichtigkeit, das gemeinsame Gelächter. Nein, damals hat sie das nicht gewusst, aber heute.

Danach ist sie dem Jakobs begegnet. 1916 war das, mitten im Krieg. Gut aussehend war er, hoch gewachsen, zuverlässig und fleißig. Sie war einundzwanzig, als sie geheiratet haben, 1917. Und nun fortfahren in der Litanei der guten Eigenschaften: Respektabel, angesehen, rechtschaffen war er, redlich und ehrlich. Er hatte Prinzipien, der Jakobs, und – Gott sei's geklagt – keinen Humor. Streng war er und ordentlich bis zur Pedanterie. Die Bleistifte auf seinem Schreibtisch … und sogar das Feuerholz im Keller … Aber in den Ferien war er immer großzügig: Kauf dir was, du, jetzt gönnen wir uns was. Ja, sie konnten sich jedes Jahr einen Urlaub leisten, bis zum Ausbruch des Zweiten Weltkriegs … Im Urlaub konnte er auch manchmal ganz locker sein. Oder wenn sie Gäste hatten und er hier ein Likörchen, dort ein Schnäpschen anbot. Aber sonst … Sie, die Wortreiche, hatte schlucken gelernt, schlucken und schweigen. Die Frau sei ihrem Manne untertan, hatte der Pfarrer gesagt.

Aber nie hatte der Jakobs sie betrogen, nein, er war treu, und treu gesorgt hat er für die Familie, gut vorgesorgt hat er für ihr Alter, und er war nicht so ein Luftikus wie ihr Schwiegersohn, der Mann ihrer Tochter. Doch bis heute kann sie ihn nicht Simon nennen. Der Groll sitzt tief.

Ja, nach Gustels Tod und mit dem Jakobs hatte der Ernst des Lebens begonnen.

Sie spürt die Feuchtigkeit auf ihren Wangen, tastet sich ungeschickt durch das Gesicht und erschrickt. So viele Runzeln um die Augen, die tief in den Höhlen liegen, scharfe Falten auf der Stirn, Schläfen und Wangen eingesunken, ihre Nase ragt übergroß hervor, ebenso ihr Kinn unter dem eingefallenen Mund. Sie ist alt, so alt! Verstört ringt sie nach Luft und atmet stöhnend.

»Was hast du Oma? Geht es dir nicht gut?« Sie ist nicht mehr allein. Eine junge Frau beugt sich über sie, ganz besorgt, schaut sie an.

»Wer sind Sie, hallo, hallo, wer sind Sie?« Die alte Frau ruft in den Tunnel der über neunzig Jahre Leben. Doch kein Echo antwortet ihr.

»Ich bin Marlene, deine Enkelin. Oma kennst du mich nicht?«

Bildketten, Namenreihen, Namenreihen, Bildketten gleiten in ihr vorbei. Nichts passt zusammen. Sie kennt die junge Stimme, sie liebt sie, sie kennt den Namen. Aber ist Marlene nicht schon lange tot, ihre Tochter Marlene?

Die Verwirrung erschöpft sie; sie sinkt in sich zusammen. Und im Loslassen all der unlösbaren Ungereimtheiten sieht sie plötzlich ganz klar: Ja, Marlene ist ihre Enkelin. Ein Lächeln breitet sich in ihr aus, sie fühlt, wie ihr Mund lächelt, überströmende Zärtlichkeit erfüllt sie: Marlene, meine Marlene ist gekommen. »Kuss!«, fordert sie gebieterisch, »Kuss!« Ihre Hände schieben ungeduldig die Bilder auf dem runden Tisch beiseite, all diese Treulosen, die sie verlassen haben. Sie allein ist übrig geblieben wie ein aufragender Baum auf einer abgeholzten Kuppe, über die der Sturm hinweg gefegt ist.

Nur ein Foto liegt noch in der Mitte des Tisches, ein magischer Punkt, der sie wieder in die Vergangenheit zieht.

Auf dem Schwarzweißfoto posieren zwei junge Menschen, ein schmales Mädchen von fünfzehn, der hoch aufgeschossene Junge siebzehn Jahre alt, etwas verkrampft lächelnd auf einem Geländer vor dem Kellereingang ihres Hauses in der Celsiusstraße. Zwei junge Menschen – Edith und Rudolf, ihre Kinder – und nun sind ihre Arme leer, ihr Herz ist eine hohle Wunde aus nie endendem Heimweh. Sie überlässt sich den auf- und abschwellenden Wehen des Schmerzes.

Rudolf, ihr zärtlich geliebtes Kind, der ersehnte Junge, Krönung, Erfüllung und Erfolgsnachweis ihrer Ehe. Rudolf, dessen Lebenszeit die glücklichsten Jahre ihres Lebens umfasst, und Edith, das zweite, stille Kind. Als sie kam, waren schon alle Rollen in der kleinen Familie verteilt. Sie fügte sich ein, sie fügte sich, sie nahm nicht viel Platz ein. Nein, es war nicht immer richtig, aber alle Scheinwerfer waren auf den Ältesten gerichtet: Er sollte Abitur machen, studieren, etwas werden im Leben. Gewiss, Edith war begabt, aber eben ein Mädchen! Auch sie selbst war eine gute Schülerin gewesen, besonders in ihrem Lieblingsfach Rechnen. Aber Mädchen heiraten; das ist ihr Schicksal.

Rudolf war ihr Stolz und ihre Hoffnung. Die Mädchen sahen ihn gern mit seinem dunklen, gewellten Haar und den schräg geschnittenen, melancholisch blickenden Augen – und er sie. Zu gern!

Der Jakobs, ihr Mann, hat alles wieder gerichtet, mit dem Vater des Mädchens verhandelt, die Schande abgewendet. Aber nach dem Tod ihres Sohnes hat sie oft daran denken müssen, dass es tröstlich gewesen wäre, wenn er ein Kind gehabt hätte, wenn etwas von ihm zurückgeblieben wäre. Nein Rudolf war nicht ganz einfach gewesen, ein Rebell vielleicht.

Auch als er diesen Unfug in der Oberprima mitmachte und das Klassenbuch verschwinden ließ, musste der Jakobs versuchen, die Dinge gerade zu biegen; musste er, der Rechtschaffene, sich alle diese Klagen über seinen Sohn anhören. Aber er machte sich vergeblich klein vor dem Direktor. Der war verärgert und kannte kein Pardon. Rudolf musste die Schule verlassen, ein halbes Jahr vor dem Abitur. Die Prüfung hat er dann als Externer an einer anderen Schule gemacht.

Ach, was sollen all die alten Geschichten, die halb erinnerten, die sich vielleicht noch nicht einmal so zugetragen haben! Die alte Frau beginnt unruhig in dem Bilderberg zu suchen und kramt das Foto eines schwermütig blickenden, jungen Soldaten in Uniform hervor, ausgezeichnet mit dem Eisernen Kreuz, Unteroffizier Rudolf.

Gleich nach dem Abitur, bereits vor Beginn des Zweiten Weltkrieges war er zur Wehrmacht gegangen. Ein Held war er, tapfer und unerschrocken. Noch ehe die Belagerung von Stalingrad begann, in diesem eisigen Winter 1941/42 gehörte er einem Spähtrupp an, der auf Skiern unterwegs war. Drei Monate galt er als vermisst, bis der Brief mit der Todesnachricht im Juni eintraf: Gefallen für Großdeutschland.

Meine Augen sind trübe geworden vom Weinen, sagt der Psalmist. Ihr Herz ist gebrochen, und sie hat überlebt.

Dass das geliebte Kind diesem größenwahnsinnigen Hitler sinnlos geopfert wurde, erfüllt sie mit Bitterkeit. Ihre Nachbarin, Frau Gerdes, war nach der Nachricht vom Heldentod ihrer beiden Söhne ins Parteilokal gestürzt und hat dort getobt und gewütet und alles kurz und klein geschlagen, und geschrieen hat sie: Verdammter Hitler, gib mir meine Söhne wieder! Nur der Einfluss irgendeines Parteifunktionärs konnte sie vor dem KZ retten. Nein, zu solchen Kraftakten war sie damals nicht mehr fähig gewesen.

Den letzten Brief ihres Kindes kann sie auswendig aufsagen wie ein Gebet: »Liebe Mutti, ich schaue in den Sternenhimmel über der Weite Russlands und denke an Euch und ich wäre so gerne bei Dir ...«

Das war der Wendepunkt. Nichts war mehr wie zuvor. Das Haus war tot. Kein Lachen mehr, kein geselliges Leben, kein Gläschen Wein mehr am Abend. Der Jakobs war ein gebrochener Mann nach dem Tod seines Sohnes und hat sich nie mehr von dem Schock erholt, auch wenn er ihn elf Jahre überlebt hat. In den Bombennächten im Bunker hat sie seine Hand gehalten, wenn die Sandfontänen und Geröll-Lawinen von den Felsgewölben prasselten. Die Angst der anderen, wenn sie keuchend mit ihren Koffern, darin ein paar Habseligkeiten, kurz vor dem Angriff, angetrieben vom anschwellenden Heulton des Bombenalarms, durch die Straßen hetzten und in die Bunker flüchteten; diese Angst war ihr fremd geworden. Einzig die Sorge, ob das Haus noch stand, wenn sie aus dem Bunker zurückkehrten, war ihr in ihrer Erstarrung noch als menschliches Gefühl geblieben.

Und da war noch Edith, das übrig gebliebene Kind, eine junge, viel zu ernste Frau, die wie ein blasser Schatten an ihrer Seite durch die Kriegstage ging. Doch die Trauer hatte sich auf dem leer gewordenen Platz breit gemacht, und das Bild des geliebten Toten sog all ihre Lebenskraft auf. Wieder waren alle Rollen verteilt.

Aber trotz allem sorgte sie, Sophie, dafür, dass Edith bereits im August '42 nach den ersten Bombennächten nach Ottenhöfen im Schwarzwald reiste und dass sie und Simon rechtzeitig evakuiert wurden und im September mit einem der ersten Züge wegkamen. Nach dem Beschuss in den letzten zwei Kriegsjahren war sie es gewesen, die die Reparaturarbeiten organisierte. Sie lief auf die Ämter um nach Jakobs' Erkrankung die Rente zu beantragen. Nach Kriegsende schickte sie Edith auf Hamstertour, auch wenn es dem Mädchen schwer fiel, auf dem Land die

Bauern anzubetteln um ein paar Kartoffeln, Eier und ein Stück Speck. Selbst aus Kartoffelschalen hat sie noch Suppe gekocht. Der Hunger hatte zeitweilig jedes andere Gefühl verdrängt.

Sie, Sophie, setzte sich mit dem widerwärtigen Kommunistenweib und ihrer Tochter auseinander, die nach dem Krieg bei ihnen zwangsweise einquartiert worden waren, obwohl sie vor Ekel die Gelbsucht bekam. Und sie erreichte bei dem Kommandanten, dass dieses Pack, das Schmutz und Ungeziefer in ihr Haus brachte, wieder ausziehen musste. Und sie sorgte dafür, dass sie eine Schadensausgleichszahlung bekamen für die Kriegsschäden am Haus. Die Weber von gegenüber, deren Haus eine Brandbombe abbekommen hatte, hat dazu gemeint: »Was haben Sie schon groß verloren im Krieg!« Da hatte sie böse den Mund zusammengekniffen und der Weber nur diesen einen Satz entgegen geschleudert: »Ich habe meinen Sohn verloren!«

Vorbei war auch die Zeit leibfeindlich abgedunkelter Schlafzimmer. Sie war nun die Pflegerin ihres Mannes. Sie spritzte den Jakobs, verband sein offenes Bein, bereitete seine Diät, ertrug seine Launen, seinen Zorn, nahm lange Anfahrten zur Uniklinik in Kauf um ihn in Homburg zu besuchen, mixte ihm Eierlikör zur Kräftigung, und nach seinem Tod ließ sie ihm Gerechtigkeit widerfahren und pflegte sein Grab.

Aber nun war die Zeit des Duckens vorbei.

Neue Bilderfluten stürzen auf sie ein. Erschöpft von ihren Gefühlen flieht sie in den Schlaf. Am Rande der Bewusstlosigkeit irrt sie auf den eingefahrenen Hohlwegen der Erinnerung umher, schickt tastende Suchscheinwerfer in die Verstrickung der Zeit, dieses Dickicht aus Gestern, Vorgestern und Davor und sucht nach dem, was geblieben ist in all dem Verlust.

Die regelmäßigen Atemzüge des Schlafs tragen sie an den Ort, der für sie Burg, Schutzmal und Sicherheit war – und ihr Stolz: Ihr Haus.

Der Jakobs hatte eine gute Stellung als Prokurist und sie konnten gut sparen in der Zeit, in der sie in der großen Wohnung über der Firma gewohnt hatten, ohne Miete, frei Brand, frei Licht, wie sie immer zu sagen pflegte. 1936 konnten sie in dem an das Firmengelände angrenzenden Neubaugebiet ein Einfamilienhaus kaufen. Ein Schmuckkästchen war es, ausgestattet mit allem, was die Technik damals zu bieten hatte: Koks-Zentralheizung, einen Warmwasser-Gasofen im Badezimmer, das groß genug war für den Luxus einer Badewanne, einen modernen Kohleherd und zusätzlich einen Gasherd in der schwarzweiß gefliesten Küche und sogar einen Eisschrank im Keller, der mit Stangeneis aus der nahe gelegenen Brauerei bestückt wurde.

Bei der Ausstattung war nicht gespart worden. Da war sie sich einig mit dem Jakobs gewesen. Das Treppenhaus mit der geschwungenen Holztreppe war ein Traum in Creme und Rostrot. In Sophies Esszimmer mit der dezenten Goldstreifentapete schimmerten in der Kredenz mit den Ranken verzierten Glasfenstern geschliffene Gläser für alle Arten von alkoholischen Getränken.

Hier hatten sie häufig Gäste, die Gerdes, die Weißgerbers, die Meringers und die Towaes, alles angesehene, anständige Leute, nicht reich, aber wohlhabend, in gesicherten Verhältnissen lebend. Und der Jakobs hatte immer einen guten Tropfen zum Anbieten bereit: Verschiedene Sorten Klaren, Cognac vom feinsten, Südwein, Likör, Weine der besten Lagen und Jahrgänge, sogar Champagner. Das gehörte sich so, schließlich hatte er ja eine führende Stellung in einer Spirituosenfirma. Ja, sie liebte es, Gäste zu haben. Aber bei aller Freundschaft wusste man doch eine gewisse Distanz zu wahren. Nie ließ man sich zu einer plumpen Duzerei hinreißen. Selbst ähnliche Schicksale hatten in späteren Jahren diese einmal festgelegten Grenzen nicht überwinden können. So gab es schon seit Jahrzehnten niemanden mehr, der Sophie zu ihr sagte.

Hinter den dunklen Eicheschranktüren mit den aufgesetzten Schnitzereien waren ihr gutes Porzellan mit blaugoldenem Rand – zwölfteilig – und das schwere Silberbesteck eingeordnet. Ja, sie war eine gut situierte Frau. In der Kommode im Schlafzimmer stapelten sich gestärkte Tischwäsche, weißes Leinenzeug, edle Bettbezüge und mit Spitzen verzierte Paradekissenbezüge. Darauf hatte sie immer Wert gelegt, auf die Paradekissen, die sich auf der grün-goldenen Steppdecke plusterten und das Doppelbett ansehnlich machten, das Intime verhüllten.

Sicher hatte sie sich gefühlt, sicher und stolz, wenn sie von dem schmalen Balkon, der an der Längsseite ihres Hauses vorbei führte und mit grün-weiß gestreiften, senkrecht zum Geländer angebrachten Markisen vor den Einblicken der Nachbarn geschützt wurde, in den kleinen Vorstadtgarten schaute: Auf eine winzige Wiese mit einem Kirschbäumchen in der Mitte und einen mit Steinplatten belegten Vorplatz, auf dem die obligatorische Teppichstange stand. Im Vorgarten vor dem Haus hatte sie Edelrosen gepflanzt und blaue Hortensienbüsche in jede Ecke gesetzt.

Doch diese Sicherheit war ins Wanken geraten, als der Krieg ausbrach '39, und war jäh zerbrochen in den Bombennächten und noch mehr in den Tagen voller Angst und Tränen, als Rudolf an die Front kam und später …

Dennoch war das Haus von unschätzbarem Wert nach dem Krieg, als Edith diesen arbeitslosen Spätheimkehrer Frenne heiratete und die beiden nicht wussten, wo sie unterkommen sollten. Charmant war er und fröhlich, etwas zu sehr für ihren Geschmack, aber ihrer Tochter hat er gefallen. Sie hat ihn geliebt. Und nachdem der Jakobs gestorben war, lebten sie in einem Haushalt zusammen, und mit Ediths Kind begann auch sie, Sophie, wieder an die Zukunft zu denken.

Irgendwie wiederholte sich in dem Zusammenleben mit Ediths Familie ihr eigenes Familienleben, nur dass sie jetzt das Sagen hatte. Denn wie hätten sie es denn packen sollen ohne ihre Rente, und mietfrei haben sie auch gelebt. Auch wenn er sehr fleißig war, der Mann von der Edith, viel erreicht hat er nie, und seine unernste Art hatte sie immer mit Misstrauen erfüllt. Doch die Tochter hatte sich nicht mehr so still lenken und einfügen lassen. Da gab es oft harte Worte, die sie doch gar nicht verdient hatte, wo sie doch so großzügig war.

Es entsprach doch nur den Tatsachen, wenn sie an der festlich gedeckten Tafel bei Familienfeiern darauf hinwies, dass es ihr Silberbesteck und ihr gutes Porzellan war, das den Glanz von Wohlstand verbreitete.

Ja, das Haus war ihr Trumpf, der einzige, der ihr geblieben war. Das Haus und der Schmerz und die beiden Enkelchen. Sie hatte sie Beten gelehrt und ihnen Märchen erzählt. Wenn der Weiher zufror und die Schlittschuhe wieder einmal zu klein geworden waren, schenkte sie ihnen neue. Das Tanzstundenkleid hatte sie auch bezahlt, und so vieles mehr.

Aber wo befand sie sich jetzt? Was war aus dem Haus geworden?

Sobald ihre halbbewussten Gedanken die Gegenwart streifen, erwacht sie. Voller Unruhe richtet sie ihren Blick auf das Fenster, lässt ihn im Raum kreisen, erfasst jeden einzelnen Gegenstand. Manches erkennt sie wieder, aber der Ort bleibt ihr fremd. Oder ist sie doch noch in ihrem Haus in der Celsiusstraße, wie man ihr immer versicherte?

Seltsam entwurzelt fühlt sie sich mit einem Mal; ohne Orientierungspunkte treibt sie durch den Nebel ihrer letzten Lebensjahre. Halt suchend greift sie nach diesem, nach jenem Foto auf dem runden Tisch vor ihr, liest hier einen Satz aus einer Todesanzeige, dort ein Gebet auf einem Totenbildchen: *Und Er wird abwischen jede Träne* ... Ein jähes Erschrecken lässt sie erstarren: Unter dem Text steht ein Name: Edith, gestorben 1975, ihre Edith!

Ach, sie fühlt es wie gestern, das plötzliche Leid, das sie erfasste, als sie von der Krebserkrankung erfuhr. Diese eineinhalb Jahre, in denen Edith immer schmaler und magerer wurde, schließlich nicht mehr aufstehen konnte und sie an einem Spätnachmittag im Frühling mit der untergehenden Sonne einfach verließ; diese Ungerechtigkeit des Schicksals, dass sie, die alte Frau, das noch erleben musste, haben sie zur *Mater Dolorosa* gemacht.

Für einen Augenblick reißt der Himmel auf, und sie sieht, was sie verloren hat, dieses stille Kind, dieses fügsame, später so widerspenstige Mädchen; diese Frau, neben der sie den größten Teil ihres Lebens gelebt hat. Doch ihr Gesicht liegt im Schatten, ununterscheidbar eingeschmolzen in die Düsternis des Hauses und die Trauer um den einzig geliebten Sohn. Die alte Frau fühlt dieses Dunkel wie einen dumpfen Schmerz, der längst alle Tränen aufgebraucht hat.

Jeder Atemzug ein Seufzen, beginnt sie von neuem zu lesen: *Und Er wird abwischen jede Träne...*

Du sollst dir kein Bild machen!

Liebe Anne,

Dein Brief hat vieles in mir aufgewühlt. Es ist doch immer die alte Geschichte: Wenn es um die Pflege in der Familie geht, glaubt jeder der Andere könne die Last leichter schultern.

Ich weiß ja, wie sehr der Zusammenhalt Deiner Familie dir am Herzen liegt. Und nun musst Du als Vermittlerin zwischen zwei Deiner Schwestern auftreten und bekommst allen Zwist und alle Verletzungen von beiden Seiten aufgebürdet. Dabei schien doch die Versorgung deiner Mutter im Heim mit der abwechselnden Betreuung durch alle Familienmitglieder schon so gut organisiert zu sein. Dann wären alle eingebunden, und zweimal am Tag würde Deine Mutter von ihren Kindern, Schwiegersöhnen, Enkeln oder ihrem Bruder besucht.

Mir wird wieder einmal bewusst, wie schwer es ist, das Leben des Anderen zu akzeptieren, ohne zu urteilen.

Deine Schwester Kerstin ist also der Meinung, dass Sonja verpflichtet sei, Eure Mutter zu sich holen und sie zu Hause zu pflegen. Und das nur weil sie als Einzige von Euch Kindern allein stehend und kinderlos ist und nicht für eine Familie zu sorgen hat. Wenn ich das schon höre: Beneidenswertes Singleleben, tolle Reisen, dickes Gehalt als Informatikerin! Als ich Sonja zuletzt getroffen habe, klagte sie, wie sehr die Verletzungen aus der Scheidungsgeschichte sie immer noch belasteten und wie bitter die Einsamkeit für sie sei. Auch darf man nicht vergessen, dass sie seit ihrer Krebserkrankung dem Berufsstress kaum noch gewachsen ist.

Kein Wunder, dass Sonja sich wehrt und darauf hinweist, dass Kerstin die Privilegierte sei, die schon vor drei Jahren in Rente gehen konnte, und das Glück hat, dass zwei ihrer Kinder im Ort in ihrer Nähe wohnen und sie sogar schon ein Enkelkind hat. Also könne sie genauso gut die

Verantwortung für die Mutter übernehmen, zumal das Haus nach dem Tod ihres Mannes ohnehin halb leer stehe. Dass Kerstin bis an ihr Lebensende für ihren behinderten Sohn Paul sorgen muss, übersieht Sonja allerdings.

Es ist erschütternd, wie fremd sich nah stehende Verwandte sind, und wie unterschiedlich die Perspektiven der Menschen sind. Wir sind einsame Fremde. Ich kann mir vorstellen, wie schwierig die Gespräche mit den beiden sein können. Mir wird immer klarer, wie relativ das ist, was wir als Wahrheit zu erkennen glauben.

Liebe Anne, in letzter Zeit ist mir bewusst geworden, dass ich durch die Krankheit eine neue Freiheit gewonnen habe. Sie ist ein kostbares Geschenk, von dem ich zwar anderen großzügig etwas abgeben kann, das aber in erster Linie mir gegeben ist, ein neues Leben, das ich gestalten darf. Daher habe ich mich entschlossen, die Lebensgeschichten meiner Vorfahren und Familienmitglieder aufzuschreiben.

Aber sobald ich mich der Lebensgeschichte einer Person mit Worten nähere, wenn ich sie ausgesprochen und den anderen eingekreist habe, fürchte ich, mich in erfundenen Wahrheiten verstrickt zu haben. Wenn ich den Blickwinkel nur ein wenig verstelle, könnte ich eine andere Geschichte erzählen. Zwei Biographien über ein und dieselbe Person gehen zwar von gleichen Daten, Orten und Ereignissen aus, unterscheiden sich aber in dem, was sie hervorheben, noch mehr in dem, was sie verschweigen, und zeichnen in der Wertung und der Auswahl der Szenen ganz verschiedene Bilder, genauer gesagt: Sie geben nur Spiegelungen ein und desselben Menschen.

Andererseits finde ich es faszinierend, ein Leben in ein Zeitumfeld einzuordnen oder es in ein fassbares Gebilde mit einem Davor und einem Danach verwandelt zu sehen, in etwas Ansehbares jedenfalls. Doch will ich meine jeweilige Geschichte nur als Entwurf über eine Person verstanden wissen.

Am schwierigsten erscheint es mir, die Geschichte meiner Mutter Edith zu erzählen. Wir haben ja schon oft über unsere problematischen Mütter gesprochen, auch darüber, dass wir mehr gefühlte als reale Erinnerungen haben.

Du wirst es verstehen, wenn ich sage, ich finde nur Inseln von amöbenhafter Form oder einzelne Gesteinsbrocken, die sich verschieben und zu kippen drohen, wenn man sie betritt. In der Balance über den Lücken dazwischen, immer in der Gefahr abzurutschen, finde ich manchmal das, was ich suche.

Ein besonderes Handicap hierbei besteht darin, dass meine eigene Lebensgeschichte so sehr verflochten ist mit derjenigen anderer, dass ich mich immer tiefer in deren Lebensläufen verstricke. Ich will mich wehren, diese fremden Leben abgestreift von Ferne betrachten. Doch ich gerate in einen Strudel von Gefühlsverworrenheiten, in dem ich mir wie einen Rettungsanker immer wieder den Satz vor Augen halte: *Du sollst dir kein Bild machen!*

Liebe Anne, ich könnte Deine Mutter jeden Mittwochmorgen besuchen. Wenn du einverstanden bist, plane mich also bitte ein. Ich hoffe, dass unser Treffen in zwei Wochen zustande kommt.

Lass Dich herzlich umarmen. Ich grüße Dich von Herzen.

Deine Marlene

Schatten I

Die kleinen Füße trommelten über den Dielenboden, tappten auf dem schwarzweißen Fliesenschachbrett der Küche. Edith hatte soeben entdeckt, wie flink ihre kleinen Beine waren, wie man um die Ecke schießt, ohne sich den Kopf an der Tischplatte zu stoßen, wie man mit Schwung die Tür aufstoßen kann und die Welt immer größer wird. Sie jauchzte.

»Sei still, Edith, du sollst nicht so herumlaufen. Das hört man im Büro unten und stört den Papa bei der Arbeit.« Die Wohnung, die das zweijährige Kind soeben erobert hatte, war groß, umfasste vier Zimmer und die Wohnküche und ein kleines Badezimmer und lag im Obergeschoss der Firma Steuben, einem Wein- und Spirituosenhandel mit eigener Brennerei.

Mit jedem lauten Geräusch, das Edith verursachte, bei jeder Ermahnung, erfuhr sie im Laufe der Jahre immer mehr über die Firma, die von ungeheurer Bedeutung für die Familie zu sein schien, und über die Stellung des Vaters. Die Familie wohnte hier mietfrei, ohne alle Nebenkosten, denn Simon Jakobs gehörte der Firma schon viele Jahre an, hatte dort bereits seine Lehrzeit absolviert und sich vom einfachen Buchhalter zur Vertrauensstellung eines Prokuristen hochgearbeitet, ein Begriff, der bereits der fünfjährigen Edith geläufig war und den sie am ersten Schultag mit Stolz ihrer Klassenlehrerin erklärte.

Lautsein durfte nur der Vater. Ein fehlender Kragenknopf, sein nicht am Platz befindlicher Brieföffner, eine zu heiße Suppe, an der er sich die Lippe verbrannte, konnte einen heftigen Zornesausbruch zur Folge haben. Es gab kaum Anzeichen, plötzlich brach sich die Wut ihre Bahn, richtete sich mit harten, verletzenden Worten gegen die Mutter – »Frau!«, schrie er sie dann an – oder auch gegen die Kinder. Man durfte nicht in Verdacht geraten, ein Ungemach verursacht zu haben.

Ediths zwei Jahre älterer Bruder Rudolf war viel mutiger als das Mädchen, das sich bereits durch die bedrohlich knisternde Atmosphäre einschüchtern ließ. Nicht nur dass er den Vater oft provozierte, das neue Märklinauto vom Balkon warf, sich an den Schreibtisch des Vaters wagte und die sorgfältig mit der Spitze nach einer Seite ausgerichteten Bleistifte durcheinander brachte oder laut brüllend durch das Treppenhaus stürmte, er schrie oft zurück, wenn er gemaßregelt wurde, stampfte auch mal mit dem Fuß auf, was den Patriarchen einerseits noch wütender machte, aber auch hilflos. Hinzu kam, dass dieser Sohn, sein Sohn, ihn vom ersten Augenblick an mit tiefem Stolz erfüllt hatte und er voll guten Willens war, alles, was dieses Kind tat, zunächst zu seinen Gunsten auszulegen.

Ediths Mutter Sophie war keineswegs eine schwache Frau, aber sie ertrug diese lauten Zweikämpfe nicht, wollte sie vermeiden und war von daher in der schwächeren Position. Erst viel später erkannte Edith, dass ihre Mutter schon sehr früh die Auseinandersetzungen auf ein anderes Terrain verlegt hatte: Sie entzog sich durch Flucht in die Krankheit, ja, die Krankheit war sogar ein Mittel, um einen Sieg zu erringen, eine Nachgiebigkeit, zumindest aber Ruhe. Sophies Herzanfälle und Kopfwehattacken waren nicht gespielt, und doch war es immer die Verletzung der Seele, die sie zu einem bestimmten Zeitpunkt hervorriefen.

Dem Mädchen, der Tochter, aber trat Sophie mit all ihrer Energie und Willenskraft entgegen. Edith lernte schweigen, verschweigen, leise zu gehen und zu reden, jede heftige Bewegung zu vermeiden.

Simon Jakobs, geboren 1892, stammte aus einer Bergmannsfamilie. Nach dem frühen Tod des Vaters – er starb an einer für Bergleute typischen Lungenkrankheit im Landeskrankenhaus in Homburg – kam er, der Älteste von fünf Geschwistern, mit elf Jahren zu einer Tante, die ihn großzog. Mit fünfzehn Jahren fing er eine kaufmännische Lehre in der Firma an, in der er immer noch arbeitete. »Mit Ausnahme des Militärdienstes habe ich immer für die Firma Steuben gearbeitet«, pflegte er stolz zu sagen. Außer diesen nüchternen Fakten wusste Edith nichts über ihren Vater. Der groß gewachsene, schwarzhaarige Mann erzählte nie etwas über seine Kindheit, seine Jugend oder über seine Militärzeit im Ersten Weltkrieg. Es gab keine Oma oder Tanten oder Onkel väterlicherseits, aber sie existierten als gesichtlose Wesen, über die mit leiser, scharfer Stimme – für die Kinder nur in Halbsätzen erlauschbar – in nicht sehr schmeichelhafter Weise gesprochen wurde.

Der Vater zog seine ganze Identität aus diesen drei Personen, denen er als Ernährer vorstand, für die er sich verantwortlich fühlte und die er dominierte. Selbst die Freunde, die zu Besuch kamen, siezte er, jedenfalls die meisten, und den Kontakt zu seinem Schwager Hans und seiner Familie gestaltete er sehr weitmaschig. Lediglich bei den Besuchen der Schwiegereltern, also Ediths Oma und Opa, – brave, ehrbare Leutchen, wie Simon Jakobs zu sagen pflegte – erlebte das Kind den Vater von einer mehr privaten, lockeren Seite.

Innerhalb der Familie gab es feste Spielregeln: Bei Tisch hatten Kinder zu schweigen. Auch Lachen war verboten, was Rudolf aber oft herausforderte, gerade dann seine kleine Schwester durch Albernheiten zum Kichern zu bringen.

Der Teller musste leer gegessen werden, das war ein moralisches Gesetz, denn beide Eltern hatten in der Zeit des Ersten Weltkriegs Hunger und Knappheit kennen gelernt. Edith gewöhnte sich an, Ungenießbares, wie Erbsen oder Rosenkohl unzerkaut in ganzen Stücken zu schlucken, wie Tabletten. Das hatte sie dem Vater abgeguckt: Mit viel Wasser schluckte er morgens eine große weiße Kapsel herunter. Ein besonderes Problem musste Edith sonntags bewältigen, denn dann gab es meist größere Fleischstücke. Wenn man darauf herumkaute, verschlimmerte sich ihr Geschmack. Auch ließen sich die Bissen nicht richtig zerkleinern, sondern quollen im Mund auf. Edith sammelte die halb gekauten Stücke in der Backentasche, und sobald sie sich erheben durfte, lief sie zum Mülleimer oder, wenn sie dort nicht unbeobachtet war, zur Toilette und spuckte erleichtert das gehamsterte Essen aus.

Mit einer anderen Regel kam Edith nicht so gut zu Rande. Der Vater duldete keinen Widerspruch. »Bitte, darf ich noch im Hof Ball spielen«, bat sie an den langen Sommerabenden. »Wir haben doch Ferien.« Hatte er zuvor nein gesagt, war jedes weitere Wort zuviel und beschwor ein Donnerwetter herauf. Rudolf fragte deshalb nicht lang, sondern handelte. Dabei verwischte er, so gut es ging, seine Spuren. Wurde er dann doch erwischt, konnte er so demütig oder unwissend gucken oder so schelmisch und charmant grinsen, dass er einer Bestrafung oft entging, je nach der Verfassung, in der der Vater gerade war.

Selten waren sich die Eltern so einig wie über die wichtige Regel: »Gib keinen Anlass, dass die Leute schlecht über uns reden.« Edith übersetzte: »Verhalte dich unauffällig!« Die Angst vor der Meinung der anderen und ihrem Gerede war groß, aber nicht weil man diese anonymen Anderen besonders hoch schätzte, sondern weil man seinen guten Ruf von diesen Leuten, Nachbarn, Mitarbeitern, guten Bekannten, abhängig machte.

Edith wollte alles richtig machen. Sie achtete darauf, sich nicht schmutzig zu machen, zwang sich, ihre Schüchternheit zu überwinden und die Bekannten der Mutter freundlich und mit einem Knicks zu grüßen, und als sie in die Schule kam, strengte sie sich an, gewissenhaft und sauber ihre Hefte zu führen und Gedichte und Heimatkunde auswendig zu lernen. Dabei machte sie eine Entdeckung: Vieles, was sie in der Schule erfuhr, interessierte sie sehr. Sie lernte gern. Und sie war überglücklich, wenn sie gelobt wurde.

Rudolf, der ihr in der Entwicklung immer einen Schritt voraus war, konnte natürlich schöner zeichnen als sie und einen Handstand an der Tür machen. Jede neue Fähigkeit belohnte der Vater mit einem zufriedenen, stolzen Lächeln, und auch die Mutter brach in Rufe des Entzückens aus. Als Edith dann so weit war, konnte sie damit schon niemanden mehr beeindrucken. Überhaupt war sie nur das Mädel. Der Vater vermied es meist, sie beim Namen zu nennen, aber auch seine Frau sprach er selten direkt mit Sophie an. Sagte er hingegen Rudolf, so schien es Edith das schönste Wort auf der ganzen Welt zu sein. Manchmal stand Edith unbemerkt an der Tür, wenn Simon mit seinem Sohn sprach. Dann fühlte sie sich wie ein Schatten, etwas Formloses, Nichtiges, und nur etwas ließ sie spüren, dass sie wirklich da war: Ein ungeheurer Zorn.

Die meisten Sonntage unterlagen einem festen Ritual: Morgens der Gottesdienst in St. Sebastian, dann der Schweine- oder Rinderbraten oder Sophies gute Rouladen, dann der Besuch auf dem Fußballplatz, und abends zum Abschluss eine kurze Einkehr in der Wirtschaft Zum kühlen Eck. Die letzten beiden Stationen galten natürlich nur für Simon, aber die anderen in der Familie richteten sich nach diesem Zeitrahmen. Der Vater war überglücklich, als sein Sohn zum ersten Mal Interesse zeigte, ihn auf den Fußballplatz zu begleiten.

Im April 1931 kurz nach Ediths zehntem Geburtstag sollte das Fest ihrer Ersten Heiligen Kommunion stattfinden. Bereits im Herbst 1930 begann der Vorbereitungsunterricht auf die erste Beichte, denn »unschuldig und rein sollen die Kinder sein, wenn sie den Herrn empfangen«, sagte Pfarrer Timmdorf. Die Erstkommunion ihres Bruders war groß gefeiert worden, auch Onkel Hans, sein Pate, und dessen Familie waren eingeladen worden. Allerdings hatte Tante Adi, die eigentlich Adele hieß, in letzter Minute abgesagt. Ediths Mutter hatte nur den Kopf zurückgeworfen und mit etwas verkniffenem, aber unübersehbar befriedigtem Lächeln gesagt: »Typisch!« Am zweiten Tag war ein Kaffeekränzchen für alle weitläufigeren Bekannten und für die Nachbarn ausgerichtet worden. Edith freute sich riesig auf ihren »Ehrentag«, wie die Leute ihn nannten. Zwischen ihren Eltern würde sie im langen weißen Kleidchen nach St. Sebastian gehen, und der Vater würde stolz nach allen Seiten nicken: Seht her, mein Mädel!

Im Oktober 1930 breitete sich eine gewisse Unruhe aus. Die Oma kam häufiger zu Besuch, und hinter verschlossener Wohnzimmertür konnte Edith ihre Mutter Sophie weinen hören. Aus den aufgeschnappten, sorgenvollen Bemerkungen der Eltern konnte sie entnehmen, dass alles mit Rudolfs Halbjahreszeugnis zusammenhing. Ediths Bruder verhielt sich auffallend ruhig, saß oft in seinem Zimmer und lernte laut Vokabeln anstatt bis in die Abendstunden mit den Rommelfanger Buben und mit Karl aus den Eisenbahnhäusern zu spielen. Erst nach und nach erfuhr Edith von dem ungeheuerlichen Tatbestand, dass Rudolfs Versetzung sehr gefährdet war.

Immer waren die Eltern so stolz gewesen auf seine Leistungen, und deshalb durfte er auch das Städtische Gymnasium besuchen, jetzt bereits im zweiten Jahr. Zweimal in der Woche musste er nun zu Herrn Bienmüller in der Kantstraße gehen, um Nachhilfestunden in Französisch zu erhalten. Ihr stets zu allem Unsinn aufgelegter Bruder war plötzlich nicht mehr ansprechbar. Richtig dumm kam sich Edith vor, als sie ihn besorgt fragte, ob es denn im Gymnasium so viel anders sei als in der Volksschule, denn ab Ostern sollte sie die St. Anna-Schule, ein privates katholisches Gymnasium, besuchen. Sein Gesicht war ganz ausdruckslos, seine Augen schauten über sie hinweg, und dann sagte er: »Halt den Mund!« Oft gab es laute Auseinandersetzungen, denn Rudolf, der gerade mal seinen zwölften Geburtstag gefeiert hatte, war bockig, gab seiner Mutter freche Antworten und hatte fast ständig diesen trotzigen, verschlossenen Gesichtsausdruck.

Drei Monate später, im Februar 1931 wurde Simon Jakobs per Einschreiben zur Schule zitiert. Edith registrierte alle Ereignisse und versuchte sie zusammenzusetzen. Es war so wichtig, dass sie nichts von dem Ungeheuerlichen, das da vor sich ging, verpasste, denn sie wurde aus dem Zimmer geschickt, die Mutter hatte oft Tränen in den Augen, und der Vater übersah sie schon seit Wochen. Ihre Eins in Rechnen musste die Mutter unterschreiben, obwohl das eindeutig in den Zuständigkeitsbereich des Vaters gehörte. Sie tat es ohne jeden Kommentar. Auf ihre Fragen, warum Rudolf nicht in die Schule müsse, das Schuljahr sei ja noch nicht zu Ende, erhielt Edith nur gemurmelte Antworten. Der Vater sah elend aus. Edith ahnte, dass ihr Bruder etwas Schlimmes verbrochen hatte. Sie ging den ganzen Beichtspiegel durch, um dahinter zu kommen: Genascht, gelogen, freche Antworten gegeben, schlecht geredet über andere. Nichts davon war so schwerwiegend, dass eine solche Düsternis über der Familie hing.

Mutter Sophie schärfte ihrer Tochter ein, nur ja niemandem etwas zu sagen. Für Edith, die ohnehin nichts Richtiges wusste, wurde das Geheimnis dadurch umso beängstigender. Abends blieb die Wohnzimmertür geschlossen, und Edith hörte nur das stundenlange Geklapper der Schreibmaschine, wenn der Vater Briefe schrieb, und einmal schnappte sie den erregten Satz auf: »Damit du's weißt, Sophie, die Kommunion von dem Mädel bringt uns endgültig an den Rand. Den Privatunterricht für Rudolf können wir uns schon lang nicht mehr leisten. Und jetzt kostet das Mädel ab April auch noch Schulgeld!«

Ediths Vorfreude auf ihr Kommunionsfest, an der sie trotz allem in den letzten Monaten festgehalten hatte, zerfiel zu einem Häufchen Asche. Nein, der Vater würde nicht stolz auf sie sein, sondern die Ausgaben für die Malerarbeiten in der Wohnung, das Kleid und die Kerze und das Essen ausrechnen, und sich Sorgen machen.

Die Eingaben und Bittgesuche von Simon Jakobs hatten Erfolg, Rudolf konnte ohne Zeugnisvermerk und ohne Klassenwiederholung an ein anderes Gymnasium wechseln, und so besuchten im neuen Schuljahr nach den Osterferien beide Kinder eine neue Schule. Ediths gleich bleibend gute Leistungen auf dem St. Anna-Gymnasium trugen zwar zur Entspannung der Familiensituation bei, aber das ängstliche Augenmerk war auf den Bub gerichtet, der etwas mittelmäßig startete und, obwohl er in den kommenden zwei Jahren versetzt wurde, manche Nerven strapazierende Zitterpartie bot und viele Privatstunden kostete.

Edith, nun selbst Schülerin einer höheren Schule, sah die Bemühungen ihres Vaters, den Sohn zum Abitur zu treiben, ja zu tragen, und die hohen Auslagen mit gemischten Gefühlen. Sie hörte, wie er Rudolf vorrechnete, wie viel Geld er für Nachhilfeunterricht bereits ausgegeben habe »und das in Krisenzeiten wie dieser!« Wie teuer der neue vom Klassenlehrer empfohlene Nachhilfelehrer sei, ein Studienrat immerhin, und dass er nun auch die entsprechenden Leistungen erwarte, und das Bemühen, den Fleiß, den vor allem! So jung Edith auch war, war ihr doch klar, dass sie keine Chance hatte, ebenfalls Abitur zu machen. Dazu würde das Geld einfach nicht reichen. Und für ein Mädel war das Schulgeld ohnehin fehl investiert. Dass der Vater im Sommer 1931 die Tennisstunden, die sie seit zwei Jahren nahm, kündigte, machte ihr weniger aus.

Edith war sehr vorsichtig in der Wahl ihrer Freundinnen. Bei manchen Namen zog die Mutter missbilligend die Augenbrauen hoch, und auch sie selbst legte hohe Maßstäbe an. In ihrer Klasse in der St. Anna-Schule war ein Mädchen, namens Marie Hellenbrecht, dunkelhaarig, quirlig, immer zu fröhlichem Gelächter bereit. Sie war ein Jahr älter als die anderen. Man erzählte sich, ihre Familie stamme aus Belgien und sie habe erst im Alter von neun Jahren Deutsch gelernt. Ihre Deutschnoten waren nicht immer die besten, aber in Französisch war sie, zumindest im Mündlichen, den anderen voraus. Sie ließ sich nicht lange bitten, wenn sie ein paar Sätze auf Flämisch, in ihrer Muttersprache, aufsagen sollte. Ihre Freundinnen durften sie Mugje nennen, Mügje gesprochen. Das war ihr flämischer Spitzname, der Mückchen bedeutete.

Obwohl sie beliebt war und schon einige Freundinnen hatte, bemühte sie sich gerade um die Gunst der stillen, unscheinbaren Edith. Nachdem Simon Jakobs Erkundigungen über die Familie Hellenbrecht eingezogen und die Eltern kennen gelernt hatte, durfte Edith, als sie etwas älter war, Mugje ab und zu nach Hause begleiten und sogar dort essen.

In dieser Familie wurde sie mit offenen Armen empfangen. Mugjes Mutter sprach zwar ein etwas verdrehtes Deutsch, aber Edith hatte die kleine Frau, die sich so aufrecht hielt, als sei sie viel größer, und sie mit ihrem festen Blick aufmerksam musterte, auf Anhieb gern. Noch lieber hatte sie Mugjes ältere Schwester Véronique, die sich hier in Deutschland Lil nennen ließ. Véronique war nicht viel größer als die zwölfjährige Edith und eigentlich nicht hübsch, aber sie hatte warme braune Augen und das gleiche fröhliche Lachen wie Mugje. Sie hörte gerne zu, wenn die beiden Mädchen von der Schule erzählten. Und sie konnte richtig gut kochen. Florence, Mugjes älteste Schwester, wirkte zwar etwas streng, aber auch sie hieß Edith willkommen.

Bei Tisch ging es ziemlich laut zu, denn alle wollten zu Wort kommen. Herr Hellenbrecht, ein sehr zurückhaltender Herr mit etwas schütterem Haar und ganz hellen, grauen Augen, der in dieser lebhaften Familie seltsam fremd wirkte, betrachtete die Mitschülerin seiner Tochter eine Weile nachdenklich. Dann sagte er: »Kleines Fräulein Edith, du bist wirklich eine außergewöhnliche Schönheit.« Alle Augen richteten sich erstaunt auf den Vater, dem sie solche Komplimente nicht zugetraut hätten. Edith wurde ganz rot, denn sie fühlte sich mit ihrer großen Brille, dem schwarzen Gestell und ihrem dünnen, glatt herab hängenden Haar oft sehr unglücklich. Aber Véronique sagte leise zu ihr: »Wenn er das sagt, kannst du das glauben. Du hast so feine Gesichtszüge.«

Seltsamerweise war auch Ediths Familie von Mugje sehr angetan, obwohl die Freundin doch so ganz anders war als sie selbst. Rudolf flirtete ungeniert mit ihr, Vater Simon fragte wohlwollend nach der Schule, und Mutter Sophie war höchst interessiert an ihrer Familiengeschichte.

Als Edith an einem Samstagnachmittag wieder zu Besuch bei ihrer Freundin in der Sedanstraße war, stellte ihr Mugje stolz ihren Bruder vor: »Das ist mein großer Bruder Frenne.« »Na, hier in Deutschland nennen mich alle Franz«, stellte er richtig. Was für eine seltsame Familie, in der alle Kinder zwei Namen hatten! Edith musste Franz-Frenne immer wieder heimlich betrachten. Er sah richtig gut aus, wie ein Schauspieler. Und er wusste ungeheuer lustige Geschichten aus Köln, wo er arbeitete, zu erzählen. Man konnte sich gar nicht vorstellen, dass er irgendwas richtig ernst nahm, vor allem nicht sich selbst. Seine Mutter hing ebenfalls mit ihren Blicken an ihm. Sie hatte ihn schon so lange nicht mehr gesehen.

Am Abend fuhr Frenne Edith in seinem Firmenwagen nach Hause. Sie fühlte sich wie im Himmel, und in ihr Kopfkissen flüsterte sie: »Ich habe mich verliebt.« Vater Simon aber war weniger begeistert davon, dass seine dreizehnjährige Tochter von einem jungen Mann im Auto nach Hause gebracht wurde. Es kam deshalb auch nicht mehr vor.

Im März 1934 schaffte Rudolf die Versetzung nicht. Trauer und Enttäuschung standen Simon Jakobs ins Gesicht geschrieben, und er hielt mit lauten Vorwürfen nicht hinter den Berg. Es war kein unerwartetes Ereignis, sondern die folgerichtige Zuspitzung von kleineren Niederlagen. Keine Nachhilfestunden und keine Lehrergespräche hatten die Wand der Teilnahmslosigkeit überwinden können, die der Junge in der Schule um sich aufbaute. Am schlimmsten war, dass sein Verhalten als nicht zuverlässig beschrieben und bei der Betragensnote der Zusatz formuliert worden war: »Sein schweres Fehlverhalten ist dem Vater bekannt.«

Einen Tag nach der Zeugnisvergabe hielt es Edith nicht länger aus. Diese traurigen Augen, dieser trotzig zusammengepresste Mund! Sie wollte mit Rudolf reden. Die Gelegenheit war günstig, denn die Eltern waren gerade nicht da. Als sie leise die Tür zu seinem Zimmer öffnete, rechnete sie mit einem barschen Rauswurf. Doch ihr Bruder schaute nur teilnahmslos vor sich hin. Seine Augen waren verweint.

Edith setzte sich neben ihn, legte ihre Hand auf seinen Arm. Mehr wagte sie nicht. Ganz leise, fast wie im Selbstgespräch, sagte Rudolf: »Ach Edithchen, aus dieser Falle komme ich nicht mehr raus.« Die Dreizehnjährige verstand nicht. »Ich halte den Druck nicht mehr aus. Immer diese Paukerei. Das interessiert mich alles nicht. Aber der Vater hat es sich in den Kopf gesetzt. Ich bin sein Lebensplan. Unausweichlich. Und dann diese Tiraden: ›Du solltest dankbar sein! Ich an deiner Stelle hätte die Chance genutzt.‹ Wusstest du, dass er mich damals zuerst an der Mittelschule anmelden wollte, du weißt, nachdem ich von der Schule geflogen bin? Hätte er es doch nur getan. Aber ich muss dieses verdammte Abitur am Gymnasium schaffen.«

Edith war entsetzt über die ungewohnte Offenheit ihres Bruders und über das, was sie soeben erfahren hatte. Sie wagte die Frage zu stellen, die sie schon seit drei Jahren beschäftigte: »Was hast du denn damals so Schlimmes angestellt?« »Die Unterschrift vom Vater unter der Mathematikarbeit gefälscht. Ich konnte ihm einfach nicht mehr eine weitere Fünf vorlegen, nicht nach all den Nachhilfestunden. Ich wollte so gern, dass er mit mir zufrieden wäre.« Edith ahnte, was in diesem Haus eine gefälschte Unterschrift, und dann noch die von Simon Jakobs, bedeutete. »Für den Vater war das der Weltuntergang, die Kardinalsünde. Er sah mich schon als Scheckbetrüger auf der schiefen Bahn, dabei wollte ich ihn nur schonen.«

»Und diesmal?«, fragte Edith. »Diesmal hab' ich einige Male, na ja insgesamt zwölf Tage, die Schule geschwänzt, immer wenn ich es nicht mehr aushielt. Diese staubtrockenen Pauker und dann dieser ganze verdammte Unterricht!«

»Kannst du nicht vielleicht versuchen, ein bisschen mehr zu lernen?«

»Kleine Streberin, du mit deinen guten Noten! Ja, dir macht das Lernen Spaß. Aber ich hasse es, ich hasse es!« Rudolf schrie den letzten Satz so bitter heraus, dass Edith zusammenzuckte. Immer sagte sie das Falsche. Sicher wollte Rudolf jetzt nicht weiter mit ihr reden. Aber er legte den Arm um ihre Schulter: »Erschrick nicht so, Kleine. Ich bin so froh, dass ich es mal sagen konnte. Es wird schon weitergehen, irgendwie. Wenn er nur nicht so stolz wäre auf mich!« »Aber in Leichtathletik bist du unschlagbar!« Edith war froh, dass ihr das jetzt eingefallen war. Schon vor zwei Jahren hatte der Vater Rudolf im Reichssportbund angemeldet, und jede Urkunde, jedes Abzeichen wurde zufrieden aufgenommen: »Du machst das schon, mein Junge! Wer ein so guter Sportler ist, der macht seinen Weg.«

Von dem Tag an beneidete Edith den Bruder nicht mehr. Aber sie wäre schon glücklich gewesen, wenn sie dem Vater so viele Sorgen wert gewesen wäre.

Im Herbst 1936, ein Jahr nach der Saarabstimmung mit dem überwältigenden Votum für die Rückkehr zum Deutschen Reich, bezogen Sophie und Simon Jakobs zusammen mit ihren Kindern das neu erbaute Reihenhaus in der Celsiusstraße, einer Sackgasse mit vierundzwanzig Häusern. Der Erwerb dieses Hauses war ein Sieg des Buchhalters über alle Widrigkeiten, die das Leben für ihn bereitgehalten hatte. Sein eiserner Sparplan war aufgegangen. Sie waren Hausbesitzer.

Im Frühjahr 1937 wohnten die Jakobs schon ein Jahr in ihrem neuen Haus. Es war ein friedliches und arbeitsames Jahr gewesen, in dem sie sich eingerichtet, den kleinen Garten angelegt und in die Mitte des Rasenplatzes einen Kirschbaum gepflanzt hatten.

In diesem Frühjahr platzte die Bombe, die den Familienfrieden für lange Zeit erschüttern sollte. Rudolf musste das Gymnasium verlassen, er war von der Schule geflogen, ein halbes Jahr vor dem Abitur.

Diesmal hatte niemand hinter geschlossenen Türen geflüstert. Edith wurde als alt genug erachtet, um an den Familiensorgen teilzunehmen, allerdings mit der strengen Auflage: »Kein Wort darüber zu niemandem!« Mutter Sophie spielte das Ganze herunter und bezeichnete es als einen dummen Streich, an dem sicher auch andere beteiligt gewesen seien. Vater Simon schimpfte auf den Klassenlehrer, mit dem sich Rudolf nicht verstanden hatte und den er verdächtigte, seinen Sohn bezüglich der Noten gedrückt zu haben. Aber das änderte nichts an der Tatsache:

Rudolf hatte das Klassenbuch verschwinden lassen und damit alle Einträge wegen Leistung verweigernden Verhaltens und alle Fehltage, ob entschuldigt oder unentschuldigt, mit einem Schlag jeder Nachprüfung entzogen. Auch waren seine Noten am Ende der Oberprima so katastrophal wie noch nie ausgefallen, so dass ohnehin feststand, dass er zum Abitur nicht zugelassen würde. Ein klärendes Gespräch mit dem Schulleiter hatte dem Vater gezeigt, dass Rudolfs Schulkarriere an dieser Schule endgültig beendet war. Simon hatte mehr erfahren, als er wissen wollte.

Wie aber sollte man mit dieser Situation umgehen? Keine Meriten, nicht die Mitgliedschaft im Reichssportbund und die Urkunden für herausragende Leistungen in Leichtathletik, nicht Simons Hinweis auf die verantwortungsvolle Rolle seines Sohnes als Gruppenführer in der Hitlerjugend konnten ihn jetzt retten. Simon Jakobs wurde beim Kultusministerium vorstellig und machte sich kundig in Bezug auf alle Paragraphen, die das Abitur betrafen. Es gab noch die Möglichkeit, dass Rudolf als Gastschüler einem Gymnasium zugewiesen wurde, falls dieses bereit war, ihn aufzunehmen, und auf diese Weise als Externer doch noch das Abitur machte.

Simon musste mit der Angst fertig werden, dass sein Sohn vielleicht nie in das Raster einer bürgerlichen Existenz zu zwingen wäre. Er musste Maßnahmen ergreifen, um zu verhindern, dass Rudolf scheiterte. Von der Einbindung in den Reichssportbund und in die Hitlerjugend mit ihrem paramilitärischen Drill hatte sich Simon erhofft, dass Rudolf Disziplin lernen würde. Vergeblich. Nun traf er die Entscheidung, dass sein Sohn dem Reichsarbeitsdienst, und zwar einer militärischen Einheit, zugeteilt werden sollte. Weg von zu Haus, weit weg von aller Verwöhnung durch die Mutter sollte er einmal das raue Leben kennen lernen.

Im gleichen Jahr verließ Edith mit dem Zeugnis der Mittleren Reife, einem Poesiealbum voller Spruchweisheiten, auf dessen letzten Seiten die Adressen aller Klassenkameradinnen der UII C eingetragen waren, und einem kleinen Fotoalbum als Abschiedsgeschenk die St. Anna-Schule und schloss im Juni des darauf folgenden Jahres mit den gleichen guten Notenergebnissen die Höhere Handelsschule ab, die sie auf Wunsch des Vaters besucht hatte. Im August 1938 trat sie eine Stelle als Schreibkraft, – eine erste Stufe auf der Karriereleiter einer Kontoristin, wie der Vater bemerkte, – in einer Firma an, zu der Simon ausgezeichnete Geschäftsbeziehungen pflegte.

Kühle Septemberluft wehte durch das halb geöffnete Fenster und bauschte die weißen Gardinen. An diesem Sonntagnachmittag saß Edith vor der eleganten Frisierkommode mit dem großen abgerundeten Spiegelaufsatz, schaute sich in dem Mädchenzimmer mit den weißen Schleiflackmöbeln um, betrachtete dann ihr blasses, schmales Gesicht mit den dunklen, braunen Augen, der schmalen Nase, den zahllosen Sommersprossen und dem Schandfleck von Brille. Siebzehn Jahre war sie alt und arbeitete seit sechs Wochen in der Autovertriebsfirma Mühlbauer. Diese staubgrauen Hilfsarbeiten in der Buchhaltung jeden und jeden Tag, die stumpfsinnige Kontrolle der Stechuhr in der Firma, diese grölende, ungeschliffene Männergesellschaft mit ihren Anzüglichkeiten!

Wie anders hatte sie sich ihre Zukunft vorgestellt! Wehmütig dachte sie an das fröhliche Abschiedsfest nach dem Examen an der Höheren Handelsschule zurück. Eine Bierzeitung hatten sie verfasst, in der kein Lehrer ungeschoren davonkam. Die kleine Hoppstetter mit dem verkniffenen Mund, die ihnen in Wirtschaftsmathematik das Leben zur Hölle gemacht hatte, hatte ebenso dran glauben müssen wie der umschwärmte Frauenliebling Dr. Kröner mit seiner Eau de Cologne-Duftwolke. Und sie, Edith, hatte einen großen Anteil an den Reimereien. Ja, sie hatte regelrecht ihr Talent als Dichterin entdeckt. Obwohl sie nur ein Jahr zusammen gewesen waren, hatte sich Edith in dieser Klasse sehr wohl gefühlt. Das lag nicht zuletzt an ihrer neuen, besten Freundin Celia.

Celia stammte aus dem Juweliergeschäft Duval, einer alteingesessenen Saarbrücker Familie, mit der Ediths Eltern in der Folgezeit enge Kontakte pflegten. Celia war in vielem das genaue Gegenteil von Edith. Groß und schlank und langbeinig war sie; in dunklen Locken umrahmte eine dicke Haarmähne ihr schmales, etwas kantig-herbes Gesicht; schwarze, dichte Augenbrauen setzten feste Akzente über ihren selbstbewusst blickenden, ausdrucksvollen Augen; ihre rauchige, dunkle Stimme ließ keinen Zweifel an dem, was sie wollte; ihr etwas zu groß geratener Mund verzog sich zu einem Lachen voller Lebensfreude, und sie lachte oft, kehlig, wenig damenhaft, ungeniert. Man merkte ihr an, dass sie sich zwischen drei Brüdern behaupten musste. Und sie liebte Edith hingebungsvoll. Neben ihr wirkte Edith noch zierlicher, zarter und beschützenswerter.

Durch Celia entdeckte Edith die Möglichkeit, der Konvention ein Schnippchen zu schlagen. Mit ihr wagte sie es, sich in Hosen zu zeigen; Hosen mit engem, die schmale Taille betonendem Bund und weiten

Hosenbeinen. Celia dagegen bevorzugte Hosen mit Bügelfalten, ja, wenn sie übermütig war, auch Krawatten, die ihr etwas Jungenhaftes verliehen *comme une garçonne*. Wenn sie dann noch ihre Zigarettenspitze in der Hand hielt und mit zurückgelegtem Kopf den Rauch ausstieß, hatte sie etwas Großbürgerlich-Verruchtes, das Edith immer wieder faszinierte. In diesem Jahr mit Celia vereinfachte sich Ediths komplizierte, von Regeln überwucherte, zergrübelte Welt.

Doch seit ihrem Eintritt in die Arbeitswelt am ersten August bewegte sie sich nur noch auf einer festgelegten Schiene. Da konnte ihr auch Celia nicht helfen. »Es wird sich nie, nie etwas ändern. Es wird immer und immer so weitergehen!«

Aus dem Wohnzimmer in der unteren Etage drang fröhliches Gelächter zu Edith herauf, denn zusammen mit den Meringers, den Weißgerbers, den Brinkmanns, den Aulers und den Ehepaaren Gerdes und Groß feierten die Eltern den Geburtstag der Mutter. Rudolf, der seit März wieder zuhause wohnte, hatte sich schon frühzeitig verdrückt und irgendwas von Sportverein oder HJ gemurmelt, und sie hatte sich ein wenig später ebenfalls zurückgezogen. Das Laub des kleinen Kirchbaums auf dem Rasenfleck hinter dem Haus hatte sich schon gelb gefärbt, obwohl die erste Septemberhälfte noch nicht verstrichen war.

Vor ein paar Monaten waren die Sonntage noch nicht so öde gewesen. Zusammen mit Mugje Hellenbrecht, Dorothee Lieblang und Meta Bommer, ehemaligen Mitschülerinnen aus der St. Anna-Schule, die wie sie nach dem Einjährigen abgegangen waren und ihre Freundschaft über die veränderten Lebensumstände hinweg bewahrt hatten, und natürlich mit ihrer besten Freundin Celia aus der Handelsschule hatte Edith im Frühjahr auf Drängen der Eltern einen Tanzkurs absolviert. Denn das gehörte für ein Mädel einfach dazu, wenn es in der besseren Gesellschaft Chancen haben wollte.

Selbstverständlich war sie von ihrem jeweiligen Tanzpartner in allen Ehren nach Hause begleitet worden, und es war alles äußerst schicklich zugegangen. Die Abwechselung hatte ihr gut getan, auch liebte sie es zu tanzen. »Leicht wie eine Feder«, hatte ihr Tanzpartner Fritz Langgässer gemurmelt und ihr mit seiner schwitzigen Hand über den bloßen Oberarm gestrichen.

Aber ihre Schüchternheit stand ihr im Wege, wenn sie einen der jungen Herrn nett fand, und vor allem ihre Ernsthaftigkeit, wenn es galt, ein bisschen zu tändeln und zu flirten, und sie musste, passiv wie sie war, warten, wer auf sie zukam und sie aufforderte. Und das waren nicht unbedingt diejenigen, die sie sich ausgesucht hätte. Sie hatte sich nicht verliebt. Celia und Mugje dagegen wechselten von einer kichernden Schwärmerei zur nächsten. Der Abschlussball hatte im Festsaal der Wartburg stattgefunden. Ediths Tanzkarte war ausgefüllt, wie es sich gehörte, ja es war sogar zu Doppelbelegungen gekommen, die sie hinterher diplomatisch korrigieren musste.

Mugjes Bruder Frenne hatte sie einige Male in der Sedanstraße wieder gesehen, aber er war jetzt erwachsen, erzählte nebenbei von seiner Freundin Dorle in Stuttgart und hatte keinen Blick mehr für diese kichernden Mädchen, wie seine kleine Schwester eines war.

Die Gedanken der Jakobs gingen schon mal spielerisch in Richtung Heirat. Edith hingegen konnte sich nicht vorstellen, dass irgendein Mann sie jemals einer Anderen vorziehen würde und gerade sie zu heiraten wünschte. Sie setzte sich damit auseinander, dass sie früher oder später eine große Enttäuschung für die Eltern sein würde, genau wie ihr Bruder.

Rudolfs Abwesenheit während seines Arbeitsdienstes von April 1937 bis März 1938 hatte nichts daran geändert, dass seine Probleme das Familienleben beherrschten. Mutter Sophie war unglücklich und vermisste ihren Buben. Simon versuchte neue Wege ausfindig zu machen, um die Zukunft seines Sohnes zu sichern. Die Polizeioffiziersschule in Bielefeld lehnte höflich, aber eindeutig ab. Es sei kein Bedarf an neuen Anwärtern. Blieb noch das Militär. Die Offizierslaufbahn bot, wenn der Bub das Abitur doch noch schaffte, einen angesehenen gesellschaftlichen Status, Aufstiegschancen und die Sicherheit, dass er in eine straffe Organisation eingebunden war. Die Aussichten, ihn dort unterzubekommen, waren nicht schlecht.

Von kaum etwas anderem war in der Familie die Rede. Edith wurde nur noch als aufmerksame Zuhörerin wahrgenommen, wenn der Vater über Rudolfs Zukunftspläne dozierte oder die Möglichkeiten erwog, den Schulleiter dieses oder jenes Gymnasiums zu kontaktieren.

Im Frühjahr 1938 hatte Edith auf dem Buffet im Wohnzimmer ein Schreiben ihres Vaters an den Herrn Oberstudiendirektor eines Gymnasiums in Neunkirchen gefunden. Das Schreiben störte sie beim Staubwischen. Daher wollte sie es auf den Schreibtisch legen. Es waren nur drei

Schritte. Dabei warf sie einen kurzen Blick auf den Maschine geschriebenen Brief und konnte es nicht fassen. Ihr Vater, der so hochfahrend mit Frau und Tochter und Angestellten umging und so selbstverständlich ihrer aller Leben bestimmte, schrieb hier ergeben, geflissentlich, wagte in höflichster Weise anzufragen, räumte ein, gab zu, bat dringendlich, gab zu bedenken, dass der junge Mann ja die Offizierslaufbahn anstrebe; und das alles für ihren Bruder, dem wahrscheinlich egal war, was der Vater da für ihn zu erreichen suchte.

Die Strafmaßnahme, zum Reichsarbeitsdienst zu müssen, hatte Rudolf so stoisch hingenommen, wie er alle Entscheidungen des Vaters aufnahm. Edith war entsetzt über das Ausmaß der Rebellion, die sich ihr Bruder geleistet hatte. Mitleid und Zorn stiegen in ihr auf, wenn sie an ihn dachte. Immer musste er alles durcheinander bringen! Wie in einem unaufhaltsamen Sog wurde alle Aufmerksamkeit auf ihn, den Sohn, hingelenkt.

Seit Mai besuchte Rudolf, der noch schweigsamer als zuvor aus »der fernen Pampa«, wie er es nannte, zurückgekehrt war, als Gastschüler das Goethegymnasium in Neunkirchen; wieder wohl unterstützt von qualifiziertem Nachhilfeunterricht, moralischen Vorhaltungen über Dankbarkeit und Verpflichtung zur Leistung und die Zukunftsperspektive auf eine Militärkarriere. Dieser gut aussehende, hoch aufgeschossene junge Mann, der ihr Bruder war, war Edith fremd und fern. Ihm konnte sie nicht mehr die Hand auf den Arm legen.

Wenn doch nur dieses herbei gezwungene Abitur, das Ende September stattfinden sollte, schon vorüber wäre!

Als Edith nun in den Spiegel schaute, war sie überrascht über das grelle, lebendige Bild, das er zurückwarf und das mit der blassen Vorstellung, die sie von sich selbst hatte, nicht übereinstimmte. Sie sah eine junge, eine sehr junge Frau, deren dunkle Augen vor Trotz und Aufbegehren brannten. In diesem Augenblick des Zorns fand sie sich schön.

Nie hatte jemand wert gelegt, auf das, was sie wollte, geschweige denn auf ihre Meinung und ihre Ansichten. Daher blieben sie auch allen verborgen.

Die Organisationen des nationalsozialistischen Staates, wie die HJ, auch der gesamte Militärapparat, waren ihr suspekt. Sie misstraute ohne tieferes Wissen. Es gefiel ihr nicht, dass Rudolf in dieser braunen Uniform herumlief, sie verabscheute es, einmal in der Woche zu der Organisation Bund deutscher Mädel gehen zu müssen. Das Dominante, ja Gewalttätige der Ideen, das sie manchmal wahrnahm, erschreckte sie. Auch wenn man es ihr nicht mit klaren Worten sagte, merkte sie doch, dass Mugjes Familie den Hitler-Staat ablehnte, und vielleicht mehr als das. Aber darüber sprach man nicht mit ihr.

Eine Woche nach der Geburtstagsfeier der Mutter bestand Rudolf sein Abitur und trat im Oktober 1938 in die deutsche Wehrmacht ein. Mutter Sophie stand Simons Plänen, dem Sohn eine Militärkarriere zu ermöglichen, ablehnend gegenüber. Sie dachte weiter. Sie, die sonst Unpolitische, fürchtete, dass Hitler einen Krieg beginnen könne und ihr Sohn dann gefährdet wäre. Mit dem Nationalsozialismus und diesem Herrn Hitler konnte sie sich nicht anfreunden. Sie hasste das Spitzelsystem, die Überwachung durch den Blockwart, die Registrierung der sonntäglichen Kirchgänger vor den Türen von St. Sebastian. Sie ließ sich nicht einschüchtern, aber von einer Auflehnung gegen die Obrigkeit war sie weit entfernt. Daher blieben ihre diesbezüglichen Äußerungen seltsam indifferent. Sophie zog sich vielleicht noch stärker als bisher ins Private zurück.

Auch Simon war kein Nazi. Er taktierte mit Erfolg, um nicht in die Partei eintreten zu müssen. Aber er versprach sich von diesem gut organisierten Staat Vorteile für seinen Sohn. Er paktierte und passte sich an und unterschrieb jeden Brief mit »Heil Hitler«, wie es üblich war. Edith fand in ihrer Umgebung keine Orientierung und hielt sich aus allem weitgehend heraus.

Im letzten Friedensmonat des Jahres 1939 erkrankte Edith schwer. Die eintönige Arbeit, der raue Umgangston in der Firma, die Perspektivlosigkeit ihres Lebens ließen sie verzweifeln. Die beginnende Weltkatastrophe im September, das Zusammenbrechen der schützenden Normalität erschöpften mit einem Schlag all ihre Energien, die sie bisher aufgebracht hatte, um den gehassten Alltag zu meistern. Mit Simons Einverständnis kündigte sie ihre Arbeit, um sich anderen Arbeitsbereichen zuzuwenden.

Am 1. September wurde schließlich klar, dass die deutsche Wehrmacht keine Sandkastenspiele betrieben, sondern sich auf den Ernstfall vorbereitet hatte. Innerhalb weniger Wochen stürzte Hitler, von Polen ausgehend, ganz Europa in einen Krieg, der sich bald zum Zweiten Weltkrieg ausweiten sollte.

Rudolf wurde in Frankreich an der Westfront eingesetzt, später bei der

Balkanoffensive. Für Sophie begannen Jahre des Bangens um ihr Kind. Zwar wusste sie, dass Rudolf, so wie alle wehrfähigen jungen Männer, ohnehin eingezogen worden wäre, aber Simons Bemühungen, den Sohn in eine Militärlaufbahn zu drängen, schien ihr nun im Nachhinein, als ob er die Gefährdung ihres Kindes bewusst in Kauf genommen hätte. Ihr Herz litt unter der Sehnsucht nach dem Sohn und unter der fehlenden Liebe. Die Herzanfälle häuften sich.

Simons Diabetes, den er schon seit fünfundzwanzig Jahren hatte und der in jeder Krise, bei jedem Stress eskalierte, verschlimmerte sich in diesen Kriegsjahren zusehends. Sein Sehvermögen war beeinträchtigt, und obwohl er bei Ausbruch des Krieges erst siebenundvierzig Jahre alt war, hatte die Krankheit seine Lebenskraft stark geschwächt. Der von äußerer Ordnung abhängige und ordnungsgewohnte Mann litt besonders unter den Evakuierungen. Am meisten belastete ihn die Evakuierung 1944 nach Mainfranken. Das »Zigeunerleben«, wie er es ärgerlich nannte, setzte ihm zu, zerrte an seinen Nerven.

Bereits am 3. September 1939 setzte im Saarland die erste Evakuierungswelle ein, bis Oktober war die so genannte Rote Zone entlang des Westwalls an der Grenze zu Frankreich, wo man mit umfangreichen Kampfhandlungen rechnete, fast bevölkerungsfrei. 300 000 Saarländer, darunter die Bevölkerung von Saarbrücken, mussten für fast ein Jahr, bis zur Beendigung des Frankreichfeldzugs im Juni 1940, alles zurücklassen und wurden wie Vertriebene in Hessen, Thüringen und Mainfranken untergebracht.

Simon hatte Glück. Nur für kurze Zeit musste die Familie Jakobs bei der Familie Hoffstetter in Immenheim bei Annweiler einquartiert werden. Dort hatten sie es gut getroffen, und mit einem umfangreichen Spirituosenpaket bedankte sich Simon Jakobs später für die Gastfreundschaft. Sein Arbeitgeber verlegte den Hauptstandort der Spirituosenfirma Steuben nach St. Wendel, einer ländlichen Gemeinde im nordöstlichen Saarland, wo man sich vor Luftangriffen sicher glaubte. Daher siedelte die Familie Jakobs im November erneut um, diesmal nach St. Wendel, denn Simon wollte seine Arbeit in der Firma Steuben wieder aufnehmen. Glücklicherweise waren dort Verwandte von Sophie ansässig, zu denen man zwar bisher kaum Kontakt gehabt hatte, bei denen man aber unterkommen konnte.

Simon bewirkte, dass Edith bis zum Herbst 1944, also bis kurz vor

Kriegsende, eine Anstellung als Buchhalterin in der Firma Steuben erhielt. Allerdings war er nun ihr unmittelbarer Vorgesetzter. Da aber Sophie während der Kriegsjahre immer wieder schwer erkrankte, bemühte sich Simon, für Edith zeitweilige Arbeitsbefreiungen zu erwirken, um ihre Mutter zu pflegen und ihr beizustehen. Hartnäckig, mit wiederholten Eingaben erstritt er sogar, dass Edith vom obligatorischen Jahr im Reichsarbeitsdienst befreit wurde.

Edith bezeichnete die sechs Kriegsjahre im Nachhinein als ihre gestohlene Jugend. Ansonsten schwieg sie über diese Zeit, so wie sie über alle Ereignisse in ihrem Leben schwieg.

Die vereinzelten Briefe aus Ottenhöfen und später die Feldpostbriefe von der Westfront nahm sie rasch und kommentarlos an sich, und bohrende Fragen beantwortete sie knapp.

Im letzten Sommerurlaub der Familie Jakobs im Juni 1939, den sie wie immer in den letzten Jahren im Hotel zum Schwanen in Ottenhöfen verbrachten, waren sich Edith und der älteste Sohn der Besitzer, Helmut Aschau, näher gekommen. Es war eine langsame, einfühlsame Annäherung mit langen Gesprächen in der Mittagspause oder wenn die Eltern am Abend längst ihr Zimmer aufgesucht hatten. Der Gedanke, einmal zusammen mit seinem Bruder das Hotel oder die Bäckerei übernehmen zu müssen, quälte den jungen Mann. Er schrieb Gedichte, in denen er die Stille der Natur und den ewigen Kreislauf feierte, und träumte davon, nach dem Abitur das Lehrerseminar besuchen zu dürfen. An einem Abend zog er Edith in den von der Gastwirtschaft abgetrennten Festsaal, wo ein Klavier stand. Und dort in dem dunklen Saal, in den nur das spärliche Licht der Außenbeleuchtung fiel, spielte er für Edith die *Mondscheinsonate* von Beethoven. Am nächsten Tag musste die Familie Jakobs abreisen. Ein leises Versprechen zu schreiben, ein verstohlener Händedruck und ganz zum Schluss eine schnelle Geste, mit der er ihr übers Haar strich. Dann fuhren sie ab.

Im Mai 1940 erhielt Simon Jakobs Post von der Familie Aschau. Ihr Sohn Helmut war bei Gefechten an der Somme gefallen. Nach dem Abendessen las Simon den beiden Frauen die wenigen Zeilen vor. Sophie brach bei dem Gedanken an Rudolf, der ebenfalls in Frankreich stationiert war, in Tränen aus. So fiel es nicht besonders auf, dass auch Edith weinte und sich sehr bald in ihr Zimmer zurückzog.

Rudolf hatte kein Talent zur Tragödie. Beim Vormarsch in Frankreich wurde er im Dezember 1939 leicht verwundet. Silvester 1939 musste er im Lazarett verbringen. Auf seinen Wunsch hin fotografierte ihn sein Kamerad Bierhoff: Entspannt im Bett liegend und ein Buch lesend, ein sehr ziviler und beruhigender Eindruck für die Lieben daheim.

Sein Hauptproblem in diesem ersten Kriegsjahr waren die ständigen Ermahnungen aus der Heimat mal zu schreiben. Kurze Briefe an seine Schwester fielen ihm leicht. Auch hatte er immer wieder kleine Aufträge für sie, die er den Eltern lieber verheimlichte. So schrieb er im Februar 1940:

»Versuche bitte, mir ein Bild von mir zu schicken. Meine Bilder sind bei dem Schnee so nass geworden, dass ich sie nicht mehr gebrauchen kann. Ein gewisser Jemand aus Sulzbach hätte gerne ein Bild von mir. Also bitte sei so gut.«

Ein andermal schickte er seiner kleinen Schwester großzügig 20 RM von seinem Sold, da er sowieso nichts ausgeben könne. Die vielen Päckchen, die er von den Eltern und von der Oma erhielt, freuten ihn zwar, aber meist ließ er ein paar zusammenkommen, ehe er sich bedankte. Sein Unwille zu schreiben war zeitweilig so groß, dass er sich genervt fühlte, wenn jemand ihm zu oft schrieb, weil er sich dann selbst zu einer schriftlichen Äußerung genötigt sah. Von Edith dagegen, die selber nicht allzu eifrig im Briefeschreiben war, erhielt er gerne Post.

»Du lässt ja doch nichts mehr von Dir hören, wenn ich nicht schreibe.« Es erleichterte ihn immer sehr, wenn er von ihr ohne jede überflüssige Floskel erfuhr, dass es allen gut ging. Lediglich das Wort »noch«, das er der Formulierung »gut geht« in seinem Brief hinzufügte, ließ erkennen, dass der Ernst des Lebens sich auch in sein Herz geschlichen hatte.

Selbst im zweiten Kriegsjahr war sein Optimismus ungebrochen: »So schlimm kann es auch gar nicht kommen, dass es mir mal schlecht geht.« Er beklagte zwar die Öde, in der »die Welt mit Brettern zugenagelt ist«, aber er konnte sich leicht mit Situationen arrangieren, wenn keine besonderen Anforderungen an ihn gestellt wurden. »Wir sind immer noch in R … Es gefällt mir hier auch noch so gut, dass ich gar kein Verlangen habe, weiterzumarschieren.«

Die Sommerferien 1941 durfte Edith zusammen mit Celia in Ottenhöfen auf dem Hof der Familie Neuzlinger verbringen, die mit der Familie Aschau aus dem Hotel Schwanen befreundet war. Celias Bruder Bernd besuchte sie einige Tage während seines Fronturlaubs. Beeindruckend gut sah er aus in seiner Ausgehuniform und der feschen Soldatenmütze. »Ohne Scherz, er ist in dich verliebt«, stellte Celia nüchtern fest. Es war nicht zu übersehen, wie charmant Bernd Edith umwarb, doch auch mit einem kleinen Anflug von Unsicherheit angesichts ihrer Zurückhaltung und Schweigsamkeit. So gerne sie Bernd, ebenso wie Christian und Günther, Celias andere beiden Brüder, hatte, stellte sie sich doch für ihre Zukunft einen anderen Mann vor.

Die zwei Wochen im Schwarzwald waren eine Atempause, wie im Frieden. Celia und Edith picknickten auf blumigen Wiesen, Edith kaufte sich ein Dirndl und Celia ein mit roten Herzchen und Gänseblümchen gemustertes Sommerkleid. Hinterher wollten sie sich ausschütten vor Lachen über ihre Träume vom ländlichen Leben. In ihren neuen Badeanzügen sonnten sie sich auf der Wiese hinter dem Haus. Hans-Peter, der Sohn des Hauses, fotografierte sie, scharwenzelte um sie herum und tat ihrem Ego gut. »Meine Eltern dürfen diese Bilder niemals zu Gesicht bekommen!«, sagte Edith, »aber Rudolf schicke ich welche. Der gibt dann mit mir an.« Edith drehte sich das glatte Haar auf Lockenwicklern zu vielen gedrehten Löckchen, die man nicht auskämmte, damit sie wie kesse Spiralen eng am Kopf anlagen, und kam sich richtig verwegen vor. In diesen viel zu flüchtigen, sonnigen Tagen gab es eine Zukunft, Pläne und Träume und unendlich viel zu lachen.

Im Herbst 1941 erkrankte Simon Jakobs schwer. Von Mitte November bis kurz vor Weihnachten musste er sich wegen seines Diabetes vier Wochen im Landeskrankenhaus in Homburg behandeln lassen. Sophie erlitt einen Schwächeanfall, und ihre Herzerkrankung gab zur Besorgnis Anlass. Nein, es war nicht der Krieg, der die beiden in die Knie zwang, noch nicht.

Am 2. September 1941 erhielt Simon Jakobs einen Brief. Absender war ein ihm nur vage bekannter Mann aus den Eisenbahnerhäusern ein paar Straßen weiter. Herr Hübner schrieb in tiefer Sorge um den guten Ruf und das Schicksal seiner Tochter Christel.

»Meine noch unmündige Tochter ist im achten Monat schwanger, und Ihr Sohn Rudolf, Herr Jakobs, ist der Vater des Kindes, das im Oktober zur Welt kommen soll.«

Vertrauensvoll wandte er sich an Simon, der ihm als rechtschaffener Mann bekannt war, und wollte von Vater zu Vater eine Lösung für dieses

Problem finden. »Mit gutem Willen auf beiden Seiten wird doch sicherlich ein Einvernehmen zu finden sein.«

In diesem Schreiben erfuhr Simon Jakobs aber auch, dass Christel Hübner unmittelbar nach Entdeckung ihres Zustandes Rudolf informiert hatte. Dieser habe sie überredet, niemandem etwas zu sagen, außer ihrer Mutter. Die Schwangerschaft konnte geheim gehalten werden, weil Mutter und Tochter in diesen wirren Zeiten zu Verwandten nach Bayern gezogen waren, wo sie sich in dem kleinen Dorf im Allgäu sicherer fühlten als in Saarbrücken.

»Ich selbst bin als Bahnhofsvorsteher am Verladebahnhof in Dresden eingesetzt. Meine Frau hat mich erst sehr spät in die Angelegenheit eingeweiht. Nun aber steht die Geburt bevor, und ich will, dass meiner Tochter die Schande, ein uneheliches Kind zur Welt zu bringen, erspart bleibt.«

Ein paar Tage später traf ein Brief von Rudolf aus dem Lazarettkrankenhaus in Freiburg ein, wo er wegen einer schweren Gehirnerschütterung und einer Armverletzung nach Gefechten in Frankreich behandelt wurde. Rudolf antwortete auf die dringliche Nachfrage seines Vaters:

»Ich danke Euch, dass Ihr die Sache so gelassen aufnehmt. Ich hätte erwartet, dass Ihr viel mehr Theater darum macht. Ich habe Christel im Januar kennen gelernt, als ich für zwei Wochen Urlaub hatte. Bereits im Februar hat sie mir nach Frankreich geschrieben, dass sie schwanger sei. Da ich mich zunächst nicht darum kümmern konnte, habe ich ihr geraten, die Sache geheim zu halten. Papa, ich habe volles Vertrauen zu Dir, dass Du uns helfen wirst. Ich habe mich schon erkundigt, wie eine Heiratsgenehmigung beantragt werden kann.«

Der Brief endete mit schönen Grüßen an Edith und »Glückwünschen zum Geburtstag für die Mutti«.

Am nächsten Tag lag eine Postkarte im Briefkasten Celsiusstraße 12. Das Bild auf der Vorderseite zeigte die Karikatur eines blond gelockten Knaben in Lederhosen und rutschenden Socken, der einen Militärtornister auf dem Rücken trug, düster entschlossen unter dem übergroßen Stahlhelm hervorblickte und seinen Säbel auf eine Bauklötzchenmauer zu seinen Füßen gerichtet hielt. Hinter dieser Spielzeugbarrikade stand er mit drei Zinnsoldaten im Gefolge und einer Spielzeugkanone daneben trotzig-stramm. Darunter konnte man die Liedzeile lesen: *Lieb Vaterland, magst ruhig sein.* Die Rückseite trug den Maschine geschriebenen Text: »Die besten Glückwünsche zum Großpapa und Großmama sendet die gesamte Celsiusstraße. Ahoi!«

Simon, der Aufbrausende, wurde seltsam still. Am Abend setzte er sich an den Schreibtisch und verfasste zwei Briefe, einen an seinen Sohn, den anderen an Herrn Hübner.

Seine Hoffnung, den Vorfall unauffällig und ohne Eklat zu bewältigen, hatte sich mit dem anonymen Schreiben zerschlagen. Hatte er in seinem ersten Brief an Hübner noch um Diskretion und Stillschweigen gebeten, so enthielt sein zweiter Brief bittere Vorwürfe, dass man ihn so spät in Kenntnis gesetzt habe, während doch das ganze Viertel Bescheid wisse, und über ihn und seine Familie spotte. Sicher habe Frau Hübner bei ihrem letzten Besuch auf dem Krämersberg die Sache publik gemacht, anstatt mit ihnen, den eigentlich Betroffenen zu reden. Dennoch erklärte Simon sich mit einer Hochzeit einverstanden. Aber nicht in Dresden! Eine solche Fahrt komme ihn zu teuer, schließlich sei er ja kein Eisenbahner mit Freifahrtschein, und sie sei ihm auch wegen seines Gesundheitszustandes nicht zuzumuten.

Dieser letzte Hinweis war kein taktisches Manöver. Simons Diabetes hatte sich durch die Aufregungen besorgniserregend verschlechtert. Auch schien etwas mit seiner Lunge nicht in Ordnung zu sein. Aber noch weigerte er sich standhaft, sich im Homburger Landeskrankenhaus behandeln zu lassen, wie es ihm sein Hausarzt dringend nahe gelegt hatte.

Im zweiten Teil seines Briefes an Hübner bemühte sich Simon um einen versöhnlicheren Ton:

»Um uns eine Vorstellung machen zu können, bitten wir Sie um ein Foto von dem Fräulein Christel. Wir wollen sie gerne im Laufe der Zeit bei dem einen oder anderen Besuch in der Celsiusstraße kennen lernen. Das Kind muss sie aber nicht unbedingt mitbringen.

Ich mache mir über die Angelegenheit große Sorgen, weil mein Sohn noch keine Berufsausbildung hat und finanziell nicht gesichert ist. Der Vorfall muss trotzdem geregelt werden, damit mein Sohn keinen Nachteil für die geplante Offizierslaufbahn erleidet. Ich stimme der Verbindung hauptsächlich zu, weil ich mich nicht mit meinem Sohn überwerfen will in einer Zeit, in der dieser demnächst wieder an vorderster Front im Einsatz ist.«

Die darauf folgenden Nachrichten waren mündlicher Natur. Gerüchte kreisten. Beim Kaufmann. Im Milchladen. Die Christel sei nicht ohne, eine Durchtriebene, um nichts Schlimmeres zu sagen. Etliche Männerbesuche habe sie auf ihrer Stube in der Fahrenheitstraße empfangen. Wisse man denn wirklich, von wem sie schwanger sei? Sophie brachte die empörende Kunde nach Hause. Sie konnte auch drei Personen namentlich nennen, die diese Behauptung verbreiteten. Auch Christels Bruder sei kein unbeschriebenes Blatt und habe sich Mädchen gegenüber unehrenhaft verhalten.

Simon verfasste zwei Briefe an seinen Sohn und an Hübner, in denen er die Wahrheit über das saubere Fräulein Christel auf den Punkt brachte.

Rudolf schrieb an den Vater, dass er nie gedacht hätte, die Christel sei so eine. Unter diesen Umständen könne man sich ja wirklich nicht sicher sein. Er schließe sich dem Vorschlag des Vaters an, von der Hochzeit zunächst einmal zurückzutreten, und wolle ihr in diesem Sinne schreiben.

Der Vater Hübner schäumte. Es sei unverschämt, die Ehre seiner Tochter in dieser Weise zu verleumden, nur um sich vor der Heirat zu drücken. Wer denn diese Zeugen seien? Er wolle die Namen wissen und werde darauf drängen, dass diese Lügen widerrufen würden.

Eine Woche später wurden zwei Frauen bei Sophie vorständig. Frau Recktenwald kam am Donnerstag, das bedrohliche Schreiben von Herrn Hübner knisterte in ihrer Manteltasche. Unter Tränen und äußerst beschämt gestand sie, sie könne es nicht beeiden, was man dem Mädel nachsage. Es könne auch alles ganz anders sein. Frau Meier kam am Freitag und stritt ab, jemals solche Dinge verbreitet zu haben. Vielleicht habe sie einmal wiederholt, was man sich so im Milchladen von der Frischmuth erzählte, ein richtiges Klatsch- und Tratschnest sei dieses Geschäft. Man müsse sich überlegen, ob man nicht besser woanders einkaufe.

Nach dieser, wie Simon Jakobs es ausdrückte, »halbherzigen« Richtigstellung wurde – nach einem erregten Briefwechsel der Väter – die Hochzeit erneut anberaumt. Dennoch, Simon hielt daran fest, dass die

Vorwürfe nicht vollständig entkräftet werden konnten. Rudolf beantragte Heiratsurlaub. Inzwischen rückte der Geburtstermin näher. Rudolf war in einem Ausbildungslager, wo er auf den Kampf an der Ostfront vorbereitet werden sollte. Eine Anschrift konnte aus militärischen Gründen nicht angegeben werden.

Herr Hübner beschloss, seine Tochter im Lebensborn in Neubrandenburg, einer nationalsozialistischen Einrichtung zur Reinerhaltung der Rasse und zur Zucht des arischen Menschen, entbinden zu lassen. Am vierzehnten Oktober brachte Christel Hübner dort ein Kind zur Welt. Es war tot, als die Hebamme es in Empfang nahm.

Nachdem die peinliche Angelegenheit sich ohne weitere Folgen erledigt hatte, standen nur noch die Kosten für die Entbindung aus, die zu begleichen waren. Herr Hübner sagte sofort die Hochzeit ab, untersagte Rudolf jeden weiteren Kontakt mit seiner Tochter und forderte diesen oder seinen Vater auf, die ausstehende Summe an den Lebensborn zu überweisen.

Rudolf war inzwischen auf dem Weg nach Russland zu seinem Frontabschnitt und unerreichbar. Auch wollte der Vater seinen Sohn nicht mit solchen Dingen belasten. Erneut betonte er, dass eine zweifelsfreie Vaterschaft nicht erwiesen sei und weigerte sich ein für alle Mal zu zahlen.

Edith war genauso alt wie Christel Hübner, zwanzig Jahre. Wie ein Schiff auf hoher See in die Wellentäler hinabsaust, um gleich darauf wieder in die Höhe gerissen zu werden, schwankte Ediths Meinung und Einstellung zu all dem. Mal schloss sie sich der Entrüstung und dem moralischen Anspruch der Eltern an, mal dominierte der Zorn auf ihren Bruder, und manchmal sah sie Christel vor sich, in dieser Entbindungsanstalt in einer fremden Stadt, weit weg von ihrer Familie, mit einem toten Kind im Arm, und es zerriss ihr das Herz.

Trotz des Krieges stand wie jedes Jahr ein Weihnachtsbaum von überschaubarer Größe auf Simons Schreibtisch. Obwohl es ihm nach dem Klinikaufenthalt immer noch sehr schlecht ging, hatte er es sich nicht nehmen lassen, überflüssige Äste auszuputzen und ein Prachtbäumchen mit klar sichtbaren Etagen zu schaffen.

Aber kein Weihnachtsbaum und keine Christmette konnte Sophie von ihrem Heimweh und ihrer tiefen Angst befreien. Rudolf war nun schon fast zwei Monate an der Ostfront, ohne klare Ortsangabe. Man konnte ihm nur unter der Nummer seines Regiments schreiben und

Päckchen schicken. Und man konnte flehentlich den Himmel bestürmen, ihn zu bewahren. Frau Gerdes hatte gerade Nachricht erhalten, dass auch ihr zweiter Sohn in Russland gefallen sei. Sophie konnte den Ausdruck in ihren Augen, diese Verrücktheit, dieses irre Nichtbegreifen, diese Leere, diesen fassungslosen, unstillbaren Schmerz nicht vergessen. Ihr klagender Schrei, ihr Wimmern, ihr Zorn geladenes Gebrüll über Hitler, diesen Schurken, diesen Verbrecher, gellte ihr immer noch in den Ohren und wollte nicht mehr verstummen.

Wie jedes Jahr stieß man mit Sekt auf das neue Jahr an, hoffnungsvoll und doch voller Angst. Das Glas in Ediths Hand zitterte, als sie die Gesichter der Eltern sah, in denen sich – in seltener Einigkeit – die gleiche Sorge spiegelte. Als sie anstoßen wollte, hatten die Eltern schon zu trinken begonnen.

Im Gegensatz zu Simon und Sophie beherrschte die Scham über das Außergewöhnliche, vielleicht sogar Unmoralische, über das sich die Leute wochenlang auf dem Krämersberg den Mund zerrissen hatten, Edith noch lange, als niemand mehr an Christel Hübner und ihr Kind, geschweige denn an die Verstrickung ihres Bruders Rudolf in diese Angelegenheit dachte. Auch umfasste ihre Scham nicht nur das, was den Eltern als drohende Schande erschienen war.

Möglichkeiten, dem Alltag zu entfliehen, waren selten geworden. Die jungen Männer waren an der Front, die Freundinnen waren über das Deutsche Reich verstreut im Arbeitsdienst eingesetzt. Mugje, die gerade ihre Krankenschwesternausbildung abgeschlossen hatte, war einem Lazarett in Leipzig zugeteilt. In einem der Briefe an Edith klagte sie über die Überlastung, die eigene Hilflosigkeit und das unerträgliche Elend der Verwundeten. Umso glücklicher waren die beiden Freundinnen, dass sie, während Mugjes Urlaub kurz nach der Jahreswende im Kriegsjahr '42, wieder Gelegenheit hatten auszugehen, sich fein zu machen und abends ein Tanzlokal in Saarbrücken aufzusuchen. Karl-Heinz, ein Freund von Mugje, hatte Fronturlaub und begleitete sie. Zum ersten Mal seit langer Zeit spürte Edith, wie jung sie war, aber sie merkte auch, dass das Leben, dieser heiße Wirbel, diese rücksichtslose Energie, diese Körperlichkeit, sie erschreckte. Dennoch, seit langer Zeit hatte sie nicht mehr so gelacht.

Als sie in der Celsiusstraße die Tür aufsperrte, fühlte sie noch den Rhythmus des Tanzes und die selige Unbeschwertheit dieses Abends und lächelte. Im nächsten Augenblick klatschte eine Ohrfeige in ihr Gesicht.

Der Schock war zu groß, um empört zu sein. Vom Zorn gerötet stand ihr Vater vor ihr: »Wo kommst du so spät noch her? Denkst du gar nicht an deinen guten Ruf? Du bringst uns noch alle ins Gerede!« Entsetzt über die ungewohnte Gewalttätigkeit, aber auch über den Aberwitz der Situation, stammelte sie nur: »Ich bin volljährig. Ich bin schon volljährig.« Dann lief sie weinend in ihr Zimmer.

An ihrem Geburtstag im Februar 1942 erhielt Edith einen Brief ihres Bruders. Anstelle der erwarteten Geburtstagsgrüße, die er völlig vergessen hatte, enthielt der Brief die dringende Bitte, ihm eine gute Taschenuhr – ja keine Armbanduhr! – in Saarbrücken zu besorgen.

»Celia Duval kann dich sicherlich beraten. Für Deine Auslagen schicke ich Dir mit diesem Brief per Postanweisung 50 RM. Seid Ihr noch alle gesund? Hoffe doch sehr. Mir geht es ausgezeichnet. Ich bin jetzt bei einer Ski-Kompanie und habe ein fabelhaftes Leben. Habt Ihr meine Briefe bisher immer bekommen? Von Euch habe ich bis jetzt noch keine Post erhalten, rechne aber nun jeden Tag damit. Bin gespannt, was es bei Euch Neues gibt.«

Nein, Rudolf hatte kein Talent zur Tragödie. Seine Briefe entsprachen so gar nicht den sonstigen traurigen Zeugnissen der unter Eiseskälte und Hunger leidenden Soldaten.

Ende März 1942 kam der erste an Rudolf gerichtete Brief zurück. Vermerk: Feldpostnummer 02047D unzustellbar. Sophie schrieb einen weiteren Brief an ihren Sohn. Simon hämmerte verbissen eine Nachfrage an die Feldpoststelle, eine weitere an die Einsatzleitstelle in Berlin in seine Maschine.

In Rudolfs letztem Brief vom 18. März hieß es:

»Liebe Eltern,
ich mache zurzeit einen Skikurs für besondere Aufgaben und werde in den nächsten Tagen vorübergehend dem Ski-Jagdkommando 79 zugeteilt. Warme Handschuhe könnte ich gut gebrauchen. Ich hoffe, dass es Dir, lieber Papa, gesundheitlich wieder besser geht. Danke für Euer letztes Päckchen. Alles ist gut angekommen. Liebe Mutti, ich schaue in den Sternenhimmel über der Weite Russlands und denke an Euch und ich wäre so gerne bei Dir.

Viele herzliche Grüße und Küsse an Euch alle, auch an Edith und die Oma.«

Der März verstrich, und es wurde April. Jeden Tag nahm Edith bei ihrer Heimkehr von der Arbeit die Stille des Elternhauses wie einen fremden, dunklen Mantel entgegen. Nur die Nachrichten aus dem Volksempfänger zerrissen die Tonlosigkeit. Und das Geklapper von Simons Schreibmaschine, wenn er seine Briefe schrieb: An das Hauptquartier, an den Kommandanten des Regiments, dessen Name er ausfindig gemacht hatte, an seinen Freund Willi, der ebenfalls an der Ostfront stand, immer auf der verzweifelten Suche nach Nachricht von seinem Sohn.

Wäre die Oma nicht gewesen, Sophies Mutter, die Edith manchmal in den Arm nahm und drückte und zu ihr sagte: »Du hast es nicht leicht, Edithchen!«, wäre sie nicht gewesen, hätte Edith sich in dieser Stille verloren.

Fünf Briefe kamen zurück mit dem Vermerk: »Unbestellbar«. »Zurück an den Absender«. »Bei 23541 nicht bekannt«. »Nicht zustellbar«.

Am 25. April erhielt Simon Jakobs per Postanweisung einen Betrag in Höhe von 58 RM mit dem einzigen Vermerk: Uffz. Hans-Rudolf Jakobs, Restsold.

Vier Tage später bekam Simon Jakobs ein Päckchen. Es enthielt diverse Papiere, Fotographien, zwei Orden, das Eiserne Kreuz Erster und Zweiter Klasse, und Rudolfs Soldbuch. Beigefügt war die handschriftliche Anweisung seines Sohnes: »Dieses Päckchen bitte an meine Eltern, falls mir was zustößt, zuzusenden. Jakobs Uffz.« Das Ganze war eingepackt in eine illustrierte Zeitung und umhüllt von einem neutralen Bogen, worauf von fremder Hand die Adresse von Simon Jakobs geschrieben stand, und als Absender der Name Rudolf Jakobs mit der Nummer seiner Einheit angegeben war. Ein Begleitbrief war nicht enthalten.

Sophie brach zusammen. Von dem Tag an sah Edith die Mutter nur noch weinen. Sie weinte, ohne es zu bemerken; sie weinte, auch wenn sie keine Tränen mehr hatte.

Simon verstärkte seine Nachforschungen. Er schrieb an das Ski-Jagdkommando, an die letzte Dienststelle bei der Einheit, an den Wehrmachtsfürsorgeoffizier vor Ort, an die Wehrmachtsauskunftsstelle für Kriegsverluste und Kriegsgefangene beim Oberkommando der Wehrmacht in Berlin. »Erbitte dringend Nachricht über das Schicksal meines Sohnes Uffz. Rudolf Jakobs.« »Aus allen diesen Umständen muss ich schließen, dass meinem Sohn etwas zugestoßen sein muss, doch lastet diese Ungewissheit schwer auf meiner Familie.« »Für eine baldige erschöpfende Auskunft über das Schicksal meines Sohnes wäre ich Ihnen dankbar.«

Von ihrem Vater hörte Edith immer wieder den Satz: »Wir sind auf das Schlimmste gefasst.«

Dass dieser furchtbare Satz auch einen letzten Rest an Ungewissheit enthielt, an den sich die Hoffnung klammerte, merkte Edith, als sie am Abend des 17. Mai nach Hause kam. Die Oma empfing sie an der Haustür mit verweinten Augen. »Ach Edithchen, er ist tot«, sagte sie und zog das Mädchen in ihre Arme. Simon lag mit geschlossenen Augen auf der Chaiselongue im Wohnzimmer. Der Arzt war gerade gegangen. Sophie saß am Tisch und las Rudolfs letzten Brief. Ihre Augen waren trocken. Aber sie war wie erstarrt, unwirklich in ihrer wächsernen Blässe.

Die Oma führte Edith in die Küche und schloss die Tür. »Am Nachmittag war ein Soldat da, Paul Kesselring heißt er. Er ist in derselben Kompanie wie Rudolf. Er war an seinem Grab. Er hat es selbst gesehen, irgendwo in Russland. Ganz bleich war er, und er hat gezittert, als er das alles gesagt hat.« Edith sah den jungen Kerl vor sich, der seinen Heimaturlaub damit verbringen musste, solche Nachrichten in eine Familie zu bringen. Nur ihn. Sonst nichts. Der tiefe Schmerz, auf den sie gefasst war, blieb aus. Aber die Welt hatte ihre Farbe verloren.

Nun wussten sie es also: Rudolf war bei dem Einsatz des Ski-Jagdkommandos in den Kämpfen bei Charkow am 20. März gefallen und auf dem Heldenfriedhof in Bjelgorod beigesetzt. Die Kompanie hatte erst drei Wochen später Meldung davon erhalten.

Aber eine amtliche Mitteilung fehlte. Sobald Simon sich von dem ersten Zusammenbruch erholt hatte, schrieb er an das Oberkommando der Wehrmacht: »Was meinem Sohn nun auch geschehen sein mag, ob derselbe in Gefangenschaft geraten und da gemordet und später gefunden worden ist, oder was sonst geschehen sein mag, so wäre ich Ihnen dankbar, wenn sie mir eine baldige Nachricht über das Schicksal meines Sohnes zukommen lassen würden.«

Die letzte marternde Ungewissheit wurde am 12. Juni zur trostlosen Gewissheit:

»Ich muss Ihnen leider die Mitteilung machen, dass Ihr Sohn, Uffz. Rudolf Jakobs, während seiner Kommandierung zum Ski-Jagdkommando am 22. März '42 durch Kopfschuss bei Isbizkoje gefallen ist. Er wurde dort an der Schule vorläufig beigesetzt.

Bereits Anfang April hat Oberleutnant von Schönefeld eine Benachrichtigung an sie geschickt. Der Brief ist offensichtlich verloren gegangen.

Wir alle waren über den Tod Ihres Sohnes tief erschüttert. Möge der Gedanke, dass Ihr Sohn im Kampfe gegen den Bolschewismus für Deutschlands Zukunft in getreuer Erfüllung seines Fahneneides gefallen ist, ein Trost sein in dem großen Leid, das Sie betroffen hat. Die Kompanie wird Ihrem Sohn, einem unserer besten Soldaten und Kameraden, stets ein ehrendes Andenken bewahren.«

Der handschriftliche Brief des Oberleutnants und Kompanieführers Breme endete: »In aufrichtigem Mitgefühl« – ohne den Zusatz »Heil Hitler«.

Für Sophie gab es keinen Trost.

Am frühen Morgen des 25. Juni 1942 um 7.30 Uhr fand ein Seelenamt für den Gefallenen in der Pfarrkirche St. Sebastian statt. Es war nur ein kleines Grüppchen von Nachbarn, wenigen Freunden und noch weniger Verwandten, die an dem Gedenkgottesdienst teilnahmen. Pfarrer Timdorf, schon geübt, bei solch schmerzlichen Anlässen im Namen der Kirche Beistand zu leisten, fand bewegende Worte über den »einzigen, heiß geliebten Sohn und Bruder«, der »fern der Heimat in fremder Erde ruht«, aber »in unseren Herzen, unseren Gedanken und unseren Gebeten bleiben wir ihm in Liebe verbunden, und bleibt er uns nah. Wer sein Leben für den Nächsten einsetzt, der lebt in der Nachfolge Christi. So hat auch dieser junge Soldat für sein Vaterland sein Leben gegeben, ist den Heldentod gestorben und wird so die Krone des ewigen Lebens erringen.«

Edith litt in tiefem Mitleid mit den Eltern, die ihr in der schwarzen Trauerkleidung und in dieser schmerzvollen Erstarrung, obwohl erst sechsundvierzig und fünfzig Jahre alt, plötzlich alt und zerbrechlich erschienen. Aber ihr Bruder entfernte sich immer weiter von ihr. Er, der Gefallene, der Held, einer der besten Soldaten, hatte nichts gemein mit ihren eigenen Erinnerungen. »Rudolf!«, dachte sie beschwörend. Die Bilder, die in ihr aufstiegen, stammten aus Kindertagen und von seinem letzten Besuch in St. Wendel, als er sie einfach aus der Firma entführt hatte: »Lass uns den Tag genießen, Edith!« Es blieb eine wehe Wehmut, die es zu verbergen galt, denn von ihr, der Schwester, erwartete man eine andere Trauer. Nun hatte er die Taschenuhr, die fast ihr halbes Monatsgehalt gekostet hatte, doch nicht mehr bekommen. Sie würde sie dem Juweliergeschäft Duval zurückgeben. Als Edith aus der Kirchenbank in den Gang trat, verlor sie das Bewusstsein.

Simon rettete sich über diese Wochen, indem er die letzten Dinge ordnete und das Leben seines Sohnes abschloss.

Für Sophie gab es keinen Trost.

Der Buchhalter

Simon Jakobs verstand etwas von Bilanzen. Eine Bilanz muss man abschließen, ganz gleich, welches Ergebnis am Schluss herauskommt. Es war wichtig, jedes Detail in aller Redlichkeit zu prüfen, nichts zu übersehen.

Dieser Gedanke hielt Simon Jakobs aufrecht.

Vorgestern war das Sterbeamt, die Totenmesse für Rudolf gewesen.

Seit der schriftlichen Benachrichtigung durch Oberleutnant Breme, den Kompanieführer von Rudolfs letzter Einheit, bevor er zu dem Sonderkommando versetzt worden war, seit dieser schriftlichen Benachrichtigung konnte kein Zweifel mehr daran bestehen, dass Rudolf tot war, gefallen am 22. März 1942, durch Kopfschuss getötet in Isbizkoje bei Charkow am oberen Donez, sein Sohn. Am 18. Juni 1942 war mit diesem Brief die letzte Hoffnung zerstört worden.

»Hart und schmerzlich traf uns die Nachricht, dass unser heiß geliebter einziger Sohn … im Osten für Führer, Volk und Vaterland gefallen ist«, so hatte Simon es in der Todesanzeige formuliert. Ja, dachte er, fast drei Monate furchtsam-furchtbaren Wartens lagen hinter ihm. »Immerhin weiß ich jetzt, wo ich dran bin, und diese drückende, zermürbende Ungewissheit, die meine ganze Familie seelisch und körperlich wochenlang gemartert hat, ist endlich geklärt«, schrieb er am 24. Juni an Oberleutnant Breme zurück.

Doch es blieben Ungereimtheiten, die er aber so direkt nicht aussprechen konnte. Von Anfang an waren ihm die Umstände von Rudolfs Tod dubios erschienen. Drei Wochen hatte es angeblich gedauert, bis das Regiment von Rudolfs Tod erfahren hatte. Das offizielle Benachrichtigungsschreiben an die Eltern, das danach von dem Kompanieführer abgeschickt worden war, sei ›vermutlich‹ verloren gegangen. Oberleutnant von Schönefeldt, der Verfasser des Briefes, war aber mittlerweile versetzt, so dass man nicht mehr nachfragen konnte.

Zum selben Zeitpunkt, als angeblich die Todesmitteilung schon unterwegs war, hatten die Wehrmachtsauskunftsstelle in Berlin und das Oberkommando der Wehrmacht dem hartnäckig nachforschenden Vater geantwortet: »Über das Schicksal Ihres Sohnes ist uns nichts bekannt.« Dieselbe Antwort erhielt Simon auch noch einen Monat später.

Allerdings musste der Tod seines Sohnes bei offizieller Stelle gemeldet worden sein, denn sein Restsold war ohne jede weitere Erläuterung einen Monat nach Rudolfs Tod den Eltern überwiesen worden. Ein paar Tage später trafen auch Habseligkeiten von Rudolf ein, unter anderem sein Soldbuch und eine von ihm verfasste Verfügung für den Todesfall, was eigentlich nur den Schluss zuließ, dass er tot sei.

Nach weiteren zwei Wochen kam dann unvermittelt dieser junge, blonde Obergefreite, namens Kesselring, der gerade auf Heimaturlaub in Saarbrücken war, und erzählte ihnen, dass er am Grab von Rudolf gewesen war: »Ich habe es selbst gesehen«, und dass dieses sich in Bjolgorod befände. »Er ist am 20. März beim Einsatz der Sondereinheit durch Kopfschuss getötet worden. Ich war ja zu der Zeit nicht beim Sonderkommando, sondern beim Regiment. Ein Kamerad von Rolo« – zum ersten Mal hörte Simon damals den Spitznamen seines Sohnes – »der Gefreite Schäffers, gehörte auch zu dem Ski-Jagdkommando. Er kann Ihnen bestimmt einen ausführlicheren Bericht geben.«

Einen Monat später ließ der Obergefreite Kesselring auf Umwegen den Eltern die Nachricht zukommen, dass er sich geirrt habe und dass er von einem Hauptfeldwebel, mit dem zusammen er zurück an die Ostfront gereist sei, erfahren habe: »Unteroffizier Jakobs ist in Mutson oder Muxon oder Muron beigesetzt.« Natürlich konnte die Schreibweise der Orte in kyrillschen Buchstaben zu der ganzen Verwirrung beigetragen haben. Dennoch, es handelte sich schließlich um die deutsche Wehrmacht und nicht um einen Pfadfinderverein, der einen Ausflug machte!

An seinen Freund Willi Groß, der ebenfalls an der Ostfront stationiert war, richtete Simon am 17. Juni folgende Zeilen:

»Lieber Willi!

Soeben bringt meine Frau von der Deinen Bescheid, dass Du geschrieben hast, Du wolltest die nächsten Tage nach Bjolgorod, um das Grab von Rudolf zu suchen. Damit Du keine unnütze Fahrt machst und stundenlang ergebnislos suchst, teile ich Dir hiermit sofort mit, was ich heute erfahren habe. Der Saarbrücker Soldat, der uns Einzelheiten über eine

Beisetzung berichtet hat, hat sich geirrt. Rudolf ist an einem Ort Mutson, Muxon oder so ähnlich begraben. Ich habe keinen dieser Orte auf der Landkarte finden können. Kennst Du einen solchen Ort? Gestern sind auch einige weitere Nachlasssachen angekommen: Ein Päckchen mit Geldbeutel mit ein paar Mark, Messer, Zigarettenetui, Kamm usw. Dir wünsche ich alles Gute und bei Deinen späteren Nachforschungen guten Erfolg.«

Einen Tag später, am 18. Juni erhielt Simon dann das entscheidende Schreiben von Oberleutnant Breme, die erste offizielle schriftliche Nachricht von der Ostfront. Darin hieß es, Rudolf sei am 22. März in Isbizkoje bei Charkov gefallen und dort vorläufig an der Schule beigesetzt. Ort und Todeszeitpunkt stimmten mit den ersten Mitteilungen und der späteren Korrektur nicht überein.

In einem weiteren Brief teilte Simon dies seinem Freund Willi unverzüglich mit. Ihm offenbarte er aber auch, wie sehr ihm daran gelegen war, den Ort zu kennen und alles Erdenklich dafür zu tun, dass es ein würdiger Ort sei. An dem Begriff »vorläufig« hielt sich Simon nun fest, als er schrieb:

»Dies lässt also darauf schließen, dass er später umgebettet wird. Wohin, das wird sich vorerst nicht feststellen lassen. Ich bitte Dich, mir auf jeden Fall mitzuteilen, ob sich in dem Ort schon ein Heldenfriedhof befindet, damit man für später zuverlässige Anhaltspunkte hat.«

Simon hatte im Ersten Weltkrieg die furchtbare Erfahrung gemacht, dass das Kampfgeschehen und die grauenhafte Eigengesetzlichkeit des Krieges jede zivile Vorstellung und Erwartung *ad absurdum* führen. Gleich zu Kriegsbeginn im August 1914 war er als Reservist eingezogen worden und marschierte mit dem Rheinischen Infanterieregiment auf Verdun zu. In diesen Wochen hatte er erfahren, dass im Schlamm der Gefechtsgräben die Angst lauert, von Granaten zerfetzt, im Gasnebel erstickt oder einfach von einer verirrten Kugel getroffen zu werden, lähmende Todesangst, die nur zeitweilig abgelöst wird von der irren Hoffnung davonzukommen, solange das Grollen und Lärmen der feindlichen Gefechtsmaschinerie für kurze Zeit verstummt. Er hatte erfahren, wie diese dumpfe Erleichterung im nächsten Augenblick im aufspritzenden Dreck, im Gebrüll der Artillerie, dem Schreien und Röcheln von

Menschen unmittelbar um ihn herum und der Druckwelle neben ihm von einer neuen Welle der Angst weggeschwemmt wurde.

Doch bereits am 21. September 1914 war der Krieg für Simon zu Ende gewesen. Beim Sturm der 10. Reservedivision auf die Höhe von Les Eparges verlor er das Bewusstsein. Man hielt ihn wahrscheinlich für tot oder für schwer verwundet und transportierte ihn zusammen mit Verwundeten und Gefallenen zum nächsten Sammelplatz in einem kleinen französischen Dorf, dessen Name er vergessen, dessen rauchende Trümmer sich ihm aber für immer eingeprägt hatten. Dem Kameraden, der ihn kilometerweit durch den Schlamm bis zu der Kirche geschleppt, geschleift oder gezerrt hatte, seinem Kameraden Kernchen hatte er nicht mehr dafür danken können. Er war am nächsten Tag bei den Toten. Oder am übernächsten. Gefunden hatte man ihn erst später.

Ein junger Sanitäter, ein Medizinstudent im sechsten Semester, rettete ihm dann endgültig das Leben, indem er erkannte, dass Simon infolge von Unterzuckerung ins Koma gefallen war. Nachdem feststand, dass er unter Diabetes litt, wurde er für den Rest des Krieges in der Schreibstube eingesetzt.

Seine Erfahrung an der Front, dass der Krieg das unberechenbare Chaos war, verleitete ihn nun fast dreißig Jahre später zu spekulativen, völlig abwegigen Hoffnungen und Befürchtungen. Könnte Rudolf vielleicht doch noch am Leben sein, vielleicht war er in russische Gefangenschaft geraten, vielleicht wollte man in seinem Regiment irgendetwas vertuschen. Einen Mord? Einen unverantwortlichen Auftrag? Einen Alleingang seines Sohnes? Desertion?

Er begrub diese Gedanken tief in sich und stellte an Oberleutnant Breme, den Mann, der ihm in so teilnahmsvollen Worten geschrieben hatte, einige sachliche Forderungen.

»Saarbrücken, den 24. Juni 1942
Betrifft: Der am 22. März 1942 gefallene Uffz. Rudolf Jakobs
Ich bestätige hiermit den Erhalt ihres Benachrichtigungsschreibens vom 8. des Monats, das mir vom Heldentod meines einzigen Sohnes Gewissheit brachte. Weiter bestätige ich den Erhalt eines Päckchens mit Nachlasssachen meines Sohnes Rudolf.

Leider vermisse ich darin einige mir sehr wertvolle Sachen: So seine Brille, seine Brieftasche, in der ich ein für seine Eltern bestimmtes

Schreiben vermuten würde, einen wertvollen Ring, eine Toilettengarnitur mit Schweinsledertasche. Ich bitte ergebenst, Nachforschungen über den Verbleib dieser Sachen anstellen zu wollen und mir dieselben bald möglichst zuzusenden.«

Ferner fragte er nach dem Bankkonto seines Sohnes, auf das der Wehrsold ausgezahlt worden war, um auf diese Weise den Besoldungsstandort zu erfahren. Insgeheim hoffte Simon herauszufinden, ob Rudolf bis zum Schluss zu der alten Kompanie gehört hatte oder ob das Sonderkommando eine eigene Einheit gebildet hatte. »Oder sind meinem Sohn sämtliche Beträge wie Gehalt, Wehrsold, Frontzulage bar ausgezahlt worden?«

Weiterhin wies er darauf hin, dass sein Sohn sich für zwölf Dienstjahre verpflichtet hatte, ein Verpflichtungsschein unter seinen Papieren aber nicht zu finden sei. Auch fehle ihm die Urkunde für das Eiserne Kreuz Erster Klasse. Simon machte die Angelegenheit dringlich: Er benötige die Bescheinigungen zur Beantragung des Sterbegeldes.

Als Letztes äußerte er seine wichtigste Bitte: »Ich wäre Ihnen außerordentlich dankbar, wenn Sie mir von einem Überlebenden des Ski-Jagdkommandos, der zum Zeitpunkt des Todes meines Sohnes noch bei der Truppe war, einen ausführlichen Bericht zukommen lassen wollten.«

Oberleutnant Bremes zweiter Brief, der Mitte August eintraf, war weitaus kühler als der erste und enthielt einige gewundene Formulierungen. Das Ski-Jagdkommando war inzwischen aufgelöst worden. Wahrscheinlich sei der Gefreite Schäffers derjenige, der nach Mitteilung des Obergefreiten Frisch einen ausführlichen Bericht schicken wollte.

»Leider ist der Gefr. Schäffers zurzeit zu einem Sonderkommando abgestellt, so dass ich von daher keine weiteren Ermittlungen einziehen konnte. Ich habe Anweisung gegeben, dass sofort nach seiner Rückkehr Ihrem Wunsche entsprochen wird.«

Ein anderer Kamerad liege immer noch schwer verletzt im Lazarett.

In Bezug auf die vermissten Gegenstände fehle ebenfalls jede Rückfragemöglichkeit. »Bei der Eigenart des Einsatzes im Ski-Jagdkommando ist es jedoch nicht ausgeschlossen, dass Gepäckstücke ihres Sohnes irgendwo abgestellt und durch seinen Tod nicht wieder abgeholt wurden.«

Zwar wurde Simon als Standortgebührenstelle Kaiserslautern angegeben, aber woher der Restsold kam, den man ihm persönlich per Post zugestellt hatte, konnte nicht nachgewiesen werden.

Zum Schluss erfuhr Simon schließlich, dass sein Sohn sich keineswegs für zwölf Jahre dienstverpflichtet hatte. Auch sei, jedenfalls in der Zeit der Zugehörigkeit zur Einheit, eine Verleihung des Eisernen Kreuzes nicht erfolgt.

Der Vater wusste, dass damit die Bilanz schon fast abgeschlossen war. Über die näheren Umstände, wie Rudolf zu Tode gekommen war, würde er nichts mehr in Erfahrung bringen. Das ihm zugesandte Eiserne Kreuz Erster Klasse konnte ein Orden sein, der seinem Sohn verliehen worden war oder auch nicht. Die Entdeckung, dass Rudolf niemals vorhatte, die Offizierslaufbahn einzuschlagen, wie Simon es für ihn vorgesehen hatte, bewies, dass sein Sohn sich entzogen hatte, lange vor seinem Tod. Er hatte keinerlei Kontrolle mehr über ihn gehabt.

Simon las die letzten Briefe seines Sohnes, diese trostlos lapidaren Sätze:

»Die Temperaturen liegen immer noch bei minus dreißig Grad. Unsere Uniformen und Mäntel sind einfach zu dünn für diese Kälte. Aber die Winterkleidung soll ja bald eintreffen. Gestern haben wir Glück gehabt. Wir fanden ein Haus, das nicht zerstört war. Eine Nacht ohne den eisigen Wind.«

Er forschte zwischen den Zeilen. Warum hatte sich Rudolf zu diesem Sonderkommando versetzen lassen? Von Willi hatte er mittlerweile erfahren, dass dieses Kommando zu der 79. Panzerjägerabteilung gehört hatte. Warum hatte man ihm das nicht mitgeteilt? Vielleicht hätte aus dieser Einheit ihm jemand Näheres über den Tod seines Sohnes sagen können. Aber er würde nichts mehr unternehmen. Es war vorbei.

Es blieb Simon nur noch eine Aufgabe: Den Tod seines Sohnes zu verwalten, einen ehrenvollen Tod nach einem ehrenvollen Leben.

Im Gauorgan Westmark, der größten Zeitung in Süddeutschland, ließ er eine Gefallenenanzeige veröffentlichen. An den Vereinsführer des Deutschen Sportvereins Saar 05 richtete er die ergebene Anfrage, ob sich in dem Bildarchiv des Sportvereins gut gelungene Aufnahmen des Sohnes in Uniform oder Dress befänden. Für das Entgegenkommen wäre er außerordentlich dankbar, da ein Teil der Papiere und Photographien verloren gegangen seien. Auch bat er, ihm ein Exemplar der Vereinszeitung, in der der Nachruf erschienen war, zukommen zu lassen. Die Worte des Mannes, der ihn kannte und schätzte, hatten ihm gut getan. Dieser hatte ihm noch am selben Tag, als er die Todesnachricht erhalten hatte, geschrieben: »In tiefer Ergriffenheit ... ihr lieber, einziger Sohn, unser guter und treuer Sportkamerad, einer der beliebtesten und fähigsten Sportler ... sein junges, hoffnungsvolles Leben auf dem Feld der Ehre dahingegeben ... dessen Heldentod in unsere Reihen eine neue schmerzliche Lücke reißt.«

Rudolf in Uniform, ein Held. Das war es, woran sich Simon klammerte. Der schmutzige Krieg und alle Ungereimtheiten waren unerträglich. Nur der glättende Sinn der Worte – Opfer, Vaterland und Ehre – konnte die grausamen Bilder notdürftig überdecken, die ihn marterten.

Mit zittriger Hand füllte er den Antrag auf Elternversorgung für bedürftige Eltern aus. Im Grunde wusste er schon, dass sein Einkommen die Bedürftigkeitsgrenze überschritt und man seinen Antrag abschlägig bescheiden würde. Aber er tat es dennoch wie unter einem inneren Zwang, ohne sich Rechenschaft abzulegen über sein einziges Motiv: Eine Verbindung mit seinem Sohn zu halten.

Rudolfs Kontoauszüge, die man ihm nach einem bürokratischen Hindernislauf endlich überlassen hatte, prüfte er mit buchhalterischer Akribie. Es hatte alles seine Richtigkeit. Doch über das Leben seines Sohnes sagten die Beträge nichts aus. Als der Erbschein vorlag, überwies ihm die Bank das Geld. Er beerbte seinen Sohn.

Zum ersten und einzigen Mal in seinem Leben nahm der aufrechte Buchhalter unwesentliche Veränderungen in der Bilanz vor. Für den Eintrag in das geplante Ehrenbuch der Stadt Saarbrücken und das Gedenkblatt, das für jeden in diesem Krieg gefallenen Bürger der Stadt, erstellt werden sollte, verfasste Simon eine Lebensbeschreibung: Abitur am Realgymnasium in Saarbrücken, das war ihm wichtig. Die unselige Geschichte des Schulverweises endgültig gelöscht. Danach der Arbeitsdienst, ehrenvoll. Nicht die wahre Reihenfolge: Arbeitsdienst vor dem Abitur als verzweifelte Maßnahme für einen aus der Spur gelaufenen Sohn. Er glättete alles weg, was dem Bild hinderlich war. Einer der beliebtesten und besten Sportler. Minutiös alle Orte des militärischen Einsatzes. Vor allem: Verschüttet am Toten Mann in Frankreich. Danach das Eiserne Kreuz Zweiter Klasse, Unteroffizier. Die Ostfronteinsätze bis zu seinem Heldentod. Unerwähnt das Eiserne Kreuz Erster Klasse. Unerwähnt die angestrebte Offizierslaufbahn. Abstriche.

Zur Geburt seines Erstgeborenen hatte er im Überschwang des Stolzes und der Freude seiner Frau eine goldene Armbanduhr geschenkt. Nach seinem Tod, am Ende aller Nachforschungen machte er ihr eine Geschichte zum Geschenk.

Es war dies die Geschichte, die Sophie später unzählige Male ihrer Enkelin Marlene erzählte: Rudolf meldete sich freiwillig zu einem Sondereinsatz. Er zeichnete sich durch seine sportlichen Fähigkeiten und seinen Mut aus, so dass man ihn in gefahrvoller Mission zur Aufklärung der Position der Feinde ausschickte, ganz allein, auf Skiern, im russischen Winter. Als er nicht zurückkehrte, galt er lange Zeit als vermisst. Erst als der Schnee schmolz, im Frühling, fand man ihn. Tot.

Im September, einen Tag vor Sophies sechsundvierzigstem Geburtstag, wurde Rudolf posthum die Medaille *Winterschlacht im Osten 1941/42* verliehen.

Nur einmal noch schwankte der Boden unter Simons Füßen, als 1946 in der Zeit der großen Suche just an Rudolfs Geburtstag ein Briefchen aus der englischen Besatzungszone eintraf, Zeilen in gestochen zarter Handschrift von einer Kinderkrankenschwester namens Charlotte, die um Mitteilung über den Aufenthaltsort »Ihres Sohnes *Simon*« bat.

Er machte sich nicht mehr die Mühe, seine Briefe in die Maschine zu tippen. Seit er vor ein paar Monaten im Alter von vierundfünfzig Jahren als schwerkranker Mann vorzeitig aus seinem Beruf ausgeschieden war, hatte er alle Akten geschlossen und alle weiteren Vorgänge seiner Frau überlassen. Diesen Brief aber zeigte er ihr nicht. Lapidar antwortete er dem Fräulein Charlotte: »... teile ich Ihnen hierdurch mit, dass ich nie einen Sohn mit Namen Simon gehabt habe. Mein einziger Sohn Rudolf ist im März 1942 in Russland gefallen. Hochachtungsvoll ...«

Erste Einsichten

Tagebuchnotiz von Marlene

Die Frage nach der Kontinuität einer Person kann, wenn überhaupt, erst beantwortet werden, wenn man ganz am Ende eines Lebens angelangt ist. Erst wenn das Konzept, das man sich ausgesucht hat, um das Leben zu bewältigen, um sich selbst zu bewahren und um alle Ereignisse in einen sinnvollen Zusammenhang zu stellen, erst wenn dieses Konzept auch in der Todesstunde aufgeht, ist man in einer Kontinuität geblieben.

Erst wenn man Amen gesagt hat oder sich die Liebe bewahrt oder die Pflicht erfüllt hat oder die Aufgabe oder die Lebensrolle, erst dann kann man alle Teile in einer Sinnlinie verbinden.

Das ist wohl nicht allen Menschen möglich, sei es, dass es an der Erkenntnis mangelt oder an der Suche nach dem Sinn, oder dass Schicksalsschläge den Menschen so aus der Bahn werfen, dass er sich nicht mehr findet und in sich gebrochen weitergehen muss.

Auch der Irrtum, die falsche Perspektive, der falsche Schwerpunkt kann zur Sinnlinie werden. Für manche ist das tröstlicher als alles, was das Leben zu geben vermag.

Schatten II

In der Nacht des 29. Juli 1942 brach der Krieg über die Bevölkerung Saarbrückens herein. Der Heulton der Sirenen über den Dächern schreckte die Menschen auf und trieb sie aus ihren Häusern zum nächst gelegenen Bunker. Vom Angriff überrascht, flohen sie, oft nur notdürftig angezogen, in der Hand das Wenige von dem, das sie retten wollten. Ehe sie die Bunker erreichten, sahen sie schon die ›Christbäume‹ am Himmel, Lichter, die den Abwurf der Bomben ankündigten, hörten schon das durchdringende Heulen der tief fliegenden Bomber. Viele suchten Schutz in den Kellern der Häuser. Zum ersten Mal in diesem Krieg überzog die britische Luftwaffe Saarbrücken mit einem Flächenbombardement. Schwerpunkte der Bombardierung waren die Umgebung des Güterbahnhofs im Westen der Stadt sowie die Stadtteile Malstatt und Burbach, in denen die Hüttenwerke lagen.

Sophie durchfuhr der Sirenenton wie ein Stromstoß. Er riss sie aus ihrer Apathie, aus der rückwärtsgewandten Düsternis in die Gegenwart. Ein Zorn, ein ungeheurer Zorn überlagerte alle Angst und ließ sie kühl und überlegt handeln. Hatte sie nicht schon fast alles verloren? Wollte man ihr auch noch das Letzte nehmen, ihre Familie oder das, was davon übrig geblieben war, am Ende gar noch ihr Haus? Sie raffte die Mappe mit den wichtigsten Papieren, Geld und Decken, griff sich eine Taschenlampe, riss Edith, die am ganzen Körper zitterte, hinter sich her, schrie ihrem Mann zu, ihr zu folgen, rannte zwischen den vielen anderen den Serpentinenweg abwärts bis zum Eingang des Stollen, der in die Buntsandsteinstufe getrieben war, weiter durch das Kellergewölbe der Brauerei in den dahinter gelegenen Bunkerraum.

Das Pfeifen der Bomben zerriss die Luft, in unmittelbarer Nähe krachten die Explosionen, das Gestein bebte unter der Druckwelle, kleine Felsbrocken lösten sich und prasselten auf die geduckten Menschengruppen. »Sie bombardieren den Verschiebebahnhof.« »Nein es ist unser Wohngebiet. Sie sind direkt über uns.« Edith kauerte auf dem kalten Fels, dessen Feuchtigkeit durch die Decke kroch, wie so viele die Arme um den Körper geschlungen, die Hände auf die Ohren gepresst. Der Strom war ausgefallen und damit die schwache Beleuchtung im Schutzraum. Die Menschen starrten in die Dunkelheit; zwischen den Einschlägen, dem Motorengeheul der Tiefflieger, dem Dröhnen im Fels hörte man gemurmelte Gebete, Entsetzensschreie und haltloses Schluchzen.

Als die Menschen, nach Stunden aus der Gefangenschaft der Bombennacht entlassen, durch den frühen Sommermorgen ihren Häusern zueilten, wollte sich keine echte Erleichterung einstellen, mit dem Leben davon gekommen zu sein. Vielmehr trieb sie die Angst, ob ihr Haus noch stand, vorwärts. Sophie rannte an rauchenden Trümmern vorbei, registrierte wie nebenbei, dass dort, wo das Haus der Martins gestanden hatte, nur noch ein Krater klaffte, dass von Hoffmanns Haus nur noch die Vorderfront vorhanden war wie eine bizarre Theaterkulisse, dass die Dächer mehrerer Häuser brannten.

Die Jakobs hatten Glück gehabt, diesmal zumindest. Zwar waren einige Scheiben durch die Druckwelle zu Bruch gegangen, auch war ein Teil des Daches abgedeckt, aber das Haus stand noch. Das Haus Am Vogelsborn dagegen, in dem Sophies Mutter gewohnt hatte, war zerstört. Die Oma zog nun zu ihnen und bewohnte das Zimmer, das ehemals Rudolf gehört hatte.

Sophie widersetzte sich einer Evakuierung, zumal in den folgenden Wochen alles ruhig blieb. Zu viel hatte sie von Plünderern gehört, die sich am Elend der anderen bereicherten. Selbst zum Schutz der Häuser eingesetzte Nachbarsleute hatten sich schon am Eigentum der Evakuierten vergriffen. Das war natürlich nur schwer nachweisbar, aber die Gerüchte waren beängstigend. Vorsichtshalber versteckte man einige Wertgegenstände, und Sophie fasste den Plan, ihr Silberbesteck im Garten zu vergraben.

Am Abend legte man die Kleider so parat, dass man sich möglichst schnell anziehen konnte. Ein Handkoffer mit dem Notwendigsten war gepackt. Noch einmal wollte man nicht dermaßen überrascht werden. Dass es in der Julinacht einhundertfünfundachtzig Tote gegeben hatte, dass fast sechstausend Menschen in Saarbrücken obdachlos geworden waren, schüchterte die Menschen ein, nahm ihnen mit einem Schlag ihre Zuversicht.

Edith lebte in ständiger nervöser Unruhe, auch wenn sie wie gewohnt ihrer Arbeit nachging. Sophie schickte ihre Tochter zurück nach St. Wendel. Als sie Edith eine Woche später wieder sah, erkannte die Mutter, dass ihre Tochter krank war. Sie war noch dünner geworden. Auch brach sie oft ohne jeden erkennbaren Grund in Tränen aus. »Ich kann mich gar nicht mehr auf die Zahlenreihen konzentrieren«, klagte sie. »Alles fällt mir so schwer.« Die beiden Frauen trugen schwer an ihrer Trauer, aber sie konnten nicht über Rudolf reden, und keine konnte der Anderen Trost geben. In dieser Situation war die Einladung der Familie Aschau wie ein Wink des Himmels.

»Wir fühlen so sehr mit Euch, haben wir doch selbst so tiefes Leid mit unserem Helmut erlebt. Wir laden Euch herzlich ein, nach Ottenhöfen zu kommen, um ein bisschen Abstand zu gewinnen.«

So kam es, dass Edith einige Wochen im Schwarzwald verbrachte. Die Eltern wollten in ihrem Haus in Saarbrücken bleiben. Im August '42 war der Güterbahnhof und andere Stadtteile erneut Ziel einer Bombardierung. Fast täglich gab es Fliegeralarm. Ende September erfolgte in Saarbrücken ein drittes großes Bombardement.

Am frühen Morgen des 10. Oktobers klingelte Helene, die älteste Tochter von Sophies Freundin Hanne Meringer aus der Eichendorffstraße, an der Tür. Sie war blass, sah verweint und übernächtigt aus. »Frau Jakobs, bitte kommen Sie sofort mit!«, drängte die junge Frau. »Es ist etwas Furchtbares passiert.«

Unterwegs erfuhr Sophie, dass Herr Meringer in der Nacht plötzlich verstorben war. Doch es war mehr als nur die Trauer über einen schweren Verlust, der die Familie niederdrückte, das spürte Sophie sofort, als sie das Haus der Meringers betrat; es war Angst, nackte Angst, die ihre Freundin und die beiden Töchter in Aufruhr versetzte. Auch der Schwiegersohn, Helenes Mann, der gerade auf Fronturlaub war, hatte sich eingefunden. Der Mann der anderen Tochter, Charlotte, war im Monat davor in Russland gefallen.

»Er hat es selbst getan!«, flüsterte Hanne Meringer, als Sophie sie umarmte. »Der Jupp hat keinen Ausweg mehr gesehen.« Obwohl man sich weiterhin siezte wie all die Jahre bisher, wurde Sophie in den folgenden Stunden zur verschwiegenen Vertrauten. Nur ihrer Tochter Edith vertraute sie später an, was geschehen war.

Josef Meringer war vor dem Krieg Abgeordneter der Zentrumspartei im Landtag gewesen. Mit dem Anschluss des Saarlandes an das Deutsche Reich war seine Karriere abrupt zu Ende. Im Gegensatz zu einigen anderen Abgeordneten hatte er sich nicht arrangiert. Er hatte sich 1936, wenn auch vergeblich, für die Beibehaltung des konfessionellen Schulwesens eingesetzt, er hatte die Bergarbeiter unterstützt, die sich weigerten, sonntags Schichtdienst zu leisten, und er hatte aus seiner Opposition zur nationalsozialistischen Partei kein Hehl gemacht, bis man ihn verhaftet und drei Tage festgehalten hatte. Das war bereits im Jahr 1938 gewesen. Er hatte nie über diese Festnahme gesprochen. »Um meiner Familie willen muss ich den Mund halten.« Mehr war nicht aus ihm herauszubekommen.

Doch nun eskalierte dieser Krieg. Zu Hunderten starben junge Männer an der Front. Aber das war es nicht allein. Er hatte Kenntnis erhalten über das, was in Konzentrationslagern vor sich ging. »Ich kann diese Bestialität, mit der man gegen unschuldige Menschen vorgeht, nicht einfach hinnehmen. Ich muss als Christ Position beziehen.« Er war immer noch ein guter und überzeugender Redner. Nach dem Hochamt hatte er das in der Wirtschaft bewiesen. Im Freitod hatte er die einzige Möglichkeit gesehen, einer Verhaftung zu entgehen und seine Familie zu schützen.

So muss es wohl gewesen sein. Aber nur hinter vorgehaltener Hand. Nach außen galt eine andere Wahrheit. »Er hatte es all die Jahre schon am Herz. Und nun hat er den schweren Anfall nicht überlebt.«

Im Mai 1943 erhielt Edith einen Brief von Frau Hellenbrecht, die nach dem Tod ihres Mannes zu ihrer Tochter Véronique nach Frankfurt gezogen war.

»Liebe Edith,
über acht Tagen empfing ich den Besuch von einem Herrn der Partei, welche mich mitteilte, Frenne sei vorläufig als vermisst gemeldet. Bis das Rote Kreuz sich meldet, hoffen wir das Beste. Anbei eine Abschrift von den Brief mit den Bericht von Frenne sein Chef. Grüßen Sie recht herzlich Ihre liebe Eltern von mir und für Sie ein lieben Kuss von Ihre Frau Hellenbrecht.«

Eigentlich hätte Mugje ihr das mitteilen sollen. Aber die Freundin ahnte nicht, wie von Herzen wichtig diese Nachricht für Edith war. Vor zehn Monaten, kurz nach dem plötzlichen Tod von Heinrich Hellenbrecht hatte Edith Frenne während seines letzten Heimaturlaubs zuletzt gesehen. Frau Hellenbrecht hatte sie in die Hohenzollernstraße eingeladen. Ja, Edith wusste, dass er verlobt war mit dieser Irmi, aber sie hatte sich haltlos in ihn verliebt. Sie wollte es so gerne verbergen, aber gerade die Schüchternen erröten so schnell. Und die Kunst des Flirtens, die so hilfreich sein kann, solche Situationen zu meistern, beherrschte sie nicht. »Kindje«, sagte Frennes Mutter beim Abschied, »ich bin so froh, dass du ihn lieb hast.« Mehr nicht, aber es war wie ein heimliches Bündnis. Auch Mugje gegenüber wahrte Frau Hellenbrecht das Geheimnis. Und nun dieser Brief, in dem sie Edith an ihren Ängsten teilhaben ließ. Frenne war nach schweren Gefechten in Libyen freiwillig bei Verwundeten seiner Truppe zurückgeblieben, und das bedeutete, dass er, sollte er noch am Leben sein, in die Gefangenschaft der Engländer geraten war.

Mit Celia, ihrer Vertrauten, besprach Edith diese Nachricht. Celia, die nie die Realität aus den Augen verlor, warnte sie: »Häng dich da nicht rein! Er ist gebunden, da machst du dich nur unglücklich. Und wenn er wirklich in Gefangenschaft geraten ist, weiß man ja gar nicht, wann er zurückkommt. Das kann Jahre dauern. Das Leben ist so kurz.«

Als Edith ihr gestand, dass niemand, niemand auf der Welt ihr jemals so gefallen werde wie Frenne, wurde Celia noch deutlicher: »Menschen verändern sich. Weißt du, ob er, wenn er irgendwann zurückkehrt, noch derselbe ist? Und will er dich dann?« Harte Worte, die die Freundin ihr da entgegenhielt. Aber Celia war zutiefst besorgt um Edith. Seit Rudolfs Tod war sie noch ernster und stiller geworden, und manchmal hatte Celia das Gefühl, sie gar nicht mehr zu erreichen.

Am 10. Juli 1943 erhielt Edith einen weiteren Brief von Frau Hellenbrecht, diesmal aus Danzig, wo sie ihre Tochter Florence besuchte.

»Heute herhielt ich den erste Brief von Frenne, endlich etwas mehr als: ›Es geht mir gut.‹ Liebe Edith, wollen Sie nicht einmal Frenne schreiben. Er lässt alle Bekannte grüßen, besonders Sie, Edith. Aber schreiben kann er nicht, so muss es die Mama abnehmen. Jeder Monat drei Karten und zwei Briefen darf er schreiben. Frenne schrieb auch, das Gefangensein ist eine langweilige Geschichte. Man sieht nur Wüste und Stacheldraht.

Wie geht es Ihre Eltern und wie geht es Ihnen? Ich hoffe allen in gute Gesundheit. Gerne hätte ich nicht so über Frenne geschrieben. Ich denke dann immer, es muss Sie allen doch wehe tun, dass Sie Ihren lieben Gefallenen nicht mehr erreichen kennen. Ach ja, ich kann dies alles gut mitfühlen. Aber es ist Schicksal. Wer weiß, was alle die andere Soldaten noch zu warten steht.«

Der erste Brief fiel Edith sehr schwer. Was konnte sie von sich schon schreiben, was für Frenne in seiner jetzigen Situation interessant sein könnte. Auch galt es, herzlich und ermutigend zu sein, aber nicht seine Gefühle preiszugeben.

Zu ihrer großen Überraschung antwortete Frenne, ja er schickte ihr sogar ein Bild. Mehr noch als früher glich er einem Filmschauspieler. Sein jungenhaftes Lächeln bezauberte sie. Die Baumwollmütze mit dem kurzen Schirm gab ihm etwas Verwegenes. Doch seine Zeilen waren weit von jedem Glamour entfernt. Der ernste, oft bittere Ton dieser Briefe wollte so gar nicht zu dem Bild passen, das Edith von dem jungen Mann in Erinnerung hatte. Da ging es um die unerträgliche Routine im Gefangenenlager, seine Sehnsucht nach Freiheit, seine Hoffnung, bald entlassen zu werden, und seine Hoffnungslosigkeit, dass es endlos dauern könnte, und schließlich seine Angst, in ein ihm fremdes Nachkriegsleben zurückzukehren. Das waren Worte, auf die Edith antworten konnte, denn mit der Ernsthaftigkeit des Lebens kannte sie sich aus. Auch seiner Bitte, ihm doch ein Foto zu überlassen, kam sie nach.

Nach einiger Zeit begann sie auf ihn zu warten. In einem seiner Briefe ließ er durchblicken, dass Irmi die Verlobung gelöst habe. Er gab zu erkennen, dass er an Liebe und Treue nicht mehr glauben könne. Die Treulosigkeit der jungen Frau stieß ihn in eine tiefe Depression, aus der auch die Briefe aus der Heimat ihn nicht retten konnten. Edith erfuhr viel von seinen Erwartungen an das Leben, seinem Traum von ewiger, unendlicher Liebe, von Treue im Alltag und einer Familie, die er gerne gründen würde. Aber diese Träume waren jetzt zerbrochen.

Das schlimmste Kriegsjahr für das Saarland, insbesondere für Saarbrücken, begann mit den Luftangriffen der Amerikaner im Februar 1944. Von Mai 1944 bis Januar 1945 wurden Saarbrücken, später auch Saarlouis, Völklingen und andere Orte mit Bombardierungen überzogen. In mehreren Wellen erfolgte die Evakuierung der Bevölkerung. Im Juni '44 wurden Sophie und Simon Jakobs in Meisenheim am Main einquartiert.

Die Gefallenenlisten enthielten immer mehr Namen aus dem Bekanntenkreis. Der Rückzug der deutschen Armee in Russland und die Landung der Alliierten in der Normandie ließen erkennen, dass dieser Krieg entgegen aller Propaganda nicht zu gewinnen war. Aber was immer ein

Sieg in diesem Krieg bedeuten mochte, darüber wollte Edith nicht nachdenken. Sie begann vaterländische Gedichte zu schreiben über Krieg und Sieg und Tod, über die Verpflichtung den Gefallenen gegenüber und über die Liebe in der fernen Heimat, nach der man sich sehnt.

Nach der Schlacht

Aus heißer Schlacht fürs Heimatland / Kommt er am Abend zum Unterstand./

Zu Kampf und Tod war er bereit, / Zerrissen ist sein Ehrenkleid. /

Zerschlagen, schwer sind alle Glieder; / Und Müdigkeit reißt ihn fast nieder. /

Doch kreist der Blick in dieser Stunde / Umher in die Kameradenrunde /

Und sucht den Freund und jenes Gesicht. / Doch ach, man findet sie leider nicht. /

Der Tod hat sie hinweg gerissen. / Der Feind hat sie auf dem Gewissen. .....

Und ein kühler Abendwind / Streicht zart ihm übers Gesicht /

Es ist wie ein Gruß, oder ist es nicht / Als ob Hände darüber gleiten /

Und die Geliebte aus endlosen Weiten / Ist ihm plötzlich so greifbar nah, /

so dass er nicht weiß, ist's Traum oder wahr.

Sie feierte die romantische, ewige Liebe als zukunftslose Fernbeziehung, in der nur der Wind die Küsse weiter trägt und das Versprechen ewigen Gedenkens die Erfüllung ersetzt. Die trostlose Perspektivlosigkeit für Deutschland, aber auch für sich selbst ließ sie verzweifeln.

Oh Zukunft, was wirst du uns bringen?
Wird es den Feinden wirklich gelingen,
Uns unsere Heimat wegzurauben?

Dreiundzwanzig Jahre war sie alt, und sie träumte vom ersten Kuss, von einem Spaziergang durch die Felder mit dem Geliebten, während ringsherum die Welt in Flammen aufging.

Leb wohl, du Lieber, wo du auch bist,/ denke, dass eine dich nie vergisst,

Und soll uns die Zukunft nicht mehr erlauben / An unsere ewige Bindung zu glauben, /

Dann lasse dich grüßen durch Sonne und Sterne, / Die dich auch finden in endloser Ferne.

Nie hätte sie gewagt, Frenne ein solches Gedicht zu schicken, aber er war die ferne Hoffnung, die sich mit ungewissen Träumen von besseren Zeiten verband.

Als Simon und Sophie Jakobs Anfang November 1944 aus der Evakuierung zurückkehrten, fanden sie eine Trümmerlandschaft vor. In der

Celsiusstraße standen noch zehn der vierundzwanzig Häuser. Zwar hatte ihr Haus eine Brandbombe abbekommen, die den vorderen Raum im ersten Stock total verwüstet und das Dach zu großen Teilen zerstört hatte, aber es stand noch. Die meisten Scheiben an der Südseite waren zersplittert. Eindringendes Regenwasser hatte den Holzfußboden ruiniert. Das Prunkstück des Wohnzimmers, die Standuhr mit dunklem Eichengehäuse und Westminsterschlag, war umgekippt, und das Glas zerbrochen. Aber als Simon sie aufrichtete und aufzog, begann sie sogleich wieder zu schlagen. Die Mauern des acht Jahre alten Hauses waren rußgeschwärzt und mit Löchern von kleineren Einschüssen übersät. Im Wäscheschrank war nur noch die Hälfte der Bett- und Tischwäsche vorhanden. Weder Simon noch Sophie äußerten ein Wort der Klage. Sie hatten schon zu viel verloren.

Im November wurde Edith, ebenso wie Celia, zur Wehrmacht eingezogen. In der Transport-Kommandantur in Neustadt an der Weinstraße wurden sie als Telefonistinnen eingesetzt. Doch da die Mutter in diesem Winter schwer erkrankte und sich nach einer großen Operation nur langsam erholte, ließ sie der Vater immer wieder vom Dienst freistellen, um Sophie beizustehen.

Es verging kaum eine Nacht ohne Bombenalarm. Häufig erwies er sich zum Glück als falsch, aber man konnte sich nicht darauf verlassen. Die Nerven lagen blank. Wenn wieder einmal der Güterbahnhof bombardiert wurde, immer heftiger, immer zielgerichteter, bebte das Gewölbe des Bunkers. In einer Nacht brach plötzlich ein Felsbrocken aus der Wand. Er traf den Rücken einer jungen Frau, die direkt darunter saß und erschlug das Kind in ihrem Arm.

In diesen Wintermonaten 1944/45 verlor Edith jedes Zeitgefühl. Die ständige Angst vor dem Alarm der Sirenen, die tägliche Bedrohung, die furchtbaren Stunden im Bunker, die Sorge, ob man etwas Essbares auftreiben könne, der hohle, schwindlig machende Hunger, die Angst um die Eltern, die ständig krank waren, ohne dass man entsprechende Medikamente besorgen konnte, zermürbten sie. Jedes laute Geräusch ließ sie zusammenschrecken. Sie lebte von Tag zu Tag in einer uferlosen Perspektivlosigkeit. Seit Rudolf gefallen war, war ohnehin jedes Lachen, jede Lebendigkeit aus dem Haus verbannt. Simon und Sophie hatten sich wenig zu sagen. Sophie vertraute sich mehr und mehr ihrer Tochter an und besprach mit ihr die Probleme des Alltags.

Wie eine Insel des Friedens erschien Edith das Weihnachtsfest 1945. Nach der Christmette ging sie durch die verschneite, Sternen funkelnde Nacht nach Hause, voll weher Gedanken an die Bekannten und Freunde an fernen Fronten, an all die jungen Toten, die sie in den letzten Jahren betrauern musste und an Frenne im Gefangenenlager in Ägypten. Aber sie war noch jung genug, um sich für einen Moment der frohen Hoffnung hinzugeben. Vielleicht gab es doch noch ein Glück?

Die Sehnsucht danach, dass dieses Leben noch etwas anderes bereit halte als tägliche Pflicht, floss in ihre Verse:

Wenn der Tag zu Ende geht und die Dämmerung sinkt herein,
Dann leg ich die Arbeit nieder und lass Sorgen Sorgen sein,
Lass die arbeitsmüden Hände still in meinem Schoße ruhn,
Und im Frieden dieser Stunde ist vergessen schweres Tun.
Dann träume ich von schönen Zeiten, die ach liegen gar so weit
Und ich sehne mich nach Liebe und ein bisschen Zärtlichkeit.
Sehne mich nach starken Händen, denen ich vertrauen kann
Und den richtigen Weg mich führen auf der harten Lebensbahn.
Doch die Sehnsucht ist das Einz'ge, was geblieben ist für mich,
und sie wird mich stets begleiten, Tag und Nacht und ewiglich.

Die Welt zersprang in Stücke. Millionen von Menschen im Deutschen Reich und in anderen Ländern Europas war seit der Machtergreifung Hitlers grausames Unrecht angetan worden. Ein großer Teil der deutschen Bevölkerung, mehr als sechs Millionen jüdische Mitbürger, war verfolgt, ihrer Rechte beraubt, vertrieben oder ermordet und aus dem Gedächtnis der anderen ausradiert worden. Millionen von Soldaten vieler Nationen waren gefallen oder in Gefangenschaft geraten. Mit Hilfe der alliierten Kriegsmaschinerie wurde täglich alles technisch Machbare eingesetzt, um dieses Deutsche Reich zusammenzubomben, in die Knie zu zwingen, das Desaster siegreich zu beenden und Europa zu befreien. Invalide und Kinder von sechzehn, siebzehn Jahren schickte das nationalsozialistische Regime in diesen letzten Monaten dem Feind entgegen, mobilisierte alles verfügbare Material: Panzer, Bomber, Menschen. Um den Wahnsinn bis zum Äußersten aufrecht zu erhalten, peitschte man Durchhalteparolen und Siegesgewissheit in die Gehirne der verzweifelten Untertanen.

Ungeübt in selbstverantwortlichem, staatsbürgerlichem Handeln und durch die Kaiserzeit an Unterwerfung gewöhnt, gaben sich viele

Deutsche unpolitisch, schlossen die Augen und versuchten in der Deckung, im privaten Rückzug zu überleben. Die Jugend aber war um alles gebracht, ehe sie zu leben begonnen hatte, und ging einer politischen Zukunft in Schuld und Schande entgegen.

Mitte Januar '45 hörten die Bombenangriffe allmählich auf. Ganze Stadtteile von Saarbrücken, auch das Zentrum und die Altstadt, lagen in Trümmern.

Das Ende des Krieges am 8. Mai war kein Anlass zu Jubel. Noch nicht einmal ein Gefühl der Befreiung kam auf. Sicherlich war man froh, überlebt zu haben. Auch registrierte man dankbar, dass man nicht mehr der ständigen Gefahr von Bombardierung und Beschuss ausgesetzt war. Aber die Menschen waren erschöpft und ausgelaugt.

Jetzt, da die Normalität wieder beginnen sollte, zog man Bilanz. Hanne Meringers Sohn Peter war noch in den letzten Kriegsmonaten gefallen. Den Tod ihres Mannes hatte sie noch nicht verkraftet. Ihre Schwiegertochter Margret erwartete unter Tränen das Kind, das Peter nicht mehr erleben durfte. Und doch sagte Hanne: »Gut, dass der Jupp das nicht mehr mitbekommen hat.« Die Soldaten kehrten heim, nicht aber die Söhne von Magda Gerdes. Willi Groß, Simons Freund, wurde vermisst. Die Brinkmanns hatten zwar ihren Sohn wieder, aber durch einen Kopfschuss war er fast erblindet. Man registrierte, wer heimkehrte. Man freute sich für die Familien, aber es schmerzte bitter.

Von Mugje erfuhr Edith, dass ihr Bruder Frenne sich immer noch in englischer Kriegsgefangenschaft in Afrika befand und an eine Entlassung noch gar nicht zu denken war.

Das Saargebiet, wie dieser Teil der französischen Besatzungszone genannt wurde, unterstand nun zunächst der französischen Militärregierung. Jeder Einwohner von Saarbrücken erhielt eine Registrierungskarte, die aber nicht einem Pass gleichzusetzen war. In ihr war vermerkt, dass es der registrierten Person »strengstens verboten« war, »sich von diesem Ort zu entfernen.« Zuwiderhandlungen führten zu sofortigem Arrest. Das Saargebiet wurde zunächst ein eigenständiges, von der Bundesrepublik Deutschland rechtlich abgegrenztes Gebilde, das wirtschaftlich an Frankreich orientiert war. Ja, es hatte sogar ab 1954 eine eigene Währung, den Saarfranken.

Nach Kriegsende arbeitete Mugje als Operationsschwester im Krankenhaus Reppersberg. Edith war Telefonistin, später Buchhalterin im Amt für Wirtschaftskontrolle und Preisbildung.

Die Freundschaft der beiden jungen Frauen hatte den Krieg überdauert, aber er hatte auch die Gegensätze zwischen ihnen verschärft. Während Mugje versuchte, lebenshungrig versäumte Freuden nachzuholen, und in der wenigen Freizeit, die ihr der anstrengende Beruf ließ, zum Tanzen ging oder mit Freunden feierte, zog sich Edith immer mehr zurück. »Komm mit!«, forderte ihre Freundin sie mehr als einmal auf. »Wenn du in deinem Schneckenhaus sitzen bleibst, wirst du nie jemanden kennen lernen.«

Das war ein wunder Punkt. Viele der jungen Männer, die Edith gekannt hatte, waren gefallen. Frenne war aussichtslos fern. Sie schrieb ihm noch ab und zu in großen Abständen. Aber das Entscheidende war, dass Edith keine Vorstellung von einem zukünftigen Leben hatte. Mit kritischer Distanz sezierte sie ihr Äußeres: Blass, mager, farblos, dünnes, gewelltes braunes Haar, die Nase ragte spitz aus dem schmalen Gesicht, die Brille übergroß; die braunen Augen dahinter – das musste sie zugeben – ganz passabel. Dennoch meinte sie, sie könne nicht gefallen. Die bewundernden Blicke ihres Kollegen Robert, sein Bemühen, sich mit ihr zu verabreden, übersah sie ebenso, wie die eindeutigen und die versteckten Heiratsanträge von Bernd, Celias Bruder, der den Krieg heil überstanden hatte.

Da ganze Wohnblocks zerstört waren, ja ganze Wohngebiete bis auf wenige Häuser, verfügte die Militärregierung die Einquartierung von Obdachlosen. Die Jakobs hatten noch ein Haus, auch wenn es viele Schäden aufwies. Edith und die Oma mussten sich ein Schlafzimmer teilen, das frei gewordene Zimmer bewohnten eine Frau Kugler und ihre Tochter, die etwa in Ediths Alter war. Im Badezimmer musste für die beiden eine Behelfsküche eingerichtet werden. Nun benutzten sechs Menschen das Badezimmer, allerdings mit völlig unterschiedlichen Vorstellungen von Sauberkeit.

Genossin Kugler spielte sich gleich am ersten Tag auf wie eine Hausbesetzerin. »Jetzt sind wir am Drücker. Ich war immer Kommunistin. Meinen Kurt haben sie sogar eingesperrt deswegen. Ihr habt euch ja gut gehalten mit den Nazis, habt bestimmt gut abgesahnt. Immerhin ein Häuschen. Na ja. Nicht mehr lang. Wir werden mit dem Nazipack schon aufräumen, dann bin ich obenauf, und dann könnt ihr sehen, wo ihr bleibt.«

Dieser Vortrag war die hochdeutsche, geglättete Version, die Sophie

Hanne Meringer hinterbrachte. Aber sie setzte hinzu: »Sie können sich nicht vorstellen, wie ordinär dieses Kommunistenweib ist. Die kommt aus der hintersten Gasse. »Am Arsch« und »Sau«, sagt sie und Schimpfwörter, die kann man nicht wiederholen. Der Simon regt sich so auf über dieses Pack, dass sein Zucker immer höher steigt. Aber das Schlimmste ist der Dreck. Das Bad starrt vor Fett, weil die dort auch kochen. Überall liegen Haare herum und schmutzige Wäsche. Als die Kugler weg war, habe ich mal in das Zimmer hineingeguckt. Ich dachte mich trifft der Schlag. Das reinste Chaos, und alles verdreckt.« Die nächste Horrormeldung über die Kuglers brachte Sophie eine Woche später: »Frau Meringer, ich kann nicht mehr. Wir haben Kakerlaken im Haus. Die Kugler hat sie eingeschleppt. Und ein Gestank ist das im Bad und auf dem Flur! Die schleppt ihre ganzen Kommunistenfreunde an und feiert mit denen bis in die Nacht. Kein Auge hab' ich gestern Nacht zugetan.« Danach hörte Hanne Meringer nichts mehr von Sophie.

Eine Woche später ging sie in die Celsiusstraße. An der Haustür traf sie auf Dr. Reimann, den Hausarzt der meisten Bewohner auf dem Krämersberg. »Gelbsucht«, sagte er gerade lapidar zu Edith. »Hier ist ein Rezept. Aber das Wichtigste ist das Attest. Geh damit zum Stadtamt, das für die Einquartierung zuständig ist.« »Vor Ekel über dieses unsaubere Pack habe ich jetzt die Gelbsucht bekommen«, sagte Sophie, die schwerkrank im Bett lag, zu ihrer Freundin. Edith hatte den Auftrag, mit Hilfe des ärztlichen Attests die Einquartierung rückgängig machen zu lassen. »Die müssen raus!«, instruierte sie Sophie. Simon war nicht mehr in der Lage, solche Dinge zu regeln. Schon die Arbeit in der Firma überforderte ihn. Zum ersten Mal musste Edith sich durchbeißen. Es gelang, trotz ihrer Schüchternheit.

Anfang Januar 1946 schrieb Frau Hellenbrecht in tiefer Sorge um ihren Sohn an Edith: »Frenne schreibt noch jeden Monat. Es scheint, dass er wieder mehr Mut am Leben bekommt. Es ging ihm nicht arg gut, wie der Krieg vorbei war. Na ja, immer in Egypt in de Wüste und nicht einmal wissen wann ihre Erlässungsheit kommt. Liebe Edith schreibe ihm doch einmal. Es soll ihm freuen, bestimmt. Er ist auf ein Bureau von Transportautos in de Wüste als Dolmetscher und Fahrer.« Auch teilte sie Edith die neue Adresse der Kriegsgefangenen mit. Ihr Brief endete mit guten Wünschen zum neuen Jahr für ihre Eltern. »Und Sie, liebe Edith, sei herzlich geküsst von Ihre Frau Hellenbrecht.«

Als Edith hörte, wie sehr Frenne die Ungewissheit quälte, wann seine Gefangenschaft ein Ende haben würde, ja dass es ihm seelisch sehr schlecht ging, war sie tief betroffen. Doch was sollte sie ihm schon schreiben? Von den Ruinen, den Steinhaufen am Straßenrand, den Bombentrichtern, die allmählich zuwucherten, von dem Hunger, an den man sich nie gewöhnte, von den demütigenden Betteltouren in die Pfalz, – Hamstern nannten das die Leute – wo sie bei irgendwelchen Bauern, die alles im Überfluss hatten, das ganze Haus putzte und im Stall half, während der halbwüchsige Sohn um sie herum scharwenzelte, und die ihr später mit den Worten: »Wollen mal nicht so sein!«, eine Speckseite und ein paar Kilo Kartoffeln zusteckten? Oder von ihrem öden Büroalltag, von den Hochzeiten ihrer Freundinnen, von Gleichaltrigen oder, schlimmer noch, von Frauen aus ihrem Bekanntenkreis, die jünger waren als sie, wie ihre Mutter nie zu erwähnen vergaß?

Auch Mugje hatte den Mann fürs Leben gefunden und wollte demnächst heiraten, sie warteten nur noch auf seine Papiere. Für Thomas Erler war es Liebe auf den ersten Blick. Er war ein ernsthafter, distinguierter Herr, fünfzehn Jahre älter als Mugje, war schon im Ersten Weltkrieg Soldat gewesen, hatte bereits eine Familie gehabt und verloren. Sein Sohn war 1942 gefallen und seine erste Frau war im letzten Kriegsjahr gestorben. Mit der lebensfrohen, immer optimistischen Mugje wollte er einen Neuanfang wagen, ein zweites Leben. Er hatte sie im Reppersberg-Krankenhaus kennen gelernt, wo er einige Wochen als Patient gelegen hatte. Aber er musste Monate um sie werben, bis sie ihn wahrnahm und sich in ihn verliebte.

Celia, die lebenszugewandte, energische Celia hatte sich in den sanften Friedhelm Langenfeld, verliebt. Er war Goldschmied, ein richtiger Künstler, der aus Gold und Silber wahre Kunstwerke mit Blumenranken, Krönchen und zarten Blattmustern fertigen konnte. Auch konnte er wunderbar zeichnen. Doch meist musste er mit langweiligen, oft kniffeligen Reparaturen alter Schmuckstücke sein Geld verdienen. Celias Eltern hatten ihn nach dem Krieg in ihrem Juweliergeschäft eingestellt.

Edith begann Frenne wieder öfter zu schreiben. So sehr ihre Gedanken um ihn kreisten, war sie doch nicht die Frau großer Worte.

Sophie ahnte nichts von dem Herzklopfen, von der stillen Aufregung, die ihre Tochter Edith erfasst hatte, seit sie wusste, dass Frenne im August 1947 heimgekehrt war. Er war in Brebach bei seiner Mutter und seiner Schwester Lil untergekommen. Anfang September lud Frau Hellenbrecht sie zu Frennes Geburtstag ein. In ihrem Brief erzählte sie Edith, wie glücklich sie sei, dass die kleine Susanna, Mugjes drei Monate alte Tochter, endlich gesund geworden war. Und wodurch? Durch einen Sack Reis, den Frenne mitgebracht hatte. Er hatte ihn in Griechenland für seine Abfindung eingetauscht. Aber das hatte Edith bereits von Mugje erfahren. Frenne, der große Bruder, den Mugje schon immer vergöttert hatte, war der Retter, der Held.

Und seine Rückkehr sollte nun gefeiert werden, »nur im kleinen Kreis von die Familie«, wie Frau Hellenbrecht schrieb. Florence würde vielleicht ihren Freund, Herrn Keller, mitbringen, was Mutter Hellenbrecht eigentlich nicht recht war: »Er ist ja noch verheiratet.« Und natürlich wollten Mugje und ihr Mann, Thomas Erler, mit der kleinen Susanna vorbeikommen.

Die kleine Zwei-Zimmer-Wohnung schien Edith fast überfüllt, als sie an jenem Spätsommernachmittag in Brebach eintraf. Im Wohnzimmer war die mit Blumen geschmückte Festtafel aufgebaut. Eine richtige Torte mit echter Buttercreme – ein Wunderwerk der Lebensmittelorganisation in diesen Zeiten – prangte in der Mitte. Auf der Anrichte stand eine Schüssel mit Schokoladenpudding mit dem Schild: »Für Frenne ganz speziell von Lil«.

Nichts davon hätte Edith später berichten können. Weder Lils liebevolle Begrüßung noch die Komplimente von Mugjes Mann Thomas nahm sie richtig wahr. Später auf dem Nachhauseweg erinnerte sie sich nur noch an ihre Verlorenheit in dieser fröhlichen Gesellschaft, in der alle einen festen Platz hatten, an ihre Angst, weil sie trotz der ermunternden Herzlichkeit der anderen nichts in den pulsierenden Gesprächslärm einwerfen konnte, und an ihn, dessen fremd gewordenes, schmales, braun gebranntes Gesicht sie erst nach und nach mit ihren Erinnerungen in Übereinstimmung bringen konnte. Und an seine Worte: »Edith, wie mich das freut, dich hier zu sehen! Vielleicht stimmt es ja doch, dass man sich etwas wünschen soll, wenn man eine Sternschnuppe sieht. Auf der Fahrt durch die Ägäis fiel ein ganzer Regen von Sternschnuppen durch den Nachthimmel. Aber ich dachte nur: »Was für ein Aberglaube.«

Als Frenne Ende September zum ersten Mal in die Celsiusstraße eingeladen wurde, als er sich darauf einließ, ihre Eltern kennen zu lernen, wusste Edith, dass er genau wie sie an eine gemeinsame Zukunft dachte. An jenem Abend spürte sie, dass er wie ein belebender, prickelnder Wind die Schatten aufwirbelte. Seine Anteilnahme war tief und ehrlich. »Ich habe so viele Freunde in diesem grausamen Krieg verloren. Es sind oft die Besten, die zu früh gehen müssen.« Dieser abgegriffene Satz gewann durch die bewegte Ernsthaftigkeit des jungen Mannes seine Bedeutung zurück. Frenne brachte Simon dazu, von seinem Sohn zu erzählen, aber er scherzte auch mit Ediths Großmutter, die ihn mit Plätzchen und selbst gebackenem Zwetschgenkuchen zu verwöhnen versuchte.

Edith registrierte erfreut, dass sich alle in seiner Gegenwart wohl fühlten, bis Simon die entscheidende Frage stellte: »Können Sie in ihre Firma zurückkehren oder haben Sie schon eine andere Arbeit gefunden?« Für einen langen Augenblick war es ganz still. Dann schaute Frenne zu Edith hin. In ihrem Gesicht sah er keine Unsicherheit, keine peinliche Berührtheit, nur ein großes Zutrauen.

»Die Leitung in meiner alten Firma hat gewechselt. Ich musste mir eine andere Arbeit suchen. Seit zwei Wochen arbeite ich als Maler und Gipser im Malerbetrieb Münch, als ungelernte Hilfskraft natürlich. Ich habe ja eine Ausbildung als Kaufmann. Wie es weitergehen wird, weiß ich nicht. Die Welt ist immer noch aus den Fugen. Man kann nicht von den Normalitäten und den Regeln ausgehen, die vor dem Krieg gegolten haben. Aber eines weiß ich, ich werde arbeiten und alle meine Fähigkeiten einsetzen. Das Einzige, worauf man in dieser Zeit bauen kann, ist, wenn man Glück hat, die Liebe eines anderen Menschen.«

Dieser kleine Vortrag rief unterschiedliche Reaktionen hervor, die aber erst offen geäußert wurden, als Frenne sich längst verabschiedet hatte. »Ein anständiger junger Mann, aber ohne rechten Ehrgeiz, scheint mir.« »Ich fürchte, er nimmt das Leben nicht ernst genug. Er hat so eine lockere Art über Beruf und Sicherheit zu reden. Edith, ich weiß nicht, ob er eine Frau oder eine Familie überhaupt ernähren kann.« Edith schwieg wie so oft, aber ihr Gesicht wies eine solch aufmerksame Strenge auf, dass die Eltern schließlich verstummten. Die Oma drückte ihr unter dem Tisch die Hand und lächelte ihr zu: »Ein richtiger Schalk ist er. Mir gefällt er. Er hat liebe Augen.«

An Weihnachten verlobten sich Frenne Hellenbrecht und Edith Jakobs und am 2. Juli 1948 fand die Hochzeit statt. Im Mai vor dem großen Fest schrieb Frenne seiner Verlobten:

Deine Stimme noch im Ohr, / Deine Blicke noch im Sinn /
Geh' ich von dannen. / Zwischen den Tannen /
Zu den Sternen empor / Wandern die Gedanken hin, /
Traumverloren. / Auserkoren /
Hab ich eine. / Bald wird's meine /
Königin.

Auch wenn Papier immer noch Mangelware war, gab es bei der Hochzeit Tischkärtchen, die Frenne in Schmuckschrift gestaltete. Auf die Rückseite seines eigenen und auf Ediths Kärtchen schrieb er die geheime, romantische gegenseitige Liebeserklärung: *ILD* und *DLM*. Der Schleier, der sich über dem Kranz mit Myrthen und weißen Rosen bauschte, betonte die Zartheit der Braut. Beide blickten auf dem Hochzeitsfoto mit großem Ernst, aber auch voller Zuversicht, in die Kamera.

Die Wohnungsnot war groß in Saarbrücken. Auch verdiente der junge Mann – Sophie und Simon nannten ihn jetzt Franz – nicht genug, um Miete zu zahlen. Es war also nur vernünftig, dass das junge Paar das Angebot annahm und sich bei Sophie und Simon im Haus einrichtete.

Für die Bewohner der Celsiusstraße war die Ankunft des neuen Bewohners ein gesprächsergiebiges Ereignis. Sein Pappkoffer war offensichtlich sehr leicht. In der anderen Hand trug er einen Toiletteneimer mit Deckel. Man stelle sich das vor! Freundlich grüßte er Frau Müller, die gerade Fenster putzte, Herrn und Frau Wagner, die den Bauschutt aus ihrem Vorgarten räumten, winkte dem Gesicht hinter der zitternden Gardine in Nummer achtzehn zu und nickte zu der Häuserecke am Ende der Straße hin, wo sich soeben noch zwei Frauen intensiv ausgetauscht hatten.

Der gute Wille war groß. Simon und Sophie opferten das Herrenzimmer in der unteren Etage, das nun in das Esszimmer integriert wurde, und richteten dort ihr Schlafzimmer ein. Die jungen Leute bezogen zwei Zimmer in der oberen Etage. In dem dritten wohnte immer noch Sophies Mutter. Bad und Küche nutzten alle gemeinsam. Edith arbeitete weiterhin bei der Behörde für Wirtschaftskontrolle und Preisbildung.

Für Edith gehörten Kinder zu ihrem Lebensplan. Für ihren Mann Frenne war ebenfalls die Gründung einer Familie das Lebensmodell, das er den Veränderungen, die er bereits selbst erfahren und erlitten hatte, entgegensetzen wollte. Mehr noch als Edith sah er die eigene Familie als Fortführung einer Tradition, als Wiederholung seiner Herkunftsfamilie, als Kontinuität trotz allem. Frenne träumte von einer großen Familie mit sechs Kindern. Ediths Vorstellung war weniger klar umrissen. Sie sehnte sich nach einem schutzbedürftigen Wesen, dem sie alle Liebe geben wollte, und nach einer sinnvollen Aufgabe, die mehr war als eine Arbeitsstelle; eine Aufgabe, die auch ihr einen Stellenwert gab.

Sieben Monate war Edith verheiratet, als sie spürte, dass sie schwanger war. In der beengten Wohnsituation mit drei Generationen unter einem Dach war es nur natürlich, dass diese Schwangerschaft nicht geheim gehalten werden konnte. Auch wusste Edith ja, wie sehnsüchtig die Eltern auf ein Enkelkind warteten. In dieser Zeit wurde sie zur Hoffnungsträgerin. Ihr war es gegeben, den Schmerz der Vergangenheit zu lindern und die Lebbarkeit einer immer noch ungewissen Zukunft zu beweisen. Wie nie zuvor spürte sie die Fürsorge der Mutter. Der Vater behandelte sie mit einem gewissen Respekt, so als sei sie auch in seinen Augen erwachsen. Edith genoss es in aller Bescheidenheit, für die Eltern von Bedeutung zu sein. Sie ahnte jedoch, dass dieses Kind, sobald es das Licht der Welt erblicken würde, ihr diese Beachtung wieder streitig machen und die verwaiste Stelle des verstorbenen Heldensohnes einnehmen könnte.

Noch mehr aber genoss Edith die strahlende Freude ihres Mannes. Frenne malte ihr in leuchtenden Farben ihr gemeinsames Familienleben aus, er flüsterte dem kleinen Wesen Ermahnungen zu, seiner Liebsten ja nicht weh zu tun, und streichelte zärtlich Ediths runder werdenden Bauch. Sie spürte, dass sie und dieses Kind ihm wieder Wurzeln gaben und seinem Relativismus, mit dem er sie oft erschreckte, etwas Beständiges, Wertvolles entgegensetzen konnte. Sie trug dieses Kind wie ein Geschenk für ihn.

Wenn Frenne seine Malerarbeiten in fremden Wohnzimmern beendet, alle Löcher an beschädigten Hauswänden ausgefugt und die Wände gegipst hatte, stürmte er nach Hause, warf seine weißen, staubigen Malerklamotten in die Ecke und nahm ganz vorsichtig seine Edith in die Arme. Er hatte schon gelernt, dass er zart mit ihr umgehen musste, sie nicht zu heftig umarmen oder bedrängen durfte. Auch nur die Andeutung eines Wunsches seiner zarten Geliebten, ließ ihn gleich wieder losrennen, um ein Schokoladen-Eclair oder einen fliederfarbenen Schal, von dem sie zufällig gesprochen hatte, zu besorgen.

Edith konnte auf so viel liebevolle Aufmerksamkeit gar nicht reagieren. Es war ihr fast peinlich, dass sie solche Aktionen in Gang gesetzt haben sollte, und doch tat es ihr gut. Sie strich Frenne leicht übers Haar, legte kurz ihr Wange an seine und murmelte: »Das ist doch alles zuviel. Das solltest du nicht.«

Vier Wochen vor der Geburt kündigte Edith ihre Arbeitsstelle und verabschiedete sich leichten Herzens und dankbar für alle guten Worte, die man ihr mitgab, von ihren Kolleginnen und Kollegen.

Die Geburt war für Edith ein Schock. Stunde um Stunde tobten die schneidenden Wehen durch ihren Körper, rissen sie hoch, erschöpften sie und unterwarfen sie gleich darauf wieder einem pulsierenden Feuerkrampf. Am Anfang hing sie noch mit ihren Gedanken an der Außenwelt, dachte an Frenne, auch an ihre Mutter. Aber irgendwann verengte sich die Welt auf den weißen Kreißsaal, die kommandierende Stimme der Hebamme und später auf die Stimme des Arztes, der die Hebamme anfuhr, weil sie ihn so spät erst gerufen hatte. Das Kind ließ sich nicht drehen. Für einen Kaiserschnitt war es zu spät. Edith fand sich damit ab zu sterben, wenn nur die Schmerzen ein Ende finden würden. Sie verlor das Bewusstsein. Ein schrecklicher Schmerz, der ihren Schoß zerriss, warf sie zurück. Dann hörte sie den dünnen Schrei: Sie hatte ein Mädchen geboren.

Erst als das schrumpelige, kleine Wesen gesäubert und zu einem weißen Wickelpaket geschnürt war, legte man ihr das Kind in den Arm. Stolz und froh sollte sie jetzt sein. Doch sie fühlte nur die kleine, warme Last, für die sie jetzt verantwortlich war. Frenne war so erleichtert, dass Edith die Geburt überlebt hatte, dass er das Kind gar nicht beachtete. Schuldbewusst wegen seines Anteils an dem schmerzvollen Ereignis und voller Zärtlichkeit streichelte er Ediths blasses Gesicht, küsste ihre schmalen Hände, ihre Stirn, ihre Augen, bis sie ihn anlächelte. Ein Mädchen, flüsterte sie.

Als Frenne schließlich begriff, dass er Vater geworden und das schreiende Bündel hinter der Scheibe seine Tochter Marlene war, erfüllte er alle Klischees, die jemals einem verrückten, vernarrten Vater nachgesagt wurden. Er spendierte den Schwestern und der Hebamme Kuchen, versorgte Edith mit Schokoladen-Eclairs, baute einen riesigen Rosenstrauß auf dem Nachttisch neben ihrem Bett auf; eilte nach Hause, um mit den stolzen Großeltern mit Sekt anzustoßen und zu seiner Mutter, der er mit Tränen der Freude zu ihrer neuen Enkeltochter gratulierte. Und er begann Tagebuch zu führen über sein Kind. Briefe an den Klapperstorch schrieb er auf die erste Seite des schwarzen Schulhefts, in dem er sein tiefes Glück, seine überschäumende Hoffnung, seine neue Lebensfreude in tanzende Worte drängte.

Manchmal trägt man unbewusst eine Vorstellung in sich, wie das Leben sein sollte, kein richtiges Bild, mehr einen existentiellen Umriss, der erst dann richtig greifbar wird, wenn alles ganz anders kommt. Von ihrem Bett im Schlafzimmer aus hörte Edith, wie ihre Mutter Sophie Marlene ein Schlafliedchen vorsang. Edith war sehr krank nach der Geburt. Nun war sie wieder die Tochter. Zu schwach um ihr Kind selbst zu baden, ungeeignet ihr Kind zu stillen, überließ sie es Sophie.

Als sie wieder auf den Beinen war, bestand sie darauf, dass ein Gasherd im Badezimmer aufgestellt wurde. Sie wollte für ihre kleine Familie in der oberen Etage selbst kochen. Penibel pflegte sie den kleinen Kinderkörper und achtete darauf, dass Marlene immer sauber angezogen war. Die kleine, warme Last auf ihrem Arm ließ sie ihre Verantwortung spüren. Manchmal schrie das Kind mit unerschöpflicher Energie. Dann fühlte sich Edith seltsam hilflos.

Sie sah, wie Sophies Mutter mit verklärtem Blick auf das Kind in ihrem Arm schaute und die winzigen Fingerchen bewegte. »Du bist die neue Zeit«, konnte sie dann sagen. Wie die greise Prophetin Hanna, die bei der Darstellung Jesu im Tempel in dem göttlichen Kind den Erlöser erkannte, so erschien sie Edith in diesem Augenblick. Wenige Monate später starb die alte Frau. Alle im Haus vermissten ihre Güte, ganz besonders Edith.

Edith hörte, wie ihre Mutter mit ihrer schönen Altstimme dem Kind Lieder vorsang, mit kleinen Kitzelspielen und Hoppe Reiter Marlene in jauchzendes Lachen ausbrechen ließ, und wie sie über das Bettchen gebeugt das erste Kindergebet sprach.

Nur wenn Edith allein war mit dem Baby, wagte sie ganz ungeübt zu singen: *Zwischen Berg und tiefem, tiefem Tal, saßen einst zwei Hasen ...* Sie schützte es mit ihrem Brautschleier, den sie über das Verdeck spannte, vor Insekten, wenn der Kinderwagen auf dem Balkon stand. Sie strickte kunstvolle Muster in die kleinen Mützen und Jäckchen und bestickte den Saum der Kleidchen mit Blumenketten und -kränzen. Als das Kind zu laufen begann, entstanden mit einem Schlag tausend Gefahren, die sie von ihm fern halten musste. Und all die Krankheiten erst!

Frenne tanzte mit Marlene auf dem Arm durchs Zimmer, zeigte ihr jede Blume, jeden Vogel am Wegrand, erzählte ihr kleine Geschichten von ihrer allerliebsten Mutti. Er hatte mittlerweile eine Stelle in der neu gegründeten Möbelfabrik seines Schwagers Ludwig Keller angenommen – nach so vielen Jahren hatte dieser doch noch seine Schwester Nic geheiratet – und war als Werksvertreter unterwegs. Ediths Aufgabe war weitaus unklarer.

Marlene war mit zweitem Vornamen Simone getauft, ein Zugeständnis an Ediths Vater, nachdem Rudolfina erfolgreich abgewehrt werden konnte. Simon blühte auf, seit das Kind da war. Sobald es laufen konnte, machte er mit ihm kleine Spaziergänge. Marlene hatte zwar blonde Locken und keine schwarzen, aber die Ähnlichkeit mit seinem Sohn Rudolf war für ihn offensichtlich.

Jeden Morgen, wenn es ihm gut ging, zog er los mit der Blechkanne in der Hand, wanderte die Steig am Krämersberg hinab, die Trift hinauf bis zum Milchgeschäft. Die kleine Kinderhand, das Geplapper da und da, ihr Staunen über Pusteblumen und krabbelnde Käfer, später ihre kleinen Begehrlichkeiten: Nach den schillernden, pastellfarbenen Bonbons in den dickbauchigen Gläsern, den Marzipanstangen, deren Ende mit Schokolade ummantelt war, das alles war ein spätes Glück. »Alles kann der Mensch nicht haben!«, belehrte er das Kind. Er tröstete es, wenn es sich im Tabakladen Brinkmann vor dem riesigen Schäferhund ängstigte, der immer in der Nähe des jungen Brinkmann lag. Er erklärte dem Kind, dass es sich vor der dunklen Brille nicht zu fürchten brauche, dass Herr Brinkmann fast blind sei und der Hund, Hasso, ihn führe. Manchmal trafen sie Herrn und Hund im Wald. Dann wagte Marlene Hasso mit spitzen Fingerchen zu streicheln, immer mit vertrauensvollem Blick auf den Großvater.

Einmal, Marlene war schon drei Jahre alt, schaukelte sie, indem sie sich mit den Füßchen vom Tischrand abstieß, auf dem großen Stuhl nach hinten, bis er nur noch auf zwei Beinen stand und wippte vergnügt vor und zurück. Mit einem Schlag rutschte der Stuhl weg, das Kind kippte mit dem Stuhl nach hinten und schlug rückwärts auf dem Boden auf. Tief erschrocken über den polternden Lärm und von Marlenes lautem Geschrei aufgeschreckt, sprang Edith herbei, und als sie sah, dass das Kind den Sturz unbeschadet, wenn auch mit einer Beule am Kopf, überstanden hatte, ging ihre Erleichterung in zorniges Geschimpfe über: »Warum hörst du denn nicht auf die Mama? Ich habe dir schon so oft gesagt, du sollst nicht mit dem Stuhl wippen.« »Lass doch das Kind!«, unterbrach Simon seine Tochter. »Es ist doch noch so klein und erkennt die Gefahr nicht. Komm her Kleines, ich puste dir auf deine Beule.« Edith erkannte den Vater ihrer eigenen Kindheit nicht wieder.

Als sein Diabetes immer schlimmer wurde und seine Krankenhausaufenthalte in Homburg immer länger, wünschte er sich nichts sehnlicher, als dass das Kind ihn besuchen käme. »Bring mir das Kind!«, bat er. Er überschüttete das kleine Mädchen mit Geschenken. Kleines Kochgeschirr für die Puppen. Eine riesige Puppe, fast so groß wie Marlene, mit Schlafaugen und richtigem Haar. Sie wurde Simone genannt. Und kurz vor ihrem vierten Geburtstag ein blaues Fahrrad mit Stützrädern. Simon war zwar nach langem Krankenhausaufenthalt zu Hause, aber er konnte nicht mehr aufstehen. »Gib ihr das Fahrrad heute«, sagte er zu Sophie. »Bis zum Geburtstag dauert es noch zu lang.« Marlene durfte auf dem Rädchen bis zu seinem Bett fahren. Aber sie musste ganz leise sein. Als sie nach seiner Hand griff, blinzelte er ihr verschwörerisch zu. »Du bist richtig«, sagte er.

Simons Tod war ein Einschnitt, der zum Wendepunkt hätte werden können. »Komm wir ziehen jetzt in eine eigene Wohnung. Ich verdiene genug«, sagte Frenne. Zum ersten Mal ergriff er die Initiative, wollte seine Liebste retten. Aber Edith brachte es nicht fertig. »Jetzt, gerade jetzt geht es nicht. Meine Mutter wäre dann ja ganz allein. Nein, ich kann das nicht!«

Sophie bot der jungen Familie an, mit ihr zusammen das Haus zu bewohnen. Sie behielt sich nur ein Schlafzimmer in der oberen Etage vor und wollte, dass ein Teil ihrer Möbel im Esszimmer stehen blieb. Auch trat sie das Schlafzimmer aus dunkler Eiche mit der grün-goldenen Steppdecke an die jungen Leute ab. Ob Frenne darüber glücklich war, weiß man nicht. Edith hielt sich zurück, wie immer.

Erst Jahre später vermisste Edith manchmal die beengten, in vieler Weise provisorischen Verhältnisse in der oberen Etage. In der Enge des alten Wohnzimmers hatte man dicht gedrängt um den runden Tisch die ersten Familienfeste gefeiert. Frenne verstand es, unterhaltsame Geschichten zu erzählen, aus allem eine Story zu machen, auch mal eine Szene aus dem Stegreif vorzuspielen. Lil und Mugje, ebenso lebhaft wie er, warfen ihm schlagfertige Antworten zu, fassten die Alltagstrübnisse in merkwürdige Geschichten, über die alle in Lachen ausbrachen und die Thomas mit der ihm eigenen Ironie kommentierte. Marie-Jose und Sophie, die beiden Alten in der Runde, lächelten still in den fröhlichen Lärm der Jugend. Auch Ediths Freundin Celia und ihr Mann mit ihrem kleinen Sohn Matthias, der ein halbes Jahr älter als Marlene war, waren oft bei diesen Festen dabei.

Die Beziehung zu Celia war durch die Ähnlichkeit der Lebenssituation noch enger geworden. All die Jahre zuvor hatten die beiden jungen Frauen viele Abende und Wochenenden bei Celia zu Hause miteinander verbracht und waren oft gemeinsam in Urlaub gefahren. Sie hatten sich ihre Träume und Ängste erzählt. Die furchtbaren Kriegsjahre und die kargen, aber zukunftsträchtigen Nachkriegsjahre miteinander durchgestanden. Celia hatte eine Zeitlang heimlich gehofft, dass sich die Freundin für ihren Bruder Bernd entscheiden würde, der sich zwei Jahre vergeblich um Edith bemüht hatte. Aber nun schloss sie, unkompliziert wie sie war, die Ehemänner Friedhelm und Frenne und die beiden Kinder in ihre Freundschaftsbeziehung ein.

Celia war einfach da. Sie fragte nicht lange, ob sie helfen könne. Ihr konnte Edith ihre Bedenken anvertrauen, wenn die mütterliche Nähe im Haus sie zu ersticken drohte, wenn die Ängste um ihr blond gelocktes Kind ihr den Atem nahmen, wenn sie nicht glauben konnte, dass der Tausendsassa an ihrer Seite sie auch wirklich liebte. Celia führte den Brauch ein, dass sie sonntags zusammen kochten, abwechselnd bei ihr und bei Edith.

Die beiden gleichaltrigen Kinder vertrugen sich gut miteinander, so schien es, und Edith fühlte sich entlastet. Als Marlene älter wurde, maulte sie manchmal, dass sie doch lieber malen, Matthias aber immer nur die Buntstifte spitzen wollte, bis sie abbrachen und schließlich ganz klein waren. Doch das waren Nebensächlichkeiten. Abends legte man die Kinder nebeneinander ins Bett und redete, trank ein Glas Wein und hörte Radiomusik.

Celia hatte keine Probleme, ihren kleinen Matthes, wie sie ihn nannte, an das Töpfchen zu gewöhnen, ein absoluter Kompetenzbeweis mütterlicher Erziehungsfähigkeit. Überhaupt war für Celia vieles einfacher, und das sagte sie dann auch.

Die erste Urlaubskarte aus ihrem ersten Familienurlaub galt natürlich der Freundin:

»Liebes Edithchen!
Nun sind wir schon acht Tage hier und haben noch nichts von uns hören lassen. Du weißt ja, wenn man gar nichts zu tun hat, wird man total be-

quem. Bei Euch ist doch sicher ein herrlicher Friede eingekehrt, seitdem wir nicht allabendlich Eure Ruhe stören und auch die sonntägliche Sondervorstellung unseres Sohnes wegfällt. Aber kein Glück ist ungetrübt. In spätestens vierzehn Tagen sind wir wieder da. Deckt Euch gründlich mit Watte ein; unser Sohn kann schon viel besser brüllen als vorher. Auch sonst hat er erhebliche Fortschritte gemacht. Ich freue mich auf den nächsten Besuch. Es gibt viel Nettes zu erzählen.«

An manchen Wochenenden überredete Frenne seine Liebste, doch mit ihm allein etwas zu unternehmen, ein Picknick zum Beispiel. Er baute mit Marlene im Wald kleine Häuschen und Höhlen aus Zweigen, versteckte sich hinter dicken Buchenstämmen oder setzte sie auf seine Schulter und ritt mit ihr auf stolzem Rappen durch das Unterholz. Indessen breitete Edith die Picknickdecke aus und arrangierte die vielen Köstlichkeiten, die sie zu Hause vorbereitet hatte. Auf ausgebauten Autositzen und auf niedrigen Klappstühlchen ruhte man sich aus und ließ den Sommertag über sich hinwegwehen. Vielleicht sah das Glück für Edith genau so aus. Vielleicht.

Celia erwartete, dass man sich an Vereinbarungen hielt. Sie begann zu schmollen, in der sicheren Erwartung, dass Edith sich schon bald melden würde und der schöne Rhythmus sonntäglicher Nähe, gemeinsamer Spaziergänge, von Geburtstagen und Jahresfesten sich wieder einstellen würde. Aber Edith hatte keine Übung darin, den ersten Schritt zu tun. Auch sie vermisste die Freundin, erwartete von ihr ... Oder war sie manchmal froh, dass sie mit Frenne und Marlene allein war?

Die Zeit verrann. Eines Tages klingelte Celia unangemeldet an der Tür. Hinter ihr standen Friedhelm und der kleine Matthias. Celia eröffnete sofort mit einer klaren Folge von Vorwürfen. Dann aber verzieh sie großzügig und plante den restlichen Tag. Edith versuchte ihr zu erklären, dass sie und Frenne ... Man verbrachte den Tag schließlich gemeinsam.

Drei Weihnachtsfeste, vier Kindergeburtstage, zwei Weihnachtsmärchenspiele im Theater, unzählige gemeinsame Abende später versuchte Edith, sich wortlos zurückzuziehen, einen Mittelweg zu finden, die Riten zu durchbrechen. Es gelang nicht. Ungeübt darin, ihre Wünsche zu äußern, machte Edith sich unsichtbar, sagte Termine ab, war nicht zu Hause. Irgendwie erwartete sie, dass die Freundin das schon verstehen und sich nach ein oder zwei Wochen wieder melden würde. Celia tat es nicht. Edith war enttäuscht, sie trauerte und konnte doch nicht zurück in die warme Geborgenheit der alten Freundschaft. Die Trennung war endgültig. Der Verlust war riesig.

Auch von Mugje zog sich Edith immer mehr zurück. Nachdem Mugjes zweites Kind zur Schule ging, hatte sie wieder zu arbeiten begonnen, zunächst stundenweise als Sprechstundenhilfe. Völlig unbemerkt begannen sich die Zeiten zu ändern. Zwar waren die meisten verheirateten Frauen Hausfrau und Mutter, wie es traditionell üblich war, aber ausgerechnet Ediths Schwägerinnen, die eine verwitwet, die andere geschieden, die dritte verheiratet, gehörten zu der langsam wachsenden Gruppe der Frauen, die berufstätig waren. Mit den Jahren wurde das Problem, das hieraus für Edith erwuchs, immer drückender, vor allem in Zeiten, in denen Frennes Einkommen nicht ausreichte, um die Familie zu versorgen. Jedes Wort, jeden Blick der Schwägerinnen interpretierte sie dann als Kritik oder Vorwurf. Auch spürte sie, dass ihre zurückgezogene Lebensweise bei den selbstbewussten, jungen Frauen auf Unverständnis stieß.

In einer Zeit, in der es noch keine zuverlässigen Mittel der Verhütung gab, in einer Zeit, in der überdies die katholische Kirche mit allem Einfluss, den sie in den Fünfzigerjahren noch hatte, das moralische Postulat vertrat, dass körperliche Intimität in der Ehe einzig der Zeugung neuen Lebens zu dienen hätte, war das Eheleben vieler junger Paare belastet. »Sie dürfen keine Kinder mehr bekommen«, sagte der Frauenarzt Dr. Wiesner zu Edith. »Von ihrer körperlichen Disposition her wäre auch beim nächsten Mal mit einer so schweren Geburt zu rechnen. Sie riskieren ihr Leben, wenn Sie noch mal schwanger werden.« Diese Mahnung war eine schwere Hypothek für die junge Ehe. Aber so wie viele andere retteten sie ihre Liebe mit einem Hürdenlauf von fruchtbaren und unfruchtbaren Tagen, schlechtem Gewissen und verweigerter Lossprechung.

Dennoch, fünf Jahre nach Marlenes Geburt wurde Edith wieder schwanger. Obwohl sie diesmal das Risiko klar vor sich sah und um die Schmerzen wusste, freute sie sich auf das Kind. Als Frenne Edith ins Krankenhaus brachte, war er verrückt vor Angst. Wie sollte er ohne sie weiterleben? Auch Edith war darauf gefasst, die Geburt möglicherweise nicht zu überleben. Sie verbarg ihre Ängste, versuchte an das kleine Wesen zu denken, das sie jetzt schon liebte, und setzte sich erneut der Feuerwalze von Schmerzen aus.

Verena, Ediths zweites Kind, war winzig, ihr linkes Ärmchen war blau und ihr Köpfchen ganz verdrückt, als sie zur Welt kam, auch dauerte es beängstigend lange, bis sie mit einem dünnen Weinen zu atmen begann. Edith, zerrissen und genäht, vom Kindbettfieber geschwächt, brauchte noch länger als beim ersten Kind, bis sie wieder auf die Beine kam. Seltsamerweise war sie glücklich. Sie beschützte ihr Baby vor Marlenes schmutzigen Händchen, mit denen sie nach ihm griff, sie ließ es nicht zu, dass ihre Mutter das Kind versorgte, und sie fühlte sich unendlich ruhig und zufrieden, wenn es in ihrem Arm lag, so schön, so glatt, die großen, dunklen Augen auf sie gerichtet.

In der Zurückgezogenheit ihres Heims schien sich Edith sicher zu fühlen. Fast alle Außenaktivitäten überließ sie ihrem Mann. Ihre Mutter ging jeden Morgen einkaufen, so dass Edith nur selten mit der Nachbarschaft in Berührung kam. Einkaufstouren in die Stadt, Arzt- oder Kinobesuche waren für sie Großereignisse, die sie derangierten, etwas in ihr aushakten und sie in einen Zustand aufgeregtester Unruhe, ja Ängstlichkeit versetzten.

Und doch war sie es, die die Geschäftsbriefe ihres Mannes Korrektur las oder auch selbst schrieb, die telefonischen Aufträge entgegennahm, Abrechnungen kontrollierte, den Überblick über die unregelmäßig eintreffenden Provisionen der Möbelfirmen hatte und das Geld einteilte. Denn als nach Nics Scheidung von Ludwig im Jahr 1952 die Möbelfirma seines Schwagers, in der Frenne gearbeitet hatte, Bankrott ging, hatte er als Handelsvertreter sein eigenes Geschäft aufgebaut.

Sie hatte auch die undankbare Rolle des ewig vernünftigen Bremsers, wenn Frenne in spontaner Großzügigkeit den gerade erst eingetroffenen Reichtum verteilen wollte. Eine neue Sitzgarnitur, die sich Edith doch so gewünscht hatte, ein schickes Kleid mit Pelzkrägelchen, vielleicht ein Roller für Marlene oder ein Puppenwagen für Verena. Edith blockte alles ab.

Sie belud sich mit Zukunftssorgen, wenn das Geld knapp wurde, wenn die Aufträge spärlicher eingingen, wenn die Firmen Druck ausübten, drohten und mit erfolgreichen Vergleichsstatistiken aus anderen Regionen ihren Frenne, den fleißigsten aller Kaufleute, als schlechten Geschäftsmann hinstellten. Seine Fähigkeit, solche Ernsthaftigkeiten zu verdrängen oder zu bagatellisieren, verlieh ihm eine jugendlich-liebenswerte Leichtigkeit, die ihr aber mit der Zeit immer mehr zur Bürde wurde. Dann konnte Edith tagelang gereizt sein, und alle schlichen vorsichtig um sie herum.

Die Diskussion über eine Altersvorsorge riss nicht ab, seit er sich selbstständig gemacht hatte. »Das Leben ist kurz und kann jeden Tag vorbei sein. Genießen wir, was wir haben! Wer weiß, ob wir überhaupt so alt werden.« Seine Lebensphilosophie aus der Zeit des Krieges und der Gefangenschaft hielt sich noch bis in die Sechzigerjahre. Erst dann fand er sich bereit, in eine Rentenversicherung einzuzahlen.

»Edith, pass auf, er ist ein Luftikus!« Sophie verstand es immer wieder Salz in die Wunde zu streuen. Vielleicht lässt sich aus diesem Misstrauen heraus die seltsame Geschichte von Sophies Testament erklären.

Anfang der Sechzigerjahre beschloss Sophie das Wertvollste, das sie besaß, für die Zukunft zu sichern. Sie ging auf die Siebzig zu und wollte, dass ihre Angelegenheiten geregelt wären, wenn sie die Augen schloss. Wenn sie nichts unternahm, würde ihre Tochter, und im Falle von deren Tod ihr Schwiegersohn, das Haus erben. »Ihm liegt nichts an dem Haus. Er wird es einfach drauftreiben. Er kann nicht mit Geld umgehen. Und stell dir nur vor, Edith, wenn er dann irgend so eine andere Frau heiraten würde und der würde dann das Haus in die Finger fallen!«

Ja, Sophie weihte Edith in ihre Pläne ein und breitete das ganze düstere Zukunftsszenarium – einschließlich des möglichen vorzeitigen Todes – vor Edith aus. Und dann verfasste Sophie ein Testament, in dem sie das Haus direkt ihren Enkelinnen vermachte. Dass sie damit ihre Tochter Edith auch im Erlebensfall überging, kam ihr nicht in den Sinn. Das Haus war vor dem unzuverlässigen Schwiegersohn gerettet. Unterschrift: Die Zeugen Klothilde und Lydia Bergmann, weitläufige Verwandte des verstorbenen Simon und Freundinnen von Sophie. Damit war das Testament rechtskräftig.

Zufrieden erzählte Sophie auch Marlene, der zukünftigen Miterbin des Hauses, von dem Coup, musste aber enttäuscht feststellen, dass das Mädel gar keine Dankbarkeit zeigte, sondern empört ihre Mutter Edith zur Rede stellte, ob sie von dem Testament wisse. Edith zeigte mit keiner Regung, ob sie diese Regelung als Verrat an ihrem Mann Frenne betrachtete oder als Missachtung der eigenen Person oder ob sie Sophie innerlich zustimmte. Sie wies lediglich ihre Älteste zurecht, dass sie sich nicht in Angelegenheiten von Erwachsenen einzumischen habe. Es war nicht erkennbar, ob Frenne über das Komplott hinter seinem Rücken informiert war. Nie war Edith so rätselhaft wie in dieser Zeit.

Ediths Mitarbeit im Geschäft ihres Mannes, von der nur wenige wussten, wurde einmal im Jahr öffentlich, wenn Edith Frenne zur Möbelmesse nach Köln begleitete. Da er dort seinen Kunden gegenüber mehrere Firmen vertreten musste, teilte er sich mit Edith die Zeiten an den Messeständen. Sie erklärte fachkundig die neuesten Modelle, kannte sich in den Katalogen bestens aus und nahm Aufträge, aber auch Komplimente, sowohl von Geschäftsinhabern als auch von verschiedenen Firmenbesitzern, entgegen. Wenn sie abends aus dem kleinen Hotel, dem Blomekörvje oder einer anderen Weinstube zu Hause anrief, klang ihre Stimme hell und jung. »Mir tun die Füße weh vom langen Stehen«, konnte sie sagen, aber in ihrem Tonfall war eine Bereitschaft zu lachen, einfach so.

In manchen Jahren fiel die Möbelmesse in die Karnevalszeit. Dann schwärmte Edith hinterher von der fröhlichen Tischrunde im Weinlokal, von Schunkelliedern und Polonaisen und dem Auftritt von Jungfrau, Bauer oder gar dem Prinzen mit Gefolge aus dem Kölner Dreigestirn, das durch die Lokale zog. Nach dieser anstrengenden Woche nannte Frenne Edith wieder häufiger seine Liebste.

Es war nicht so, dass Sophie ihrer Tochter diesen Ausflug nicht gönnte. Sie nahm auch zur Kenntnis, dass die Anwesenheit am Messestand harte Arbeit und Ediths Mitarbeit unbedingt erforderlich war. Dennoch erkrankte sie fast jedes Jahr, wenn die Messeveranstaltung näher rückte. Manchmal musste Dr. Reimann noch mitten in der Nacht gerufen werden, wenn Sophie mit blauen Lippen, erschreckend blass und um Atem ringend dalag. Er kam immer unverzüglich, ganz gleich, wie spät es war. Unter dem Wintermantel sahen die karierten Schlafanzughosenbeine hervor. »Sie hat ein schwaches Herz«, sagte er, »damit ist nicht zu scherzen.« Er verabreichte eine Spritze, blieb sitzen, bis sie wirkte, und hinterließ eine am Boden zerstörte Edith, die die paar Kölner Tage für dieses Jahr davondriften sah.

Zweimal sagte Edith ab. Frenne war furchtbar enttäuscht, aber auch verärgert. »Es ist das einzige Mal im ganzen Jahr, dass deine Mutter auf die Kinder aufpassen muss. Marlene ist schon so selbstständig, dass sie die Heizung schüren und für alles andere im Haus sorgen kann. Wir sind ja nicht aus der Welt und können jederzeit zurückkommen!« Frennes

Argumente stürzten Edith in einen tiefen Konflikt. Hilfe kam von unerwarteter Seite. Nic, die mittlerweile ein Haus in der Celsiusstraße gekauft hatte und dort mit ihrer Mutter und ihrer Schwester Lil wohnte, bot an, jeden Tag nach dem Rechten zu sehen. Als Edith daraufhin, trotz Sophies Erkrankung, zur Möbelmesse fuhr, blieben die Herzanfälle im Vorfeld dieses Ereignisses irgendwann aus.

Ediths ganze Stärke zeigte sich an dem Tag, an dem Frenne erkrankte. Kurz nach seinem fünfzigsten Geburtstag konnte er morgens nicht mehr aufstehen. Ein heftiger Schmerz in der Brust nahm ihm den Atem. Dieser Schmerz löste Todesangst aus. Fünf Minuten nach dem Anruf traf Dr. Reimann ein. Seine Vermutung bestätigte sich im Krankenhaus, in das Frenne ohne weitere Verzögerung transportiert wurde. Er hatte einen Herzinfarkt erlitten.

Jeden Tag besuchte ihn Edith in der Klinik. So gut es ging, führte sie die Geschäfte ihres Mannes von Zuhause aus weiter. Sie telefonierte mit den wichtigsten Kunden, informierte sie über neue Modelle, beriet sie, versandte die entsprechenden Prospekte und schrieb die Aufträge aus. Dennoch schrumpfte das Auftragsvolumen in kurzer Zeit auf ein Drittel. Dass Edith keinen Führerschein hatte, erwies sich jetzt als großes Handicap. Sie wusste, dass sie in kürzester Zeit ohne Einkommen dastehen würden, wenn Frenne nicht für Aufträge sorgte. Die Schwägerin Nic bot ihr an, für ihre Steuerberaterpraxis Schreibaufgaben und die Kontrolle von Berechnungen zu übernehmen. Edith nahm das Angebot dankbar an.

Beide Schwägerinnen, Mugje und Nic, drängten sie, Marlene, die in die zehnte Klasse ging und bald die Mittlere Reife abschließen würde, nach diesem Schuljahr von der Schule zu nehmen. »Wenn sie Abitur macht, dauert es noch ewig, bis sie etwas verdient. Wenn sie nach diesem Schuljahr abgeht und eine Lehre macht, kann sie etwas hinzuverdienen. Das würde Frenne entlasten. Wer weiß, ob er wieder ganz gesund wird.« Doch Edith weigerte sich schlichtweg, eine solche Entscheidung zu treffen. Ihre Zukunftsangst raubte ihr den Schlaf, aber sie war entschlossen zu kämpfen. Da sie aber nicht gewohnt war, ihre Sorgen jemand anderem als Frenne mitzuteilen, machte sie alles mit sich selbst aus.

Frenne erholte sich überraschend gut von dem Infarkt, der zum Glück nur geringen Schaden angerichtet hatte. Er besuchte die vom Arzt empfohlenen Seminare über die Ursachen des Herzinfarkts und Leitlinien einer gesunden Lebensführung im Krankenhaus. Die schockierenden

Informationen und Bilder über den Zustand von Herz und Lunge, die durch das Rauchen geschädigt werden, erfüllten den Kettenraucher, der schon so oft vergeblich versucht hatte aufzuhören, mit großen Schuldgefühlen. Von heute auf Morgen gab er das Rauchen auf.

Als er entlassen wurde und wieder in sein gewohntes Leben zurückkehrte, wurde der Verzicht zur Qual. Jede Tasse Kaffee barg die Versuchung zur Zigarette zu greifen. Die Verzweiflung über seinen Kontostand, der Frust darüber, dass er sich noch nicht stark genug fühlte, um im Außendienst zu arbeiten, dass er einfach noch nicht richtig funktionierte, der Ärger über die ungeduldigen Mahnschreiben der Firmen, die ohne Verständnis für seine Situation erwarteten, dass das Geschäft wie immer weiterging, stellten ihn täglich auf eine harte Probe. Manchmal hatte er am Abend das Gefühl, dass der ganze Tag wie im Nebel an ihm vorbei geglitten war und ihm nur ein Gedanke klar in Erinnerung geblieben war, nämlich der feste Vorsatz, nie wieder zu rauchen. Frenne stürzte zum ersten Mal nach seiner Rückkehr aus der Gefangenschaft in eine tiefe Depression.

Edith übernahm die Rolle der Starken. Frenne konnte sich anlehnen, seine Sorgen aussprechen, und sie zerstreute sie. Woher nahm sie die optimistischen Worte, die sie ganz glaubwürdig herüberbrachte? Sie rechnete ihm vor, dass sie gut über die Runden kommen würden, sogar ohne Zuschüsse von Sophie, die diese bereits angeboten hatte. Sie bestärkte ihn in seinem Vorsatz, sich mehr zu bewegen. Obwohl sie nicht gerne spazieren ging, drängte sie ihn nun zu regelmäßigen Rundgängen. »Du bist doch früher immer so gerne zum Schwimmen gegangen. Der Arzt hat dir doch gesagt, dass das gesund sei. Geh doch mal mit Mugje ins Schwimmbad«, sagte sie.

Nach vier Wochen war die Krise überstanden. Frenne war wieder arbeitsfähig, blieb für den Rest seines Lebens Nichtraucher und gewann seinen Lebensmut zurück.

Furcht

Liebste Anne,

als Du mir gestern nach unserem gemeinsamen Besuch im Pflegeheim erzählt hast, wie sehr sich Deine Beziehung zu Deiner Mutter in den Monaten ihrer Krankheit und Pflegebedürftigkeit entspannt hat, ja dass sie in einem Maße herzlich geworden ist, wie sie zuvor nie war, habe ich Dich beneidet.

Du weißt, dass das nichts mit Missgunst zu tun hat, wenn ich das sage, sondern mit tiefem Bedauern oder Wehmut, weil ich mir eine solche Entwicklung zwischen meiner Mutter und mir gewünscht hätte. Ich sehe sehr wohl, wie krank Deine Mutter ist. Aber in dem engen Türspalt zwischen bewusster Wahrnehmung und dem Abgleiten in die Weltverlorenheit der Demenz, habt Ihr zueinander gefunden; tragisch, dass es so spät erst geschehen ist, versöhnlich und wunderbar, dass es ist, wie es ist.

Nein, liebe Anne, ich romantisiere nicht die Situation. Doch diese Nähe ist wie eine heilende Haut und ermöglicht, dass man Vergangenes in weicherem Licht sieht oder dass man es überhaupt wagt, Bilder der Vergangenheit heraufzubeschwören.

Für mich bleibt der Widerspruch bestehen zwischen ausgedehnten Erinnerungswüsten und äußerst gewittrigen Erinnerungsbildern, die ich schnell wieder wegdränge. Da man mit Toten nicht ohne schlechtes Gewissen streiten kann, habe ich mir meinen Seelenfrieden vielleicht zu lange mit den Leerräumen von Erinnerung erkauft. Und nun, da ich mich Vergangenem stellen will, erfasst mich die Furcht, dass ich Erinnerungen begegne, deren Kostümierung ich selbst entworfen habe.

Herzallerliebste Freundin, ich danke Dir, dass ich Dir solch verwinkelte Ergüsse aus der letzten Herzspitzecke zumuten darf.

Und ich weiß, ich darf es.

Ganz lieben Dank

Marlene

Schatten III

Kurz nach der Silbernen Hochzeit erkrankte Edith an Krebs. Fast zwei Jahre später, mit vierundfünfzig Jahren, an einem Ostermontag im März, an einem sonnigen Spätnachmittag, ehe der blaue Frühlingshimmel verblasste, gab sie dem Ansturm der Krankheit nach und starb. Sie schien sich nicht gegen den Tod zu wehren. Auch in diesen letzten Wochen verschloss Edith alle letzten Worte der Liebe in sich, so wie sie seit jeher jeden Ausdruck von Zärtlichkeit ausgespart hatte.

Immer wenn Marlene nach Erinnerungen an ihre Mutter suchte, entzog sich das Bild. Ihre Mutter Edith schien in jeder erinnerten Szene wie ausgespart, eine schattenhafte Lücke, die nur anhand ihres Umrisses und ihrer Dimension so etwas wie Gestalt gewann.

Wenn der Kernschatten der Erde auf den Mond fällt, kann man die Kontur der Erde sehen. Wenn im Wald ein Baum gefällt wird, bewahren die umstehenden Bäume durch die Ausrichtung ihrer Äste noch lange die Wuchsform des Baums. Die Lücke, die Edith nach ihrem Tod hinterließ, war so groß, dass die Familie zerfiel, so wie Gestirne auseinanderdriften, die den gemeinsamen Gravitationspunkt verloren haben.

Schatten lassen sich nicht beschwören und noch weniger bannen. Edith hatte sich ein Leben lang selbst verleugnet, ihre Wünsche, ihre Vorstellungen, ihre Ansichten verschwiegen. Selbst ihre Weltanschauung war nur als Umriss und anhand ihrer Erziehungsprinzipien erfahrbar. Ihre Vergangenheit, ihre Erlebnisse behielt sie für sich, und sie verschwanden mit ihr. Selbst ihren Schmerz, ihre Angst vor dem eigenen Tod teilte sie niemandem mit – vielleicht noch ihrem Mann Frenne, aber er schwieg darüber wie sie.

Nur ganz selten, wenn Marlene beim Nebeneinanderhergehen ihre Hand in die der Mutter geschoben hatte und sie dann ganz still hielt, um keine Abwehr zu erregen, strich Edith mit dem Daumen über die Kinderhand, auf und ab, ein heimliches Streicheln. Wenn Marlene sich auf dem Sofa an sie kuschelte, hielt sie den Atem an, machte sich leicht und vermied jede Bewegung, in der Hoffnung, die Mutter könne so die Nähe ertragen. Wie bei einem Maler ohne Farben, blieb Ediths Liebe sprach- und körperlos.

Trotz all dem verband Marlene mit der Erinnerung an ihre Mutter Edith eher die Wärme in ihren Augen als die Abwehr in der Bewegung.

Einer der geheimen Höhepunkte eines jeden Weihnachtsfestes war für Marlene jener faszinierende Augenblick an Heiligabend, wenn sich nach der Bescherung Sophie und ihre Tochter Edith umarmten: Sophie in fester Körperlichkeit, die ihre Tochter in den Arm zog, und Edith, verhalten und ungeübt mit eckiger Bewegung, ein wenig geniert bei dieser Demonstration der Gefühle. Der ganze Zwiespalt von enger Bindung und Gebundensein, Fremdheit und Abwehr lag in dieser Weihnachtsumarmung.

Nur ein Gefühl konnte Edith klar und elementar ausdrücken: Zorn. Dieser Zorn schien fast immer in ihr zu schlummern und brach bei geringstem Anlass unvorhersehbar und unbeherrschbar hervor. Er war laut und heftig und konnte verletzen. Er war blind, ohne Augen für das Kind, die Mutter, den Ehemann. Marlene ging an manchen Tagen wie über ein Minenfeld. Einerseits spürte sie gerade in solchen Zeiten das tiefe Bedürfnis, die Mutter zu trösten. Aber sie merkte auch, wie deren zornige Worte eine wütende Rebellion in ihr auslösten. Sie schrie zurück und stampfte die Wut der Mutter in den Boden. Je älter Marlene wurde desto leiser und kälter wurden ihre Erwiderungen; dafür aber niederschmetternd, glasklar, ohne Tabu. Marlene lernte, sich dafür zu hassen.

Marlene war neun Jahre alt, als sie ihre Liebe für das Klavier entdeckte. Sie spielte schon ganz gut Blockflöte und kaufte sich immer wieder neue Noten, Ausschnitte aus Suiten von Bach, Opernmotive und kleine Tänze von Mozart. Am liebsten spielte sie Melodien von Purcell und Vivaldi.

Im Nachbarhaus der Familie Markwart war die Kellerwohnung – Souterrain sagte man zu dem Räumchen – an eine Musikstudentin vermietet. Niemand in der Celsiusstraße kannte ihren Namen, aber das Urteil über sie war gesprochen: Exzentrisch, seltsam, wahrscheinlich ein Flittchen, denn ihr Freund war »ein Neger«. Als Marlene eines Tages auf der Straße spielte, kam sie mit der jungen Frau mit den fransig geschnittenen, kurzen blonden Haaren und der abgetragenen Jeans-T-Shirt-Kleidung ins Gespräch. Freddy, eigentlich Frederike Mahler – wie der Komponist, sagte sie spitzbübisch grinsend – lud Marlene zu sich ein und spielte ihr so schöne Melodien auf dem Klavier vor, dass das Kind, eingehüllt in den Klang, nur noch einen Wunsch hatte: Ebenfalls Klavier spielen zu können. Freddy war entzückt über Marlenes Reaktion und begann sogleich mit dem Unterricht. »Wenn ich nicht da bin, kannst du jederzeit hier üben. Ich schließe nicht ab.«

Nach drei Wochen begann Marlene zu Hause zu betteln: »Können wir nicht ein Klavier kaufen. Ich möchte so gerne Klavier spielen lernen.« »Wer hat dir denn diesen Floh ins Ohr gesetzt?«, fragte die Mutter misstrauisch. Als sie von den heimlichen Übungen auf dem Klavier der windigen Studentin hörte, mutmaßte sie zuerst, dass diese Marlene auf den Geschmack bringen und dann mit teuren Klavierstunden Geld verdienen wollte. »So ist das gar nicht! Freddy unterrichtet mich ganz umsonst.« »Freddy, aha, sie lässt sich also von dir duzen!« An diesem Punkt brach die Mutter laut und heftig die Diskussion ab: »Ein Klavier kommt für uns nicht in Frage. Was glaubst du eigentlich, was das kosten würde? Und wo soll es, bitte schön, stehen? Wir haben gar keinen Platz für so was.« Marlenes letzter Vorschlag: »Wir könnten ja vielleicht die Nähmaschine abschaffen, die wird doch gar nicht so oft gebraucht«, brachte das Fass zum Überlaufen. Edith schrie Marlene wütend entgegen: »Du solltest dankbar sein für das, was du hast. Du kennst keine Grenzen in deinen Ansprüchen. Du bist einfach undankbar!«

Die Situation spitzte sich ein weiteres Mal zu, als Frederike Mahler bei Marlenes Mutter klingelte und ihr eindringlich schilderte, wie begabt ihre Tochter sei. Fräulein Mahler gegenüber blieb Edith zwar höflich, ja fast freundlich. Aber als sie gegangen war, sagte sie: »Was bildet sich diese Gans eigentlich ein? Mischt sich in unsere Familienangelegenheiten ein!« Marlene verteidigte Fräulein Mahler, der Streit wurde laut und heftig. Von da an war es Marlene verboten, Freddy zu besuchen und dort Klavier zu spielen.

Zwar bekam Marlene zu Weihnachten von ihrer Großmutter eine so genannte Organetta, ein zweieinhalb Tonleitern umfassendes, elektrisches Tischklavier mit quäkenden Tönen. Nach den Weihnachtsfeiertagen jedoch rührte Marlene das Ding nie mehr an.

Als Marlene in der Oberstufe im Musikunterricht die *Mondscheinsonate* von Beethoven kennen lernte und sich in überschwänglicher Begeisterung die Schallplatte kaufte, erfuhr sie, dass Edith diese Art von Musik, die nie zuvor in ihrem Elternhaus erklungen war, liebte. Sie drängte die

Mutter, sich mit ihr zusammen die wunderbare Klaviersonate anzuhören, vielleicht wenn alle schon zu Bett gegangen waren. Edith gab nach. Schon nach den ersten Takten spürte Marlene, dass die Musik die Mutter ebenso bewegte wie sie, auch dass zwischen ihnen im Zauber der Klänge eine zarte Verbindung wuchs. Später sagte Edith: »Helmut Aschau hat mir damals in Ottenhöfen die Sonate vorgespielt, auswendig, ganz ohne Noten. Er ist im Krieg gefallen.« »Hast du ihn sehr gern gehabt?« Marlene hätte nicht gewagt, das Wort Liebe zu verwenden. Ediths Gesicht war traurig, die Antwort karg. »Wir müssen jetzt ins Bett gehen«, sagte sie.

Ein paar Jahre später, Marlene studierte schon an der Universität, lud sie die Mutter zu einem Konzert ein. Es war viel Überredung notwendig, Edith zu bewegen, das Haus zu verlassen und sich ohne ihren Mann auf das Abenteuer dieser ungewohnten Veranstaltung einzulassen. Im Entrée der Konzerthalle stand Edith verloren und schüchtern und wartete auf ihre Tochter, die die Karten kaufte. Außerhalb ihrer gewohnten häuslichen Umgebung verlor sie jede Selbstsicherheit. Marlene beschützte sie, gab ihren Mantel an der Garderobe ab und führte sie zu ihren Plätzen. Doch obwohl Marlene zu spüren glaubte, dass die Mutter das Musikerlebnis genoss, blieb das der einzige gemeinsame Konzertbesuch.

Am stärksten fühlte sich Edith bedroht, wenn ihre Kinder von ihr wegstrebten oder sich vermeintlichen Gefahren aussetzten. Eigene Verlustängste mischten sich mit dem Urinstinkt, die Kinder vor allen feindlichen Außeneinflüssen beschützen zu wollen. Marlene, die Älteste, machte diese Erfahrung in besonders krasser Weise.

Ihr Wunsch, Bücher aus der Stadtbücherei auszuleihen, wurde rundweg abgeschlagen. »Du wirst dir alle möglichen Krankheiten einfangen. Weiß Gott, durch wie viele Hände die Bücher schon gegangen sind!« Erst als Marlene schon das Gymnasium besuchte, durfte sie Mitglied der Stadt- und der Pfarrbücherei werden.

Mit zehn Jahren wollte Marlene mit der Jugendgruppe der Katholischen Jugend einige Tage nach Weiskirchen in die Jugendherberge fahren. »Alle dürfen!« Dieses Argument mobilisierte das gesamte Misstrauen gegenüber der Verantwortungslosigkeit anderer Eltern, der völligen Ungeeignetheit »dieses jungen Dings« als Aufsichtsperson, gemeint war die achtzehnjährige Gruppenleiterin Claudia, und vor allem gegenüber den älteren Jugendlichen in der Gruppe, die sicherlich zu jedem Unsinn bereit waren.

Claudia wagte sich in die Höhle des Löwen, bat und beschwichtigte. Vergeblich. Frenne brachte schließlich völlig unerwartet die verhärtete Position der Mutter ins Wanken, sprach Edith Mut zu, erzählte von seinen Erlebnissen in der Sturmschar und versicherte ihr, dass Marlene bestimmt nichts passieren würde. Von dieser Fürsprache erfuhr Marlene aber nichts. Nie wäre Frenne seiner Frau in den Rücken gefallen. Dafür liebte und achtete er sie zu sehr. Marlene, die ja ihre eigenen Ängste für dieses Abenteuer überwinden musste, hatte sich schon fast damit abgefunden, als Einzige zu Hause bleiben zu müssen, und hätte dann die Schuld bequem auf die ängstliche Mutti schieben können. So aber nahm sie alle Ängste der Mutter auf ihren ersten Ausflug in die große weite Welt mit.

Die Angst um die Kinder, um deren Schulbildung, Zukunft, Gesundheit, diese Angst schien in Edith oft alle Liebe zu überdecken. Oder war Angst die Gestalt, in der sie ihre Liebe unverhüllt zeigen konnte? Marlene lernte problemlos, so schien es. Aber vom ersten Schultag an saß die Mutter an ihrer Seite, dicht neben ihr, den Blick ständig auf das Heft gerichtet, jeden Fehler vorausahnend, jeden misslungenen Buchstaben kritisierend. »Du schreibst das neu. Das lasse ich dir nicht durchgehen!«, schimpfte sie, wenn ein Text nicht mit absoluter Akkuratesse geschrieben war. Marlene lehnte sich nicht auf. Da sie es nicht anders kannte, hielt sie es für normal, dass Mütter ihre Kinder bei den Hausaufgaben kontrollierten. Trotz ihrer guten Schulnoten spürte sie das ständige Misstrauen der Mutter, die fatale Ängstlichkeit, dass sie eines Tages doch versagen könnte; auch als sie längst ihre Schulangelegenheiten selbstständig verwaltete. Ja bis zum Examen an der Universität blieb die Last des Zweifels an den eigenen Fähigkeiten.

Edith schuf einen Hort der Geborgenheit, eine Schutzbastion gegen alle Wechselfälle des Lebens und alle Anfeindungen von außen. Die Sicherheit der Familie, diese scheinbar unzerstörbare Einheit, gab den beiden Kindern ein Fundament. Frenne und Edith waren trotz ihrer Verschiedenheit eine Institution des Einklangs und bedingungslosen Zusammenhalts. Sie schufen Alltagsriten, ein Raster der Jahreszeiten, unverbrüchlich wiederkehrenden Festtagsglanz.

Trotz aller Dispute und Streitigkeiten spürte Marlene das tiefe Interesse der Mutter, an allem, was sie tat. Wenn Marlene mittags aus der Schule kam, ganz gleich wie spät, kehrte sie in die Geborgenheit zurück.

Schon an der Haustür roch sie das Mittagessen. Sie wurde erwartet. Ihr Essen stand auf dem Tisch. Und da alle schon längst gegessen hatten, setzte sich Edith neben sie. Sie vergaß nie einen Namen von Marlenes Schulkameradinnen oder Lehrern, die sie selbst nie kennen gelernt hatte, über die sie aber so viel wusste, dass sie glaubte, sie vor sich zu sehen. Ganz gleich, was Marlene erzählte, sie fand bei ihrer Mutter Rückhalt und Verständnis.

Mit den Tanzstunden kamen die vielen kleinen Geschichten von Intrigen, unglücklichen Verliebtheiten und himmelhoch jauchzendem, weiblichem Erfolg hinzu, später die Ausgehgeschichten von durchtanzten Nächten, Partys oder Kinobesuchen mit einem Freund. Dann schlich Marlene beim Nachhausekommen ganz leise die Treppe empor, vermied die zwei knarrenden Stufen und flüsterte ins Dunkel des elterlichen Schlafzimmers: »Ich bin zurück.« Daraufhin stand Edith auf, ging ins Badezimmer, wo ihre Tochter die nach Zigarettenrauch riechenden Kleider ablegte, und setzte sich auf den Badewannenrand. Sie fragte nichts, aber sie war ein dankbares Publikum für Marlenes Karikaturen und Storypointen und voller Anteilnahme für Herzschmerz und zarte Hoffnung. Erst nach Marlenes Schulzeit fanden diese vertraulichen Nachtgespräche ein Ende.

Da es nur drei Schlafzimmer in dem Haus in der Celsiusstraße gab, mussten sich die beiden Mädchen, Marlene und Verena, ein Zimmer teilen. Dieses Zimmer war klar definiert als Schlafzimmer. Freundinnen durften nicht hierher mitgebracht werden. Je älter Marlene wurde, desto mehr sehnte sie sich nach einer eigenen Rückzugmöglichkeit, einem Raum, hinter dem sie die Tür schließen konnte, in dem sie allein war und der ihr gehörte. Solche Wünsche lösten grundsätzliche Feststellungen aus: »Bei uns wird nicht einfach die Tür zugemacht. Du wohnst in unserem Haus, da hat jeder Zutritt. Und damit das ganz klar ist, dir gehört hier nichts.« Der Streit eskalierte.

An einem anderen Tag brachte Marlene den gut überlegten Vorschlag vor, man könnte ja vielleicht eine Ecke des Speichers für sie abtrennen. Dann hätte sie eine Leseecke und ihr eigenes Reich. Der Sturm der Entrüstung war äußerst heftig. Gegenargumente wie »Viel zu kalt! Keine Heizung im Winter!« »Die Wände sind nicht einmal verputzt«, und »Hast du dir überhaupt einmal überlegt, was das kosten würde?«, wurden bald von Vorwürfen abgelöst: »Immer willst du etwas Besonderes.

Du bist einfach undankbar.« Dies war der absolute K.o.-Satz. Danach fühlte sich Marlene so schlecht, dass sie nur noch zum Gegenangriff übergehen konnte.

Mit achtzehn, unmittelbar nach dem Abitur, wollte Marlene ausziehen. Sie fand, sie bräuchte jetzt ein eigenes Arbeitszimmer, einen Raum, in dem sie ungestört lernen, lesen und auch Freunde empfangen könne. Dieses Ansinnen, dieses Streben nach Unabhängigkeit versetzte Edith in Panik. Ihre Welt geriet aus den Fugen. Ihre Aufgabe war es, die Kinder zu erziehen und zu beschützen und die Familie zusammenzuhalten.

Marlene rechnete der Mutter genau vor, wie viel Stipendium sie bekam, wie viel sie dazu verdiente und dass die Unkosten für die Eltern nicht höher wären, wenn sie zu Hause wohnen bliebe. Edith, gefangen in den Prinzipien, nach denen sie erzogen worden war, hielt der Tochter entgegen, dass sie keinen Anspruch auf ihr Stipendium habe, dass dies das Geld sei, das man zu Hause abzugeben habe. Und außerdem sei sie nicht volljährig. »Mit einundzwanzig kannst du machen, was du willst. Vorher nicht!« Marlene platzte fast vor Wut, aber sie musste sich fügen.

Vielleicht fiel es Edith so schwer, die Tochter gehen zu lassen, weil Marlene mit ihrem Wunsch nach einem selbstständigen Leben genau das realisieren wollte, was sie, Edith, nie geschafft hatte. Wie oft hatte Frenne sie noch nach diesem ersten Mal nach Simons Tod gebeten, aus Sophies Haus auszuziehen. »Wir nehmen uns eine Wohnung. Du wirst sehen, ich schaffe das. Wir haben zwar nicht viel Geld, aber es wird reichen. Und du kannst dann alles so machen, wie du es willst und brauchst dir keine Vorschriften mehr machen zu lassen, und niemandem dankbar zu sein.« Aber Edith zauderte. Frenne wusste nicht, ob es wirklich die Verantwortung für die Mutter oder nicht doch die Angst vor einem selbst bestimmten Leben mit eigenem wirtschaftlichem Risiko war, das Edith immer wieder vor einer Trennung zurückschrecken ließ.

Und nun stand Edith der Entschlossenheit ihrer Tochter gegenüber, die ohne Skrupel ausziehen wollte und das abhängige Leben der Mutter in Frage stellte.

Erst am Tag nach ihrem einundzwanzigsten Geburtstag nahm sich Marlene ein Zimmer in einem Wohnviertel nahe der Universität. »Was werden die Leute sagen?«, jammerte die Großmutter. »Du wohnst gerade mal eine halbe Stunde von uns entfernt. Das ist doch völlig unsinnig!« Aber zu diesem Zeitpunkt war Edith schon anderer Ansicht. Sie verteidigte den Entschluss der Tochter und half ihr beim Auszug. Auch sorgte sie dafür, dass Marlene immer mit vollen Taschen von zu Hause wegging, wenn sie zu Besuch kam.

Frenne sah, wie seine Liebste litt, als die Älteste von zu Hause wegstrebte und seine Jüngste die ersten Reisen ohne die Familie unternahm. Eines Tages las er in der Zeitung die Anzeige eines Ludweiler Försters: »Saufarbene Dackelwelpen, Mischlinge von Rauhaar- und Glatthaardackel zu verkaufen.« Edith war unentschieden. Der Gedanke war zu neu. Aber sie fuhr mit Frenne zum Förster. Als sie die kleinen Hunde sah, war sie hingerissen und entschied sich sofort für den Kleinsten, Schwächsten, den die anderen vom Futternapf wegdrängten.

Dieser Hund – Edith nannte ihn Gismo – erkor sie vom ersten Augenblick an zum Leitwolf und zu seiner Beschützerin, von der er alle guten Dinge seines Hundelebens erwartete. Er verbrachte seine Abende neben ihr auf dem Sofa, schlief auf ihren Füßen oder dicht an sie gepresst ein, und folgte ihr tagsüber im Haus von Zimmer zu Zimmer.

Als Edith Jahre später erkrankte und schließlich das Bett nicht mehr verlassen konnte, legte er sich unter ihr Bett und kroch nur noch, für gelegentliche Spaziergänge oder wenn der Hunger ihn trieb, darunter hervor. Erst als sie tot war, flüchtete er aus dem Zimmer und mied es seitdem.

Schatten IV

Frenne wollte es nicht wahrhaben. »Du bist erschöpft. Wir fahren ein bisschen weg. Nach Boppard vielleicht. Du brauchst gar nicht viel herumzulaufen. Wir machen eine Schiffstour zur Loreley und abends trinken wir ein Weinchen.« Ediths Lächeln war blass, aber sie ließ sich mitziehen ohne jeden Kommentar. Als sie in Boppard die Promenade entlanggingen, musste Edith völlig außer Atem alle paar Schritte stehen bleiben. Frenne buchte ein Hotel mit einem Lift nahe am Schiffsanleger, um seiner Liebsten alle Wege zu ersparen. Auf dem Schiff wehrte sie seinen Arm nicht ab, als er sie umarmend stützte. Sie lehnte sich schwer an ihn, enger, näher als seit Langem, und ihr Blick hatte die Weichheit ihrer ersten gemeinsamen Jahre. Die Sonne tanzte auf den trägen Wellen. Nach der Fahrt auf dem Rhein hatte sie zum ersten Mal wieder Farbe im Gesicht.

Nach dem Abendessen begann sie zu husten. Nicht dieses trockene Räuspern, das er schon seit Wochen überhörte, verdrängte, sondern anfallweise, atemlos. Am nächsten Tag fuhren sie zurück. Frenne brachte seine Frau ins Städtische Klinikum.

Es sah nach einer bösen Rippenfellentzündung aus oder gar einer Tuberkulose. Blut und Gewebsproben wurden eingeschickt. Sie begannen zu warten. Nein, Frenne wartete. Edith zeigte keinen Anflug von Ungeduld oder Angst. Die Schwermut, die Gereiztheit, die sie oft verdüsterte, war einem fast gelassenen Gleichmut gewichen.

Als man Frenne mitteilte, dass es höchstens noch drei Monate dauern würde, sah er nach so vielen Jahren wieder den heißen Sand der Libyschen Wüste, das flirrende Licht vor dem weißen Himmel und die endlosen Zaunreihen mit den Stacheldrahtrollen. Unmöglich zu entkommen. Er ging mit ihr in die Gefangenschaft. Aber er konnte mit Edith nicht von ihrem Tod reden, und sie schonte ihn.

Jeden Tag schenkte er ihr ein Stück Leben. Wenn er von seinen Kundenbesuchen heimkam, fuhr er mit ihr in den Wald, einfach die Waldwege entlang. Manchmal konnte sie ein paar Schritte gehen. Sonntags gingen sie alle zusammen in ein Restaurant essen. Er achtete darauf, dass auch Verena und Marlene mit ihren Männern dabei waren, eben die ganze Familie, wie Edith es liebte. Er überraschte Edith mit Blumen, an anderen Tagen brachte er Schokoladen-Eclairs mit und war verzweifelt, dass sie auch diese nicht essen konnte.

Einer seiner Kunden hatte eine Abteilung für Geschenkartikel eröffnet. Dort erstand Frenne zehn kleine Metallspieluhren ohne Gehäuse. Die Walze konnte man mit einer winzigen Kurbel in Bewegung setzen, wie bei einem Leierkasten, und jeder konnte man eine andere Melodie entlocken. Nein, es genügte nicht, dass er Edith eine einzige mitbrachte. Die zehn Spieluhren befestigte er auf einem dicken Holzbrett, um sie durch den Resonanzboden besser zum Klingen zu bringen. Er, der Unmusikalische, führte ihr stolz sein klingendes Wunderwerk vor, kurbelte den *Radetzky-Marsch*, zerstörte den schwebenden Rhythmus von Beethovens *Für Elise*, dudelte die Sehnsuchtsmelodie *In mir klingt ein Lied.* Mit gequältem Lächeln blickte sie auf den großen Jungen, der ihr Mann war, und erduldete mühsam sein verzweifeltes Bemühen, sie für kurze Zeit gesund erscheinen zu lassen. »Ach, Frenne, wie kannst du so viel Geld für solche Dinge ausgeben«, sagte sie schließlich. Aber dann drehte auch sie an dieser und jener Kurbel und ließ sich von den zirpenden, zart gezupften Tönen verzaubern.

Weihnachten sollte sein wie immer. Marlene erklärte sich bereit, das traditionelle Weihnachtsessen, Pastetchen mit Ragout Fin, zuzubereiten. Auf der Gabentischseite, die für Edith vorgesehen war, häuften sich die Päckchen. Die Kerzen des Weihnachtsbaums schufen eine sanfte Lichtinsel im dämmrigen Zimmer, in der silbernes Lametta glitzerte und bunte Kugeln schimmerten. Wie jedes Jahr prahlte Frenne, dass ein braunhaariger und ein blonder Engel ihm beim Schmücken geholfen hätten und er mit dem rothaarigen Engel um den Baum geschwebt sei.

Die Dreimonatsfrist war längst überschritten. Kurze Aufenthalte im Krankenhaus brachten Linderung, versprachen Hoffnung. Ein zweites Weihnachtsfest wurde gefeiert. Edith konnte das Bett nur noch für kurze Zeit verlassen. Obwohl ihr Rücken oft schmerzte und sie kaum noch etwas essen konnte ohne zu erbrechen, klagte sie nicht. Ihre Krankheit war ein unausgesprochenes Tabu. Sie war allen gegenüber von schmerzlicher Rücksichtnahme, besonders wenn ihre Mutter, Verena und Marlene an ihrem Bett saßen. Sie schien sich für die kleinen Begebenheiten des Alltags, die man ihr berichtete, zu interessieren, fragte auch nach, aber sie sprach nie von sich. Ihre Arme wurden immer dünner, die Hände fast durchsichtig, nur ihr Bauch wölbte sich skurril in krankhaftem Ausmaß unter der Bettdecke. Sie verging vor ihrer aller Augen, aber sie tröstete ihren Arzt, der ihr in seiner Hilflosigkeit kaum noch ins Gesicht schauen konnte.

Vor den anderen führte Frenne beherzte Reden: »Wenn es wieder wärmer wird, fahren wir in ein Kurhotel in den Bergen. Deine Atembeschwerden werden dann wieder besser, du wirst sehen«, oder »Ich hole jetzt das neue Auto ab, und nächste Woche, wenn es dir etwas besser geht, machen wir eine kleine Spazierfahrt.« Niemand, weder Sophie noch Verena noch Marlene, am wenigsten Edith, glaubten ihm, und doch gab sich jede den Anschein, seinen Worten zuzustimmen, weil alles andere zu unerträglich war und Ediths Schweigen alle zur Stummheit verurteilt hatte. An manchen Tagen stürmte Frenne in das Krankenzimmer, erzählte laut und gestenreich irgendeine komische Geschichte, um Edith aufzuheitern, bis sie ihn, kaum noch verständlich, unterbrach: »Frenne sei doch still, ich halte das nicht aus.«

Ende März schneite es. Fast die ganze Familie hatte sich um Ediths Bett versammelt. Der Schnee, ein unverfängliches Thema. »Schau dir das an, Edith, nach Frühlingsanfang noch so einen Schneefall«, sagte Frenne. Aber Edith war zu schwach um den Kopf zu heben. Da hing er den großen Schlafzimmerspiegel ab und drehte ihn so, dass dieser die wirbelnden Flocken einfing. »Guck doch, jetzt kannst du es sehen. Ist das nicht schön?« In diesem Augenblick explodierte Edith. Mit sichtbarer Anstrengung schrie sie ihn an: »Lass mich doch in Ruhe. Das interessiert mich alles nicht mehr.« Es war das einzige Mal während ihrer Krankheit, dass sie so vor den anderen die Beherrschung verlor.

Die Erstickungsanfälle wurden häufiger. Jeden Morgen war Frennes Gesicht ein Spiegel der bedrohlichen Nacht, fast so grau und verfallen wie das von Edith. Um ihr die Angst vor dem Ersticken zu nehmen, wachte er neben ihr, weckte sie, wenn sie zu röcheln begann, richtete sie im Bett auf, setzte sie auf die Bettkante, streichelte ihren schmerzenden Rücken und lieferte sich hilflos ihren Ängsten aus. Tagsüber ging er seiner Arbeit nach, zerrissen vom Bedürfnis, in die Alltäglichkeit seiner Pflichten zu fliehen, und der Angst, Edith bei der Heimkehr nicht mehr lebend anzutreffen.

Am Morgen des Ostermontags weinte Edith, als sich Marlene von ihr verabschiedete, um zu einer Kindtaufe zu fahren. »Ich komme heute Abend noch vorbei«, versicherte ihr die Tochter. Am Nachmittag nahm die Luftnot zu. Edith rang um jeden Atemzug. Da der Arzt nicht erreichbar war, rief Frenne Mugje an. Kurze Zeit später kam sie und brachte Angela Bering mit. Angela, ihre gemeinsame Schulfreundin aus dem St. Anna-Gymnasium, war Ärztin geworden, und Mugje arbeitete bereits seit acht Jahren in ihrer Praxis als Sprechstundenhilfe.

Der Graben der Zeit war in all den Jahren zu tief für Edith gewesen, so dass sie einem Treffen nie hatte zustimmen können. Und nun standen die beiden Jugendfreundinnen Mugje und Angela an ihrem Bett. In der Zimmertür stand Sophie und blickte angstvoll auf ihre Tochter. Frenne richtete sie auf, als Angela die Spritze mit dem Herz stärkenden Mittel setzte. »Edithchen, gleich wird es dir besser gehen«, murmelte sie. Die Frühlingssonne rutschte golden über den Himmelsrand. Da hörte Edith auf zu atmen.

Als alle gegangen waren, auch die Kinder, die man verständigt hatte, als die ersten Tränen über das Gefürchtet-Erwartete geweint waren, legte sich Frenne in das Bett neben seine Liebste, die nun so wächsern und so fremd mit der um den Kopf geschlungenen Totenbinde neben ihm lag, und schlief zum ersten Mal seit Wochen erschöpft ein.

Gedanken über das Glück

Liebe Anne,

unser letzter gemeinsamer Rotweinabend war wirklich unvergleichlich.

Auch wenn Wochen des Schweigens, ein Jahr ohne Wiedersehen zwischen uns liegen, können wir zu jeder Zeit ohne Zwang zu Erklärungen oder Entschuldigungen, voll Freude über die alte Vertrautheit von jeher unsere Gedanken fortsetzen, denn wir waren nie getrennt.

Jede ist ein Teil des Lebens der Anderen, in ihren abweichenden, in ihren gleichen Gedanken. Das Wissen darum, dass es jemanden gibt, der einen immer gekannt hat, das ganze bewusste Leben lang, vor dem man nichts beschönigen und bemänteln muss und der den anderen annimmt, macht stark, und ich weiß, dass es Dir genauso geht. Unsere Gespräche machen mich noch im Nachhinein glücklich, weil wir für keinen Satz eine Einleitung brauchten, keine Voraberklärung. Wellness für die Seele, Entspannung pur.

Zum Thema Glück ist mir noch etwas eingefallen. Betrachtet man die abgeschlossenen Leben von Verstorbenen, gewinnt kann man oft den Eindruck: Welch unglückliches, leidvolles Leben. Ein Leben voll erschütternder Ereignisse: Todesfälle, zerbrochene Bindungen, Kriegserlebnisse, Not, Krankheit, Flucht oder Auswanderung. Welch Dramatik! Und dann endet es auch noch mit einem mehr oder weniger erschütternden Tod. Du hast die Frage aufgeworfen, ob es denn kein Leben gebe, das im Rückblick als glücklich betrachtet wird.

Ist es nicht vielmehr so, dass Glück nicht erzählbar ist? Das Glück konzentriert sich manchmal in bestimmten Ereignissen, einem Fest, der Geburt eines Kindes, der Stunde der ersten Liebeserklärung. Davon kann man sprechen, das kann man erzählen. Öfter noch sind es aber die ruhigen Lebensphasen, das Gleichmaß ohne Verlust, der Alltag in der Geborgenheit von Familie und Freunden, friedliche Zeiten eben, die ganz unspektakulär das Glück enthalten. Oder aber Lebensphasen, in denen man stark genug ist, den Abweichungen von der Normalität zu begegnen, in denen man seine Kraft spürt, mit Krisen fertig zu werden, auch noch für andere da zu sein. Oder Zeiten, die auf schwere Belastungen folgen.

In der Malerei ist das Licht im Kontrast, im Schattenspiel, in der hereinbrechenden oder weichenden Nacht am eindrucksvollsten erfahrbar.

Was als Glück empfunden wird, ist so subjektiv, dass es nur eingeschränkt vermittelbar ist. Für den einen ist es ein Leben voller Hektik, Risiken oder unvorhersehbarer Wechselfälle, für den anderen ein Leben in ereignisloser Beschaulichkeit. Ein Singleleben, Gebundenheit, selbst Kinderscharen können als Glück oder als Unglück gesehen werden.

Das Leben derjenigen, die die Fähigkeit haben, glücklich zu sein trotz allem, kann wahrscheinlich als glücklich bezeichnet, aber kaum nachvollziehbar als glücklich beschrieben und erzählt werden.

Liebste Anne, für heute genug der Höhenflüge. Sag, was Du dazu meinst!

Grüße an Deinen lieben Jean-Luc und an Deine Kinder.

Deine Freundschaft ist für mich Glück.

Von Herzen

Marlene

PS: Beim letzten Besuch am Mittwoch hat mich Deine Mutter nicht mehr erkannt. Zum ersten Mal fällt es mir nun schwer, sie zu besuchen.

Die Kunst zu leben

Eine Katze hat sieben Leben, sagt man. Marlenes Vater Frenne hatte fünf.

Um sich dessen zu vergewissern, listete er sie immer wieder auf, mal tabellarisch mit Orten und Daten, mal in ausführlicherer Form, und er ergänzte seinen Lebensbericht, wenn ein weiteres Leben hinzukam. Auch liebte er es, von bestimmten Abschnitten seiner fünf Leben zu erzählen. Um genauer zu sein, er verarbeitete ausgewählte Details zu überschaubaren Storys, die in sich so geschlossen und stimmig waren, dass man völlig vergaß, nach möglichen Lücken zu fragen oder dem, was er damit verbarg. Aber vielleicht verbarg er das nicht Erzählbare auch vor sich selbst.

Marlene und Verena wuchsen mit den Geschichten aus den Leben ihres Vaters auf wie andere Kinder mit Märchen. Wenn er am Abend nach einem langen Arbeitstag nach Hause kam, aßen alle gemeinsam zu Abend. Und danach bettelten seine beiden Mädchen: »Bitte, Papa, erzähl uns eine Geschichte!«, und Frenne erzählte, ganz gleich wie müde er war.

Als die Kinder noch sehr klein waren, waren es phantasievolle Erfindungen, die von Engeln, Petrus und anderen im Himmel angesiedelten Gestalten und ihren Gegenspielern handelten, also kosmisch-metaphysische Geschichten; oder von Tieren, die sich sehr menschlich aufführten und verhielten.

Doch sobald ihre Verständigkeit wuchs, erzählte er seinen begeistert lauschenden Töchtern Geschichten vom verlorenen Paradies in Flandern mit dem strahlenden Zauberwort Mortsel. Wenn Marlene in ihrer Kinderbibel von Adam und Eva im Paradies las, sah sie den »riesengroßen Garten hinter dem Haus in Mortsel« vor sich, genau so wie der Vater ihn immer schilderte. »Dort gab es die besten Radieschen. Wir gruben sie einfach aus dem Beet, streiften die Erde ab und dann …«, er schloss die Augen, legte den Kopf zurück und ließ mit spitzen Fingern ein imaginäres Radieschen in den Mund gleiten und kaute genüsslich. »Und Johannisbeeren. Wir pflückten und pflückten und schlugen uns die Bäuche voll. Und wir hatten Hühner und Kaninchen.« »Wir haben Verstecken gespielt und Indianer, und einmal haben Luc und ich versucht, die Katze zu dressieren. Wir schubsten sie solange, bis sie durch einen brennenden Reifen sprang. Aber sie wehrte sich natürlich. Doch wir gaben nicht nach. Schließlich hatte sie Schaum vorm Maul, das arme Tier. Sie ist verrückt geworden.«

Frennes Geschichten über Mortsel ließen vermuten, dass es dort nur süße Sachen zu essen gab, wie im Schlaraffenland. »Wenn es Grießbrei gab, durfte jedes Kind seinen Namen mit Sirup in den Brei schreiben.« »Den ganzen Namen? Das war aber ungerecht, wenn die einen Namen kurz und die anderen lang waren!«, monierte Marlene. »Na gut, die Sirupflasche wurde herumgereicht und alle durften den Anfangsbuchstaben des Namens langsam und genüsslich in den Brei tropfen lassen. Manchmal kochte Vérone Pudding für mich und dann durfte ich ihn mit dem Suppenlöffel aus der Schüssel essen.«

Frennes Zimmer in seinem Elternhaus lag unter dem Dach. Daneben schliefen Florence und Véronique. Nachts dachte er sich Geschichten und Gedichte aus. Es war stockdunkel. Daher konnte er sie nicht aufschreiben und hatte Angst, sie bis morgens zu vergessen. Auch wollte er seine Verse gerne jemandem aufsagen. Im Dunkeln schlich er zu Véronique ins Zimmer und wisperte: »Vérone, wach auf. Du musst zuhören. Ein neues Gedicht!« Véronique stand auf, ohne sich zu beklagen, und zitternd vor Kälte standen sie in der rabenschwarzen Nacht, und er deklamierte leise seine Verse. »Wunderschön, Frenne«, sagte seine große Schwester. »Aber jetzt musst du schlafen. Morgen musst du sie mir noch mal aufsagen.« Wenn sie sich im Winter morgens waschen wollten, mussten sie zuerst mit dem steif gefrorenen Waschlappen die Eisschicht auf der Waschschüssel zerschlagen. So kalt war es.

Auf die Frage, ob seine Mutter ihm auch Klavierunterricht gegeben habe, wie seiner jüngeren Schwester Mugje, lachte Frenne. »Eines Tages, ich war vielleicht fünf oder sechs Jahre, setzte mich meine Mutter ans Klavier und spielte mir ein einfaches Kinderlied mit ganz wenigen Tönen vor. Das musste ich nun üben. Aber ich spielte immer F, wo man Fis anschlagen musste. ›Fis, Frenne, Fis!‹, schrie meine Mutter jedes Mal auf. Plötzlich stand sie neben mir und patsch, patsch hatte sie mir eine rechts und eine links an die Backe gehuscht. ›Du gehst mir nie mehr ans Klavier!‹, entschied sie, und dabei blieb es. Zu meinem Glück.«

Marlene dachte an all die falschen Töne, wenn er sang, und konnte ihre Großmutter verstehen. Dennoch hatten Marlene und Verena von ihm viele Lieder gelernt, mit komplettem Text, denn die Texte, das musste man zu seiner Ehrenrettung sagen, die Texte kannte er immer Wort für Wort, bis zur letzten Strophe.

Die traurigste und kürzeste seiner Geschichten bestand aus einem einzigen Satz: »Als wir 1927 mit dem Zug von Antwerpen ins Saarland fuhren, habe ich geweint von Antwerpen bis Saarbrücken.«

Die Ausreise, das Exil zerbrach sein Leben, raubte ihm die Sicherheit, die Freunde, vor allem Edouard, seinen allerbesten Freund, beendete seine geregelte Schulzeit, riss ihn aus seiner Sprache und aus seinem verträumten Dasein. Nie mehr band er sich an einen Ort. Alle Besitztümer und alle Lebenssituationen hatten für ihn von nun an etwas Vorübergehendes, Vorläufiges.

1932 – er war gerade achtzehn geworden – begann sein neues Leben »auf der Landstraße«. Nach seiner Ausbildung in der Parfümerie-Firma Rosier sollte er nun im süddeutschen Raum den Vertrieb, die Präsentation der Ware und die Kundenbetreuung neu strukturieren. Die nomadische Lebensweise von Pension zu Pension mit Abenden in kleinen Cafés oder Bars, die spontanen Beziehungen zu immer neuen Menschen, das alles lag ihm. Hinzu kam, dass ihm die Arbeit Spaß machte. Zum ersten Mal in seinem Leben entwickelte er so etwas wie Ehrgeiz. Er genoss das Vertrauen seiner Vorgesetzten in der Firma, er genoss es, gelobt zu werden, und er hatte endlich das Gefühl, dass sein Vater ihn anerkannte. Nur noch an den Feiertagen kam Frenne nach Hause.

Dieses zweite Leben packte er in vier Geschichten.

An einem grauen Frühlingstag im Jahr 1935 flüchtete Frenne vor dem niederrauschenden Regen in Freiburg in eine Gastwirtschaft. Am Nachbartisch saß eine attraktive dunkelhaarige Frau, wesentlich älter als er, aber von solcher Ausstrahlung, dass er ganz kühn beschloss zu fragen, ob er sich an ihren Tisch setzen dürfe. Es stellte sich heraus, dass Hanna, wie er, als Reisende tätig war. Aber obwohl sie sich gut verstanden, wollte sie nichts mit einem so jungen Kerl anfangen, der gerade mal zwanzig Jahre alt war. »Ich könnte deine Mutter sein!«, sagte sie, und sie zeigte ihm ein Foto von ihrer Tochter Dorle. Eine süße Siebzehnjährige schaute ihn aus den gleichen dunklen Augen wie die Mutter an. Es gibt diese märchenhaften Geschichten, in denen wie in Mozarts *Zauberflöte* der Prinz das Bild einer Frau erblickt und sich unsterblich verliebt. Frenne sah die Schatten der langen Wimpern unter ihren Augen, die zu kleine Nase, die ihr etwas Kindliches gab, das fraulich aufgesteckte, weiche Haar und ihr unschuldig-sinnliches Lächeln und war verloren.

Am Wochenende fuhr Frenne nach Stuttgart, wo ihm Hanna ihre Tochter vorstellte. Dorle wohnte bei Freunden der Mutter, die selbst keine Kinder hatten und die das Mädchen wie die eigene Tochter behandelten. Das Haus aus den Gründerjahren am Stadtrand von Stuttgart, der von zwei steinernen Füllhörnern flankierte Türsturz über der portalartigen, dunklen Haustür, das mit Marmor verkleidete Treppenhaus, die spiegelnden Eichenholzstufen und der ornamentreiche Stuckrand an der Decke des Treppenhauses waren mehr als nur eine Visitenkarte der besseren Gesellschaft. Dorle, obwohl aus einfachen Verhältnissen stammend, war eingebettet in diese großbürgerliche Welt, die an sie aber die Anforderung stellte, die Spielregeln zu beachten.

»Es begann eine ganz zarte, ganz zärtliche Liebe, eine bei der man zunächst nur staunt, dass so etwas passieren kann. Jede Entfernung erfüllte mich mit Unruhe und jeder Abstand mit Sehnsucht. Meine Benzinkosten stiegen ins Unermessliche, weil ich an jedem freien Tag, auch wenn es nur für Stunden war, nach Stuttgart fuhr. Die Kilometerabrechnung des Firmenwagens brachte es an den Tag, dass ich den Wagen für mein privates Abenteuer genutzt hatte. Ich wurde nach Köln zitiert. Mit einem Schlag war meine Zukunft gefährdet. Es blieb mir nichts anderes übrig, als die Geschichte von meiner ersten großen Liebe zu erzählen. Herr Deunier war schon ein älterer Herr, jedenfalls aus meiner damaligen Sicht. ›Hellenbrecht‹, unterbrach er meine wortreiche Rechtfertigung, ›Sie sind ein ordentlicher Junge. Verhalten Sie sich anständig dem Mädel gegenüber.‹ Auf einmal war von Benzinkosten keine Rede mehr. Dieser Mann, der mein Chef war und in dem ich bis dahin nur den verlängerten Arm meines Vater gesehen hatte, dieser Mann lächelte mich in so verständnisvoller Weise an, dass ich wusste, ihm brauchte ich die Liebe nicht zu erklären. Ich erstattete die Kosten.«

Zwei Jahre waren Dorle und Frenne nun schon ein Paar, eine Beziehung, die sich auf Wochenenden beschränken und lange Trennungen verkraften musste, wenn Frenne in anderen Teilen Deutschlands, und neuerdings auch in Österreich, eingesetzt wurde. Dorle zuliebe besuchte er Opernaufführungen, bei denen er Mühe hatte nicht einzuschlafen, und speiste mit ihr in Restaurants, die seinen Etat um Etliches überstiegen. Aus Wien schrieb er seiner Dorle einen sehnsüchtigen Brief:

»Geliebtes Mädchen,
gerade habe ich ein Schaufenster in einer Parfümerie in der Karlstraße dekoriert. In die Mitte zwischen Cremedosen und Parfumflakons habe ich das Bild einer jungen Frau gestellt, die Dir, meine Liebste, ähnlich sieht. Dein Foto würde ich nie verwenden, weil ich nicht will, dass alle Dich begierig anstarren. Nun bin ich auf dem Weg zum Stephansdom, inmitten von Spaziergängern mit Hunden und kleinen Kindern, Touristen, Arbeitern und Angestellten mit Schlips und Anzug. Und ich fühle mich so allein auf der Welt, als seien alle diese Leute hinter Glas. Ab und zu bleibe ich stehen, und schaue Dein Foto an, das in meinem Geldbeutel steckt. Drei Wochen haben wir uns nicht gesehen, und ich kann es kaum noch erwarten, Dich am Samstag endlich, endlich wieder in die Arme zu nehmen. Unter all diesen Wiener Urlauten vermisse ich Deinen schwäbischen Dialekt. Ich glaube, ich bin der Einzige auf der Welt, der Schwäbisch für erotisch hält. Gestern habe ich etwas gekauft, das Dich sehr freuen wird, etwas Glänzendes für an Dein Fingerlein. Vergehe schnell, du öde Zeit, damit ich bald, bald wieder bei meinem Mädchen bin.

In Liebe Dein Frenne«

Der Dampf der Lokomotive hing noch unter dem Glasdach des Kopfbahnhofs von Stuttgart, das quietschende Geräusch der Bremsen lag noch in der Luft, als Frenne seine Dorle am Samstag nach jenem Briefchen umarmte. »Ach Frenne, dass Du es endlich gesagt hast!«, flüsterte ihm Dorle ins Ohr. Dann hielt sie ihm stolz die Zeitung hin, die sie die ganz Zeit zuvor unter ihren Arm geklemmt hatte. Inmitten anderer Anzeigen prangte der Text: »Als Verlobte grüßen Dorle Schwarzenberger und Frenne Hellenbrecht. Stuttgart, der 12. Oktober 1937.« Frenne kam zum Glück nicht dazu, sein Erstaunen oder besser seine Fassungslosigkeit über die Situation zu verraten, als Dorle auch schon fragte: »Und wo ist das Glänzende fürs Fingerlein, das du mir mitbringen wolltest?« Der Nebel zerriss, Frenne verstand mit einem Mal, dass er ein Missverständnis in die Welt gesetzt hatte. Sein süßes Mädchen glaubte, er habe ihr einen Verlobungsring angekündigt.

Warum nicht? Er hatte zuvor nicht so konkret ans Heiraten gedacht. Aber warum nicht? Irgendwann musste er doch sesshaft werden. »Du, ich glaube der Ring, den ich ausgesucht habe, eignet sich nicht so gut als Verlobungsring. Die Juweliere haben ja noch auf. Komm wir suchen zusammen einen schönen Ring aus.« Er tastete nach dem Kästchen in seiner Jackentasche, in dem ein schmales Silberreifchen mit einem Türkis klapperte. Der Goldreif mit einem schlichten Diamant sollte nicht die einzige Ausgabe dieses Wochenendes bleiben. Dorle hatte im Restaurant Heilige Drei Könige einen kleinen Saal gemietet. Am Sonntag sollte dort das Verlobungsfest stattfinden.

Nachdem er Dorle am späten Samstagabend nach Hause gebracht hatte, machte Frenne sich auf den Weg zu dem Gastwirt. Er kannte ihn von den wenigen Malen, an denen er die halben Einkünfte seiner Arbeitswoche dorthin gebracht hatte. »Ich muss mit Ihnen reden. Das Fest, das morgen stattfindet, werde ich bezahlen müssen, denn es handelt sich um meine Verlobung. Aber es überschreitet meine Verhältnisse. Ich zahle morgen so viel ich kann. Ich bin in die Situation gerutscht. Ich bitte Sie, dass ich den Rest in zwei Raten in den kommenden Wochen begleichen kann. Sie bekommen Ihr Geld. Ganz gewiss!«

Der Wirt hatte schon Zechpreller und säumige Kunden kennen gelernt, aber noch nie einen derart ernsthaften jungen Mann, der im Voraus seine Zahlungsunfähigkeit ankündigte. Was immer man den Schwaben nachsagen mag, dieser ließ sich auf das Geschäft ein, und so fand am nächsten Tag ein Fest statt mit allen Verwandten und Freunden von Dorle, eine Riesengesellschaft, von der Frenne gerade mal eine Handvoll Leute kannte. Er versuchte den Gedanken zwar zu verdrängen, aber er stieg immer wieder in ihm auf: Er würde sich einen gewaltigen Vorschuss von der Firma erbitten müssen, zum ersten Mal.

Als Verlobter durfte Frenne nun nicht nur das feudale Treppenhaus, sondern auch die Wohnung von Dorles Zieheltern betreten. Doch besonders die Frau, die sich als Dorles Ersatzmutter vorstellte, vermittelte ihm weiterhin das Gefühl, mit schlammigen Schuhen über seidene Perserteppiche zu laufen. Aber er und Dorle waren nun endgültig zusammen und unendlich glücklich.

Im Winter 1938 – Frenne war nun vierundzwanzig – entschloss er sich, sein Leben in geordnete Bahnen zu bringen. Das Vagabundendasein sollte ein Ende haben. Auf seine Anfrage hin machte ihm die Firma das Angebot, den überschaubaren und lukrativen Bezirk Frankfurt zu übernehmen und dort möglicherweise sesshaft zu werden.

Am Abend vor Silvester eröffnete er seiner Dorle, die ihn in seiner Pension besuchte, diesen Plan. »Ich habe mich auch schon nach einer geeigneten Wohnung für uns in Frankfurt umgesehen.« Da schrie ihn seine Liebste unvermittelt an: »Wie kommst du denn dazu, einfach über meinen Kopf hinweg das alles zu planen? Mir ist das alles noch zu früh. Ich sag dir schon, wenn ich bereit bin zu heiraten.« Frenne versuchte zu beschwichtigen, aber der Streit war da. Plötzlich war auf die dreijährige Romanze, auf diese wunderbare Tändelei, der Alltagsstaub gerieselt. Zum ersten Mal stand der Ernst des Lebens im Raum, und beide hatten eine ganz unterschiedliche Einstellung dazu.

Dorle regte sich furchtbar auf: »Es ist aus. Du hast alles kaputt gemacht.« Sie riss das Fenster auf und warf den Ring, ihr Ringlein, hinaus in die Dunkelheit der Cawlerstraße. »Du bist ja verrückt!«, schrie nun auch Frenne, stürzte die Treppen hinab, zur Haustür hinaus, und suchte aufgeregt im Rinnstein der düsteren Straße, in der Gosse nach dem Glänzenden für das Fingerlein. Inzwischen fegte Dorle an ihm vorbei, und ehe er ihr hinterher kommen konnte, hatte sie sich in die Straßenbahn geschwungen, und weg war sie.

Frenne aber suchte in gebückter Haltung den Bürgersteig ab, kroch schließlich auf allen Vieren zwischen den schwachen Lichtkreisen der Laternen umher, bis er ihn auf einmal aufblitzen sah, nur wenige Zentimeter entfernt vom Abgrund eines Gullys, in dem der Ring fast auf Nimmerwiedersehen verschwunden wäre. Unendlich erleichtert steckte er ihn in die Tasche, denn der Preis des Schmuckstücks war ihm noch immer schmerzlich bewusst. Vor allem aber hatte er die Verbindung zu seiner Liebsten wieder gefunden, und voller Hoffnung machte er sich auf den Weg zu Dorles Haus.

Er klingelte. Keine Reaktion. Das war ein Albtraum. Das konnte nicht möglich sein. Er presste sekundenlang den Finger erneut auf den Klingelknopf. Über ihm wurde das Fenster geöffnet. »Verschwinden Sie, Herr Hellenbrecht. Sie brauchen sich nie wieder zu bemühen. Dorle ist für Sie ein für alle mal nicht mehr zu sprechen«, rief ihm Dorles Ziehmutter zu.

Frenne war vernichtet, am Boden zerstört, verzweifelte an der Unerklärbarkeit, grübelte über Dorles letzte Worte und versank in Düsternis. Er überwand seinen Stolz, schrieb Briefe, in denen er erklärte, anklagte, verzieh und bat. Alle kamen ungeöffnet zurück.

Als er zwei Wochen später in seinem Stuttgarter Stammcafé saß, setzte sich Herr Kirschensteiner, ein Geschäftsmann aus der Königsstraße, den er durch Dorle kennen gelernt hatte, zu ihm an den Tisch. Im Gespräch merkte dieser, wie der junge Mann sich quälte und wie sehr er unter dem unverständlichen Sinneswandel seiner Verlobten litt. »Hellenbrecht, lassen Sie den Kopf nicht hängen. Das Mädel hat doch so einen feinen Kerl wie Sie gar nicht verdient. Dieser reichen Mischpoke, den Zieheltern von Dorle, waren Sie, ein einfacher Reisender, nie gut genug. ›Den Wanderer zwischen den Welten‹ haben sie Sie spöttisch genannt, und den hatten sie schon lange satt. Sie haben längst einen anderen für ihr Goldstück ausgesucht, ein bisschen älter zwar und angegraut, aber seriös, mit eigenem Geschäft und Vermögen. Die Verlobung wird nicht lang auf sich warten lassen.«

»Es hat sehr wehgetan.« Mit diesem Satz pflegte Frenne seine Geschichte zu beenden.

Am nächsten Tag brachte Frenne den Ring zum Juwelier zurück. Der Mann war verständnisvoll, machte aber bei der Rücknahme ein gutes Geschäft.

Frennes nächste Geschichte schloss sich nahtlos an und stieß ein neues Hoffnungstor auf. Nur zwei Wochen später, im Januar 1939 wurde er von seinem Chef, Herrn Deunier, aufgefordert, nach Köln zu kommen. Die Firma Rosier machte Frenne Hellenbrecht das Angebot, in Buenos Aires eine Filiale der Firma zu gründen und von dort aus in Südamerika ein Werbe- und Vertriebsnetz aufzubauen. Wie Frenne immer betonte: »Man suchte nicht nur Tüchtigkeit, sondern einen unverheirateten Mann.« Er war sofort bereit auszuwandern. Nichts hielt ihn mehr in Deutschland, in diesem Hitlerstaat, in dem so viele seiner ehemaligen Jugendfreunde aus der Sturmschar inhaftiert und zwei sogar umgebracht worden waren.

Am Morgen des neunten November 1938 hatte sich ihm die Fratze der Gewalt, wie er es nannte, ganz offen gezeigt.

»Es war damals in Frankfurt, an einem Montag. Ich wohnte in einem Hotel in der Kaiserstraße. Es war genau sechs Uhr, da weckte mich das

Geräusch von zersplitterndem Glas und von harten Militärstiefeln. Ich rannte ans Fenster. Draußen stürmten schwarz gekleidete Männer mit dicken Knüppeln, zum Teil abgebrochenen Tischbeinen, durch die Straße. Keine Nazi-Uniformen waren zu sehen. Aber ich wusste: Das waren SS-Leute. Am nächsten Tag stand in der Zeitung: ›Das Volk war empört und konnte nicht zurückgehalten werden.‹ Diese Leute zertrümmerten eine Schaufensterscheibe nach der anderen. Und alle Schaufenster gehörten zu Geschäften mit jüdischen Inhabern. Es waren eben damals viele jüdische Menschen im Handel tätig. Da wusste ich, Hitler hatte mit der Ausrottung der Juden begonnen.

Ich fuhr in die Kleider und lief auf die Straße, vorsichtig auf Abstand. Überall sah ich Geschäftsleute, die Latten vor die zerbrochenen Scheiben nagelten und so ihre Läden vor eventuellen Plünderungen zu schützen suchten.

An den jüdischen Geschäften in der Innenstadt waren Schmierereien an den Wänden. ›Juda verrecke!‹, stand da und ›Kauf nicht beim Jud‹, und ›Weg mit dem Judengeschmeiß‹. Überall lagen Glassplitter auf den Bürgersteigen. Die wenigen Frankfurter, die unterwegs waren, hatten es eilig und sahen sich nicht an. Anders die grölenden Gruppen von Nazis, meist junge Männer, die durch die Straßen zogen. Sie waren sich ihrer Macht bewusst und blickten jeden herausfordernd an. Da war ein Kurzwarengeschäft, ein schmales Handtuch mit hohen Regalen bis zur Decke. Zwei Männer schlugen die Scheibe kaputt, brachen die Tür auf, drangen ein. Sie schlugen wild um sich wie im Rausch, rissen die Regale von der Wand. Draußen steigerte sich Geschrei zum Gebrüll, immer mehr Leute liefen zusammen.

Später rief ich in Köln in der Firma an, dass ich an diesem Tag nicht in Frankfurt und wahrscheinlich im ganzen Bezirk nicht arbeiten könne. Stille in der Leitung. ›Fahren sie nach Mannheim und versuchen Sie es dort!‹, war die Antwort.

Als ich um elf Uhr in Mannheim ankam, war die ganze Stadt schon auf den Beinen. Aus einem dreistöckigen Haus kamen Möbel geflogen. Unten wurde bei jedem Stück, das aus dem Fenster gekippt wurde, gejohlt, viele klatschten Beifall. Dann flog ein riesiges, dickes Buch durch die Luft, eine Bibel oder so etwas. Unten führte man einen bärtigen Mann auf die Straße. Viele Juden trugen damals Bärte. Er wurde von der Polizei abgeführt, wahrscheinlich wegen ›Widerstand gegen die Staatsgewalt‹.

Ich werde das nie vergessen, auch nicht den Nachmittag dieses Tages, als man auf einem kleinen Karren den Rabbi im Ornat zum öffentlichen Gespött durch die Straße fuhr. Bespuckt und beschimpft haben sie ihn, den armen Mann.« Erschüttert von diesem Erlebnis, schrieb er folgende Zeilen in sein Notizbuch:

Mahnung

Ist es nur ein Wellenschlagen, / das verrinnt am Meeresstrand?

Oder sind es schwere Plagen, / die sich zeigen unserem Land?

Nein, in einem Staat, in dem diese menschenverachtenden Nazis das Sagen hatten, wollte er nicht leben. Die Liebe hätte ihn vielleicht bodenständig gemacht. Aber nach der Trennung von Dorle... Seit er Belgien 1927 verlassen hatte, gab es für ihn sowieso keine nationale Bindung mehr. Orte konnten ihn nicht halten, selbst der nicht, wo seine Familie lebte.

Am ersten Mai 1939 zog er nach Köln, um in allen Firmenbereichen geschult zu werden und die Kenntnisse zu erwerben, die für seine Arbeit in Südamerika wichtig waren. Wieder einmal musste er im Schnellverfahren eine Sprache lernen, diesmal aber mit professioneller Unterstützung. Jeden Abend erhielt er von einem Privatlehrer Spanischunterricht. »Der hat mir das Spanische, die Grammatik und die Vokabeln, eingebläut. Das war ein richtiger Pauker.« Die Zukunft lag so leuchtend vor ihm wie nie zuvor. Fast nebenbei und ohne Bedauern fuhr er in der letzten Juliwoche nach Saarbrücken, um sich von seinen Eltern und seinen Geschwistern für Jahre zu verabschieden.

Am 4. September sollte sein Schiff in Genua ablegen, zwei Tage zuvor sollte er nach Italien abreisen. Frenne saß in der Pension Chateau in Köln auf halb gepackten Koffern, als ein Bote aus der Firma ihm eine Nachricht von Herrn Deunier überbrachte, in der er ihn aufforderte, unverzüglich zu ihm zu kommen. »Hellenbrecht, es tut mir sehr Leid für Sie, aber alle Grenzen sind dicht. Das ist das Aus für Sie. Die Südamerikapläne sind gestorben. Wir haben Krieg.« Drei Stunden später erfuhr die Weltöffentlichkeit, dass Hitler in Polen einmarschiert war. »Nun kam dieses Schwein von Hitler und machte aus meinem Traum ein Desaster.«

Frenne war verzweifelt. Wieder stand er vor einem Scherbenhaufen. An diesem Abend des ersten September schlich er sich in sein Stammcafé gegenüber dem Opernhaus. Er brauchte jetzt jemanden, der ihn tröstete.

Die Kellnerin Irmi, die er fast jeden Tag sah, seitdem er sich in Köln auf die Ausreise vorbereitete, Irmi, die eigentlich Irma hieß, die er aber liebevoll umgetauft hatte, weil sie ihm einfach gefiel, diese Frau fing ihn an diesem Abend auf, als er ins Bodenlose zu fallen drohte.

Frenne wurde zur Wehrmacht eingezogen. Er dachte an Fahnenflucht. Doch dann erschien ihm das wie eine Schwäche, die er sich nicht erlauben wollte. Man musste das Leben aushalten. Auf dem Truppenübungsplatz von Paderborn fiel seinem Hauptmann auf, dass er einer der ganz wenigen war, die noch nicht nach Urlaub gefragt hatten.

»Mensch Hellenbrecht, haben Sie denn niemanden, den Sie besuchen wollen?« Frenne dachte an seine Eltern, von denen er sich vor so langer Zeit schon abgenabelt hatte, und dann an Dorle, seine verlorene Liebe. »Nein, niemanden Herr Hauptmann.« »Was, auch keine Braut?« Frenne gestand dem Älteren, dass er sehr wohl des Öfteren an eine gute Bekannte in Köln denke, Irmi, aber von einer Verlobung sei er meilenweit entfernt.

Und das Unwahrscheinliche geschah: Hauptmann Söderlein fuhr während seines Urlaubs nach Köln, kehrte in Frennes Stammcafé am Opernhaus ein und führte ein höchst intensives Gespräch mit Irmi. Der *Deus ex Machina* kehrte mit allerherzlichsten Grüßen zu Frenne zurück. »Eine solche Frau darf man nicht enttäuschen«, gab er seinem Untergebenen zu bedenken. Und so begann die stürmische Liebesgeschichte mit Irmi, die im Herbst 1940 bei einem Fronturlaub während des Frankreichfeldzugs mit einer Verlobung besiegelt wurde.

Frennes Geschichte mit Irmi ließ Marlene zum ersten Mal an der Seriosität ihres Vaters zweifeln. Man schrieb die frühen Sechzigerjahre, eine Zeit, in der die Scheidungsrate noch gering war und die einmal gewählte Partnerschaft in der Regel auch zu einer Heirat führte. Dass sich ihr Vater einmal mit einer anderen Frau verlobt hatte, konnte man ihm nachsehen. Aber eine zweite Verlobung! Die großmütterliche Moralistin in ihr konnte sich lange nicht mit dem Gedanken abfinden.

Frennes letzte Vorkriegsgeschichte war die Geschichte vom Sarg.

»Franz«, sagte sein Vater zu ihm, als er an Weihnachten 1935 in der Sedanstraße zu Besuch war. »Du verdienst doch jetzt ganz gut. Hast du davon etwas zur Seite gelegt?« Frenne wurde rot, sofort fühlte er sich wieder wie ein Angestellter seines Vaters, der Rechenschaft ablegen muss. »Warum fragst du danach?« »Es ist nicht gut, wenn junge Leute wie du so viel Geld in den Fingern haben und damit hemmungslos um sich werfen.«

Frenne selbst hatte das Gespräch unbewusst herausgefordert, als er von einem Abendessen in einem teuren Stuttgarter Restaurant erzählte – mit Dorle, wie er nebenbei erwähnte – und seinen Schrecken schilderte, als der Ober ihm die Rechnung präsentierte. »Zumindest eine Sterbeversicherung solltest du abschließen, damit die Familie nicht mit den Kosten für die Beerdigung belastet ist, wenn dir mal etwas passiert.« Frenne schaute den so viel älteren Mann, der zu ihm in so kühlem Ton von der Vorsorge fürs Sterben sprach, befremdet an.

Zorn und Trotz erfüllten ihn, als er am nächsten Tag das Beerdigungsinstitut Pietät am St. Johanner Markt in Saarbrücken betrat. »Ich möchte mir einen Sarg aussuchen und will wissen, was eine Beerdigung kostet. Es handelt sich um meine Beerdigung«, fügte er hinzu. Die professionell Anteil nehmenden Züge des Bestatters entgleisten ein wenig. Da der junge Mann seinen Wunsch ganz ernsthaft wiederholte, machte er ihm einen Kostenvoranschlag. In der Folgezeit sparte Frenne diese Summe an, und bei seinem nächsten Besuch zu Hause legte er dem Vater das Sparbuch und den Kostenvoranschlag des Bestatters vor. »Du kannst ganz beruhigt sein. Die Summe reicht für meine Beerdigung aus.« Heinrich Hellenbrecht, der sich nur noch daran erinnerte, dass er dem Leichtsinn seines Sohnes hatte Einhalt gebieten und ihn zum Sparen animieren wollte, war konsterniert, aber auch beruhigt. »Vielleicht wird er doch noch vernünftig.«

Als Frenne am 2. September 1939 seinen Einberufungsbefehl in Händen hielt und wusste, dass er als Soldat in den Krieg ziehen musste, nahm er das Sparbuch, hob den gesamten Betrag ab und suchte am Abend eine Bar auf. In einer einzigen feucht-fröhlichen Nacht verprasste er das Geld, indem er höchst spendabel auch noch die anderen Gäste freihielt. »Bei Wehrmachtsangehörigen muss der Staat für die Beerdigung sorgen«, war sein Kommentar.

Ungeschickterweise erzählte Frenne, der diese Geschichte besonders liebte, die Episode später seiner Schwiegermutter. Sophie fühlte sich dadurch in ihrer Ansicht bestätigt, dass es dem Mann ihrer Tochter an dem notwendigen Ernst fehle und dass er ein Bruder Leichtfuß sei. Denn wer so mit Geld umgeht …

Der Krieg, der verhasste Krieg war in den Erzählungen für seine Kinder nie blutig, nie brutal. Seine zornige Hilflosigkeit aber verriet ihn, als

Marlene ihn eines Tages fragte: »Hast du im Krieg jemanden erschossen?« Barsch und ungehalten antwortete er: »Man weiß es nie, man schießt, man wehrt sich, man will überleben. Ich weiß nicht, ob ich getroffen habe.«

In den menschenfeindlichen Gebieten der Sahara, fern jeder Zivilisation hatte im Februar 1941 die so genannte deutsche Wüstenoffensive gegen die Engländer begonnen. Genauer gesagt war Italien in Libyen bei der Verteidigung seiner Kolonie gegen die überlegene britische Streitmacht in Bedrängnis gekommen. Mussolini hatte Hitler, seinen faschistischen Verbündeten, um Waffenhilfe gebeten. Das Kalkül, dass eine überlegene Präsenz der Engländer im Mittelmeer und ein Einmarsch der Briten in Italien eine weitere feindliche Front im Süden Europas eröffnet hätte, führte dazu, dass deutsche Soldaten nach Afrika geschickt und dem Oberkommando von Generalleutnant Erwin Rommel unterstellt wurden.

Die legendäre Taktik des in der deutschen Wochenschau als *Wüstenfuchs* gefeierten Kommandanten Rommel bestand in einem Bewegungskrieg der Panzerregimenter, und führte zu einem vorläufigen Erfolg: Die Deutschen drangen bis zur ägyptischen Grenze vor und träumten schon von der Einnahme Kairos.

Selbst Frenne, der den Krieg als persönliche Katastrophe erlebt hatte, erzählte noch Jahrzehnte später mit einer gewissen Bewunderung von den Staubwolken, die einzelne Panzer gezielt aufgewirbelt hatten, um den Feind zu verwirren. Man wollte die Engländer glauben machen, sie stünden einer Übermacht gegenüber. Auch Frenne, der Pazifist, der von einem einigen Europa träumte, war ein Opfer der nationalsozialistischen Propaganda vom listigen Kriegshelden, der für das Deutsche Reich die Wüste eroberte, während in Russland die Front schon zusammenzubrechen begann.

1941 wurde Frenne aus Frankreich abgezogen, auf Tropentauglichkeit überprüft und im Mai 1941 einem Infanterieregiment zugewiesen, das das Afrikakorps verstärken sollte. Von Tarent sollte der Nachschub an Soldaten mit dem Truppentransporter JU 52 nach Tripolis geflogen werden, um im Kampf in der Cyrenaika eingesetzt zu werden.

Die wochenlange Wartezeit in Italien erlebte Frenne wie ein Abenteuer. Er sah sich in der Rolle eines Auslandskorrespondenten oder eines Reiseschriftstellers und schickte ausführliche Berichte nach Hause.

Er feierte die südliche Sonne, die von einem wolkenlosen, blauen Himmel brannte und ihm das Hinterland von Neapel karg, großartig und wüstenhaft erscheinen ließ. »Die Höhen im Hintergrund sind fast kahl und sehen aus wie die Rücken von Kamelen.«

Die Neapolitaner beschrieb er als buntes, temperamentvolles Völkchen. »Fast alles wird auf der Straße erledigt. Alles schreit durcheinander. Dazwischen sausen kleine und große Zweiräder-Karren, gezogen von ganz zierlichen Pferdchen oder zottigen Eseln.« »Die Jugend, so Jungs zwischen vier und zwölf Jahren, diese Vögelchen treiben sich um unser Lager herum, und wehe dem, der gerade mal etwas liegen gelassen hat! Kurz gesagt, sie klauen wie die Raben, dabei sehen sie aus wie ungewaschene Engel.«

Von Capri schwärmte er wie von einem paradiesischen Garten. »Vor acht Tagen machten wir eine herrliche Bootstour über das blaue Meer. Diese großartige Insel ist nur über eine einzige Landungsstelle zu erreichen, weil rundum die Felsen schroff ins Meer abfallen. An ihrem Fuß ist das Wasser unglaublich blau und klar, so dass man das Gewimmel von Fischen und anderem Getier sehen kann. Inmitten wundervoller Gärten mit Zitronen-, Feigen- und Olivenbäumen stehen hübsche Villen. Gewaltige Palmen und Kakteen geben dem Ganzen einen vornehmen Charakter. Auf der Höhe liegt das eigentliche Städtchen; die Häuser stehen eng zusammengedrängt, und die Gassen sind überdacht. Wie wohltuend kühl! Stufen und Stufen sind wir hinauf gestiegen. Von oben hat man einen herrlichen Ausblick auf die Bucht und das Festland mit seinen hohen Bergen und die Krone von allem, den Vesuv, der seine ewig weiße Rauchfahne wehen lässt. Da stehen nun deutsche Soldaten in Tropenuniform und bestaunen die Welt – wie im tiefsten Frieden.« Den hunderttausend Beschreibungen von Pompeji fügte er noch eine weitere hinzu, erschauernd vor dem Bilderbuch der Geschichte. Ja, er verstieg sich zu dem Satz: »Der Krieg hat auch Sonnenseiten.« Noch war er jung und ungebrochen.

Frennes Geschichten aus dem Zweiten Weltkrieg und der Gefangenschaft in Nordafrika liebten Verena und Marlene besonders, denn sie spielten auf einer fremden, für sie unvorstellbaren Bühne und waren voller Seltsamkeiten.

Als Marlene später anhand von Dokumentaraufnahmen aus Libyen und Ägypten die Wahrheit vom tödlichen Nahkampf, vom Beschuss durch Flugzeuggeschwader, von Gefechtsstellungen der Artillerie im Wüstensand, von toten oder flüchtenden Soldaten und liegen gebliebenen, ausgebrannten Panzern, also das ganze Ausmaß an Gewalt, Gefahr und Sinnlosigkeit sah, als sie aus Kriegsromanen von der Bestialität des Krieges erfuhr, konnte sie erst ermessen, welch schreckliche Erlebnisse sich hinter den Wüstengeschichten verbargen.

Frenne weigerte sich nach seiner Rückkehr aus der Gefangenschaft für alle Zeit, einen Kriegsfilm anzusehen.

»Papa, wie ist der Bausen an deinem Kopf entstanden?« Diese kindliche Frage führte unweigerlich zu einer der vielen Variationen, mit denen Frenne die Schwellung an der rechten Seite seiner Stirn erklärte. »Also, wir lagen vor El-Alamein, buddelten uns in den Wüstensand ein und warteten auf die Engländer. Plötzlich sahen wir am Horizont vor uns den ersten Panzer auftauchen. Wie sollten wir ihn aufhalten? Mit den Gewehren konnten wir gegen die Panzer nichts ausrichten. Da rannte ich los, und mit dem Kopf voran brachte ich den Panzer zum Stehen. Die anderen Panzer flohen. So habe ich die Panzerschlacht bei El-Alamein aufgehalten. Aber eine dicke Beule habe ich natürlich davongetragen.«

»Das stimmt nicht, Papa, du lügst, wie war es denn in echt?« »Also wir standen fertig zum Transport auf der Ladefläche des Lastwagens. Plötzlich fuhr er an …« »Warum fuhr er so plötzlich los?« »In der Ferne wurden Panzer gesichtet, und wir mussten so schnell wie möglich weg. Der Fahrer legte in der Aufregung den falschen Gang ein, der Laster machte einen Satz nach vorn, ich stürzte vorwärts und knallte mit dem Kopf auf die Ladefläche. Natürlich gab es keine Möglichkeit, den Schaden von einem Arzt begutachten zu lassen. Mir war schlecht und der Kopf tat weh, aber wir waren auf der Flucht. Da kann man keine Rücksicht nehmen. Als ich dann Tage später dem Stabsarzt meine Beule zeigte, war er sehr skeptisch. ›Unteroffizier Hellenbrecht, ich kann Ihnen das Ding da wegoperieren. Aber bedenken Sie, was da alles zum Vorschein kommen kann. Auf einmal müssen Sie feststellen, dass Sie Stroh im Kopf haben. Wenn sich das herumspricht …‹ Na, unter diesen Umständen verzichtete ich lieber darauf, mir die Geschwulst entfernen zu lassen.«

»Erzähl doch lieber die Geschichte vom Wüstensturm!« Nun folgte Variation Nummer drei: »Wir hatten unsere Zelte in der Libyschen

Wüste aufgeschlagen. Die Nacht war kalt, so bitterkalt wie der Tag heiß gewesen war. Wir froren unter unseren dünnen Decken. Da musste ich mal austreten und entfernte mich ein wenig vom Lager. Plötzlich, von einem Augenblick auf den anderen, kam ein Sandsturm auf. Da half nur noch eines: Man musste sich eingraben, den Kopf nach unten ducken und abwarten. Überall war Sand, unter jedem Kleidungsstück, in den Ohren, im Mund, in den Augen, ganz gleich wie fest man sie zukniff. Der Sandsturm brauste über uns hinweg. Es war ein sirrendes Geräusch, und ich hoffte, dass es nicht zu lange dauern würde. Auf einmal hörte ich noch etwas anderes, ein Rumpeln wie von einem Panzer. Erschrocken wühlte ich mich aus dem Sand und hob den Kopf, um in die Dunkelheit zu spähen. Doch gerade in dem Augenblick rasselte das Fahrzeug ganz dicht an mir vorbei. Das Panzerrohr schwenkte und prallte heftig gegen meine Stirn. Für einige Zeit verlor ich das Bewusstsein. Als ich wieder zu mir kam, hatte sich der Sandsturm gelegt. Zum Glück hat der Panzerkommandeur in der Dunkelheit unser Lager nicht bemerkt. Ich schlich zurück zu meinem Zelt. Mein Kopf tat ganz schön weh!«

Es gab dann noch die Geschichten von den in der Wüste liegen gebliebenen Lastwagen der Engländer, die er und sein Kommandant entdeckten. »Mal sehen, was die geladen haben!«, erzählte Frenne. »Was soll ich euch sagen, Büchsen! Der ganze Wagen war voll mit Konservenbüchsen. Mitten in der Wüste. Ich mein Seitengewehr raus, reingestoßen, geöffnet, igitt, Büchsenmilch! Die konnten wir natürlich nicht gebrauchen. Nächste Dose! Wieder Büchsenmilch. Nach der zehnten auf einmal: Birnen! Konservenbüchsen mit Birnen. Mitten im heißesten Afrika standen wir da und aßen süße Birnen und tranken den Saft.«

Die einzige nachweislich wahre Geschichte erzählte der Vater nur widerstrebend und mit wenigen Sätzen. »Erzähl, wie du in Gefangenschaft geraten bist!«

»Im Frühjahr 1942 gelang es Rommel bis El-Alamein, etwa einhundert Kilometer vor Alexandria, vorzustoßen, doch auch diesmal wurden die deutschen Soldaten zurückgeworfen. Die Truppen von Rommel waren auf dem Rückzug. Die Engländer waren uns dicht auf den Fersen. Wir wurden wieder zur Ausgangslinie in der Cyrenaika und bis nach Tunesien zurückgedrängt. Nach einem schweren Gefecht bei Sfax hatten wir viele Verwundete. Aber wir mussten uns noch weiter zurückziehen. Die Verwundeten konnten wir nicht mitnehmen. Da meldete ich mich freiwillig, um bei ihnen zu bleiben. So geriet ich in die Gefangenschaft der Engländer.«

Die Heldenverehrung von Verena und Marlene wies er streng zurück. »Für mich war damit der Krieg zu Ende. Ich hatte die Möglichkeit, auszusteigen. Ich wusste, dass früher oder später keiner von uns eine Chance hatte, dem Tod oder der Gefangenschaft zu entgehen.« Mehr erfuhren seine Töchter nicht. Mit dieser Geschichte endete der erzählbare Teil des Krieges.

In dem furchtbaren Moment des Kampfgeschehens im März 1942 zählte für Frenne nur eins: Die entsetzlichen Schrecken der Kämpfe, die tödlichen Feuerblitze, den Anblick der Toten und der Verwundeten, die von Pulverdampf geschwängerten Staubwolken, das ganze gellende Chaos hinter sich zu lassen. Dass die Kriegsgefangenschaft fünfeinhalb Jahren dauern sollte, konnte er nicht ahnen.

Neun Monate später, im Januar '43, eroberten die Engländer Libyen, am 13. Mai 1943 gingen 130000 deutsche Soldaten, das gesamte verbliebene Afrikakorps, in die Gefangenschaft der Alliierten. 35500 Briten und 30000 kanadische, amerikanische und italienische Soldaten waren gefallen, hinzu kamen 18600 deutsche Soldaten; viele weitere wurden vermisst.

Im März 1943 wurden Frenne und die verwundeten Kameraden von den Engländern gefangen genommen. Nach wochenlangem Marsch durch die Wüste von Oase zu Oase und einer Schiffspassage nach Alexandria wurden die Gefangenen zum Gefangenenlager 804 am Bittersee gebracht, der vom Suezkanal durchflossen wird.

Jeder Tag begann mit neuer Verzweiflung vor der Realität. Um das Lager mit den endlosen Zeltreihen türmte sich, wirkungsvoller als jede Mauer, ein meterhoher Stacheldrahtverhau. Die Männer waren in Zeltgruppen eingeteilt, Zehn-Mann-Zelte, die wiederum in Blöcke zusammengefasst waren. Die Zelte waren niedrig, daher vertiefte Frenne, wie viele andere Gefangene, den Boden vor seinem Strohsack, auf dem er schlief, bis er aufrecht stehen oder sich auf den Rand seines Lagers setzen konnte. *P.W.* stand auf den Hemden der Gefangenen, *Prisoner of War*. Käfige nannten sie die Umzäunung, und so fühlten sie sich auch: Wie Tiere im Käfig. Jeder war eine Nummer, sechsstellig.

Das Leben zerrann im Gleichlauf der Tage zwischen Antreten, Abzählen, Inspektion, Essen fassen, Zelt aufräumen, Hitze ertragen, Warten,

Warten, Schlafen und erneut dem furchtbaren Erwachen. Den Kampf gegen Stechmücken und Sandflöhe gab man irgendwann auf. Nur drei Briefe im Monat waren erlaubt, Papier war Mangelware. Monat folgte auf Monat, der Mond nahm zu, nahm ab, verschwand, nahm zu, immer wieder, wieder, wieder.

Nach einem Jahr wurde Frenne mit einem Teil der Gefangenen nach Tobruk, an die Küste von Libyen verlegt. Nach Kriegsende kehrten die Gefangenen wieder in das ägyptische Lager am Bittersee zurück.

Das Gefangenenlager in der Wüste, das war die tägliche Ödnis, die gedehnte Zeit, die endlose Langeweile unter der glühenden Sonne, die heimwehkranken Gedanken an diejenigen zu Hause, vor allem an die Mutter, die nach dem Tod des Vaters allein den Kriegswirren ausgesetzt war.

Hier traf Frenne die unfassbare Nachricht von seiner Verlobten Irmi aus Köln:

»Lieber Franz,
die Zukunft ist so ungewiss und unsere ganz besonders. Wer weiß, wie lange der Krieg noch andauert und wie lange Du noch in Gefangenschaft ausharren musst. Ich kann Dir nicht auf Jahre treu sein ohne Aussicht, Dich zu sehen. Um es kurz zu machen, ich habe einen anderen Mann kennen gelernt. Franz, wir hatten eine schöne Zeit. Aber es ist jetzt vorbei.
Ich wünsche Dir alles Gute
Irmi«

Dieser Brief stahl ihm für lange Zeit die Zukunft. Die Heimat, an die er dachte, der erträumte Neuanfang hatte kein Gesicht mehr. Das Verlassensein machte ihn zum ersten Mal in seinem Leben bitter.

Doch in den wenigen Geschichten aus der Zeit der Gefangenschaft, die er seinen Kindern erzählte, war nicht von Heimweh, Lebensbitternis oder Zukunftsangst die Rede.

Frenne schnürte fassbare Päckchen, die Unfassbares, Unerträgliches enthielten und die er deshalb verschlossen hielt. Aber der magische Bann, um alle diese Päckchen zusätzlich zu versiegeln, wurde erst in der Erzählung ausgesprochen. Diese glättete, verklärte, wählte aus, relativierte und schob ausdrucksstarke Bilder vor Unsägliches.

Edith hatte zu allen Lebensgeschichten ihres Mannes eine ambivalente Beziehung. Besonders wenn er seine Kriegsgeschichten erzählte, brach sie in die – für die Kinder völlig unverständlichen – lamentierenden Rufe aus: »Frenne, nicht schon wieder!« Vielleicht, weil sie die ihr unverständliche Verbrämung der Realität nicht nachvollziehen konnte und wollte. Verena und Marlene aber konnten diese Episoden gar nicht oft genug hören.

Den Kindern schilderte er das Gefangenenlager wie eine riesige Zeltstadt. Selbst die Unannehmlichkeiten hatten ihre Komik. »Wenn wir mittags unseren Blechnapf mit Suppe gefüllt bekamen, ließen wir die Flüssigkeit erst mal hin und herschwappen bis an den Rand, um dann mit einem Ruck die Tierchen und den Sand, der auf der Suppe schwamm, wegzuschwemmen.«

Gerne erzählte Frenne von seinen beiden Freunden, die ihm halfen, diese Jahre zu überstehen. Max Erbeling, viel jünger als er, hatte bei Ausbruch des Krieges gerade mit dem Studium begonnen und wollte Lehrer für alte Sprachen werden. Er war ein hoch aufgeschossener, schmaler Junge von zweiundzwanzig Jahren, sehr kurzsichtig, aber durch die Brille wurde die feine Intelligenz seiner Züge noch betont. Der Spitzname Professor blieb an ihm hängen. Fred Burkhard, zwei Jahre älter als Max, hatte schon ein paar Semester an einer technischen Hochschule studiert und wischte mit seinem oft sarkastischen Pragmatismus und seinen radikalen sozialistischen Forderungen Max' philosophische Ausführungen über humanistische Ideale rücksichtslos beiseite. Es verging kein Tag, an dem die beiden nicht die Klingen kreuzten.

Beide versuchten Frenne von ihrer Weltsicht zu überzeugen. Frenne spürte, dass sie ihn, den Älteren, umwarben. Er bewunderte Max, der aus einer wohlhabenden Akademikerfamilie stammte, wegen seiner Begabung, seiner Kultur und Bildung, aber der mehr hemdsärmlige, rauere Geselle Fred mit seinen unkonventionellen, oft radikalen Ideen stand ihm innerlich näher.

Frenne hatte ihnen vielleicht einiges an Welterfahrung voraus; schließlich war er, seit er achtzehn war, völlig auf sich gestellt als Werbefachmann und Reisender unterwegs gewesen und hatte ein Zigeunerleben geführt, im Gegensatz zur soliden Bürgerlichkeit, die das Leben von Max und Fred bestimmt hatte. Aber er hatte keine fundierte Bildung, keinen höheren Schulabschluss.

Durch die Enge des Lagerlebens ohne Privatsphäre kam Frenne zu einer neuen Einschätzung seiner Mitmenschen. »Ein guter Mensch mit schlechten Manieren ist in Extremsituationen weniger gut zu ertragen als ein schlechter mit guten Manieren.« Ein schockierender Satz für die mit großen Augen lauschenden Töchter! Aber Max und Fred vereinten für ihn beides, Charakter und gute Kinderstube.

Mitten in der Wüste, meilenweit von jeder Zivilisation entfernt, machte Frenne Bekanntschaft mit der deutschen Literatur, und sein leidenschaftlicher Wunsch, Schauspieler zu werden, erfüllte sich auf bizarre Weise. Seine Kameraden gründeten eine Theatergruppe. *Wilhelm Tell*, *Die Räuber*, *Die Jungfrau von Orleans* und Auszüge aus *Goethes Faust* kamen zur Aufführung, sogar Shakespearedramen wie *Macbeth*, aber man spielte auch *Charlys Tante* und andere Komödien. Die Engländer stellten Texte zur Verfügung. Später gab es sogar eine Art Lagerbibliothek. Andere *P.W.* gründeten einen Chor, und so unwahrscheinlich es klingen mag, in der Wüste am Bittersee entstand ein Symphonieorchester. Max spielte die erste Geige und dirigierte so manche Aufführung.

Max organisierte sich einen englischen Kriminalroman, und aufgrund seiner Kenntnisse von vier anderen Sprachen, erschloss er den Sinn der fremden Vokabeln und stellte eine Grammatik der englischen Sprache zusammen. Dann brachte er dieses neue erworbene Wissen den anderen beiden bei. Mit Stöckchen oder mit dem Finger schrieben sie die Wörter, die Konjugationen und Deklinationen in den Sand. Auf diese Weise lernte Frenne Englisch und erweiterte später seinen Wortschatz im Kontakt mit dem englischen Wachpersonal und den Angestellten.

Einmal begleitete er einen kranken Kameraden ins Sanitätszelt und übersetzte in holprigen Brocken dessen Anliegen. Captain Ward, ein Schotte, der für die Lastwagenkonvois verantwortlich war und sich an dem Tag zufällig dort aufhielt, wurde auf den *German Prisoner* Hellenbrecht aufmerksam. Als er erfuhr, dass er den Führerschein für LKWs hatte, forderte er ihn als Fahrer und Clerk an. Von dem Augenblick an war das Lagerleben nicht mehr ganz so eintönig. Auch als Übersetzer wurde er eingesetzt und dazu angeleitet, Unfallprotokolle und andere Berichte auf Englisch zu erstellen.

Ganz besonders liebte Marlene die Heldengeschichte, wie sie es nannte, aber Frenne war nur selten bereit, sie zu erzählen, und dann gestaltete er immer den falschen Teil aus.

An einem Vormittag im Juni 1946 ließ Colonel Graham die Sektion vier, zu der auch Frenne gehörte, antreten. War es, weil irgendetwas vorgefallen war und sich ein Prisoner etwas hatte zu Schulden kommen lassen oder weil der Colonel einen schlechten Tag hatte, jedenfalls ließ er die Männer in glühender Sonne in Reih und Glied aufmarschieren und eine endlos lange Zeit strammstehen. Der Mann neben Frenne sackte plötzlich zusammen und fiel ohnmächtig zu Boden. Frenne bückte sich zu ihm hinunter und wurde sofort streng verwarnt. Als nach einigen Minuten immer noch keine Hilfe zugelassen wurde, trug er den Ohnmächtigen in Richtung Sanitätszelt. Er kam nicht weit. Der Colonel ließ ihn wegen Befehlsverweigerung verhaften: *Callebush*. Arrest.

Der so genannte Bau, in den er gebracht wurde, war ein fensterloser, kleiner Raum in einem Flachdachgebäude. Die Tür wurde versperrt, Frenne war in der stickig-heißen Einzelzelle in undurchdringlicher Dunkelheit gefangen.

»Es dauerte nicht lange, und ich hatte die räumliche Orientierung verloren. Das Gefühl, dass die Wände, die ich nur ertasten und nicht sehen konnte, mich immer enger umschlossen, dass ich kaum mehr Luft bekam, ging in ein steigendes Gefühl der Verzweiflung über, da ich keine Kontrolle mehr hatte über die Zeit, die vergangen war, und nicht wusste, wie lang diese Dunkel-Haft noch andauern sollte. Die Angst und die Finsternis raubten mir jedes Zeitgefühl. Hinzu kam der Durst. Ich begann laut zu reden. Ich sagte alle Gedichte und Liedtexte auf, die mir einfielen. Zuerst die flämischen, dann die französischen und zum Schluss die deutschen. Immer wenn ich dachte, den Verstand zu verlieren, konzentrierte ich mich auf eine Textzeile und versuchte mich an die nächste zu erinnern. Ich hätte hinterher niemandem sagen können, wie viele Stunden ich dort verbracht hatte. Ohne Vorankündigung wurde plötzlich die Tür geöffnet, der Strahl einer Taschenlampe traf mich, es war Nacht. Ich taumelte ins Freie und fiel Captain Ward bewusstlos vor die Füße.«

Diese Geschichten waren der Extrakt von Frennes Erinnerungen an die Zeit der Kriegsgefangenschaft, erzählbar, ansehbar.

Das Kriegsende im Mai 1945 stürzte Frenne in eine tiefe Depression. Die Soldaten mussten mit der furchtbaren Enttäuschung fertig werden, dass für sie der Krieg noch nicht zu Ende war. Sie durften nicht zurückkehren und mussten ohne absehbares Ende in der Wüste verharren als

»Sklaven des 20. Jahrhunderts«, wie Frenne es bitter nannte, während zu Hause das Leben neu begann. Je nach ihren Fertigkeiten wurden die Gefangenen von den Engländern als Handwerker, Verwalter, Fahrer oder Ingenieure eingesetzt. Der Arbeitslohn von wenigen Piastern reichte gerade, um sich Zigaretten zu kaufen oder Lebensmittel, um die Ernährung zu verbessern.

Maßnahmen zur Umerziehung der Nazideutschen liefen im Lager an. In Vorträgen und Filmen wurden die Kriegsgefangenen über das Ausmaß der grausamen Verbrechen der Deutschen aufgeklärt. Die Bilder entsetzten und erschütterten Frenne und bestätigten ihm zugleich seine eigenen Erfahrungen mit den Nationalsozialisten. Und dennoch empfand er die kollektive Verurteilung und Schuldzuweisung als demütigend. Er litt darunter, gegen seinen Willen einem Volk anzugehören, das sich dieser systematischen Vernichtung schuldig gemacht hatte. Er selbst sah sich aufgrund seiner Herkunft und seiner Mitgliedschaft in der religiös orientierten Sturmschar nie auf der Täterseite. Er hatte keiner politischen Organisation angehört und keinen Arbeitsdienst geleistet. Nur dem Schutz durch seine Vorgesetzten in der Firma und seinem unsteten Leben als Reisender hatte er es zu verdanken, dass er der Verhaftung entgangen war.

Der Kriegsdienst, den er gezwungenermaßen geleistet hatte, stempelte ihn und die anderen Soldaten nun zu Kriegsverbrechern. Das empörte ihn, zumal er die aggressiv-verbrecherische Rolle des Deutschen Reichs in diesem Krieg doch von Anfang an erkannt hatte und auch sein Mutterland Belgien von der Deutschen Armee überrannt worden war.

Er spürte die Herabsetzung in der Behandlung der Gefangenen und die Verachtung mancher Engländer den Deutschen gegenüber, und es kostete ihn viel Kraft, seinen Stolz zu bewahren. Aber er trug es den Engländern nicht nach. Es gab viele unter ihnen, die er als *Good Fellows* bezeichnete. Er bewunderte ihre Fähigkeit, Aufgaben zu übertragen ohne kleinliche Anweisungen. Sie akzeptierten jede Art der Ausführung, Hauptsache das Ergebnis war zufrieden stellend. Auch die Lagerverwaltung überließen sie weitgehend den Gefangenen – mit allen sich daraus ergebenden Vor- und Nachteilen.

1946 kündigten die Engländer die Entlassung der Kriegsgefangenen und die Auflösung des Lagers an. Vorgesehen war eine gestufte Entlassung. Nach einem Punktesystem wurden die Gefangenen beurteilt: Lebensalter, Länge der Gefangenschaft und vor allem die politische Einstufung ergaben eine bestimmte Punktzahl, die die Repatriierung in greifbare Nähe oder in vage Ferne rücken ließ. 1946 durften die ersten 6000 Kriegsgefangenen heimkehren.

Dann stagnierte die Repatriierung. Ein Jahr verging, der Prozess kam nur schleppend voran. Das britische Kriegsministerium gab eine Verlautbarung heraus, die beruhigen sollte, und die niemand glaubte.

»Das britische Kriegsministerium gibt bekannt, dass der Mangel an Schiffsraum es zurzeit nicht möglich macht, die während der Sommermonate durchgeführte erhebliche Steigerung der Zahl der monatlichen Entlassungen aus dem Mittleren Osten beizubehalten. Der Schiffsraummangel hat schon dazu geführt, dass seit einiger Zeit der Urlaub der britischen Truppen eingeschränkt wurde. Darunter soll aber der Endtermin des Repatriierungs-Schemas, das die Beendigung der Entlassungen bis zum 31. Dezember 1948 vorsieht, nicht leiden ...«

Angehörige des Roten Kreuzes kamen ins Lager und klärten über die Situation im Nachkriegsdeutschland auf. Die Gefangenen machten sich Hoffnungen und hegten Pläne. Frenne schrieb an Herrn Deunier, seinen ehemaligen Vorgesetzten in der Firma in Köln. Aber dieser konnte ihm nur ein hervorragendes Arbeitszeugnis, nicht jedoch einen Arbeitsplatz in Aussicht stellen. Es war nicht die Zeit, in der Parfümerieartikel Konjunktur hatten.

Im März 1947 erfuhr Frenne, dass Dieter Schreiber, der Ehemann seiner Schwester Véronique, ganz plötzlich an einem Herzschlag gestorben war. So wenige Jahre nur waren den beiden vergönnt gewesen! Frennes Worte, mit denen er sein Mitleid, seine Anteilnahme ausdrückte, verrieten eine neue Einstellung zum Leben:

»Liebes Lilchen,
all meine Gedanken sind bei Dir, und ich fühle mit Dir das Leid, das Du empfinden musstest, als aus heiterem Himmel das Schicksal unbarmherzig zugriff und Dir Deinen Lebenskameraden entführte. Aber es wäre in unserer sowieso bitteren Zeit nicht angebracht, daran zu verzweifeln. Das Leben hat Dich wie uns alle hin und her geworfen, und nachdem Du einen Gefährten gefunden hattest und einige glückliche Stunden verleben durftest, hat es wieder einen neuen Abschnitt gesetzt. Das ist zwar schmerzlich, muss aber unbedingt bewältigt werden, wie alle Abschnitte unseres Lebens.

Dieter wird weiterleben in der Erinnerung. Merke Dir das Sprichwort, das mir Dieter mal in einem Brief schrieb: ›Keep your head up and keep smiling!‹ Dieser Satz ist mir zum Leitwort geworden und hat mir oft weiter geholfen.

Ich weiß, dass Worte nicht trösten können, wenn das Leben so roh mit einem umgeht. Aber der Tod ist manchmal leichter zu ertragen, als wenn Lebende uns verlassen. Ihr habt Euch über die schwersten Jahre gegenseitig hinweg geholfen, und er muss die Gewissheit mit sich genommen haben, dass er in diesen fünf Jahren ein wirkliches Zuhause gehabt hat. Einem Menschen ein Heim zu sein, ein zweites Ich, ist nicht jedem gegeben.«

Frennes Schwester Mugje heiratete, und im April 1947 kam ihr erstes Kind zur Welt, ein Mädchen: Susanna. In einem langen, freundschaftlichen Brief fragte ihn sein Schwager, den er noch nicht kannte, ob er Pate dieses kleinen Wesens werden wolle. Aus der Ferne nahm er die Patenschaft an, eine erste Perspektive auf dieses unvorstellbare Leben in der Zeit danach:

»Die Patenschaft für die kleine Susanna zu übernehmen hat mich außerordentlich glücklich gemacht. Ich bin jetzt schon gespannt darauf, die kleine Erdenbürgerin zu sehen. Da meine Repatriierung noch in grauer Zukunft liegt, ist es bestens möglich, dass Susanna bis dahin schon laufen kann. ... Liebe Mugje, ich glaube nicht, dass du viele Nachahmer finden wirst, darum wird dieses Kind wohl stark verhätschelt und verwöhnt werden. Aber das ist gut so. Später kommen in dieser lieblosen Welt die ernsten Seiten des Lebens so und so an einen heran ...

Mit der Repatriierung geht es im Schneckentempo voran. Ich nehme an, dass ich um die Weihnachtszeit eintreffen werde. Irgendwann wird der Tag der Heimkehr doch einmal wahr. Zwar ist diese nicht sehr verlockend, wie ich es schon öfter schrieb, dennoch können keine hundert Pferde mich dazu bewegen, freiwillig hier zu bleiben. Es wird eine große Umstellung geben, bis man sich wieder akklimatisiert hat, und zwar auf allen Gebieten!

Du hast jetzt Dein Ziel als Frau erreicht, indem Du Mutti geworden bist. Ich als Mann muss mir erst eine Position verschaffen – und ich schaffe das auch, da kannst Du Dich darauf verlassen. Ich kehre nicht wie ein geschlagener Hund nach Hause zurück, sondern mit tausend Erfahrungen gewappnet und einem eisernen Willen. Nicht jenen Willen, den die alte Welt uns lehrte, sondern den Willen, der das Wissen voraussetzt, das Wissen zu wissen, dass nicht viele wissen. Die Philosophie dieses untergegangenen Europas muss mit beiden Beinen auf der Erde stehen.«

Ja, die Gefangenschaft hatte ihn zum Skeptiker gemacht, aber auch den rebellischen Willen in ihm gestärkt, sich keinem staatlichen System mehr unterzuordnen. Seine Ideen waren verworren, aber sie waren auch visionär.

In den endlosen Diskussionen über den Sinn des Lebens, an dem sie fast verzweifelten, und über die Gestaltung der Zukunft, die immer theoretischer, unvorstellbarer für sie wurde, entwarfen er und seine Freunde, abgeschnitten vom Rest der Welt, hinter Stacheldraht mitten in der afrikanischen Wüste das Bild eines geeinten Europas, in dem einzelne Nationalitäten kein Gewicht mehr hatten, in dem es nur noch Europäer gab, die sich tolerierten und in Freiheit zusammenlebten. Zum Abschluss des Briefes gab Frenne seiner Schwester den Rat:

»Mach alles, wie Du es für richtig hältst. Kümmere Dich nicht um die Welt, sie ist es nicht wert, beachtet zu werden. Du lebst nur einmal, und dieses eine Mal soll nach Deiner Lebensart und auf Deine allernächste Umgebung ausgerichtet sein. Dem neuen Menschen aber soll man viel Liebe schenken. Nur Liebe, sonst braucht man nichts. Alles andere liegt darin wie die Perlen auf dem Meeresgrund.«

Anfang Juli 1947, zwei Jahre nach Kriegsende, wurden 1500 *German P.W.*, also ein Zehntel der Kriegsgefangenen in Afrika, aus den Lagern in Ägypten und Libyen entlassen. Es waren die über Dreißig-, zum Teil schon über Vierzigjährigen, die man gehen ließ, und die Kranken, darunter auch viele Junge. Frenne war fast dreiunddreißig, als er in Alexandria das Schiff bestieg, das die entlassenen Gefangenen aus dem Lager am Bittersee zunächst nach Griechenland bringen sollte. Mit einem Mal ging alles unerwartet schnell. Selbst der unvorstellbare Abschied von den Kameraden, vor allem von Fred und Max, vollzog sich rasch, unspektakulär und nur für die Zurückbleibenden schmerzlich. Die Repatriierung hatte begonnen.

In Griechenland sollten die übrigen Kontingente entlassener Kriegsgefangener eintreffen, um gemeinsam auf dem Truppentransporter H.M. TAOS Victoria die Heimreise nach Deutschland anzutreten. Unter dem Sommerhimmel von Athen genoss Frenne zum ersten Mal nach viereinhalb Jahren das berauschende Gefühl, wieder ein freier Mann zu sein, zumindest auf dem Weg in die Freiheit. Er besichtigte wie ein Tourist die Akropolis, doch die antiken Trümmer faszinierten ihn nicht in der Weise, wie Pompeji ihn vor sechs Jahren in Bann gezogen hatte. Er hatte zu viele Trümmer gesehen und die Ehrfurcht vor den Relikten der Geschichte verloren. Abends lungerte er in griechischen Tavernen herum, aber auch der Wein konnte nicht die Unruhe vertreiben, wenn er an seine Zukunft im Nachkriegsdeutschland dachte.

Am Abend vor dem Auslaufen des Truppentransporters sprach ihn in der Taverne ein Mann an, ein griechischer Bauer, der ihm einen Sack Reis verkaufen wollte. Ohne Bedenken tauschte er das Geld, das er als Sold von den Engländern erhalten hatte, in Reis um. Eine sicherere Währung als alle Scheine und Münzen, so schien es ihm.

Fünf Tage durchquerte ihr Schiff das Mittelmeer. »Ein Riesenpott, ein einziger Eisenklumpen bis auf die Tische und Bänke an Bord«, schrieb Frenne in seinem ersten Bericht für seine zurückgebliebenen Kameraden. Die griechischen Inseln, die afrikanische Küste, das spanische Festland lagen in diesiger Ferne. Nur nachts war der Himmel oft sternenklar. Es war eng an Bord, aber die vielen Männer nahmen es gelassen hin, ebenso wie die Inspektion der winzigen, überbelegten Kajüten am Morgen, das Antreten, den Appell, letzte Rituale der Gefangenschaft. Hätte man Geld gehabt, hätte man in der Kantine an Bord sogar Limonade kaufen können oder was sonst das Herz begehrte.

Stundenlang starrte Frenne auf die grenzenlose Wasserfläche oder in die Schaumspritzer am Bug. Die Untätigkeit langweilte ihn nicht; er genoss es, von der Sonne verbrannt und von der weichen Seeluft durchgeweht zu werden. Das Bewusstsein, frei zu sein, füllte ihn aus. Träume stiegen in ihm auf, Schemen von Nixen und Seeräubern tauchten aus dem Meer auf, fern jeder Realität. »Wie ein Fisch im Wasser fühle ich mich«, notierte er. »Die Zukunft ist fern.« Er mied die stickige Koje und suchte sie nur nachts zum Schlafen auf. Endlich unangefochten von Zukunftsängsten schlief er wie tot.

An Deck traf er zwanzig, dreißig Käfiggenossen, mit denen er im

Lager in Tobruk zusammen gewesen war. Aber man hatte sich nach dem ersten freudigen Wiedererkennen nicht viel zu sagen.

»Es ist dasselbe, was wir schon vor vier Jahren erzählten. Es ist das ewige Hoffen, Bangen, Warten, Vermuten oder das Rückblicken, und das ist noch unerträglicher anzuhören, weil es da nichts Neues mehr gibt. Die Geschichten aus dem Lager, die kennt man zur Genüge; keiner will sie mehr hören. Die meisten starren wie ich aufs Meer«, schrieb er in seinen Bericht für Fred und Max.

Ende Juli passierte das Schiff die Meerenge von Gibraltar. Ein letzter Blick auf Afrika, und nun Ahoi großer Ozean! Die Männer an Bord atmeten auf, denn sie wussten, dass nun die Hälfte der Reise geschafft war. Mittlerweile kam eine gewisse Langeweile, aber auch Ungeduld auf. Als Frenne am nächsten Morgen an Deck trat, glaubte er, an den Nordpol versetzt worden zu sein.

»Bericht für Fred und Max 28. Juli 1947 Vor der Küste von Portugal
Jene Kameraden, die im nächsten Winter hier vorbeikommen, sollten sich vorher Pelzmäntel besorgen, um diese Fahrt auf dem Atlantik zu überstehen. Wir nähern uns der Biskaya. Der Kontrast ist einfach zu groß. Sibirisch für unsere Begriffe. Ein ängstliches Zagen liegt in den Augen meiner Mitpassagiere. Meine Nieren schmerzen und ich klappere mit den Zähnen und reibe mir die Hände. Ich friere bis ins Mark. Der Schock gegenüber unserem Middle East-Klima ist gewaltig. Dabei ist es für europäische Verhältnisse bestimmt nur etwas frisch. Die Sonne ist kaum spürbar und die herrliche Landschaft Portugals, an der wir vorbeifahren, nur ein schwaches Trostpflaster. Man freut sich, in den *Battledress* schlüpfen zu können, und wenn ich Ohrenschützer gehabt hätte, wäre ich heilfroh gewesen. Aber keinen einzigen Augenblick kommt Sehnsucht nach dem wonnig warmen Afrika auf. Besser frierend nach Hause als schweißgebadet am stinkigen Bittersee zu liegen!«

Die Vorstellung, bald restlos frei zu sein, beherrschte sein Denken, weckte alle Lebensgeister und entlud seinen aufgestauten bitteren Zorn.

»Könnte ich die heimlichen Gedanken meiner ehemaligen Mitgefangenen festhalten und aufzeichnen, würde sich darin wahrscheinlich meine eigene Abneigung gegen das Bitterseegebiet spiegeln, das der Gefangenschaft den Stempel eingebrannt hat. Hier auf dem Wasser ist es mir klar geworden, welches Sklavenleben hinter uns liegt, wie höhnisch das 20. Jahrhundert in der Maske des befrackten Gentleman einen Sklavenhandel duldet, dem die Gesetze schon vor hundert Jahren Einhalt geboten haben. Die Propagandablätter, in denen man uns als Kriegsverbrecher gebrandmarkt hat, diese Schmierblätter, die man unter den Kriegsgefangenen verteilt hat, haben genau das unterstützt, indem sie ihnen ihre ewige Schuld vorgepredigt haben, damit sie ihre Freiheitsgelüste nicht spüren und das wahre Gesicht ihrer Wärter nicht erkennen sollten.«

»Bericht für Fred und Max 31. Juli 1947 Anfang des Ärmelkanals, Kurs Ost
Sonne, natürlich etwas frisch, man gewöhnt sich. Heute auf hoher See in der Biskaya, die glatt war wie ein Spiegel, stoppten plötzlich die Maschinen, und eine Beerdigungsfeier wurde organisiert. Einer der *P.W.* ist an Bord gestorben. Hatte sich kurz nach der Einschiffung eine Lungenentzündung zugezogen und sich zu spät zum Arzt begeben. Die Leiche wurde dann zur See gelassen. Armer Kerl! Der Lautsprecher sendet keine Musik. Die Männer sind schweigsamer als sonst. Ruhig abwartend stehen sie in Gruppen herum.«

»Bericht für Max und Fred 1. August 1947 Kanal, Kurs Nord-Ost
In den Gesichtern der Heimkehrer steht die große Erwartung geschrieben. Man spricht nur noch sehr wenig. Nur die Skatdrescher in der Messe machen einen unheimlichen Krach.

Die eigenen Gedanken sind schwer zu kontrollieren. Entweder ertappt man sich dabei, in alten *P.W.*-Tagen zu kramen, Erinnerungen von 1943, '44, '45, hervorgerufen durch die alt bekannten Gesichter aus dem Käfig in Tobruk. Oder man verirrt sich in die Straßen irgendeiner Stadt in Deutschland und bummelt dort entlang. Oder ich stelle fest, dass ich mich stark mit meinen Klamotten beschäftige, und frage mich, ob die Hose zu Hause schon gebügelt ist. Ich werde Hallo sagen und die Weiber werden schluchzen. Man müsste so was im Bild festhalten können. Wie ich meinen bleischweren Seesack nach Hause bringe, darüber mache ich mir keine Gedanken, denn der Kapitän war so freundlich uns von unserem guten englischen König fünfundvierzig Englische zu überreichen. Dieser Zigarettenvorrat wird mir Tür und Tor öffnen. Es lebe die Freiheit.«

Am 3. August legte das Schiff in Dover an. Frenne war bei den Ersten, die mit der Fähre nach Calais übersetzten. Seine Gedanken eilten voraus, aber das, was er vor sich sah, waren Phantombilder, Schwarzweißfotos mit gezacktem Rand, die er immer wieder neu retuschierte, um sich auf die Veränderung vorzubereiten: Die alte Wohnung in der Hohenzollernstraße mit dem großen dunklen Esstisch; ob sie wohl die Möbel in die Hüttenstraße in Brebach mitgenommen hatten? Der Schreibtisch im Büro seines Vaters mit dem kleinen Aufbau randvoll geordneter Schreibutensilien, über dem das große Firmen-Plakat hing; er gehörte zu den verlorenen Orten, und doch gab es keinen Platz auf der Welt, an dem er sich besser an seinen Vater hätte erinnern können.

Seine Mutter Marie-Jose – er hatte solche Angst, das Alter oder der Kummer habe ihr liebes Gesicht noch mehr gezeichnet, sie noch kleiner werden lassen, als er sie von seinem letzten Heimaturlaub in Frankfurt kurz nach dem Tod des Vaters in Erinnerung hatte.

Würde er Lil gleich wieder erkennen, seine kleine, starke Lil? Er sah ihre guten braunen Augen vor sich, den breiten Mund mit dem leicht vorgeschobenen Unterkiefer, eher apart als schön, und doch für ihn das Liebste, gleich nach Mama. Sie würde in der schwarzen Trauerkleidung bestimmt älter aussehen.

Acht Jahre waren eine lange Zeit. Wie würde es sein, das zivile Leben? Wie würde es sein, auf einen Wagen aufzuspringen, der schon in voller Fahrt war? Seine Mutter hatte ihm von den Ruinen in Saarbrücken geschrieben, aber auch von Aufräumarbeiten. Erste Häuser waren, zumindest einstöckig, mit Flachdach versehen, wiederaufgebaut.

Er versuchte die Bahnfahrt bis nach Saarbrücken zu verschlafen, die nutzlosen Spekulationen abzuschalten. Was kommt, das kommt! *C'est la vie! Keep smiling!* Seinen Seesack, sein einziger Besitz, sein Anhängsel aus Afrika mit beiden Armen umklammernd, den Kopf an das raue Segeltuch gepresst, schlief er schließlich ein. Als Frenne nach dem vierten Umstieg aufwachte, war das Abteil vollbesetzt mit Franzosen, die zur Arbeit fuhren. Er fühlte die misstrauisch-fragenden Blicke, die seine ausgebeulte Kakiuniform und die genagelten Soldatenstiefel streiften und die Afrikanerschirmmütze, die er neben sich auf den Seesack gelegt hatte. Mit seiner sonnenverbrannten Haut, der Hautfarbe der »alten Afrikaner« aus dem Middle East, musste er unter den bleichgesichtigen Fahrgästen auffallen. Seine dunkle Hautfarbe übertraf selbst diejenigen bei Weitem, die in diesen sonnigen Hochsommertagen Zeit für ein Sonnenbad gefunden hatten. Er lächelte entwaffnend in die offene Neugier der Blicke. »Vous venez des colonies?«, fragte ihn nun ein älterer Mann in dunkelblauer Arbeitskleidung. »Je viens de l'Egypte«, sagte Frenne. Ägypten – weiß Gott keine französische Kolonie! Das Unbehagen der Mitreisenden blieb. Der junge Soldat war nicht einzuordnen.

Als Frenne in Saarbrücken aus dem Bahnhofsgebäude trat, dessen Sandsteintürme fast vollständig zerstört waren, als er seinen Seesack, den er kaum schleppen konnte, in die Straßenbahn hievte, stand er fast neben sich vor Aufregung.

Der Bahnhof, die Reichsstraße, vertraute Orte, die ihm in seltsamer Verzerrung begegneten: Nichts deckte sich richtig mit den Bildern in seinem Kopf. Kahle Flächen, selten noch Trümmerhaufen, dann wieder zusammenhängende Häuserreihen, diese alten, gründerzeitlichen Sandsteinhäuser mit verzierten Fensterstürzen, dazwischen hoch ragende geschwärzte Giebel, wie abrasiert, deren Kahlheit die einzige Erinnerung an das ehemalig daneben stehende Haus war.

Je weiter die Straßenbahn die Bahnhofstraße entlang in Richtung Altstadt fuhr, und weiter zur Mainzerstraße, desto mehr wurde ihm das Ausmaß der Zerstörung bewusst. Hohle Fassaden mit schwarzen Fensteröffnungen, verbranntes Mauerwerk, schwarz und narbig wie kranke Haut, Einschusslöcher, bizarre Dachbalkenkonstruktionen ohne Ziegel, die in den Himmel stießen. Doch er sah auch, dass vieles schon wieder aufgebaut war. Rohe Mauerteile mit großen Glasscheiben fügten sich in alte Häuser, auf manchem wüsten Grundstück wurde gerade wieder ein Haus hochgezogen, es gab provisorisch wirkende, einstöckige Läden.

Dazwischen in den Straßen das selbstverständliche Menschengewimmel, die völlig normale Belebung, die man in einer Stadt vorzufinden erwartet. Die zielgerichtete Alltäglichkeit irritierte Frenne. Das Bedürfnis nach Normalität schien einen Geschäftigkeitstaumel in Gang gesetzt zu haben. Nur die Trauernden, die Zerbrochenen, die an Leib und Seele Versehrten würden den neuen Tanzschritt nicht lernen. Vielleicht auch die Zurückgekehrten nicht, wie er.

»Eigenartigerweise hält sich der Mensch auch dann für zivilisiert, wenn Menschen zu Millionen abgeschlachtet wurden«, dachte Frenne.

»Gras wächst darüber. Hinzu fügt man ein Denkmal des Friedens, der aber jederzeit aufgekündigt werden kann.«

Die Straßenbahn hielt in Höhe der katholischen Kirche in Brebach. Frenne stemmte seinen Seesack durch die enge Wagentür, zerrte ihn über die zwei Metallstufen hinab und stand auf dem Bahnsteig.

Eine junge Frau in einem blau geblümten Sommerkleid starrte ihn von der anderen Straßenseite aus an. Ihr Gesicht verzog sich, als ob sie weinen wollte oder lachen, oder beides. »Frenne! Du bist endlich wieder da!«, rief sie. Erst als Mugje ihre Einkaufstasche achtlos fallen ließ und mit ausgestreckten Armen auf ihn zu rannte, erkannte er sein Schwesterchen, ach was, sie war eine wunderschöne, gut aussehende Frau. Und schon hing sie an seinem Hals und schluchzte in seinen Uniformkragen, ganz wie er es vorausgesehen hatte. »Kleines«, murmelte er und strich ihr über den Rücken. Jetzt müsste sich doch das große Heimkehrergefühl einstellen, dachte er. Aber er war ganz leer. Als sie ihn plötzlich losließ und einfach davonrannte, schulterte er seinen Seesack und folgte ihr langsam in die Nebenstraße.

Wenn sie nun nicht da war, wenn seine Mutter vielleicht krank geworden war, vielleicht war sein Brief noch gar nicht angekommen, in dem er seine Heimkehr angekündigt hatte. Als er den Blick hob, sah er Marie-Jose in der Einfahrt stehen. An ihrer aufrechten Haltung hätte er seine Mutter überall erkannt. Sie hatte sich gar nicht verändert. Sie war wie immer. »Frenne, mijn beste jongen! God dank, U heeft mijn gebed verhort.« Als er in ihrer Umarmung die vertrauten flämischen Worte hörte, begann er zu weinen. Er war zu Hause angekommen.

Frenne beherrschte die Kunst, sich nach einer Lebenskatastrophe oder einer schicksalhaften Wendung umzudrehen und weiterzugehen, ohne sich in wehmütigem Zurückschauen zu verlieren. Trauer und Schmerz waren ihm nicht fremd, aber er räumte diesen im Vergangenen verhafteten Gefühlen keine Dominanz in seinem Leben ein. Er verdrängte sie nicht, aber er nahm sie in einer Form in sein neues Leben auf, dass sie für ihn erträglich wurden.

Vielleicht war das der Grund dafür, dass er Max' Briefe und Karten lange unbeantwortet ließ. Während Fred schon im Oktober '47 ausreisen durfte, verzögerte sich die Heimkehr von Max noch um ein weiteres Jahr. Immer wieder zerschlug sich seine Hoffnung auf Rückkehr. »Schreib mir von Deinem neuen Leben in der Freiheit.« »Wie fühlst Du

Dich jetzt als freier Saarländer?« »Ich hoffe, Du hast Deine alten Kameraden noch nicht ganz vergessen?« Frenne fiel es unendlich schwer zurückzuschreiben. Das ganze öde Bitterseegebiet unter der sengenden Sonne stand dann vor ihm, die schwitzende Enge im Zelt. Bitterkeit und Zorn über die gestohlenen Jahre und das demütigende Leben im Käfig drängten sich in seine neue Gegenwart.

Für die Nachkriegsgegenwart gab es keinen Kompass. Für Geld konnte man kaum etwas kaufen. Die englischen Zigaretten waren auf dem Schwarzmarkt bald eingetauscht. Der kleine Sack Reis aus Griechenland aber hatte eine andere Verwendung gefunden. Sein hutzeliges, schwarzhaariges Patenkind, das Baby Susanna litt just in dem Zeitraum seiner Heimkehr unter lebensbedrohlichen Durchfällen. Als er das kleine kranke Menschlein zum ersten Mal sah, konnte er sich auf einmal vorstellen, wie es wäre, ein Kind zu haben. Er liebte Susanna vom ersten Moment an. Mit Hilfe des Reisschleims, den Mugje ihr zubereitete, besserte sich ihr Zustand von Tag zu Tag. Von nun an gehörte die Geschichte vom rettenden Reis, den der Heimkehrer Frenne mitgebracht hatte, zum festen Repertoire der Familiengeschichten.

Das was Frenne einmal gelernt hatte, seine Fähigkeiten als Kaufmann, Handelsvertreter oder als Dekorateur waren nicht gefragt. Handwerker brauchte man, Maurer, Elektriker, Klempner, Dachdecker, Gipser und Tapezierer, denn überall wurde wieder aufgebaut, restauriert und renoviert. Frenne zögerte nicht lange und stellte sich bei dem Malermeister Münch vor, der noch eine Hilfskraft brauchte. So lernte Frenne das Maler- und Gipserhandwerk kennen, zumindest alle Hilfsarbeiten.

»Macht es dir viel aus, jetzt etwas ganz anderes zu machen, als du es dir vorgestellt hast?«, fragte ihn Lil eines Tages.

So etwas konnte auch nur Lil fragen! Ja, was hatte er sich denn vorgestellt? Der Traum von der Freiheit war zu groß gewesen, um ein konkretes Gesicht zu haben. Sein Plan, Schriftsteller zu werden, ein Buch zu schreiben und Gedichte, war mehr eine innere Vorstellung von sich selbst als ein Vorhaben. Sie schützte ihn davor, sich mit irgendeiner Tätigkeit zu identifizieren. Zwar schickte er 1948 ein Frühlingsgedicht voller Hoffnung, Sehnsucht und Fliederduft an die Zeitung. Aber als er ohne Antwort blieb, versuchte er kein zweites Mal, mit einem Text in die Öffentlichkeit zu treten. Mit militärischer Disziplin stand er jeden Tag in aller Frühe auf und ging zur Arbeit. Genauso diszipliniert führte er alle

Arbeiten aus, die sein Chef ihm auftrug. Man konnte von ihm sagen: Ein fleißiger junger Mann. Aber mit diesem Fleiß wollte er nichts erreichen. Irgendwo zwischen Tobruk und dem Bittersee war ihm der Ehrgeiz abhanden gekommen, die Zielstrebigkeit. Denn welches Ziel war es wert, dass man es mit Energie und Ellenbogen ansteuerte? Andere zu überflügeln? Eine Stellung in der Gesellschaft – welcher Gesellschaft? Mehr Geld zu verdienen, materielle Sicherheit oder sogar Reichtum? Nichts davon reizte ihn. Die Zukunft war für ihn ein zu vager Faktor, um sein Leben daraufhin auszurichten. Lil, seine große Schwester Lil, verstand, wie immer. Und dann traf ihn die Liebe.

Natürlich durchschaute er seine Mutter, als sie ausgerechnet Edith zu seinem Geburtstag einlud. Er hatte Edith in guter Erinnerung, die Schulfreundin von Mugje, ein zartes, stilles Mädchen, unspektakulär und doch schön, sehr freundlich, warme braune Augen. Aber er hatte sich vor fünf Jahren, während seines letzten Heimaturlaubs, nicht in sie verliebt. Sie hatte ihm einige Male nach Afrika geschrieben und ihm ein Bild von sich geschickt, das ihn eine Zeit lang zum Träumen gebracht hatte. Max und Fred hatten ihre ungebetenen Kommentare dazu gegeben. »Niemals, sie ist nicht mein Typ«, hatte er abgewehrt.

Als er Edith an diesem blauen Septembertag wieder sah, konnte er nicht mehr verstehen, dass er es nicht viel früher gewusst hatte. Nein, nicht nur gespürt. Er wusste, dass sie seine Zukunft war, der Schlüssel zu einem neuen Leben. Der Romantiker in ihm, den er so lange mit zynischen Männersprüchen unterdrücken musste, erwachte zu neuem Leben. Ihre beschützenswerte Zerbrechlichkeit, ihre klare, realistische Vorstellung vom Leben, ihr liebes Lächeln, er hätte nicht sagen können, was ihn mehr bezauberte.

Mit ihr begann er sein viertes Leben. Gedichte, Liebesgedichte, die er Edith abends heimlich in die Nachttischschublade auf den Taschentücherstapel legte, sind aus dieser Zeit übrig geblieben; und zwei Kinder, denen er alle Geschichten aus den achtundzwanzig Jahren mit Edith überließ, sie zu erzählen oder zu verschweigen. Edith war die schmerzerfüllte Lücke seines Lebens. Wenn er in diese Zeit zurückging auf der sehnsüchtigen Suche nach den Blumen von Gestern, verstrickte er sich im schmerzhaften Dornengewirr der Krankheitstage und des Verlusts. Er mied die Erinnerung an diese qualvollen Jahre, und die hellen Bilder aus verlorenen Tagen waren ihm oft unerträglich. Es gab keine Geschichten über Edith.

In dem Jahr nach ihrem Tod machten ihn Trauer und Einsamkeit ruhelos. Nirgends konnte er sich aufhalten. Er besuchte Marlene, er besuchte Verena und erklärte schon an der Türe, dass er nicht lange bleiben könne. Er war ständig auf der Flucht. Seine Fahrweise wurde in gefährlicher Weise unkonzentriert. Die Strafprotokolle wegen Geschwindigkeitsübertretungen häuften sich.

Jedoch elf Monate nach Ediths Tod, an einem Abend im Februar, klingelte er bei Marlene an der Tür. Sie glaubte nicht richtig zu sehen. Da stand ihr Vater mit Seemannsmütze und blauweißem Ringelhemd; ein rotes Tuch hatte er um den Hals geknotet und sich einen schwarzen Schnurrbart und schwarze Augenbrauenbalken angemalt. »Ich wollte dich nur fragen, ob ich in der Aufmachung auf den Premabüba gehen kann?« Der Premabüba war der traditionelle Presse-Maler-Bühnenball, *das* Fastnachtsereignis in Saarbrücken.

Auf der Suche nach der Liebe, ohne die er nicht leben konnte, fuhr er fast täglich zum Südfriedhof. Ediths Grab war stets mit frischen, rosa Nelken geschmückt. Auf der Suche nach der Liebe tanzte er in dieser Faschingsnacht mit einer fremden Frau, die er nie mehr wieder sehen wollte.

Seine Schwiegermutter Sophie nahm ihm die in ihren Augen herzlose Fastnachtseskapade sehr übel, und sie bestätigte sie in ihrer festen Überzeugung, dass sie die Einzige sei, die um Edith trauere, und er, der Leichtsinnige, Edith längst vergessen habe.

Es war Juni, einer dieser gläsernen Abende, an denen ferne Sterne Funken in den hellen Himmel setzten. Der Fahrtwind, der ihn durch das halb geöffnete Autofenster anwehte, war weich und hatte die Wärme des Tages noch nicht verloren.

Vielleicht war es auch November. Die Nachtschwärze war vorzeitig hereingebrochen und über den Feldern, an denen sein Auto entlangfuhr, lag ein trüber Dunst. Die Scheinwerfer warfen schwache Lichtstreifen in den beginnenden Winter.

Auch wenn die Jahreszeit nicht mehr zu bestimmen war und die später erzählten Geschichten voneinander abwichen, stand doch eines fest: Auf der Heimfahrt von der Handelsvertreter-Konferenz in Paderborn hatte Frenne eine Eingebung. Er erinnerte sich an seine Cousine Laura. Laura, die Tochter von Caroline Hellenbrecht, der Schwester seines Vaters.

Vor dem Krieg hatte er sie ein paar Mal in Wiesbaden besucht und es sehr genossen mit seiner hübschen Cousine die Wilhelmstraße entlangzugehen und die bewundernden Blicke der Rivalen zu registrieren. Dann aber hatte sie ihm Albert vorgestellt, ihre große Liebe, gegen die er keine Chance hatte. Nach dem Krieg hatten sie sich nur zwei- oder dreimal gesehen. Seine Schwester Florence hatte den Familienkontakt gehalten. Von diesen kurzen Besuchen in Saarbrücken war ihm ein Bild in Erinnerung geblieben, das nun wie eine Vision in Großaufnahme in ihm aufstieg: Eine schlanke, groß gewachsene Frau mit hoher Stirn, wunderschönen dunklen Augen und fast ebenmäßigen Zügen, eine richtige Schönheit, nicht so ein junges hübsches Ding, sondern eine reife Frau mit einem warmen dunklen Lachen, das unvermittelt in ein mädchenhaftes Kichern übergehen konnte. Und Wiesbaden lag auf seinem Weg. Mit dem Besuch bei Laura begann Frennes fünftes Leben.

Laura war noch keine fünfzig Jahre alt, als Albert plötzlich an einem Herzinfarkt starb. Und nun war sie schon seit neun Jahren allein. Vielleicht wäre alles komplizierter gewesen, wenn man sich nicht von früher gekannt hätte, wenn man nicht so beruhigend verwandt und vertraut gewesen wäre. Vielleicht wäre es bei diesem einmaligen Abstecher vom Heimweg geblieben, wenn man sich nach dieser langen Zeit nicht so beunruhigend neu und fremd gewesen wäre. Nicht die Einsamkeit und die Sehnsucht nach einem anderen Menschen können erklären, dass auf einmal Liebe im Spiel war, tief warmherzig, wiedererkennend, andersartig, unvernünftig und wahnsinnig jung.

Ja, auch unvernünftig, zumindest aber riskant. Denn man hatte so seine Eigenheiten und man schätzte auch die Freiheit, ohne Absprache einfach etwas zu planen, zu entscheiden, anzuschaffen oder zu unternehmen. Hinzu kam, dass Laura ein Haus in bester Lage in Wiesbaden besaß, eine angenehme Rente hatte und er, Frenne, als Altersversorgung weitaus weniger zu erwarten hatte, von mangelndem Vermögen ganz zu schweigen. Noch zwei Jahre müsste er seinen Beruf ausüben, selbstverständlich im Saarland, wo seine Kunden ansässig waren. So blieb es zunächst bei einer Wochenend-Beziehung.

Frenne lernte Lauras Kinder Gaby und Georg und ihre Familien kennen, vor allem aber die Enkelkinder. Dem zehnjährigen Martin half er bei den Hausaufgaben, der kleinen Julia las er vor und ging mit ihr im Kurpark spazieren. Kathie und Jens, die beiden Älteren, fuhr er zum Sport oder zu ihren Freunden und hörte sich ihre Schulgeschichten an, und sie vertrauten ihm. Er wuchs auch in den Kreis von Lauras Freunden hinein und wurde mit offenen Armen aufgenommen.

So wie er sich in seiner Ehe mit Edith an ihr Bedürfnis nach Zurückgezogenheit und Zurückhaltung angepasst hatte, so akzeptierte er nun vorbehaltlos, dass Laura tief in ihrer Familie verwurzelt war, dass sie gerne mit ihren Freunden, den Ehepaaren Seehofer und Reimann, Ausflüge in den Rheingau machte – Laura nannte das »ein Weinchen trinken« –, dass sie es liebte ins Theater, zu Konzerten und in Ausstellungen zu gehen. Bei den Nachbarn stieg er am Wochenende in den Kirschbaum, was sich Herr Gerber seit seinem Schlaganfall nicht mehr zutraute, und für das große Kind der Gerbers, die vierundzwanzigjährige Roswitha, die behindert war, brachte er mal etwas Süßes mit oder bunte Briefmarken, die sie sammelte. Wieder einmal hatte sich Frenne abgewandt, um neu zu beginnen.

Früher hatte sich Marlene gewundert, warum ihr Vater nie mit seiner Familie nach Antwerpen gefahren war, um ihnen seine Heimat zu zeigen, die er offensichtlich so sehr liebte. Ein einziges Mal schob er die verklärende Maske der Kindheitsgeschichten beiseite und gestand Marlene seine Angst, dass er das schmerzlich Verlorene so nie wieder antreffen könnte und es dadurch auf immer verloren sei. Doch diesmal musste er, auch nachdem er endgültig nach Wiesbaden übergesiedelt war, ab und an in seine Familienvergangenheit zurückkehren.

So wie er über Jahrzehnte in seiner umfangreichen Korrespondenz engen Kontakt mit seinen Antwerpener Verwandten gehalten hatte und später mit seinen alten Freunden aus der Kriegsgefangenschaft, bedachte er nun Marlene und Verena und ihre Familien und besonders seine beiden Enkelinnen mit reicher Korrespondenz. Aber seine Besuche blieben spärlich. Menschen aus fernen Lebensabschnitten blieb er mit Bändern der Distanz verbunden.

Laura und Frenne! Philemon und Baucis? Nein, sie waren kein gemeinsam alt gewordenes Paar. Sie waren ein Liebespaar, realistischer als Romeo und Julia, weiser als Othello und Desdemona. Laura überließ Frenne ein Refugium, in das er sich zurückziehen, in dem er malen, schreiben, Musik hören konnte, ohne Verpflichtung, ohne sich für seine stundenlangen Alleingänge rechtfertigen zu müssen.

Frenne richtete sich eine Art gemütliche Studentenbude ein und begann zu malen. Eine massive Tischlerplatte, die auf zwei rohen Holzböcken lag, diente ihm als Schreibtisch, in einem Schubladenschrank lagen wohl geordnet seine Maluntensilien: Öl- und Aquarellfarben, Ölkreide, Deckfarben und Holzstifte, Leinwand und Aquarellpapier, und Zubehör, um Rahmen anzufertigen.

Die Wände waren dicht behangen mit seinen Bildern, aber auch mit Werken seiner Schwester Mugje und Bastelarbeiten und Zeichnungen seiner Enkelinnen. Auf einer Ablage unter der Dachschräge standen mehrere selbst gefertigte Kästen mit Musikkassetten, vorwiegend französische Chansons und Lieder von Kaas, Wecker und May, und sein Kassettenrekorder, daneben seine Schreibmaschine.

Auf dem Holzregal in der Ecke, das er selbst gebaut hatte, sammelten sich Gedichtbände an, dazu Wörterbücher, Sachbücher über das Universum, Bücher mit Sprichwörtern und Gedankensplittern großer Männer, und eine als Buch getarnte Hülle für sein Bargeld mit dem ironischen Titel *Bis zur bitteren Neige*.

Trotz der vielen Gegenstände, die herumstanden, Gläser mit Pinseln, Kästchen mit Schreibmaterial, Pappmappen, Zettelblöcke, wirkte der Raum überaus aufgeräumt und ordentlich, denn alle Dinge standen in einem inneren Bezug zueinander, so dass trotz der Fülle der Eindruck von Kargheit entstand.

Das Wandregal quoll über von großformatigen Bildbänden von Malern, deren Ausstellung er besucht hatte oder die ihm so gut gefielen, dass er sich daran versuchte, in ihrem Stil zu malen. Dabei scheute er sich nicht, ein Bild einfach zu kopieren. Er wollte von den Großen lernen.

Auch die Natur lieferte ihm Motive. Da aber die Vögel und anderes Getier nicht so still hielten, wie er es brauchte, schaffte er sich dickleibige Naturkundebücher an, Bildbände der nordischen Fauna, ein Buch der Hunderassen, aber auch Landschaftsbücher und eines mit Abbildungen mitteleuropäischer Bäume und eines über die Flora der Mittelmeerländer.

In einer Mappe sammelte er Motive, die er in der Werbung, in einer Illustrierten oder auf einer Ansichtskarte gefunden hatte. Geduldig studierte er Anleitungsbücher, verzweifelte an der Gestaltung der Perspektive, an der Starrheit der Ölfarbe, an der unberechenbaren Nässe bei den Aquarellfarben, an der Schwerfälligkeit des Bleistiftstrichs, machte tausend Skizzen, übte und übte, bis er das hervorgebracht hatte, was für ihn ansehnlich war. Dann hängte er es auf und schenkte es dem nächsten

Besucher, dem es gefiel. Es gab immer leere Haken an der Wand, aber die Lücken füllten sich schnell wieder.

Frenne wusste um die Begrenztheit seiner Kunst, und seine Bewunderung für Klee, Kandinsky, Macke, Jablonski und Van Gogh wuchs, je mehr er in die Malerei eintauchte. Aber er war glücklich über das Erreichte, ein bisschen stolz und abwehrend bescheiden.

Nun hatte er endlich Zeit, mehr als nur ein paar Verse zu schreiben. Er begann Geschichten zu entwerfen, zunächst kleine, fast idyllische Alltagsskizzen, die er dann ausführte, Erzählungen von der Liebe, bizarre Kurzgeschichten, in denen seltsame Typen am Leben vorbei lebten oder damit konfrontiert wurden, und Gedichte, in denen er das Leben feierte und die Liebe beschwor.

Vier Wörterbücher Englisch, Französisch, Niederländisch und Deutsch standen ganz vorne im Regal. In vier Sprachen verfasste er Notizen, Geschichten, Briefe und Übersetzungen. Seine Sprache war nicht immer grammatisch richtig, sein altes Problem mit dem Dativ und dem Akkusativ verschärfte sich im Alter, die unpassende Anwendung von fest gefügten Sprachbausteinen nahm zu. Und doch entstanden manchmal originelle Kunstwerke.

Zwischen ihm und seinem Kriegskameraden Fred Burkhard, den er seit der Zeit am Bittersee nicht wieder gesehen hatte, begann ein reger schriftlicher Austausch. Fred schrieb, nachdem er aus dem Berufsleben als Architekt ausgeschieden war, Geschichten mit spitzer Feder, Karikaturen, anzügliche erotische Erzählungen, die in sarkastischen Pointen gipfelten, desillusionierend, exhibitionistisch, oft eine Gratwanderung am Rande der Pornographie.

Gläubige Romantik und ironische Weltsicht trafen aufeinander, aber die beiden Männer schätzten und bestätigten einander in ihrer schriftstellerischen Tätigkeit. Fred schlug Frenne vor, gemeinsam ein Buch mit begrenzter Auflage zu produzieren, vorgesehen nur für die engsten Angehörigen und Freunde. Er übernahm selbst die Arbeit am PC, die Korrektur, die graphische Gestaltung – pikante Zeichnungen von großem Talent – und das Lay-out. Die Kosten teilten sie sich.

Für Frenne erfüllte sich der realistische Teil eines Traums. Es war nicht der große Roman, nicht der schriftstellerische Durchbruch, von dem er in seiner Jugend geträumt hatte, aber ein gebundenes Buch, auf dem er zusammen mit Fred Burkhard als Autor verzeichnet war.

Dennoch, in stillem Einverständnis vermieden es die beiden Männer, sich nur ein einziges Mal wieder zu treffen. Auch nicht, als es Fred später gelang, einige ihrer Kurzgeschichten in einem Gemeinschaftswerk eines literarischen Zirkels in Bremen unterzubringen.

In den siebenundzwanzig Jahren seiner Ehe mit Edith war Frenne nie weiter gereist als in den Schwarzwald, den Odenwald, an den Bodensee, ins Allgäu, allenfalls noch ins Elsass und nach Lothringen. Auch als in den Sechzigerjahren des Wirtschaftswunders die große Reisewelle in den Süden begann, versuchte er nie, seine Frau, die das Unbekannte scheute, zu ferneren Zielen zu überreden. Es war, als hätten die Jahre in der Sahara seine Unruhe ein für alle Male ausgelöscht, als sei er nur noch von der Sehnsucht nach ortsgebundener Beständigkeit erfüllt.

Mit Laura an seiner Seite erfasste ihn noch einmal die Aufbruchstimmung seiner Wanderjahre wie vor dem Krieg. Sie besichtigten die Schlösser der Loire, schlenderten über die Promenade von St. Raphael, durch die Gassen von Cannes und Borme-les-Mimosas, fuhren durch die Lavendelfelder und die wilden Kalkgebirge der Provence und sangen das Lied von Avignon.

Mit Reimanns machten sie eine Busreise nach Wien, mit Verena und ihren Mann bereisten sie Andalusien. Die Alhambra, die rote Erde von Granada, die weißen Dörfer in Südspanien, später die dunklen Zypressen der Toscana, die Türme von Florenz, die schluchzenden Wellen an der Küste von Rimini, Wolken von Apfelblüten im Frühling von Meran, in den Alpen der befreiende Gipfelblick auf die Kleinheit der Welt und die fast kitschige Idylle am Wörthersee; Frenne speicherte die Farben, die Bilder, den Geschmack des Weins am Abend, die kühle Nachtluft, und alle Eindrücke galten doch nichts angesichts ihrer Liebe. Oder sie wurden erst zu diesem Bilderbuch der Wunder, das er zu Hause in liebevoller Arbeit in ein Fotoalbum sperrte.

Und auf fast allen Fotos war Laura, ihr Seidenschal flatterte ihr ins Gesicht, ihr gelbes Kleid schmiegte sich an ihre Hüften, ihr Lächeln mit dem sie zu ihm aufblickte, von ihrer Hand tropfte das Wasser, das sie am Dorfbrunnen schöpfte, ihr melancholischer Blick sank in das Rotweinglas, das sie in Händen hielt, ihr dunkles Haar zerzaust vom Wind, so stand sie in den auslaufenden Wellen. Frenne war bezaubert von ihrem Charme, ihrer Selbständigkeit, ihrem Talent, das Leben zu organisieren. Er rieb sich an ihrer Andersartigkeit im Alltag und suchte die Gemeinsamkeit. Nach den Jahren des Alleinseins genoss Laura diese Partnerschaft. Sie liebte ihn, sie fühlte sich manchmal genervt, sie liebte ihn.

Mit ihr zusammen hatte er den Mut, nach Antwerpen zurückzukehren. Mit ihr stand er vor dem schmalbrüstigen Doppelhaus in Mortsel, dessen Türen und Mauern einst das Paradies umschlossen hatten, mit ihr ging er an der Bahnlinie entlang, die nahe dem Elternhaus vorbeiführte. »Manchmal legten wir wie die Indianer im Wilden Westen das Ohr auf die Schienen, um zu hören, ob der Zug aus Antwerpen sich schon näherte. Bis uns eines Tages meine Mutter erwischte. Da war was los! Mit diesem Zug kam mein Vater von der Arbeit nach Hause, jeden Tag, und Véronique und Florence.« Laura wischte behutsam über die Tränenspuren.

Später schlenderten sie durch die Altstadt von Antwerpen. Aber das Gesicht der Stadt hatte sich gewandelt, so dass das Heimweh ihn nur noch selten ereilte. Am Handschoenmarkt mit den mittelalterlichen Häusern, ja, und beim Anblick des Brabo, der die Hand des Riesen schleuderte, auch zwischen den weißen Säulen in der Kathedrale Onze-Lieve-Vrouw, am Oude Koornmarkt vielleicht, weil anstelle des feinen Weißwarengeschäfts in dem Renaissancehaus, das er wieder zu finden hoffte, eine Bar mit schreiender Reklame in dem jetzigen namenlosen Betonklotz untergebracht war, und er nichts mehr wieder fand, oder am Uferweg an der Schelde, seinem alten Schulweg.

Am Strand von Knokke Heist fühlte er sich fast schon wie ein Tourist. Aber dann glitt in der Ferne ein Schiff vorbei wie ein Gruß von all denen, die sich in seiner Familie dem Schifffahrtswesen verschrieben hatten: Großvater Nicolas, die Onkel Lucas und Phil, Cousin Jan. Nun war er, Frenne, allein noch übrig.

Dreizehn Jahre hielt das Schicksal den Atem an, ließ Laura und Frenne die Mäkelchen des Alters leichter ertragen, weil sie zusammen waren.

Georg, Lauras Sohn, bewohnte mit Rieke, seiner Frau, und seinen Kindern Kathie und Jens die Souterrainwohnung in seinem Elternhaus, die er sich mit handwerklichem Geschick und Liebe zum Detail selbst ausgebaut hatte. Auch pflegte er den Garten um das Haus, nein, er gab dem kleinen Stück Erde das Gesicht nicht gemachter Reisen, ließ seine Sehnsucht nach fassbarer Idylle Gestalt gewinnen in Miniaturgebirgsbächen, die von einem Hügel zwischen Blüteninseln über glatt geschliffene Steine sprangen, erinnerte an japanische Gärten, indem er geschwungene Holzbrücken mit weißem Geländer über einen Schilf umstandenen

Seerosenteich führte, erfüllte sein blühendes Paradies mit dem leisen Murmeln rinnenden Wassers, das in einer makellosen Kristallwölbung seidenglatt in eine Brunnenschale floss. Ein selbst gemauerter Kamin vor der Tannenhecke, der Grillplatz, war Mittelpunkt von Sommerfesten mit seiner Familie und mit Freunden.

Der Winter 1991 war kälter als die vergangenen zuvor. Ende Februar war Georgs Garten noch nicht aus der Erstarrung erwacht. Am Abend vor Kathies achtzehntem Geburtstag saß Georg nach der Sportschau noch fast bis Mitternacht am Küchentisch und rang sich Verse für seine Jüngste ab. Dann legte auch er sich endlich schlafen.

Vier Stunden später tastete sich Jens in das dunkle Schlafzimmer seiner Großmutter. Er musste vorsichtig sein. Er durfte die alten Leute nicht erschrecken. »Oma, Frenne!«, flüsterte er in das Dunkel. Frennes tiefes Atmen änderte sich nicht, aber Laura hatte den rauen Klang in der Stimme ihres Enkels geträumt, noch ehe sie davon erwachte.

Die Nachttischlampe warf einen freundlichen Lichtkegel neben Lauras Bett. Sie sah das Entsetzen in Jens' blassem, angespanntem Gesicht, während sie die Worte dafür vergeblich zu erfassen suchte. Sie hörte einen Klagelaut wie von einem verendenden Tier und begriff nicht, dass sie es war, die ihn ausstieß. Sie stürzte sich auf die andere Bettseite und rüttelte Frenne grob wach, wollte von ihm die Bestätigung, dass alles nicht wirklich geschehen war. »Hör doch, Frenne, Georg ist tot, sagt Jens. Hör doch zu, es kann doch nicht sein!« Frenne knurrte verschlafen, konnte nicht so schnell auftauchen in die Welt, die inzwischen untergegangen war.

Georg lag in seinem Bett, als ob er schliefe. Hätte sich nicht ihre Enkelin Kathie in ihre Arme geworfen und die Großmutter umschlungen, als könne sie sich nur so aufrecht halten, wäre Laura aus dem Albtraum erwacht. Aber durch Kathies atemloses Weinen löste sich der letzte Schutzfilm der Distanz, wich das unwirkliche Gefühl, als sei man nur Gast im eigenen Leben, und Laura begann ihr zukünftiges Leben ohne Sohn.

Am Tag vor Lauras fünfundsiebzigstem Geburtstag wurde Georg beerdigt. Es waren so viele, die vor dem Unbegreiflichen standen und die man stützen musste in dieser Stunde, dass Laura plötzlich ganz allein hinter dem Sarg ihres Sohnes her ging. Marlene schob ihre Hand unter Lauras Arm und ein Strom unendlicher Trauer floss auf sie über.

Oh ja, auch Frenne trauerte um den liebenswerten jüngeren Mann, der ihm von Anfang an offen und freundlich begegnet war und mit dem ihn eine herzliche Freundschaft verbunden hatte. Aber er trauerte auch um seine geliebte Laura, denn der Verlust ihres Kindes, diese existentielle, nicht mitteilbare Erfahrung, grenzte sie ab, machte sie unduldsamer als früher, ließ sie in Vorwürfe ausbrechen: »Das verstehst du nicht. Ich fühle mich so allein gelassen.« Seine Versuche, sie aufzumuntern, ihr etwas Abwechslung zu verschaffen, mussten scheitern, denn sie vermisste ein tiefes Verständnis, das er so nicht geben konnte.

Der von Blüten schäumende Frühling war mit Asche bestreut. Im Juni erlitt Frenne einen Herzinfarkt, von dem er sich nur langsam erholte. Laura litt immer öfter unter heftigen Schwindelattacken und Kreislaufkrisen. Ihre Bemühungen, Haltung zu wahren, vor allem der so jung verwitweten Schwiegertochter gegenüber, ja, sie zu stützen, zu unterstützen, und ihr eigenes Heimweh zu verbergen, kostete sie viel Kraft.

Die Kreise der beiden Alten wurden kleiner. Ein Urlaub in Bad Krotzingen, ein bisschen Schwarzwald, ein wenig Allgäu. Mehr nicht mehr. Und dazwischen immer wieder eskalierende Krisen: Der Notarzt musste gerufen werden, weil es Laura so schlecht ging. Die wesentlichen Ereignisse der folgenden Jahre waren Frennes Krankenhausaufenthalte. Die Krankheiten der beiden wurden in zunehmendem Maße besorgniserregend, die Zeit immer brüchiger.

Im Frühjahr 1994 blieb sein Herz stehen. Da Frenne das Schicksal genau vor den Toren der Universitätsklinik ereilte – an diesem Tag hatte er Laura zu einer Augenoperation begleiten wollen – ereignete sich ein Wunder. Ein junger Arzt, der nach seinem Dienst gerade nach Hause wollte, belebte ihn wieder, und nach drei Tagen kehrte Frenne in die Welt zurück – für drei geschenkte Jahre. So sagt man, wenn man jung ist und man noch nicht ahnt, wie mühsam das Leben sein kann.

Frenne, der bisher immer schnellen Schritts unterwegs war, musste nun nach wenigen Metern stehen bleiben, weil unerträgliche Schmerzen in den Beinen ihn am Weitergehen hinderten. Er nannte das locker »die Schaufensterkrankheit« und versuchte seine Umgebung über die erzwungenen Bewegungspausen durch Ablenkungsmanöver zu täuschen. Ein scheinbar interessierter Blick über den Zaun in Nachbars Garten oder in die Auslagen einer Metzgerei. Sich bloß nichts anmerken lassen!

An manchem Morgen musste er beim Aufstehen erschreckt feststellen, dass der schwarze Fleck, der einen Teil seines Sehfeldes einnahm, wieder größer geworden war. Durch die Durchblutungsstörung hatten sich seine Zehen so verfärbt, dass der Hausarzt ihn erneut ins Krankenhaus überwies. Der Chirurg sprach von Amputation. Sie wurde verschoben, weil Frennes Herz zu schwach war. Das Leben war voller Bedrohungen – und dennoch hing er daran. Noch mehr als früher bemühte er sich um Gespräche mit jungen Leuten um sich herum.

Auch seine Enkelinnen in Saarbrücken wurden ihm immer wichtiger, er sah in ihrem Aufbruch in fremde Länder, in ihrer Zukunftsfreude wie in einem Spiegel seine eigenen jungen Jahre und fühlte sich ihnen verbunden. Dass er mit seinen radikalen Statements über die USA, über Europa oder die politische Landschaft in Deutschland aneckte, störte ihn nicht. Noch immer diskutierte er gerne, aber immer weniger war er bereit und fähig, auf die Gedankenwege der anderen einzugehen.

Beharrlich füllte er weiterhin seine Tage mit Schreiben und Malen, half Laura bei der Hausarbeit und führte mit Akribie und einem ausgeklügelten Ablagesystem seine umfangreiche Korrespondenz.

Laura litt darunter, dass ihre Familie so unerreichbar verstreut war, denn ihre Tochter Gaby und deren Mann waren aus beruflichen Gründen nach Irland übergesiedelt, ihre Enkelkinder Julia und Martin studierten in den USA. Gerade nach Georgs Tod hätte sie lieber alle um sich versammelt, sich gerne immer wieder ihres Daseins versichert und auf diese Weise Dämme gebaut gegen die Brüchigkeit des Lebens. So aber lebte sie in ständiger angespannter Beunruhigung und konnte oft ihr Heimweh, das nun nicht mehr nur dem Verstorbenen galt, kaum noch verbergen.

Auch Frennes Enkelinnen trugen das Fernweh in sich und das Bedürfnis, eigene Pläne zu verwirklichen. Marlenes älteste Tochter Sarah war in diesem Sommer aus Kalifornien zurückgekehrt, wo sie ein High-School-Jahr verbracht hatte und machte Pläne, in München Amerikanistik zu studieren, und Tonia wollte es in zwei Jahren der Schwester gleich tun und ebenfalls ein Schuljahr in den USA verbringen.

An jenem Tag zwischen den Jahren 1994 und '95, zwischen Weihnachtsfest und Silvester, war Frenne einundachtzig, älter als seine Eltern und Geschwister geworden waren. Marlene und ihre Familie waren zu Besuch. Lauras Tochter Gaby und ihr Mann waren über die Feiertage aus Irland angereist, Rieke und ihre Tochter Kathie waren aus der unteren Wohnung heraufgekommen. So vereinte dieser Nachmittag einen Teil seiner neuen und seiner alten Familie. Eine Harmonie, die die Zerrissenheit überdeckte, die er in den letzten achtzehn Jahren erfolgreich ignoriert hatte, und die er, je schwankender der Boden wurde, auf dem er stand, umso mehr wie einen warmen Regen im Frühling genoss.

Auch Laura war glücklich, ihre Tochter neben sich zu haben. Ihr dunkles Lachen, das unvermutet in einem mädchenhaften, hellen Kichern endete, stieg oft in dem fröhlichen Erzählgewirr auf, wenn sie geschäftig hin und her ging, um den Kuchen anzuschneiden und Kaffee einzuschenken. Aber mitten in einer Irlandgeschichte von Gabys Nachbarin Kathleen, in der Whisky, zehn hungrige Katzen und das Alarmieren des Tierarztes eine Rolle spielten, erwachte wieder die Wehmut in Lauras Augen, und für den Rest des Nachmittags wurde sie immer stiller. Rieke und ihre Tochter Kathie brachen als Erste auf und gingen wieder nach unten in die eigene Wohnung. Als Gaby und Reinhold sich verabschiedeten – »Wir kommen dann morgen wieder vorbei, so etwa um elf. Vielleicht können wir ein bisschen ins Städtchen gehen?« – fiel es Laura schwer, ihre Tochter aus den Armen zu lassen.

Der Satz war so banal, dass er in dem aufgekratzten Durcheinandergerede höchstens durch den leisen Tonfall auffiel: »Ich glaube, mir wird schlecht.« Im gleichen Augenblick sackte Lauras linkes Bein unter ihr weg, und sie kippte etwas zur Seite. Leon und Marlene stützten sie ab, und in die plötzliche, erschreckende Stille stolperten Lauras undeutliche Worte: »Ich hab einen Schlaganfall.«

Zwei Jahrzehnte lang, seit ihre Mutter nach einem Schlaganfall gestorben war, hatte sich Laura vor diesem Augenblick gefürchtet. Bei jedem Schwindel und jedem Herzrasen hatte sie vermutet, dass es eingetreten sei, dass sie so enden müsse. Marlene und Leon betteten Laura auf zwei zusammen geschobene Sessel, die man schnell ins Esszimmer getragen hatte.

Der Notarzt brauchte nur zehn Minuten, doch allen erschien das Warten auf ihn wie eine Ewigkeit. Frenne und die jungen Mädchen hatten sich ins Wohnzimmer zurückgezogen und schauten angespannt auf die Sessellehne, die ihnen den Blick auf Laura verwehrte. Lauras rechte Hand umklammerte die von Marlene, und in atemlos hervorgestoßenen, abgerissenen, verschliffenen Sätzen, Worten, Wortfetzen versuchte sie, durch nichts zu beruhigen und immer undeutlicher werdend, ihre Panik mitzuteilen. Der linke Mundwinkel war leicht nach unten verzogen, ihre linke Hand hing fühllos und seltsam gespreizt herab. Als der Notarzt gerade die Einweisung ins Krankenhaus unterschrieb, trafen Gaby und Reinhold ein, die Leon angerufen hatte.

Wir sind so langsam im Begreifen, wenn das Entsetzliche eintrifft und das, was eben noch so lebensfroh war, als trügerisch entlarvt. Auch Rieke war gekommen und starrte auf ihre Schwiegermutter, von Erinnerung an jene entsetzliche Nacht gepeinigt, in der Georg gestorben war. Gaby stieg in den Krankenwagen ein. Reinhold wollte im eigenen Wagen hinterher fahren. Zurück blieb eine Lähmung, als habe die Zurückbleibenden das gleiche Schicksal wie Laura ereilt.

Frenne, um den sich alle nun am meisten Sorge machten, war zwar ebenso blass wie Laura, als sie ihn verließ, aber seltsam emotionslos, als habe er in diesem Augenblick mit allem abgeschlossen. Als die Sanitäter sie durch den schmalen Flur hinaustrugen, stand er stumm in der Mitte des Wohnzimmers und starrte durch die offene Zimmertür. Er reagierte auch nicht, als die Träger auf der geschwungenen Steintreppe aneckten und kurz diskutierten. Als sein Schwiegersohn ihn bat, sich doch zu setzen und ihm ein Glas reichte, folgte er automatisch mit gewohnter Freundlichkeit, aber wie ein Schatten seiner selbst, unerreichbar.

Wenn alte Menschen Tod oder Todesnähe von Freunden oder Angehörigen erleben, schlägt die Erfahrung eines randvollen Lebens über ihnen zusammen. Ein Fundus an Bildern stürzt über sie ein. So viele Déjà-vus, ein Meer an abgearbeiteten Schmerzen und lang bewältigter Trauer türmt sich auf: Ediths Sarg wird geschlossen und durch den engen Flur in der Celsiusstraße zur Haustür getragen; Véronique liegt klein und wächsern in den bleichen Kissen im Evangelischen Krankenhaus; monoton scharren die Schritte auf dem Friedhofsweg, die Marie-Joses Sarg folgen.

Wie wenn das Blut plötzlich erkaltet, stieg die einsame Mühsal in ihm auf, sich jeden Morgen aufs Neue zu erheben, zu Ediths Grab zu gehen, ohne sie zurückzukehren, zu essen, zu schlafen, zu arbeiten, immer und immer. Und nun Laura.

Damals hatte ihm der Arzt die vernichtende Diagnose mitgeteilt, am Telefon, er wusste es noch genau. »Herr Hellenbrecht, ich muss Ihnen leider mitteilen, dass die Gewebsentnahme positiv ist. Ihre Frau hat ein Lungenkarzinom in fortgeschrittenem Zustand.«

Als Gaby aus dem Krankenhaus zurückkehrte, verweint und aufgelöst, wartete Frenne auf einen solchen Satz.

»Mama hat eine Gehirnblutung. Wenn sie nicht operiert wird, wird sie in den nächsten Stunden sterben. Und ich soll jetzt entscheiden, was getan werden soll. Frenne und meine Mutter sind ja nicht verheiratet.«

»Welches Risiko besteht denn, wenn man sie operiert?«, fragte Marlene.

»Man weiß nicht, ob sie den Eingriff überleben wird und wenn, kann man nicht vorhersagen, in welchem Zustand sie wieder aufwacht. Aber wenn man nichts tut, wird sie die Nacht nicht überstehen.« Gaby begann erneut zu weinen. »Ich kann sie nicht sterben lassen. Vielleicht sind die Schäden doch nicht so groß.«

Frenne folgte dem Gespräch wie ein Zuschauer in einem Drama, der unbeteiligt bleibt. Ganz gegen seine Natur mischte er sich nicht ein. Er hörte sich die Meinungen von Reinhold, Leon und Marlene an, er nahm Gabys Entscheidung, der Operation zuzustimmen, hin. Gaby fuhr zurück in die Klinik. Als nach drei Stunden das Telefon klingelte, wagte zunächst niemand, den Hörer abzuheben. Marlene nahm schließlich die Nachricht entgegen. »Mama hat es überlebt. Ihr Zustand ist den Umständen entsprechend stabil. Weiter kann man noch nichts sagen.«

Frenne brach nicht zusammen. Er war sehr diszipliniert. Er besuchte Laura, so oft es möglich war, auf der Intensivstation und später in ihrem Krankenzimmer. Da er nach seinem Herzstillstand den Führerschein abgegeben hatte, war er darauf angewiesen, dass andere ihn mitnahmen. Schwieriger wurde es, als Laura in die Reha-Klinik in Bad König verlegt wurde. Er stand jeden Morgen pünktlich um acht auf, er rasierte sich, er pflegte sich sorgfältig, er trug, auch wenn er das Haus nicht verließ, stets eine Hose mit Bügelfalten, ein sauberes Hemd und Jackett oder Pullover. Er saugte das Wohnzimmer und goss Lauras Blumen. Er nahm dankbar einmal in der Woche Riekes Einladung zum Essen an, aber nicht öfter.

Und er begann Briefe zu schreiben an seine ferne Geliebte. Manche las er ihr später vor, manche blieben ungehört.

Gleich beim ersten Mal, als sie wieder bei Bewusstsein war, hatte er es bemerkt: Laura, seine Laura hatte den Fluss *Lethe* überschritten, und nun musste er selbst sich dem kalten Strom nähern, um hinüberzurufen in dieses Zwischenreich: Vergiss mich nicht, meine Liebste. Geh nicht fort, wende dich nicht ab.

Laura war zwar einseitig gelähmt, aber ihre Sinne, ihre Sprache und ihr Erinnerungsvermögen hatte sie behalten dürfen. Und doch war sie nicht mehr Laura. Sie hatte ihre Empfindungsfähigkeit verloren, ihre

Fähigkeit zu lieben, ihre Herzlichkeit, ihre Anteilnahme, ihre lebhafte Freundlichkeit, ihr Bedürfnis, alle um sie herum zu bemuttern. Aber sie konnte noch leiden: Unter dem Gefühl der Einsamkeit, des Verlassenseins, unter den Ängsten, die bizarre Wachträume und Phantasiegebilde in ihr weckten, seltsame abgründige Bedrohungen, die nun realer waren als jeder Mensch um sie herum. An schlechten Tagen bevölkerten fremde Menschen ihr Zimmer, lungerten um ihr Bett herum, belauerten sie, feierten ausschweifende Orgien in der Ecke neben dem Fenster. Ihre Stimme war flach und klanglos, und wenn sie mit Frenne sprach, manchmal barsch oder nörgelnd. Wohin hatte sich ihre Liebe zurückgezogen? Er konnte ihr nichts recht machen. An einem Tag sagte sie zu ihm: »Ich bin so traurig«, immer wieder: »Ich bin so traurig.« Doch am nächsten Tag, als er sie fragte: »Bist du noch traurig?«, antwortete sie: »Nein, Frenne, nein.«

In jenem Januar begann er zu begreifen, dass er allein war. Am Abend schrieb er seinen täglichen Brief an Laura, all die Kleinigkeiten des Tages, die er nicht mehr mit ihr teilen konnte: »Nudeln mit Gulasch, Du wirst es nicht glauben. Und es hat sogar geschmeckt. Nicht so gut wie Dein Fresselchen, aber ganz passabel. Mach Dir also keine Sorgen, ich komme schon durch!«

Oder er erzählte ihr, wie er den Bahnbeamten gefragt hatte, ob er ihm einige Züge nach Bad König heraussuchen könne: »Der Beamte tippt in seinen Computer, intensiv, so vier bis fünf Minuten. Ich sage inzwischen, dass ich Krankenbesuche machen möchte und nur die Daten von morgens und abends brauche. Er nickt, und dann überreicht er mir so an die acht Blätter mit vielen Zügen für werktags und sonntags, wie gesagt mit allem drum und dran. Was sind doch Computer für eine Errungenschaft. Es hat endlos gedauert, bis ich aus dem Wust an Information die zwei Zugverbindungen herausgefunden habe, die ich brauchte.«

Vor allem aber versicherte er Laura, wie sehr er sie liebe, wie sehr sie ihm fehle und dass er morgen zum ersten Mal mit dem Zug zu ihr nach Bad König fahren werde. »Dein liebes Gesicht, ich werde die ganze Fahrt über daran denken. Ich werde wohl zweieinhalb Stunden unterwegs sein, zuerst mit der Bahn, dann mit dem Bus und das letzte Stück mit dem Taxi.«

Noch nie hatte Frenne die Leute verstanden, die sich über Schlaflosigkeit beklagten. Obwohl seine Tage bis zum Rand gefüllt waren, konnte er zum ersten Mal in seinem Leben, wie er Laura versicherte, nicht schlafen.

In den dunklen nachmitternächtlichen Stunden, wenn der Druck auf seiner Brust immer größer wurde, blitzte in der eintönigen Kette wirrer Gedanken der Ausweg auf, nur ganz kurz, aber hell und hoffnungsvoll: Ich könnte nach Saarbrücken zurückgehen. Sofort verwarf er diese Möglichkeit wieder. Nein, Fahnenflucht gab es nicht für ihn. Doch der Gedanke war hartnäckig. Er stand auf, tappte zum Schreibtisch und tippte einen letzten Satz an Laura: »Ich werde immer für Dich da sein, solange Du mich brauchst.«

In den folgenden Wochen veränderte sich nichts an Lauras Zustand. Ihr Gesicht war seltsam leer und aufgedunsen, die Augen so matt, dass man sich nur schwer an ihr warmherziges Lachen erinnern konnte. Nur selten lächelte sie. Man konnte mit ihr die Alltagsdinge bereden, aber sie blieb in ihrer Zwischenwelt.

Im März wurde sie in ein Pflegeheim nach Wiesbaden verlegt, das Gaby ausgesucht hatte. Ein gutes Haus, aber am anderen Ende der Stadt gelegen. Lauras Enkelin Kathie übernahm die rechtliche Betreuung, da Gaby mit ihrem Mann noch in Irland war und Frenne sich einer solchen Aufgabe nicht mehr gewachsen fühlte. »Ich wollte das nicht machen, denn ich bin ja doch behindert und auch keine verlässliche Person für die Zukunft. Es muss nämlich jemand das Amt auch vor Gericht übernehmen können«, schrieb er an Marlene. Er spürte die Last zu leben.

Auf Marlenes Briefe, die sich große Sorgen um ihn machte, antwortete er:

»Ich hätte nie gedacht, dass es so schlimm sein könnte, dass mein Gleichgewicht ins Wanken kommen und dass sogar mein Schlaf, das Beste, was ich besitze, in Wachträume umgewandelt würde. Das ist natürlich auch eine Alterserscheinung – würden die Ärzte sagen – eine Instabilität.

Reden wir von der Seele, die ich in diesem Monat entdeckt habe. Allerdings nicht von der weichen Seele, der geängstigten, sondern von der starken Seele, die erst so richtig Beruhigung schafft. Sie ist quasi das Gewissen, nein mehr, sie ist der Klang des Lebens. Ich sehe sie als ein zweites Ich, das separat nebenher läuft, sie ist selbstständig. Tagelang wird sie nicht wahrgenommen. Manchmal brauche ich sie Monate nicht, dann aber, wie jetzt, ist sie Ratgeber oder Tröster oder was auch immer.

Nein sie ist kein Wesen, sie ist vielleicht wie ein Gedankengeber. Nur in solchen extremen Situationen oder bei problematischen Entscheidungen oder in der Liebe schaltet sie sich ein. Oft habe ich nicht auf sie gehört, und es ist mir immer wieder gelungen, sie zu überzeugen, dass ich es so besser gemacht habe, als sie mir geraten hätte. War sie nicht gefragt, ging sie auf Distanz.

Alles ist aus den Fugen geraten. Ich habe zurückgeblickt und dann die Feststellung gemacht: So lange war ich noch nie in Bedrängnis. Ja, traurig war ich mal länger. Wie gesagt, diesmal hat es mich erwischt. Da ich aber nur ein Mensch bin und nicht nur Seele, kamen andere Gedanken hinzu: Der Egoismus. Um es hart zu sagen: Meine Zukunft war bedroht! Ich will ja bei ihr bleiben, *bis der Tod Euch scheidet*. Für diesen Satz braucht man nicht verheiratet zu sein. Aber es kamen Überlegungen: Was wird aus mir? Da sprang meine Seele ein, und jetzt hat sie gewonnen. Ich bleibe, solange sie mich braucht. Ich darf mal traurig sein, mal Egoist, nur darf ich nicht mehr grübeln.«

Ein andermal schrieb er an seine Enkelin Sarah:

»Die Voraussetzungen in der Jugend mögen noch so gut geplant oder ausgedacht werden, irgendwann dreht einer am Karussell, und weg sind die Träume. Mancher macht seinen Traum wahr – denkt er! In Wirklichkeit hat er zwar nachgeholfen, aber bestimmt war der Traum im Endeffekt nur das Unvermeidliche. Es kommt alles so, wie der Zufall oder das Schicksal es entscheidet. Deshalb, wenn so ein Traum Wirklichkeit wird, sollte man ihn auskosten, verlängern und eingravieren in den Lebensbaum.«

Nach ein paar Monaten wurde ihm bewusst, dass er als nicht verheirateter Lebensgefährte eigentlich kein Recht hatte, weiterhin in Lauras Haus zu wohnen. Er gab alle Zimmer ab, die er nicht unbedingt benötigte und stellte sie Rieke und ihrer Familie zur Verfügung. Auch zahlte er nun Miete, quasi als Beitrag zu Lauras Heimaufenthalt.

Seine Energie sparte er auf für die Besuche bei Laura. Er mischte Joghurt mit Apfelsinen- oder Aprikosenstückchen für sie und packte die Post ein, die immer noch in großen Mengen einging. Denn Frenne hatte Lauras Korrespondenz übernommen, beachtete die Geburtstage ihrer Freunde und beantwortete ihre Briefe in ihrem Namen. Jeden zweiten Tag fuhr er quer durch Wiesbaden. Zweimal musste er umsteigen. Manchmal war er traurig, dass Laura sich gar nicht freute, wenn er kam. Manchmal machte sie ihm Vorwürfe, weil er sie nicht mit nach Hause nehmen wollte.

Eines Tages nahm er das Foto von der Wand, das neben dem Esstisch hing. Es zeigte Laura und ihn bei einem Weinfest. Er hatte den Arm um ihre Schultern gelegt und beide lachten in die Kamera. Sein Schwiegersohn Leon hatte sie fotografiert. Sorgfältig zerschnitt er das Foto und passte jede Hälfte in einen der kleinen Rahmen ein, die er am Tag zuvor gekauft hatte. Auf seinen Nachttisch stellte er nun das Foto von Laura, und im Heim stellte er sein Bild auf Lauras Nachttisch.

An jenem Abend schrieb er an Laura:

»Die Arme, die nicht mehr da sind, den Körper zu umschlingen. Die Lippen fehlen an allen Enden, die Tupfer zu verteilen, die Haut zu beunruhigen. Die Hände, die in den Haaren gewühlt haben und die das prickelnde Gefühl verursachten, sind Vergangenheit. Die Sehnsucht nach Hingabe, nach Körpernähe ist nicht mehr möglich, bleibt jedoch als Erinnerung, wie alles, was damals war. Wir trauern nicht, denn wir haben es genossen. Das kann uns keiner mehr rauben. Jedem soll man daher raten: Die Stunden zu nutzen, die Augenblicke einzufangen, die Dinge zu sagen, die von Liebe und Leidenschaft künden. Wir schauen gerne zurück. Dabei denken wir an das Du und Ich, an das Wir und Uns. So entsteht das Gestern mit allem Glanz in dem Spiegel, der Heute heißt.«

Frenne hatte inzwischen im Dietrich-Bonhöfer-Haus viele Kontakte geknüpft. Er kam mit Lauras Mitpatienten ins Gespräch, schob schon einmal einen Rollstuhl bis zum Aufzug, wenn Laura ihn nicht brauchte, half beim Tischdecken oder Abräumen im Speisesaal, brachte der querschnittsgelähmten Frau aus dem Nachbarzimmer, eine der wenigen, die noch Bücher lesen konnte, einen Krimi mit und einer anderen, die nur noch leer vor sich hinstarrend im Rollstuhl saß, Erdbeeren. Er unterhielt sich mit Angehörigen und hörte sich leidvolle Geschichten an. »Herr Frenne«, wie ihn die Patienten nannten, wurde zu einer Art Faktotum auf der Pflegestation drei.

Als er eines Tages den Veranstaltungsplan des Heims durchlas, entdeckte er für sich eine Chance: Hier konnte er für seine vielen Kurzgeschichten, die er im Lauf der Jahre verfasst hatte, ein Publikum finden. Natürlich nicht in der Pflegeabteilung, aber in den anderen Abteilungen des Hauses. Es gab nämlich wöchentlich eine Vorlesestunde. Angespornt durch den Beifall und zustimmende, anerkennende Worte, begann er neue Kurzgeschichten zu schreiben.

»Meine neue Story muss ich überarbeiten, das ganze neu einfädeln. Etwas mehr Drama, etwas Salz und Pfeffer, viele kurze Röckchen und eventuell in Briefform«, schrieb er an Marlene. »Meine Geschichten richten sich jetzt mehr nach dem Heimpublikum, nicht zu lang, nicht zu kompliziert. Die anderen zwei, die auch vorlesen, lesen immer nur aus Büchern, meist von früher, als es noch keine Handys gab und man über die Liebe nur verschämt hinter vorgehaltener Hand kicherte. Natürlich brauchen nicht alle Gestalten nackt herumzulaufen. Aber ein bisschen sexy müssen sie sein.«

Doch er musste feststellen, dass er an manchen Tagen kaum noch die Buchstaben des mit Maschine geschriebenen Textes erkennen konnte. Er merkte, dass der schwarze Fleck, der sich in der Mitte seines Sehfeldes ausgebreitet hatte, täglich größer wurde. Nur selten war es ihm noch möglich zu malen. Seine Hand war nicht mehr sicher genug, auch konnte er die Farbnuancen nur schwer unterscheiden.

An dem Morgen, als ihn die Angst fast aufsaugte, weil die Schwärze wieder zugenommen hatte, kramte er seine Plakafarben hervor. Er malte auf eine Postkarte bunte geschwungene Linien, die bald harmonisch, bald dissonant zusammenflossen. Die Mitte aber sparte er aus und färbte sie schwarz. Dieses Bild schickte er mit einem seiner Briefe an Marlene: »Ich habe das Bild *Sehen* genannt.«

Der August dieses Jahres war heiß, und auch der September war noch von außergewöhnlicher Wärme. Frenne spürte sein Herz, oder vielmehr fürchtete er, gar nichts mehr zu spüren. Es waren nicht die üblichen dumpfen Herzschmerzen, die er von seinen Infarkten schon kannte. Sein Herz wurde manchmal so leise, flatternd, machte lange Pausen, dass er dachte: Jetzt. Angst erfasste ihn, er kannte sie schon, diese Luftnot, aber sie wurde schlimmer bei jedem Mal. Er wollte Rieke, die in der Wohnung unter ihm wohnte, nicht beunruhigen. Er wusste, dass der größte Teil seines Herzmuskels so geschädigt war, dass er ständig in Gefahr lebte. Um sich abzulenken und sich zugleich zu beruhigen, begann er, seinen Blutdruck zu messen und seinen Puls zu zählen. Er machte Notizen: Aussetzer von zehn Sekunden, Puls fünfzig, Aussetzer werden länger, mir ist schlecht, Blutdruck siebzig zu vierzig.

Er erzählte niemandem von diesen düsteren Nachtstunden, auch nicht seinen Töchtern. Seiner Tochter Verena schrieb er nach einer solchen Nacht:

»Meine Herzkontakte sind wieder richtig eingestellt, auch die Ventile arbeiten gleichmäßig, jedoch sehen die Leute, dass ich beim Gehen schwanke. Aber das geschieht nur aus dem mir eigenen Glücksgefühl.«

Ein andermal schrieb er:

»Ich denke oft an die Unendlichkeit, die weite Ferne bei den Galaxien, die sich auflösen und wieder verschmelzen, so dass Neues entsteht, anders als bei uns Menschen, die sich gegenseitig umbringen. Heute ist ein wunderbares Wetter, und ich werde mich bewegen und tätig sein. Ich feile gerade an einem Gedicht *Erinnerung*. Erinnerungen sind im Leben wie ein Mond, der ewige Begleiter dieser Erde. Er ist zwar immer derselbe, aber irgendwie zeigt er durch Ereignisse und Zeitumstände ein ständig anderes Gesicht. Ich frage mich, kann man die Begegnung mit einem Mädchen – sagen wir vor fünfzig Jahren – noch erzählen? Kann man Gefühle aus der Gruft herausholen? Kann man Nuancen aus einer ganz anderen Zeit, mit ganz anderen Vorzeichen einem Personenkreis, der fünfzig Jahre jünger ist, plausibel machen?«

Einmal, als sie telefonierten, fragte Marlene: »Denkst du eigentlich noch an unser Zuhause in der Celsiusstraße?« »Ja«, sagte Frenne, »manchmal träume ich davon, nur werde ich dabei nicht traurig, sondern ich genieße es, gewisse Dinge ganz intensiv zu betrachten, wie in einem alten Album. Dann wandern die Gedanken zurück, vielleicht durch das Alter verklärt, in einer eigenartigen Show.«

Zum ersten Mal seit siebzehn Jahren verbrachte er Silvester wieder in Saarbrücken mit seinen Kindern und Enkelinnen. Im vergangenen Jahr hatte er die häufigen Besuche seiner Familie sehr genossen. Und nun feierte er bis vier Uhr morgens in das neue Jahr 1997 hinein, ohne Müdigkeit, belebt durch das Gespräch der jungen Leute, seiner Enkelinnen und deren Freunde aus der Nachbarschaft. Er diskutierte mit ihnen über Europa und die Amerikanisierung; polemisierte, provozierte und freute sich über ihren empörten Widerspruch, wenn er seine Position zuspitzte und übertrieb.

Am Neujahrstag traf Frenne zum ersten Mal nach drei Jahren seine Schwester Mugje wieder, die immer noch in Saarbrücken lebte. Da standen die zwei Alten in der Mitte von Marlenes Wohnzimmer wie auf einer Bühne des Wiedersehens: Die jüngere Schwester, hoch in den Siebzigern, klein und rundlich, mit rundem Rücken, aber innerlich aufrecht, mit dunklen Augen, die so viel Energie und Leben ausstrahlten, dass man ihr Alter vergaß, und Frenne, schon über achtzig, aufrecht auch er, faltig zwar, doch immer noch ihr einst vergötterter Bruder. Sie wussten es beide: Es würde nicht mehr allzu viele Begegnungen geben, und dieses Bewusstsein verlieh dem Treffen etwas unterschwellig Dramatisches. Mugjes Stimme vibrierte in den gedehnten Vokalen voller Herzlichkeit: »Mein Bruder, mein lieber, lieber Bruder!« Der Vorhang ging auf: Die erste Umarmung nach so langer Zeit.

Beim Kaffee begann die Suche nach gemeinsamen Szenen der Vergangenheit: Die Gartenspiele in der Bloemelei in Mortsel, die Geschichte von der fehlenden Suppe, in der der Vater der beiden beim Nachtisch ernsthaft fragt, ob es denn heute keine Suppe gegeben habe, und die Mutter, unterstützt vom Nicken der Kinder, glaubhaft versichert, dass er seine Suppe doch vorhin mit Appetit gegessen habe, die Bahnsteigbilder des Abschieds bei der Abfahrt in den Krieg.

Dann der Schwenk in die Gegenwart: Nun kamen die Enkel dran. Mugje ließ den Versuchsballon steigen: »Alles Einsen, sogar in Religion!« Doch Frenne fing den Ball nicht auf. Vielleicht hatte seine Schwerhörigkeit ihm diese Runde erspart.

Den beiden gegenüber saß mit unbeweglicher Bittermiene, tief depressiv und wortkarg Leons Mutter Margrit, die seit drei Jahren bei Marlene und Leon wohnte. Angesichts ihrer Starrheit wirkte das gestenreiche Gespräch von Frenne und Mugje, die sich zudem bemühten, sie als Zuhörerin zu gewinnen, fast komödiantisch. Der Gefühlsüberschwang beunruhigte sie. Sie begann auf ihrem Stuhl nach vorn zu rutschen, als wolle sie aufstehen. Dann rückte sie wieder zurück, um in heldenhafter Beherrschung auszuharren.

Einen ersten Höhepunkt erreichte die Begegnung der Geschwister in einer Dichterlesung nach dem Kaffee. Beide kramten in ihren Taschen und zogen Hand- und Maschinengeschriebenes hervor, um es sich gegenseitig vorzulesen. Zwar kannten sie schon die Werke des anderen, hatte man sie doch schon brieflich ausgetauscht, aber es war doch ein Genuss, eigene Gedichte und Texte vorzutragen und die wohlwollenden Kommentare und das Lob direkt zu hören. »Margrit, findest du nicht auch, dieses Gedicht von Mugje ist doch wirklich gut!« Margrit ließ Sommerrauschen und Bienengesumm über sich ergehen und schwieg hartnäckig zu allem.

In der nächsten Runde besprach man die Bilder, die sie gemalt hatten, die bereits bekannten und die nie gesehenen. Dann erinnerte Frenne seine Schwester daran, dass sie doch früher immer so gut Klavier gespielt habe. Mugje sträubte sich, wies auf die vielen Jahre hin, in denen sie an keinem Klavier mehr gesessen habe, und ließ sich schließlich doch zum Spielen drängen. Mit halblauter Stimme, die Töne ungewiss umkreisend, aber mit richtigem Text begann Frenne ein französisches Chanson zu singen: *Parlez-moi d'amour, redites-moi des choses tendres...* »Nein, das habe ich nie gespielt, das kenne ich nicht«, wandte Mugje ein. »Bitte, spiel' doch irgendwas, irgendwas, was du noch kannst!«

In seligem Angedenken an das Spiel seiner Mutter in der Bloemelei in Antwerpen wollte er in den Klängen des Klaviers die Kindheit beschwören. Seine Schwester begann zögernd in die Tasten zu greifen: *Rosemarie, Rosemarie, sieben Jahre mein Herz nach dir schrie ...*, dann *Guten Abend, gut' Nacht*. Es holperte zwar, aber der Charme ihres früheren Spiels war in den gefühlvollen Melodien zu erkennen.

Mit brüchigen Stimmen sangen sie einige Zeilen mit und versuchten sich dann an der *Marseillaise*. Danach erklärten sie, dass sie Europäer seien und jeden Nationalismus verabscheuten und sangen mit großer Innigkeit – stehend, die Hand auf dem Herzen – Flanderns Nationalhymne. In edlem Wettstreit erzählte man sich nun von der ausgedehnten Korrespondenz auf Deutsch, Niederländisch und Französisch und versuchte sich in Wendungen der verloren gegangenen Muttersprache, dem Flämischen.

Der Nachmittag ging zu Ende. »Mein lieber, lieber Bruder!« Eine letzte Umarmung, der Vorhang senkte sich. Sie sollten sich nicht wieder sehen.

Wieder in Wiesbaden begann Frenne jeden Morgen gleich nach dem Aufstehen den aktuellen Wochentag anzustreichen. »Ich vergesse alles«, sagte er am Telefon im Gespräch mit Marlene. Seine Stimme klang verärgert und ein wenig erschrocken. »Ich habe so viele Ideen, und im nächsten Moment sind sie alle weg.« Er klebte einen Zettel auf den Staubsauger, auf dem er das Datum notierte, wann er zuletzt gesaugt hatte. In seinen Geldbeutel steckte er eine kleine Karteikarte, auf der er die Namen der wichtigsten Freunde seiner Enkelinnen in Saarbrücken notierte, die Fächer, die Sarah, die Älteste, nach dem Abitur studieren wollte, und den Ort in Texas, wo Tonia, die Jüngere, ab August ein Highschool-Jahr verbringen würde.

Im März 1997 wurde Laura achtzig Jahre alt. Über Wochen bereitete Frenne ihren Geburtstag sorgfältig vor. Er organisierte den Nebenraum der Cafeteria im Friedrich-Bonhöfer-Haus, telefonierte und schrieb Einladungen, bestellte Kuchen im Café Cordes und Schnittchen und Salate in der Küche des Heims. Er erinnerte alte Freunde, seine Familie, die Wiesbadener Nachbarn an diesen wichtigen Termin, so dass Laura an ihrem Geburtstag Berge von Karten, Briefen und Päckchen erhielt. Er vereinbarte am Tag zuvor einen Friseurtermin, damit Laura auch hübsch aussah. Gemeinsam mit Gaby und Rieke sorgte er dafür, dass der Tisch festlich gedeckt und mit Blumen geschmückt war. »Sie hat alles mitbekommen, war ganz dabei«, schrieb er hinterher an Marlene. »Neunzehn Personen waren gekommen. Es war ganz toll.«

Der Komet Hale-Bopp war die astrologische Sensation des Jahres 1995 und des zu Ende gehenden Jahrtausends. Im Mai 1996 war er im Sternbild Adler aufgetaucht, und seitdem konnte man ihn mit bloßem Auge ausmachen. Im Januar 1997 konnte man ihn als hellen Stern sehen, der alle anderen zu überstrahlen schien. Im Februar wurden seine Schweife erkennbar, ein blauer Gasschweif und ein gelber Staubschweif. Anfang April erreichte er das Perihel. Er war der größte und hellste Stern am Himmel mit Ausnahme des Sirius und blieb die ganze Nacht sichtbar. Selbst Frenne konnte ihn trotz seiner schwindenden Sehkraft als hellen Punkt erkennen. Er hatte sich schon immer für die unfassbare Dimension des Alls und seine Entwicklung interessiert. Jetzt studierte er jedes Zeitungsfoto des täglich größer werdenden Kometen und las die Artikel, die Zeitungsnotizen.

Und dann schrieb Frenne die Kurzgeschichte *Hale-Bopp*. Als Marlene und Leon von ihrem Osterurlaub am Main zurückkehrten, klingelten sie abends um neun Uhr an seiner Tür in Wiesbaden. Es dauerte lange, bis er aufmachte. »Ich habe euch nicht gehört.« Trotz Hörgerät war er fast taub, wenn Nebengeräusche von Radio oder Fernseher dazwischenkamen. Frenne umarmte seine Tochter und begrüßte Leon mit festem Handschlag. »Schön, dass ihr vorbeikommt. Damit habe ich gar nicht gerechnet.« Wie immer musste zuerst sichergestellt werden, dass keiner verdurstete oder verhungerte, wenn man bei ihm einkehrte, dann konnte man sich gemütlich zusammensetzen. Leon nickte nach kurzer Zeit in seinem Sessel ein, müde nach der langen Fahrt.

»Ich habe eine neue Geschichte geschrieben, *Hale-Bopp*.« »Lies vor. Ich höre gern zu«, sagte Marlene. Als er endete, weinte sie. »Ach Papa, eine skurrile Geschichte und ein toller Einfall, völlig surreal. Aber dich von deinem Tod reden zu hören, macht mich traurig. Die Vision am Schluss aber, die ist großartig.« Einige Tage später erhielt Marlene seinen Brief: »*Hale-Bopp* war ein voller Erfolg in der Vorlesestunde im Pflegeheim. Ich lege eine Kopie bei.« Marlene nahm den Text, und mit dem ersten Satz hörte sie wieder seine Stimme:

Mit Hale-Bopp unterwegs von Frenne Hellenbrecht 1997
Zuerst war eine lange Finsternis um mich. Ich lag wahrscheinlich tief in der Erde. Irgendjemand scharrte, vielleicht mit einem Spaten, im Erdreich. Langsam wurde mir klar, dass ich gestorben war. Da ich zu meinen Lebzeiten verfügt hatte, dass ich eingeäschert werden wollte, musste ich wohl als Asche auf dem Friedhof liegen.

Aber wer buddelte denn da? An den Stimmen erkannte ich menschliche Wesen. Jedoch ihre Sprache war sehr seltsam. Es war ein Gemisch aus Englisch und Latein, so etwas in der Art. Nun hörte ich es deutlicher, denn jemand nahm die Urne in die Hand, und eine Stimme sagte: »Herr Professor, wir sind fündig geworden. Hier steht der Name: Frenne Hellenbrecht. Ein Datum fehlt.« Eine andere Stimme antwortete: »20. Jahrhundert nach der Urne zu schließen. Das war also vor 4000 Jahren, als der Komet Hale-Bopp das letzte Mal hier zu sehen war. Und jetzt kurvt er wieder auf dieser Bahn. Wir werden das Experiment wie besprochen machen. Heute Nacht wird der Ascheklumpen an Hale-Bopp angedockt. Geben Sie in das Notebook ein: Anordnung von Professor Fog von Wickenwater, früher Wiesbaden: Mit Asche Nr. 702, 20. Jahrhundert, verfahren wie mit Asche 70, 29. Jahrhundert. Mittels Greifarm von Raumfähre Sixty-Quattro an Hale-Bopp andocken.

Sie, Waoly, bleiben in ausreichendem Abstand neben Hale-Bopp und beo-

bachten, wie diese Asche sich eingliedert.« »O.K.«, sagte der Mann, den der Professor Waoly genannt hatte und der mich jetzt vorsichtig in einen Behälter legte.

Ich hatte das Wesentliche des Gesprächs mitbekommen, denn einige Laute der deutschen Sprache flossen in das Sprachengemisch ein. Auch spanische Laute waren zu hören. Wodurch war ich erwacht?, dachte ich. Wahrscheinlich durch die Luft, die beim Graben hereingeweht war. Jetzt war es wieder finster. Ich musste mich mühsam wach halten, sonst wäre ich wieder eingeschlafen. Dann, sehr viel später, hörte ich wieder die Stimme von Waoly: »Greifarm klar!« Die Geräusche wurden jetzt unheimlich. Ich befand mich also auf dem Raumschiff Sixty-Quattro, und mein einziger Gedanke war: Wenn jetzt der Behälter aufgeht … Weiter kam ich nicht, denn der Deckel der Urne wurde aufgerissen.

Ich aber, also meine Asche, flog nicht auseinander, sondern wurde von Hale-Bopp angezogen. Ich geriet in ein Feuerwerk aus Tausenden kleiner und großer Staubkörner, aber auch riesige Brocken flogen mit. Diese Anhängsel des Kometenschweifs flammten in allen Farben von Hellrot bis Violett und Blau und Grün. Das Rauschen war wie ein Singsang, ja fast wie ein Orchester. Ich fühlte neben mir Quarzteilchen, die an mir kleben blieben. Mit unvorstellbarer Geschwindigkeit flog ich durch das All, und es wurde mir immer heißer. Doch keines der Teilchen verbrannte, wie ich anfänglich geglaubt hatte. Alle diese Elemente fühlten sich als Gemeinschaft. Wunderbare Gefühle von Glück und Unsterblichkeit brachen in mir auf. Es war fantastisch, ein außerirdisches Erlebnis wie in der Liebe, wo auch manchmal der Verstand aussetzt, und man nur Wonne und Seligkeit ist.

Tags darauf rief Rieke Verena und Marlene an ihrem Arbeitsplatz an. Frenne lag im Sterben. Am Morgen hatte Rieke ihn pochen hören und war nach oben gelaufen. Als sie kam, war er bewusstlos. Der Notarzt, ein junger Mann, der seine Aufgabe erfüllte, den alten Mann dem Tod zu entreißen, holte ihn zurück, obwohl sein Gesicht blau angelaufen war und die Atmung unbestimmte Zeit davor ausgesetzt hatte.

Frenne war in das unerlöste Zwischenreich verbannt, von Hirnkrämpfen geschüttelt, mit verzerrten Zügen und stummen Mundbewegungen, von denen der Arzt auf der Intensivstation behauptete, dass sie keine Bedeutung mehr hätten. »Ihr Vater kann Sie nicht mehr hören oder erkennen. Wesentliche Teile des Gehirns sind ausgefallen.«

Mit den Künsten der Medizin, angeschlossen an Monitore, Infusionen und Schläuche, hielt man ihn am Leben. Das hätte er nie gewollt. Verena und Marlene waren erschüttert, ihn so entäußert zu sehen. »Wir wollen, dass Herz und Kreislauf nicht mehr unterstützt werden und dass er alle Medikamente erhält, die seine Krämpfe vermindern und ihm die Schmerzen nehmen.« Der Arzt, mit dem sie sprachen, ging auf ihre Bitte ein.

Als Marlene und Verena zurück in den kleinen gekachelten Raum kamen, in dem Frenne lag, als er ihre Stimmen vernahm, erfasste ihn eine große Unruhe. Mit aller Anstrengung versuchte er sich aufzurichten, kämpfte gegen das Gewicht seiner Lider, bis es ihm gelang, seine Augen zu schmalen Schlitzen zu öffnen, packte ihre Hände, presste sie mit krampfhafter Kraft und führte sie in einer heftigen Geste zusammen. Dann stieß er beide Hände weg, als wolle er sagen: Geht weg, lasst mich in Frieden sterben.

Drei Tage musste Frenne auf diesen Frieden warten, drei sonnig-blaue Frühlingstage, in denen der Wind eisig durch die Straßen blies. Es war Sonntagabend. Ehe Marlene und Leon wieder nach Saarbrücken fahren mussten, gingen sie zum letzten Mal zu ihm. Er war ruhiger geworden, schien zu schlafen, stoßweise zog er mit offenem Mund die Luft ein. Marlene schob alle Schläuche beiseite, nahm ihn in den Arm wie ein Kind und sagte leise zu ihm: »Wir waren gerade bei Laura im Heim. Es geht ihr gut. Sie denkt an dich. Sie liebt dich. Du kannst beruhigt sein. Sie lässt dich von Herzen grüßen.« Da wurde sein Körper in ihren Armen schlaff, er ließ sich zur Seite sinken, wie jemand, der seine Schlafposition einnimmt. Sein Atem wehte ganz ruhig, als sie auf Zehenspitzen den Raum auf der Intensivstation verließen.

Kaum nach Hause zurückgekehrt, erreichte sie der Anruf des Arztes: »Ihr Vater ist soeben verstorben.« Frenne war zweiundachtzig Jahr alt.

Mein Leben
Ich habe gelebt im Überschwang / und bin trotzdem karg geblieben.
Ich habe geliebt unbändig und rein / mit Augen, Lippen und viel Gefühl.
Ich habe gelitten mit Anderen und allein / mit zäher Hoffnung und Geduld.
Ich habe gewartet und mich gesehnt / und trank danach in vollen Zügen das Glück.
Ich übte die Strenge der Zufriedenheit / und hasste den Neid und den Hader.

Ich habe gelacht und habe geweint / und mich elend und traurig gefühlt.
Ich habe geschimpft und alles verflucht / und habe doch den andern verziehen.
Ich habe in meinen Lebensbecher geschaut / und nur noch ein Rest ist geblieben.
Ich brauche am Ende nicht mehr zu zittern, / denn ich habe im Überschwang gelebt.

Frenne Hellenbrecht

Über das glückliche Leben

Liebe Anne,

ich bin noch ganz erschöpft von unserem gestrigen Gesprächsmarathon! War das schön, mit Dir an diesem ersten warmen Frühlingstag an der Saar entlangzugehen, auf einer Bank am Staden zu sitzen und in die Sonne zu blinzeln.

All die Erzählungen von den Kindern, der Familie, von früher, unsere alten Probleme, unsere neuen Erkenntnisse – ich höre noch immer Deine Stimme. Ein halbes Jahr ist einfach zu lang, um es in fünf Stunden nachzuholen. Wir müssen uns öfter treffen. Ich weiß, ich weiß, wir haben das schon so oft gesagt, und dann blieben uns doch nur Briefe und ab und zu das Telefon. Wir drehen uns zu sehr in den eingefahrenen Lebensspiralen und lassen das Außergewöhnliche zu selten zu.

Was sind wir weise geworden! Wenn ich an unser Gespräch denke, ob ein glückliches Leben möglich ist, könnte ich es fast glauben. Ob das das Alter macht?

Du hast gesagt, das Glück verdichtet sich in wenigen Ereignissen, und es komme darauf an, welchen Stellenwert wir im Nachhinein diesen Geschichten geben, ob wir sie dominieren lassen und sie wie einen Schutzschild vor den trüberen Erinnerungen aufbauen. Wenn also diese Glücksmomente im Rückblick auf ein langes Leben die Quintessenz sind, so könnte man sein Leben als glücklich betrachten.

In jedem Fall sind wir uns einig, dass wir im Rückblick unsere Lebensgeschichte entwerfen, sie in Geschichten verdichten, unser Leben erdichten. Unsere Deutung dessen, was geschehen ist, Verdrängung und Leugnung, aber auch das Verweilen in bestimmten Phasen, Akzent und Aussparung, gestalten unsere Geschichte und unsere Identität.

Ich behaupte nun: Unabhängig von allen Wechselfällen des Lebens ist es allein in unsere Hand gegeben, ob wir unser Leben als glücklich ansehen. Dabei verstehe ich unter einem glücklichen Leben: Ich habe Liebe gegeben und wurde geliebt. Ich habe für andere eine Bedeutung gehabt und Menschen um mich herum waren mir wichtig, wichtiger als ich selbst vielleicht. Oder ich habe die Erfahrung der Bescheidenheit gewonnen und gesehen, was dem Menschen zugemessen ist und was man erwarten kann. Oder ich sehe eine sinnvolle Verbindung aller Teile, einen Sinn in meinem Leben, meinem Dasein oder in meiner Tätigkeit. Man könnte diese Aufzählung noch endlos erweitern.

Habe ich nun die Beschwernis, die untragbare Last, Gewalt, Trennung, Krankheit oder Tod in unzulässiger Weise übergangen?

Liebe Anne, Dein Foto als dahin schmelzende Großmama mit ihrem ersten Enkelmädchen im Arm steht auf meinem Schreibtisch. Dein liebevolles Lächeln gibt mir die Hoffnung, dass es jedem von uns beiden gelingen wird, ein glückliches Leben zu entwerfen.

Mit aller Liebe
Marlene

Über die Einschätzung des eigenen Lebens

Liebe Anne,

mit wenigen Sätzen hast Du mein schönes Konstrukt ins Wanken gebracht. Gerade habe ich mich in einem winzigen Augenblick der Zufriedenheit zurückgelehnt, um auf der Nadelspitze zu tanzen, habe mein Leben wie ein gewebtes Teppichmuster im Rückblick betrachtet – ein gutes Leben, ein schönes Leben – , da zerfiel alles wieder in einen Flickenteppich.

Du hast Recht, es ist nicht allein in unsere Hand gegeben, das eigene Leben als glücklich oder unglücklich zu betrachten. Wir können Akzente setzen, mehr nicht.

Andere, die Jahrzehnte mit uns gelebt und Schnittmengen des Lebens mit uns gemeinsam haben, erschrecken uns mit ihren so ganz anderen Eindrücken, heften uns Korrekturschildchen an unsere schön gemalten Bilder, schwemmen schmerzliche Erinnerungen an die Oberfläche, konfrontieren uns mit Fehlern, die wir vergessen haben, weil wir sie vergessen wollten.

Und schon bröckelt die Identität von der starken Frau, die Schweres gemeistert hat und fast unverletzt durchgekommen ist, und weicht einem traurigen Etwas, das immer wieder zu zerbrechen droht, weil die Verhältnisse unerträglich sind, und das sich mit großer Anstrengung auf punktuelle Glücksinseln rettet.

Im Nachhinein glaubst du zu erkennen, dass du, weil du die Veränderung gescheut hast, den Berufswechsel oder die Scheidung, das Comingout, die Adoption eines Kindes oder die Verweigerung gegenüber den Ansprüchen anderer, ein falsches Leben gelebt hast, voller Kompromisse und Rücksichtnahmen oder mit Zielen, denen du nicht gewachsen warst. Und wenn du Pech hast, tragen deine Kinder, denen du das Beste geben wolltest und die in der Sonne aufwachsen sollten, Schattenspuren davon.

Du schreibst: »Wir alle sind Betroffene und haben unser Leben zu einem Teil geerbt von denjenigen, die schon Einfluss genommen haben.« Wie wahr!

Wie kann ich mir anmaßen, das Leben anderer zu erzählen, wenn es mir nicht gelingt, mein eigenes Leben einzuschätzen! An meinen Ausrufezeichen erkennst Du meine Verwirrung. Bitte schreib bald zurück. Ich glaube, Freundschaft ist das Beste und Dauerhafteste, das einem im Leben begegnen kann.

Von Herzen
Deine Marlene

Der Turm

Wenn du auf einem Turm stehst, kannst du nicht beschreiben, worauf du stehst, dachte Marlene. Du schätzt die Höhe ab beim Blick in die Tiefe. Du erkennst Teile des Mauerwerks, die Wände um dich herum. Wenn du Glück hast, stehst du auf einer Plattform mit freiem Blick und kannst den Standort wechseln, so dass sich dir ein panoramaartiges Bild der unter dir liegenden Umgebung erschließt und ein Blick in die Ferne möglich ist. Vielleicht kannst du aber das Land nur in einer Richtung überschauen. Sei froh, wenn du nicht auf einer Ruine oder einem Trümmerberg stehst.

Nie hast du den Turm von unten gesehen, vielleicht eine Touristenansicht von einem Turm, wahrscheinlich von einem ganz anderen, als der, auf dem du stehst. Aber dennoch: Du machst dir ein Bild von deinem Standort.

So geht es uns, wenn wir unser Leben zu überschauen versuchen. Das Entfernte, die frühen Jahre schließen sich, wenn wir Glück haben, zu einer Seelenlandschaft zusammen, die sich in unser Leben integrieren lässt. Aber auch dann musst du zuvor das Muster entwerfen, in das die Puzzlesteine einsinken können.

Dein Leben mit den Ereignissen von Geburt und Tod, mit aufgegangenen und zerstobenen Plänen, mit den mitsommerlichen Festen und Riten des Jahres, erklommenen Erfolgen und Ruheinseln am Meer, dieses Leben greift dir ans Herz und entzieht sich und zerfällt in Geschichten. Auch dein Leben mit all den Menschen, die sich entwickelt und gewandelt haben, die älter geworden sind genau wie du, dein Leben mit den schon Verstorbenen, dieses Leben greift dir ans Herz, entzieht sich und zerfällt in Geschichten.

Wie durch übereinander geklebte Farbschichten von vielen Portraits haben ihre Gesichter ein zeitloses Aussehen gewonnen. Ohne diese Menschen, die zu dir gehören, wäre dein Leben nur ein theoretisches Hin und Her zwischen Orten gewesen.

Die Geschichten, in die dein Leben zerfällt, sind wie Perlen und kantig geschliffene Steine, die aus der Kettenschnur geglitten sind und nun in alle Ecken rollen, manche unauffindbar in verborgene Zwischenräume. Sollen sie in ihrem Versteck bleiben! Ich begnüge mich mit denen, die zu meinen Füßen liegen, dachte Marlene.

Hinzu kommt, dass die Zeit, die dein Leben ausmacht, im Strömungskanal vergangener Zeitgeschichte treibt, zugleich aber mit den Punktstrahlern der Gegenwart angeleuchtet wird, so dass jede erinnerte Geschichte wie ein verwirrt blinzelndes Nachttier zu entfliehen droht.

Ja, ich stehe auf einem Turm, den ich nur vage beschreiben kann, dachte Marlene. Doch ich fühle mich sicher. Mein Leben ist verklammert mit dem meiner Vorfahren, meiner Familie, kein brüchiges Einzelleben, ein bescheidener Teil eben. Auch die Lebensentwürfe anderer haben mich gestreift, beeinflusst, mein Leben durchdrungen und erfüllt. Ich bin Teil von Lebensgeschichten.

Das Ende des Zauns

Bis zu ihrem sechsten Lebensjahr lebte Marlene auf einer Insel – eine Insel der Behütung, die sich nur langsam vergrößerte und von Ängsten begrenzt war wie von einem unüberwindlichen Bretterzaun, einem Verhau von quer angeschlagenen Bohlen, wie sie vor den Einsturz gefährdeten Häuserruinen der Nachkriegszeit zu finden waren. Man konnte das Auge an die Ritzen pressen und die Geheimnisse dahinter ausspähen. Aber meist sah man nur schwankende gelbe Trümmerblumen, und ab und an eine Badewanne, die sich in luftiger Höhe auf einem abgerissenen Vorsprung hielt.

Im Zentrum der Insel lag der kleine umzäunte Garten der Reihenhaussiedlung in der Celsiusstraße, von Erdbeerbeeten begrenzt und von einem Kirschbaum überschattet. Sein Blätterdach behütete ihre Spiele. Er lehrte das Kind den Wechsel der Jahreszeiten. Seine Bienen summende Frühlingsstimme begleitete die hellen Kinderlieder. Sein Blütenschnee verwirrte das Kind, das staunend empor in das duftende Gewölk schaute, denn dieser Schnee war anders als die kalten Winterkristalle. Der Baum schüttete über den Garten einen Reichtum von Silberblättchen, die das Kind eifrig auf dem schmalen Pfad, der die Wiese umschloss, sammelte und hortete wie Kostbarkeiten. Doch schon am nächsten Tag war ihr Glanz erloschen, waren sie zu verkrumpelten, braun geränderten Nichtigkeiten geschrumpft, die das Kind enttäuscht aus der bunten Schatzschachtel leerte.

Der Baum beschenkte das Kind, das in seinem kleinen Sandkasten himmelhohe Burgen und abschüssige Klickerbahnen, Gärten mit Büschen aus wolligem Gras und Gräben mit träge blubberndem Schlammwasser baute, mit grünen Kirschen. Damit konnte man die Bauwerke verzieren.

An einem Tag grub das Kind ein tiefes Loch bis dorthin, wo der Sand aufhörte und die schwarze Gartenerde begann, und tiefer noch, denn es wollte ein Guckloch haben zum anderen Ende der Welt, und die grünen Kirschen wollte es dort hinein fallen lassen. Doch die Mutter verbot ihm weiter zu buddeln und schimpfte, dass der schöne gelbe Sand nun mit der Erde vermischt sei. So lernte das Kind, dass es nicht nur rundherum, sondern auch nach unten Grenzen gab.

Mit den ersten sanft geröteten Kirschen, die vorzeitig abgefallen waren, lockte das Kind die Hühner auf dem Nachbargrundstück an den Zaun und wies ihnen alle Rollen zu, die es sich ausgedacht hatte.

An den sonnigen Sommernachmittagen klappten die Mutter Edith und die Großmutter Sophie im gesprenkelten Baumschatten Liegestühle auf. Es war schön, hinauf in die aufblitzenden Sonnenflecken zu starren und die Geschichten der Erwachsenen zu hören oder das Rascheln der Buchseiten oder ihr tiefes Atmen im Schlaf.

Mit Wolldecken baute sich das Kind ein Zelt unter dem Liegestuhl oder ging auf Exkursion in den anderen Teil der Wiese, der in der Sonne lag. Denn der Baum war im Krieg von einem Splitter getroffen worden und hatte auf einer Seite seine Äste eingebüßt.

Der Krieg war grausam. Er brachte Großmutter Sophie ständig zum Weinen, wenn sie an ihren gefallenen Sohn dachte. Sein Bild hing im Wohnzimmer, und manchmal glaubte das Kind ihn selbst persönlich gekannt zu haben, so lebendig erschien er ihr, wenn die Großmutter von ihm erzählte. Dass man so schlimm fallen konnte im Krieg, vermochte sich das Kind gar nicht vorstellen.

Die Angst, dass wieder Bomben die Häuser zerstören könnten, diese Angst begleitete seine Kinderzeit, und die noch nicht gefugten Löcher in der Hauswand – vom Beschuss, sagte die Großmutter – und der fehlende Kronenteil des Kirschbaums zeugten von der Schrecklichkeit des Ereignisses. Die Großmutter hatte schon zwei, die Mutter erst einen Krieg erlebt. Es war für das Kind ein Gesetz, dass es irgendwann in seinem Leben ebenfalls einen Krieg erleben musste.

In der Geborgenheit seines Gartens hörte das Kind hinter den Hecken die Stimmen anderer Kinder, die in entfernten Gärten irgendwo dort hinten zusammen spielten, und es lauschte und versuchte Wörter aufzuschnappen, voller Sehnsucht und Angst vor diesen Fremden.

Manchmal kam ein Mädchen an den Zaun, schon ein paar Jahre älter als das Kind, die Enkelin der Nachbarin. Evi hieß es. Das Kind umwarb das größere Mädchen, wollte ihm gefallen, redete auf es ein, bewunderte sein Kleid, versuchte durch den Zaun seine Hand festzuhalten und es mit Versprechungen zu sich in den Garten zu locken. Aber obwohl es unerfahren war im Umgang mit anderen Kindern, spürte es doch die Verachtung und Ablehnung der Älteren.

Wenn der Vater in den Baum stieg, um die Kirschen zu pflücken, wenn die Früchte endlich reif waren, erreichte das Kinderjahr den ersten Höhepunkt. Ängstlich umkreisten alle den Baum, schauten empor, bewunderten die waghalsigen Kletteraktionen des Vaters und sammelten lachend die Kirschen auf, die er herunterwarf.

Wenn der Herbstwind das Gold von den Bäumen wehte, lief das Kind mit ausgebreiteten Armen durch den Garten, ließ sich vom Luftstrom treiben und schieben, in der Hoffnung einmal leicht wie eine Feder davon zu schweben. Dann lief es zur Mutter und bettelte wie im Jahr zuvor und im vorletzten Jahr: Ach bitte, ein Schaukelbrett an zwei Seilen, das könnte man an einen Ast hängen. Der Wunsch, hinauf in das geheimnisvolle Dunkel des Baumes zu fliegen, war übermächtig. Aber die Angst der Mutter war stärker. Es gab keine Schaukel.

Der Vater zeigte ihm, wie man die goldenen Blätter zwischen Buchseiten pressen konnte, bis sie seidig und glatt waren.

Als Marlene in die Schule kam, musste sie den kleinen Schutzraum des Gartens verlassen. Aber obwohl sie sich nun jeden Tag eine Strecke von über einer halben Stunde von zu Hause entfernte, bewegte sie sich im sicheren Geviert von Ängsten und Regeln, die wie ein elastischer Zaun ihre Wege begleiteten.

Da gab es die erlaubten und die unerlaubten Ängste, die aber beide die Nestsicherheit umso erstrebenswerter machten.

Die erlaubten waren die Ängste, die die Erwachsenen weckten und schürten: Vor der Zigeunerin, die an der Tür um abgelegte Kleider bettelte: Die stehlen kleine Kinder!

Vor dem steilen, unbebauten, einsamen Pfad zwischen zwei Wohnvierteln, der Steig, den man jeden Tag auf dem Schulweg oder auf dem Weg zur Kirche gehen musste: Lass dich von niemandem ansprechen, warnte die Mutter. Aber was sollte man tun, wenn man dort einem Fremden begegnete, vielleicht sogar ganz allein ohne die Schulkameradinnen? Da hieß es mit gehetztem Schritt den Berg hoch stürmen, bis man mit hämmerndem Herzen und etwas zittrig wieder auf der belebten Hauptstraße angelangt war.

Dann war da die eindringliche Warnung vor dem Mann in der Straße, der immer so harmlos vor der Haustür stand und höflich grüßte, ohne dass die Mutter jemals den Gruß erwiderte. Der war im Gefängnis gewesen, wegen Blutschande. Welch ein dunkles, unverständliches Wort! Dieses Haus darfst du nie betreten! Und mit seinen Enkelinnen spielst du auch nicht! Diese Angst konnte Marlene nicht so ganz zu ihrer eigenen machen. Und was diese Nachbarskinder anbelangte, so ignorierte sie das Verbot der Mutter, allerdings um den Preis, dass das schlechte Gewissen an ihr nagte.

Überhaupt trat das schlechte Gewissen in Aktion, wenn man die Ängste der Erwachsenen und die damit verbundenen Verbote nicht ernst nahm. Das Ende der Sackgasse zum Beispiel, diese magische Grenze, die man nur auf vorgeschriebenen Wegen und zu bestimmten Zwecken überschreiten durfte, nie aber um mit Kindern aus anderen Straßen zu spielen oder um sie zu besuchen. Und wenn man es doch tat, hatte man ständig den Druck im Magen und das Gefühl in unbekannter Gefahr zu schweben und zudem noch das Empfinden, die Mutter zu hintergehen.

Vor allem die Franzosensiedlung, wo die französischen Soldaten mit ihren Familien wohnten, die mehrstöckigen weißen Häuser, die in der unmittelbar an die Sackgasse angrenzenden Straße standen, waren verbotenes Terrain. Die wild gestikulierenden und mit Stöcken bewaffneten Horden kleiner Franzosen, die ab und zu die Kinder in der Celsiusstraße mit dem Schlachtruf »Salots!« und »Sales boches!« überfielen, waren so beängstigend, dass das Verbot der Mutter lange Zeit beherzigt wurde. Dabei waren die deutschen Kinder absolut nicht hilflos, sondern droschen mit allem zurück, dessen sie habhaft werden konnten, und ihre Schimpfwörter schienen Marlene viel gemeiner, weil sie sie ja verstehen konnte.

Einmal nur ging sie mit einer Gruppe älterer Kinder aus ihrer Straße auf Erkundung in das Gelände hinter den Franzosenhäusern. Ihr Hasenherz flatterte; aber der Ausflug war enttäuschend. Hinter den Häusern war lediglich ein Wiesenstreifen, der von einer hohen Mauer zur Brauerei hin abgegrenzt war. Und kein Franzosenkind ließ sich sehen.

Später wurden die erlaubten Räume größer. Aber lange Zeit durfte Marlene mit dem Rad nur in der einen Hälfte des Wohngebietes fahren, bis zur Hauptstraße, als sei diese ein reißender Strom, der nicht zu überqueren war. Auch war es verboten mit Rollschuhen die steile Straße am Waldrand hinunterzufahren. Als das Mädchen einmal dabei schlimm stürzte und sich auf dem Streusand, der noch vom Winter in der Kurve liegen geblieben war, die Knie blutig schrammte, nahm sie es als verdiente Strafe hin.

Andere Dinge waren zwar erlaubt, zum Beispiel mit dem Schlitten im Winter die Hubbelwiese hinunter zu schießen, die in Terrassen steil zur nächsten Hauptverkehrsstraße hin abfiel, und bei jedem Buckel zu riskieren, dass einem der Schlitten unter dem Hintern wegschoss; aber die Warnungen der Erwachsenen hatten sich so eingeprägt, dass Marlene nur sehr zaghaft zu Werke ging, sich nie traute, richtig Fahrt zu gewinnen, und immer versuchte abzubrechen, ehe sie die Auslaufbahn zur Straße erreicht hatte.

Daneben gab es jede Menge unerlaubter Ängste, die die Erwachsenen nicht gut hießen, vor allem nicht Vater Frenne, der sich ein mutigeres, draufgängerisches Kind gewünscht hätte und nicht eines, das vor allem zurückschreckte.

Sobald Marlene zum ersten Mal, von der Mutter mit besorgten Augen hinter der Gardine überwacht, auf der Straße spielen durfte, sah sie sich konfrontiert mit kleinen Jungen, einem ihr bisher unbekannten Teil der Schöpfung – wenn man von ihrem Cousin einmal absah – zum Teil jünger als sie, die mit aggressivem Geschrei gegeneinander kämpften, um den Ball balgten und ständig mit irgendwelchen Stöcken oder anderen Waffen herumfuchtelten und natürlich das ängstlich zurückweichende Mädchen herauszufordern suchten.

Die Freude, mit den anderen Kindern zu spielen, mit den gleichaltrigen Mädchen, vor allem mit ihrer Freundin Moni aus dem Nachbarhaus, und mit den älteren Mädchen, bei denen sie sich sicher fühlte, diese Freude enthielt meist auch den Stachel wachsamer Furcht vor unerwarteten Zusammenstößen.

Genauso versetzten sie frei herum laufende Hunde, gleich welcher Größe, in Herz klopfende Panik, vor allem wenn sie ihr dann noch schnuppernd an die Beine gingen. Im Grunde ängstigte sie alles, was mit einer gewissen Heftigkeit auf sie zukam.

Ein besonders trübes Kapitel sollte die Begegnung mit dem Wasser werden. Nicht nur der Vater, auch die Großmutter befürwortete den Schwimmkurs, da sie selbst in ihrer Jugend eine begeisterte und gute Schwimmerin gewesen war, wie sie immer wieder betonte. Marlenes beste Freundin Anne sprang bereits vom Dreimeterbrett und war sogar im Schwimmverein.

Und doch spürte Marlene schon in der ersten Schwimmstunde die Bedrohung, die von der tückisch glatten Oberfläche ausging, unter der eine grüne Tiefe lauerte. Den Kopf unter Wasser zu tauchen, nahm ihr den Atem und die Orientierung. Sich an das Gleitbrett klammernd, stieß sie sich den Anweisungen gemäß ab, machte sich aber angstvoll klein und rund dabei und ging prompt unter und schluckte Wasser.

Diese Angst konnte sie, anders als die anderen Ängste, nicht verbergen. Sie isolierte das Kind, denn alle anderen waren jubelnd und kreischend bei der Sache, spritzten, tauchten, tunkten sich gegenseitig und verwandelten sich im Wasser von vertrauten Spielgefährten in bedrohliche Kraken.

Da aber die Erwartung, dass Marlene endlich schwimmen lernte, so groß war, gelang es ihr auch eines Tages. Mit exakten Bewegungen und steil empor gerecktem Kopf zog sie ihre Bahnen – ein Pflichtprogramm. Doch die Vorstellung, jemals das Nichtschwimmerbecken mit seiner berechenbaren Tiefe zu verlassen und sich in *das Tiefe* vorzuwagen, wo man Gefahr lief, dass das Wasser über dem Kopf zusammenschlug auf immer, war für sie noch viele Jahre undenkbar.

Marlene hasste das Schwimmbad, angefangen bei den Umkleidekabinen, dem glitschig-nassen Boden bis zu den brüllenden Bademeistern, den dampfenden Duschen und dem stechenden Chlorgeruch.

Mindestens genau so sehr hasste sie die Turnstunde, die ihr vom ersten Moment an Dinge abverlangte, die sie nicht leisten konnte. Alle machen einen Purzelbaum, kommandierte die Grundschullehrerin und lachte gleich darauf schallend über Marlenes ersten täppischen Versuch in dieser Kunst. Aus dem mit tausend Ängsten besetzten Gatter der Muttersorge: »Pass auf, mach das nicht, das ist zu hoch, du fällst gleich!«, stürzte Marlene im Turnunterricht übergangslos in die Konkurrenz normal gelenkiger, im Klettern und Balancieren geübter Kinder. Auf dem Gymnasium sollten noch Folterinstrumente wie Barren und Kasten hinzukommen.

In der Grundschule erschreckte Marlene schon der Ruf: »Jede greift sich einen Strick, und nun hoch, hoch, hoch!«, letzteres von rhythmischem Händeklatschen unterstrichen. Und obwohl sie ein schmales Kind war, hing sie wie ein Mehlsack am Knoten und pendelte hilflos zwischen den zwei Dicken in der Klasse, die nie etwas auf die Reihe brachten, während alle anderen wie die Äffchen in Richtung Decke hangelten. Die Angst vor der Übung selbst, schlimmer aber noch die Angst vor der Blamage und dem gutmütigen bis beißenden Spott der jeweiligen Sportlehrerin wurden fester Bestandteil der Schulzeit und erreichten ihren Höhepunkt in der Zitterpartie am Stufenbarren, wenn man über den oberen Holm in die Tiefe springen musste.

Die geheimen Ängste aber quälten Marlene am meisten: Die Geister der Dunkelheit, der wiederkehrende Traum, dass der Vater in einer Zinkbadewanne auf das Meer hinaus fuhr, um nie mehr zurückzukehren, und die Angst, in die Hölle zu kommen, wenn sie schlecht war.

Die größte aller geheimen Ängste war die Angst, aus der Liebe zu fallen. Diese Angst entdeckte die sechsjährige Marlene kurz nach der Geburt ihrer kleinen Schwester Verena, die sie sich doch sehnsüchtig gewünscht hatte.

»Wo kommen die Babys denn her?«, fragte sie ihre Mutter, die gerade erschöpft neben dem schlafenden Säugling ihr Strickzeug zur Hand genommen hatte, um sich ein wenig zu entspannen. Welten prallten da aufeinander, undenkbare Fragen und die kindliche Erwartung der Antwort.

»Aus dem Bauch der Mutter kommen die Babys, und ich wäre bei deiner Geburt fast gestorben!« In dem Kind kam die Übersetzung an: »So sehr hat sie mich geliebt.«, und es umfing die Beine der Mutter und drückte sich an sie.

Doch es wurde schroff zurück gewiesen, als wolle die Mutter sich selbst schützen: »Lass das, ich muss das Fläschchen für Verena machen.« Was hatte das Kind falsch gemacht? Das war eine Frage, die es nun fortwährend begleiten sollte. Aber je dringlicher, ja aufdringlicher diese Frage wurde, desto heftiger bemühte sich Marlene, alles richtig zu machen, um nicht aus der Liebe zu fallen.

Trotz ihrer Rebellion in späteren Jahren, trotz mancher Ausbrüche mit martialischen Worten, »nie … ich will … bis zum Umfallen … an die Wand klatschen … sollen nicht glauben …!«, fahndete sie nächtelang nach Partys, Familienfeiern, Konferenzen, Begegnungen nach dem falschen Wort, das sie vielleicht, ja sogar sicher gesagt, im falschen Ton geäußert, falsch gemeint hatte.

Und so blieb für Marlene, eingebunden in die feste Ordnung der Familie, der Kirche, der Institution der Schule und später der Universität, die Schutzinsel erhalten. Eine Vorahnung vom möglichen Chaos brach nur in nächtlichen Albträumen auf, und nur einmal griff die Realität eiskalt nach ihr und brachte den Schutzwall ins Wanken, als der Vater plötzlich einen Herzinfarkt hatte. Aber er erholte sich wieder.

Die züngelnden Höllenflammen knisterten nur manchmal leise, die brüllenden Löwen aus der Löwengrube waren nur selten zu vernehmen und leicht zu besänftigen, und das Beben der Erde um die dritte Mittagsstunde blieb aus – bis zu dem Tag, als Marlene mit ihrem Mann Leon von der Hochzeitsreise nach Hause fuhr.

Der Augusttag war wie aus blauer Seide. Die abgeernteten Kornfelder ruhten träge unter einer Sonne, die schon das Herbstgold ahnen und die Konturen scharf hervortreten ließ. Es war der übliche Anruf aus der Telefonzelle von irgendeiner Autobahn-Tankstelle aus: »Hallo Papa, wir sind in zwei Stunden zu Hause. Wie geht es euch? Alles in Ordnung?« Eigentlich waren das keine Fragen, sondern Litaneiformeln: *Ora pro Nobis*, bitte für uns, und es war wie immer alles in Ordnung.

Seine Stimme war belegt, er redete so seltsam daher, betonte ihr aller Wohlergehen und log so erbärmlich, dass ihr kalt wurde. »Gib mir mal die Mutti ans Telefon!« Doch die war gerade nicht da, und so blieb es bei den wiederholten Versicherungen des Vaters: »Klar ist alles in Ordnung. Ihr seid ja bald da. Kommt vorbei. Alles bestens. Ihr kommt doch bald?«

Noch wusste Marlene nicht, dass es Vorahnungen gibt, die realer sind als die Wirklichkeit. Sie ließ sich gerne von Leon ihre Spekulationen und Vermutungen klein reden: Das bildest du dir ein! Du wirst sehen, es ist alles in Ordnung. Doch der Stachel blieb.

Der Vater stand auf der Treppe, ein Willkommenslächeln auf den Lippen, wie festgefroren. Dahinter die Großmutter, in deren Gesicht Marlene schon als Kind alles lesen konnte. Zunächst erschien es fast wie ein Geschenk, eine Entwarnung: Ach sie ist krank! Doch die Mitteilung, dass die Mutter im Krankenhaus war, dass die Zeit in Monaten gemessen wurde, überfiel sie, nahm ihr den Atem, machte sie stumm und wehrlos, bis sie sah, dass der Vater übernächtigt und gealtert aussah und die Großmutter auf ihren Trost wartete.

Sie ging auf den Balkon und schaute in den Garten ihrer Kinderzeit, dieses winzige umzäunte Fleckchen Erde, überschattet von dem Kirschbaum, der noch Narben vom letzten Krieg aufwies. Nein, es war nicht der Krieg, den sie erleben musste. Aber nichts würde jemals sein wie zuvor. Marlene wandte sich um: »Gehen wir ins Krankenhaus.«

Inquisition

Das Kind ging aufrecht hinter der strengen Stimme aus der Klasse. Der Ernst im Gesicht der jungen Lehrerin ließ darauf schließen, dass ein ehrenvoller Dienst von ihm erwartet wurde. Eine Nachricht ins Sekretariat zu überbringen, vielleicht.

Arglos hob Marlene den Kopf und erschrak. Missfallen hatte sie in den kühlen grauen Augen noch nie erlebt, jedenfalls nie auf sich selbst bezogenes Missfallen. Schließlich gehörte sie zu den Klassenbesten, hatte immer alle Hausaufgaben, konnte bei der Montagskontrolle stets ein sauberes Taschentuch und saubere Fingernägel vorweisen und die Sonntagspredigt in einigen Sätzen wiedergeben. Natürlich die des Kindergottesdienstes; man durfte nicht die falsche Messe besuchen.

»Setz dich!« Die Stimme hatte etwas Scharfes, Unerbittliches.

Noch nach Jahrzehnten spürte Marlene manchmal die Holzholme der Bank auf dem endlosen Schulhausflur unter ihren Händen und zuckte zurück vor dem dazwischen auflodernden Höllenfeuer.

Der Klang der Glocken von St. Sebastian durchwärmte ihre Kindheit. Trotz ihrer domhaften Größe war ihr die Kirche fast ein zweites Zuhause. Das Kerzengeflimmer der Fürbittlichter vor dem dunklen Marienbild in der linken Seitenecke, die Rätselschatten in den Nischen der düsteren Beichtstuhlgehäuse, die blauweißen Keramikaufbauten des pagodenhaften Tabernakels auf dem Hochaltar waren ihr vertraut von frühester Zeit. Das Murmeln, Singen und Brausen der Orgel war ihr heimatlicher als jedes Kinderlied.

Seit Marlene zur Schule ging, verging das Jahr im Wechsel der Messgewandfarben: Feurig rot zu Pfingsten, grün in der endlosen Zeit danach, weiß zu Allerheiligen, wenn die Kirche berstend voll bis auf den letzten Platz mit dunkel gekleideten Menschen besetzt war, schwarz zu Allerseelen, wenn geheimnisvolle Pflichten, die Großmutter Sophie Ablassgebete nannte, erfüllt werden mussten. Wochen, ja mitunter Jahre im Fegefeuer der Verdammnis konnte man den armen Seelen durch Rosenkranzgesetze ersparen. Das Kind hörte das tonlose Wispern neben sich und überließ sich in der dunklen Kirche seinen Vorstellungen von Oben und Unten, von Himmel und Hölle und den schreckvollen Zwischenräumen.

Die violetten Zeiten des Advent und der Fastenzeit waren von Opfer und Verzicht geprägt. Kleine Schokoladenstücke wurden gehortet, und höchstens sonntags durfte man das süße Vergnügen auskosten. Die hohen Feste Weihnachten und Ostern erstrahlten in überirdischer Helle und weißem Glanz, umjubelt vom vielstimmigen Kirchenchor und allen Orgelregistern. Das größte Fest aber war für Marlene Fronleichnam, wenn sie, eingefügt in die sichere Ordnung der Prozession – hier die Frauen, dort die Männer, Vereine, Jugendgruppen, Kommunionkinder – bei den Kindern ihrer Schulklasse Aufstellung nahm. Alle hatten ihren Platz in dieser unfehlbaren Ordnung. Wenn die Gläubigen in endlos erscheinendem Zug durch die Straßen pilgerten, demonstrierte dies dem bemitleidenswerten Rest von Ungläubigen oder falsch Gläubigen die Frömmigkeit des Gottesvolkes. Im weißen Kleid streute Marlene Blumen auf den Asphalt, und Stolz und tiefe Himmelsgewissheit erfüllten sie.

Die Frage riss das Kind aus der Himmelsgewissheit, und der Boden tat sich auf. »Hast du das mit Judith getan? Habt ihr im Schlafzimmer vor dem Spiegel …?«

Die Stimme brauste in seinen Ohren. Nie hatte jemand mit ihm von Nacktheit gesprochen. Das Tabu aller Körperlichkeit hatte ihm die Begriffe vorenthalten. Aber jetzt gab es ein Wort dafür: Kleine Schweinereien.

Die Scham, das Unaussprechbare ausgesprochen zu hören, überschwemmte das Mädchen mit heißer Glut. Doch in seinem Herzen war kein Bild, das zu der Beschuldigung passen wollte. Denn es begann zu begreifen, dass es beschuldigt wurde. Nein, sagte es und immer wieder: Nein.

»Man hat Euch gesehen, Dina, das Hausmädchen … « Plötzlich war da ein Bild. Das große, komfortable Elternschlafzimmer bei der Freundin, die dicke, rosafarbene Steppdecke, der weiche Teppichboden, so angenehm an den nackten Füßen. Zu Hause war der Boden kalt. Das Bild war ganz scharf, der Spiegel, der große Spiegel. Sie hatten so gekichert. Aber alles andere?

Nein, sagte das Kind wieder. Mittlerweile weinte es. »Verstockt ... Lügnerin ... hätte nie von dir gedacht ... tief enttäuscht.« Die Worte prasselten vernichtend herab, und mit dem Wort Sünde begannen die Flammen zwischen den Holmen der Bank zu züngeln.

Erst später erkannte Marlene, dass die Frau damals noch jung war, höchstens dreiunddreißig Jahre alt. Aber dem Kind erschien sie als alters- und makellose Inkarnation der Unfehlbarkeit, die mit scharf strafendem Lineal und durchdringender Stimme die Riesenklasse von fünfundvierzig Kindern in respektvolles Zittern oder angstvolle Unterwürfigkeit versetzte. Selbst ihr Lebenswandel hatte etwas Theoretisches, nicht Nachvollziehbares, wenn sie Marlene, ewig mit ihrer hageren, mürrisch blickenden Mutter am Arm, im Park begegnete.

Die Konfrontation mit der Komplizin sollte den Durchbruch bringen. Judith, die gleichaltrige Freundin, die in dieselbe Klasse ging, wurde hinzu zitiert und zuerst mit Fragen, dann mit konkreten Vorwürfen bombardiert. Während Judith heftig leugnete und dann in verbissenes Schweigen verfiel, zerfloss Marlene in Tränen.

Das Beschriebene sah sie vor sich, ach Gott, doch ob sie die Vorstellung von den zwei kichernden Mädchen, die sich nackt im Spiegel betrachteten, als echte Erinnerung und tiefe Schuld in sich trug oder als Bild, das erst in den heftiger und konkreter werdenden Vorwürfen überhaupt entstanden war, vermochte sie nicht zu entscheiden.

Judith aber schwieg weiter mit hartnäckigem Trotz, und ihr Schweigen hatte eine solche feindselige Stärke, dass sie wieder in die Klasse zurückgeschickt wurde.

Für Marlene, die Schuld Ahnende, jedoch sollte nun Stufe drei zum Einsatz kommen. »Wenn du weiter leugnest, rufe ich den Herrn Dechant. Er hält gerade Religionsunterricht in der 2 A.« Ein Abgrund tat sich auf.

Dechant Timdorf war ein jovialer, rundköpfiger, rundbäuchiger älterer Herr, von dem kritischere Pfarrkinder von St. Sebastian sagten, dass er auch rund redete, in seinen Predigten nämlich, die oft endlos ein Thema umkreisten, das am meist etwas abrupten Ende immer noch niemand genau zu benennen wusste. Dennoch war er seit über vierzig Jahren in dieser Pfarrei eine Institution von beträchtlichem moralischem Gewicht und von hohem Ansehen.

Marlenes Großmutter fühlte sich durch seine Freundlichkeit immer sehr geehrt, ihre Mutter Edith trug ihm nach, dass er ihr die Lossprechung verweigerte, weil sie ohne Kinderwunsch, wie man so schön sagte, die Ehe vollziehen wollte, und für Marlene selbst war er trotz aller großväterlichen Züge der Vertreter eines unerbittlichen Glaubens.

Im Jahr zuvor hatte er den Kommunionskindern ihres Jahrgangs nach dem Empfang der Ersten Heiligen Kommunion – »im Zustand vollkommener Reinheit und Gnade« – das Gebet empfohlen: *Herr, wenn du weißt, dass ich jemals eine Todsünde begehen sollte, so lass mich lieber jetzt auf der Stelle sterben.* Bis zu diesem Tag fragte sich Marlene, ob sie damals die einzige gewesen war, die nach Empfang der Kommunion minutenlang auf den Tod gewartet hatte.

Als Waffe gegen ihre Verstocktheit sollte also Dechant Timmdorf zum Einsatz kommen. Marlene brach angesichts der Drohung zusammen, gestand alles, was sie mittlerweile über die Vorkommnisse wusste, und auch das, was in der nebelhaften Andeutung blieb, und nahm, damit nicht genug, auch die Schuld dafür auf sich, eine Schuld gegen das sechste Gebot und die unauslöschliche Schande obendrein. Der reuigen Sünderin gegenüber war die Lehrerin nun großherzig, wie der Herr Jesus es befahl, und sie durfte verheult und gebrochen in das Klassenzimmer zurück. Marlene und Judith aber sprachen seit dem Tag kaum noch miteinander. Auch verlor Marlene ihre Himmelsgewissheit und vielleicht noch einiges mehr.

Die Tanten

Eigentlich waren sie nicht mit Marlenes Familie verwandt, höchstens mit Großmutter Sophie um ein paar Ecken herum. Aber seit frühester Kindheit nannte Marlene sie Tante: Tante Klothilde, die etwa so alt wie die Großmutter war, und Tante Lydia, ihre Tochter, zehn Jahre jünger als ihre Mutter Edith.

Wenn die Großmutter und Marlene zu Tante Klothilde in die Ferdinand-Müller-Straße gingen, wusste das Kind, dass das ein Benimm dich Nachmittag werden würde, an dem Beherrschung angesagt war, denn die Wohnung war klein und zugestellt, und die Erwartungen an sie erschöpften das ganze Repertoire – das rechte Händchen, der tiefe Knicks, danke ja und Grüße von der Mutti. Obwohl nicht in sichtbarer Wohlhabenheit lebend, hatte Tante Klothilde etwas von einer adeligen Generalswitwe, einer selbst ernannten Sittenwächterin, die sich – und ihre Tochter Lydia natürlich –zur besseren Gesellschaft rechnete.

Dennoch war Marlene der Besuch nicht unangenehm, zumindest nicht in der Kindheit. Allein schon der lange Fußweg an der Hand ihrer Großmutter, die dann immer Zeit zu ausführlichen Gesprächen hatte, machte das Unternehmen lohnend. Und unterwegs konnten sie im Herbst in der Allee vor dem mehrstöckigen Mietshaus, in dem die Wahlverwandten wohnten, Kastanien sammeln, und im Frühjahr am Wieslochweiher »junge Entchen gucken gehen«.

Tante Klothilde war von Busen wogender, sonorer Herzlichkeit mit einer richtig tiefen Klothilden-Stimme voller Vibrato und mit extrem hochdeutscher Diktion, was sehr gebildet und fein klang. Die Stimme passte zu ihrer etwas voluminösen Gestalt. Aber leider war sie auch recht freigebig mit feuchten Küssen, die zudem wegen ihres leichten Schnurrbartes kratzten.

Als Marlene älter war, unternahm sie diese Besuche oft allein, einmal weil sie Tante Klothilde mochte und weil sie es irgendwie als ihre Aufgabe sah.

Tante Lydia war früh an multiple Sklerose erkrankt und litt schon in jungen Jahren unter einer zunehmenden Gehunfähigkeit, was das Kind stets mit großem Mitgefühl erfüllte, obwohl die große, gut aussehende junge Frau mit dem dicken blonden Haar in keiner Weise Marlenes Vorstellung von Schutzbedürftigkeit entsprach.

Mit Hochachtung sprach Lydia von Schulkameradinnen oder Freunden aus der Tanzstundenzeit, die es zu Titel, Ehre oder Geld gebracht hatten. »Meine allerliebste Freundin Rosemarie, die jetzt mit dem Professor Gotthard verheiratet ist«, konnte sie dann sagen, auch wenn sie früher nur weitläufig mit ihr zu tun und sie seither nie mehr wieder gesehen hatte. Auch hatte sie kleine Korrekturen in ihrer Biographie vorgenommen und ihre Schulbildung zum Abiturabschluss verbessert und nahm deshalb an den entsprechenden Jahrgangstreffen teil. Marlenes Mutter Edith, der Ehrlichkeit über alles ging, konnte dafür gar kein Verständnis aufbringen. Äußerlichkeiten waren Lydia wichtig, was Marlene sehr verunsicherte. »Du darfst nicht so breit lachen und dann noch dabei die Zähne zeigen, das ist vulgär. Außerdem bekommst du dadurch ein Doppelkinn!«, ermahnte sie sie.

Auch Tante Klothilde hatte eine Vorliebe für feine Umgangsformen und ein Theaterabonnement in der achten Reihe, Parkett A. Wenn Wagneropern gespielt wurden, bekam Marlene die Karte geschenkt. Ihre Urlaubsorte waren von Waldungen umgeben, und den Bediensteten, der ihren Stuhl in den Schatten rücken sollte, sprach sie mit »Bursche« an.

»In unseren Kreisen«, sagte Tante Klothilde gern, und Marlene zweifelte daran, dass sie selbst dazu gehörte oder dazu gehören wollte. »Sie ist ja so ein braves Kind, Edith, wirklich wohlerzogen, aber muss sie immer mit der Küsterstochter spielen? Das ist doch kein Umgang für sie!«, hörte sie Tante Klothilde zur Mutter sagen. Gemeint war Marlenes beste Freundin Anne. Da stieg zum ersten Mal heftiger Zorn in ihr auf. Aber da die Tanten quasi zur Familie gehörten, versuchte sie die Bemerkung zu vergessen.

Mit zunehmendem Alter entdeckte das Mädchen ein gewisses Anspruchsverhalten der Tanten, besonders der Mutter gegenüber. Wenn sie die Familie Hellenbrecht besuchten, wurde Edith, obwohl sie doch die Gastgeberin war, zur Angestellten und Wunscherfüllerin. Die

Tanten legten die Besuchstermine fest. Auch erwarteten sie bestimmte Kuchensorten: »Edith, dein Marmorkuchen ist einfach köstlich, und dein Käsekuchen … Ich freue mich jedes Mal darauf.« So ritualisierte sich der Bewirtungsplan und wurde für die Mutter zur Verpflichtung. Auch mahnte man an, bestimmte Tassen vorzufinden: »Nicht die Sammeltassen, in denen der Kaffee so schnell kalt wird.« »Und den Bohnenkaffee bitte nicht so dünn gekocht und kräftig Sahne dazu!« Mit lecker, locker, einzigartig wurde auch die Speisenfolge des Abendessens gelobt und für das nächste Mal reserviert.

Der Hol- und Bringdienst, Marlenes Vater Frenne, stand bereit, richtete seine berufliche Planung nach den Tanten aus und hörte sich freundlich-stoisch an, dass die zu straffe Federung seines Mittelklassewagens und die fehlende Geräumigkeit bemängelt wurden.

Marlenes Bereitschaft, sich auf diese Besuche einzulassen, ja sogar noch mit kleinen Schulgeschichten und Flötenspiel gemeinsam mit ihrer Schwester Verena zum Programm beizutragen, wurde neu belebt, als sich eine Liebesgeschichte ereignete, eine späte Liebe, die in den Augen des heranwachsenden Mädchens höchst romantisch war.

Tante Lydia, immerhin selbst schon fast vierzig Jahre alt, heiratete einen fünfzehn Jahre älteren, wohl situierten Finanzbeamten in gehobener Stellung, der nach seiner Scheidung als Untermieter bei ihnen wohnte. Er schien sie wirklich zu lieben, trug die Gelähmte buchstäblich auf Händen oder schleppte sie auf dem Rücken die Treppen hinab und las ihr jeden Wunsch von den Augen ab. Obwohl sich Tante Lydia sehr verliebt zeigte, taufte sie ihren Mann kurzerhand um, weil ihr sein Vorname nicht zusagte. So wurde aus Wilfried Herbert.

Marlene erlauschte, dass ihre Mutter sich darüber entrüstete: »Das ist doch der Vorname ihrer Jugendliebe. Den hätte sie damals gern geheiratet.«

Herbert lernte sehr schnell sein Taschentuch gefaltet und nicht geknüllt in der Hosentasche zu tragen. Er vermied es nach einigen empörten Hinweisen, die Beine männlich übereinander zu schlagen, bis man die Socken und die behaarten Waden sah. Er wollte Lydia gefallen.

Glanzvoller Höhepunkt war stets der zweite Weihnachtsfeiertag, den die Wahlverwandten über Jahre abonniert hatten. Er folgte einem scheinbar unverrückbaren Ritual. Nach dem Kaffee, wenn man Plätzchen knabbernd sich wuchtig in die tiefen Sessel fallen ließ, »Edith, die

Makronen sind wieder köstlich, aber bei eurem Sofa sitzt man ja direkt auf dem Rahmen!«, kam die Bescherung. Während die Mutter nur ein Blümchen erhielt und Verena irgendeine Nichtigkeit, galt nun alle Aufmerksamkeit Marlene, was diese auch von Herzen genoss.

Tante Klothilde hatte sie, die Älteste, quasi als Enkelin adoptiert und überreichte ihr nun wie jedes Jahr feierlich ihr Weihnachtsgeschenk. Mit erwartungsvollem Blick und aufmunterndem »Mach schon! Pack aus!«, beobachteten die Tanten jeden Handgriff. Schon früh hatte Marlene gelernt, was sich gehörte, und brach in das unausweichlich geforderte Entzücken aus: »So eine schöne Zuckerzange!« »Mutti, jetzt habe ich schon sechs silberne Löffel!« Und Mutter Edith assistierte etwas peinlich berührt und mit gequältem Lächeln und sagte den ihr zugewiesenen Satz: »Das wäre doch wirklich nicht nötig gewesen!« Mit einer Umarmung, bei der Marlene tapfer einen feuchten Tantenkuss hinnahm, drückte sie abschließend ihren Dank aus. Echte Sympathie mischte sich mit dem seltenen Hochgenuss, im Mittelpunkt zu stehen, und einem gerütteltem Maß an Heuchelei und Anpassung.

Tante Klothilde hatte es sich in den Kopf gesetzt, ihrer Wahlenkelin, beginnend mit dem Fest der Erstkommunion, zu allen Geburtstagen und Weihnachtsfesten nach und nach ein komplettes Silberbesteck zu schenken: »Für deine Aussteuer!«, ein Begriff, der Marlenes Zukunft zugleich nebelhaft-unvorstellbar als auch ernst-bedrohlich erscheinen ließ. Denn das Silberbesteck von Großmutter Sophie war zu ihren Lebzeiten schon zum Erbstück hochstilisiert worden, und die sonst so liebevolle Oma wurde nicht müde, bei jeder Gelegenheit ihrer Tochter Edith gegenüber zu betonen, dass dieses Esskulturgerät ihr gehöre, ebenso wie das Haus, in dem sie alle wohnten, ach!

Nach diesem Akt musste Marlene wieder aus dem Rampenlicht heraustreten, denn nun wurden die eigenen Weihnachtsgeschenke vorgezeigt: Breite, schwere Goldarmbänder, funkelnde Ringe mit großen Steinen, geschwungene Broschen. Herbert-Wilfried stand auf sein Stichwort hin »Hat mir mein Schatzi geschenkt!« auf, und küsste Lydia galant die Hand. Klothilde, die sich das Schmuckstück selbst zum Geschenk gemacht hatte, konnte auch den Preis nennen, vierstellig.

Und eines Tages erkannte Marlene, dass ihre Eltern in diesem Stück zu blassen Komparsen schrumpften. Ihre Mutter erstarrte vor Unbehagen, wenn die unausweichliche Frage folgte: »Und was hat dir das Christkind gebracht, Edith?« »Zeig doch mal deinen Pullover!«, drängte die Großmutter, die nie ihr Selbstbewusstsein zu verlieren schien. Und Edith reichte gehorsam ihren Pullover herum, ihr einziges größeres Weihnachtsgeschenk, und zum ersten Mal tat Marlene dabei das Herz weh. Mit lobenden Worten und achtlosen Blicken wurde Mutters gutes Stück herumgereicht, eines der Kleidungsstücke, die für feine Anlässe gespart und geschont wurden, bis sie fast neuwertig im Schrank alterten.

Umso mehr freute sich Marlene an dem Weihnachtsfest, als ihr Vater der Mutter einen Weißgold-Ring mit einem in ein Krönchen gefassten Brillanten schenkte, und sie ihn mit einem gewissen Nachdruck und bescheidenem Stolz in die Vorzeigerunde geben konnte. Die Tochter sah, wie Lydias Augenbrauen sich hoben, und hörte Tante Klothildes Worte: »Ganz nett!«, und sie wusste, dass das Ringlein durchgefallen war. Und es war ihr, als sei in einem gemütlich-dämmrig ausgeleuchteten Raum plötzlich kaltes Scheinwerferlicht auf ihr Elternhaus gerichtet.

Marlene sah die schmalen Hände ihrer Mutter mit den feinen Rissen und Rötungen, sie sah ihren um Verbindlichkeit und gute Stimmung bemühten Vater, wie er, etwas verlegen lächelnd, eine ablenkende, witzige Story zu erzählen begann, und sie erkannte tief darunter seinen hilflosen Zorn. Sein Unterhaltungstalent, das sie immer so bewundert hatte, schien ihn in diesem Augenblick zum Hofnarren und Pausenclown dieser Leute zu degradieren. Und sie erkannte, dass ihre Familie, dass ihre Eltern arme Leute waren.

Dann wurden wie jedes Jahr die Kerzen am Baum angezündet; die Wunderkerzen sprühten ihr Gefunkel in das goldene Dämmerlicht, und Lydia setzte mit hoher, etwas zittriger Stimme ein: *Süßer die Glocken nie klingen* … Alle sangen mit, die Tanten mit Inbrunst. Bei *Stille Nacht, Heilige Nacht* wischten sich die Tanten die ersten Tränen aus den Augen, sangen weiter vom armen Kind im Stall und vom ewig-grünen Tannenbaum und sagten wie immer: »Ach, Edith, erst bei euch ist so richtig Weihnachten.«

Doch Marlene sah nur ihren Schmuck glitzern. Als ihr Flötenspiel an der Reihe war, murmelte sie eine Ausrede, und als das nichts half, weigerte sie sich. Die Enttäuschung brach über ihr zusammen, aber sie spürte, dass in ihr eine Stärke zu wachsen begann, die dem Druck der liebevoll mahnenden Stimmen standhielt.

Als danach programmgemäß Herbert in der erwartungsvollen Stille einen kleinen, launigen Vortrag über ein Thema aus der Tagespolitik hielt – diesmal waren die Studentendemonstrationen gegen den Vietnamkrieg an der Reihe –, begann Marlene seinen Monolog mit Argumenten zu durchlöchern. Zuerst konnte er gar nicht glauben, dass da jemand sein konnte, der widersprach. Dann versuchte er das junge Ding lächelnd und ein wenig spöttisch in seine Schranken zu weisen. Als das Mädchen jedoch störrisch auf seiner Meinung beharrte, Argumente anhäufte, Beispiele anführte und den Krieg als schmutzig bezeichnete, als auch Vater Frenne seine Sympathie äußerte für die jungen Leute, die für eine bessere Welt auf die Straße gingen, als die Diskussion laut und scharf wurde, wusste sie, dass Weihnachtstraditionen mit einem Schlag enden können und dass sie der Tantenliebe entwachsen war.

Und lieben, Götter, welch ein Glück!

Mit neun Jahren verliebte sich Marlene zum ersten Mal, und dieser Zustand sollte sich nicht mehr ändern – von kleinen unglücklichen Atempausen abgesehen –, bis sie sich entschloss zu heiraten.

Die Bezugspersonen wechselten, das zarte Gefühlsflattern erster selbstloser Verklärung wurde realistischer, körperlicher im Lauf der Jahre, die Objekte des Verliebens erreichbarer, längst nicht mehr Lehrer, Kapläne oder der Leiter des Ferienlagers, und dennoch wich Marlene jeder Erfüllung, und sei sie nur ein Kuss, sorgfältig aus und verbannte dieses wunderbare Geschehen in ihre Tagträume und Einschlafgeschichten, die sie sich ausdachte, Wort für Wort, lange einfühlsame Dialoge, tränenreiche, sehnsuchtsvolle Entbehrung oder gar die dramatische Krise des Verkanntseins, bis der Angebetete schließlich die wahre Liebe entdeckte: Sie, Marlene.

Als Dreizehnjährige spielte Marlene mit dem Gedanken, ins Kloster zu gehen und ein Leben wie eine Heilige zu führen und der Welt und allen Komplikationen zu entsagen. Mit vierzehn rebellierte sie gegen Dogmen und Glaubenssätze und wollte aus der Kirche austreten. Im selben Jahr fiel ihr ein Buch von Michel Quoist in die Hände, das ihr den wahren Weg zum Glück zu weisen schien. Sie exzerpierte die tragenden Sätze und trug sie mit ernsthaft-feierlicher Miene in ihr Tagebuch ein: Sich aufheben für den Einen, auf die große, wahre, vorbestimmte Liebe warten in körperlicher Reinheit und Selbstachtung, und sie verlagerte ihre Glückserwartung auf die Zeit des Erwachsenseins.

Marlenes Vater brachte diese Zukunftsvorstellung manchmal ins Wanken, wenn er bemerkte: Du heiratest nie. Marlene hatte sich nämlich schon früh entschieden, Lehrerin zu werden, und Frennes Vorstellung von weiblichen Angehörigen dieser Berufsgruppe war nicht mit Ehe und Familie vereinbar.

Mit fünfzehn fuhr das Mädchen mit dem Rad durch weit entfernte Stadtteile und vertiefte sich dabei in romantische Zyklen. Ja, die Bilder wurden immer und immer wieder aufgerollt, bis sie sich Marlenes Vorstellung vom Glück annäherten. Einmal war sie so vertieft in ihren Tagtraum, dass sie vergaß, beim Linksabbiegen ein Zeichen zu geben. Ein Autofahrer, der glaubte, sie wolle geradeaus fahren, überholte sie rasant, und schon lag das Fahrrad unter dem Auto. Marlene war geistesgegenwärtig abgesprungen und stand zitternd vor dem schimpfenden Fahrer.

Seltsamerweise riefen Johannes, ihr Tanzpartner vom Abschlussball, mit dem sie ein Jahr lang auf allen Tanzveranstaltungen und Partys zu sehen war, oder Jürgen aus der Jugendgruppe, der sie drei ausgelassene Fastnachtstage lang umwarb, neben ein bisschen Herzklopfen immer wieder einen kleinen Stich der Enttäuschung hervor, weil sie mit Marlenes phantasievoller Vorstellung nicht Schritt halten konnten, einfache Jungs eben!

Auch sich selbst nahm sie als unscheinbares Pflänzchen wahr. Wenn Marlene durch das Blickgitter der Klassenkameradinnen zur Tafel gehen musste, verfing sie sich fast in ihren eigenen Füßen. Um sich einen Anstrich von Sicherheit zu geben, hatte sie sich große Schritte angewöhnt, die ihrer Körpergröße kaum entsprachen, und sie versah zudem jeden Schritt mit einem kleinen Hüpfer, so dass ihr Gang etwas übertrieben Energievolles und Beschwingtes hatte.

Marlene war sechzehn, als ihre Schulfreundin Brigitte sie dazu überredete, in der Studentenverbindung Gregorius *Couleurdame* zu werden. Brigittes Vater, ein angesehener Rechtsanwalt, war seiner alten Corona treu und nahm als *Alter Herr* oder *Philister* immer noch am Verbindungsleben regen Anteil. Die hübsche Brigitte nannte sich seit einiger Zeit Britt, weil sie das cool fand, und war weitaus weniger vergrübelt und verträumt als Marlene. Selbstbewusst flirtete sie gleich beim ersten Frühschoppen mit zwei älteren Studenten, die den Rang eines *Burschen* hatten, und bald schon hatte sie mit ihrer kessen, fröhlichen Art einen festen Platz in der Clique, die den Ton angab.

Marlene aber stolperte ahnungslos in den akademischen Verein und versuchte, sich zwischen den formalistischen Benimmregeln zurechtzufinden. Die *Füchse*, die unterste Stufe in der Hierarchie der Studentenverbindung, waren unreife, großspurige oder gehemmte Jungen, je nach dem, die gerade ihr Abitur in der Tasche hatten. Für sie waren die Töchter der Alten Herrn Übungsobjekte für kavaliersmäßiges Verhalten oder eine gepflegte Liebelei.

Marlene war weder von besonderer Schönheit noch war ihr Vater einflussreiches Verbindungsmitglied. So erhielt sie die Abkommandierten als Begleiter. Mühsam hielt sie bei Bällen, Kommerzen und Bierabenden die Reste ihres Selbstbewusstseins zusammen.

Dennoch ließ sie sich immer wieder von Brigitte überreden, »nur noch bei dieser, dieser allerletzten Veranstaltung« dabei zu sein. »Mummenschanz«, nannte sie insgeheim die farbigen, schief sitzenden Deckelmützen, das Gehänge der Degen und die Uniform mit der weißen, eng sitzenden Hose, *Wichs* genannt. Zu Hause in ihrer Familie parodierte sie die umständliche Zeremonie, wie der Bursche seinen Leibfuchs um den ganzen Tisch schickte, um bei dem Leibfuchs des gegenüber sitzenden Bundesbruders formell anzufragen, ob es genehm sei, dass jener mit ihm einen »geziemenden Streifen« leeren wolle. Der andere Leibfuchs gab die Anfrage seinem ranghöheren Burschen weiter, die beiden jungen Männer, die sich die ganze Zeit Auge in Auge gegenüber gesessen hatten, erhoben sich, nahmen Haltung an und tranken mit *Vivat Gregorius Ex!* ihren Bierkrug leer. Wenn sich das Ritual einige Male wiederholt hatte, konnte man mit den jungen Männern nicht mehr vernünftig reden, und etwas anderes hatte Marlene nicht im Sinn – bis sie Tobias traf.

Tobias stammte, wie sie selbst, aus einer Kaufmannsfamilie und war viel lockerer und vorurteilsfreier als seine Bundesbrüder, so schien es ihr. Er sah nicht überwältigend gut aus, hatte aber freundliche blaue Augen, weiches braunes Haar und eine große Nase, was Marlene absolut attraktiv fand, ebenso seinen breiten, schön geschwungenen Mund. Was auch immer den Ausschlag gab, Marlene verliebte sich in diesen Jungen, der ihr mit seinen dreiundzwanzig Jahren sehr männlich und erwachsen erschien.

Vielleicht zog ihn ihre offensichtliche Naivität an, vielleicht unterhielt er sich einfach gern mit ihr, vielleicht erinnerte sie ihn ein wenig an seine kleine Schwester. Jedenfalls tanzte Tobias bei jener Fastnachtsveranstaltung der Gregorius-Verbindung nur mit Marlene. Durch das verrauchte Halbdunkel des Studentenlokals wehte der sehnsüchtige Klang von Blues. Schon nach kurzer Zeit schob Tobias lachend seinen Riesensombrero in den Nacken und tanzte eng und enger, Wange an Wange, mit Marlene, die sich im Himmel wähnte. Tobias' Freund Herrmann, von allen nur Hermelin genannt, frotzelte zwar und spottete sogar offen: »Willst du wirklich die kleine Maus da vernaschen?« Aber Marlene war viel zu glücklich, um die Verachtung wahrzunehmen. Zum ersten Mal näherte sich die Realität ihren Träumen an. Ja, Tobias verkörperte sie.

Auch in den Wochen danach kam es immer wieder ohne jede Verabredung dazu, dass er mit Marlene in inniger Weise tanzte, ihr kleine Komplimente zuflüsterte, mal im Lord's Inn, mal in dem Studententreff Tenne. Eigentlich wusste sie nichts von ihm, aber neben ihm hatte sie weiche Knie, etwas flatterte warm und erregend in ihrer Magengegend, und ihr Lachen klang leicht und selbstbewusst.

Es war kurz vor den Osterferien. Britt, die in die Parallelklasse ging, drängte sich durch die Grüppchen schwatzender Mädchen vor dem Klassenraum der Oberprima R, Marlenes Klasse. Sie zog die Freundin beiseite und begann ohne Umschweife: »Marlene, hast du heute Morgen die Zeitung gelesen?« Was sollte diese Fragerei? Kaum eines der Mädchen las vor Schulbeginn die Zeitung. Also? »Tobias ist tot«, sagte Britt. Ein kraftloses Wehren: »Das kann doch nicht sein!« Dann wieder Britts feste Stimme: »Es war ein Autounfall. Er hat sich auf der schmalen Straße vor der Krüger-Fabrik ein Wettrennen geliefert mit dem Schmitthenner und ist dabei gegen die Stützmauer vor der Fabrik geprallt. Er war sofort tot.«

Ein unbändiger Zorn auf Britt, auf diese helle, sachliche Stimme, dann wie ein Blitzschlag das Begreifen. Doro, die seit der fünften Klasse neben ihr saß, war plötzlich bei ihr und hielt sie fest: »Komm, wir gehen zum Schwarzenberg.« Zum ersten Mal schwänzte Marlene den Unterricht. An Doros Schulter weinte sie haltlos um den Freund, um ihre erste hoffnungsvolle Liebe und goss ihre Geschichte zwischen Traum und Wirklichkeit in Worte. Und das, was hätte sein können, vermischte sich unauflöslich mit dem, was war.

Drei Monate später – Marlene hatte soeben das Abitur bestanden – fuhr sie mit Anne ins Wallis nach Greuting, wo sie beide bei einer Kinderferienbetreuung als Küchenmädchen arbeiten wollten, für Kost und Unterbringung und hundert Mark Taschengeld. Frau Goldmann, eine gelernte Köchin, die die Siebzig schon leicht überschritten hatte, mit erstaunlich lebendigen Augen und einem Energie geladenen Kommandoton in der Stimme, wurde von dem hilflosen Trüppchen der acht Küchenmädchen unbestritten als Chefin anerkannt.

Greuting lag abseits der Hauptstrecke in einem weiten Bachtal, das von hohen Bergen gesäumt war, graugrünen Elefantenrücken, die sanfte Kurven in den Himmel schnitten. Das kleine Bergdorf bestand aus etwa zwanzig einfachen, dunklen Holzhäusern, die auf fest gefügten Bruchsteinsockeln standen und deren Dächer tief herabgezogen und mit Steinen beschwert waren. Das etwas außerhalb liegende Kinder-Erholungsheim war das einzige gemauerte Gebäude.

In Greuting, in dieser grünen Wüste der Ereignislosigkeit, gab es einen Brennpunkt: Die Dorfwirtschaft. Und während sie Kartoffeln schälten und mit den ungewohnten Töpfen der Großküche und der morgendlich angelieferten riesigen Milchkanne kämpften, tauschten die jungen Mädchen kichernd ihre Erfahrungen des vorangegangenen Abends aus.

Was war geschehen? Nicht nur die Betreuer des Jugendferienlagers aus dem Nachbarort Varning, auch einige Schweizer Soldaten, die am Rechenpass stationiert waren, verbrachten den Abend im Gasthaus von Greuting. Immer wieder warf einer der Soldaten Geld in die Jukebox. Blicke eilten von Tisch zu Tisch, taxierten, winkten, wiesen ab. Frau Goldmann kommentierte mit spitzer Zunge die Beobachtungen der Mädchen.

Man blinzelte, lächelte, schaute weg, eine Freirunde für den Tisch der Küchenmädchen wurde spendiert. Der Wirt zeigte auf den smarten Blonden, der ihnen nun offen und freundlich zuprostete, während sie wie auf Kommando herüberspähten. Er warf ein Lächeln hinüber, nein nicht ziellos, unzweifelhaft ein Lächeln für Marlene. Er ging zur Musikbox, wählte einen neuen Titel – wie gut er aussah in der grauen Uniform, schneidig – ging wieder am Tisch der Mädchen vorbei, verlangsamte seine Schritte, beugte sich zu Marlene: »Tu veux danser?« In kürzester Zeit waren alle auf der Tanzfläche.

Die Varninger Betreuer waren für kurze Zeit im Nachteil bei den vielen attraktiven Uniformen. Aber da die Schweizer nur Französisch sprachen, hatten sie bald wieder Chancen. Marlenes Selbstbewusstsein blühte an der Schulter des rauen Uniformstoffs mit den eindrucksvollen Epauletten auf. Und er konnte tanzen, unglaublich und körpernah. Er hieß Julien. Jedes Kompliment, jede gemurmelte Zärtlichkeit war von einem besonderen Glanz durch den melodiösen Klang der französischen Sprache.

In Greuting gab es keine Straßenlaternen. Auf dem Heimweg folgten die Mädchen Frau Goldmanns Taschenlampe und stolperten lachend eingehakt durch die Dunkelheit. Als Marlene seinen Arm auf ihrer Schulter spürte, blieb sie stehen. Zusammen schauten sie in die überwältigende Weite des Sternenhimmels, so fern von Raum und Regeln. Seine Hände waren zärtlich und sein Gesicht so nah. In dieser Nacht lernte Marlene zu küssen, und nur das ferne Echo ihres Pflichtbewusstseins, das ihr sagte, dass sie eigentlich mit den Anderen heimkehren müsse, da sie sich vielleicht Sorgen um sie machen würden, konnte verhindern, dass sie den Boden unter den Füßen verlor. Julien begleitete sie bis zum Seiteneingang. Ein zärtlicher Abschied, dann klopfte Marlene zaghaft.

Die Tür wurde aufgerissen, und im nächsten Augenblick klatschte Annes Hand in Marlenes Gesicht. »Wie konntest du nur? Wir haben solche Angst um dich gehabt. Den ganzen Weg sind wir noch einmal abgegangen, um dich zu suchen. Du bist einfach rücksichtslos!« Dann fiel Anne der Freundin, die immer noch wie betäubt dastand, weinend um den Hals. Marlene stammelte eine wirre Entschuldigung und versuchte Anne zu beruhigen. Aber es dauerte noch eine Weile, bis sie ihr von Julien und dem Sternenhimmel erzählen konnte. Ach, es war eine Geschichte wie in ihren Tagträumen.

Am vierten Abend war er nicht in der Wirtschaft. Die anderen Soldaten sagten etwas von Befehl und Auftrag, aber Marlene zweifelte. Als er auch am nächsten Abend nicht kam, wusste sie, es war vorbei. In einer grauen Welt ohne Farbe und Duft vegetierte Marlene vierundzwanzig Stunden dahin, und ihr Herz war schwer wie ein Stein. Er war sie leid. Er wollte sie nicht mehr sehen. Am Abend darauf erklärte er ihr seine Abwesenheit, die Sterne flammten auf, obwohl ein sanfter Nieselregen niederging, und sie verließen schon vor allen anderen die Wirtschaft.

Eine Romanze, eine zarte Tucholsky-Novelle, ein hingetupftes Bild. Drei Wochen lang bestand der Tag nur aus diesem Abend.

Dann am letzten Abend die Frage: »Julien, morgen müssen wir abreisen. Was wird mit uns?« Die ewige Frage der Frau nach Dauer und Beständigkeit! Marlene war erst siebzehn, aber sie liebte doch so sehr. »Sei nicht traurig, mon amour. Voici«, er kramte in seiner Brusttasche, »es tut mir so leid, aber du bist so süß«, er hielt einen Ring in der Hand, » voici, mein Ehering. Ich bin verheiratet. Verzeih, mon amour. Aber wenn du eines Tages nach Lausanne kommst, werden wir uns wieder sehen, ma bien-aimée.« Dieser letzte märchenhafte Satz, ohne Zeit- und Ortsangabe, warf Marlene in die Wirklichkeit zurück, mehr noch als der

Ring, der ihr an den Regeln der Kirche geschärftes Gewissen in Aufruhr versetzt hatte.

Irgendwie fand Marlene die Kraft, in Würde und ohne Tränen, aber auch ohne weitere Zärtlichkeit Abschied zu nehmen. Die Nacht und die Heimfahrt durch die Schweiz am nächsten Tag durchweinte sie, bis sie keine Tränen mehr hatte.

Seltsamerweise kam keine Bitterkeit in ihr auf. Auch den heftigen Worten von Frau Goldmann: »Dieser Lump! Völlig gewissenlos so ein junges Ding ausnutzen. Ich hab' dir ja gleich gesagt, das wird nichts. Lehr mich die Männer kennen! Schweine sind sie, allesamt«, auch dieser deftigen Form des Trostes konnte Marlene nicht zustimmen.

Ja, sie war traurig, aber die Zeit mit Julien erschien ihr wie eine kostbare, zärtliche Miniatur, denn sie, sie liebte ihn. Und zum ersten Mal ahnte Marlene die tiefe Wahrheit der Verse von Goethe, die auf einmal mehr waren als ein in der Schule auswendig gelerntes Gedicht: *Und doch welch Glück, geliebt zu werden, und lieben, Götter, welch ein Glück!*

Im Oktober – sie war gerade achtzehn geworden – begann Marlene ihr Studium an der Universität. Sie wollte Biologie, Geographie und Germanistik studieren.

Pflichtbewusst und akribisch verfolgte sie ihren Weg, um Lehrerin zu werden. Das Zeitlimit, das sie sich gesetzt hatte, war äußerst knapp bemessen, denn sie wollte keinen Tag länger als notwendig ihren Eltern auf der Tasche liegen. Nicht nur, weil sie wusste, dass Geld im Elternhaus ein Sorgenthema war, sondern vor allem, weil sie die Zeit herbeisehnte, da sie nicht mehr dankbar sein musste.

Zu beiden Seiten der abgesteckten Bahn der Pflichten aber entdeckte sie das Leben oder das, was sie dafür hielt. Die kümmerliche Pflanze ihres Selbstbewusstseins gedieh ganz prächtig unter der Beachtung, die sie als Neuzugang im Fischteich der Chancen bei den älteren Studenten genoss. In kurzer Zeit lernte sie die Bälle aufzufangen und zurückzuwerfen, die als Worte und Blicke auf sie zuflogen.

Marlene kaufte sich einen blauen Minirock und gelbe Kniestrümpfe, eine heiße Kombination, wie sie meinte. Sie trat in den Chor der Universität ein und genoss bei den Proben neben den erhebenden Melodien aus dem Schlusschor der *Schöpfung* von Haydn die flirtenden Blicke aus dem gegenüber stehenden Bass und dem angrenzenden Tenor.

In der Anfangswoche ihres ersten Semesters traf sie an der Bushaltestelle einen jungen Mann, der mit seinem braunen Wildlederjackett und dem Wildlederhut – wer um Gottes willen trug in dem Alter einen Hut und dann noch so einen? – nicht wie ein Student aussah, aber ebenfalls wie sie Germanistik studierte. Allerdings hatte er bereits ein abgeschlossenes Studium hinter sich und unterrichtete bereits an einem Gymnasium.

Oh ja, er war überaus erwachsen und drückte sich auch so aus. Wie sie richtig vermutet hatte, war er schon alt, neun Jahre älter als sie. Vielleicht erschien es ihr auch nur so, weil seine Bewegungen langsam und gesetzt waren. Vielleicht auch weil seine Höflichkeit etwas Altmodisches hatte, etwas das mehr war als angelernte Tanzstundenmanieren. Doch das stellte sie erst später fest. Wenn er einer Frau die Tür aufhielt, ihr half die Jacke abzulegen oder bewusst auf der Straßenseite des Gehsteigs ging, hatte das weniger mit Galanterie zu tun als vielmehr mit einem natürlichen Bedürfnis zu helfen oder zu beschützen.

Er hatte sogleich den Hut gelüftet, als er sie ansprach. Dabei entdeckte sie, dass er feines blondbraunes Haar hatte, das sich in kleinen Locken über den Ohren und im Nacken ringelte und am Hinterkopf schon schütter zu werden begann. Seine spätere Anrede »Fräulein Hellenbrecht« klang so offiziell, dass sie lächeln musste. Nur die kleine Unsicherheit, wenn er sie ansah, ließ ihn unerwartet jung erscheinen.

»Besuchen Sie auch die Grammatikübung bei Kriebenstein?«, fragte er. Also hatte er sie dort doch schon gesehen! Als er ihren Namen aussprach, fiel ihr sein gerolltes R auf. »Ihrem Akzent nach stammen sie nicht aus dem Saarland.« »Ich komme aus Froden. Das ist ein kleines Dorf in der Nähe des Weinfelder Maars in der Eifel. Der nächst größere Ort ist …« Na bestens, dachte Marlene, tolle Konversation. Aber als er später von seiner Familie erzählte, einer Großfamilie auf einem kleinen Bauernhof, und von seiner Mutter, die Kriegerwitwe war, tat er das mit so warmer Anteilnahme, dass Marlene ihm stundenlang hätte zuhören können. Ihr gefielen der Klang seiner etwas rauen Stimme und seine dunkelbraunen Augen, die freundlich und völlig ohne Arg waren, wie sie es noch selten bei jemandem gesehen hatte. Er hieß Leon. »Eigentlich heiße ich Leonhard«, sagte er, als sie sich zum zweiten Mal verabredet hatten

Gut, sie fand ihn sympathisch, sie fasste Vertrauen zu ihm. Aber musste er das gleich missverstehen? Sie gingen zusammen ins Kino, verabredeten sich im Juristencafé, diskutierten stundenlang auf dem Weg durch den Wald am Krämersberg über die Existenz Gottes und das Böse in der Welt, schwänzten Vorlesungen und gingen stattdessen zum Schwarzenbergturm, und Leon erzählte so farbig den Inhalt von Meyers Novelle *Die Versuchung des Pescara*, dass Marlene fast enttäuscht war, als sie die Erzählung später selbst las. Er stellte sie seinen Freunden vor, und sie saßen in der Ferenburg-Vorlesung nebeneinander.

Wie auf einer schiefen Ebene rutschte Marlene von einer Verabredung zur nächsten, bis sie nach einem Theaterbesuch – es war kurz nach den Weihnachtsferien – die Notbremse zog. Gestern noch hatte Marlenes Mutter gesagt: »Dein Leon ist wirklich ein netter Mann. Er hat Charakter.« »Was heißt hier ›mein‹ Leon!«, war Marlene aufgebraust. »Nur weil ich ihn einmal mit nach Hause gebracht habe, bildest du dir etwas ein. Da läuft gar nichts. Außerdem ist er mir viel zu alt.« Und nun nahm Leon nach dem Theaterbesuch doch wirklich ihre Hand, schob sie unter seinem Arm durch und wollte mit ihr in schönster Eintracht Arm in Arm an einem Samstagabend durch die Bahnhofstraße gehen. Marlene zog ihren Arm abrupt zurück und blieb stehen.

»Was hast du?«, fragte Leon verunsichert. »Nur Verheiratete gehen so eingehakt Arm in Arm, und dann auch nur ältere Leute wie meine Eltern.« »Bei uns im Dorf gehen auch junge Leute so.« »Hör zu, ich muss etwas klarstellen.« Marlene holte tief Luft. Sie hatte in ihrem jungen Leben schon einiges klargestellt, und es hatte im Anschluss daran immer Konflikte gegeben. Davor fürchtete sie sich diesmal, denn Leon war ein Freund, einer, mit dem man stundenlang reden konnte, ein richtig netter, und sie wollte ihn auf keinen Fall verletzen.

»Also! Wir gehen oft miteinander aus. Überall sieht man uns zusammen. Für andere entsteht dadurch ein falscher Eindruck, als ob wir zusammengehörten. Das will ich aber nicht. Wir können Freunde sein, mehr aber nicht.« Nach diesem kinoreifen Satz schaute Marlene Leon ins Gesicht. Verdammt, es war alles schief gelaufen. Sie ersparte ihm den Rest des Textes: »Du bist auch viel zu alt für mich«, und versuchte auf dem restlichen Heimweg richtig nett zu ihm zu sein. Aber er blieb einsilbig.

Abgesehen von Leon, begann im ersten Semester für Marlene eine ganze Serie unterschiedlichster Verliebtheiten. Der ältere Physikstudent im Examenssemester mit dem zurückweichenden Haar und dem überlegenen Lachen, kaum größer als sie selbst, war nur eine kurze Episode.

Danach konnte sie nachempfinden, was andere Studentinnen meinten, wenn sie behaupteten: »Männer sind einfach egoistisch.«

Auf einer Exkursion in die Vogesen – man kartierte die Vegetation in den Höhenstufen des Donan – fiel ihr bereits im Bus Theo auf, der genauso aussah wie seine hugenottischen Urahnen, die im 17. Jahrhundert aus Frankreich in die Gegend von Saarlouis eingewandert waren: Schwarzhaarig, nicht allzu groß gewachsen, mit dunklen Augen und einer gallischen Nase. Er hatte auch den dazu passenden französischen Nachnamen: Legrange.

Theo konnte man nicht festhalten, und das machte ihn unwiderstehlich. Wie ein Luftballon entglitt er, sobald er merkte, dass eine Frau ihm ernstere Absichten abverlangte. Sein Charme, sein fröhliches Lachen, seine absichtslose Freundlichkeit, seine Unfähigkeit, die Dinge ernst zu nehmen; ach, Marlenes Tagebuch füllte sich mit ganzen Listen solcher Attribute, aber sie musste zufrieden sein, neben ihm zu sitzen, zu fühlen, dass sie ihm gefiel, und durfte sich nicht anmerken lassen, dass sie mit ihm und nur mit ihm zum Sommerball gehen wollte.

Marlene hatte es geschickt angefangen. Die Einladung von Leon, mit dem sie mittlerweile eine feste Freundschaft verband, hatte sie ganz offen mit der Begründung ausgeschlagen: »Ich muss da allein auftauchen. Nur dann habe ich die Chance, ganz zufällig Theo zu treffen. Er soll nicht denken, ich sei schon liiert. Vielleicht ergibt sich ja etwas.«

Marlenes Plan ging auf. Im Halbdunkel des Vorraums entdeckte sie ihn. Aus einem Saal neben dem Audimax tönte der Beatles-Song *Yesterday*. Zweimal ging sie an Theo vorbei, begann dann direkt vor ihm ein langes Gespräch mit einem Typen aus dem Proseminar, den sie sonst wegen seiner ungepflegten Haare mied und der nun ganz glücklich war, dass sie ihn endlich beachtete und bereitwillig über seine vermeintlichen Bonmots in fröhliches Gelächter ausbrach. Allzu lange musste Marlene nicht leiden, dann stand Theo neben ihr. Der Abend war gerettet. Und nicht nur das. Theo wollte nur mit Marlene zusammen sein, mit ihr reden, tanzen, sie anschauen, sie allein, so schien es.

Als er sie nach Hause fuhr, begann schon der Tag mit gläsernem Licht. Marlene fröstelte im Fahrtwind des offenen 2 CV, aber sie bemerkte es nicht. Noch einmal versank die ganze Welt in einem einzigen Kuss, dann eröffnete er zerknirscht: »Das hätte nie passieren dürfen. Du bist zu ernsthaft für mich, zu gut. Du hast etwas Besseres verdient.« Wie konnte sie nur so naiv sein! Und nun hatte sie sich erst richtig in Theo verliebt und musste damit fertig werden. Es wurde ein sehnsüchtiges Sommersemester, in dem Marlene viele Gedichte schrieb.

Auf einer Herbstwanderung zum Trifels endete diese nie begonnene Geschichte, denn Marlene begann sich für Leons Freund Lothar zu interessieren. Genauer gesagt, er gehörte zu dem Freundeskreis, in dem auch Leon war. Lothar hatte die gleichen Fächer wie Leon studiert und nach Abschluss seines Studiums einen Zehnstundenvertrag an einem Gymnasium, hielt an der Universität Lateinübungen ab und promovierte »so ganz nebenbei«, wie er betonte, in Philosophie. Er war brillant und sah die Schule als Übergang und Broterwerb. Dennoch, sein Unterricht schien äußerst unterhaltsam zu sein und seine Schüler liebten ihn. Darüber wusste er viele Geschichten zu erzählen. Seine Zukunft aber war die Hochschule.

Marlene war beeindruckt. Sie bewunderte seine klare, nüchterne Denkweise, seine Kochkünste, seinen lässigen Kleidungsstil, der dennoch gepflegt war und durch modische Extravaganzen auffiel, sein selbstsicheres Auftreten in jeder Situation. Er war ein Frauentyp, Männer mochten ihn weniger, vielleicht aus Eifersucht, meinte Marlene.

Nach einem halben Jahr gestand sie sich ein, dass sie ihn ständig provozierte, um ihn zu ändern, weinte ein wenig an seiner knochigen Schulter, sprach sich mit ihm aus und wusste, dass sie in ihm etwas geliebt hatte, das es so nicht gab.

Im Sommersemester meldete sich Marlene zu einer Exkursion nach Jugoslawien an. Nach einem kurzen Aufenthalt an den Plitvicer Seen erreichten die zwei VW-Busse am Nachmittag des dritten Tages die holprige Piste am Velebit. An jedem Schlagloch, das man nicht vermeiden konnte, drohte der Bus aufzusetzen. An einer Stelle war die Strecke so schlecht, dass die Gruppe aussteigen und die tiefsten Löcher mit Steinen auffüllen musste. In der steinigen Einöde des Karstgebirges am Rand eines kleinen Dorfes schlugen die Studenten ihr Zeltlager auf. Als Marlene die Heringe nicht tief genug in den steinigen Boden schlagen konnte, nahm ihr Robert den Gummihammer aus der Hand und half ihr.

Sie hatten kaum begonnen, als Kinder sie entdeckten. Mit dem Ruf »Stylo, Stylo!«, bettelten sie um Schreibstifte und Papier. Wie in biblischen Zeiten sprenkelten die dunkelbraunen Ringe der winzigen von Lesesteinen umgrenzten Felder die weißen Kalkhänge, die ärmlichen

Häuser glänzten im Abendlicht, einige magere Kühe und Scharen von Ziegen wurden an den Dorfbrunnen getrieben, und auf dem Dorfplatz saßen die Männer unter den struppigen Eichen, die in der Trockenheit schon einen großen Teil ihres Laubs verloren hatten. Tief unter ihnen lag der grüne Küstenstreifen und ein Streifen Blau: Die Adria.

Robert setzte sich neben Marlene, als sie am Abend nach dem Essen vor den Zelten saßen. Er war Geologe, promovierte über Verkarstung und Karstgesteine, so viel hatte sie verstanden, und begleitete als Assistent die Exkursion. Er war erheblich größer als Marlene. Sein dichtes braunes Haar war borstig zurückgekämmt und erinnerte an Igelstacheln. Sein Lachen, das unvermutet laut ausbrechen konnte, erreichte selten die graublauen Augen, die eher misstrauisch-prüfend blickten, so dass etwas Provokant-Sarkastisches von ihm ausging. Er gefiel sich in der Rolle des Durchblickers, trug seine Ansichten über das Leben und die Liebe mit desillusionierter Bitterkeit vor, leugnete Gott und die Wohltat der Seele und erwartete neue Enttäuschung von jeder neuen Begegnung.

Marlene war hingerissen von der Aufgabe, die sich hier auftat, einem Enttäuschten die Schönheit des Lebens zu vermitteln, ihn von der Glaubhaftigkeit der wahren Liebe zu überzeugen, und ihren von der Härte des Lebens noch unberührten Idealismus von seinem Skeptizismus schmerzhaft durchlöchern zu lassen. Auf der Stadtmauer von Dubrovnik gestand er ihr, dass er sie liebe. Auf der Heimfahrt kurz hinter der österreichischen Grenze, als sie an seiner Schulter im Bus aufwachte, deutete er zum ersten Mal an, dass er sie heiraten wolle.

Marlene wurde in den kommenden Monaten zum Bollwerk gegen die Schlechtigkeit der Welt und gab dem vom Leben Enttäuschten neuen Lebensmut. Er liebte sie leidenschaftlich, und eine gemeinsame Zukunft schien denkbar.

Marlenes Aufgabe, die sie am Anfang so fasziniert hatte, war damit erfüllt, und die heiße Liebe, die sie bei seinem Anblick immer überfiel, wurde zunehmend sehend.

Beim Mittagessen in der Mensa stellte sie ihn Leon vor, ein unspektakuläres Treffen, bei dem sich alle freundlich unterhielten. Danach wurde Marlene klar, dass sie sich von Robert trennen musste. Aber sie konnte ihn nicht enttäuschen. Also versuchte sie zu ändern, was sie störte. Sie ging mit ihm einkaufen, staffierte ihn mit einem Pullover aus, der das

Graublau seiner Augen hervorhob, und einer Hose, die nicht zerbeult um ihn herumhing.

Jeden Tag wurde ihr Gewissen schlechter, und ihr Herz bei jedem Geständnis seiner Liebe schwerer. Deshalb bot sie ihm an, seine Gesteinssammlung zu ordnen, die provisorischen Beschriftungen zu erneuern und die Eigenschaften der Gesteine nach seiner Anweisung in Tabellen einzutragen. Durch die stundenlange stumpfe Tätigkeit arbeitete sie ihren Schuldgefühlen entgegen und eroberte sich ein kleines Stück Freiheit zurück.

Sie ersann Ausreden, um Verabredungen zu entgehen. Sie störte sich an seiner Umarmung, die ihr zu Besitz ergreifend erschien, daran, dass er lachte, wie er lachte und sprach, wie er sprach, und sie wusste, dass sie die Beziehung beenden musste.

Das Schlimmste waren seine bitteren Worte: Ich habe es gewusst. Marlene war gescheitert und hatte seine Weltsicht noch mehr verdüstert. Sie trauerte, als sei sie die Verlassene, mehr als zwei Monate. Dann war sie wieder frei.

In anderer Weise aber hatte Robert einen nachhaltigen Einfluss auf Marlenes Leben. In den Gesprächen mit ihm erkannte sie, woran ihr wirklich gelegen war. Sie gab die Germanistik auf, studierte Biologie nur noch im Nebenfach und wollte ihr Diplom als Geografin machen, um im Umweltschutz mitzuarbeiten; ein Bereich, der nicht zuletzt durch den *Club of Rome* ins Bewusstsein rückte.

Marlene war im achten Semester und hatte gerade das Thema für ihre letzte Hauptseminararbeit bekommen, als sie Jonathan traf. Jonathan war einundzwanzig, ein Jahr jünger als sie, studierte im dritten Semester Psychologie und Soziologie, stammte aus Münster und sang seit ein paar Wochen im Bass des Universitäts-Chors mit. *Acis und Galathea* stand auf dem Programm, ein Oratorium von Mendelssohn-Bartholdy, das sie in der Blumenausstellung *La Fleuralie* beim Stadtfest in Nantes aufführen wollten.

Jonathan war ein schmächtiger Junge, nur einen Kopf größer als Marlene. Auch der kleine Schnurrbart unter der zu langen, scharf geschnittenen Nase über dem schmallippigen Mund konnte seinem Gesicht nichts Männliches aufprägen, und doch war sein Gesicht zu alt für seine einundzwanzig Jahre. Er schien aus der romantischen Erzählung *Aus dem Leben eines Taugenichts* entsprungen, er hatte Eichendorff-Augen, tiefblau mit einem Kranz langer blonder Wimpern, ganz ohne Arg, die verträumt und doch mit einem Vorbehalt in die Welt sahen, als trete er innerlich erstaunt zurück. Sein blondes Haar war immer zerzaust und ringelte sich an den Spitzen im Nacken und an den Schläfen.

All das wurde nebensächlich, wenn Jonathan redete. Die Worte strömten fast ungeformt aus seinem Mund, sprudelten hervor, ein Redefluss voll innerer Anteilnahme, von ruhelosen, empfindsamen Gesten seiner Hände begleitet, schmalen, sprechenden Händen, die mit musikalischer Beweglichkeit den Sinn seiner Rede formten. Seine Hände waren schon erwachsener und männlicher als er. Seine Augen zogen den Zuhörer in den Bann leidenschaftlicher Intensität, warben um Verständnis, Einverständnis. Unvermittelt konnte er innehalten, um in einem einzigen Wort seine geballte Begeisterung hinauszuschleudern, wobei er den betonten Vokal bis ins Unendliche dehnte, den angewinkelten Arm vorschnellen ließ und, als würde er mit der hohlen Hand etwas sehr Kostbares umschließen, dem Zuhörer dieses Wort vor Augen führte: »Phantastisch, nicht?«

Ende der Sechzigerjahre stellte die Jugend die Gesellschaft auf den Prüfstand. Sie wehrte sich gegen Hierarchien und hinterfragte Autoritäten, die auf Alter, Beförderung oder Lebensleistung beruhten, und eroberte sich die Gleichberechtigung. Die Jungen forderten die Entlarvung der Nazivergangenheit in der Eltern- und Großelterngeneration, skandierten mit unerfahrenem Rigorismus die Leitsätze Maos, prangerten den amerikanischen Kapitalismus und Imperialismus an, gingen für ein Ende des Vietnamkriegs auf die Straße und traten für die Gleichberechtigung der Frau ein. An den Wänden vieler Studentenzimmer prangten Poster des südamerikanischen Revolutionärs Che Guevara. Man warf Dogmen der Religion über Bord und erklärte Gott für tot. Man verwarf die verkrusteten Strukturen des Staates, bestand auf der totalen Freiheit auch in der Beziehung, lebte die freie Liebe oder das, was man dafür hielt, strebte nach Selbsterfahrung und Bewusstseinserweiterung, mit und ohne Hilfsmittel.

Marlene lebte trotz aller Aufbruchsstimmung auf der braven Seite. Ihre Revolte war gemäßigt und rein verbal. Sie warf keine Steine auf Polizisten, nahm keine Drogen und zog nicht in eine Kommune. Sie marschierte mit den Anderen durch die Bahnhofstraße und demonstrierte gegen Vietnam, aber als die radikale Zelle der Marxisten die Führung übernahm, war sie mit den neuen Parolen nicht einverstanden und fürchtete überdies die Randale. Daher verdrückte sie sich in eine Seitenstraße und ging nach Hause. Sie diskutierte nächtelang mit Freunden und Freundinnen über soziale Gerechtigkeit und die Willensfreiheit des Menschen, weinte, weil sie mit zwanzig noch kein Wahlrecht hatte und Willi Brandt nicht wählen konnte, und schockte die Bekannten ihrer Eltern mit radikalen Ideen.

Jonathan trat leidenschaftlich für einen aktiven Humanismus ein, mit dem er glaubte, die Missstände dieses Planeten heilen zu können. Sein Idol war Albert Schweitzer. Einerseits war Marlene fasziniert von seinem Idealismus, den sie in einem gewissen Grad teilte, und sie liebte seine glühende Begeisterung. Aber ihr Verstand überprüfte kleinlich die Bodenhaftung solcher Höhenflüge. Marlenes Ziele waren überschaubar und bürgerlich und darauf ausgerichtet, ihre Menschenliebe und sozialen Ideen in ihren Beruf oder ihr nächstes Umfeld einzubringen, nicht aber die Welt aus den Angeln zu heben. Dennoch konnte sie sich Jonathans Argumenten nicht entziehen, wenn er sich ereiferte.

Im Frühling fuhr der Chor nach Nantes, ein Projekt der noch jungen Deutsch-Französischen Freundschaft. Auf einer Rundfahrt durch die Bretagne setzten sich Jonathan und Marlene nebeneinander. Unter tief hängenden Wolken leuchtete das Grün der Wiesen und Hecken. Hinter einer Biegung schien der Regenhimmel plötzlich auf die Erde gefallen zu sein und dehnte sich hinter den Wiesenflächen ins Unendliche: Das Meer, grau und brodelnd.

Als der Bus anhielt, starrten alle durch die Wassertropfen, die über die Scheiben liefen, auf die graue Öde aus Sand und Wasser. Die Gelegenheit zum Aussteigen wollte niemand wahrnehmen, nicht bei diesem Regen, der gleichmäßig herabfiel wie ein nasser Schleier. »Komm mit!«, sagte Jonathan und ergriff Marlenes Hand. Über die nasse Sandfläche liefen sie auf die Wellen zu, der Wind riss ihnen das Lachen vom Mund und warf es in das Brausen, das auf sie zurollte. Der erste Kuss schmeckte nach Salz und Regen, der aus ihren Haaren tropfte.

Den Abend vor dem Konzert sollten die Chormitglieder in ihren Gastfamilien verbringen, aber Michelle, die Tochter aus Marlenes Gastfamilie, hatte »tellement mal à la tête«, so dass sie nicht darauf bestand. Jonathans Gastfamilie war erst gar nicht informiert über diesen Programmpunkt. Sie verabredeten sich in der Innenstadt auf dem Place de Commerce.

Durch die breiten Alleestraßen von Nantes brauste der Verkehr, wehte das lebendige Gemisch aus feuchter Erde, Grün und Meer. Unter den Platanen – lachend diskutierten sie, ob es nicht doch Linden oder Kastanien seien – schlenderten, strömten, standen die Wochendgenießer, strebten den Bars und Bistros zu, deren Lichtkegel auf die Bürgersteige fiel und sich in den regennassen Straßentischen spiegelten.

Marlene und Jonathan überließen sich dem Zauber des Frühlings, küssten sich, wenn die Ampel auf Grün stand, schlängelten sich bei Rot zwischen den Autos auf die andere Seite, liefen Hand in Hand, und alles, was der andere sagte, hatte man zuvor selbst gedacht.

Sie freuten sich unbändig über das erstaunte »Bonne soirée!«, das ihnen ein alter Mann nachrief, der, eben aus der Wirtschaft tretend, sich vergeblich bemühte, in seinen Mantel zu schlüpfen, und dem sie im Vorbeigehen halfen. Sie streichelten die hungrige, schwarze Katze, die in der umgekippten Mülltonne nach Fressbarem suchte, ein rot blühender Kamelienstrauch in einem trüben Hinterhof erschien ihnen als Inbegriff der Schönheit, und sie waren sich einig, nie ein so leuchtendes Blau gesehen zu haben, wie das in der Rosette direkt über dem Eingang der Kathedrale, in die sie sich verirrten.

Irgendwann gingen sie in das Café de la Bourse, kamen mit jungen Leuten aus Nantes ins Gespräch, Vokabeln ihres Schulfranzösisch fielen ihnen ein, der Wirt setzte sich dazu und erzählte ihnen von seiner Kriegszeit in Deutschland. Sie stießen auf Nantes an, »alle Menschen werden Brüder«, luden die Franzosen an ihrem Tisch zu ihrem Konzert am nächsten Tag ein und waren berauscht vom Frühling, vom Glück, von der unwiderstehlichen Liebe.

Der Taxifahrer setzte zuerst Jonathan ab. Nachdem sie sich verabschiedet hatten, zwinkerte er Marlene im Rückspiegel verständnisvoll zu – ah, l'amour! – und Marlene blieb allein zurück. Eine schreckliche Trauer und Verlassenheit überfiel sie. Ohne Jonathan an ihrer Seite begann ihr Verstand zu prüfen, zu warnen, vorauszudenken in eine Zukunft, die sie ausgeblendet hatte.

Schon bei der Generalprobe am Vortag hatten die Studenten des Universitäts-Chors einen Eindruck von der Blumenausstellung erhalten. Blumenausstellung, wie unpassend, welch armseliges Wort! La Fleuralie! Teils im Freien, teils in großen Messehallen waren Beete angelegt, Gärten, die von Blüten überbordeten, ein Farbenorchester von schimmernder Vielfalt, ein üppiges, exotisches Paradies, dessen betäubender Duft sich auf die Sinne legte.

Inmitten dieses verzauberten Raums sang der Chor, begleitet vom Orchester der Universität, die märchenhaft-tragische Romanze des Hirten Acis und der Waldnymphe Galathea, die in ihrer selbstvergessenen Liebe blind waren für jede Gefahr. In rasender Eifersucht vernichtete der Zyklop Poliphem seinen Rivalen. Die Götter aber waren gerührt von Galatheas unendlicher Klage und ließen Acis in neuer Gestalt als Fluss auferstehen.

Galathea freue dich, Acis lebt nun ewiglich. Mit einer Kron' aus Schilf und Rohr taucht er aus der Flut empor.

Am nächsten Tag kehrten sie in den Alltag ihres Studentenlebens zurück. Marlene konnte sich nicht belügen. Um mit Jonathan zusammen zu sein, musste sie ihre rationale Seite ausblenden, die sie erst im Kontrast zu ihm kennen gelernt hatte. Sie ließ Grautöne zu, sah das Sowohl-als-auch und begann sich vor Jonathans begeisterter Unruhe und seinem Idealismus, mit dem er die Welt verbessern wollte, zu fürchten. Immer seltener konnte sie den Gefühlsaufschwung aufbringen, den er erwartete. Sie liebte ihn, wie er war, aber ihre Zärtlichkeit war zunehmend mütterlich. Sie fühlte sich alt und erwachsen, und das verschob den Schwerpunkt in ihrer Beziehung und störte ihre Küsse.

Es dauerte Wochen. Dann zwang sich Marlene zu einem klaren Schritt. Sie musste es ihm sagen. Heute, und zwar noch vor dem Konzert, das im Audimax stattfinden sollte.

Sie selbst war unendlich traurig, ihn zu verlieren, nicht nur seine anbetungsvolle Liebe, sondern diesen wunderbaren Menschen, dem sie sich verwandt fühlte. Mit jedem Wort, das sie sagte, wurde sie zur Verräterin an der einen großen Liebe. Nie zuvor war sie sich unehrlich oder gemein vorgekommen. Aber als sie sein Gesicht sah, fühlte sie sich zutiefst verantwortlich.

In dem Konzert saßen sie wie immer nebeneinander, sie hielten sich an den Händen und weinten bei den schmerzvollen Liedern der *Winterreise* von Schubert, die Abschied, Verzweiflung und Einsamkeit besangen.

Im Sommersemester stürzte sich Marlene in die Arbeit. Nur Leon konnte sie von ihrem Schmerz erzählen und von ihrem Schuldgefühl Jonathan gegenüber. In den vier Jahren waren sie Freunde geworden. Leon erzählte Marlene von Sandra und von Ursula und Irene, und Marlene klagte ihm ihren wechselnden Liebeskummer.

Seit sie volljährig war, wohnte sie in einem möblierten Studentenzimmer nur zwei Straßen von ihm entfernt. Wenn sie um zehn Uhr abends oder noch später eine Arbeitspause brauchte, ging sie zu Leon hinüber und warf Steinchen an sein Fenster, bis er ihr öffnete.

Seine Wirtin, die alte Frau Roth, die ihrem Untermieter in mütterlich-großmütterlicher Weise zugetan war, lag um diese Zeit meist schon im Bett, und man wollte sie nicht durch unnötiges Klingeln stören. Leon bewohnte das Arbeitszimmer ihres verstorbenen Mannes, des Oberförsters Josef Roth. Sie hatte eines ihrer Ehebetten, auf dem eine erdbeerfarbene, glänzende Steppdecke lag, in das Zimmer gestellt. Dieses Bett und die dunklen Eichemöbel, vor allem der große Schreibtisch, der fast eine Zimmerseite einnahm, der rote Plüschsessel und das Nierentischchen, die altmodische Pendellampe mit den fünf gelblichen Glasschalen, die darüber hing, und die großblumig gemusterte, bräunliche Tapete gaben dem Zimmer einen altväterlichen Anstrich, und ließen als Bewohner kaum einen Studenten vermuten. Leon aber fühlte sich wohl hier. Auf die Einrichtung legte er keinen Wert. Ihm gefiel seine Wirtin, die Humor hatte und trotz ihrer siebzig Jahre zu jedem Streitgespräch bereit war, alle seine Freunde herzlich empfing, ihn mit selbst gemachter Orangenmarmelade verwöhnte und ihn sonntags ab und zu zum Essen einlud.

Marlene setzte sich auf das erdbeerfarbene Bett und Leon auf den Plüschsessel, nachdem er für beide einen Eckes Edelkirsch eingeschenkt hatte, ein Ritual, das er nie versäumte. Diese Geste der Gastfreundschaft – wo sonst trank man Kirschlikör? – rührte Marlene so sehr, dass sie ihre Abneigung gegen das klebrige Getränk verschwieg.

Leon konnte zuhören. Manchmal nervte er Marlene mit seiner Art, für alle Seiten Verständnis aufzubringen, und sie hätte es lieber gesehen, wenn er klar Position bezogen hätte, vor allem ihre eigene. Sie stritten über die Unfehlbarkeit des Papstes und die Außerparlamentarische Opposition.

Seine eher konservative Haltung in religiöser und politischer Hinsicht verleitete Marlene zu hitzigen Attacken, die er durch provokante Äußerungen noch zu steigern wusste. Sie sprachen über den Holocaust im Nationalsozialismus, ein Thema, das Leon sehr am Herzen lag, und über das er wesentlich besser informiert war als Marlene. »Die Schüler für solche Themen zu sensibilisieren, darin sehe ich eine wichtige

Aufgabe unserer Generation.« Wenn er sich für etwas interessierte, konnte er ohne weiteres einen professoralen Vortrag anschließen, der, wie ein Naturereignis, nicht mehr zu stoppen war.

Mit Leon konnte Marlene über Jonathan reden, er konnte sie beschwichtigen, wenn sie in Panik ihre Examensvorbereitung zu einer unüberwindbaren Wand auftürmte. Mit Leon zog sie am Tag vor seiner Examensklausur durch den Herbstwald, und sie sangen gemeinsam *Komm holder Lenz* aus den Jahreszeiten von Haydn, die der Uni-Chor gerade einübte, denn Leon hatte Nerven, und auch ein Examen konnte ihn nicht aus der Ruhe bringen.

Leon war nicht im Chor und in keinem Verein. Er hatte Freunde und war bei ihnen sehr angesehen, aber eigentlich war er ein Einzelgänger.

Der Herbst war dunkel und nass. Marlene arbeitete viel und vermied es, sich zu verlieben. Aber nach dem dritten Bier im Canossa passierte es dann doch. Im Anschluss an den Italienischkurs, den Marlene seit ein paar Wochen besuchte, traf man sich wie immer in dem Studentenlokal auf dem Campus. Mike, der Kursleiter, ein etwas untersetzter Mann Anfang dreißig mit zurückweichenden Geheimratsecken, rückte etwas näher an Marlene heran, und der Flirt begann. Eigentlich war das Ganze eine unverbindliche Sache: Eine absichtslose Berührung, ein Arm um die Schulter, die Körperwärme des anderen, verschränkte Hände, der nahe Atem im Nacken, tastendes Streicheln über die Handfläche unter dem Tisch. Ein prickelndes Spiel.

Als Mike gehen wollte, fragte er: »Du wohnst doch in der Nähe vom Studentenheim am Wieslochweiher. Wenn du willst, kannst du mitfahren.« Unterwegs fiel Marlene ihr leeres, stilles Zimmer ein, und sie fragte: »Können wir nicht noch in die Eckkneipe am Geronplatz gehen?« »Oder zu mir, aber dann muss ich erst an der Tankstelle Bier kaufen. Ich habe nichts mehr zu trinken zu Hause.« Mike bewohnte ein richtiges Appartement in der Bredowstraße mit Küche, Bad, einem kleinen Arbeitszimmer und einem Wohnraum.

Schon als Mike Marlene half, die Jacke abzulegen, begann wieder das erregende Spiel mit dem Feuer. Sehr bald merkte Marlene, dass Mike sich mit Küssen allein nicht zufrieden gab. Einerseits widerstrebte es ihr, als er seine Hand unter ihren Pullover schob, aber sie wusste auch nicht, wie das Spiel abzubrechen sei. Als er dann seine Hose öffnete und ihre Hand nahm …

»Ich kann das nicht. Ich will das nicht.« »Was bist du denn für eine prüde Zicke? Erst machst du einen heiß und dann willst du nicht. Du bist doch kein kleines Kind mehr! Wenn du mit einem Mann nachts mit in die Wohnung gehst, weißt du doch, wohin das führt.« Mike rannte wutentbrannt ins Bad und ließ eine junge Frau zurück, die sich schämte wie noch nie. Ja, sie hatte irgendetwas gewollt, aber doch nur das Gefühl! Nicht die nackte Realität! In den Sechzigerjahren hatte Oswald Kolle die Nation aufgeklärt, alle Praktiken des Lustgewinns waren bekannt, niemand konnte mehr leugnen, er wisse nicht, was ein Orgasmus ist. Aber trotz aller Abenteuer saß Marlene noch immer in der Luftblase ihrer Tagträume und hatte bisher jedem Versuch widerstanden, mit allen Konsequenzen erwachsen zu werden.

Mike war wirklich ein Gentleman. Er ließ Marlene nicht zu Fuß durch die Nacht laufen, sondern chauffierte sie zu ihrem Studentenzimmer.

Am Silvesterabend 1970 lag Marlene auf dem Bett in ihrem Studentenzimmer und starrte zu dem dunklen Viereck des Dachzimmerfensters empor.

Das spärlich möblierte, aber preiswerte Zimmer von neun Quadratmetern, in dem man durch die längs verlaufende Dachschräge nur im Wandabstand von einem Meter aufrecht stehen konnte, hatte sie sich in endlosen Diskussionen mit ihren Eltern heiß erkämpft. An der einen Schmalseite befand sich ein Spülstein, und daneben stand auf einem Metalltisch mit blätternder Farbe eine Kochplatte. An der anderen Schmalseite stand unter der Schräge ein Bett und an das Fußende anschließend ein Tisch mit einem Stuhl. Das Bett – oder besser die Liege – war bei der Einweihungsparty zusammengebrochen, weil es außer dem Stuhl die einzige Sitzgelegenheit in dem Zimmer war und nur auf vier schwankenden Metallstützen auflag. Seither brachten ihr manche ihrer Besucher Backsteine mit, mit denen sie das Bett stabilisierte. Ein Schrank und etliche Kleinmöbel, die sie von zu Hause mitgebracht und grün und orange lackierte hatte, vervollständigten das Mobiliar. Mit Postern und Kunstkarten an den Wänden, einem Spiegel, der den Raum optisch vergrößerte, gelben und orangefarbenen Kissen und einer Webdecke auf ihrem Bett, hatte sie das Zimmer wohnlich gemacht.

Seit ihrem Umzug vor über einem Jahr hatte sie eine stundenweise Anstellung in der juristischen Bibliothek, um das zusätzliche Geld für die Miete aufzubringen. Sie arbeitete außerdem wie zuvor in den

Semesterferien bei Aktionsverkäufen oder im Sommerschlussverkauf als Aushilfe oder am Wochenende als Babysitter und gab Nachhilfeunterricht. Zwar war ihr Stipendium aufgestockt worden, weil sie nicht mehr zu Hause wohnte. Da sie aber alle Kosten selbst tragen wollte, um so wenig abhängig wie möglich zu sein, und den Scheck ihrer Eltern auf 100 DM beschränkt hatte, musste sie dazuverdienen. Ja, sie war weitgehend selbstständig, und eigentlich hätte sie sich stolz in ihrem ersten eigenen Zimmer umsehen können.

Doch drückten die dramatischen Mollklänge der Tschaikowski-Symphonie, die *France Musique* soeben übertrug, genau die Weltuntergangsstimmung aus, die über sie gekommen war. Sie hatte alle Einladungen ausgeschlagen, auch mit ihrer Familie wollte sie den Jahresbeginn nicht feiern. Obwohl sie nur noch ein Jahr vom Ende ihres Studiums entfernt war und bereits mit ihrer Diplomarbeit begonnenen hatte, schien ihr die Zukunft düster und perspektivlos.

In dieser Nacht zog Marlene Bilanz. Sie hatte sich so oft verliebt in den letzten Jahren und noch dazu in so unterschiedliche Menschen, dass sie ihrem Gefühl misstraute. War sie überhaupt zur Liebe fähig? Gab es überhaupt jemanden, der zu ihr passte oder mit dem sie es aushielt? Überhaupt, sie war einsam und würde einsam bleiben.

Um Mitternacht reckte sie wehmütig den Kopf aus dem Dachfenster, um die Silvesterraketen der restlichen fröhlichen Menschheit zu sehen, trank einsam ein Glas Rotwein und schlief schließlich erschöpft von ihrem namenlosen Kummer ein.

Sie träumte, sie sei wach, hellsichtig hellwach, und sie hatte eine Erkenntnis, so wie andere Leute eine Vision oder Erscheinungen haben. Und diese Erkenntnis war, dass Leon, ausgerechnet ihr Freund Leon, der einzig richtige Mann für sie sei. Sie versuchte sich gegen den Gedanken zu wehren. »Ich bin doch gar nicht in ihn verliebt!« Und gleichzeitig wusste sie, dass sie ihn liebte. Auf andere Weise als alle anderen davor, beständig und dauerhaft, und sie spürte, dass er der Richtige war, zweifelsohne, so wie die Erkenntnis, dass es Gott gibt. Und mit dieser Erkenntnis wurde Marlene am Neujahrsmorgen wach.

Am dritten Januar kam Leon aus den Weihnachtsferien zurück, um sich auf seine letzte mündliche Germanistikprüfung vorzubereiten, ehe die Schule wieder begann. Vor über zwei Jahren hatte er die Referendarzeit beendet und unterrichtete mittlerweile am Gymnasium in Sulzbach, allerdings nicht als Landesbeamter, sondern nur im Angestelltenverhältnis.

Am Abend wanderten sie durch den verschneiten Wald am Krämersberg, der glitzernde Schnee knirschte unter ihren Füßen, und der Nachthimmel war von Sternpunkten übersät. Leon erzählte von seiner Familie, von seiner achtjährigen Nichte Christine und seinem vierjährigen Patenkind, das wie er Leon hieß. Marlene tauchte wie immer ein in die Welt seiner Geschichten, aber daneben war sie erfüllt von ihrer neuen Erkenntnis, der sie selbst noch nicht traute. Im Gehen schlenkerte sie ihren Arm sanft an dem seinen vorbei, berührte wie absichtslos seine Hand, aber es war zwischen ihnen nie üblich gewesen Hand in Hand zu gehen, und Leon hatte vor vier Jahren seine Lektion gelernt. Vielleicht bemerkte er die besondere Aufmerksamkeit und Herzlichkeit der Freundin, aber erkennen ließ er es nicht.

»Ich werde nach Rheinland-Pfalz wechseln«, sagte Leon beiläufig. »Ab März habe ich eine Stelle an einem Gymnasium in Trier.«

»Mitten im Schuljahr! Du kannst doch nicht mitten im Schuljahr wechseln! Überhaupt, du hast nie gesagt, dass du aus dem Saarland weg willst.«

»Ich habe das schon lange geplant«, erwiderte Leon ruhig.

Die nächsten Wochen waren turbulent. Marlene arbeitete verbissen an ihrer Diplomarbeit, während ihr Gedichte auf der Seele brannten. Sie wertete Statistiken zum Einkaufs- und Pendlerverhalten der Regionen Wadern und Losheim aus, die sie auf der Grundlage ihrer Fragebögen erstellt hatte, und machte sich über Zukunftsaussichten von ländlichen Randlagen Gedanken, während ihre eigenen Aussichten versanken. Wenn sie am späten Abend bei Leon vorbeiging, war er oft noch unterwegs. »Abschiedsbesuche«, sagte er lakonisch.

In diesen Wochen richtete Frau Roth ihrem Untermieter drei große Abschiedsfeste aus, und zu einem war auch Marlene eingeladen. In ihrem schwarzen Seidenkleid präsidierte die gute Frau Roth an der Tafel, auf der das alte elfenbeinfarbene Service mit den dezenten, graugrünen Dekorblättern am Rand und die Kristallgläser glänzten. Die jungen Leute, Kommilitonen und Freundinnen von Leon, lobten den zarten Kalbsbraten, die bunten Salate, deren Zutaten die alte Frau stundenlang am Nachmittag gewürfelt und geschnitten hatte, und die Herrencreme mit dem gehörigen Schuss Cognac und den Schokoladenstückchen, die den krönenden Abschluss bildeten.

Bier und Rotwein wurden reichlich nachgefüllt, Gelächter brandete auf und verebbte, Leon erzählte zum wiederholten Male, wie seine Wirtin die Zeitschrift *Praline* an der Tür abonniert hatte, weil ihr der junge Mann so Leid tat, und wie sie ihrem Untermieter hinterher ganz entrüstet die Nacktfotos in dem Heft und »all die Schweinereien« gezeigt hatte. »Ich dachte, das sei so was Ähnliches wie das Bistumsblatt Paulinus!«, rechtfertigte sie sich. Seither hatte die Zeitschrift, die noch ein ganzes Jahr ins Haus kam, ihren Namen weg: »Der Pralinus.« Als der Williamschrist kreiste, sprühten die witzigen Anspielungen, Wortspiele und Semestergeschichten wie ein Feuerwerk. Marlene war nicht in Feierstimmung. Leon war weit weg, wie er da zwischen Sandra und Irene saß, so aufgekratzt, wie sie ihn selten gesehen hatte. »Ich muss noch was an meiner Diplomarbeit machen«, sagte sie, als sie sich schon um Mitternacht verabschiedete.

Ende Februar fing sich Marlene eine Erkältung ein, die sich zu einer richtigen Grippe auswuchs. Als es unten an der Haustür klingelte, schleppte sie sich auf wackligen Beinen ins Treppenhaus, um den Türöffner zu bedienen. Leons Stimme rauschte an ihr vorbei wie ein schlecht eingestellter Sender, und obwohl sie unbedingt hören wollte, was er sagte, kamen seine Worte nicht gegen die fiebrige Leere in ihrem Kopf an. »Also dann! Ich fahre jetzt! Mein Cousin wartet unten im Auto.« Er umarmte die Bettdecke, in die sie sich gehüllt hatte, zog sie an sich, ihr Gesicht berührte fast das seine. Einen geschwisterlichen Wangenkuss auf diese weiche Haut vor ihr, das wollte sie, doch da drehte er den Kopf und ihre Lippen berührten sich. Die Watte in ihrem Kopf wurde dichter, die Welt brannte, der Boden kippte. »Du bist ja krank«, sagte Leon und führte sie behutsam zurück ins Zimmer.

Erst Minuten nachdem Leon gegangen war, begriff Marlene, dass er aus ihrem Leben verschwunden war und dass er sie zum Abschied geküsst hatte.

Noch einige Wochen hielt Marlene an der Gewohnheit fest, spät am Abend an Leons Fenster vorbeizugehen und das dunkle Viereck oder die heruntergezogenen Läden zu betrachten. »Ich gewöhne mich daran, ihn zu vermissen. Irgendwann hört das auf!« Aber die Lücke wurde mit der Zeit eher größer. Der Kuss, diese so angenehme Berührung, die wie ein Heimkommen war, beschäftigte Marlene immer noch. Sie versuchte, ihren Kommilitonen Felix interessant zu finden, ging einige Male mit ihm aus. Aber zum ersten Mal fand sie das Kennenlernspiel anstrengend und vorhersehbar, so dass sie nach kurzer Zeit Felix keine weitere Aufmerksamkeit mehr schenkte. Leon schrieb nur einmal ein paar Zeilen, nichtssagende, hölzerne Sätze.

Über die schrägen Glasscheiben jagten dunkle Wolken durch blendende Himmelsstriche. Obwohl der Frühling noch fern schien, hielt sich das Licht schon bis in den späten Abend hinein. Marlene ignorierte den stürmischen Erdgeruch, der durch das Dachfenster quoll, und arbeitete. Um zehn Uhr klingelte es an der Haustür.

Verdammt, erst letzte Woche hatte Marlenes Vermieter seine mehrfache Drohung wahr gemacht und Jonathan und Viola, die sie noch um elf Uhr nachts besucht hatten, bei der Polizei angezeigt. Zumindest hatte er das behauptet. »Das ist Hausfriedensbruch, Fräulein Hellenbrecht«, hatte er maliziös lächelnd gesagt, »um diese Zeit dulde ich keine Männerbesuche!« Als Marlene aufgeregt auf der Polizeiwache erschien, um ihren Freunden Schwierigkeiten zu ersparen, lächelte der Polizist, selbst noch ein junger Mann, bedauernd: »Von dem erhalten wir jede Woche mindestens drei Anzeigen, mal wegen Falschparkens oder Lärms aus dem Nachbarhaus oder Hausfriedensbruch. Machen Sie sich nichts daraus. Im Übrigen, in ihrer Angelegenheit war er nicht vorstellig geworden.« Also hatte er sie einschüchtern wollen. Sie würde sich ein anderes Zimmer suchen müssen!

Und nun schallte die Klingel durch das ganze Haus, und sie würde wieder Ärger bekommen. Sie stürmte die Treppe hinunter, da abends die Haustür abgesperrt war, und man von Hand öffnen musste.

Vor der Tür stand Leon. »Hast du Lust zu einem Spaziergang?«, fragte er, so als hätten sie sich am Mittag noch in der Mensa gesehen. Leon war da, und Marlene freute sich irrsinnig. »Wir haben heute Osterferien bekommen, und da dachte ich, ich fahr mal nach Saarbrücken. Heute Nachmittag war ich bei Benno, und heute Abend habe ich bei Sandra geklingelt, aber sie hatte keine Zeit.« Und ich war die Ersatzlösung, ergänzte Marlene innerlich, und ihr Hochgefühl kühlte gerade so weit ab, dass ihr Verstand wieder einsetzte.

Mit Leons neuem Käfer, den er stolz vorführte, fuhren sie zur Uni und machten sich, wie so oft, auf den Weg zum Schwarzenbergturm. Ein vorösterlicher Fastvollmond, der nur ab und zu von Wolken verhüllt war, beleuchtete die Waldwege.

Um drei Uhr kehrte Marlene durchgefroren und todmüde in ihr Zimmer zurück. Was für eine Nacht! Sie hatten geredet, pausenlos, hatten gelacht über Leons selbstironische Beschreibung seiner Lehrerrolle und seiner Schüler, über Wortspiele, über Marlenes Panik bei der Vorschau auf das nächste Semester, über ihr irres Herumstolpern in der Dunkelheit. Und sie hatten sich für den nächsten Tag zu einer Wanderung zur Burg Trifels verabredet. Leons Freund Benno sollte auch mitkommen.

Benno hatte schütteres dunkles Haar, das er sorgfältig über seinen kahlen Schädel kämmte, warme braune Augen hinter einer schwarzen Hornbrille, die zu streng und zu groß war für sein schmales Gesicht, und sah mit dreißig bereits so aus, dass auch noch nach Jahrzehnten alle Freunde einstimmig der Meinung waren: »Der Benno sieht noch genauso aus wie früher, unverändert!« Benno kam mit jedem gleich ins Gespräch. Er traf den Tonfall der Leute. Sein intensives Interesse, sein freundliches Lachen, vor allem aber seine herzliche Spontaneität waren »völkerverbindend«, wie Leon das ausdrückte. Als sie einmal zu dritt in einem schummrigen Balkangrill ihr etwas undefinierbares Essen begutachteten – «Hund, Katz, Maus«, hatte Leon gesagt – hörten sie, wie ein älteres Ehepaar am Nachbartisch über der Speisekarte rätselte. Benno stand auf, reichte seinen noch unberührten Teller hinüber und sagte so herzlich, als sei er mit diesen verwandt: »Wollen Sie einmal probieren?« Das also war Benno.

Es gibt Lebenstage, die sich in der Konkurrenz um das Prädikat ›schönster Tag im Leben‹ weitaus besser bewähren würden, als der überschätzte und mit Erwartung und Aufwand überfrachtete Hochzeitstag. Dieser unbeschwerte Tag im April war solch ein Tag. Die Welt war wie eine Kinderzeichnung. Einfach perfekt mit grün-braunen Kuppen rauf und runter, himmelblau mit einer kreisrund strahlenden Sonne, und bei Leons Anblick überkam Marlene das paradiesische Staunen der Erkenntnis. Leons Gefühle dagegen kannte sie nicht.

Fünfzig Tage beträgt die Zeitspanne zwischen Ostern und Pfingsten, hundert für denjenigen, der wartet. Wieder war Funkstille zwischen Marlene und Leon. Aber Benno war dabei, seinen Führerschein zu machen, und als Leon an jenem Tag auf dem Trifels beiläufig, mit Seitenblick auf Marlene, gesagt hatte: »Ihr könnt mich ja an Pfingsten in Froden besuchen!«, hatte Benno gleich begeistert zugestimmt und mit einem Seitenblick auf Marlene gesagt: »Bis dahin habe ich mein neues Auto. Dann nehme ich dich mit. Ich brauche ja Fahrpraxis.«

Im Mai half Benno Marlene beim Umzug in ein anderes Studentenzimmer. Ihr Vermieter hatte es sich nämlich inzwischen angewöhnt, ohne anzuklopfen, in Marlenes Zimmer aufzutauchen, wenn sie vergessen hatte, abzusperren. »Fräulein Hellenbrecht, Sie haben schon wieder das Licht im Flur brennen lassen.« »Gestern Nacht um zehn Uhr haben Sie einen solchen Lärm im Treppenhaus veranstaltet, dass ich nicht schlafen konnte. Können Sie ihre Gäste nicht leiser verabschieden? Im Übrigen möchte ich Sie darauf hinweisen, dass Herrenbesuche nach zweiundzwanzig Uhr ...« Zuletzt war er hereingeplatzt – »Ich habe geklopft! Sie haben das sicher nicht gehört, weil ihr Radio so laut ist« –, als Marlene gerade nackt auf dem Bett lag. Er starrte und starrte und bewegte sich nicht vom Fleck, obwohl Marlene ihn anschrie: »Raus hier, sofort!« Benno fuhr Marlenes Kleinmöbel, Kisten und Koffer mit seinem neuen Renault in die Kaiserslauterer Straße. Von einem Ausflug nach Froden war nicht die Rede.

Dann kam eine Karte von Leon, knapp und inhaltsschwer: »Ich freue mich auf Euren Besuch. Ihr könnt gerne von Samstag bis Pfingstmontag bleiben. Leider muss ich am Dienstag wieder arbeiten.«

Die Fahrt war abenteuerlich und dauerte vier Stunden. Benno, der frisch examinierte Führerscheininhaber, entschied sich dafür, nur Nebenstrecken zu fahren und verkehrsreiche Straßen zu vermeiden. So gondelten Marlene und Benno auf kurvigen Sträßchen ohne Mittelstreifen durch abgelegene Eifeldörfer und menschenferne Waldgebiete fast ohne Gegenverkehr nach Froden. Jedes entgegenkommende Auto wurde zum Ereignis. Benno zog die Schultern ein, machte sich ganz schmal und balancierte mit den Rädern am rechten Fahrbahnrand auf der Böschung. In engen Kurven legte er sich, das Steuerrad umklammernd, mit dem ganzen Körper wie ein Motorradfahrer mal nach rechts, mal nach links in die Kurve und atmete schwer.

Leons Zuhause war ein kleiner Eifelbauernhof, ein mit grauem Schiefer beschlagenes Haus mit angebauter Scheune, rechtwinklig dazu ein angebauter Stall mit geräumiger Remise für den Traktor und andere Geräte. Das Feld, ein Besitz von vier Hektar, war mittlerweile verpachtet und das Großvieh abgeschafft, aber man hielt noch Hühner und Kaninchen und fütterte ein Schwein fett. Man baute für den Eigenbedarf Kartoffeln, Gemüse und Beerenobst an, und im Garten neben dem Haus blühten je nach Jahreszeit in großen Beeten Tulpen, Osterglocken, Federnelken, Gladiolen, Stockrosen, Dahlien und Astern und jede Menge Rosen. Diese Blumen brauchte man für den Grabschmuck auf dem nahen Friedhof, aber auch für Gestecke in der Kirche, die eine der Schönstattschwestern im Ort anfertigte. Schwester Ludmilla, die gleichzeitig die Krankenschwester des Ortes war, ging vor den Festtagen von Haus zu Haus und sammelte die Pracht der Gärten ein.

Leon stand schon wartend auf dem Hof, als Benno und Marlene vorfuhren. Die Begrüßung war herzlich, aber ohne Umarmung. Leons Mutter war zurzeit verreist. Ihre Schwester Reinhild und Leons Onkel Frido, der sich mit den Worten »Und ich bin der Pflegevater von Leon«, vorstellte, empfingen die Freunde ihres Neffen gastfreundlich und mit abwartender Neugier, denn Leon hatte bisher kein Mädchen nach Hause eingeladen.

Dieser Besonderheit war sich Marlene bewusst, und je mehr sie in den folgenden zwei Tagen die für sie als Städterin ungewohnt enge, soziale Kontrolle des Dorfes spürte und das offensichtliche Tuscheln in der Kirche und die taxierenden Blicke wahrnahm, umso mehr fühlte sie sich in die Rolle einer Heiratskandidatin gedrängt, eine Rolle, für die sie sich noch gar nicht entschieden hatte und die Leon durch sein Verhalten in keiner Weise bestätigte.

Er war freundlich, herzlich, liebevoll wie immer, eben der gute Freund. Marlene wünschte sich ein offensichtliches Zeichen, dass sich etwas geändert hatte, wagte sich eine körperliche Annäherung vorzustellen, die für sie all die Jahre nicht in Frage gekommen war. Es geschah nichts.

Sie wanderten zu dritt zum Weinfelder Maar, besichtigten die Oberburg von Froden, ruderten über den Laacher See, ein sonniges, ungetrübtes Pfingstwochenende, wäre da nicht Marlenes unruhige Erwartung gewesen. So wie ein angespülter Fels am Meeresstrand ganz anders wirkt als im Gebirge, aus dem er stammt, so sah Marlene Leon in seiner heimischen Umgebung mit anderen Augen. Das, was sie für ihn empfand, sprengte das Raster ihrer bisherigen Erfahrung. Weder Liebesromane noch Sexualreporte, noch die romantische Vorstellung vergangener Jugendtage vom Blitzschlag der Liebe auf den ersten Blick, noch eigene stürmische Verliebtheiten hatten sie darauf vorbereitet. Es war, als hätte sie die allererste Phase des Verliebtseins übersprungen und wäre gleich in der tiefen Vertrautheit der Liebe und des Begehrens gelandet.

Am Weinfelder Maar gab es ein Touristenlokal, das Anziehungspunkt für Kegelklubreisende und andere Vereine, aber auch für die umliegenden Dörfer war, der Tanzpalast. Dort verbrachten Leon und Marlene zusammen mit Benno und Leons verwitweter Cousine Ellen den Sonntagabend. Marlene und Leon hatten schon oft miteinander getanzt, aber nicht mit dieser Sehnsucht.

Als Leon Marlene zu einem kleinen Spaziergang aufforderte, atmete sie auf. Die Straßenlaternen reichten nur noch ein paar hundert Meter, dann umgab sie stille, Sternen funkelnde Dunkelheit. Leon erzählte unaufhaltsam Geschichten aus seiner Jugend, von Sommerausflügen an das Maar, abenteuerlichen Winterexkursionen, von seiner Tante Winnie, deren Wohnhaus ganz in der Nähe des Tanzpalasts lag, und die ein Kreuz für die ganze Verwandtschaft sei. Als sie umkehrten, um zu dem Lokal zurückzugehen, wusste Marlene, dass sich nichts zwischen ihnen ändern würde.

Die Dunkelheit wuchs sich zu einer unüberwindlichen Wand aus, hinter der sie Leons Stimme nur undeutlich vernahm. Die lange Front erleuchteter Fenster des Tanzlokals und die Kette weißer Glühlampen entlang der Dachtraufe über dem Eingang waren von schneidender Helligkeit. Da nahm Leon Marlene in den Arm und küsste sie im Licht vor aller Welt, und es war so, als hätten sie schon vor vier Jahren damit begonnen und doch so, als könnten sie nie mehr aufhören damit.

Das war die Wende, dachte Marlene. Doch es gab keine Wiederholung, weder in dieser Nacht noch am nächsten Tag.

Eine Stunde vor Abfahrt war Marlene verzweifelt. Sie würden in ihren getrennten Alltag zurückkehren. Die Chance war vertan. Leons Verwandte Reinhild und Frido, sogar Leons Cousin Klaus waren auf dem Hof versammelt, um Benno und Marlene zu verabschieden. Im letzten Augenblick schloss Leon Marlene in den Arm und küsste sie vor den Augen aller. Dann sagte er herzlich: »Tschüss, ihr beiden!« Kein weiteres Wort, keine Verabredung, keine Hoffnung auf ein Wiedersehen.

Kaum war die Autotür geschlossen, brach Marlene in Tränen aus, unstillbar und verzweifelt. Benno betete die Trostlitanei von vielleicht und sicherlich und »wie ich Leon kenne« herunter und ertrug ihr Weinen stoisch bis Lebach, wo er sie ins Café einlud.

Zwei Tage später, Marlene stand gerade auf der Leiter in der juristischen Bibliothek und räumte Bücher ins Regal, tauchte Leon in Saarbrücken auf, um sie zu besuchen. Von da an waren sie ein Paar.

Alles fühlte sich richtig an, die Nähe, die nächste Nähe, mit Leon war alles aufregend vertraut. Mit Freunden fuhren sie im Juli mit dem Zelt sechs Wochen durch Spanien. Leon hatte versprochen im Vorzelt zu schlafen, und Marlene hatte sich die Pille verschreiben lassen.

In der Eifel wehte in der Februarnacht 1973 ein eisiger Wind. Leon und Marlene kehrten von einem Ausflug nach Trier zurück. Sie redeten nicht viel, aber in der dunklen Intimität des engen VW Käfers suchte Leons Hand die von Marlene, wenn die kurvige Strecke dies zuließ, oder Marlene berührte sacht und bedeutungsvoll sein Bein, streichelte seinen Nacken, legte für eine Weile ihre Hand über die seine am Steuer.

In einer Woche wollten sie heiraten, nur standesamtlich, für ein großes Fest hatten sie erst nach Ostern Zeit. Marlene würde am ersten März ihre Stelle im Umweltministerium antreten, Leon war ins Saarland zurückgekehrt und unterrichtete an der Oberrealschule in Saarbrücken. In der kommenden Woche wollten sie in ihre neue Drei-Zimmer-Wohnung in der Gustav-Bruch-Straße ziehen. Die Zukunft lag wohlgeordnet, breit und übersichtlich wie eine Autobahn vor ihnen. Da überfiel Marlene eine Panikattacke. »Halt an, Leon, ich bekomme keine Luft mehr!«

Aufgeschreckt durch ihren unberechenbaren Stimmungsumschwung bog Leon in einen Feldweg ein. Marlene riss die Autotür auf und stolperte in die Dunkelheit. Ihre Stimme klang dünn und unsicher: »Ich kann dich nicht heiraten. Wie soll ich mir sicher sein, dass ich dich noch in zehn, in zwanzig Jahren liebe? Dieses Versprechen ist so endgültig. Stell dir vor, zusammenzuleben bis an unser Lebensende!« Auch Leon war inzwischen ausgestiegen. »Komm, steig ein. Es ist viel zu kalt, um draußen herumzulaufen.« »Du verstehst mich nicht. Du hörst gar nicht zu.« Da dämmerte es Leon, dass es Probleme gab.

Er ging um das Auto herum und wollte Marlene beruhigend den Arm um die Schulter legen. Unwillig schüttelte sie ihn ab. Sie wollte nicht beschwichtigt werden wie ein Kind, sie wollte, dass er ihre Unruhe, ihre Zukunftsangst teilte. »Wir kennen uns doch schon so lange und haben alles gut überlegt. Es wird gut gehen!« »Woher willst du das wissen? Weißt du, wie hoch die Scheidungsrate ist? Ich bin mir einfach nicht sicher genug, um ein lebenslanges Versprechen zu geben.« »Aber ich«, sagte Leon. »Ich liebe dich, und das wird auch noch in vielen Jahren so sein.« Es war selten, dass Leon so etwas von sich aus sagte, und nicht als Antwort auf Marlenes bohrende Frage: Liebst du mich überhaupt? Marlene wurde etwas ruhiger. »Ach, Leon, ich liebe dich doch auch. Aber wir können nicht in die Zukunft schauen. Wir werden uns verändern, unsere Gefühle werden sich verändern.«

Marlene ließ sich nun überreden, wieder einzusteigen, und an Leon gekuschelt gingen ihr nach einiger Zeit die Argumente aus. Aber für sich selbst formulierte sie ihre Zauberformel: Die Ehe ist ein Entschluss, eine rationale Willenserklärung. Damit konnte sie besser umgehen als mit schwankenden Gefühlen.

Bilder wie Miniaturen auf der Netzhaut

Märchen und Liebesromane enden mit der Hochzeit.

In der Literatur beweist sich die wahre Liebe nicht in einem jahrzehntelangen Ehealltag, sondern endet in jungen Jahren mit dem Tod, als tragischer Schlusspunkt der Erfüllung. Man denke nur an *Romeo und Julia.* Allenfalls ist noch ein tragischer Verzicht nach wenigen leidenschaftlichen Begegnungen denkbar wie in *Doktor Schiwago.*

Literarisch ist die Ehe nur dann verwertbar, wenn sie sich negativ entwickelt. Ganze Bibliotheken sind mit problematischen Ehegeschichten gefüllt worden: Da geht es um Untreue, Verrat, Psychoterror, Gewalt, um aufreibende Krisen durch die Unvereinbarkeit der Charaktere, durch die Not des trüben Alltags oder schweren Verlust, durch Trennung, durch die Abstumpfung der Gefühle, durch verzehrende Leidenschaft für eine andere Person. Es geht um Eifersuchtsdramen, um Inzest, um Enthüllungen: Unsere Ehe ist nur eine leere Hülle, ich konnte dir noch nie treu sein, du ödest mich an, ich liebe eine andere, ich bin homosexuell oder lesbisch, ich kann keine Bindung ertragen, ich bin impotent, ich habe dich nie geliebt – kurz: Beziehungstiefpunkte.

Die Folgen sind tiefe Enttäuschung, Desillusionierung, Leid, Verzweiflung, Rache, Mord oder Selbstmord, Resignation, stummer Verzicht oder Scheidung.

Im Vergleich mit dieser negativen Dramatik ist eine normale, Jahrzehnte dauernde Ehe literarisch langweilig oder allenfalls noch in komödiantischen oder satirischen Szenen darstellbar.

Marlene und Leon waren seit den Siebzigerjahren verheiratet.

Seit der Jahrtausendwende erkannte Marlene, dass sie und Leon in einer gesellschaftlichen Situation kurzlebiger Beziehungen, veränderter Beziehungsmodelle und hoher Scheidungsraten eine unzeitgemäß überalterte Ehe von über dreißig Jahren führten, die bereits der Rechtfertigung bedurfte. Gewöhnung und Gewohnheit statt herzklopfender Romantik? Wo blieb die seit den Achtzigerjahren des letzten Jahrhunderts beschworene Selbstverwirklichung? Erforderte die eigene Weiterentwicklung oder gar die Auseinanderentwicklung nicht einen ehrlichen Schnitt, neue Versuche, eine Zweit- oder Drittbeziehung?

In den ersten Ehejahren waren Leon und Marlene aus der katholischen Unkörperlichkeit in die Zeit der sexuellen Freiheiten, der neosexuellen Zwänge des *Kinsey-Reports* und der Aufklärungsschriften von Oswald Kolle gestürzt und hatten sich zwischen konservativen gesellschaftlichen Erwartungen und ekstatischen Formen der freien Liebe für eine haltbare Ehe und Familiengründung entschieden.

Dabei blieben sie nicht unberührt von den neuen Normen, von den Veröffentlichungen über altersgemäße Zahlen wöchentlicher Sextage oder Häufigkeit von Orgasmen. Marlene fühlte die Last der Verantwortung für ein abwechslungsreiches, verführerisches Sexualleben, das Frust und Langeweile vorbeugen sollte. Die Naturtalente mit den Idealkörpern, die in Filmen und Magazinen gezeigt wurden, verwirrten sie und zwangen sie ängstlich abzuschätzen: Machen wir es richtig? War man ein Sexmuffel, wenn mehrere Wochen nichts lief, weil man vor lauter Berufsstress und Müdigkeit das Bett nur noch als wohlige Möglichkeit sah endlich zu schlafen?

Leon sah das weitaus entspannter. Er schien nichts zu vermissen. Er hatte weder Normen noch Planungsgitter im Kopf. Er liebte seine junge Frau und begehrte sie. Punktum.

Von den über drei Jahrzehnten Ehe blieben Marlene und Leon unzählige Geschichten, schöne und traurige, zärtliche und einsame, zornige und leidenschaftliche.

Aber würde man diese Geschichten erzählen, verlören sie ihren Glanz. Sie würden zu Stein erstarren und der Wirklichkeit nicht gerecht werden. Würde man sie erzählen, würde man die Liebe ins kalte Licht zerren. Wenn man so lange miteinander lebt, lernt man behutsam zu sein. Erzählte man den Alltag einer so langen Ehe, stumpfte sie ab und würde zu einem Zerrbild unangemessener Mittelmäßigkeit.

Erzählbar bleiben Bilder wie Miniaturen auf der Netzhaut.

Der Abschied von Edith. Zwei Jahre nach der Hochzeit stehen Leon und Marlene an Ediths Totenbett. Ein weißes Band, das in einem Knoten endet in ihrem dünnen, weichen Haar, umrahmt ihr abgezehrtes Gesicht. Unfassbar, dass sie die nun so fremde Frau mit der Kinnbinde ist. Ich erkenne dich nicht, Mutter, denkt Marlene. Warum musstest du dich so gründlich entfernen, so schnell, und nimmst alle leuchtende Erinnerung mit? Aber da ist Leon, und Marlene lässt sich in seine Wärme fallen.

Neun Monate danach: Das CTG im Kreißsaal bleibt stumm, kein munteres Pferdegetrappel der Herztöne des Babys mehr, das an diesem Tag zur Welt kommen soll. Die Hebamme sucht mit dem hölzernen Hörrohr auf dem prallen Bauch der Schwangeren – ein Blick zu den Ärzten, die Wand aus weißen Kitteln um das Bett weicht zurück, löst sich auf in stummer Mitteilung. Was braucht es noch den dünnen Satz in gebrochenem Deutsch von dem jungen Arzt, den die Pflicht traf, Marlene die Tatsache mitzuteilen? Aus der Wirklichkeit gestoßen, gottverlassen, es kann nicht sein, ich trage den Tod in mir, ich bin ein Grab, ein Kindergrab. Leons Gesicht erloschen, ohne Zukunft.

Die endlose Nacht der Entbindung. Wenn die Schmerzwellen kommen, kleben die Uhrzeiger fest, die Uhr, das einzig Reale in dem weiß gekachelten Entbindungsraum. Und der Gedanke: Ich trage den Tod in mir und muss gebären. Marlenes und Leons erstes Kind, ein Mädchen ohne Namen.

Ein herbstliches Friedhofsstück mit Büschen, Gras und einem nummerierten Grenzstein am Rand: Der Ort anonymer Bestattung kleiner Wesen ohne Namen, die nie geatmet haben. Zum ersten Mal nach dem Tod des Kindes, ist Marlene an dieser Stelle des Friedhofs, zusammen mit Leon, der schon oft hier war. Neun Monate ist es her, gleichsam eine ziellose Schwangerschaft der Trauer, die Zeit der leeren Arme.

Ein heißer Sommer. Nach acht Monaten medizinischer Kontrolle und angstvollen Wartens stehen Leon und Marlene voll sehnsüchtigem Staunen vor der Scheibe der Neonatologie. Dahinter, unerreichbar, liegt dieses wunderschöne, glatte Kind mit goldfarbener Haut und schlafgeballten Fäustchen. »Unser Kind«, sagt Leon und sieht andächtig aus wie Josef im Stall von Bethlehem. Doch die Kinderklinik verwehrt den Zutritt: Das Baby sei zu klein, zu gefährdet.

Heilige Stunde. Endlich hat der Arzt Marlene und Leon zugelassen auf der Frühgeborenenstation. Vermummt wie zur Weltraumexkursion sitzen die Eltern auf harten Stühlen und halten ungeschickt ihr Kind im Arm. Wie soll man ein Kind mit Mundschutz küssen, wie ihm kleine Worte zuflüstern? Das warme Gewicht wandert hin und her zwischen den beiden, die Arme werden zur Wiege. »Sarah«, sagt Marlene, und legt ihre Hand sacht an das kleine Gesicht.

Zwei glückliche Jahre später. Die Hebamme hält Marlene ein kleines Bündel hin, schreiend und verschmiert, das zerknitterte Gesichtchen voll Schmerz und Unbehagen – Marlenes und Leons drittes Kind. An ihrem Herzschlag wird es still und schläft. Leon fällt vor Glück nicht mehr ein, wie es heißen soll. Die lange Nacht danach mit den Nachwehen im frischen Kaiserschnitt und Leons warmer Hand und dem Schwarzweißbild auf dem Nachttisch, dem ersten Foto aus dem Kreißsaal: Tonia.

Glückszeit, Kinderzeit. Zusammengekauert sitzt Tonia hinter dem Schaltkasten an der Straßenecke, hört die suchend rufende Stimme der Mutter, genießt den prickelnden Augenblick der Trennung, und diese weiß darum und auch um den vorhersehbaren Augenblick, wenn das Kind hervorspringt aus dem Versteck. Dieses süße Lächeln und Strahlen dabei: Hier bin ich.

Glückszeit, Kinderzeit: Eifrige Andacht und Versunkenheit im Spiel, in der Entdeckung eines winzigen Weltbausteins, dann blickt Sarah auf, strahlend, mit ernstem Stolz: Ich zeige dir, ich kann …

Schon morgens füllt Marlene das aufblasbare, hellblaue Planschbecken mit frischem Wasser. Wenn das Wasser vom Vortag noch sauber genug ist, fischt sie sorgfältig Blätter und schwimmende Erdbröckchen heraus. Dann stellt sie den blauen Sonnenschirm mit dem grellbunten Blumenmuster im Sandkasten auf, der gelbe Schirm mit den Fransen aber soll neben dem Wasserbecken Schatten werfen. Vor der Magnolie baut sie das Stoffhäuschen auf, in dem Tonia immer ihre Lieblingsstofftiere versammelt. Zuletzt dreht Marlene die Markise heraus, die die Terrasse in orangefarbenes Licht taucht. Die Verrichtungen in dem ruhigen, sonnendurchglänzten Garten haben etwas Rituelles, wie der Bühnenaufbau zu einem täglich ablaufenden Stück, in dem Sandburgen und Sandkuchen, Nutellabrote und Sonnencreme wichtige Requisiten sind.

Die Sonnenstunden der Kinderjahre von Sarah und Tonia verschmelzen zu einem festlich glänzenden Tag. Mit Beginn des Sommers ist der Garten der Barbians voller Kinder. Kinder aus der Nachbarschaft, Kinder von Freunden finden sich ein – nicht jeden Tag dieselben, aber immer eine kleine Gesellschaft. Die hellen Kinderstimmen, Sarahs Juchzen im kalten Wasser, die Quietschgeräusche der Schaukel, Tonias Singsang, das Gebimmel des Eismanns sind der Sommerklang dieser Jahre. Durch die Küche zieht sich eine Sandspur bis zur Toilette.

Fastnachtstreiben im Wohnzimmer der Barbians. Aus dem Schallplattenapparat tönt *Fiesta Mexicana* von Rex Gildo. Zwölf kleine Faaseboze tanzen singend im Polonaisenschritt hinter Marlene durch den Flur. Ein kleiner Indianer versucht auf Leons Rücken zu klettern zu dem Clown, dem Zwergenmädchen und dem kleinen Bären, die schon oben sitzen. Auf dem bunten Tisch ein paar restliche Törtchen- und Kuchenkrümel. Der Berberteppich dick bedeckt von Konfetti und Luftschlangen.

Lange Festtafeln mit Blumengestecken, Taufen, Kommunionfeste, Partys mit Gitarrenmusik und ausgelassenem Gesang, Kindergeburtstage mit bunt verzierten Muffins und Puddingtorte, mit Kasperlespiel und *Armer schwarzer Kater*. Familienfeste mit Verwandten, tief schürfende Diskussionen mit Freunden über Waldsterben und die Freiheit des Willens, danach *Azzuro* und *O si piccola*, dazwischen Jahr für Jahr Lametta funkelnde Weihnachtsbäume, Tannenbäume, Weihnachtsbäume mit wechselnden Spielzeuglagern und Paket-Tumulten darunter.

Und immer wieder Zeiten der Liebe, selbstvergessenes Verlangen, vertraute Einheit und doch der fremden Haut bewusst, im Hintergrund tiefes Nachtschwarz ohne Stern, blinkende Leuchtreklamen, rauschendes Meer, Erschütterungen der U-Bahn, Jasminduft aus dem Garten, das Baby schreit, der Mistral rüttelt an dem Zelt, die Wolldecke kratzt, herbstlicher Erdgeruch, die kleine Lampe mit dem Spitzenrand, Spiegelschatten über der Kommode, flüsternder Wind im Blutpflaumenbaum.

Frühjahrsfest, Sommerfest, Herbstfest, Freunde und Nachbarn auf der Terrasse von Marlene und Leon. Im Menuettschritt tanzen fünf Paare um den Mandelbaum, nur die Fingerspitzen berühren die in Schulterhöhe zur Seite gereichten Hände des anderen, gravitätische Verbeugung, helles Gelächter, nächtlicher Tanz des *Rondo Veneziano*. Über dem shakespearehaften Treiben steht ein silberner Mond. Im Nachbarhaus ratterte empört ein Fensterladen. Ihr seid zu laut und zu fröhlich, meine Freunde.

Die Haustür in der Celsiusstraße, seit jeher gelbbraunes Eichenholz mit zwei länglichen Fenstern, die man öffnen konnte und durch die Marlene als Kind trotz der Trennstange hinauskletterte. Verboten war es trotzdem. Die Haustür in der Celsiusstraße bleibt verschlossen. Denn Marlene hat sich schuldig gemacht, unvermeidbare Marleneschuld, perfektionistisch, grenzüberschreitend, Einmischung auf vermintem Gebiet. Ohne Arg, doch das weiß nur sie. »Du betrittst mir mein Haus nicht mehr!«, hat Marlenes Schwager Konrad gesagt. Er und Verena pflegen die Großmutter, die auch Marlenes Großmutter ist seit Jahren, die endlos scheinen, und ihnen gehört nun das Haus von Sophie. Es gibt keinen Ort der Erinnerung mehr.

Die flammende Frucht der Ebereschen im August: Untrügliches Zeichen für die Drehung des Zeitrads und das nahende Zeitraster des neuen Schuljahrs für Leon, Tonia und Sarah. Obwohl das Licht noch den satten hellen Glanz hat, spürt man den Übergang: Die goldene Brechung, die kürzeren Abende, das Ende der großen Hitze. Aber das sicherste aller Zeichen ist die rote Frucht der Ebereschen. Von aller Leichtigkeit getrennt, Planräder im Kopf, Leons Stundenplan und ihre Arbeitstermine vor sich auf dem Schreibtisch, sitzt Marlene im Arbeitszimmer.

Dann an diesem letzten Tag der Sommerferien wie jedes Jahr Leons provozierender Ruf: »Kinner, moin geht die Schull widder an!«, und der erlösende Einfall wie jedes Jahr: »Wir fahren einfach weg!« Flucht ins Grüne. Die Kinder jubeln. Über dem Nonnweiler Stausee auf der freien Wiesenfläche ein breiter sonniger Weg, gesäumt von rotfruchtigen Ebereschen.

Wie Trittsteine liegen Abschiede in der vergangenen Zeitspur. Abschiedsblicke voll Vertrauen, die winkende Kinderhand vor dem Kindergarten. Am ersten Schultag ein sichernder Blick über die Schulter. Ein nachlässig-fröhlicher Blick auf dem Bahnhof vor dem zukunftsfrohen Aufbruch in die ersten Ferien ohne Eltern, später auf dem Flughafen vor dem zukunftsfrohen Aufbruch für Wochen, für ein Jahr. Zunehmende Distanzen, Amerika. Marlene hasst Flughäfen.

Wieder Jahre später diese besonderen, tröstenden Blicke für die Mutter: Ich komm' ja bald wieder, aber mein Zuhause ist jetzt in München, in Tübingen, in Hamburg. Marlene und Leon winken, bis das Auto um die Ecke biegt. Da sind seine Hand, seine Schulter, doch seine Worte verraten, dass er ihr Heimweh nicht versteht.

Marlene und Leon auf dem Weg am Wellenrand den Strand entlang, in weitem Abstand, jeder für sich, und jeder singt sein eigenes Lied in das Brausen. Das Glück, sicher zu sein, dass der andere folgt, dass der andere wartet. Gemeinsame Rast auf einem ausgeblichenen Treibholzstamm am Strand. Die Wellen schleudern Schaumflocken über den Sand. Der Wind treibt Wolkenberge durch das Blau.

Drei Jahrzehnte Ehe wie eine Sinuskurve von Nähe und Distanz, doch nie fingerspitzeneinsam.

Nie ist es genug oder Die Blüte der Jahre

Für Marlene war ihr Vater Frenne der Held ihrer Kindheit und Jugend. Wie alt muss man werden, dass alte Erinnerung oder wirklich Gewesenes nicht mehr schmerzt? Irgendwo tief drinnen sitzt noch das Kind, das über verlorene oder unzureichende Liebe weint. Seit Jahrzehnten erwachsen und abgeklärt, hat man schon lange die Steine am Strand vergraben. Und doch braucht es noch nicht einmal eine Sturmflut, nur eine heftigere Welle, um sie empor zu spülen. Plötzlich liegen sie im Sand, und man braucht alle Kraft, um sie erneut zu verbuddeln, tiefer diesmal und mit jeder Sandschicht betonend, wie sinnlos es ist, über nicht Veränderbares zu klagen, ja letztlich bezweifelnd, dass die Steine echt und nicht nur imaginäre Attrappen sind.

Einer dieser Steine war für Marlene die Entzauberung ihres Vaters Frenne.

Das Unkonventionelle seines Auftretens, diese Lockerheit im Umgang mit Menschen ohne Ansehen ihrer Person, gepaart mit Höflichkeit, Hilfsbereitschaft und freundlicher Toleranz, machte ihn beliebt bei Nachbarn und Freunden. Marlenes Freundinnen mochten ihn, Fremde fassten gleich Zutrauen, und selbst seine Kunden schütteten ihm ihr Herz aus.

Wenn Frenne ein Auto mit ausländischem Kennzeichen sah, dessen Fahrer auch nur den Anschein von Orientierungslosigkeit zeigte, stieg er spätestens an der nächsten Ampel aus, palaverte mit dem freudig überraschten Ausländer auf Englisch, Französisch oder Niederländisch, radebrechte gestenreich und wies ihm den richtigen Weg, ja, er war auch bereit vorauszufahren und einen Umweg in Kauf zu nehmen. Es konnte vorkommen, dass sich eine solche Situation äußerster Hilfsbereitschaft mitten im dicksten Verkehr am Ludwigskreisel abspielte und ein Verkehrsstau mit wildem Gehupe entstand, was aber Frenne in seinem

Verhalten nur noch bestärkte. »Die Brüder können ruhig mal sehen, wie man sich Ausländern gegenüber verhalten soll.«

In den Sechzigerjahren stand zum ersten Mal in der Celsiusstraße ein Haus zum Verkauf an. Die Bewohnerinnen, zwei hoch betagte, verwitwete Schwestern, waren kurz nacheinander gestorben. Die kleine Schicksalsgemeinschaft der Sackgasse, die sich nun schon in der dritten Generation kannte, blickte mit Sorge auf das verwaiste Haus.

Schon eine Woche später hielt ein Lastwagen mit offener Ladefläche – nicht etwa ein ordentlicher Umzugswagen! – vor dem Haus. Schon die Gepäckstücke, dieses Sammelsurium aus Möbelteilen, Bettdecken und Matratzen, Grünpflanzen und Geschirrkisten, ließen erkennen, dass es kleine Leute waren, die sich das Eigenheim gerade eben mal so leisten konnten. Und dann die drei Kinder, alle etwas linkisch und verschlossen! Überhaupt, kein Familienmitglied sah ansprechend aus. Ja, der älteste Junge machte einen fast behinderten Eindruck. Der Klatsch blühte wie Moos im Regen. Niemand grüßte, man sah weg, aber man beobachtete genau.

Der Mann stieg auf die Leiter und strich sein Haus selbst. Man war doch nicht mehr in der Nachkriegszeit! Da konnte man nur hoffen, dass die Farbe einigermaßen sachgemäß aufgebracht wurde. Ein schäbiges Haus in der Reihe konnte den Wert aller übrigen drücken.

Einen Monat nach dem Einzug der neuen Nachbarn ging Frenne an einem Sonntagmorgen mit einer Flasche Sekt unter dem Arm zur Familie Merz, um sie zu begrüßen und willkommen zu heißen.

»Gut erzogene Kinder«, sagte er, als er zurückkam. »Sehr, sehr nett. Der Älteste besucht das Ludwigsgymnasium und ist Klassenbester. Und der Kuchen von der Frau Merz hat ausgezeichnet geschmeckt. Herr Merz ist ein sehr belesener Mann. Er weiß über viele Dinge Bescheid. Übrigens spielt er Akkordeon, und die beiden Mädchen haben Klavierunterricht. Sie haben das Instrument beim Hauskauf übernommen.« Diese Informationen machten die Runde, auch dass der in der Nachbarschaft angesehene Herr Hellenbrecht manchmal vor Merzens Vorgarten stehen blieb und ein paar Worte mit dem Mann oder der Frau redete.

Ganz allmählich änderte sich das Klima. Die Merzens blieben zwar Zugezogene, aber sie waren Nachbarn. Punktum.

Frenne betonte die Freiheit des Geistes – vor allem die Freiheit des Anderen. Er forderte seine Kinder zu Diskussionen heraus und genoss es, wenn die Tischgespräche laut und engagiert wurden. Oft bezog er extreme Positionen, die er in hitzigem Ton verteidigte, oder er ließ sich zu ausschweifenden Vorträgen über die Freiheit des Menschen aus oder geißelte Kleinlichkeit, Gier und Habsucht, für die er in seinem Beruf als selbstständiger Kaufmann viele Beispiele fand.

Wenn Frenne zu bemerken glaubte, dass die demokratischen Spielregeln verletzt wurden, war er zu keinem Kompromiss bereit. Er verteidigte den Grundsatz der Gleichheit mit kreuzzüglerischem Eifer und scheute dabei nicht, sich mit Höhergestellten anzulegen.

Die Stadt Saarbrücken ebenso wie das ganze Saarland musste in den Siebzigerjahren hohe Arbeitsplatzverluste im Bergbau und in der Stahlindustrie verkraften, die vor allem durch die Steinkohle- und Stahlkrise verursacht waren. Daher konnte man es wirtschaftspolitisch als Glücksfall betrachten, dass der kapitalstarke Celsiuskonzern sich zur Ansiedlung eines Zweigwerks mit eigenem Vertrieb entschlossen hatte. Die Stadt verhielt sich sehr entgegenkommend und stellte ein ihr gehörendes Industriegelände günstig zur Verfügung.

Es verstand sich von selbst, dass der Celsius AG nicht zugemutet werden konnte, sich in einer Straße anzusiedeln, die bis dahin den Namen der Konkurrenz trug, nämlich Koeppenstraße hieß. Also sagte Oberbürgermeister Born eine Namensänderung zu und versprach einen Namenstausch mit der kleinen Celsiusstraße, die ihren Namen zugunsten des Celsiuskonzerns abgeben und dafür Koeppenstraße heißen sollte. Betroffen waren nur vierundzwanzig Haushalte, da glaubte man leichtes Spiel zu haben, die Anwohner zum Verzicht auf ihren Straßennamen zu bewegen. Der Konzern war bereit, jedem Haushalt 50 DM als Ausgleich für die Unkosten bei der Adressenumstellung zu geben.

Doch dann gründete Frenne Hellenbrecht eine Bürgerinitiative, damals noch eine ungewöhnliche Aktion, machte eine Eingabe mit allen Unterschriften der Anwohner, die ihren Straßennamen behalten wollten, und legte diese termingerecht zur Stadtratssitzung vor. Der unwichtige Sachverhalt schaffte es nicht auf die Tagesordnung, dafür erfuhren die Anwohner aus der Zeitung, dass die Namensänderung nun feststand.

Frenne wandte sich an einzelne Abgeordnete der politischen Parteien, sprach als Wähler seinen für den Krämersberg zuständigen Abgeordneten an und veranlasste, dass weitere Anwohner Protestschreiben an den Stadtrat richteten. Er selbst verfasste einen offenen Brief im Namen der

Anwohner, den die Zeitung in Auszügen abdruckte. Darin verwahrte er sich gegen die Macht der Konzerne und dagegen, dass der einfache Bürger in undemokratischer Weise ignoriert und seine Interessen ungefragt untergeordnet wurden.

Die Bürgerinitiative hatte Erfolg. Mit dem Celsiuskonzern einigte man sich für die Anliegerstraße auf einen anderen Namen, und die kleine Wohnstraße durfte ihren Namen behalten.

Kein Wunder also, dass Marlene auf ihren Vater stolz war. Auch war er nicht einer der problematischen Väter mit Nazi-Vergangenheit. Andererseits gehörte er zu den ersten Menschen, von denen sie sich infrage gestellt fühlte.

Als Marlene im Alter von zehn Jahren zum ersten Mal davon hörte, dass ihr Vater ursprünglich eine ganz andere Frau als ihre Mutter heiraten wollte, sprang sie die Eifersucht wie ein glühender Drache an. Sie hasste diese Frau.

Sie vertiefte sich auch in den Gedanken, dass andere Möglichkeiten als die jetzigen Gegebenheiten denkbar waren, dass es sie vielleicht gar nicht gegeben hätte oder dass sie mit dieser Mutter eine ganz andere geworden wäre. Als ihr die Zufälligkeit ihres Daseins bewusst wurde, hatte sie das Gefühl den Boden unter den Füßen zu verlieren. »Gibt es irgendwo auf der Welt noch jemanden, der genauso aussieht und so ist wie ich?« Frennes Antwort war nicht ganz zufrieden stellend. »Es gibt so viele Millionen Menschen auf der Welt. Bei dieser großen Zahl ist es schon möglich, dass es irgendwo, vielleicht im fernen Indien oder in Brasilien eine Person gibt, die dir im Wesen gleicht. Aber du wirst ihr nie begegnen.« Nein, Marlene wollte auch keine potentiellen Doppelgänger haben.

Als Marlene älter wurde, begann sie den Vater kritischer zu sehen. Unlogisch war er, und er hielt immer zu der Mutter. Aber mit den Schwächen, die sie entdeckte, konnte sie leben. Erst nach dem Tod der Mutter, als Marlene dem Elternhaus schon entwachsen war und eine eigene Familie gegründet hatte, entdeckte sie Seiten, unter denen sie litt.

Frenne hatte die Tendenz, das Leben plakativ und übersichtlich zu ordnen. Hierzu wies er bestimmten Personen aus seiner nächsten Umgebung feste Rollen zu. Ursprünglich war ihr die Rolle der unverheirateten Intellektuellen zugedacht, auf die er unermesslich stolz war, später die der Kinderträgerin, der Mutter, die die Tradition des Kindheitstraums von Mortsel fortsetzte, eine Familie managte, ihre Kinder zu ordentlichen Menschen erzog und dafür sorgte, dass aus ihnen etwas wurde, wie er sagte, und nebenbei noch eine harmonische Ehe und ein gastfreundliches, offenes Haus führte.

Ihre persönlichen Probleme mit diesen Aufgaben ignorierte er. Wenn sie, übernächtigt durch berufliche Abendtermine, genervt von der Unselbständigkeit der neuen Volontärin oder ängstlich und angespannt durch die häufigen Krankheiten der Kinder, am Telefon ihre Sorgen aussprach, redete er sie klein. »C'est la vie! Man darf das Leben nicht so schwer nehmen«, sagte er und gab durch seine Allerweltsweisheiten zu erkennen, dass er seine Tochter für larmoyant hielt. Anschließend kehrte er zu seinem heilen Bild zurück, das er vorzufinden erwartete.

Auch war er ein Wanderer ohne feste Bodenhaftung, der sich abwenden und neu beginnen konnte, während Marlene nach dem Tod der Mutter versuchte, die Familie zusammenzuhalten. Diese für Marlene problematische Seite führte zu der Geschichte, die sie später *Die Blüte der Jahre* oder *Das Familientier* nannte, eine Begebenheit, die sie tief begrub, die aber immer wieder zum Leben erwachte.

Nichts ist tückischer als ein Spiegel. Da wir unser Bild nicht ohne ihn wahrnehmen können, spielt er seine Machtrolle voll aus. »Ich hasse dich!«, schrie Marlene ihrem Spiegelbild ins Gesicht, denn es entlarvte sie in diesem Moment als Unruhestifterin, als eifersüchtige Furie, die das Gastrecht gebrochen hatte. Marlene war sechsunddreißig Jahre alt, und sie hatte soeben den ersten Eklat ihres Lebens herbeigeführt.

Frenne und seine Lebensgefährtin Laura, die er liebte und mit der er schon seit mehreren Jahren zusammenlebte, waren bei Marlenes Familie in Saarbrücken zu Besuch. Laura war mit ihren fünfundsechzig Jahren noch immer eine schöne Frau. Sie hatte Stil und Klasse. Ihre dunklen Augen, ihr volles dunkelbraunes Haar, das in großen Wellen ihr schmales Gesicht umrahmte, ihre warme Altstimme und der kleine hessische Zungenschlag machten sie sympathisch. Es war leicht, sie zu mögen.

Frenne war tief zufrieden mit »der Blüte der Jahre seiner Tochter«, wie er dieses Alter zu bezeichnen pflegte. Seine Enkelinnen, Tonia und Sarah, sechs und acht Jahre alt, gut erzogene Kinder mit guten Schulnoten und guten Anlagen, umarmten ihn. Marlenes Mann Leon war ein kluger Kopf, ein nachdenklicher Intellektueller, der aber auch geschickt war mit den Händen und aus einer bodenständigen, ländlichen Familie stammte. Er war integer und gutherzig und seinem Schwiegervater freundschaftlich zugetan. Marlene wohnte mit ihrer Familie seit sieben Jahren im eigenen Haus, man brauchte sich keine Sorgen um sie zu machen. Der ruhige, gelassene Leon hielt ihre etwas überschäumende Emotionalität und Energie in Zaum. Manchmal dachte Frenne: »Der arme Mann.« Manchmal sagte er: »Der arme Leon!«, und lachte dabei. Alle fanden das lustig.

Marlene hatte ihren Beruf wieder aufgenommen, denn die Kinder waren nun ja aus dem Gröbsten heraus. Ein bisschen Glanz fiel auch auf ihn als Vater, wenn er sagen konnte: »Meine Tochter ist Diplomgeografin und arbeitet im Umweltministerium.«

Es war ein besonderer, ein seltener Besuch. Dieser Tag war für Marlenes Familie vorgesehen, den nächsten wollte man mit Verena und ihrem Mann verbringen, bei denen sie auch übernachteten. Dann wollte man auf Lauras Wunsch nach einem Abstecher nach Sarreguemines wieder nach Wiesbaden zurückkehren.

Und nun hatte Marlene alle Regeln gebrochen. Weder Frenne noch Marlenes Mann waren anwesend, um das Schlimmste zu verhindern. Nur so konnte es zu dieser Konfrontation kommen.

Marlene überwachte gerade drei Töpfe und eine Pfanne auf dem Herd und rührte die Salatsauce an. Laura saß am Küchentisch und erzählte von ihren Kindern Gaby und Georg in Wiesbaden, von ihren vier Enkelkindern, die alle schon älter waren als Marlenes Kinder, heitere und sorgenvolle Geschichten, die Marlene Anteil nehmend kommentierte.

»Das arme Riekchen muss nächste Woche ins Krankenhaus. Ein Knoten an der Schilddrüse. Man weiß ja nie. Ach Gott. Da macht man sich Sorgen. Aber wir sind natürlich für die Kinder da, damit sich Rieke nicht auch noch deshalb beunruhigen muss.«

Das war der Satz. Marlene hatte schon mit erhobener Stimme zu sprechen begonnen, ehe sie registrierte, dass der Korken unaufhaltsam herausgetrieben wurde.

Frederieke, Rieke genannt, war Lauras Schwiegertochter, die mit Georg und den beiden Kindern Jens und Kathi eine Wohnung in Lauras Haus hatten. »Wieso das arme Riekchen? Sie hat doch immer jemanden, der sich um die Kinder kümmert, wenn sie mal krank ist, genau wie deine Tochter Gaby. Als ich im Krankenhaus lag, hat niemand geholfen, und wir mussten sehen, wie wir die Kinder versorgten. Überhaupt …«

Mit dieser bedrohlichen Einleitung kündigte sich ein Sturm an. Marlene zählte alles auf, was ihr seit Jahren das Herz abdrückte seit der Zeit, als Frenne sich umgewandt hatte, um sein neues Leben zu beginnen. Dass Frenne die Geburt seiner zweiten Enkelin mit einem strahlenden Besuch im Krankenhaus abgehakt hatte. Danach sei er mit Laura nach Italien gefahren. Weder um die zweijährige Sarah noch um die damals schwer kranke Marlene habe man sich gekümmert. Nie verbringe Frenne das Weihnachtsfest mal bei seinen Kindern, immer nur in Wiesbaden. »Nicht einmal zu seinem Geburtstag sind wir eingeladen. Ich sehe ihn höchstens dreimal im Jahr«, klagte Marlene. »Und wenn ihr kommt, dann wohnt ihr bei Verena, taucht für einen knapp bemessenen Tag hier auf, ich werfe drei Mahlzeiten für alle auf den Tisch, laufe hin und her, lade auch noch alle anderen Verwandten ein, damit ihr euch treffen könnt, und mir bleibt kaum Zeit für ein Gespräch mit meinem Vater.« Die Bombe war gefallen. Der Krater, den sie riss, war riesig.

Laura weinte. Frenne, der gerade zusammen mit Leon zurückgekehrt war, machte seine Tochter dafür verantwortlich. Laura kündigte an, Frenne sofort freizugeben. Marlene, trotz ihres Zorns, der immer noch in ihr brodelte, tief erschrocken, versuchte zu erklären: »Ich freue mich doch über eure Beziehung und darüber, dass ihr glücklich seid.« »Nein, die Arbeit macht mir gar nichts aus. Ich bin ja so froh, wenn ihr kommt.« »Ich hab eben manchmal solches Heimweh.« Die Sätze gingen im Aufbruch unter.

Verena, die Marlene in ihrer Verzweiflung anrief, um ihre Version zu erzählen, warf ihr vor, die Gastfreundschaft gebrochen zu haben, und alle hielten sich in der Folgezeit, Frenne und Laura ein ganzes Jahr, von Marlene fern, diesem Pulverfass, für dessen unkontrollierten Ausbruch auch Marlenes Mann kein Verständnis aufbrachte.

Es war das erste Mal, dass Marlene im Spiegel so deutlich das Ungeheuer sah. Sie begann sich, isoliert, wie sie war, mit ihm anzufreunden, sie integrierte es, streichelte seine wunde Seele und fügte seine Hässlichkeit in das Puzzle ihres Selbstbildes ein.

Sie schrieb einen bewegenden Brief an Laura, in dem sie um Entschuldigung bat und sich selbst verleugnete. Dann erhob sie sich von den Knien, richtete sich auf und sagte: »So bin ich. Und wenn es niemand tut, ich bin auf meiner Seite.«

Von Strohhalmen und Defiziten

Liebe Anne,

mit Deiner harmlosen Erzählung aus unserer Volksschulzeit hast Du ganze Erinnerungs-Steinschläge losgetreten. Sofort fiel mir die Geschichte von den Strohhalmen wieder ein.

Du erinnerst Dich? Wir waren in der dritten oder vierten Klasse, als an einem Schulmorgen zu Beginn der Adventszeit eine hölzerne Krippe auf dem Pult stand, ganz leer ohne Jesuskind, wie wir gleich enttäuscht feststellten. Und dann kam der Knüller: Wer einen ganzen Schulmorgen fleißig, brav und ordentlich war, nichts zu Hause vergessen hatte und auch sonst nicht unangenehm auffiel, durfte am Ende eines langen Vormittags einen Strohhalm in die Krippe legen, damit das Christuskind an Weihnachten auf unseren guten Taten und unserem Wohlverhalten weich gebettet sein sollte. Was haben wir uns angestrengt, eifrig aufgezeigt ohne mit den Fingern zu schnippen, still mit gekreuzten Armen gesessen, kein Wasser in der Malstunde verschüttet und uns beim Schönschreiben selbst übertroffen, nur um stolz und aufrecht durch den schmalen Gang zwischen den Bankreihen nach vorne gehen zu dürfen und ein schmächtiges Hälmchen in das hölzerne Ding zu legen.

Ach dieser Wetteifer im so genannten Gutsein! So erzieht man Kinder zur Anpassung. Wenn ich daran denke, wie wir uns in selbstgerechtem Stolz unsere weißen Seelen vorführten und mit heimlicher Verachtung auf diejenigen heruntersahen, die in ihrer Not logen, aus Ungeschick Tintenkleckse ins Heft machten, das dritte Päckchen Rechenaufgaben vergessen hatten oder morgens zu spät kamen, weil niemand sie geweckt hatte, könnte ich heute noch vor Scham im Boden versinken.

Wer die Regeln befolgte, war gut und wurde belohnt. Da die Regeln durch die Gebote der Kirche und der Bibel erweitert wurden, konnte man auf diese Weise einen Grad Himmel strebender Heiligkeit erreichen.

Anderen gut sein, zu verzichten, zu verzeihen, zu helfen, sind wertvolle Verhaltensweisen. Da aber alles dem Ziel der Vollkommenheit diente, haben wir uns oft überschätzt und uns Taten abverlangt, denen die Liebe nicht gewachsen war.

Erst als Erwachsene erkenne ich, dass es nicht jedem in gleichem Maß gegeben ist, Liebe aufzubringen, diese großzügige, geduldige, glückliche Regung der Seele, die versteht, erträgt und verzeiht, ohne Zwang und ohne Lohn. Gemessen an den hohen Maßstäben, die man uns in die Seele geätzt hat, konnten wir daher nur versagen, und wenn nicht gänzlich, so wiesen wir doch verdammte Defizite auf.

Allerliebste Anne, ich glaube Deine Antwort zu hören: Hochmütiges Omnipotenzgehabe! Ich liebe diese Antwort. Sie ist meine Absolution.

Wir müssen uns die Grenzen des Gutseins verzeihen.

Freundin von Herzen, ich umarme Dich.

Deine Marlene

Verbiegungen oder Die Grenzen des Gutseins

Die Wasserfläche, die der schwarze Novemberregen auf die Autoscheibe peitschte, verzerrte die vorbeifliegenden Häuser und die kahlen Äste der Straßenbäume und warf das diffuse Scheinwerferlicht der entgegenkommenden Autos als Blendbilder in die spiegelnde Nässe der Straße. Das Wasser, das aus Marlenes Augen strömte, bildete ein zweites Prisma, das die Welt zu unkenntlichen Formen verbog. Leon fuhr auf die Autobahn auf, die sich in weiten Kurven aus dem Moseltal wand, das hinter ihnen im Nebel versank. Sie hatten sich entschieden. Sie waren auf dem Weg nach Hause, zusammen mit Leons Mutter Margrit, die sie nach dem langen Krankenhausaufenthalt im Brüderkrankenhaus in Trier zu sich nehmen wollten. Wo sollte sie auch hin in ihrem geschwächten Zustand?

Zwei schwere Operationen hatte Margrit überlebt. Aber eigentlich wollte sie gar nicht mehr leben. Und das war das Unheil, das Marlene vor sich sah, und sie auf dem dunklen Rücksitz haltlos weinen ließ. Es war nicht die Aussicht, Margrit pflegen zu müssen, sondern die hilflose Furcht vor der Depression, die das Leben ihrer Schwiegermutter verdüsterte, seit sie sie vor über zwanzig Jahren kennen gelernt hatte.

Reinhild, Margrits Schwester, hatte immer für sie gesorgt, wenn die Depression schlimmer geworden war, und wenn es gar nicht mehr ging, hatte sie Marlene angerufen: »Ihr müsst sie holen!« Dann hatte Margrit ein oder zwei Monate bei ihrem Sohn und ihrer Schwiegertochter in Klarenthal verbracht, bis sie wieder ein normales Leben führen konnte. In den letzten sechs Jahren waren die Schübe länger geworden und häufiger aufgetreten, und die Suche nach wirkungsvollen Medikamenten, die die Ängste dämpfen, die innere Unruhe lindern und die leblose Schwärze von ihr nehmen sollten, war immer schwieriger geworden. In dem Jahr, ehe Margrit an Darmkrebs erkrankte, hatte sie sechs lichtlose Monate, wie Marlene diesen Zustand nannte, im Haushalt ihres Sohnes gelebt. Lichtlos, so empfand auch Marlene diese langen Wochen.

Reinhild war im letzten Sommer fünfundsiebzig geworden, und Margrit nach der Darmkrebsoperation zu pflegen, war ihr nicht zuzumuten. Leon hatte zwar gesagt: »Wenn sie sich dann erholt hat, kann sie wieder zurück nach Froden.« Aber Marlene wusste es einfach, diesmal würde Margrit bleiben.

Sie versuchte die hellen Erinnerungen an Margrit zu beschwören, die stille Freude in ihrem Gesicht als sie Sarah, ihr erstes Enkelkind, im Arm hielt, den Stolz, wenn sie Tonias Kinderwagen durch das Viertel schob, die endlosen geduldigen Wiederholungen, wenn sie mit den beiden Mädchen auf dem Boden hockte und die Plastikmännlein in den Spielzeugbus setzen musste, immer und immer wieder, Margrits dunkle, etwas raue, ungeübte Stimme, wenn sie Tonia voll guten Willens das Bilderbuch von *Simp*, dem hässlichen Hund, den keiner wollte, vorlas. Eine gute, liebevolle Oma, das war sie in den lichten Zeiten.

Aber auch dann, fand Marlene, war sie spröde und karg, und auch in guten Zeiten waren ihre dunklen Augen oft matt und ohne Interesse, als schaue sie von innen auf eine Welt, der sie nichts abgewinnen konnte.

Wenn Leon Geschichten aus seiner Kindheit erzählte, wurde eine ganz andere Person lebendig, die Marlene so nie kennen gelernt hatte. Demnach war Margrit eine energische Frau, die damals 1945 nach dem Selbstmord von Zeimets Fritz, einem entfernten Verwandten aus dem Nachbardorf, gerufen wurde. Seine Frau hatte den Fritz am Morgen auf dem Speicher gefunden, aufgeknüpft an einem Dachbalken. Margrit war sofort bereit, bei dem Toten die Nacht über zu wachen, denn die Toten wurden damals noch in den Häusern aufgebahrt. Sie hatte keine Furcht vor dem Geist des Erhängten; ihre Gottgläubigkeit und ein ausgeprägter Mangel an Phantasie bewahrten sie vor dem Aberglauben der anderen Dorfbewohner. »Es gibt keine Geister! Der Fritz war ein unglücklicher Mann. Für den muss man beten«, sagte sie.

Die wenigen Geschichten, die Margrit selbst erzählte, waren allesamt traurig. 1939 hatte sie geheiratet. Margrit und ihr Mann Stephan hatten nur wenige Monate das so genannte normale Leben genießen können. Eine eigene Wohnung, die Stelle auf dem Amt, ein bisschen Sicherheit und eigene Möbel – damals hatte Margrit geglaubt, bescheiden zu sein, weil sie nur das wollten, sie und Stephan. Er stammte aus dem Nachbarort Wellsbach und war Amtsekretär in Daun, später in Koblenz, also fast ein Studierter, jedenfalls war er kein Bauer. Denn in die Landwirtschaft wollte sie nicht, davon hatte sie von zu Hause her für alle Zeit genug.

Deshalb war sie auch als junges Mädchen schon mit sechzehn zuerst nach Trier, dann nach Koblenz in den Haushalt gegangen. Dort hatte sie in den besseren Familien bei der Frau Oberstudienrat Mink und später bei der Frau Justizpräsident Gerlach gearbeitet und Kochen gelernt, bei Tisch serviert, sauber gemacht und die Kinder gehütet. Margrit hatte ein Faible für die feinen Sitten und sich gleich ein Büchlein gekauft, den *Leitfaden über neuzeitliches Tischdecken und Servieren und gesellschaftliche Umgangsformen*. Eigentlich hätte sie viel lieber etwas Richtiges gelernt und die Schule besucht. Aber das war damals undenkbar für ein Mädel vom Dorf.

Der Krieg hatte sie verängstigt, so allein in der Wohnung, nachdem Stephan eingezogen worden war, und so kehrte sie, als sie schwanger war, nach Froden zurück.

Mit Stephan hätte sie glücklich werden können, daran hielt sie fest, denn sie hatten sich geliebt. Nach ihrer Rückkehr in das Eifeldorf war ihr Eheleben auf wenige Fronturlaube zusammengeschmolzen. Ansonsten lebte sie mit der Schwester und deren Kind, mit der Mutter, die seit den ersten Tagen des Ersten Weltkriegs Witwe war, und dem unverheirateten Bruder der Mutter in einem Haushalt.

Nach den ersten neun angstvollen Kriegsmonaten war Frankreich besetzt und Stephan auf die Schreibstube versetzt worden. Pflichtbewusst nahm er seinen Duden mit, um ja keine Rechtschreibfehler zu machen.

Damals war es fast so, als hätte er in Frankreich eine zivile Stelle. Einmal brachte er ihr einen feinen, fließenden Stoff mit, den er in Colmar gekauft hatte und über den die Schwägerinnen neidisch mit rauen Händen strichen, und aus Paris, man stelle sich vor, einen kleinen Flacon *Jardin d'Amour*, ein sündhaft teures, bernsteinfarbenes Parfum, das Margrit nur tropfenweise zu verbrauchen wagte und das unaussprechlich köstlich duftete. Einmal durfte sie Stephan sogar in Colmar besuchen, und abends führte er sie ins Theater aus. In Paris hatte er sich ein Opernglas gekauft, zwar etwas plump gearbeitet, aber aus Silber mit eingelegtem Schildpatt. Damit konnte sie nun auf die Bühne schauen. Und in der Pause stellte er ihr seinen Vorgesetzten, Oberst Kemmrich, vor. Sehr anerkennend äußerte sich dieser über seinen jungen Unteroffizier. Was für ein feiner Mann! Es war fast wie im Frieden.

Bis 1941 der Überstellungsbefehl nach Russland kam. »Du musst doch nicht gehen«, weinte Margrit, »du kannst doch sagen, dass du nicht willst und auf der Schreibstube gebraucht wirst. Du kennst doch den Oberst Kemmrich gut. Kann der nicht ein gutes Wort für dich einlegen?« »Wenn ich nicht gehe, muss ein Andrer gehen«, sagte Stephan, und dabei blieb er. Seit Stephan in Russland war, lag das Leben wie ein Albdruck auf ihrer Brust.

Auch ihre Schwester Reinhild bangte um ihren Mann Frido, der auf der Krim stationiert war, aber sie hatte eine andere Art, damit umzugehen. Wenn ihr etwas das Herz abdrückte, musste sie die Geschichte gleich der Nachbarin, der Freundin, der Schwester anvertrauen, alle Emotionen bordeten über, und wenn sie die Begebenheit mehrmals erzählt hatte, immer mit der gleichen Dramatik und denselben Worten, fühlte sie sich leichter. Reinhild neigte nicht zum Grübeln wie Margrit. Die schwere körperliche Arbeit auf dem Feld, vor allem bei der Ernte und beim Dreschen, und die Versorgung des Viehs, vor dem sie sich fürchtete, nahmen all ihre Kraft in Anspruch. Hinzu kam, dass es Frido immer wieder gelang, Heimaturlaub zu bekommen, indem er hartnäckig darauf hinwies, wie sehr er in der Landwirtschaft gebraucht wurde.

Auch Margrit musste in der Landwirtschaft mithelfen, aber daneben hatte sie sich Nischen geschaffen, Arbeiten gefunden, die ihr eher lagen und die nun ihr Bereich waren. So war sie für die Wäsche zuständig und fürs Putzen, sie pflegte den Gemüse- und Blumengarten am Haus, erntete das Beerenobst, kochte Marmelade, weckte Gemüse ein und backte die köstlichsten Weihnachtsplätzchen. Und sie musste in allen Belangen für die Mutter da sein, die sich immer mehr in die Unselbständigkeit zurückzog. Diese Aufgabe jedoch hatte sie sich nicht ausgesucht.

Im späten Winter 1943 nahmen die Gerüchte von der Ostfront zu, Nachrichten, die von den Zeitungsberichten abwichen. Von Hunger war die Rede, von Erfrierungen, von Rückzug und Ausweglosigkeit. Immer öfter mussten die Frauen im Dorf schwarze Trauerkleidung anlegen, um in der Kirche am Sterbeamt für einen Gefallenen teilzunehmen. Es gab immer mehr Kinder im Dorf, die ohne Vater aufwachsen würden.

Der Briefträger Karl wusste, welche Nachricht er überbringen würde, als er Margrit im Januar 1944 den Feldpostbrief mit dem fremden Absender aushändigte. Margrit weinte nicht. Niemand sah sie eine Träne vergießen. Sie erstarrte einfach. Die Anteil nehmenden, ja herzlichen Worte des Kompanieführers, die Freundschaft, Ehrerbietung und persönliche Betroffenheit ausdrückten, konnten nicht den Kern der Aussage mildern: Stephan war im Schützengraben von einem Granatsplitter ins Auge getroffen worden. Auf einer Art Schlitten, den sie provisorisch zusammengebaut hatten, transportierten die Kameraden den Schwerverletzten kilometerweit durch unwegsames Gelände bis zum Lazarett. Stunden später war er dort gestorben.

Margrit war achtundzwanzig, als sie ihren Mann verlor. Von da an zog sie sich ins Schweigen zurück. Mit wem hätte sie reden sollen? Mit ihrer Mutter, die vor sich hin seufzte, und im Schicksal der Tochter die Wiederholung des eigenen Verlusts beweinte? Oder mit der Schwester, die alle paar Wochen erleichtert die knappen Nachrichten von Frido las, der offensichtlich nicht an der Hauptgefechtslinie stationiert war?

Bis in die letzten Jahre ihres Lebens war sie voll Bitterkeit, dass der Krieg und dieser verhasste Hitler ihr Leben zerstört hatten, ihren Anteil an Glück, und dass das Leben hinterher weiterging ohne Stephan. Die Traurigkeit sank wie ein dunkler Bodensatz auf den Grund ihres Wesens. Margrit klinkte sich aus, sie nahm an keinem Dorffest mehr teil, an keiner Kirmes, keiner Fastnachtsveranstaltung, bei der es fröhlich zuging, auch Jahre später, als sie noch immer jung war, hielt sie sich fern, tanzte nicht, war unnahbar.

Ihr dreijähriger Sohn Leon band sie ans Leben. Er sollte keine traurige Kindheit haben. Nur zu gut stand ihr ihre eigene Kindheit und Jugend vor Augen, die vom frühen Tod des Vaters überschattet war. Drei Monate nachdem er in Flandern gefallen war, war ihre Schwester Reinhild zur Welt gekommen, ein Trauerkind, ein Vermächtnis, eine stete Erinnerung. Nie hatten sie lärmen und fröhlich sein dürfen, Reinhild und sie. »Ihr Kinder lacht nicht, sonst passiert was Schlimmes«, soll die Mutter gesagt haben. So sollte Leon nicht aufwachsen.

Daher handelten Leons Geschichten über Margrit von einer energischen Mutter, die der Welt furchtlos entgegentrat.

In der Nachkriegszeit sei sie mit ihrem Schwager zu Fuß über die Dörfer nach Daun gegangen, um dort Waren zu verkaufen, Eier, Kartoffeln, Speck und Gemüse, und notwendige Einkäufe für die Familie zu tätigen.

Zu Weihnachten hatte sie ihm sogar ein hölzernes Schaukelpferd organisiert.

Nach Stephans Tod war auch der Formularkrieg auf den Ämtern Margrits Aufgabe, die Anträge auf Kleidergeld und Besserstellung bei der Rente, ebenso der monatliche Gang zur Bank, wo sie die Unterschrift ihrer Mutter mit hartem Schwung unter deren Rentenauszahlung setzte und auch ihre eigene kleine Kriegerwitwenrente abhob.

Denn ihre Mutter, erst knapp sechzig Jahre alt, hatte nach dem Krieg die Probleme des Alltags an die älteste Tochter Margrit delegiert, damals noch eine junge Frau von dreißig Jahren, und auch sonst war diese in allen Bereichen für sie zuständig. Sonntags schockelte die Mutter eingehängt in Margrits Arm zur Frühmesse. Margrit begleitete sie zum Kleiderkauf und zum Arzt, und die Struma-Operation ließ sie nur über sich ergehen, weil ihre Tochter während ihres Krankenhausaufenthaltes das Zimmer nicht verließ.

Als in den Fünfzigerjahren das Elternhaus ihres Mannes in den Besitz von Schwager und Schwägerin überging, hatten diese geglaubt, mit der jungen Witwe leichtes Spiel zu haben und sie zuerst hinhalten und dann ausbooten wollen. Keinen Pfennig sollte sie bekommen. Da war Margrit zum Notar nach Bitburg gefahren und hatte kurzerhand eine Hypothek in Höhe ihres Erbteils auf das Haus setzen lassen. Danach wurde gezahlt, hundert Mark im Monat, aber immerhin. Von dem Geld kaufte sie für Leon den *Großen Brockhaus*. Das war sein Erbe.

Wenn es um ihren Sohn ging, den kleinen Leon, bewies sie Courage. Er war klug und sollte etwas lernen. Nur zwei Jungen aus dem Dorf gingen damals ins Gymnasium nach Wittlich. Margrit wollte das Beste für ihr Kind, und das war für sie eine gute Schulbildung. Dafür war sie bereit, Opfer zu bringen, auch wenn er später aus dem Haus gehen sollte und in einer anderen Stadt weit weg von ihr wohnen würde. Der Postbus kam morgens schon um halb sechs Uhr vorgefahren. Auf dem Hinweg nach Kirrbach kurz vor fünf hupte der Fahrer zweimal, wenn er an dem Haus vorbeikam. Dann war es Zeit aufzustehen. Die Schwägerinnen, deren Kinder nur die Dorfschule besuchten, warnten sie und malten ihr aus, dass Leon spätestens in der achten Klasse scheitern werde wie so viele »Du wirst schon sehen!«, und ihre Wortspitzen verfolgten sie in der Nacht.

Verschwiegene Geschichten, die niemand erzählte oder aussprach, formten sich in Marlenes Kopf, wenn sie ihre Schwiegermutter in späteren Jahren unbeweglich wie eine Statue auf dem Sofa sitzen sah.

Die Männer von Reinhild und Margrit waren Brüder. Dadurch waren die Lebensläufe der Schwestern noch enger miteinander verflochten. Aber Frido und Stephan waren sehr unterschiedlich. Während Stephan alles sehr genau nahm, setzte sich Frido oft mit verschmitzter Leichtigkeit über die Dinge hinweg.

Es war Mitte Mai 1945, eine Woche nach Kriegsende, als Erna aus dem Unterdorf zum Haus der Barbians rannte. »Euer Frido ist unterwegs nach Hause!«, rief sie, »der Bäcker aus Kirrbach war eben bei uns. Er hat ihn in Koblenz am Bahnhof gesehen. Aber als er ihn in seinem Pritschenwagen mitnehmen wollte, war er schon weg.«

Frido kehrte unversehrt nach Hause zurück. »Als ich gemerkt habe, dass der Krieg zu Ende geht, habe ich mich aufgemacht und bin nach Hause gelaufen, ehe die Russen mich gekriegt haben.« Frido war kein Mann großer Worte. Daher erfuhr man auch keine Einzelheiten über seine abenteuerliche Wanderung von der Krim quer durch Polen und Deutschland. Wenn man ihn fragte, grinste er nur: »Sie haben mich nicht erwischt. Ich bin immer wieder entkommen.« Durch Fridos Heimkehr war die Familie von Margrits Schwester wieder vollständig. Nicht lange danach erwartete Reinhild ihr zweites Kind.

Margrit hatte täglich vor Augen, was hätte sein können. Sie missgönnte nicht, aber sie litt. Frido war gutherzig und großzügig, und musste sich nicht anstrengen, Leon wie sein eigenes Kind zu behandeln. Selbstverständlich sollte die Frau seines Bruders bei ihnen wohnen.

Stephan war keineswegs vergessen, aber die Menschen waren auf Neubeginn und Weiterleben eingestellt. Die Freude über die Heimkehrer und über die Nachkriegskinder, über die nach dem Krieg geschlossenen Ehen und eine friedliche Zukunft legte sich wie ein buntes Tuch über die zersplitterten Leben der Kriegsversehrten, traumatisierten Spätheimkehrer und die mit Trauer erfüllten Lücken. So manche Kriegswitwe im Dorf heiratete wieder. Andere, die wie Margrit allein blieben, bauten sich eine berufliche Existenz auf und gingen auf den Handel, zogen mit Waren über die Dörfer und verdienten eine schöne Stange Geld, von dem einige sich sogar ein eigenes Haus bauen konnten. Andere arbeiteten in der kleinen Strickwarenfabrik oder der neu gegründeten Lederwarenfirma im Ort.

Margrit lebte ohne eigene Zukunft. Für Leons Zukunft sorgte sie, aber sie selbst verharrte in den Strukturen, die ihr der Krieg aufgezwungen hatte. Sie blieb in Froden, machte ihren Teil der Arbeit, kümmerte sich um die Mutter und um Leon, und wurde ein fester Bestandteil der Großfamilie.

Leon war gerade eingeschult worden, als die Landjägerwohnung frei wurde. Margrits Mutter hatte das nach dem ersten Weltkrieg gebaute Haus nur finanzieren können, indem sie die obere Etage für zwanzig Jahre als Dienstwohnung für den Dorfpolizisten und seine Familie zur Verfügung stellte. Nun war diese Frist abgelaufen, und Margrit machte einen letzten Versuch, sich abzugrenzen und ein Stück eigenes Leben zu retten. In den oberen Räumen des Hauses stellte sie die Möbel auf, die in Koblenz eingelagert waren, und richtete ihren eigenen Haushalt ein.

Für Leon aber waren die Kinder von Reinhild und Frido seine Geschwister. »Unten bei den Anderen schmeckt es mir viel besser«, jammerte er. »Ich will aber nicht hier oben sein, sondern mit Ellen und Klaus spielen. Mir ist so langweilig.« Leon war nicht zu halten, so sehr drängte er zurück zu der großen Familie, die er gewohnt war. Nach wenigen Wochen gab Margrit nach.

»In meinem ganzen Leben habe ich es nie machen können, wie ich gewollt habe.« Dieser bittere Satz wurde Margrits Stoßseufzer.

Als in den Sechzigerjahren die Mutter zum Pflegefall wurde, schloss sich für Margrit das Zeitfenster der Wahlfreiheit für immer. Niemand machte sich darum Gedanken, wie Margrit dieses Leben ertrug und warum sie keine Änderung herbeiführte. Auch nicht nach dem Tod der Mutter oder als Leon zum Studium nach Trier, und später nach Saarbrücken, zog. Vielleicht war es aber da schon zu spät.

Margrit war gottgläubig und fromm ergeben in Gottes Willen. Die schlimmsten Phasen ihrer Krankheit waren die, in denen sie sich nicht mehr sammeln konnte, um zu beten. Als sie längst nicht mehr zum Gottesdienst gehen konnte, betete sie noch jeden Tag den Rosenkranz, eine Meditation, die sie am Leben hielt. Sie bewahrte sie davor, ihrem Leben ein Ende zu setzen, als ihr Wille zu leben immer schwächer wurde, obwohl sie körperlich in guter Verfassung war. Die muntere Prognose des Arztes: »Mit den Untersuchungswerten können Sie hundert Jahre alt werden, Frau Barbian«, empfand sie als niederschmetternd.

Vieles davon erfuhr Marlene nach und nach in den ersten Ehejahren.

Sie, die gerade ihre Mutter verloren hatte, war gerne bereit, Leons Mutter in ihr Glück mit einzubeziehen und sie mal hier über die Feiertage, mal für zwei Wochen, wenn es ihr schlecht ging, einzuladen. Noch war es keine Pflicht.

Doch die Phasen der Depression wurden länger, die Suche nach wirksamen Medikamenten immer schwieriger und die wochenlangen Aufenthalte bei Leon und Marlene zur Belastung. Voller Optimismus suchte Marlene mit ihrer Schwiegermutter immer neue Ärzte auf, Neurologen und Psychiater, auf der Suche nach dem erlösenden Wundermittel. War das vage Gleichgewicht zwischen Aufhellern, Beruhigungs- und Schlafmitteln für kurze Zeit gefunden, kehrte Margrit nach Froden in die Familie ihrer Schwester zurück.

Dort hatte der jüngste Sohn das Haus übernommen und eine Familie gegründet. Der ihr ungewohnte Trubel, das muntere Treiben der drei kleinen Kinder störten Margrit in ihrer immer starrer werdenden Vorstellung von Ruhe, Zurückgezogenheit und planmäßigem Ablauf. Auch wenn sie bei Marlene war, waren ihr Ordnung und pünktliche Mahlzeiten wichtig.

Die Krankheit mit ihrer unerbittlichen Wiederkehr und ihrer unberechenbaren Dauer begann Margrit zu prägen. Auch in ihren guten Phasen sah sie in allem das Negative. In ihren Gesprächen war fast nur von unheilbaren Erkrankungen, Todesfällen und Familienstreitigkeiten die Rede. Es schien Marlene, als ob sie die Menschen durch eine düstere Brille betrachtete, die Bosheit und Unglück scharf hervortreten ließ.

Nur auf Marlene ließ sie nichts kommen. Sie war ihr Anker. »Marlene kann alles«, sagte sie. »Marlene muss alles können«, verstand ihre Schwiegertochter und fühlte sich elend.

Als Margrit die Siebzig überschritten hatte, wurde sie immer mehr zu einer verbitterten Frau, die in einer beklemmenden Traurigkeit oder negativen Fühllosigkeit erstarrte. Sie kreiste um sich selbst, seltsam blind für die Bedürfnisse der anderen. Noch konnte sie aufleben, wenn eine Mahlzeit ihr gut geschmeckt hatte oder eine Sendung im Fernsehen lief, die ihr Interesse weckte.

Mit den Jahren schmolz ihre Lebensenergie dahin, bis sie sich für die kleinsten, täglichen Verrichtungen unfähig fühlte. Aufzustehen um einen Löffel aus der Schublade zu holen, sich zu entscheiden, welches Kleid sie anziehen wollte, ein Wäschestück zusammenzulegen, wurde ihr immer mehr zum Problem, bis sie sich allem verweigerte und in Apathie versank.

Nur Leon war noch imstande hinter den schwerfälligen, widerwilligen Bewegungen, den müden, stumpfen Augen und den tief eingekerbten senkrechten Falten zu beiden Seiten der Mundwinkel die tatkräftige, vernünftige Frau zu sehen, die ihm eine problemlose Kindheit beschert und sein Leben in gute Bahnen gelenkt hatte. Er liebte seine Mutter, so einfach war das.

Am schlimmsten waren die Tage, an denen die Ängste Margrit nicht mehr aus den Klauen ließen. Ehe Marlene morgens zum Dienst fuhr, musste sie dafür sorgen, dass alles für ihr Frühstück bereitstand, und ihre Schwiegermutter überreden, aufzustehen und den Tag zu beginnen. Oft lag Margrit mit weit aufgerissenen, Angst erfüllten Augen im Bett, starr vor Panik, unfähig sich auf den Alltag einzulassen.

Obwohl sie für ihr Alter relativ gesund war, forderte sie immer mehr Hilfeleistungen: Die Wäsche musste herausgelegt werden, beim Anziehen der Strümpfe brauchte sie Hilfe, später bei allen Kleidungsstücken. Auch konnte sie nicht mehr selbstständig duschen.

An einem Märztag, als strahlendes Frühlingslicht das Wohnzimmer erhellte, fand Marlene ihre Schwiegermutter bei der Heimkehr total verschwitzt und aufgebracht vor. »Mir ist so heiß«, brach es aus ihr heraus. »Warum hast du denn den warmen Pullover nicht ausgezogen?«, fragte Marlene. Aber Margrit beklagte ihr Missempfinden, schimpfte über die Hitze und den hellen Tag, und ließ sich nur mühsam überreden, ein leichteres Kleid anzuziehen.

Leon bog in die Karlinger Straße ab. Sie waren in Klarenthal angekommen. Der erste Tag von sechs Jahren, die folgen sollten, war angebrochen.

In diesen sechs Jahren verbrachte Sarah ein Highschool-Jahr an der Ostküste der USA, starben nacheinander die drei Meerschweinchen der Kinder und wurden im Garten begraben, verbrachte Tonia ein Highschool-Jahr an der Westküste der USA, feierte Leon seinen sechzigsten und Marlene ihren fünfzigsten Geburtstag, verließen Sarah und Tonia das Elternhaus, um in Tübingen, später in Heidelberg zu studieren, erlitt Frenne einen Herzstillstand und wurde gerettet, kam Laura nach einem Schlaganfall in ein Pflegeheim, starb Frenne, verbrachte Sarah ein Studienjahr in Boston, feierte Margrit ihren fünfundachtzigsten Geburtstag, begann Marlene mit ausgeschaltetem Motor in die Einfahrt zu fahren und sich ins Haus zu schleichen, hielt Tonias Freund Julian die Familie Barbian für herzlos. Und das kam so: Julian war zum ersten Mal zum Mittagessen eingeladen. Ein netter Junge. Das Gespräch plätscherte dahin, Komplimente an die Köchin, jeder zeigte sich von seiner besten Seite, die Storys wurden witziger, gemeinsames Gelächter, dann eine Gesprächspause, Stille. Und in diese Stille hinein sagte Margrit: »Ich wollte, ich wäre tot.« »Möchte noch jemand Kartoffelpüree?«, fragte Marlene. Tonia begann eine abgefahrene Geschichte aus der Chemiestunde zu erzählen, Leon wollte wissen, wie viele Schüler in dem Kurs seien. »Das ist doch nebensächlich, Papa!«, alle redeten durcheinander, nur Julian klinkte sich mit einem Mal aus dem Gespräch aus.

»Ihr seid vielleicht herzlos!«, sagte er später zu Tonia. »Habt ihr denn nicht gehört, was Eure Oma gesagt hat?« »Och das, so etwas äußert sie seit Jahren jeden Tag. Das darfst du nicht so schwer nehmen.« So weit war es also mit der mitfühlenden Familie Barbian gekommen.

Im vierten Jahr begann sich Marlene gegen Margrits antriebslose Niedergeschlagenheit, die sich wie ein schwarzes Tuch über die Familie zu breiten drohte, zur Wehr zu setzen. Sie entwarf einen Zeitplan zur Wohnzimmernutzung, sie bestand auf einem eigenen Zimmer, sie gewöhnte es sich an, an ihrer Schwiegermutter vorbei zu schauen, ganz gleich, ob sie ihr Essen hinstellte, sie abtrocknete oder ihr beim Anziehen half.

Dann wieder machte sie sich bewusst, dass Margrit Leons Mutter war, dass sie ein schweres Leben hatte und bemühte sich, etwas Licht in ihr Leben zu bringen. Sie kaufte Margrits Lieblingsblumen, überraschte sie mit einem Pullover in ihrer Lieblingsfarbe, doch das Echo blieb aus.

Margrit ließ sich leben, sie ließ sich gegen ihren Willen durchs Leben schieben.

Marlene floh vor diesem unentrinnbaren Zwei-Körper-Dasein. Sie schlich sich ins Haus, um sich ihrer Schwiegermutter, die schon auf sie »lauerte«, wie Marlene sagte, zu entziehen. Sie plante Kurzurlaube mit Leon übers Wochenende, spannte die Kinder ein, um Margrit zu betreuen, übertrug Aufgaben an Leon, um Berührungen zu vermeiden, organisierte einen Kurzzeitpflegeaufenthalt in einem Seniorenheim, um mit Leon drei Wochen an die Ostsee fahren zu können.

Doch dem Groll, der sich immer mehr in ihr aufbaute, konnte sie nicht entfliehen, ein Groll gegen Margrit, von der sie sich erdrückt fühlte und der sie innerlich vorwarf, weitaus mehr zu können und ihre Schwiegertochter auszunutzen; und gegen Leon, dem alles nichts auszumachen schien, und um dessentwillen sie doch ihre Aufgabe weiter erfüllte.

Man darf die Liebe nicht überfordern. Natürlich konnte Leon, der von diesen Zusammenhängen nichts ahnte, Marlene nicht entschädigen. Das Korsett aus Pflichten durch Beruf, Pflege und Familienmanagement, zu dem auch die notwendiger werdenden Besuche bei Frenne in Wiesbaden gehörten, wurde immer enger.

Leon und Marlene waren ein Team. »Wir schaffen das. Wir sind doch ein gutes Team«, sagte Leon, und Marlene lächelte gequält, brach in Tränen aus oder schrie ihn wütend an, je nach Tagesform.

Im sechsten Jahr erkannte Marlene, dass man keine Änderung von außen erwarten kann, sondern sich selbst retten muss. Und sie erkannte, dass sie dazu nicht gegen Leon, sondern gegen sich selbst antreten musste. Sie hatte die äußerste Grenze des Gutseins erreicht.

Margrit absolvierte die letzten drei Jahre ihres Lebens in einem Altenheim. Nie äußerte sie ein schlechtes Wort über Marlene.

Über das verpönte Alter

Liebe Anne,

heute bin ich jammervoll! Und ich wüsste niemanden, bei dem ich ein so verständnisvolles Echo für meine Tiraden finden könnte. Ach.

Es gibt Tage, da passt die uralte Einsicht in den notwendigen biologischen Wandel nicht zu meiner noch glatten Haut. Ich wünsche mir an diesen Tagen, schon älter zu sein, so alt wie ich mich fühle, um die klaffende Lücke zwischen Denken, Fühlen und Lebensalter zu schließen.

Es gibt aber auch Tage, da schlottern mir meine neunundfünfzig Jahre wie ein zu weit gewordenes Gewand um meinen Körper, der mich im Stich lässt, der zu schnell ermüdet, dessen Fähigkeiten ich immer weniger nutzen kann. Wie Trauerfahnen legt sich der Schatten wehmütigen Verzichts auf meine Seele.

Und dann die neu hinzugekommene Angst im entscheidenden Augenblick, zu bestimmten Terminen, kräftemäßig der Anforderung nicht gewachsen zu sein. Denn die Erfahrung hat sich schon eingebrannt: Die Überziehungskosten für das Energiekonto sind fast unbezahlbar und Vorauskredite ruinös. Zu anderen Zeiten pulsiert der Frühlingswind im neuen Laub und weht die dunkle Erde in hoffnungsvollen Spiralen gegen die Zäune.

Doch der Spiegel lehrt mich die Falten. Nein, ich will diesen Körper nicht, diese schlaffe Haut, diese überflüssige Rolle. Der Bauch wölbt sich gegen den Hosenbund. Das bin doch nicht ich! Selbst mein Hals scheint dicker geworden zu sein.

Wohin soll ich in diesem Gehäuse mit meinen aufbrechenden Gefühlsstürmen?

Keine Brücke will die auseinander brechenden Teile verbinden. Kein Hinweisschild gibt uns Orientierung: Hier bist du richtig oder dort. Und niemand bestätigt uns in dieser Zerrissenheit und sagt: Ja, genau so!

Es müsste riesige Fundbüros geben für diese nicht mehr verwendbaren, schmerzlichen Gefühlsdinge. Früher sagte man Sehnsucht dazu. Wenn alle Fünfzig-Plus-Frauen ehrlich wären und diese Fundbüros mit diesem überflüssigen Frausein voll stopften, wären Dörfer, Städte und Länder angefüllt mit solchen Aufbewahrungsanstalten.

Doch da dies nicht so ist, hilft es nur noch, sich selbst davonzulaufen. Ganze Wälder sind voll von Fünfzig-Plus-Frauen, die sich die Seele und die Speckrollen aus dem Leib laufen, joggen, walken, als Flucht vor der überwältigenden Erkenntnis ... Welcher Erkenntnis? Ich walke.

Am letzten Freitag haben einige so genannte junge Alte, die mindestens schon sechzig oder siebzig waren, in einer Talkshow unser Wohnzimmer bevölkert. Ich räkelte mich im Sessel, während Leon mit halb geschlossenen Augen – oder war er bereits eingenickt? – in sich zusammensank. »Natürlich«, so gockelte ein Siebzigjähriger mit müde blitzenden Männeraugen über einem faltigen, aber braun gegerbten Männerhals, »natürlich gehören Erotik und Sex im Alter dazu. Die Gesellschaft hat die körperliche Liebe im Alter lange verpönt, die Augen davor verschlossen, doch sie lässt sich nicht verdrängen, sie ist wichtig, unverzichtbar wichtig ...« »Klar, aber eine Frau über vierzig käme für mich heute nicht mehr in Frage«, ließ sich ein jung gebliebener Sechziger vernehmen.

In meinem Hals spürte ich Tränen aufsteigen. »Im Alter!« Ich bin doch erst neunundfünfzig! Ich dachte an die harten Arbeitswochen der letzten Jahre, unsere Feierabenderschöpfung, an Terminfesseln, die uns einschnürten und uns oft nur müde Zwischenzeiten ließen.

»Den Körper trainieren, den Geist, das Gedächtnis, die Kreativität herausfordern, Neues dazu lernen, mit neuen Lebensentwürfen zur Stütze der Gesellschaft werden, zur ultimativen Selbstverwirklichung vordringen ... »

In meinen Augen brannten Tränen, mein Magen sandte Wellen von Trauer und Übelkeit aus, bis in den letzten Winkel meines unzeitgemäßen Körpers.

Liebe Anne, ich sehe Dich lachen, spöttisch, verständnisvoll, und ich sehe Dich ein paar Tränchen wegwischen, aus gleicher Quelle fließend wie die meinen. Warum kann die Gesellschaft uns nicht einfach positiv altern lassen? Oder warum hört das Begehren nicht einfach irgendwann auf?

Ach, jetzt fühle ich mich besser, liebste Anne.

Allerliebste Grüße von Deiner entgleisten
Marlene

Und lieben, Götter …

Septembergold schwebte hier und da sacht durch den unglaublich blauen Tag. Es war, ols ob das sinkende Laub sich beruhigend auf Marlenes aufgewühlte Gedankenkreise legte, heute, an ihrem sechzigsten Geburtstag. Sie spürte, wie die Zeit still stand, geradewegs zwischen Sommergrab und Sommerleuchten. Sie liebte die Melancholie der Zwischenzeit, ja, manchmal schwelgte sie geradezu in der Sommerwehmut Rilkes und Benns, badete gern in der Morbidität des schönen Verfalls.

Ihr Blick fing sich in den Stauden der Astern, violett und blau, verirrte sich im bunten Blütengewirr von Löwenmaul und Ringelblumen, bewunderte die fast vulgär explodierende Pracht der Geranien, ruhte zärtlich auf den Blütenblättern einer halb geöffneten Rose, und verweilte erschrocken auf dem rot flammenden Laub des Spindelstrauchs, in das braune Kiefernnadeln fielen.

Und sie begriff, dass das kleine Erschrecken ihr selbst galt, obwohl ihre Freundinnen schon längst sagten: Marlene, spätestens mit sechzig beginnen die Wehwehchen, beklag dich nicht, das mit dem Knie wird nicht mehr gut, früher konnten wir noch bis spät nachts feiern, ich vertrag den Sekt nicht mehr, überhaupt mein Magen, und sie hatte immer gelacht und gemeint, dass das die falsche Perspektive sei, dass das alles auf sie nicht zuträfe, man müsse nur wollen.

Im vorletzten Jahr hatte sie ihren ersten Einbruch erlebt. Sie hatte die Fähigkeit eingebüßt, ihren Beruf auszuüben. Sie musste damit rechnen, noch weitaus mehr zu verlieren. Aber in diesem Augenblick ordnete sie ihre Verluste zum ersten Mal ein. Sie gehörte zu der Altersgruppe, die Einbußen hinnehmen musste. Es war, als hätte nur noch dieses Teil im Mosaik gefehlt, um das Bild vollständig zu machen, das Herbstlaub des Spindelstrauchs unter der rieselnden Kiefer heute an ihrem Geburtstag.

Natürlich wusste sie, dass sie längst zu den jungen Alten gehörte, zur Zielgruppe für Anti-Aging-Cremes, Faltenlifter und dezent jugendlich wirkende, stilvoll-seriöse Kleidungsstücke in harmonischen Farben. Die Zeit, in der sie eine Werbefrau im Einkaufszentrum zum Weinen gebracht hatte, als diese ihr ein Pröbchen Anti-Falten-Creme mit den Worten aufdrängte: »Für die reife Haut! Das können Sie in Ihrem Alter doch gut gebrauchen!«, war längst vorbei. »Wie kommen Sie mir vor?«, hatte sie die Frau damals angefahren, »reife Haut! Mich so zu beleidigen! Mein Gesicht geht Sie gar nichts an und Ihr Kommentar ist unerwünscht.« Heute rieb, kreiste und klopfte sie klaglos Feuchtigkeit, Vitamine, Collagen und XY-Komplexe in die kritischen Gesichtspartien.

Marlenes Gedanken rutschten ab wie von einem vereisten Geländer. Heute Abend wollte sie schön sein, zumindest den Versuch dazu wollte sie unternehmen. Heute Abend auf ihrer Geburtstagsparty ... Der Blick auf die Uhr beruhigte sie. Sie hatte noch Zeit.

Gedankenlos begann sie dicke Sedum-Köpfe abzuschneiden, rosarote dekorative Blüten der Fetten Henne, wie die fleischige Pflanze auch genannt wurde. Als Tischschmuck locker verstreut würden sie sich heute Abend gut machen.

Kiefernadeln, die in rotes Laub rieselten. Marlene konnte es nicht mehr ignorieren. Auch sie gehörte seit einigen Jahren zu der großen Gruppe von Frauen, die auf dem Abstellgleis der Gesellschaft gelandet waren.

Nein, nicht in beruflicher Hinsicht! Da hatte sie bis zu ihrem Ausscheiden zu den bewährten weiblichen Zugpferden mit tief verinnerlichtem Verhaltensmuster preußischer Pflichterfüllung gehört. Frauen wie sie waren das Rückgrat von Behörden, Planungsbüros und Zahnarztpraxen. Doch Glanz und Anerkennung gab es für den Charakterfehler weiblicher Perfektionismus nicht. Allenfalls fand sich die Männerwelt großzügig-weitherzig mit dem für sie vorteilhaften Schaffensdrang ab, und wenn er für sie lästig wurde, übte sie sich in phantasievoller Vermeidetaktik, vor allem wenn von Frauen in vorgerücktem Alter Termine angemahnt, Regelverstöße aufgedeckt, Neuerungen für notwendig gehalten wurden.

»Sie müssen das lockerer sehen, Frau Barbian«, hatte ihr Chef, Herr Manuel, immer zu ihr gesagt, und ihr Kollege Seegmüller: »Du bist viel zu verbissen.« »Du siehst das zu eng«, sagte ihr Mann oft. Marlene hielt die Männerwelt für ziemlich heuchlerisch.

Als sie damals aus dem Dienst verabschiedet wurde, hatte Herr Manuel anerkennende Worte gefunden für »die hilfreiche kritische Auseinandersetzung und die Anregungen«, die ihm nun sehr fehlen würden, »auch wenn es nicht immer bequem war, sie umzusetzen.« Über diesen Zusatz hatten alle gelacht, und ihr lieber Kollege Bernhard hatte augenzwinkernd ein »wie wahr, wie wahr!«, dazwischengerufen.

Nein, im Beruf hatte sie auf dem Hauptgleis gestanden, nicht gerade der Beförderung, aber wenn es um wichtige Arbeiten ging. Warum störte sie sich an entgleisender Ordnung? War sie etwa querulantisch?

Sie hätte es so viel lieber gesehen, wenn ihr Chef nicht immer so gequält gelächelt hätte, wenn er wieder einmal ins Schwerefeld ihrer Energieanfälle geraten war.

Ja, sie war angesehen, irgendwie, aber beliebt? War sie beliebt? Und als Frau, wie sah man sie als Frau?

Ha, das war das eigentliche Abstellgleis. Marlene sah vor sich Schienenstränge in alle Welt gehen, fächerförmige, sich kreuzende, parallele, sich verzweigende Schienenbündel. Mit fernweh-krankem Blick eilte sie die Spuren entlang über Schwellen und Stollen und Schwellen bis zum diesigen Horizont, und sich selbst sah sie ganz klein vorn im Bild, unbeweglich auf dem toten Gleis.

Marlene fror in ihrem dünnen Kleid. Die Schatten waren länger geworden. Sie würde allmählich mit der Verschönerungsprozedur für heute Abend beginnen müssen.

Letzten Samstag waren sie zu viert ausgegangen. Als sie nach dem Badezimmer-Marathon mit Extra-Make-up im Glitzerfummel die Treppe hinunterrauschte – Scarlet O'Hara im Beton-Fertighaus – wartete Leon schon im Hausflur auf sie, drehte sich um, sah sie erwartungsvoll an, griff sich an den Krawattenknoten und fragte: »Kann ich das blaue Hemd zu der Libellen-Krawatte tragen?« Und während ihr frisch geföntes Gefieder sich unbeachtet wellte und glänzte, begutachtete sie das Outfit ihres Mannes und gab sich tief drinnen einen kleinen Tritt, nicht weil ihre Eitelkeit verletzt war, sondern weil sie es immer noch nicht gelernt hatte.

Als kurz darauf Horst zusammen mit Melanie eintraf, erkannte Marlene sogleich, dass der Freund wieder einmal den tiefsinnigen Blick, wie sie es bei sich nannte, vor sich hertrug, und schon hatte er sich in die Kritik am weltumspannenden Pazifismus gestürzt. Da erlosch auch diese Hoffnung, mit aufgemalten Nichtigkeiten bezaubern zu können.

Die herzlichen Komplimente der Freundin konnten nicht ersetzen, was unersetzlich seit langem verloren war: Die Bestätigung als Frau.

Dass beide Männer später im Restaurant die zwanzigjährige Kellnerin hofierten und, wie Marlene und Melanie fanden, geradezu schwachsinnig anmachten, hatte ihr nur bestätigt, was sie schon wusste: Als Frau über fünfzig war man durch alle Raster gefallen, mochten auch Fernsehfilme mit gestylten End-Fünfzigerinnen das Gegenteil suggerieren.

All das wusste Marlene. Aber neu und brennend wie das feuerrote Laub des Spindelstrauchs war die verrückte Sehnsucht nach dem einzig wahren, Herz klopfenden, besinnungslosen Gefühl, das den Tag vergoldete, die Luft prickeln und die Erde erbeben ließ, danach, sich noch einmal heiß und verrückt zu verlieben.

Sich als Frau lebendig zu fühlen, das konnte doch wohl nicht von der Aufmerksamkeit oder dem Wohlwollen irgendeines Jung-Sechzigers abhängen. Nein, Marlene wollte wie immer die Dinge selbst in die Hand nehmen. Sie war bereit sich zu verlieben, einmal noch, ganz realistisch, ohne moralische Bedenken, ohne falsche Hoffnung auf Gegenliebe, und zwar heute sollte es sein, und sie wusste auch schon in wen.

Noch drei Stunden, dann würden die Gäste kommen. Und unter ihnen war Jonathan, in den sie mit einundzwanzig heiß verliebt war, der später Viola geheiratet und sich bis zu ihrem letzten Wiedersehen vor zwei Jahren einen Touch von Clint Eastwood in seinen besten Jahren bewahrt hatte.

Und lieben, Götter, welch ein Glück!

Und sollte es nicht Jonathan sein, ihr Götter, dann eben ein anderer, bitte! Entschlossen ließ sie den herbstlichen Garten hinter sich.

Die Party war gelungen. Aber trotz der allgemeinen Hochstimmung war Marlene enttäuscht, enttäuscht über sich selbst. Sie war unfähig. Sie konnte nicht mehr so empfinden. *Mea culpa, mea culpa*, ich bin zu alt. Auch fehlt mir die Leichtigkeit des Seins.

Andererseits, kein Wunder, wenn keine heißen Gefühle aufkamen! Die Objekte der Begierde waren alle von den Jahren gezeichnet, die meisten kopierten sich selbst, auch Jonathans jungenhaftes Lächeln hatte sich in den Falten verhakt.

Und dann rutschte ihr der Teller vom Schoß, der Nudelsalat kleckste auf die neuen Schuhe und Käsestückchen und Weintrauben rollten auf den Boden. Ein fröhliches Suchen begann.

Marlene sah direkt unter sich seinen Nacken: Den etwas breiten Hals mit den zarten Löckchen am Haaransatz, die geschwungene Linie von feinen Härchen entlang der jungen Haut hinter den Ohren, dieser verletzlichen Siegfriedstelle. Ja, hinter den Ohren war er noch ganz jung. Und die Schmetterlinge erwachten, die Luft begann zu prickeln, und der Boden schwankte. Marlenes Finger fuhr ganz leicht die Erinnerungslinie entlang. Ihr Mann hob lächelnd den Kopf.

Nichts bleibt, wie es ist

»Nächste Woche«, sagte der Augenarzt, »kommen Sie nächste Woche Mittwoch um acht!« Von Chancen und Prozent sprach er, aber das Blut brauste so in Marlenes Ohren, dass sie nicht alles verstehen konnte.

Fast zwei Jahre war sie nun bei Dr. Lisander in Behandlung. Neunzehn Monate waren vergangen seit der ersten Augenoperation. Und nun schien sich ein neuer Einbruch abzuzeichnen, ein negativer Entwicklungsschub, wie Dr. Lisander das nannte, der Fakten schuf, die nicht mehr umkehrbar waren. Die Sehfähigkeit ihrer Augen hatte sich erneut vermindert. Diesmal war auch das zweite Auge betroffen. Sie musste damit leben, auf dem Katapult zu stehen, das sie jederzeit wegschleudern konnte aus dem Gewohnten.

Noch am Abend vorher hatte sie in ihr Tagebuch geschrieben: »Ich habe Angst vor der Dunkelheit. Ich trauere um die Farben, den Himmel und die Blumen in meinem Garten, um die Bilder, die ich von unseren Reisen nach Hause gebracht und in Alben geklebt habe, um meine Selbständigkeit, um die Gesichter meiner Kinder und von ihm, Leon, der mich zu schützen und stützen versucht und doch so hilflos ist mit Worten. Vielleicht werde ich das Meer nicht mehr sehen. Vielleicht werde ich bald nicht mehr schreiben können. Doch vielleicht geht ja auch alles gut.«

Im kalten Tageslicht erschienen ihr solche Worte unangemessen theatralisch und larmoyant. Denn die Entwicklung der Krankheit mit den täglichen Reibeflächen, Stolperschwellen und Hindernissen war nüchtern und folgerichtig und entbehrte jeder Dramatik. Die Lebensgeschichten der Menschen, die zu ihr gehörten, die verbogenen, gescheiterten, verwandelten Lebensentwürfe ihrer Vorfahren umgaben sie wie ein schützender Wall. Während sie langsam die dunklen Steinstufen hinunterging, zog sie Bilanz.

In den vergangenen zwei Jahren hatte sie sich Nischen geschaffen, abseits des Berufslebens, abseits belastender Tätigkeiten, zu denen sie nicht mehr fähig war. Es hatte lange gedauert, ehe sie das so sagen konnte: Nicht mehr fähig war. Vor einem Jahr hätte sie noch gesagt: Ich tauge nicht mehr dazu, ein Mangel tut sich auf, ein Defizit, das sie in Selbstzweifel stürzte.

Johanna freute sich, wenn Marlene sie besuchte. Johanna hatte sie vor zwei Jahren durch Zufall kennen gelernt. Sie war so alt wie Marlene. Vor sechs Jahren hatte sich Johannas Leben durch zwei heftige Schlaganfälle grundlegend verändert. Seither war sie halbseitig gelähmt und hatte die Sprache verloren. Doch sie war eine Kämpferin, die inzwischen schon wieder an einer Krücke gehen konnte und gerade mit viel Mühe dabei war, wieder lesen zu lernen. Selbst wenn Marlene ihr irgendwann nicht mehr beim Lesen helfen könnte, wäre sie immer noch Wortefinderin und Freundin für sie.

Für die kleine Paula aus der Nachbarschaft, die ihr ans Herz gewachsen war, konnte sie weiterhin da sein, mit ihr spielen, Bilderbücher betrachten, und Geschichten erzählen. Auch Nurten, die zwölfjährige Kurdin, die sie durch Leons Freund Benno kennen gelernt hatte, verließ sich auf sie. Zumindest noch eine Zeitlang würde sie ihr helfen können, sich zwischen den Normen ihrer Familie und dem Asylland, das vielleicht ihre neue Heimat werden würde, zurechtzufinden.

Und Marlene hatte endlich Zeit zu schreiben. Sie nutzte jede freie Minute dazu, so oft und so lang es ihre Sehfähigkeit zuließ. So viel Freiheit! Was für ein Reichtum!

Durch das Glas der Eingangstür sah sie den Fastnachtswirbel. Einen Moment zögerte sie, auf die Straße zu treten und sich dem Trubel des Fetten Donnerstag, dem Beginn der Fastnachtstage, auszusetzen. Sie holte tief Luft wie ein Schwimmer, der ins Becken springt und öffnete die Tür zur Betzenstraße.

Ein bunter Wirbel riss sie mit, maskierte Frauen, die von der Fastnachtsveranstaltung vor dem Rathaus zurückströmten. Mit großartiger Geste winkte ihr eine pausbäckige Gretchenmaske zu, Marlenes Fuß verfing sich in dem dunklen Großmutterrock einer blond gelockten Perückenschönheit, eine hässliche Alte mit drei Zahnstümpfen im grinsenden Maskenmund fing sie auf und wirbelte sie herum, junge fröhliche Augen blitzten aus den Maskenschlitzen. Ein wirres Getute aus Fastnachtströten begleitete den Fastnachtsgesang vom treuen Husar, der in der scheppernden Blechmusik von drei versprengten Blasmusikern unterging, die weinselig dem St. Johanner Markt zustrebten. Plötzlich überkam Marlene inmitten der Kopftuchweiblein mit ihren grinsenden Maskengesichtern, der schrillen rothaarigen Nixen und vollbusigen Matronen, die mit kess geschürzten Röcken die Beine warfen, sich marionettenhaft drehten und sich mit weit ausholenden Armbewegungen in wiegendem Tanzschritt vorwärts bewegten, eine unbändige Lust zu tanzen, ein Lachen überfiel sie, ein Frohsinn, wie sie ihn lange nicht verspürt hatte, und das unwiderstehliche Bedürfnis in den fröhlich grölenden Gesang einzustimmen.

Ein Familienfoto aus den Zwanzigerjahren fiel ihr ein, das die ganze Antwerpener Familie bei einem Fastnachtsfest zeigte, alle bis zur Unkenntlichkeit verkleidet: Heinrich mit schwarz gemalten Augenringen und Schlafmütze, Véronique mit Strubbelhaar, angeklebtem Schnurrbart und ausgebeulten Hosen, eine Pfeife lässig im Mundwinkel, Marie-Jose als halbseidene Cancan-Tänzerin, Florence, mit Ketten behängt, eng anliegender Seidenkappe, und knielangem Flattergewand als Charleston-Girl, Frenne mit Pompon besetztem Spitzhut als verträumter Clown, und all die anderen, wie sie in einem Augenblick grotesker Ernsthaftigkeit in die Kamera starren.

Erneut überkam sie eine unbändige Lachlust, sie fühlte sich, als sei sie selbst gerade aus dem Foto gefallen, und während sie untergehakt mit einer krummnasigen Hexe im Schunkelschritt weiterging, fielen wie Verkleidungen Simons würdige Strenge, Nics und Sophies nüchterne Tatkraft, Marie-Joses tapfere Lebensfreude, Ediths schüchternes Lächeln und Frennes heitere Lebenskunst über sie.

Vor dem Lokal Tante Maja scherte sie auf dem Marktplatz aus dem bacchantischen Pulk aus und wählte auf dem Handy Leons Nummer.

»Ruf die Kinder an. Und Melanie und Horst, Anne und Jean-Luc, David, Jonathan und Viola, Benno, Alexa und alle die anderen. Morgen steigt bei uns eine Fastnachtsparty.«

»He, ich bin nicht verrückt. Mach dir keine Sorgen! Überleg dir schon mal, als was du gehen willst.«

»Ich selbst? Ich gehe als Spitzwegs *Armer Poet*, nur ohne Schirm.«

Stammbaum der Romanfiguren

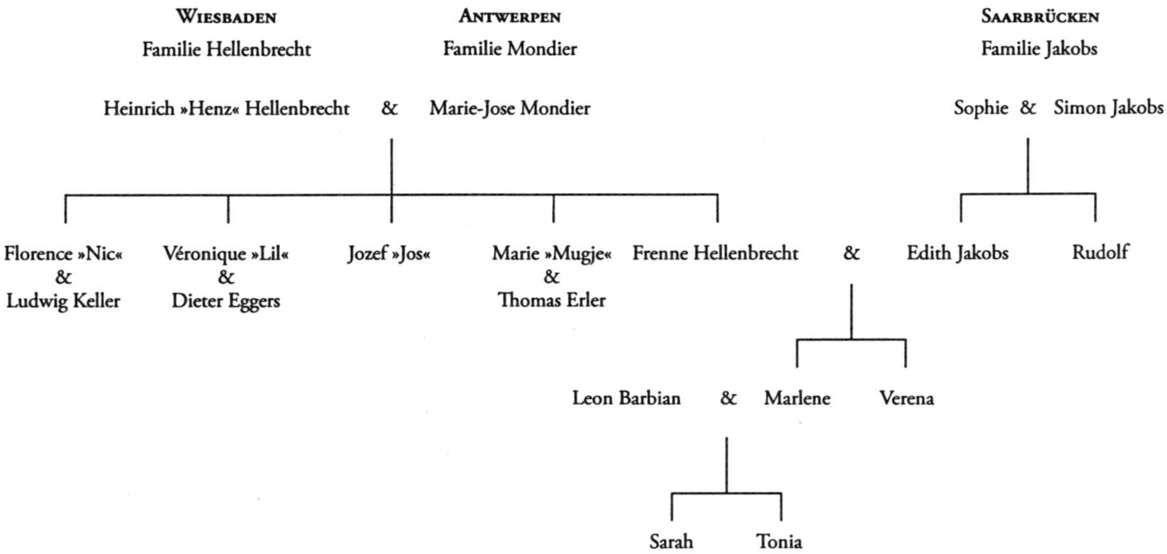

Lesen Sie auch

Martin Bettinger
Die Liebhaber meiner Frau

Conte Roman 20

208 Seiten
englische Broschur
ISBN 978-3-941657-03-8
14,90 €

Ein Mann war zu viel und zwei zu wenig ...
Laura, Mitte dreißig, trennt sich von ihrem Mann und macht sich auf die Suche nach Liebhabern. Ein weiblicher Don Juan will sie werden. Einmal ausprobieren, wie das ist, wenn man Grenzen überschreitet. Doch ihr Jugendfreund Blum, der Laura seit Jahren im Stillen verehrt, hat ganz andere Pläne: »Laura ist nicht meine Frau, doch meine Liebe, und sie wird meine Frau werden, sobald ich ihre Liebhaber aus dem Weg geschafft habe.«

Ein moderner Schelmenroman, im dem gewohnte Rollen passé sind. Unruhige Frauen sind auf der Suche nach Sex, erschöpfte Männer sind auf der Suche nach Ruhe. Katastrophen bleiben nicht aus.

»Eine haarsträubende, herzerwärmende Liebesgeschichte«
Saarländischer Rundfunk